# SALLY BEAUMAN
## Die fernen Tage

*Buch*

Im Cambridge der beginnenden 1920er Jahre erlebt die elfjährige Lucy Payne eine glückliche Kindheit. Diese nimmt ein jähes Ende, als sie und ihre Mutter nach einem Sommertagsausflug durch den Genuss von verunreinigtem Brunnenwasser schwer an Typhus erkranken. Während Lucy um ein Haar überlebt, stirbt ihre über alles geliebte Mutter. Der herbe Verlust zeichnet das durch die Krankheit geschwächte Mädchen zusätzlich. Damit sie sich besser erholen kann, schickt ihr Vater Lucy und ihre Gouvernante Miss Mackenzie auf eine Reise nach Ägypten. Das warme Klima und die Abwechslung sollen ihr guttun. Und tatsächlich – in Ägypten blüht Lucy auf. Bald schon ist sie fasziniert von der Schönheit des fernen Landes: den leuchtenden Farben, den atemberaubenden Kunstschätzen, dem lebendigen Treiben in den Straßen Kairos. Sie genießt die Gesellschaft im illustren Kreis bedeutender Archäologen und ihrer Familien, und in der gleichaltrigen Frances findet Lucy eine beste Freundin. Gemeinsam erleben die beiden die aufregenden Entdeckungen im Tal der Könige mit und erforschen die rätselhafte Welt der Erwachsenen – eine Welt aus Halbwahrheiten und dunklen Geheimnissen. Denn die außergewöhnlichen archäologischen Funde setzen auch eine Geschichte aus verhängnisvollen Lügen, Begehren und Missgunst in Gang. Noch viele Jahre später werfen die Geheimnisse, die ihren Anfang in Ägypten nehmen, ihre Schatten auf Lucys Leben und gefährden ihre große Liebe …

Weitere Informationen zu Sally Beauman
sowie zu lieferbaren Titeln der Autorin
finden Sie am Ende des Buches.

# Sally Beauman
# Die fernen Tage

Roman

Aus dem Englischen
von Claudia Franz

**GOLDMANN**

Die englische Originalausgabe erschien 2014
unter dem Titel »The Visitors« bei Little, Brown,
an imprint of Little, Brown Book Group,
an Hachette UK Company, London.

Dieses Buch ist auch als E-Book erhältlich.

Verlagsgruppe Random House FSC® N001967
Das FSC®-zertifizierte Papier *Pamo House* für dieses Buch
liefert Arctic Paper Mochenwangen GmbH.

2. Auflage
Deutsche Erstveröffentlichung Mai 2014
Copyright © der Originalausgabe 2014 by Sally Beauman
Copyright © der deutschsprachigen Ausgabe 2014
by Wilhelm Goldmann Verlag, München,
in der Verlagsgruppe Random House GmbH
Umschlaggestaltung: UNO Werbeagentur, München
Umschlagmotiv: Copyright © Trevillion Images/Susan Fox
Umschlag, Klappen und Innenseiten: FinePic®, München;
GettyImages/Todd Bingham
Redaktion: Susanne Bartel
KS · Herstellung: Str.
Satz: omnisatz GmbH, Berlin
Druck und Bindung: GGP Media GmbH, Pößneck
Printed in Germany
ISBN: 978-3-442-48109-5
www.goldmann-verlag.de

Besuchen Sie den Goldmann Verlag im Netz:

Für Ellie
und ihre Eltern James und Lucy

# Inhalt

Liste der Charaktere ............................................. 9

Teil 1: Das Mädchen von der Sphinx ................. 15
Teil 2: Das Mundöffnungsritual ......................... 63
Teil 3: Der Dreitausend-Jahr-Effekt ................. 137
Teil 4: Ein altes Land ........................................ 237
Teil 5: Oliver No. 9 ........................................... 397
Teil 6: Das Ägyptische Totenbuch ..................... 541

Menschen, Schauplätze, Hintergründe ............... 677
Dank ................................................................. 694
Bibliografie ...................................................... 697
Zitatnachweise ................................................. 701

# Liste der Charaktere
(Die Namen der fiktiven Personen sind kursiv gedruckt.)

## KAIRO, 1922 und später

*Lucy Payne*, elf Jahre alt, zu Besuch aus England
*Miss Myrtle Mackenzie*, Amerikanerin aus Princeton, New Jersey; Lucy Paynes Begleiterin – *in loco parentis*
*Hassan*, ihr Kutschfahrer und Reiseführer
**Herbert Winlock**, amerikanischer Archäologe; Leiter der Ausgrabungen des New York Metropolitan Museum in Luxor
**Helen Chandler Winlock**, seine Ehefrau
**Frances Winlock**, seine junge Tochter

**Howard Carter**, englischer Archäologe; im Dienste von Lord Carnarvon für die Ausgrabungen im Tal der Könige zuständig
**George Edward Stanhope Molyneaux Herbert**, fünfter Earl von Carnarvon auf Highclere Castle, Hampshire; Amateur-Archäologe und Sammler antiker Kunstschätze
**Lady Evelyn Herbert**, seine Tochter, zwanzig Jahre alt
*Poppy d'Erlanger*, ehemalige Lady of Strathaven, geschiedene Schönheit und jetzt schon wieder auf der Flucht
*Lady Rose*, ihre junge Tochter, und *Peter*, der Viscount Hurst, ihr dreijähriger Sohn
*Wheeler*, ihr Kammermädchen
**Marcelle**, Lady Evelyns Kammermädchen
**Albert Lythgoe**, Kurator der ägyptischen Abteilung des Metropolitan Museum; graue Eminenz des Museums
**Arthur Mace**, englischer Archäologe mit Oxford-Abschluss; arbeitet in Ägypten mit Lythgoe zusammen; Kurator am Metro-

politan Museum und Experte des Museums für Konservierungsarbeiten in Ägypten

**Harry Burton**, englischer Archäologe; ebenfalls Mitglied des Archäologenteams des Metropolitan Museum in Ägypten und gefeierter Fotograf

**Minnie Burton**, seine unsympathische Ehefrau

*Madame Mascha*, Rufname der Komtess Maria Alexandrowna Scheremetewa; ehemals Primaballerina in Moskau; Direktorin einer exklusiven Ballettschule in Kairo

*Fräulein von Essen*, eine von Madame Maschas geplagten Eleven, und *Frau von Essen*, ihre Mutter, beide zu Besuch aus Berlin

*Lieutenant Urquhart* und *Captain Carew*, junge Offiziere der British Army und Verteidiger des britischen Protektorats; zu Zeiten der Kriegswirtschaft in Kairo stationiert

## LUXOR, 1922–23

*El-Deeb Effendi*, hochrangiger Beamter der ägyptischen Polizei; gewiefter Ermittler und Bewunderer von Arthur Conan Doyle

**Mrs Lythgoe**, Albert Lythgoes Ehefrau; Haushälterin im Amerikanischen Haus, dem pompösen Hauptquartier des Metropolitan Museum für die Ausgrabungen in Luxor

*Michael-Peter Sa'ad*, Chefkoch im Amerikanischen Haus

**Abd-el-Aal Ahmad Sayed**, erster Diener in »Carters Burg«, Howard Carters Haus in der Nähe des Tals der Könige, und **Hosein**, sein sehr viel jüngerer Bruder und Mitarbeiter

**Ahmed Girigar**, Vorarbeiter von Howard Carters Ausgrabungsteam im Tal der Könige

*Ahmed Girigar*, sein Enkel und Namensvetter, sechs Jahre alt; einer der Wasserträger des Teams

**Pierre Lacau**, Direktor des ägyptischen Antikendiensts, der sämtliche Ausgrabungen in Ägypten reguliert; Vorkämpfer für eine

Reform der Ausgrabungsmodalitäten – womit er sich den Zorn seiner Archäologen-Kollegen zuzieht

**Rex Engelbach,** Chefinspektor des Antikendiensts für Oberägypten und damit verantwortlich für die Kontrolle sämtlicher Funde im Tal der Könige

**Ibrahim Effendi,** sein Stellvertreter

*Mohammed*, Ibrahims Verwandter und Rivale; eine sprudelnde Informationsquelle; Koch auf der *Queen Hatschepsut*, dem von Miss Mackenzie und Lucy in Luxor gemieteten Hausboot

**Arthur »Pecky« Callender,** Engländer und ehemaliger Ingenieur der ägyptischen Eisenbahn; Howard Carters langjähriger Freund, der zu den Arbeiten in Tutanchamuns Grab hinzugezogen wird

**Alfred Lucas,** brillanter englischer Chemiker, der für den Antikendienst in Kairo arbeitet; Mitarbeiter von Arthur Mace bei der Konservierung der Objekte, die in Tutanchamuns Grab gefunden werden

**Dr. Alan Gardiner,** aus Oxford; größter Philologe seiner Zeit und international anerkannter Ägyptologe; Freund von Lord Carnarvon und Berater bei der Entzifferung von Grabinschriften

**Dr. James H. Breasted,** aus Chicago; ebenso renommierter Archäologe und Berater für die Tonsiegel an den Gräbern

**A. S. Merton,** Ägypten-Korrespondent der *Times*; langjähriger Freund von Howard Carter

**Arthur Weigall,** Korrespondent der *Daily Mail*; langjähriger Feind von Howard Carter

**Valentine Williams,** Korrespondent von Reuters

**H. V. Morton,** Korrespondent des *Daily Express*

**A. H. Bradstreet,** Korrespondent der *Morning Post* und der *New York Times*

## CAMBRIDGE, 1922 und später

*Dr. Robert Foxe-Payne*, Altphilologe; Fellow am Trinity College; Lucys Vater

*Marianne Emerson Payne*, seine verstorbene Ehefrau, Lucys Mutter und amerikanische Erbin

*Nicola Dunsire*, ein junger Blaustrumpf und angeblich Nachfahrin von Sir Walter Scott; hat am Girton College studiert, wird später Lucys Gouvernante

*Clair Lennox*, Nicolas aufmüpfige Freundin; einst ihre Kommilitonin am Girton, jetzt Malerin

*Eddie Vyne-Chance*, ein attraktiver, rebellischer Dichter mit Hang zum Alkohol

*Dorothy »Dotty« Lascelles*, angehende Ärztin, und *Meta*, provokante Altphilologin, Freundinnen von Nicola Dunsire aus Girton-Zeiten

*Mrs Grimshaw*, Ehefrau eines Pförtners vom Trinity College und langjährige Putzfrau im Haushalt von Dr. Foxe-Payne in Newnham, Cambridge

*Dr. Gerhardt*, Dozent in Cambridge, der Lucy in Deutsch und Französisch unterrichtet hat, und seine Schwester *Helga Gerhardt*, Dozentin am Girton; beides Freunde von Dr. Foxe-Payne

*Mr Szabó*, ungarischer Geschäftsmann; Besitzer eines Ladens für Antiquitäten und Kuriosa


## HIGHCLERE CASTLE, HAMPSHIRE, 1922

*Fletcher*, ehemaliger Grabenbauer auf dem Anwesen von Lord Carnarvon; angeblich ein durchtriebener Mensch

**Streatfield**, Lord Carnarvons Butler

**Almina**, Lord Carnarvons Ehefrau, die fünfte Komtess von Carnarvon; Erbin und angeblich uneheliche Tochter des Bankiers Alfred de Rothschild

**Dorothy Dennistoun**, eine Dame von gewissem Ruf; gehört zu Lady Carnarvons engstem Freundeskreis

**Helen, Lady Cunliffe-Owen,** ebenfalls Freundin von Lady Carnarvon; gelegentlich widerstrebendes Medium bei Lord Carnarvons spiritistischen Sitzungen in Highclere Castle

**Brograve Beauchamp,** Kandidat der Nationalliberalen; Verehrer von Lord Carnarvons Tochter Lady Evelyn

**Stephen Donoghue,** berühmter Jockey, Gewinner der English Triple Crown und mehrfacher Derby-Sieger

## HIGHGATE, 2002

*Dr. Benjamin Fong,* ein smarter amerikanischer Ägyptologe; zunächst in Berkeley, Kalifornien, jetzt Fellow am University College London; recherchiert für eine spektakuläre Fernsehdokumentation, die gemeinsam von BBC und HBO finanziert wird

## Teil 1

# Das Mädchen von der Sphinx

Nun sind wir also in Ägypten, *dem Land der Pharaonen, dem Land der Ptolemäer, dem Land der Kleopatra* (wie es in gehobenem Stil heißt) ... Was soll ich sagen? Was wünschen Sie zu hören? Ich bin geblendet und kann mich kaum fassen. Es ist, als würde man aus dem Tiefschlaf mitten in eine Beethoven-Symphonie geworfen ...

Gustave Flaubert,
Brief aus Kairo an Dr. Jules Cloquet vom 15. Januar 1850

# I

Eine Woche nach meiner Ankunft in Kairo zeigte man mir die Pyramiden, wo ich Frances zum ersten Mal begegnete. Das war im Januar 1922, und Miss Mackenzie, die auf unseren Ägyptenreisen *in loco parentis* meine Betreuung übernahm, hatte den Ausflug mit größter Sorgfalt geplant. Sie war überzeugt davon, dass es heilsam wäre, wenn ich die Pyramiden zu sehen bekäme – »eines der größten Wunder der Antike, das musst du dir stets vor Augen halten, meine liebe Lucy« –, besonders wenn ich sie in all ihrer Pracht erblickte, und das hieß bei Sonnenaufgang. Die Pyramiden würden mich auf andere Gedanken bringen, würden mich begeistern, würden mich schlagartig ins Leben zurückholen. Sie wären Anreiz, wieder mit der Welt in Kontakt zu treten. Sechs Tage hatte Miss Mackenzie den Ausflug vor sich hergeschoben, da ihr meine Kräfte noch nicht hinreichend wiederhergestellt erschienen; doch am siebten Tag war der große Moment endlich gekommen.

Miss Mack, die im Krieg als Krankenschwester gearbeitet hatte, glaubte nicht nur an die Pyramiden, sondern auch an Zeitpläne. Ordnung hatte für sie eine therapeutische Wirkung. Also wurde der Tag minutiös durchorganisiert. Die Liste, die sie in ihrer adretten, rundlichen Handschrift verfasst hatte, las sich folgendermaßen:

5 Uhr: Pyramiden von Gizeh. Danach sofortiger Aufbruch.

Mittag: Picknick bei der Sphinx, im Schatten ihrer Vorderpfoten.

14:30 Uhr: Rückkehr zum Shepheard's Hotel. MITTAGSRUHE, unbedingt einzuhalten.

16 Uhr: Tee auf der berühmten Hotelterrasse. Gelegenheit für *conversazione*.

17 Uhr: Besuch von Madame Maschas legendärer Ballettklasse,

auf persönliche Einladung der berühmten Dame selbst. Dauer: eine Stunde. Nutzen: unschätzbar.

»Ehrlich gesagt, Lucy«, sagte Miss Mack, »sind meine Kontakte in Kairo ein wenig eingerostet, obwohl ich ja eine große Ägyptenkennerin bin. Wir brauchen ein *entrée*, mein Schatz. Freunde.« Traurig betrachtete sie ihre Liste. »Ein wenig Unterhaltung.«

Ich meinerseits hatte vollkommen vergessen, was »Unterhaltung« bedeutete. Die Erinnerung daran hatte sich im Nebel, der meinen Geist damals eintrübte, verflüchtigt, aber als gehorsames Kind war ich dankbar für Miss Macks Elan – ihren »Pep«, wie sie selbst es nannte. Mir war bewusst, dass meine Lustlosigkeit sie beunruhigte und dass sich hinter all ihrer minutiösen Planerei auch Sorge verbarg, wenn nicht gar Angst. Daher tat ich alles, um sie zu beruhigen. Ich stand in aller Herrgottsfrühe auf, als es in Kairo noch dunkel war, ließ mich anstandslos mit Kölnisch Wasser einsprühen, was die Fliegen fernhalten sollte, und nahm lange Socken und wüstentaugliche Schuhe in Kauf. Auch die Baumwollhandschuhe zog ich bereitwillig an. »Und steck niemals die Finger in irgendwelche Spalten, Lucy. Die Steine der Pyramiden sind gefährlich – du musst *ständig* vor Skorpionen auf der Hut sein.« Dann ließ ich mir noch den Panamahut aufsetzen, der mich vor der sengenden ägyptischen Sonne schützen würde – so zumindest lautete die Begründung, die Miss Mack mir gegenüber stets vorbrachte. Als ich schließlich komplett ausstaffiert war, führte sie mich vor den großen Kippspiegel, in dem wir beide mich betrachteten. Sollte ich den Hut abnehmen und das Desaster meiner Haare offenbaren? Das kleine Mädchen im Spiegel begegnete meinem Blick. Es war elf Jahre alt, wirkte aber eher wie sieben: dürr wie ein Stock, die Nase verkniffen, die Augenpartie argwöhnisch. *Die reinste Nichtexistenz.* Das Mädchen kannte ich nicht.

Also drehte ich ihm den Rücken zu und folgte Miss Mack die Treppe hinunter in die prächtige basarähnliche Lobby des Shepheard's Hotel. Umschwärmt von einer ganzen Schar Lakaien in weißen Pumphosen und kurzen roten Jäckchen traten wir ins Licht der flackernden Fackeln hinaus und blickten von der Hoteltreppe in die schon lebhafte Finsternis. Was nun folgte, war ein Tumult. Miss Mack war eine Amerikanerin mit strikt republikanischen Überzeugungen und klaren Prinzipien. Stets predigte sie Genügsamkeit, war gleichzeitig aber auch überaus großzügig. Wo immer sie war, regnete es Bakschisch wie Manna vom Himmel. Ausnahmslos jeden bedachte sie mit ihren Gaben: die Bettler, von denen es in Kairos Straßen nur so wimmelte, die falschen und die tatsächlich Bedürftigen, die zerlumpten und halb verhungerten Kinder, die Straßenhändler, die Jasminverkäufer, die Schlangenbeschwörer. Und die Schwarzhändler, die schrien: »Antike Kostbarkeiten, schöne Lady, erstklassig und unglaublich alt«, um dann aus ihren Ärmeln Skarabäen zu zaubern, die erst tags zuvor hergestellt worden waren. Miss Macks weiches Herz hatte sich schnell nach unserer Ankunft herumgesprochen, sodass sie sogleich von einer zudringlichen Menschentraube umringt wurde, wenn sie auf der Hoteltreppe erschien.

Ich selbst blieb am Eingang stehen, als der Aufruhr begann, und ließ mich, als mich die vertraute Schwäche übermannte, auf den Steinstufen zwischen den Sphinxen zu beiden Seiten der Treppe nieder. Unten auf der Straße erinnerten die Hoteldiener Miss Mack gerade daran, dass es in Kairo Unruhen gebe und nicht im Geringsten daran zu denken sei, ohne einen Dragoman, einen einheimischen Reiseführer, aufzubrechen. Doch die Ermahnung verhallte ungehört – als alte Ägyptenkennerin verachtete Miss Mack die Führer –, und so bestürmten sie die Hoteldiener, die sich um sie scharten und mit ihren Schultern die Bettler wegstießen, sie möge doch wenigstens ein Automobil mieten. Wo in ihrer Jugend noch unzählige Eseljungen ihre Dienste angeboten hatten, standen nun ordentlich aufgereiht die glänzenden Karossen für die Touristen. Ich sah, wie Miss Mack zögerte. Noch am vergangenen Abend hatte sie sich lautstark über Automobile echauffiert – Staubwolken, Abgasschwaden, Geschwindigkeit, Bequemlichkeit, wo blieb da noch Platz für Romantik und Poesie? Doch jetzt schaute sie zu mir herüber, sah mich auf den Stufen hocken und schien sich eines Besseren zu besinnen. Immerhin bestand die Gefahr, mich allzu großen Strapazen auszusetzen. Allerdings waren die Mietwagen teuer, und bei ihrem ausgeprägten Sinn für Sparsamkeit sperrte sich alles in Miss Mack gegen die Anmietung eines solchen Gefährts. Andererseits gab es ja noch meine Großeltern mütterlicherseits, reiche Amerikaner, die ich nur von den Briefen her kannte, in denen sie großmütig Unterstützung zugesagt hatten: Sie kabelten Geldanweisungen, wenn es mal nicht reichte, zahlten Miss Mack ein Honorar und erklärten stets, Geld spiele keine Rolle – was in ihrem Fall tatsächlich zutraf. Bei dieser Reise, darauf hatten sie bestanden, möge man keinerlei Kosten scheuen.

»Unter Umständen wäre es vielleicht doch ratsam, ein Automobil zu nehmen, Lucy«, sagte Miss Mack, die sich durch den Ring der Hoteldiener gekämpft hatte und nun auf der Treppe vor mir stand. »Wir sollten dir nicht zu viel zumuten. Vielleicht ist es ja sowieso unklug, diesen Ausflug schon jetzt zu unternehmen.«

Ich stand auf und hielt mich am Geländer fest. Wenn ich mich stark konzentrierte, konnte ich für kurze Zeit die nebelhafte Verwirrung in meinem Kopf vertreiben. Ich kannte Miss Macks Pläne und wollte nicht so grausam sein, sie zu enttäuschen. »Ach, bitte – kein Automobil«, sagte ich daher. »Ich hatte mich so sehr auf die Kutschfahrt gefreut. Und schauen Sie, da drüben auf der anderen Straßenseite steht ja auch schon Hassan wie immer.«

Miss Mack drehte sich um. Jenseits der schreienden Masse von Händlern und Berufsbettlern, die vor der Hoteltreppe ihren Pflichten nachkamen, erblickte sie ihren Lieblingskutscher. Hassan hockte auf der anderen Seite der Ibrahim Pasha Street, hatte sich über die Zügel seiner Kutsche gebeugt und wartete auf Kundschaft, die in diesen Tagen rar und wenig freigebig war. Seine ganze Haltung strahlte stoische Entschlossenheit aus. Als er Miss Mack entdeckte, hob er die Hand zum Gruß, und es dauerte nur einen Moment, da hatte sie ihre Entscheidung getroffen. Ihre Geldbörse kam zum Vorschein, üppige Trinkgelder wurden verteilt und Hassan herbeigepfiffen. In Sekundenschnelle waren Taschen, Körbe, Teppiche und Hocker in die Kutsche geladen und das Verdeck hochgeklappt. Man half mir hinein, dann nahm Miss Mack neben mir Platz, jetzt wieder vollkommen Herrin der Lage und in ihren selbst genähten Tweedkleidern zu jeder Unternehmung bereit. Hassans Pferd spitzte die Ohren und wieherte; das Geräusch schreckte zwei Schwarzmilane auf, die in ihrer unermüdlichen Jagd auf Aas und Abfall in den Palmen des Gartens von Ezbekieh gegenüber gehockt hatten.

Mit lautem Flattern stoben sie auf, kreisten über unseren Köpfen und flogen dann dicht an uns vorbei. »Und jetzt, Lucy«, sagte Miss Mack in hoffnungsfrohem Tonfall, »jetzt beginnt dein großes Abenteuer.«

Hassan war aus verschiedenen Gründen Miss Macks Lieblingskutscher. Er war ein freundlicher, kluger Mann und sorgte rührend für sein altes Pferd. Seine Kutsche war mit glänzendem Krimskrams und mächtigen Amuletten geschmückt. Er sprach Englisch, Französisch, Türkisch und Arabisch, und in seiner Jugend hatte er unter Lord Kitchener in der British Army gedient. In der ersten halben Stunde unserer Expedition erging sich Miss Mack in Lobpreisungen über den Lord. Ich war müde von all dem Anziehen und Packen und Einladen und Gerede, daher schaute ich in den dunklen Himmel mit dem überwältigenden Geglitzer der in Ägypten so tief stehenden Sterne und sog den süßen pudrigen Duft der Regenbäume ein. Kairo, das ich bisher als Zumutung empfunden hatte, war um diese Zeit merkwürdig still.

»Ich kann mich noch gut daran erinnern, als ich das erste Mal selbst zu den Pyramiden gefahren bin, Lucy«, sagte Miss Mack und wischte sich eine Träne aus dem Auge. »Wir haben eine Kutsche genommen, genau wie diese hier. Ich war noch ein Kind, nicht viel älter als du, zwölf Jahre alt, und es war das erste Mal, dass ich Princeton überhaupt verlassen hatte. 1878 war das, wenn ich mich recht entsinne – kann das wirklich schon so lange her sein? Was für ein Abenteuer! ›Mach dich auf etwas gefasst, Myrtle‹, sagte mein Vater, Gott hab ihn selig. Aber ich war derart aufgeregt, dass ich einfach nicht still sitzen konnte. Ich turnte überall herum – und dann, als die Sonne aufging, sah ich am Horizont ...«

Ich schwieg. Wir hatten soeben den Nil überquert, Türme, Minarette und den Jasmin- und Abwassergeruch der Stadt hinter uns gelassen. In weiter Ferne hörte ich noch das Rumpeln der Straßenbahn und das Stottern eines Automobils. Das Dunkel der Wüste umfing uns, ich atmete ihre antiseptische Luft ein. Mit einem leise ausgestoßenen Fluch brachte Hassan das Pferd dazu, den Kopf zu drehen, und wir nahmen die schmale Straße, die Miss Mack *allée des pyramides* nannte. Inzwischen schwelgte sie nicht mehr in Erinnerungen, sondern hatte sich auf eine andere Taktik verlegt. Sie erteilte mir eine Geschichtslektion, wie mir allerdings erst jetzt auffiel. Plötzlich verspürte ich eine gewisse Sympathie für sie. Obwohl ich hartnäckig schwieg, ließ sie in ihren guten Absichten nicht locker.

»Eines solltest du dir unbedingt merken, Lucy«, sagte sie. »Für die alten Ägypter war der Sonnenaufgang eine Wiederauferstehung. Sie waren der festen Überzeugung, dass es nach dem Schmerz des Todes eine Wiedergeburt gebe. Für sie war das so absehbar wie die Tatsache, dass täglich die Sonne aufgeht.« Sie nahm meine Hand und fügte hinzu: »Versuch, immer daran zu denken, Lucy, du könntest daraus Kraft schöpfen. Davon bin ich absolut überzeugt, mein Schatz.«

Ich antwortete nicht. Nachdem ich höflich einen Moment abgewartet hatte, entzog ich ihr die Hand wieder. Möglicherweise war sie ratlos, denn nun schwieg sie ebenfalls. Wie kalt die Luft war! Wie monoton das Klappern der Hufe, zu dem Hassans Amulette und der übrige Krimskrams leise klingelten. Zu beiden Straßenseiten konnte ich die Umrisse der Akazien erkennen. In den Reiseführern hatte ich gelesen, dass man die Allee zu Ehren der wunderschönen französischen Kaiserin Eugénie angepflanzt hatte – aber wann? In einem anderen Jahrhundert, in einer anderen Welt? Nebel stieg in meinem Hirn auf: Ich sah, wie Eugénie mit Napoléon Bonaparte im Wüstensand eine ebenso anmutige wie unwirkliche Gavotte tanzte, dann wandten sie sich um und erwiesen dem Pharao, der vor dreitausend Jahren gestorben war, mit einer tiefen Verbeugung die Ehre. Der Pharao war am gesamten Körper einbandagiert, und während ich ihn noch betrachtete, löste sich sein *ka* vom Körper und bedeutete uns streng, ihm in die Gefahren der Unterwelt zu folgen. Er schritt die Allee entlang, wir schritten hinterher. In den Zweigen der Akazien erklang der einsame Ruf eines Vogels, dazu heulte irgendwo in der Dunkelheit ein Schakal.

Schutzsuchend drängte ich mich an Miss Macks warmen, massigen Körper. Sie zögerte einen Moment, legte mir dann aber den Arm um die Schultern. Wenn ich jetzt einschlafen würde, würden mich die üblichen Träume heimsuchen, das wusste ich. Eine Weile konnte ich mich noch wach halten, dann aber verschlangen mich Müdigkeit und Finsternis. So rasch wie ein Betäubungsmittel und ebenso unausweichlich. Ein paar hundert Meter weiter war ich untergegangen.

## 2

»Lucy, mein Schatz, du siehst schrecklich erschöpft aus«, sagte Miss Mack später am Morgen. »Vielleicht sollten wir uns doch nicht alle drei Pyramiden anschauen. Letztlich ist eine doch wie die andere, und wir haben die Cheops-Pyramide ja schon ziemlich eingehend besichtigt. Sollen wir unser Picknick besser vorziehen? Du wirkst so bleich und mitgenommen. Am besten, du wartest hier bei der Sphinx, mein Schatz – nur einen kurzen Moment, damit ich Hassan über die Programmänderung informieren kann. Wenn du im Schatten bleibst, hier, hinter der linken Vorderpfote? Es gibt wirklich keinen besseren Platz für ein Picknick als die Vorderpfoten der Sphinx. Manche Leute bevorzugen ja den Schwanzbereich, aber ich bin da ganz anderer Meinung.«

Gehorsam setzte ich mich auf den Klapphocker, den Miss Mack mir hinstellte. Die Pyramiden, die finsteren Saphiren geähnelt hatten, als ich sie in der Morgendämmerung vor dem grellen Gelb des Wüstenhimmels erstmals erblickt hatte, gleißten nun schmerzhaft. In einiger Entfernung standen ein paar Kameltreiber und debattierten lauthals, während ein übermütiger Tourist in Begleitung arabischer Reiseführer die große Pyramide erklomm und dabei von einer Gruppe gut gekleideter, ausgelassener Engländerinnen angefeuert wurde. »Los, weiter, Bertie!«, rief eine von ihnen. Ihre Stimme hallte weit und deutlich über den Sand. »Du hast es fast geschafft, Liebling. Nur noch dreißig Kilometer!«

»Hier, Lucy, die Wasserflasche«, sagte Miss Mack und musterte mich eindringlich. »Ich lasse sie dir da – hast du Durst? Dein Gesicht ist weiß wie ein Laken. Bist du sicher, dass alles in Ordnung ist, mein Schatz?«

»Mir geht es gut, wirklich. Ich bleibe einfach hier sitzen und lese im Reiseführer.«

»Das ist schön. Dann komme ich so schnell wie möglich zurück, und außerdem bleibe ich ja in Sichtweite.«

Miss Mack eilte über den Sand zu den Palmen, in deren Schatten Hassan einen Teppich ausgebreitet hatte und betete. Keine zweihundert Meter hatte er sich von uns entfernt – was für ein treuer Wächter! Ich betrachtete die Feldflasche, die, wie ich wusste, absolut unbedenkliches Wasser enthielt. Miss Mack hatte seine Reinigung, das Abkochen, Abkühlen, Filtern und Abfüllen höchstpersönlich überwacht – sie überließ nichts dem Zufall, nie. Ich drehte den Verschluss auf, zog den Stopfen heraus, nahm einen Schluck, verspürte aber sofort Übelkeit und spuckte das Wasser wieder aus.

Neun Monate zuvor war ich mit meiner Mutter an einem heißen Bilderbuchtag im Mai durch die Felder von Norfolk gestreift. Irgendwann hatten wir einen abgelegenen Bauernhof gesehen und geklopft, um nach dem Weg zu fragen und um ein Glas Wasser zu bitten. Wir waren zu Besuch bei der Schwester meines Vaters, Tante Foxe, und wollten die Küstengegend erkunden, die in Anlehnung an den Dichter Clement Scott auch »Mohnblumenland« genannt wurde. Im Hinterland hatten wir uns dann verlaufen. Die Bauersfrau brachte uns auf einem Tablett die Gläser mit Wasser. Dankbar saßen wir im Schatten des Apfelhains und tranken. Die Bäume standen in voller Blüte, im Gras pickten Hühner, und meine Mutter Marianne, die sich in unserem Urlaub gut erholt hatte, sah nicht mehr so sorgenvoll aus wie oft daheim in Cambridge. Plötzlich war sie wieder jung und schön. »Das reinste Idyll, nicht wahr, Lucy?«, fragte sie mich. »Ist das nicht der wunderbarste Ort, an dem du je warst? Wie gut, dass du ihn entdeckt hast, mein Schatz. Und ist das nicht das beste Wasser überhaupt? Wie rein es schmeckt. So kalt und erfrischend. Es muss direkt aus dem Brunnen des Hofes kommen.«

So war es auch, wie man bei den Untersuchungen später feststellte. Meine Mutter war zu der Zeit schon an Typhus gestorben, und mir drohte dasselbe Los. Die Krankenschwester Miss Mack kümmerte sich um mich, und nur durch eine Laune des Schicksals, die mein Vater als gnädig zu bezeichnen pflegte, hatte ich überlebt. Und da war ich nun, teleportiert in die Wüste, wo ich im Schatten einer gewaltigen Pfote der Sphinx saß. Ich betrachtete das verwitterte, bröckelnde Gestein, konnte aber keine Skorpione entdecken.

»Das Wort ›Typhus‹ kommt vom griechischen *typhos*, Lucy«, hatte mein Vater, der Altphilologe war, mir erklärt. »Es bedeutet ›Starre‹, aber es wurde auch benutzt, um einen dumpfen Geisteszustand zu bezeichnen. Diese Bewusstseinseintrübung, die du immer ›Nebelhaftigkeit‹ nennst, ist ein vielfach beschriebenes Symptom der Krankheit. Man weiß, dass sie anhält, selbst wenn der Patient von der Krankheit geheilt zu sein scheint. Es wird vorübergehen, das verspreche ich dir. Allerdings musst du dich dafür in Geduld üben und dir die nötige Zeit lassen.«

Acht Monate nach meiner angeblichen Genesung hatte sich der Nebel noch immer nicht gelichtet. Mein Vater sollte nichts versprechen, was er nicht halten kann, dachte ich bei mir und kam mir sofort undankbar vor. Die Bemerkung hatte er gemacht, als wir unser erstes Weihnachtsfest ohne meine Mutter verbracht hatten – eine Zeit, die für uns beide schmerzhaft gewesen war. Alles, woran ich mich erinnern konnte, waren unsere Spaziergänge durch das kalte, neblige, verlassene Cambridge. Und dass mein schweigsamer Vater nach einer trostlosen Wanderung nach Grantchester, immer am Cam-Ufer entlang, plötzlich zusammengebrochen war. Er wandte sich von mir ab, schaute nicht mehr zurück und ließ mich einfach am Ufer stehen. In raschem Tempo eilte er auf die Stadt zu und verschwand. Nach einer Weile, die ich an Ort und Stelle verharrt hatte, machte ich mich schließlich ebenfalls auf den Weg und erreichte unser Zuhause unversehrt. *Nichts war passiert ...*

Schnell beschloss ich, meinem Vater noch am selben Abend einen Brief zu schreiben. Ich würde von den Pyramiden berichten, von der Sphinx und von Hassan und dann auch die anderen Vergnügungen beschreiben, die Miss Macks Plan vorsah. Die Kaiserin Eugénie würde ich nicht erwähnen, genauso wenig wie den eingebildeten Pharao. Alles würde *luzide* klingen, auch die Schilderung meiner fortschreitenden Genesung und meiner Dankbarkeit. Genau, ein luzider Brief seiner Tochter Lucy. Im Geiste begann ich, die ersten Worte zu entwerfen, hielt aber nach *Lieber Vater* wieder inne und starrte in den Sand.

Die Morgenhitze war angenehm und noch erträglich. Gerade so brachte sie das Licht zum Flirren und täuschte so die Wahrnehmung. In der Ferne überwachte Miss Mack das Ausladen der Körbe, der schneeweißen Tischwäsche und des kleinen Klapptischs. Ich nahm noch ein Schlückchen Wasser und zwang es hinunter. Als ich wieder zu der großen Pyramide hinüberschaute, hatte Bertie die Spitze erreicht. Er riss sich die Tweedkappe vom Kopf und rief: »Hurra!« Seine Zuschauer am Fuße der Pyramide brachen in Jubel aus, und Bertie, der offenbar gut vorbereitet war, zog aus seiner Norfolk-Jacke ein Fähnchen, das er triumphierend schwenkte. Ich hielt mir das Fernglas vor die Augen und nahm es ins Visier: der Union Jack. Bertie steckte das Fähnchen zwischen die Steine auf dem Gipfel der Pyramide, wo es eine Weile flatterte. Der Jubel schwoll noch einmal an, ging dann aber in einen enttäuschten Aufschrei über, als der Union Jack davonwehte.

Hinter der Gruppe sah ich einen großen Wagen durch den Sand holpern. Er beschrieb einen Bogen, fuhr in Richtung der Sphinx, änderte dann aber seine Richtung und hielt schließlich im Schatten einiger Palmen ungefähr fünfzig Meter von mir entfernt. Ich beobachtete, wie die Insassen ausstiegen: ein junger, korpulenter Mann mit dem Ansatz einer Glatze über der hohen, dominanten Stirn und einer exzentrischen Fliege um den Hals; außerdem eine Frau, die sich in etliche Tücher gehüllt hatte. Schließlich sprang auch noch ein Mädchen meines Alters aus dem Wagen, rannte ein paar Meter, schlug ein Rad, dem sie sofort einen Purzelbaum folgen ließ, um dann schnell ihre Wüstenausstattung aus dem Wagen zu holen: einen Fliegenwedel und eine dunkle Sonnenbrille. Fasziniert sah ich zu, wie sie sie aufsetzte. Eine Sonnenbrille für ein Kind – was für ein Luxus! Wie ich sie um diesen Schutz vor dem unerbittlichen Licht beneidete. Wie frei sie wirkte! Wie schön ihr dunkles, fast schwarzes Haar glänzte!

»Ist das heiß!«, rief sie ihrer Mutter zu – war es ihre Mutter? Es waren die ersten Worte, die ich sie sagen hörte. Und dann: »Das ist ja der reinste Backofen, Daddy! Ich hab doch gesagt, dass es zu heiß sein würde.«

Ihre Stimme war hell und hatte einen unverkennbar amerikanischen Akzent. Der Vater zuckte mit den Achseln. »Natürlich ist es zu heiß, wenn du so rumtobst. Kannst du nicht einfach einmal still sitzen?«

»Darf ich vor dem Essen noch auf eine Pyramide klettern?«

»Sei nicht so übermütig, Frances, das ist nicht lustig. Und nein, du darfst nicht. Weder dem Essen noch hinterher. Das ist Vandalismus, wie du nur zu gut weißt. Jetzt setz dich hin und iss deine Sandwiches. Und wenn du damit fertig bist, frage ich dich Hieroglyphen ab. Hast du die sechs gelernt, die ich dir aufgegeben habe?«

»So einigermaßen.«

»So einigermaßen reicht nicht. Genauigkeit ist alles. Helen, können wir jetzt endlich mit dem verdammten Picknick anfangen? Das war wirklich eine Schnapsidee – in einer Stunde muss ich wieder in Kairo sein.«

Die Stimmen verhallten, als die drei hinter den Palmen verschwanden. Benommen fragte ich mich, ob auch sie Erscheinungen aufgrund der Hitze gewesen waren, als plötzlich Miss Mack wieder auftauchte, diesmal mit Hassan im Schlepptau. Der Tisch wurde aufgeklappt und eine Tischdecke darauf ausgebreitet. In den mitgebrachten Körben fanden wir das üppige Lunchpaket des Shepheard's. Kalte gebratene Wachteln, ein Pilaw, Quittengebäck, Datteln, Renekloden. Miss Mack und ich saßen am Tisch und aßen vornehm mit Tellern, Messern, Gabeln und Leinenservietten, während Hassan, der sich auf Miss Macks Insistieren ebenfalls von den

Köstlichkeiten bediente, auf dem Boden hockte. Er hatte flaches ägyptisches Brot mitgebracht, das er aus einem Tuch auswickelte. Doch schon im nächsten Moment sprang er auf, erklomm den Fuß der Sphinx, breitete das Brot sorgfältig auf deren Zehenknöcheln aus, ließ es in der prallen Sonne warm werden und kletterte wieder herab. Seine Frau habe das Brot für ihn gebacken, erklärte er und bot uns davon an. Miss Mack erstarrte und schüttelte, als sie sah, dass ich zugreifen wollte, den Kopf.

»Das Brot ist ausgezeichnet«, sagte Hassan fast traurig. Offenbar war er es gewohnt, dass die Menschen sein Angebot ablehnten. »*Shamsi*, kennen Sie es? Es bedeutet Sonnenbrot. Sie würden es bestimmt mögen.«

»Davon bin ich überzeugt, Hassan«, sagte Miss Mack entschlossen. »Aber meine Freundin Lucy war krank, deshalb müssen wir gut darauf achtgeben, was wir essen. Ich weiß Ihr Angebot sehr zu schätzen, aber wir haben selbst so reichlich, dass es uns nicht im Traum einfiele, Ihnen etwas wegzunehmen.«

Geknickt gab Hassan auf. Hoffentlich war er nicht beleidigt. Ich schob das Essen auf meinem Teller hin und her und bildete kleine Häufchen. Runter brachte ich nur wenig, sodass das Mahl eine Ewigkeit dauerte. Wir hatten erst die Hälfte geschafft, als ich plötzlich Stimmen und dann ein Motorengeräusch hörte. Die kleine Akrobatin brach wieder auf; ich sah sie im schimmernden Licht und einer Staubwolke verschwinden. Da Miss Mack den Exodus ebenfalls registrierte, war ich immerhin sicher, dass es sich um keine bloße Erscheinung handeln konnte.

»Automobile«, stellte Miss Mack stirnrunzelnd fest. »Bei den Pyramiden! Manche Leute haben einfach kein Fünkchen Ehrfurcht. Sie sollten sich klarmachen, dass es sich hier um heiligen Grund handelt. Die Pyramiden sind schließlich eine Begräbnisstätte.«

Und genau zu dieser Begräbnisstätte kehrten wir zurück, nachdem wir unser Picknick endlich beendet hatten. Miss Mack strotzte wieder vor Energie und war wild entschlossen, auch in mir den entscheidenden Funken zu entzünden. Wir besuchten alle drei Pyramiden, und sie war gnadenlos: Dynastien, Reiche, Könige, mögliche Konstruktionsmethoden, Orientierung an Himmelsrichtung und Sternenhimmel, Anzahl der in den angrenzenden Nekropolen bestatteten Pharaonenfrauen und Pharaonentöchter ... Die Sonne stand direkt über uns, als ich zur Ehefrauenabteilung hinüberblinzelte. Sie war nur teilweise ausgegraben, und auf dem durcheinandergewürfelten Steinhaufen hatte sich der Sand gesammelt. Jede Verzierung oder Inschrift, die sich einst dort befunden haben mochte, war über Jahrtausende hinweg von Wüstenstürmen längst ausradiert worden.

Ich ging weiter und beugte mich über eine der Gruben. Miss Mack hatte mir aus ihrem Reiseführer vorgelesen, dass es sich dabei um das Grab einer unbekannten Prinzessin handelte. Es hatte Wein, Früchte und Getreide enthalten, damit sie auch im Jenseits versorgt sein würde. Jetzt befanden sich in der über drei Meter tiefen Grube nur noch Trümmer. Eine smaragdgrüne Eidechse schoss in eine Mauerspalte, ein leichter Windhauch streifte meine Wange. Ich betrachtete den Sand, der unter meinen Füßen zitterte – und musste feststellen, dass diese Begräbnisstätte keineswegs verlassen war. Im Schatten der Grube hatte ich ein Mädchen entdeckt. Sie war ungefähr so alt wie ich, dünn, drahtig und lebhaft. Offenbar wollte sie aus dem Loch fliehen. Nervös lief sie hin und her, immer wieder an den Wänden entlang, als wollte sie irgendwo hochklettern oder hochspringen. Als sie nach einer Weile meine Gegenwart zu spüren schien, legte sie die Hand über die Augen, um sie vor der gleißenden Sonne zu schützen, drehte sich um und wandte mir ihr helles, durchscheinendes Gesicht zu. Wir starrten uns an, lange und eindringlich. Ich nahm meine kleine Boxkamera und wollte sie auf den Film bannen, aber im nächsten Moment war sie, so schnell, wie sie aufgetaucht war, auch schon wieder verschwunden.

Sollte ich Miss Mack von diesem interessanten Trugbild erzählen? Allerdings war mir klar, dass ich in diesem Fall mit Aspirin vollgestopft und wieder im Hotel eingesperrt werden würde. Also hielt ich lieber den Mund, während Miss Mack bereits unsere Sachen zusammensammelte. Es war Zeit, nach Kairo zurückzukehren. Sie wirkte ernüchtert. Offenbar hatte sie das Gefühl, dass die Pyramiden herzlich wenig gebracht hatten, und richtete nun all ihre Hoffnungen auf die Ballettklasse am Nachmittag.

# 3

Der junge Mann hat mich heute zum ersten Mal besucht. Er wollte mich zu einem Grab befragen – einem äußerst berühmten Grab. Sein Name ist Dr. Ben Fong, er ist ein junger amerikanischer Wissenschaftler. Zunächst war er in Berkeley, Kalifornien, jetzt ist er Fellow am University College London. Er schreibt ein Buch – noch ein Buch! – über die berühmteste Entdeckung, die man im Tal der Könige je gemacht hat. Geplant ist auch eine Fernsehdokumentation, eine Koproduktion, die von der BBC und einem amerikanischen Anbieter, vielleicht sogar HBO, finanziert werden wird. Der Arbeitstitel lautet: *Das Grab des Tutanchamun – die ganze Wahrheit*, und der überaus coole und fotogene Dr. Fong wird für dieses hochdotierte vierteilige Wunderwerk mit dem hochtrabenden Titel verantwortlich zeichnen. Buch und Serie werden, wie er mich aufklärte, parallel auf den Markt gebracht, das Interesse sei überwältigend. Die Bemerkung ließ er am Anfang unserer Unterhaltung fallen, als er noch der Illusion anhing, ich würde diese Aussicht verlockend, wenn nicht gar schmeichelhaft finden. Doch Dr. Fong ist nicht dumm und wird diesen Fehler sicher kein weiteres Mal begehen.

Dem ersten Besuch war ein höflicher Brief vorangegangen, in dem Dr. Fongs eindrucksvolle akademische Qualifikationen, seine Publikationen und seine Kontakte und Freunde in Ägypten aufgeführt waren – einschließlich jener Person, die ihn an mich verwiesen und ihm meine Adresse gegeben hatte. Ich hatte den Mann, einen Experten für die Transkription von Papyri, bestimmt zwanzig Jahre nicht mehr gesehen. Dem Brief folgte ein reger E-Mail-Wechsel, zu dessen Beginn Dr. Fong auf galante Weise seine Überraschung kundtat, dass eine Frau meines Alters überhaupt einen Computer besaß. Angesichts dieses wenig verheißungsvollen Starts kann ich es mir selbst nicht erklären, warum ich mich zu dem Treffen überhaupt breitschlagen ließ. War meine Neugierde geweckt? Das steht zu bezweifeln. Vermutlich hat es einfach damit zu tun, dass mich meine Arthritis im Winter deutlich stärker behindert, sodass ich nicht mehr so häufig rauskomme, wie ich mir das wünschen würde. Mitten in London erleide ich dann einen Lagerkoller. Mit Einsamkeit hat das nichts zu tun. Nein, ich hatte mich bereit erklärt, Dr. Fong zu empfangen, weil er mich dazu drängte und ich mich langweilte.

Heutzutage verbringe ich die Winter meistens in England und die Sommer in Amerika oder anderswo. Wann und wohin ich auf Reisen gehe, bestimme einzig ich selbst. Ein, wie ich allen Leuten unter die Nase reibe, überaus komfortabler Zustand. Meine Reisefreude hängt dabei einzig von der Entwicklung meiner Arthritis ab – und von meiner Stimmung. Da das Treffen mit Dr. Fong im Januar stattfand, als meine Arthritis ihren winterlichen Höhepunkt erreicht hatte, besuchte er mich in meinem Haus in Highgate. Es ist ein schönes altes Haus, auch wenn es gefühlte tausend Treppen hat und auf dem höchsten Hügel über London liegt. Von dort hat man eine wunderbare Aussicht auf den berühmten Highgate Cemetery, auf dem so unterschiedliche Personen wie Karl Marx und George Eliot begraben sind. Der überwältigende Blick über Grabkreuze und Schutzengel hinweg auf die Wolkenkratzer des neuen London hat durchaus einen praktischen Nutzen. Für gewöhnlich kann ich die Aufmerksamkeit meiner Gäste mindestens zehn Minuten damit fesseln, was mir wiederum hinreichend Gelegenheit gibt, mir ein Urteil über sie zu bilden. Allerdings erwies sich Dr. Fong als ungeduldig. Ich war nicht über eine erste Einschätzung hinweggekommen – Anfang dreißig, wacher Blick, modische Frisur, Ehering, schreckliche Schuhe –, als ich mich, nur vier Minuten später, in meinem Sessel am Kamin wiederfand. Fong saß im Sessel gegenüber, Notizblock in der Hand, Bleistift gezückt. Auf dem Tischchen zwischen uns stand ein Aufnahmegerät, das er ohne jede Vorwarnung einschaltete.

»Wenn Sie etwas sagen, kann ich den Ton regulieren, Miss Payne ... Wunderbar, ich denke, so ist es perfekt. Was für ein bemerkenswertes Zimmer! So viele Bücher, fast schon eine Bibliothek. Und so umwerfende Gemälde. Im wahrsten Sinne umwerfend, meine ich. Ist das ein ... Kann das denn wirklich ...? Wow, tatsächlich! Professor Yates hat mich ja vorgewarnt, und dennoch bin ich beeindruckt. Und wie ich sehe, steht da eine Uschebti auf Ihrem Schreibtisch. Und dann noch so eine schöne. Ist das ...?«
»Eine Kopie.«
»Nicht ein Original? Ganz sicher?«
»Ich habe sie 1922 auf dem Basar in Kairo gekauft, in dem Jahr, als ich zum ersten Mal in Ägypten war. Bei einem der weniger skrupellosen Händler. Ich war ein Kind von elf Jahren und hatte noch kein Urteilsvermögen. Tja, leider kein Original.« Ich wurde mit diesem Mann einfach nicht warm. *Aber gut, dann lasset das Spiel beginnen*, dachte ich, und vermutlich kam Dr. Fong zum selben Schluss. Besagte Uschebti – eine der Fayencefiguren, die einem ägyptischen König im Jenseits dienen sollten und in Erwartung dieser ewigen Dienerschaft dem Grab beigegeben wurden – war natürlich echt. Das wusste ich genauso gut, wie Dr. Fong wusste, dass ich es wusste.

Eine Dreiviertelstunde lang schlichen wir also in unserer Unterhaltung umeinander herum. Ich mag mich von zwei Ehemännern scheiden gelassen, einen dritten beerdigt und auch ansonsten ein Leben geführt haben, das man gemeinhin als turbulent bezeichnet, aber in den letzten beiden Jahrzehnten habe ich allein gelebt. Ich bin in die Einsamkeit meiner Kindheit zurückgekehrt, was zur Folge hat, dass auch meine alten Eigenschaften wieder durchkommen, Vorsicht zum Beispiel. Fremden gegenüber bin ich zunehmend nervös und misstrauisch und vermeide es tunlichst, andere Personen ins Vertrauen zu ziehen. Da ich die meisten Freunde, die eine Ausnahme davon bildeten, mittlerweile überlebt habe, gibt es in meinem Leben nicht mehr viele Vertraute, und natürlich ließ Dr. Fong es sich nicht nehmen, den Finger genau in diese Wunde zu legen. Er spulte eine ganze Reihe von Berühmtheiten herunter, einschließlich jener, die an der abenteuerlichen Entdeckung und Ausgrabung des Grabs von Tutanchamun beteiligt gewesen waren, jener, denen ich erstmals als Kind in Kairo begegnet war, jener, die ich in Luxor und im Tal der Könige kennengelernt hatte. Allesamt waren sie nun mausetot. Dr. Fong atmete tief ein und bezeichnete mich dann als die einzige noch lebende Zeugin der größten archäologischen Entdeckung aller Zeiten und der außerordentlichen Ereignisse, die in den Jahren zwischen 1922 und 1932 einen unglaublichen Boom der Ägyptologie nach sich gezogen hatten.

»1935 wohl eher.« Ich war in Gedanken abgeschweift, und ehe ich michs versah, waren die Worte auch schon heraus.

»1935?« Er schaute mich verwirrt an. »Da kann ich Ihnen leider nicht folgen. Howard Carter hat das Grab von Tutanchamun doch im November 1922 entdeckt, oder? Und noch im selben Monat wurde es in Gegenwart seines Finanziers Lord Carnarvon geöffnet. Weitere zehn Jahre hat es gedauert, sämtliche Objekte zu beschreiben, zu konservieren und an ihre weiteren Bestimmungsstätten zu bringen. Die letzten wurden 1932 ins Ägyptische Museum in Kairo gebracht, im Februar 1932, Miss Payne. 1935 war die Sache längst gegessen.«

»Ach ja, natürlich. Mein Gedächtnis lässt mich allmählich im Stich, entschuldigen Sie bitte.«

»Ach was, Ihr Gedächtnis scheint mir absolut fantastisch zu funktionieren. Wenn meines noch so intakt ist, sollte ich in Ihrem Alter sein – falls ich das überhaupt erreiche –, dann werde ich mich glücklich schätzen.«

»Sie sind zu freundlich.«

»Gibt es da vielleicht etwas, das sich in Bezug auf 1935 meiner Kenntnis entzieht? Mir ist nicht bekannt, dass ... Oder dachten Sie möglicherweise an 1938, als Howard Carter starb? Das muss doch ein einschneidendes Datum für Sie gewesen sein, das Ende einer Ära. Wie ich hörte, waren Sie auf seiner Beerdigung. Allzu viele Leute waren ja nicht da. Kein gut besuchter Abgang. Mich würde in dieser Hinsicht interessieren, ob ...«

»Ein andermal, Dr. Fong.«

»Warum so förmlich? Nennen Sie mich doch einfach Ben. Alle sagen Ben zu mir.«

Es kostete mich eine weitere halbe Stunde, das Gespräch zu beenden. Für Dr. Fong war ich mit Sicherheit nur eine Quelle dessen, was die Journalisten meinen, wenn sie »Farbe reinbringen« sagen: eine Alte, die mit ein paar brauchbaren Anekdoten oder Zitaten aufwarten könnte. Genauso klar war mir, dass er bei mir nach Anzeichen von Alzheimer oder einer anderen bedrückenden Version geistigen Verfalls suchte. Bedeutende Enthüllungen würde er bestimmt nicht erwarten, nicht von jemandem, der damals noch ein Kind gewesen war. Und sollte er entgegen meinen Vermutungen doch auf Enthüllungen aus sein, so war ich nicht geneigt, ihm damit zu dienen. Meine alten Loyalitäten gelten noch immer, daher wird er von mir nichts erfahren. Allerdings hätte ich mir vorher klarmachen sollen, wie gnadenlos Wissenschaftler sein können, denn natürlich fragte er unermüdlich weiter. Ich versuchte es mit allen Tricks, mit Hochmut, senilem Geschwafel, Schweigen, selbst Tränen, aber nichts wirkte. Als er eine neue Kassette in das Aufnahmegerät legte, hatte ich schließlich eine Eingebung. Ich holte meine Fotoalben. Davon habe ich ziemlich viele, und alle sind ziemlich dick. Die Unmengen von sepiafarbenen Bildern würden seinen Abgang gewiss beschleunigen. Ich hatte die Aufnahmen mit der Boxkamera von Kodak gemacht, die mir Miss Mack in Kairo gekauft und die ich während des Ausflugs zu den Pyramiden erstmals benutzt hatte. Später habe ich sie dann auch nach Luxor und ins Tal der Könige mitgenommen. Es war schon lange her, dass ich mir die Fotos zum letzten Mal angeschaut hatte, und sie berührten mich zutiefst.

Ich blätterte im ersten Album. Da waren all die distinguierten Herren, die ich in einem anderen Land, einer anderen Zeit und einem anderen Leben kennengelernt hatte und die nun auch Dr. Fongs Anwesenheit in meinem Haus erklärten. Da waren ihre Frauen und Kinder. Da waren die Orte, die damals mein Lebensmittelpunkt gewesen waren: das Winter Palace Hotel am Nilufer, in dem Miss Mack und ich abstiegen, als wir von Kairo nach Luxor weiterreisten, Howard Carters Haus in der Wüste, dann, nur eine Meile davon entfernt, das Haus, in dem ich mit Frances wohnte. Es war kurz vor dem Ersten Weltkrieg vom Metropolitan Museum of Art für die Archäologen gebaut worden, die für das Museum in Ägypten waren und nach der unglaublichen Entdeckung des Grabs von Tutanchamun nicht selten auch für Lord Carnarvon und Howard Carter arbeiteten.

Das Metropolitan House – das eher unter dem Namen »Amerikanisches Haus« bekannt war – bildete damals den Mittelpunkt des gesellschaftlichen Lebens im Tal. Hier wurden Gerüchte in die Welt gesetzt und Intrigen geschmiedet. Die Fotos, die ich zu der Zeit gemacht habe, können kaum seine ungeheure Größe oder seine herrliche Abgeschiedenheit vermitteln. Es schaute direkt auf die Wüste mit den Thebanischen Bergen, hinter deren kargen Gipfeln sich das Tal der Könige verbarg. Da ich die Fotos aus allzu großer Nähe aufgenommen hatte, sah man nur zusammenhanglose Mauerteile, Fragmente von Fenstern und Segmente von Kuppeln. Zudem waren die Fotos klein, oft schlecht belichtet oder leicht verwackelt – und doch ließen sie eine längst verlorene Welt wiederauferstehen. Der Lärm, den die Erinnerung mit sich brachte, war so laut, dass ich mich wunderte, dass Dr. Fong nichts hörte. Schweigend reichte ich ihm das Album hinüber. Wie sehr die Toten die Lebenden doch bedrängten, wie aufdringlich sie waren!

»Faszinierend«, sagte Dr. Fong und blätterte rasch weiter. »Allerdings muss ich gestehen, dass mir die Kleidung der damaligen Archäologen noch immer unbegreiflich ist. Weit über dreißig Grad im Schatten – wobei es im Tal noch heißer war, ganz zu schweigen von den mörderischen Temperaturen in Tuts Grab –, und sie laufen in Tweedanzügen und Westen herum und tragen Fliegen um den Hals. Wie haben sie das nur ausgehalten? Ist das dort Lord Carnarvon?«

»Ja.«

»Der Hut kam mir irgendwie bekannt vor. Den kann man ja praktisch nicht übersehen.«

»Den trug er immer.«

»Tatsächlich? Das muss ich mir notieren. Damit sieht er aus wie ein Glücksspieler auf einem Mississippi-Dampfer. War Carnarvon eigentlich ein Dandy? Oder vielleicht eitel? Würden Sie ihn als autokratisch bezeichnen?«

»Er konnte den englischen Lord herauskehren, wenn es ihm dienlich war, aber meistens war er sehr zurückhaltend. Zielt Ihre Frage darauf ab, dass ich ihn beschreibe?«

»Ich denke schon, ja.«

»Er war ... liebenswürdig.«

Schweigen trat ein. Das Band sirrte leise vor sich hin. Bald ließ Dr. Fong Anzeichen von Ungeduld erkennen. »Das ist alles? Liebenswürdig?« Er starrte auf das Foto. »Und wer ist das junge Mädchen neben ihm? Es ist ziemlich schwer, auf den Bildern die Menschen zu erkennen – die Hübsche am Arm von Howard Carter?«

»Das ist Lady Evelyn Herbert, Lord Carnarvons Tochter. Sie hat ihren Vater immer nach Ägypten begleitet, wie Sie ja sicher wissen.«

»Ach ja, klar. Okay.« Dr. Fong schaute auf seine Uhr und blätterte die Seite um. An einem Gruppenfoto blieb er hängen. Eine Schar Archäologen lehnte an der Steinwand vor dem Eingang des Grabs von Tutanchamun. Plötzlich wurde er munter. »Ah, die kenne ich fast alle. Das da sind die Männer vom Metropolitan Museum. Herbert Winlock zum Beispiel – der dahinten mit der hohen Stirn und der extravaganten Fliege, nicht wahr? Den kann man ja wohl kaum übersehen. Ich bewundere ihn sehr, ein großartiger Archäologe und zudem ein begnadeter Schriftsteller. Und da ist Mace. Und Lythgoe. Und der Mann mit der Kniehose ist Harry Burton, oder? Was für ein Fotograf! Unglaublich, wie er es geschafft hat, unter so miesen Bedingungen so gute Bilder zu machen. In Tuts Grab war ja kaum Platz, und die Lichtverhältnisse waren desaströs. Schlichtweg bewundernswert.« Als ich nichts sagte, wirkte er plötzlich wieder verwirrt. »Sie kennen doch Burtons Fotos, oder?«

»Ich war dabei, als er sie gemacht hat. Insofern, ja.«

»Und die Leute hier?« Er hatte wieder eine Seite umgeblättert, betrachtete die Bilder und schüttelte den Kopf. »Nein, die kenne ich nicht. Auf diesem Foto kommt mir niemand bekannt vor.«

Ich beugte mich über den Tisch, um das Foto, das er meinte, in Augenschein zu nehmen. Es war auf der Treppe vor dem Amerikanischen Haus aufgenommen worden. Mrs Lythgoe, die älteste Ehefrau der anwesenden, sprach mit einem Diener. Die Frau von Harry Burton, Minnie, trug ein langes wollenes Gewand, das ihre Hüften betonte. Helen Winlock, die ich damals schon lieb gewonnen hatte, machte eine Geste, an die ich mich noch gut erinnere, weil sie so typisch für sie war. Offenbar hatte sie mal wieder irgendetwas verloren, wonach sie nun suchte, ihre Brille, ihre Wasserfarben oder auch ein Kind.

»Ehefrauen«, sagte ich. »In den ersten Jahren wohnten sie alle im Metropolitan House. Viele Archäologen nahmen ihre Familie mit nach Ägypten.«

Dr. Fong starrte auf das Bild. Mrs Winlock und die Frauen der anderen Metropolitan-Mitarbeiter verdienten genau zwanzig Sekunden seiner Aufmerksamkeit, dann blätterte er um. »Und wer sind diese beiden Kinder?«

»Das dunkelhaarige Mädchen rechts ist Frances, die Tochter der Winlocks.«

»Und links?«

»Das bin ich.«

Schweigen trat ein. Schließlich murmelte Dr. Fong: »Sie sehen – nun, das hätte ich nicht gedacht ... Ihre Haare, was ist denn damit passiert?«

»Ich war rekonvaleszent. Eine lange Geschichte, die Sie sicher nicht interessiert.«

»Tut mir leid, ich wollte Ihnen nicht zu nahe treten. Ich war einfach nur überrascht. Sie sehen so ...«

»Ich weiß, wie ich aussah, Dr. Fong.« Ich langte hinüber, nahm ihm das Album aus der Hand und reichte ihm ein anderes. »Lassen Sie mich Ihnen die Bilder zeigen, die ich von den Pyramiden gemacht habe«, sagte ich freundlich. »Die werden Sie interessieren. Die meisten Menschen sind von ihnen absolut fasziniert. Eine verlorene Welt, Dr. Fong.« Wenn verblichene, unscharfe Pyramidenfotos aus dem Jahr 1922 ihn nicht vertreiben würden, dann wusste ich auch nicht weiter. Meiner Erfahrung nach wirkten sie als das perfekte Schlafmittel. Erging man sich dann noch in betulichen Anekdoten und versprach damit ewige Langeweile, fiel den meisten Besuchern unweigerlich ein, dass sie noch eine dringende Verabredung hatten.

Es dauerte keine fünf Minuten, dann sah Dr. Fong erneut auf die Uhr. Nach weiteren fünf kramte er sein Blackberry hervor, schaute aufs Display und erklärte schließlich, er müsse leider sofort aufbrechen, er habe schon eine Besprechung verpasst, weil es so überaus interessant sei, meinen Erinnerungen zu lauschen. Meine Schilderungen seien von unschätzbarem Wert für ihn, diese Begegnung sei ein Privileg, er melde sich demnächst noch einmal, da er das Gefühl habe, ich hätte noch viel zu erzählen, aber jetzt müsse er leider wirklich sofort los.

Ein voller Erfolg. Innerhalb weniger Minuten eilte Dr. Fong die Vortreppe hinunter, und ich konnte die Tür hinter ihm schließen. Ich blieb im eiskalten Vorraum stehen. Es war noch Nachmittag, aber an einem bedeckten Januartag, wenn Schnee in der Luft lag, war mein Haus immer in ein ewiges, grabähnliches Dämmerlicht getaucht. Man konnte regelrecht spüren, wie sich die Geister in ihm versammelten. Sie waren mit meinem Haus mittlerweile genauso vertraut wie ich und liebten es, sich hier zusammenzurotten, vorzugsweise an der Treppe. Im Moment schienen sie friedlicher Stimmung zu sein, aber das war nicht immer so.

Als ich ins Wohnzimmer zurückkehrte, spürte ich auch dort eine Art Aufregung. Irgendetwas – vielleicht Dr. Fongs Fragen, vielleicht auch die Fotos – hatte die Ruhe gestört. Eine elektrische Spannung lag in der Luft, scharf wie ein Peitschenhieb.

## 4

Ein Lebewohl den Pyramiden ...«, sagte Miss Mack, als wir in die Kutsche stiegen. Hassan knallte einmal mit der Peitsche, und schon waren wir wieder in unseren Zimmern im Shepheard Hotel, exakt nach Plan. Die Lüftungsgitter wurden geschlossen, die Deckenventilatoren angeschaltet, die Laken zurückgeschlagen, und um meinen Körper wurde das schützende Moskitonetz drapiert. Miss Mack erklärte, sich in ihr Zimmer zurückziehen zu wollen, um Tagebuch zu schreiben. Sie hatte literarische Ambitionen und wollte eines Tages ihre Memoiren über ihre ägyptischen Abenteuer verfassen – insgeheim hoffte ich, dass es nie dazu kommen würde. »Und du ruhst dich schön aus, Lucy, damit du zu Tee und Ballett wieder frisch bist.«

An den meisten Nachmittagen quälte ich mich, so müde ich auch sein mochte, schlaflos durch die zwangsverordneten Ruhepausen. Ich versuchte zu lesen – *Die Schatzinsel*, Gedichte von Tennyson, dem Lieblingsschriftsteller meiner Mutter –, schrieb Tagebuch oder lag einfach da, starrte an die Decke und schaute dem unaufhaltsamen Kreisen des Ventilators zu. Doch an jenem Tag fiel ich sofort in einen tiefen, traumlosen Schlaf. Ich schlief sogar so fest, dass die unumstößliche Vier-Uhr-Grenze, die für die Teilnahme am Tee auf der Terrasse des Shepheard Hotels galt, längst vorbei war, als ich aufwachte. Falls Miss Mack es bedauerte, dass wir die Gelegenheit zur *conversazione* verpasst hatten, wusste sie es gut zu verbergen.

»Na, so was, Lucy, du siehst ja tatsächlich ein wenig erholt aus!«, rief sie entzückt. »Deine Wangen haben endlich etwas Farbe bekommen. Bewegung und Ruhe – und viele neue Interessen, ich wusste, dass dir das guttun würde! Und da ich mich in aller Bescheidenheit als erfahrene Krankenschwester bezeichnen kann, weiß ich, wovon ich rede, mein Schatz. Aber jetzt müssen wir dich schnell fertig machen, der Ballettunterricht von Madame beginnt in einer Viertelstunde. Also, waschen und bürsten. Und könntest du dir nicht vorstellen, ein wenig von dem Pfefferminztee zu trinken?«

Unter ihrem strengen Blick wusch ich mir Gesicht und Hände und zog einen anderen Petticoat an. Miss Mack fühlte meine Stirn und maß die Temperatur. Normal. Ich war wieder normal, und das schon den ganzen Tag. Ich nippte an dem kalten Pfefferminztee und hoffte, Miss Mack würde ihre weiteren Erfahrungen als Krankenschwester für sich behalten. Als 1914 der Krieg ausgebrochen war, hatte sie mit ihrem üblichen Elan das erstbeste Schiff nach England genommen und sich bei einer medizinischen Hilfsorganisation als Freiwillige gemeldet. Nach der Ausbildung in London und einem Einsatz in einem Feldlazarett in Frankreich hatte man sie nach Ägypten geschickt: in das Krankenhaus in Alexandria, in das man die Männer brachte, die mit viel Glück die Schlacht von Gallipolli überlebt hatten.

Die meisten hatten schwere Verwundungen erlitten, und so hatte sie mich in den letzten Wochen mit ausführlichen Schilderungen von Amputationen, Blutvergiftungen, Wundbränden und dem ungebrochenen Mut sterbender Briten und Kolonialsoldaten unterhalten. Miss Mack hatte einen Hang zum Makabren und ließ sich über diese Dinge vollkommen ungezwungen aus. Ich hingegen wollte nichts davon hören, da ich vom Tod einstweilen genug hatte. Monatelang hatte er mich verfolgt, und nun wurde es Zeit, dass er mich endlich aus seinen Klauen entließ und nach anderen Opfern Ausschau hielt. Oft stellte ich mir vor, wie er sich in meinem Zimmer versteckte, in diesem riesigen, düsteren Katafalk von einem Kleiderschrank. Nachts roch ich manchmal seine Bandagen, sie waren so muffig wie die einer Mumie. Als Miss Mack frische Kleidung für mich zurechtlegte, öffnete ich vorsichtig die Schranktür und schaute hinein. Leer, natürlich abgesehen von Kleidungsstücken. Dort lauerte nichts. Der Tod war heute definitiv nicht da.

Auf meinem Bett erwartete mich mein neues Outfit. Und schon wieder ein Hut. Als sich meine Miene verfinsterte, seufzte Miss Mack. »Jetzt stell dich nicht so an, mein Schatz, wir können deine Launen nicht gebrauchen, jedenfalls nicht jetzt. Ich habe das Jugendstilkleid herausgesucht, in dem du zauberhaft aussiehst. Und dazu den Hut mit dem passenden Band – nein, sei nicht albern, Lucy, komm schon. Ich habe mich doch auch mit einem Hut in Schale geworfen. Es heißt ja immer, Madame sei empfänglich für so etwas. Allerdings frage ich mich«, fuhr sie leicht nervös fort, »ob ich sie mit ihrem Titel anreden soll. Nein, ich denke, ich werde es besser bei ›Madame‹ belassen, immerhin treffen wir sie in ihrer beruflichen Funktion. Es heißt, dass sie durchaus die *grande dame* spielen kann, trotzdem sollte man nie vergessen, Lucy, dass sie vor dem schrecklichen Unfall eine große Künstlerin war, eine Primaballerina. Da ist ein gewisses Temperament wohl zu erwarten. Außerdem ist sie Russin, und meiner Erfahrung nach sind Russinnen generell leicht reizbar. Schwer zu sagen, wie sie reagiert, wenn wir ihr gegenüberstehen. Ich hab mir sagen lassen, dass sie sehr wählerisch ist, was ihre Klasse angeht; angeblich hat sie schon etliche Mädchen aus – nun – absolut tadellosen Familien abgelehnt, und zwar ohne jeden ersichtlichen Grund. Wenn sie aber Gefallen an dir findet, wovon ich absolut überzeugt bin, dann wird dir das viele Türen öffnen. Das wäre *die* Gelegenheit, Mädchen deines Alters kennenzulernen und in Kairo ein paar nette Freunde zu finden.«

Während der langatmigen Ansprache hatten wir mein Zimmer verlassen, waren die große Treppe hinabgestiegen und hatten auch die Ebenholzstatuen der schönen, barbusigen Ägypterinnen passiert, die Miss Mack eisern ignorierte, indem sie demonstrativ den Blick abwandte. Durch die Lobby gelangten wir in die berühmte Moorish Hall. Den großen Raum zierte eine gewaltige Glaskuppel, er hatte die Atmosphäre eines Herrenclubs und blieb dementsprechend – einem inoffiziellen Brauch zufolge – ausschließlich Männern vorbehalten. In den Ledersesseln saßen Gruppen von englischen Offizieren, Lakaien trugen leichtfüßig Tabletts und Sodaflaschen zwischen den Tischen hin und her, Vertreter der Regierung debattierten mit ihren Kollegen von der britischen Residenz und raschelten dabei mit der *Times*. Die Engländer saßen auf der einen Seite, die Franzosen auf der anderen. Miss Mack zufolge durchzog den Raum ein unsichtbarer Wassergraben, den sie wahlweise »The Channel« oder »La Manche« nannte.

Die Briten, die nach Miss Macks Ansicht in Ägypten faktisch die Regierung stellten, obwohl sie selbst es nur als Protektorat bezeichneten, saßen zu unserer Linken und tranken Scotch. Die Franzosen, die sämtliche kulturellen Angelegenheiten regelten, einschließlich des wichtigen Bereichs der Archäologie, saßen zu unserer Rechten und tranken Champagner. Doch beide Seiten des Channels verbündeten sich sofort, wenn weibliche Eindringlinge gesichtet wurden. Die Engländer starrten uns mit kalter Empörung an, während die Franzosen etwas nachsichtiger waren. Ihnen rang der Anblick eines reizlosen Kinds und einer korpulenten, alterslosen Jungfer lediglich einen philosophischen Seufzer ab. Miss Mack spürte die Blicke, wurde rot und marschierte weiter. Die Bemerkungen über ihren mit einer rostroten Schleife versehenen Hut, der gewagt über ihrem linken Auge balancierte, überhörte sie geflissentlich. »*Affreux*«, murmelte ein Franzose. »*Bloody hell*«, murmelte ein englischer Subalterner.

Während wir schlecht beleuchtete Korridore durchschritten, die mit persischen Teppichen ausgelegt waren, redete Miss Mack pausenlos weiter. *Ballets Russes*, *Revolution*, *Graf Soundso*, *Prinz Soundso*. Unter diesem Bombardement von Informationen, die alle mit Madame zu tun hatten, mir aber nicht das Geringste sagten, spürte ich, wie sich mein Geist allmählich wieder zu vernebeln begann. Das Labyrinth an exotischen Vorzimmern, das wir passieren mussten, machte es nicht besser. Also gab ich mir Mühe, mich auf die wenigen konkreten Dinge zu konzentrieren, die Miss Mack mir eingeschärft hatte.

Erstens: Ich darf nicht herumzappeln, sondern muss still sitzen und dem Ballettunterricht aufmerksam folgen. Zweitens: Ich darf nicht die Jacke ausziehen, da alle sonst meine ausgemergelten Arme sehen würden. Drittens: Unter gar keinen Umständen darf ich den Hut abnehmen, da wir beide ja wissen, was in diesem Fall unweigerlich geschieht. Viertens: Natürlich soll ich antworten, wenn ich etwas gefragt werde, aber ich darf auf gar keinen Fall unaufgefordert irgendwelche Dinge erzählen oder mit Dummheiten herausplatzen, wie es manchmal meine Art ist ... Sicher stimmt es, dass ich Typhus gehabt habe und meine geliebte Mutter daran gestorben ist. Und auch, dass mein Vater von seinen akademischen Studien absorbiert ist und sich in Cambridge in seinem College vergräbt, ist vollkommen korrekt, auch wenn man es nicht so unelegant ausdrücken sollte. Dann aber hinzuzufügen, dass ich mit Miss Mack in Ägypten bin, weil mein Vater nicht weiß, wohin mit mir, und dass ich sicher demnächst eingepackt und woanders hingeschickt werde ... nun, das stimmt eben *nicht*. Das ist einfach nur verletzend. Bemerkungen dieser Art sorgen einzig und allein für verlegenes Schweigen, so etwas wollen die Leute nicht hören, wie man so schön sagt.

»Ich muss, ich darf nicht«, murmelte ich vor mich hin, als wir endlich am Ende eines langen Korridors vor einer mächtigen Mahagonitür standen. Von der anderen Seite war Klaviermusik zu hören, die aber nach einem lauten Knall plötzlich abbrach. Die Tirade, die nun folgte, ließ Miss Mack und mich erstarren.

»Nein, nein, nein! Fräulein von Essen, Lady Rose, das ist ja unerträglich. Noch nie in meinem Leben sind mir solche Plumpsäcke untergekommen. Zurück an die Stange, *mesdemoiselles*! *Alors, nous recommençons* ... Und jetzt, *adage, s'il vous plaît*. Strecken, strecken ... Nein, nicht wie ein ungelenker Vogel Strauß. Wie ein Schwan ... Die Arme so. Die Beine so. Meine Damen, legen Sie es vielleicht darauf an, mich zu quälen? Machen Sie so weiter, und ich werde Sie aus meiner Klasse hinauswerfen, alle beide. Musik! Eins, zwei, drei, vier – *allongé, allongé ... Ah, mon dieu! Allongé, mademoiselle* ...«

Im Schutze der Musik traute sich Miss Mack schließlich, die Tür zu öffnen und sich hineinzuschleichen. Ich folgte ihr in einen Saal, der durch Spiegelwände verdoppelt, verdreifacht und verzerrt wurde. Auf den ersten Blick schienen sich hier Heerscharen von kleinen Mädchen in weißen Balletttrikots, mit weißen Haarbändern und weißen Tutus zu tummeln. Sobald Madame anzählte, setzte sich das *corps de ballet* vollkommen synchron in Bewegung. Erst als meine Panik sich einigermaßen gelegt hatte und im Saal Ruhe eintrat, vermochte auch ich wieder, zwischen der gespiegelten und der wirklichen Welt zu unterscheiden. Zu meiner Linken, jenseits der vergoldeten Stühle, die den Müttern und Kindermädchen vorbehalten waren, und neben dem Korrepetitor am Klavier stand eine Frau, die nur die legendäre Madame Mascha sein konnte. Unter diesem Namen kannte man sie in ganz Kairo, da ihr eigentlicher Name – Komtess Maria Alexandrowna Scheremetewa – ein paar Silben zu lang war, um sich anständig aussprechen zu lassen. Madame war eine kleine, respekteinflößende Gestalt, trug ein fließendes Kleid und das rabenschwarze Haar in der Mitte gescheitelt, straff über den Schädel gekämmt und zu einem Knoten zusammengefasst, ganz Ballerina halt. Bewaffnet war sie mit einem langen Stock, der nach unten hin dünner wurde und den sie auf den Boden knallte, wann immer sie ihren Kommandos Geltung verschaffen wollte.

Hinter ihr standen, die rechte Hand an der Stange, sieben, nein, acht Mädchen in einer Reihe, alle so alt wie ich oder jünger. Ihre Gesichter waren rot und starr vor Konzentration, auf ihren Stirnen hatten sich Schweißperlen gebildet. Das vordere Kind musste, wie mir irgendwann klar wurde, jene Lady Rose sein, die kurz vor unserem Eintreten Madames Zorn erregt hatte. Sie war die Kleinste im Raum, etwas plump und unbeholfen stolperte sie den Tränen nahe über ihre eigenen Füße. Neben ihr stand, knallrot vor Anstrengung, das unglückliche Fräulein von Essen, das sichtlich in sich zusammengesackt war. Die Fünfte im Bunde, die alle Schrittfolgen des *adage* mit kühler Präzision ausführte, stach in ihrer Anmut sofort aus der Gruppe hervor. Obwohl ihr dunkles Haar nun glatt zurückgekämmt war und von einem Stirnband gebändigt wurde, erkannte ich sie sofort als das Mädchen von den Pyramiden wieder.

Während ich ihr noch zuschaute, trat Madame mit erhobenem Stock auf sie zu, tippte ihr mit der Spitze auf die Schulter und bedeutete den anderen Mädchen innezuhalten. »*Assez*. Mademoiselle Winlock wird es vormachen. Frances, *ma petite*, kommen Sie. *Attention, je vous en prie*. Wir gehen zum *allegro* über. Mademoiselle, wenn Sie bitte den anderen zeigen würden, wie die Folge auszusehen hat.«

Das Mädchen von den Pyramiden begann zu tanzen – und sie tanzte tatsächlich und machte nicht einfach irgendwelche Übungen. Jede Bewegung ging fließend in die nächste über, immer zu Madames gebellten Kommandos: *entrechat, demi-plié, grand jeté, fouetté*. Anmut, Balance, eine erstaunliche Präzision in den Beinbewegungen und alles in hohem Tempo vorgeführt – meine Bewunderung war grenzenlos. Ich war nie beim Ballett gewesen und hätte mir nie träumen lassen, was es mit dem Tanzen auf sich haben konnte. »*Ballon*«, sagte Madame. »Mademoiselle Frances, *on essaie le ballon, s'il vous plaît*.«

Ein Raunen ging durch den Raum, Hälse reckten sich, die Gesichter der Mädchen waren jetzt hochkonzentriert – und selbst ich begriff, dass ein *ballon*, was auch immer sich hinter dem Ausdruck verbarg, etwas ziemlich Kompliziertes sein musste. Ein paar grazile Schritte, dann vollführten die Beine des Mädchens eine Reihe von blitzschnellen Scherenbewegungen, bevor sie, ohne dass man einen Sprung oder einen Hüpfer gesehen hätte, schwerelos wie ein Vogel in die Luft aufstieg. Mir stockte der Atem, vor meinen Augen hatte sich ein Wunder ereignet, und ehe ich michs versah, begann ich zu klatschen. Das Mädchen bewegte sich wieder Richtung Erde, knickte aber bei der Landung um und sackte am Boden in sich zusammen.

»*Pas mal*«, sagte Madame und ignorierte die Tatsache, dass Frances Winlock vor Schreck und Schmerz kreideweiß geworden war. Stattdessen zuckte sie nur mit den Achseln, wandte sich von ihr ab und fügte hinzu: »*Vous voyez – c'est difficile.*«

Miss Mack, die neben mir stand, schüttelte verständnislos den

Kopf. Vermutlich überlegte sie, ob es tatsächlich klug sei, mich zum Ballettunterricht zu schicken. »Das arme Kind! Ich hoffe, sie hat sich nichts gebrochen«, murmelte sie. »Es käme einem Wunder gleich, wenn der Knöchel nicht verstaucht wäre. Dabei hat sie so wunderschön getanzt. Ein kleines Lob könnte man da doch schon erwarten. Oder wenigstens Anteilnahme.«

Dummerweise hatte Madame den Kommentar gehört. Sie drehte sich um und fixierte uns mit ihren großen, gefährlichen Tigeraugen. Ich wich zurück und fürchtete schon eine beißende Erwiderung, aber sie schwieg und ließ uns nur ihre Verachtung spüren. Dann wandte sie sich ab, klatschte ein Mal in die Hände, was wie ein Pistolenschuss klang, und beendete die Stunde.

# 5

Im nun folgenden Tumult, als die Mädchen losliefen, um sich umzuziehen, und die Mütter und Kindermädchen sich um Madame scharten, hielten Miss Mack und ich uns etwas abseits. Nervös standen wir am Rande der Gruppe, als ich direkt neben mir plötzlich eine Frau bemerkte, die ich als Frances Winlocks Mutter erkannte. Sie hatte sich seit heute Morgen bei den Pyramiden umgezogen, aber irgendwie wirkte sie immer noch derangiert. So als hätte sie die Überlegungen, wie sie sich für Madames Ballettunterricht zurechtmachen solle, im letzten Moment noch einmal über den Haufen geworfen und sich stattdessen einfach mehrere Tücher um den Hals geschlungen. Vielleicht war sie unschlüssig gewesen, welches ihr am besten stand, und hatte sich daher kurzerhand für alle entschieden. Sie schien aufgewühlt, aber ihre Augen, die denen ihrer Tochter ähnelten, wirkten intelligent und freundlich.

»Oh, ist das nicht grauenvoll?«, sagte sie zu Miss Mack. »Das reinste Schlachtfeld. Jeder buhlt um ihre Aufmerksamkeit, dabei ist Madame in Wirklichkeit eine Gorgone. Jedes Mal nehme ich mir vor, mich zu beschweren, aber wenn sie mich mit ihren Augen anblitzt, erstarre ich förmlich. Sie drängt Frances, Dinge zu tun, für die sie noch gar nicht bereit ist. Sie ist schließlich erst acht, aber das vergessen die Leute immer, weil sie für ihr Alter so groß und so reif ist.« Sie unterbrach sich und lächelte. »Wie unhöflich von mir, ich schimpfe gleich los, dabei habe ich mich noch gar nicht vorgestellt. Ich bin Helen Winlock, meine Tochter war es, die vorhin gestürzt ist. Ich habe Sie hier noch nie gesehen. Haben Sie die Absicht, Ihre Tochter an Madames Unterricht teilnehmen zu lassen?« Mit einer zweifelnden Miene wandte sie sich an mich. »Bist du dir auch sicher, dass du das wirklich möchtest? Madames Ballettstunden grenzen schon fast an Tyrannei. Frances war schon oft in Tränen aufgelöst. Du musst in ihrem Alter sein, oder? Wie alt bist du, Schätzchen?«

»Ich bin elf«, antwortete ich entschieden. Ich war solche Fehleinschätzungen gewöhnt und fand es ratsam, sie so schnell wie möglich zu korrigieren.

Mrs Winlock, der ihr Fehler peinlich war, wollte zu einer Entschuldigung ansetzen, doch Miss Mack, die stets zu meiner Verteidigung bereitstand, bewahrte mich davor. Wie sie mir später erzählte, hatte sie sofort erkannt, dass Mrs Winlock nicht nur eine amerikanische Landsmännin, sondern auch eine herzensgute Frau war. Ihr Akzent hatte Miss Mack angeblich gleich auf neuenglischen Adel und Harvard-Hintergrund schließen lassen. Also zog sie Mrs Winlock beiseite und erzählte ihr die mir mittlerweile so vertraute Geschichte. Ich verstand zwar nur ein paar der Sätze, die sie mit Emphase und herzerweichenden Pausen vortrug, aber es war mir ein Leichtes, den Rest zu ergänzen. Es war meine Geschichte, meine Biografie. Mochte ich mich nun damit identifizieren oder nicht, ich kannte sie jedenfalls auswendig: Nein, weder die Mutter noch die Tante, nur Lucys inoffizieller Vormund ... kannte die Mutter Marianne seit Urzeiten, war schon bei ihrer Taufe in New York und auch auf ihrer Volljährigkeitsparty ... zufällig in England gewesen, als diese unglaubliche Tragödie passierte, und konnte behilflich sein ... Typhus, vollkommen unvermittelt. Die arme Marianne, sie erlag dem Leiden nach Komplikationen ... Lucy todkrank, man musste das Schlimmste befürchten, aber dank ihrer eigenen nicht unerheblichen Erfahrungen als Krankenschwester war das Kind schließlich durchgekommen ... Haare mussten abrasiert werden und brauchten eine Ewigkeit, um wieder zu wachsen, was für schreckliche Verunsicherung sorgte ... dann noch die anderen Probleme: akuter Gewichtsverlust, Trauer, Appetit- und Antriebslosigkeit ... allgemeine Verzweiflung. Vater mit seinem Latein am Ende, vergrub sich natürlich in Arbeit, konnte sowieso nicht gut mit Kindern umgehen, aber welcher Gelehrte konnte das schon?

Genau, Fellow in Cambridge, England ... Ach, Mrs Winlock war mit der akademischen Welt vertraut? Nun, dann konnte sie sich bestimmt vorstellen, wie verfahren die Situation war. Der Vater hatte nicht die geringste Vorstellung, was man mit einem Kind anstellte, und dann noch ... Hier senkte Miss Mack die Stimme, sodass ich nur zwei Worte verstand: »schlimmer Krieg«.

Die beiden Worte waren mir bereits vertraut, meine Mutter hatte sie täglich benutzt. Sie waren eine Diagnose, die alles erklärte, die Unnahbarkeit, die Wutausbrüche, die Alpträume, die nächtlichen Schreie. Mein Vater war 1914 als Freiwilliger in den Krieg gezogen. Er hatte das Haus verlassen, als ich vier war, und war in meinem neunten Lebensjahr zurückgekehrt. Ich wusste, dass dieser schweigsame Fremde in Frankreich gekämpft hatte, aber er sprach nie davon. Als ich ihn einmal bat, mir in einem Atlas die Somme zu zeigen, pfefferte er ihn mir an die Stirn, sodass sie zu bluten anfing. *Schlimmer Krieg, schlimmer Krieg.* Doch er war nicht der Einzige. In Cambridge war ich noch anderen Männern begegnet, die von diesem Leiden befallen waren. Und auch unter den Offizieren in Kairo hatte ich schon Opfer ausgemacht – ihre nervöse Unberechenbarkeit und eine gewisse Leblosigkeit im Blick verrieten sie. Hatte es je einen guten Krieg gegeben? Ich war klug genug, niemanden danach zu fragen.

Den Blick auf den Boden gerichtet, der plötzlich verschwamm, vernahm ich die Fortsetzung von Miss Macks Geschichte: ... totale Krise also, aber sie selbst, Miss Mack, die eine gute Ägyptenkennerin sei, hatte einen Vorschlag vorzubringen ... verlängerte Rekonvaleszenz, Reise in wärmere Klimazonen, die dem englischen Winter entschieden vorzuziehen seien, wenn es da nicht ein Problem gäbe, Geld nämlich ... worauf sie, Miss Mack, sofort das Kommando übernahm und den Großeltern mütterlicherseits schrieb, die bislang keinen Finger gerührt hatten.

An dieser Stelle atmete Miss Mack tief ein, und ich wusste, was jetzt kam. Sie hatte um Mitleid geworben, und jetzt würde sie, so verlässlich wie das Amen in der Kirche, um die Anerkennung meiner gesellschaftlichen Stellung werben. Mrs Winlock hatte sich die Geschichte bislang aufmerksam und mit offenbar aufrichtigem Interesse angehört. Anders als viele der Frauen, die Miss Mack auf der Reise und auch hier in Kairo mit meiner Geschichte belästigt hatte, zeigte sie keinerlei Anzeichen von Ungeduld. Also senkte Miss Mack die Stimme und holte zu ihrer nächsten überraschenden Wendung aus.

Der Vater des Kindes, ein brillanter Altphilologe aus einer distinguierten Familie aus Norfolk, sei oft selbst sein schlimmster Feind, stets fortschrittlich, was ihn auch mit sozialistischen Ideen liebäugeln ließ, was wiederum bei Mariannes Familie gar nicht gut ankam. Begegnet waren sich die beiden in London, auf Mariannes erster Europareise. Drei Monate später war man verheiratet gewesen und der Kontakt zur Familie abgebrochen. Keinen Dollar bekam die Tochter mehr, und dass ein Kind erwartet wurde, das spielte nicht die geringste Rolle, obwohl man doch hätte meinen sollen, ein solches Ereignis müsse selbst halsstarrigen Stolz wie diesen mildern. Als Amerikanerin hätte Mrs Winlock doch … Oh, vielleicht kam sie ja sogar aus Boston? Nun, dann würde sie ja wissen, wie verbohrt diese Familien sein konnten, besonders wenn sie sich aus den Clans der Emersons, Stocktons und Wiggins zusammensetzten.

Miss Mack machte eine Pause, und tatsächlich riss Mrs Winlock die Augen auf, als sie diese Informationen verdaut hatte. »Die Stocktons von der Eisenbahn?«, fragte sie matt.

»Und die Emersons vom Stahl.«

Schweigen trat ein. Mrs Winlock zog ein Gesicht, das mir mittlerweile vertraut war. Darin mischte sich Überraschung mit Ehrfurcht, Mitleid und einer abgrundtiefen Verachtung. Ich zog mich ein wenig zurück.

»Ich habe ihnen geschrieben«, sagte Miss Mack mit einer gewissen Resolutheit. »Ich habe den Emersons geschrieben – und dabei kein Blatt vor den Mund genommen. Und sie waren tatsächlich einverstanden. Nun, zumindest was die Finanzierung dieser kleinen Reise angeht. Für die Zukunft möchte ich keine Prognosen wagen.

Aber ich versichere Ihnen, Mrs Winlock, dass ich diese ganze Ungerechtigkeit und Großmannssucht hasse wie die Pest, und wenn ich dieses arme Mädchen hier sehe, bricht es mir förmlich das Herz. Es hat seine geliebte Mutter verloren und eine grauenhafte Krankheit überstanden. Was es braucht, ist nicht eine biedere Frau wie mich, sondern Unterhaltung! Und Freundinnen ihres Alters, die sie ein wenig aus sich herauslocken, meinen Sie nicht auch?«

Das war mir jetzt doch zu aufdringlich. Beschämt wollte ich das Weite suchen, aber Mrs Winlock verhielt sich keineswegs so, wie ich es erwartet hatte. Statt die üblichen Plattitüden von sich zu geben, um sich dem Appell zu entziehen, erschien sie mir äußerst gerührt. Ihre Wangen hatten sich gerötet, sie bekundete leise ihr Mitleid, legte Miss Mack die Hand auf den Arm und schloss sie schließlich zaghaft in die Arme. Miss Mack seufzte, entwand sich der Umarmung und ergriff dankbar Mrs Winlocks Hände. Mitten im Getümmel der Mädchen, die von ihren Begleiterinnen in Empfang genommen wurden, hielten sich die beiden Frauen aneinander fest und schienen sich wechselseitig zu trösten oder aufzumuntern, als wären sie die ältesten Freundinnen.

Einen solchen Gefühlsüberschwang war ich nicht gewöhnt. »Wir sollten uns doch bemühen, nicht hysterisch zu werden, Marianne«, pflegte mein Vater zu sagen, wenn meine Mutter, was selten genug vorgekommen war, allzu deutlich ihre Gefühle gezeigt hatte. Ich zog mich zurück und bahnte mir einen Weg durch den schnatternden Haufen von Tänzerinnen, die sich nun in ganz normale Mädchen in Röcken, Blusen oder Kleidern wie dem meinen zurückverwandelt hatten. Eine nach der anderen wurden sie eingesammelt. Das Fräulein von Essen wurde von einer Nanny in Uniform weggeführt, während die unglückselige Lady Rose von einer so exquisit gekleideten, so unfassbar modischen und schönen jungen Frau in Empfang genommen wurde, dass ich stehen blieb, um sie anzustarren.

»Rosie, mein Schatz!«, rief sie, eilte durch den Raum und beugte sich hinab, um das Mädchen in die Arme zu schließen. »Da ist ja mein Spätzchen – wenn du tanzt, blühst du auf wie eine Rosenknospe. Ich bin so unendlich stolz auf dich und werde in ganz Kairo mit dir angeben. Darf ich dich morgen zum Tee auf die Terrasse ausführen? Deine Mutter sagt, ich darf! Wollen wir uns dann jetzt auf den Weg machen? Du musst unglaublich erschöpft sein, mein Liebling, diese grässliche Hexe ist ja wirklich gnadenlos mit euch. So ein Dragoner. Ah, Madame, da sind Sie ja! Ich bin ja so froh, dass ich heute hier sein durfte, eine echte Offenbarung. Mir war tatsächlich nicht klar, wie viel harte Arbeit hinter dieser Kunst steckt.«

»Woher sollten Sie auch?«, antwortete Madame mit blitzenden Augen. »Sehen Sie etwa Spuren von harter Arbeit in Ihrem Gesicht? An Ihren Händen? Pah, Damenhände. Untätige Hände.«

»Nun seien Sie nicht so grausam, Sie Monster«, antwortete die junge Frau lächelnd. »Sie wissen, dass ich mich bemühe. Und von Ihnen lass ich mich bestimmt nicht einschüchtern – dazu kenne ich Sie zu gut. *Mille mercis pour tous ces compliments.* Aber jetzt hören Sie: Pups hat heute Morgen ein Telegramm geschickt, er kommt nächste Woche und sagt, Sie werden vor unserer Abreise nach Luxor noch mit uns dinieren, einverstanden? – Ah, wunderbar. Hier im Shepheard's, hatten wir gedacht. Wir werden etliche Gäste haben, ein paar Freunde aus London, Poppy d'Erlanger – mit ihr bin ich hierhergereist –, ach, und natürlich Howard Carter und …«

»Ihre Mutter auch?«, fiel Madame ein. »Wird Lady Carnarvon auch mit von der Partie sein?«

»Wohl kaum, meine Liebe. Vielleicht ändert sie ihre Pläne ja noch, aber zurzeit weilt sie in Paris.«

»Schon wieder?« Madame hob eine Augenbraue. Die beiden Frauen wechselten einen Blick, den ich nicht zu deuten wusste, dann verzog die jüngere ironisch das Gesicht.

»Tja, schon wieder. Was soll man da machen?«

»Wenig, vermutlich«, antwortete Madame. »Es würde mir leidtun, sie nicht anzutreffen, aber es wird mir wie immer ein großes Vergnügen sein, Ihren Vater zu sehen. Ich freue mich auf das Dinner. Senden Sie ihm meine *félicitations*.«

»Unbedingt. Es ist so schön, zurück zu sein – Poppy und ich haben einen Riesenspaß. Ich spiele mit dem Gedanken, einen Kanarienvogel zu kaufen, hat Howard Ihnen davon erzählt? Sollte ich das tatsächlich tun, werde ich ihn mit ins Tal nehmen, als Glücksbringer sozusagen. Jetzt muss ich mich aber sputen. Pups lässt Ihnen übrigens alles, alles Liebe ausrichten.«

Sie beugte sich vor, umarmte Madame, drückte ihr einen Kuss auf die blasse, mit Rouge gepuderte Wange, nahm Lady Rose bei der Hand und wandte sich zum Gehen. Als sie an mir vorbeikam, redete sie noch immer pausenlos. Ich roch ihr Parfüm – es duftete nach Narzissen und Iris –, dann war die Erscheinung verschwunden. Madame durchschritt die Gruppe der letzten verbliebenen Anwesenden, als ich sah, dass Miss Mack, flankiert von Mrs Winlock, mutig zum Sprung ansetzte.

»Madame, wenn ich mich vorstellen dürfte?«, hörte ich sie sagen. »Mein Name ist Myrtle C. Mackenzie, ich komme aus Princeton, New Jersey. Ich hatte Ihnen ein Billett zukommen lassen, falls Sie sich erinnern. Es geht um meine kleine Freundin dort, Lucy Payne. Lucy... Lucy? Wo hat sich das Kind denn schon wieder versteckt?«

Ich hatte mich hinter das Klavier verzogen und duckte mich nun hinter den Hocker, wo mich die kurzsichtige Miss Mack vermutlich nicht entdecken würde. Gleich würde sie wieder mit ihrer Geschichte loslegen, das ahnte ich schon, aber ich würde erst wieder hervorkommen, wenn sie vorbei war, keinen Moment eher. Madame bekam immerhin nur die Kurzfassung zu hören, da Miss Mack ja nicht so dumm war, ihr gegenüber die Mitleidskarte auszuspielen. Die Statuskarte war aber durchaus einen Versuch wert, wenn man die anderen Mädchen hier betrachtete. Mochte die farblose Lucy Payne auch keinen Eindruck schinden, so würde sie als die Enkelin von Stahl- und Eisenbahnmagnaten vielleicht mit wehenden Fahnen in die Ballettklasse einziehen. *Emerson*, hörte ich wieder, *Stockton*, *Wiggins*. Meine Wangen brannten. Ich stellte mir Madames Verachtung und Miss Macks Verdruss vor, wenn ich an das Ergebnis der Unterhaltung dachte. Als ich hinter dem glänzenden Ebenholzklavier hervorlugte, sah ich, dass Miss Mack aufgebracht war und sich mittlerweile auch Mrs Winlock in das Gespräch eingeschaltet hatte. Madame lauschte mit versteinerter Miene.

»Unmöglich«, vernahm ich kurze Zeit später. »*Je regrette, ma chère Madame, mais votre fille* ...«

»*Miss*, wie ich schon sagte. Ich bin Miss Mackenzie, und Lucy ist nicht meine Tochter. Himmel, ist das denn so schwer zu verstehen? Und könnten wir vielleicht beim guten alten Englisch bleiben?«

»Wieso Englisch? Sie sind doch Amerikanerin«, erwiderte Madame süffisant.

»Das bin ich auch. Ich bin Yankee und stolz darauf!« Miss Mack hatte den Sarkasmus durchaus bemerkt und ereiferte sich prompt. Ihre Stimme wurde schrill, und ihr Hut saß nun in einem gefährlichen Winkel über ihrem linken Auge. Als ich mich wieder hinter das Klavier verzog, fühlte ich, wie eine kleine Hand meinen Arm berührte. Ich drehte mich um und schaute direkt in das Gesicht von Frances Winlock.

»Hallo«, sagte sie nur. »Ich beobachte dich schon eine ganze Weile. Auch heute Morgen habe ich dich beobachtet, durch meinen Feldstecher. Als du vorhin hereingekommen bist, habe ich dich sofort erkannt. Du bist das Mädchen von der Sphinx.«

»Und du bist das Mädchen von den Pyramiden. Die Akrobatin. Du hast ein Rad geschlagen und eine Sonnenbrille getragen. Ich habe dich auch beobachtet.«

Wir musterten uns, und nach einem langen Moment, in dem sie mich wohl einzuschätzen versucht hatte, streckte sie mir die Hand hin. Ich schüttelte sie förmlich, dann stellten wir uns einander vor. Aus der Nähe konnte ich sehen, dass Frances jünger war, als ich zunächst gedacht hatte, obwohl sie ziemlich groß war, fast so groß wie ich. Anders als ihre Mutter war sie mit ihrem marineblauen Faltenrock und der adretten weißen Bluse mit Bubikragen tadellos gekleidet. Sie trug die gleichen Socken und Sandalen wie ich, aber das glänzende schwarze Haar war schulterlang geschnitten, an der

Seite gescheitelt und mit einer Spange – oder wie Miss Mack sagen würde: mit einer Haarklammer – zurückgesteckt. Ihr Teint strahlte rosig, und auch sonst strotzte sie vor Gesundheit. Ihre Augen und ihr funkelnder Blick waren das Erste, was mir an ihr auffiel – zumindest dann, wenn sie lächelte. Dann leuchtete ihr Gesicht in einer Weise, wie ich es noch nie erlebt hatte. Als sie wieder so lächelte, wagte ich es, ihr die Frage zu stellen, die mich den ganzen Tag beschäftigt hatte: »Und? Hast du den Hieroglyphentest bestanden?«

»Oh, das hast du auch gehört?« Das Lächeln verschwand. »Nein, ich habe ihn nicht geschafft. Eine von sechs Hieroglyphen wusste ich nicht. Daddy war stinksauer. Aber die sind auch schwer, richtig schwer.«

»Mach dir nichts draus. Beim nächsten Mal wird es schon klappen«, sagte ich. Frances wirkte so niedergeschlagen, dass ich sie unbedingt trösten wollte. »Außerdem hast du wundervoll getanzt.«

»Nein, hab ich nicht. Die Hälfte der Schritte stimmte nicht, und dann hab ich auch noch den Sprung vermasselt.«

Ich schaute auf ihren Knöchel, der sichtlich geschwollen war. »Ist er verstaucht?«

»Glaub nicht. Jedenfalls kann ich laufen. Vermutlich habe ich mir nur den Fuß verdreht – tut kaum mehr weh.«

Ich wusste, dass sie log. Als Frances das Gewicht vorsichtig von einem Fuß auf den anderen verlagerte, zuckte sie zusammen. Um das Thema zu wechseln, fragte sie mich schnell, warum ich in Kairo sei und wie lange ich bleiben würde. Auch wollte sie wissen, warum ich so dünn sei, und erkundigte sich, mit Blick auf das, was unter meiner Hutkrempe hervorschaute, was ich mit meinen Haaren angestellt hätte. Noch nie war ich jemandem begegnet, der so direkt war. Angesichts ihrer Freimütigkeit lösten sich all meine Vorsätze in Luft auf, und ehe ich an mich halten konnte, begann ich, die ganze Geschichte auszuplaudern. Ich war fast am Ende angelangt und erzählte soeben, wie man mich eingepackt und verschickt hatte, als Miss Mack mich mit Madame und Mrs Winlock im Schlepptau in meinem Versteck aufspürte.

Als ich in die Gesichter sah – das rote, eingeschüchterte von Miss Mack, das mitleidige von Mrs Winlock und das arrogante, ungeduldige von Madame –, war mir sofort klar, dass Miss Mack auf verlorenem Posten kämpfte. »Ah, Lucy«, sagte sie. »Es tut mir leid, aber hier werden wir nicht viel Erfolg haben. Sämtliche von Madames Ballettklassen sind belegt, und es sieht nicht danach aus, als ...«

»Das ist das Kind?« Madame unterbrach sie, beugte sich zu mir herab und musterte mich. Ihr Raubtierblick brannte regelrecht auf meiner Haut. »Ich werde mich mit ihr selbst unterhalten. *Vous permettez, mademoiselle?*«

Miss Mack und ich nickten beide, da wir nicht wussten, wer mit der Anrede gemeint war. Die Befragung war kurz und sachlich und erbrachte in Windeseile die Information, dass ich, obwohl ich bereits das fortgeschrittene Alter von elf Jahren erreicht hatte, noch nie beim Ballett gewesen war – weder aktiv noch passiv – und auch sonst noch nie getanzt hatte. Ich ritt auch nicht, spielte kein Tennis und konnte kaum schwimmen, war also nicht sportlich, wie Madame aus allem schloss. »*Enfin* – was können Sie überhaupt, mein Kind?«

»Nun, ich lese. Ich lese sogar viel«, sagte ich verzweifelt, nachdem ich eine Weile nach einer Antwort gesucht hatte, um dann auf eine zu verfallen, die sehr nach Cambridge klang.

Madame hob übertrieben die Augenbrauen. »Möchten Sie denn überhaupt tanzen, Mademoiselle?«

»Nein ... Ja ... Das heißt, eigentlich wollte ich nicht, aber ...«

»*Incroyable*, wirklich! Aber vielleicht sollte ich kein überstürztes Urteil fällen. Sie waren krank, das erfordert eine gewisse Nachsicht. Ich muss fair sein. *Fair play*, damit liegen uns die Engländer doch ständig in den Ohren, nicht wahr? Wir werden uns also ein eigenes Bild von Ihnen machen. Nehmen Sie den Hut ab, mein Kind.«

Ich tat wie geheißen. Miss Mack stöhnte auf und wollte protestieren, als es den anderen bei meinem Anblick schon die Sprache verschlug. Madame fasste sich als Erste wieder. »Weiter, mein Kind«, sagte sie. »Beugen Sie sich vornüber, und berühren Sie die

Zehen. Und jetzt stehen Sie gerade, heben beide Arme über den Kopf und lassen sie langsam wieder sinken – langsam, Mademoiselle. *Enfin*, ziehen Sie Ihre Schuhe aus, legen Sie die Hand an die Stange, und stellen Sie sich auf die Zehenspitzen – *comme ça, vous voyez?*« Sie machte es vor, ich tat es ihr nach, dann seufzte sie. »Strecken Sie Ihr linkes Bein aus, schauen Sie auf den großen Zeh, und heben Sie es so hoch, wie Sie können. *Mon dieu*, sind Sie steif! Da hab ich ja schon gelenkigere Tische und Stühle gesehen. *Ça suffit.*« Sie wandte sich ab. »Lassen Sie uns nicht länger unsere Zeit miteinander verschwenden.«

»Das ist nicht fair, Madame.« Zu meiner Überraschung trat Frances vor. »Viele Mädchen in der Klasse können nicht tanzen und werden es auch nie lernen – und die haben Sie auch nicht weggeschickt. Lucy möchte unbedingt tanzen lernen, das hat sie mir selbst gesagt, und Sie geben ihr nicht einmal eine Chance. Sie ist ... sie ist ... eine sehr gute Turnerin. Sie macht fantastische Flickflacks und schlägt Räder. Und auch Purzelbäume.«

Das war eine dreiste Lüge, und ich errötete bis in die Spitzen von dem, was von meinen Haaren übrig geblieben war. Frances hatte sie mit all der Unschuld vorgetragen, derer sie mit ihren großen Augen mächtig war, und wirkte derart überzeugt, dass sogar Miss Mack darauf hereinfiel. »Wirklich, Lucy, mein Schatz? Das war mir ja gar nicht ...«

Mrs Winlock stieß sie an, um ihr schnell das Wort abzuschneiden. »Frances, das reicht jetzt. Aber vielleicht hat meine Tochter nicht ganz unrecht, Madame. Außerdem wird Lucy wie wir auch in ein paar Wochen nach Luxor weiterreisen, daher wäre es sowieso nur für kurze Zeit. So lange werden Sie doch sicher ein Plätzchen für sie finden, nicht wahr? Bedenken Sie doch, was sie von einer Lehrerin wie Ihnen nicht alles lernen könnte. Und ich weiß, dass Frances begeistert wäre. Sie und Lucy sind so gute Freundinnen.«

Ich schwieg. Mir war klar, dass Madame nicht eine Sekunde lang Frances' Lügenmärchen geglaubt hatte. Sie wusste, dass ich ebenso wenig ein Rad schlagen konnte, wie ich Hieroglyphen zu entziffern vermochte. Ich war eine Hochstaplerin, eine Betrügerin – beziehungsweise würde im nächsten Moment als eine solche entlarvt werden. Dafür musste mich Madame nur um eine Vorführung meiner vermeintlichen Fähigkeiten bitten. Ich sah, dass ihre Augen bei dieser Vorstellung boshaft zu glänzen begannen, aber plötzlich schien sie sich anders zu besinnen. Vielleicht hatten ja Frances und Mrs Winlock eine größere Bedeutung für sie als alle Stocktons und Wiggins und Emersons dieser Welt zusammen. Vielleicht gefiel es ihr auch, ihrem Ruf der Unberechenbarkeit gerecht zu werden, vielleicht aber amüsierte sie auch nur die Dreistigkeit der Lüge.

Eindringlich schaute sie Frances und mich an. Es folgte ein langes, angespanntes Schweigen, dann lachte sie. »Nun ja, offenbar verfügen Sie über ungeahnte Talente, Mademoiselle«, sagte sie trocken. »*Eh bien*, ich werde Sie im Auge behalten, und da Ihre Freundin für Sie bürgt, dürfen Sie am nächsten Dienstag in meinen Unterricht kommen. Als Entgegenkommen erwarte ich allerdings, dass Sie bis dahin die fünf Grundpositionen lernen. Tun Sie das nicht, fliegen Sie hochkant raus. Mrs Winlock, Miss Mackenzie – Sie haben mich die letzte Kraft gekostet. Ich wünsche Ihnen einen schönen Tag.«

Damit rauschte sie aus dem Saal. Sobald ich sicher sein konnte, dass sie auch wirklich fort war, dankte ich Frances für die zuvorkommende Lüge, ihrer Mutter für ihren Einsatz und Miss Mack für die Hartnäckigkeit, mit der sie für meine Interessen eingetreten war. Doch es war nur ein halbherziger Dank, denn mit einem Mal wurde ich von düsteren Gefühlen befallen, die ich längst vergessen geglaubt hatte.

»Nun ja«, sagte Helen Winlock, »lassen wir die Sache einfach auf sich beruhen. Immerhin haben wir jetzt einen Grund zu feiern, oder, Miss Mackenzie?«

»Myrtle, meine Liebe. Bitte.«

»Nun gut. Warum leisten Sie und Lucy uns heute Abend beim Dinner nicht Gesellschaft, Myrtle? Frances darf auch aufbleiben, wenn wir früh essen, und mein Mann Herbert wird hocherfreut sein, Ihre Bekanntschaft zu machen. Er ist Archäologe und arbeitet für das Metropolitan Museum of Art. Ich könnte Ihnen etliche befreundete Archäologen vorstellen, natürlich nur, wenn Sie meinen, dass Sie das aushalten.«

Miss Macks Gesicht hellte sich schlagartig auf. Sie liebte Gräber und Tempel, eine größere Freude hätte man ihr kaum machen können. Nachdem sie sich höflichkeitshalber ein wenig geziert hatte, ließ sie sich schnell überreden.

Später am Abend trug ich mein bestes Kleid, hatte die verbleibenden Haarbüschel kunstvoll unter einem Tuch verborgen und fand mich an einer großen Tafel mitten im glanzvollen Speisesaal des Shepheard Hotels wieder. Neben mir saß Frances und erklärte mir im Flüsterton, wer die anderen Leute am Tisch waren. Zum ersten Mal begegnete ich ihrem Vater, Herbert Winlock, und seinen Kollegen, deren Fotos später auch in meinem Fotoalbum verewigt werden würden – im Moment des Triumphes, der noch ein Jahr auf sich warten lassen sollte.

»Und wer ist das da?«, fragte ich und zeigte auf einen Mann, der neben ihrem Vater saß. Er wirkte verschlossen, beteiligte sich nicht am Gespräch der anderen Gäste und machte auch bei Weitem keinen so lockeren und gut gelaunten Eindruck. Bislang hatte er nur einen knappen Kommentar von sich gegeben: »Quatsch!« Damit hatte er die endlose Diskussion zwischen Frances' Vater und einem anderen Mann unterbrochen, den mir Frances als den Chefkurator der ägyptologischen Abteilung des Met vorgestellt hatte, ein kleiner, stiller Mann aus Boston namens Albert Lythgoe. Niemand schien sich an dem brüsken Kommentar zu stören. Lythgoe zog nur eine Augenbraue hoch, Winlock grinste, dann setzten sie ihre Diskussion fort.

»Das ist Howard Carter«, antwortete Frances. »Auch ein Archäologe. Er arbeitet für Lord Carnarvon, der die Grabungslizenz für das Tal der Könige besitzt. Mr Carter ist ein besonderer Freund von mir. Ich kann dich irgendwann mit ihm bekannt machen, aber ich warne dich, Lucy: Er ist ein verdammt schwieriger Mensch. Daddy sagt, er sei die unverschämteste Person, die ihm je begegnet ist.«

Howard Carter schien es nicht so recht zu passen, dass man seinen Kommentar einfach übergangen hatte. Er schenkte sich Wein ein, lehnte sich zurück und starrte finster in die Gegend. Meiner Einschätzung nach war er Ende vierzig. Er hatte eine Hakennase und dunkle Haare. Offenbar fühlte er sich in der Situation nicht wohl, zudem strahlte er selbst dann, wenn er schwieg, etwas penetrant Rechthaberisches aus. Im nächsten Moment stand er auf und verließ ohne ein weiteres Wort den Saal.

Interessiert verfolgte ich seinen Abgang und witterte instinktiv den Einzelgänger – unter seinesgleichen erkannte man sich eben.

# Teil 2

# Das Mundöffnungsritual

Das Mundöffnungsritual war ein wichtiges altägyptisches Ritual, mit dem ein unbelebtes Objekt wie eine Statue oder eine verstorbene Person, eine Mumie etwa, auf symbolische Weise ins Leben zurückgerufen wurde. Für den symbolischen Schnitt wurden unterschiedliche Spaltwerkzeuge benutzt, sodass man tatsächlich etliche Mumien gefunden hat, die in den Bandagen der Mundgegend kleine Schnitte aufwiesen.

www.britishmuseum.org

# 6

Kairo war damals eine relativ kleine Stadt, nicht die wuchernde Metropole, zu der es sich seither entwickelt hat. Die Anzahl der Orte, an denen sich amerikanische und europäische Reisende aufhielten, war überschaubar, weshalb ich Howard Carter in den nächsten Tagen relativ häufig sah. Bis ich ihm tatsächlich vorgestellt wurde, dauerte es allerdings noch eine Weile. Er wohnte nicht im Shepheard's, wie ich erfuhr, sondern im Continental Hotel, gegenüber vom Garten von Ezbekieh, in dem auch die Winlocks abgestiegen waren. Wie diese kam er aber täglich ins Shepheard's, das er als eine Art inoffiziellen Club betrachtete.

Frances versorgte mich mit allen wertvollen Informationen über ihn. Sie erzählte mir, dass sein Vater Künstler gewesen sei, der Tiere gemalt habe. Da die Familie kein Geld hatte, war Carter als das jüngste von elf Geschwistern weggegeben worden und bei zwei unverheirateten Tanten in Norfolk aufgewachsen. Sein Großvater war dort Wildhüter auf einem großen Anwesen gewesen, wo auch seine beiden Elternteile geboren worden waren. Da ich selbst Spross zweier Nationalitäten war, weckte die Geschichte mein Interesse. Ich hatte ein gutes Ohr für Dialekte, und Miss Mack, die eine wahre Expertin auf diesem Gebiet war, hatte es noch geschärft. Mit der unverwechselbaren Aussprache der Landbevölkerung von Norfolk war ich von meinen Besuchen her vertraut, aber bei Carter konnte ich nicht den kleinsten Anklang davon heraushören. Seine gestelzte Redeweise mit den abgehackten Konsonanten und den affektierten Vokalen wirkte irgendwie falsch, aufgesetzt. Er schien mittlerweile geübt darin zu sein, weil er immer so sprach, aber trotzdem klang er immer ein wenig wie ein Schauspieler.

»Wo denn in Norfolk?«, fragte ich Frances.

»Swaf-irgendwas? Swath-irgendwie? Hab ich vergessen.«

»Swaffham? Das ist ein kleines Städtchen. Ein paar Cousins von meinem Vater leben dort in der Nähe.«

»Das solltest du Mr Carter erzählen, das wird ihm sicher gefallen. Allerdings glaube ich nicht, dass er noch oft hinfährt. Als er zum Arbeiten nach Ägypten kam, war er erst siebzehn. Einen Abschluss oder irgendeine Ausbildung hat er nicht – jedenfalls nicht wie Mr Lythgoe, der in Harvard unterrichtet hat, oder Mr Mace, unser Konservator, der in Oxford war. Oder wie Daddy, der sowohl in Harvard als auch in Leipzig einen Abschluss gemacht hat. Er ist ein richtiges Genie.« Sie runzelte die Stirn. »Er redet nicht darüber, aber ich denke, dass Mr Carter nicht einmal zur Schule gegangen ist. Allerdings kann er gut malen, wahrscheinlich hat er das von seinem Vater geerbt. Irgendjemand hat damals ein paar Strippen gezogen und ihm den Job hier in Ägypten verschafft, wo er Grabmalereien kopieren sollte. Er war zuvor nie von zu Hause weg gewesen und hatte kaum Erfahrung auf diesem Gebiet, aber schon wenige Monate später war er an den Ausgrabungen des großen Flinders Petrie in el-Amarna beteiligt, stell dir das mal vor! Eine Weile lang war er Inspektor beim Antikendienst, der in Ägypten über sämtliche archäologischen Belange entscheidet, und seither ist er hier. Im Sommer verlässt er Ägypten natürlich – wie wir alle. Aber bei sechzig Grad ist es hier auch nicht auszuhalten, und graben kann man bei der Hitze erst recht nicht. Er hat ein Haus in der Wüste, das alle nur *Castle Carter* nennen, Carters Burg. Das ist jetzt sein Zuhause. Behauptet er zumindest.«

Mein Interesse wuchs. Frances wusste so viel mehr als ich. Von el-Amarna hatte ich noch nie etwas gehört, weshalb mir auch nicht klar war, wo es lag. Und auch der Name Flinders Petrie sagte mir herzlich wenig. Aber ein Mann, der sich um die Schule herumgedrückt hatte? Der eine Burg in der Wüste besaß? Irgendetwas an Howard Carter faszinierte mich – vielleicht ja, dass ich nicht sagen konnte, welche seiner Eigenschaften authentisch waren und welche falsch oder bloß angelernt. Er hatte etwas von einem Seeräuber, obwohl er das mit seinem Homburger Hut und den edlen maßgeschneiderten Anzügen zu kaschieren versuchte. Seine Haare lagen glatt an und glänzten. Seine großen weißen Zähne zwischen dem flotten Schnauzbart und dem markanten Kinn blitzten bedrohlich, wenn er lächelte. Er war ein Mann der verschmitzten, spöttischen Gesten, der Typ, der vor weiblichen Gästen schwungvoll den Hut zog, wenn sie ihm in der Lobby über den Weg liefen.

»Guten Morgen, meine teuerste Lady«, hörte ich ihn einmal zu einer Engländerin sagen, die kürzlich erst im Hotel eingetroffen war und – ihrer verblüfften Miene nach zu urteilen – nicht die mindeste Ahnung hatte, wer der Mann war. Bei einer anderen Gelegenheit sagte er unter Verwendung deutscher Wortbrocken: »Frau von Essen! *Guten Morgen, gnädige Frau* ... Immer noch in der Welt unterwegs, wie ich sehe. Lockt nicht Berlin?«

Diese Bemerkung – gefallen zu einer Zeit, in welcher der Erste Weltkrieg den Menschen noch frisch in Erinnerung war und den Deutschen im britisch regierten Ägypten erhebliche Vorurteile entgegenschlugen – konnte spöttisch oder einfach nur höflich gemeint sein. Also riss sich die hochnäsige Frau von Essen zusammen und bedachte Carter mit einem kalten Blick, den der parierte, indem er die Zähne zu seinem berüchtigten und beängstigenden Grinsen fletschte, die Hacken zusammenschlug und pfeifend aus der Lobby schlenderte.

In den nächsten Tagen war ich wie ein Spürhund auf seiner Fährte. Ich ertappte mich dabei, dass ich ständig nach ihm Ausschau hielt, und meistens war ich dabei sogar erfolgreich. Einmal sah ich ihn durch den Garten von Ezbekieh spazieren, einen Stock mit Silberknauf in der Hand, und es entging mir nicht, dass die Berufsbettler einen großen Bogen um ihn machten. Dann wiederum trank er Tee auf der Terrasse des Shepheard's, manchmal mit Lord Carnarvons Tochter Lady Evelyn – der eleganten jungen Frau, die ich in Madames Ballettunterricht gesehen hatte –, zumeist aber in Gesellschaft reicher älterer Damen, die Stammgäste waren und Carter offenbar vergötterten. Sie überhäuften ihn mit Komplimenten und hingen förmlich an seinen Lippen.

»Also bin ich am Seil ins Grab hinuntergeklettert«, hörte ich ihn eines Tages sagen. »In gut fünfzig Meter Tiefe sprang ich zu Boden. Es war mitten in der Nacht und stockfinster, aber ich konnte die Diebe auf frischer Tat ertappen … Genau, ein Grab für Königin Hatschepsut, daher hegte ich die größten Hoffnungen … Dann ein zwanzig Meter langer Gang in den Felsen hinein, zweihundert Tonnen Geröll, die beseitigt werden mussten, aber alles, was wir fanden, war ein leerer, unbenutzter Sarkophag. Das Grab war so gut versteckt gewesen, dass Hatschepsut dort Jahrtausende ungestört hätte liegen können. Doch zu Lebzeiten hatte sie wie ein König regiert und war daher auch entschlossen gewesen, wie ein König beerdigt zu werden. Also ließ sie im Tal der Könige ein neues Grab für sich errichten, das aber wie alle anderen Gräber auch schon in der Antike geplündert wurde. Tja, wer ein König sein will, muss auch dessen Schicksal teilen.«

»Oh, Mr Carter, das ist ja *hoch*spannend. Wie *außerordentlich* mutig von Ihnen«, schwärmte eine der Verehrerinnen, und insgeheim stimmte ich ihr zu.

Zu meiner wohl interessantesten Beobachtung kam es im berühmten Mena House Hotel in der Wüste außerhalb von Kairo. Dort trafen sich die Reichen – Briten, Amerikaner, Ägypter und Europäer –, um zu schwimmen, Tennis und Golf zu spielen, Altertümer zu bestaunen, das vorzügliche Essen zu genießen oder einfach zu sehen und gesehen zu werden. Ursprünglich war das Anwesen vom Khedive, dem früheren ägyptischen Regenten, als Landgut für Jagdausflüge errichtet worden. Solche Schießereien, organisiert von britischen Offizieren, waren noch immer äußerst beliebt: In der Morgendämmerung machte man in den Nilsümpfen schnell mal ein paar Enten den Garaus, um sich anschließend im Mena House ein herzhaftes Frühstück mit Porridge, Bacon und Rührei zu genehmigen.

Das Ambiente war geprägt von einer seltsamen Stilmischung, die ich mittlerweile als anglo-orientalisch zu erkennen gelernt hatte: Man lag auf Divanen, ließ sich aber Earl Grey servieren, Scones und englisches Teegebäck wurden von einem Mann in Beduinengewand hereingetragen, und die berühmten Blumenrabatten im Außenbereich konnte man bewundern, weil ägyptische Gärtner in Djellabas für kontinuierliche Bewässerung sorgten. Nur großer Beharrlichkeit, sprudelnden Geldquellen und dem unerschöpflichen Angebot an spottbilligen Arbeitskräften war es zu verdanken, dass mitten in der Wüste, nur wenige Meter von den Pyramiden entfernt, Lavendel, Rittersporn und Rosen wie in den Gärten englischer Landhäuser wucherten. An jenem Abend saß Carter allein im Mena House und ließ nicht die geringste Neigung erkennen, seine vielen Freunde und Bekannten zu begrüßen oder auch nur wenigstens zur Kenntnis zu nehmen. Schließlich schritt er misslaunig und geistesabwesend mit gerunzelter Stirn über die Terrasse und ignorierte all jene, die seinen Namen riefen oder sogar aufstanden, um an ihn heranzutreten. Vom Fenster des überfüllten Speisesaals aus sah ich, wie er von der Terrasse auf den üppigen Rasen trat. Der Blick, den man von dort auf die nahen Pyramiden genoss, war zu Recht berühmt.

Eingerahmt von Palmen, Oleander, Rosen und Dahlien blieb Carter im intensiven Nachglühen des ägyptischen Sonnenuntergangs stehen und starrte in Richtung der Wüste und des blutroten Himmels. Nach einer Weile holte er ein silbernes Zigarettenetui und eine goldene Zigarettenspitze heraus, zündete sich eine Zigarette an und rauchte gedankenverloren. Dunkel hob er sich gegen das flammende Pink des Oleanders ab, während sich gleichzeitig der gewaltige schwarze Schatten einer Pyramide auf ihn zuschob und langsam an seinem Körper hochkroch – ein berühmter, aber höchst gruseliger Effekt, der mit irgendwelchen besonderen Lichtphänomenen zusammenhing. Die Szene wurde immer unheimlicher, aber als der Pyramidenschatten den Garten und Carter unter sich zu begraben drohte, zog er die Zigarette aus der glänzenden Spitze, schaute sich um, warf den glimmenden Stummel in ein Blumenbeet und wandte sich zum Gehen um.

Ich ging davon aus, dass er ins Hotel zurückkehren und dann an unseren Tisch kommen würde. Wir saßen mit den Winlocks zusammen, und soeben hatte sich auch Lady Evelyn, Lord Carnarvons Tochter, zu uns gesellt. Sie kannte Carter bereits aus Kindertagen, wie Frances mir erzählt hatte. Sicher würde er froh sein, wenn er seine alten Freunde entdeckte und sich zu ihnen setzen könnte. Gespannt wartete ich, aber er tauchte nicht auf. Als ich wieder aus dem Fenster sah, hatte sich die Finsternis über den Garten gesenkt, und Carter war fort.

Damals hatte ich, worauf Miss Mack so sehr gehofft hatte, den Sinn für Unterhaltung wiederentdeckt. Die Tage der pflichtbewussten Besichtigungstouren von einem touristischen Highlight zum nächsten und der andachtsvollen Lesungen aus Reiseführern waren vorbei. Und die regelmäßige Mittagsruhe hatten wir ebenso gestrichen wie die frühen, einsamen Abendessen auf unserem Hotelzimmer. Jetzt hatte der Tag, wie Miss Mack zu sagen pflegte, gar nicht genug Stunden, um sich all den Vergnügungen hinzugeben, die Kairo zu bieten hatte. Jeden Morgen übten Frances und ich Ballettschritte, nachmittags erkundeten wir unter Führung ihrer Mutter die Stadt. Und täglich erfuhr ich mehr über Frances: dass sie in Kairo geboren sei und sich somit, wie sie es ausdrückte, »Ägyptin ehrenhalber« nennen könne, dass sie einen kleinen Bruder habe, der mit seinen zwei Jahren aber noch zu jung sei, um nach Ägypten mitzukommen, dass sie die Wüste und das Tal der Könige liebe – aber auch die amerikanische Wildnis, vor allem Maine, wo ihre Familie in einem Haus am Meer auf einer abgelegenen Insel die Sommer verbrachte.

Mit Frances an meiner Seite lag die Stadt offen vor mir. Gemeinsam wanderten wir über den Basar in der Mousky Street, stürzten uns ins Labyrinth der dunklen Gassen und verliefen uns in dem Bereich der Händler für antike Kunstschätze. Dort lernte ich von Frances und ihrer Mutter, wie man feilschte, und schulte mein Auge. Dieses *antike* Objekt hier sei doch offensichtlich eine Fälschung, ob ich das denn nicht sehe? Aber jenes dort, ah, das sei echt. Wir gingen auch in den berühmten Gezira Sporting Club, um uns ein Polospiel anzuschauen. Nach einer schier endlosen und undurchschaubaren Reihe von Chuckas – den Spieleinheiten im Polo – stellten sich die schwitzenden britischen Offiziere beider Mannschaften nebeneinander auf, damit Lady Evelyn dem Kapitän der Siegermannschaft einen silbernen Pokal überreichen konnte. Bei dieser Gelegenheit begegnete ich zum ersten Mal Lady Evelyns Freundin Mrs d'Erlanger, von der ich in Madames Ballettklasse bereits gehört hatte und der ich nun flüchtig vorgestellt wurde.

Von Weitem hatte ich die famose Mrs d'Erlanger schon ein paarmal gesehen, etwa wenn sie durch die Lobby des Shepheard's gerauscht war oder sich in einem Kleid wie aus flüssigem Silber auf der Tanzfläche des Hotels gedreht hatte. Einmal hatte ich sie beobachtet, wie sie die Hoteltreppe hinuntergestürzt und zu einem schneidigen englischen Leutnant in den Wagen gehechtet war. Und auf dem Basar hatte ich sie bei den sudanesischen Händlern entdeckt, wo sie sich Stoßzähne angeschaut, um ein Leopardenfell gefeilscht und Straußenfedern brüsk beiseitegeschoben hatte. Ich war Zeugin geworden, wie sie beschloss, sämtliche Felle zu kaufen, und eine Sekunde später kein einziges mehr wollte. Mir war bekannt, dass Mrs d'Erlanger mit Lady Evelyn von England hierhergereist war und nach Lord Carnarvons Ankunft mit nach Luxor fahren würde, aber nüchterne Fakten wurden dieser Frau einfach nicht gerecht. Sie faszinierte Frances und mich. Mir kam sie vor wie ein wunderschöner, exotischer Zugvogel – ein Eindruck, den mir Helen Winlock beim Polo bestätigte. Sie war meinem Blick zur Terrasse des Clubhauses gefolgt, wo die quirlige Gestalt Poppy d'Erlangers zu sehen war, zunächst an Evelyns Seite, dann von einem Schwarm Polospieler umringt.

»Eine wahre Schönheit, Lucy, nicht wahr?«, sagte Helen und seufzte. »Diese Augen! Allerdings ist sie nicht gerade die Person, auf die man sich verlassen kann, nicht wie Evelyn. Dabei ist die liebe Evelyn erst zwanzig, und Poppy d'Erlanger muss mindestens acht

Jahre älter sein. Sie hat ja bereits Kinder. Evelyn ist so vernünftig, während Poppy einfach ... nun, gedankenlos ist. Gott allein weiß, was in ihrem hübschen Kopf vor sich geht. Ständig macht sie irgendwelche Zusagen. Letzte Woche etwa wollte sie mit uns zu Mittag essen, tauchte dann aber nicht auf und vergaß auch, Bescheid zu geben. Manchmal verschwindet sie auch, fünf Minuten nachdem sie aufgetaucht ist, ohne jede Vorwarnung. Für ihre Fluchten ist sie berühmt«, Helen lachte, »aber auch für ihre Reize. Deshalb verzeiht man ihr alles.«

Auch vor dem Tee nach dem Polospiel flüchtete Poppy d'Erlanger. In einem Moment war sie noch da, ich wurde ihr vorgestellt, schüttelte ihre schmale, kalte Hand, und wir machten uns gemeinsam auf den Weg ins Clubhaus, um dort den Tee einzunehmen, im nächsten Moment sah man nur noch ihren leeren Stuhl. Mehrere Leute eilten los, um sich nach ihrem Verbleib zu erkundigen, bis sich irgendwann herausstellte, dass Mrs d'Erlanger den Club vor ein paar Minuten verlassen hatte.

»Vermutlich ist sie mit Jarvis fort«, sagte der junge Hauptmann, der sie gesucht hatte. Er war sichtlich außer Atem, verschwitzt, missmutig und wohl auch eifersüchtig. »Denke ich zumindest. Andere behaupten allerdings, sie sei mit diesem Schwein von Carew verschwunden.«

Evelyn wirkte betroffen und nahm ihre Freundin aber sogleich in Schutz. »Natürlich, jetzt fällt es mir wieder ein«, sagte sie leichthin. »Davon hatte sie mir ja erzählt. Und vielleicht könnten Sie etwas freundlicher über Carew sprechen. Er ist ein überaus liebenswürdiger Mann und ein uralter Freund von Poppy. Und zugleich mein Cousin zweiten Grades, nebenbei bemerkt. So, und jetzt gibt es indischen und chinesischen Tee – und dann auch noch den berühmten Ingwerkuchen, köstlich!«

Frances und ich mussten die Erwachsenen bedienen und reichten die Platten herum. Der heikle Moment war verstrichen, und ich bewunderte, wie elegant Evelyn die Sache gehandhabt und mit ihrem höflichen Tadel beendet hatte. Als ich wieder saß, lauschte ich dem

Klatsch und Tratsch der Engländer, mit dem ich mittlerweile vertraut war: Darin ging es um Pferderennen, Entenjagd, die jüngsten Entwicklungen in der britischen Residenz ... Irgendwann verlegten sich die jungen Offiziere auf eine Diskussion über den Aufstieg der nationalistischen Wafd-Partei, die jüngsten politischen Unruhen und die Notwendigkeit, sie »im Keim zu ersticken«, bevor einem »die Dinge aus der Hand gleiten«.

»Die Sache ist die, Lady E., dass man den Ägyptern nicht über den Weg trauen kann – sie sind verschlagen«, sagte der Redseligste unter ihnen, ein junger, dynamischer Leutnant namens Ronnie Urquhart, während er Evelyn mit seinen klaren blauen Augen fixierte. »Je eher wir dieses defätistische Gerede von Unabhängigkeit beenden, desto besser. Wir sollen auf den Suezkanal verzichten, wo er doch unsere Passage nach Indien ist? Allein die Idee ist verrückt! Nein, was in Delhi funktioniert, wird auch in Kairo funktionieren – und das ist hartes Durchgreifen. Haben Sie von der Demonstration letzte Woche gehört? Direkt vor der britischen Residenz! Ein Haufen nationalistischer Rüpel haben Fahnen geschwenkt und Sprüche gebrüllt. Und das unter den Augen von Lord Allenby, wie abgefeimt! Wir werden diesem Spielchen ganz schnell ein Ende bereiten. Unsere Aufgabe muss darin bestehen, die Aufwiegler zu schnappen, sie von der Straße zu holen und ...«

Helen Winlock wirkte gelangweilt. Sie schien die Meinung des Mannes nicht zu teilen, obwohl sie nicht viel sagte. Miss Mack hingegen hatte sich bereits ein, zwei Mal mit den Soldaten angelegt und sie furchtlos provoziert. Man hatte ihr mit ernster Höflichkeit zugehört, sie dann aber ignoriert. Ich mochte mir gar nicht vorstellen, was für einen Zorn die Auslassungen des Offiziers bei meinem Vater erregen würden, der Dummköpfe einfach nicht ertrug. Gott sei Dank beendete Miss Mack die Tirade, die mittlerweile bei »nichtsnutzigen Unruhestiftern« angelangt war, indem sie sich erhob.

»Wenn Ägypten unabhängig ist, Lieutenant Urquhart«, sagte sie und fixierte ihn mit ihrem scharfen republikanischen Blick, »was nicht mehr lange dauern kann, das scheint mir klar zu sein, dann werden viele Ihrer sogenannten Unruhestifter in ein demokratisch gewähltes ägyptisches Parlament einziehen. Wird man ihnen dann immer noch die Redefreiheit vorenthalten, wie man es jetzt tut? Nein, und bemühen Sie sich nicht, mir zu widersprechen, Lieutenant, ich hab's eilig.«

Wir verließen den Club mit seinen Ledersesseln, dem leichten Geruch nach Roastbeef und zerkochtem Kohl und einer Atmosphäre, die sich irgendwo zwischen englischem Herrenclub und Privatschule bewegte. Nachdem wir durch die Grünanlagen gegangen waren, gelangten wir ans Tor zur Straße. Zwei bewaffnete Wachposten salutierten, dann hatte uns der Lärm von Kairo wieder. Frances schien den Kontrast gewöhnt zu sein, aber mir schmerzte auf der staubigen Straße sofort mein Kopf, mein Hut kratzte, und auch die vertraute Nebelhaftigkeit machte sich wieder bemerkbar. Wir mussten uns zwischen im Damensitz reitenden Arabern, einer stinkenden Kamelkarawane und Massen von Händlern und Bettlern hindurchschlängeln. Es war die Zeit des Abendgebets: Von den Minaretten der Moscheen erklangen die Rufe der Muezzins und legten sich wie disharmonische Musik über den Tumult der Straße. Schließlich erreichten wir die Ecke, wo der treue Hassan auf uns wartete. Als wir in die Kutsche stiegen, berührte ich sein Horusaugen-Amulett.

»Was für eine Ansammlung von jungen Hitzköpfen«, sagte Helen und schaute noch einmal zum Club zurück. »Sind sie nicht unerträglich, Myrtle?«

»Nun, meine Liebe, ich bemühe mich immer um Nachsicht. Die meisten von ihnen sind noch so wahnsinnig jung und haben die Ansichten, die sie von sich geben, wahrscheinlich bereits mit der Muttermilch aufgesogen. Aber die Tage ihres glorreichen Protektorats sind gezählt. Man muss sich schon fragen, ob sie eigentlich blind sind oder gelegentlich auch mal nachdenken, wenn sie weiterhin so einen Unsinn von sich geben.«

»*Können* sie denn überhaupt nachdenken? Daran habe ich so

meine Zweifel. Aber der britische König und sein Weltreich können ganz schön begriffsstutzig sein.«

»Damit haben Sie natürlich recht, Helen. Bei solchen Gelegenheiten verspüre ich immer den unwiderstehlichen Drang, die Boston Tea Party ins Spiel zu bringen.«

Helen lachte und hängte sich bei Miss Mack ein. »Lieber nicht, Myrtle«, antwortete sie. »Möglicherweise haben diese Jungspunde noch nie etwas davon gehört. Ich glaube nicht, dass Geschichte ihre große Stärke ist.«

Die Episoden der Verwirrung und Nebelhaftigkeit hielten an und befielen mich stets ohne Vorwarnung. Dennoch kamen sie nicht mehr so regelmäßig, ihre Häufigkeit schien sich unter Frances' Einfluss allmählich zu verringern. Wie anders es doch war, mit der immer zu überraschenden Aktionen aufgelegten Frances an meiner Seite die koptischen Kirchen und die Zitadelle von Saladin zu besichtigen. Wie viel interessanter, das gewaltige, drückend heiße Ägyptische Museum mit ihr und ihrem Vater zu erkunden. Manchmal nahm er sich frei, um uns alles zu erklären, und so konnte ich mit der Hilfe des genialen Herbert Winlock etliche meiner Wissenslücken füllen. Ich erfuhr, dass das historische el-Amarna, wo Carter als junger Mann seine ersten Ausgrabungen gemacht hatte, eine herrliche Stadt gewesen war. Sie war von dem häretischen König Echnaton errichtet worden, der die Königsstadt Theben verlassen und die alten Götter abgewertet hatte, um nur noch eine einzige wahre Gottheit anzuerkennen: Aton, den Sonnengott. In den staubigen Vitrinen des Museums in Kairo bestaunte ich die zerbrochenen Statuen von Echnaton und die Reliefs, die ihn mit seinen sechs Töchtern und seiner Frau zeigten – der Königin Nofretete, deren Name bedeutet: Die Schöne ist gekommen.

»Und hat eine von Echnatons Töchtern schließlich den Thron geerbt?«, fragte ich Herbert Winlock. Ich hatte Gefallen an den schon so lange toten Töchtern gefunden, die sehr klein abgebildet waren.

»Soweit wir wissen, nicht, Lucy«, antwortete er freundlich. Er begegnete meiner Unbildung stets mit Nachsicht. »Allerdings war es nicht ausgeschlossen, dass eine Frau die Regierung übernahm. Hatschepsut zum Beispiel bestieg den Thron, nachdem ihr Mann gestorben war, und regierte das Reich dreißig Jahre lang sehr erfolgreich und auch sehr skrupellos. Wenn wir in Luxor sind, werde ich dir und Miss Mack Hatschepsuts Totentempel zeigen. In der damaligen Zeit war sie dennoch eine große Ausnahme.«

Er beugte sich vor, um mit uns gemeinsam das Relief zu betrachten, das in dem Saal einen Ehrenplatz einnahm: Echnaton mit Nofretete *en famille*. Die winzigen Töchter waren beim Spielen abgebildet. Der Stein zeigte Risse und war angeschlagen, einige Teile fehlten sogar. Schaute man aber genau hin, konnte man dennoch erkennen, dass Sonnenstrahlen jedes einzelne Familienmitglied an den Händen berührten. Sie schienen sie zu streicheln oder zu segnen.

»Um aber deine Frage zu beantworten, Lucy: Wir wissen nicht genau, wer nach Echnaton regiert hat«, fuhr Herbert Winlock fort. »Aus der damaligen Zeit existieren praktisch keine Dokumente. Wir denken, dass es nach seinem Tod zwei kurze Reiche gab: das eines Königs namens Semenchkare, von dem wir nichts als den Namen kennen, und dann noch das von Tutanchaton, der später Tutanchamun genannt wurde – aber auch von ihm wissen wir so gut wie nichts.« Er seufzte. »Genau das ist es, was die Ägyptologie so faszinierend macht: was wir alles wissen ... und was wir alles nicht wissen. Es ist, als würden sich gewaltige Blitze entladen, bevor sich dann wieder die undurchdringliche Finsternis herabsenkt.«

Er hielt inne und schaute sich um. Wir hörten Schritte und leise Stimmen, dann tauchten am anderen Ende des Gangs zwei Personen auf. Der eine Mann, eine vertraute massige Gestalt mit einem Homburger Hut auf dem Kopf, war Howard Carter, den anderen, der ziemlich vornehm aussah, hatte ich noch nie gesehen.

»Ist das nicht Howard?«, fragte Helen. »Und wen schleppt er diesmal auf die *grand tour* mit, Herbert? Jemand Wichtiges? Jemand, der euch nützlich sein kann?«

»Das ist Lord Northcliff, der Eigentümer der *Times*. Er ist wegen der Konferenz hier. Howard sagt, er habe ihm ein Treffen abschwatzen können«, antwortete Winlock und wechselte mit seiner Frau einen ironischen Blick.

»Ich wage es kaum hinzusehen. Ist Howard mal wieder die Liebenswürdigkeit in Person?«, erkundigte sich Helen lächelnd.

»Natürlich. Und er wäre ganz sicher nicht begeistert, wenn wir ihm jetzt in die Quere kämen.« Winlock führte uns schnell in einen Seitengang.

Der Flur war mit Mumien vollgestopft. Ich erinnere mich heute noch daran, weil sie mich anschließend monatelang im Traum verfolgten. Kistenweise standen sie in diesem stillen, etwa dreißig Meter langen Gang, einbandagiert, in Leichentücher gewickelt, weiß, friedlich und doch bedrohlich. Am Ende des Flurs lagen in einer eigenen Kiste die kleineren Mumien: Kinder und winzige Babys. Frances, die eine Maske der Gleichgültigkeit aufgesetzt hatte, reichte mir ihre Hand, an der ich mich festklammerte. Als wir die Kiste mit den Babys erreichten, blieb Helen stehen. Sie war bleich und kämpfte mit den Tränen.

»Bring mich hier raus, Schatz«, flüsterte sie ihrem Ehemann zu. »Bitte. Du kennst doch sicher einen Weg, auf dem man schnell hier rauskommt.«

Natürlich kannte Winlock den. Das Labyrinth des Museums war für ihn vertrautes Terrain. Innerhalb weniger Minuten hatten wir die heiße, stickige Stille der Ausstellungsräume verlassen und fanden uns in der prallen Sonne wieder. In diesem Moment ereignete sich auf der anderen Straßenseite ein Zwischenfall, wie man ihn in Kairo häufig beobachten konnte: Zwei Araber wurden in aller Seelenruhe von ägyptischen Polizisten verprügelt, während ein britischer Offizier dabeistand und mit gezogener Pistole gleichgültig zuschaute. Nach einer Weile zielte er gelangweilt in den Himmel und gab einen Schuss ab. Sofort hörte das Geschrei auf, und die Menschen stoben in alle Himmelsrichtungen davon. Einer der Polizisten fluchte laut auf Arabisch, da auch die Missetäter die

Flucht ergriffen, doch der Offizier steckte seine Pistole ruhig ins Holster zurück und trollte sich davon. Die Bettler und »Antikwaren«-Händler, die vor dem Museum ihrer Arbeit nachgingen und in ihrer Tätigkeit kurz innegehalten hatten, um sich das Spektakel anzuschauen, entdeckten nun die in ganz Kairo berühmte Miss Mack und waren sofort zur Stelle. Mit der üblichen Nonchalance verteilte sie Bakschisch, aber als sie die Souvenirs eines der Händler sah, wich sie entsetzt zurück. Eine mumifizierte Hand? Eine Ansammlung bröselnder, übel riechender Zehen? Nein, so ein ekelhaftes Zeug würde sie nicht kaufen. Es war aber nicht zu übersehen, dass die Weigerung ihr schwerfiel, da der Zehenhändler ein kleiner, eigentlich entzückender Junge war, fünf Jahre alt vielleicht, barfuß, mit nichts als Lumpen am Leib. Sein Gesicht verdüsterte sich, als er Miss Macks Reaktion sah, doch er konnte die Katastrophe gerade noch einmal abwenden, da er zufällig noch zwei Skarabäen in der Tasche hatte, die Miss Mack, sichtlich erleichtert, beide erwarb.

»Das sind ganz miserable Fälschungen, Miss Mack«, sagte Frances in ihrer direkten Art. »Außerdem haben Sie das Zwanzigfache ihres eigentlichen Werts bezahlt.«

»Ich weiß, mein Schatz«, antwortete sie. »Und wenn ich sie mir recht besehe, sind sie sogar noch hässlicher als jene, die ich beim letzten Mal gekauft habe. Aber dennoch«, ihr Gesicht hellte sich auf, »wird das Geld es dem Kind ermöglichen, sich etwas zu essen oder ein Paar Schuhe zu kaufen. Verschwendet ist es also nicht.«

Mit ihrem seit Kurzem so schwungvollen Schritt machte sie sich auf den Weg, als der Junge bereits von dem Mann, der die Kinderbande kontrollierte, brutal seiner Beute beraubt worden war. Doch der Vorfall hatte sich hinter Miss Macks Rücken zugetragen, und so marschierte sie in blinder Ahnungslosigkeit weiter.

Als wir wieder im Hotel waren, fragte ich Miss Mack, warum die mumifizierten Babys Helen Winlock wohl so schockiert hätten. Die Frage hatte mich die ganze Zeit beschäftigt, da Helen sie doch schon häufiger gesehen haben musste. Miss Mack kannte die Antwort, da war ich mir ziemlich sicher. Sie und Helen Winlock standen sich mittlerweile recht nahe. Sie bedachte mich mit einem strengen Blick und klärte mich darüber auf, dass Mrs Winlock eine erwachsene Frau sei und wie alle erwachsenen Frauen in ihrem Leben bereits traurige Dinge erlebt habe. »Was für Fragen du aber auch immer stellst, Kind! Du musst deine Nase wirklich nicht in alles reinstecken«, sagte sie scharf und drehte mir den Rücken zu.

# 7

Wir waren jetzt schon fast zwei Wochen in Kairo, und meine Aufnahmeprüfung für Madames Ballettklasse rückte allmählich näher. Miss Mack hatte beschlossen, dass wir noch zwei Wochen in der Stadt verbringen mussten, um all ihre Vergnügungen auszukosten. Der letzte Teil der Reise würde uns dann den Nil hinaufführen, ins Tal der Könige und zu den Tempeln von Luxor – wobei Miss Mack den modernen Namen verabscheute und darauf beharrte, dass Homers Namensgebung treffender sei, *die Stadt der hundert Tore*. Unsere Route würde spektakulär sein. Als Miss Mack ihre Liste erstellte, glänzten ihre Augen angesichts der Fülle geistig anregender und lebensverändernder Wunderwerke, die mich dort erwarteten. Als sie mir aus Reiseführern vorlas und mir Fotos unter die Nase hielt, stieg hinter meinen Augen sofort wieder der vertraute Nebel auf. Vor allem aber gab ich mir Mühe, nicht darüber nachzudenken, was danach kommen würde – die Rückkehr nach England mit all ihren Unwägbarkeiten. Stattdessen klammerte ich mich an meinen einzigen Trost: die Einladung, die Winlocks und die anderen Archäologen im Amerikanischen Haus zu besuchen, wann immer wir wollten. Sie hatten versprochen, uns ins Tal der Könige zu begleiten. Frances würde mich persönlich herumführen, und sollte Mr Carter in der rechten Stimmung sein – aber wer wollte das vorher schon wissen –, könnten wir ihm vielleicht sogar an Lord Carnarvons Grabungsstätte einen Besuch abstatten.

»Carter hat einen Plan«, erklärte Herbert Winlock eines Tages, als er sich in der kühlen Marmorhalle von Groppi's Café zu uns gesellte und Eis und Pfefferminztee bestellte. »Seit Jahrzehnten geht man davon aus, dass das Tal der Könige vollständig erforscht ist und keine Königsgräber mehr zu finden sind. Doch Carter will davon nichts wissen. Er hat im Tal nicht nur gegraben, sondern auch Jahre damit zugebracht, die Lage der bekannten Gräber, der Wasserläufe und der Felsformationen zu analysieren. Seiner Meinung nach gibt es noch mindestens ein unentdecktes Grab. Inzwischen hat er seine Suche auf ein dreieckiges Gebiet eingeengt – ›Carters goldenes Dreieck‹, wie wir es nennen. Der Plan sieht vor, Stück für Stück vorzugehen, die Schuttmassen der alten Grabungen beiseitezuräumen und dann erneut direkt im Felsuntergrund zu suchen.«

»Um Gottes willen!«, rief Miss Mack. »Das klingt aber beschwerlich, Mr Winlock.«

»Beschwerlich, teuer – und bislang war es auch erfolglos«, sagte Winlock. »Seit dem Krieg kämpfen sich Carter und Carnarvon durch dieses verdammte Dreieck hindurch. Es ist ihr fünftes Jahr im Tal, das sie praktisch einmal ganz umgegraben haben. Bislang haben sie jedoch lediglich eine geheime Kammer mit dreizehn Kalzitvasen gefunden – interessant, aber nicht spektakulär. Lady Carnarvon hat sie vor zwei Jahren höchstpersönlich aus dem Boden gebuddelt, was eigentlich überraschender war als der Fund selbst. Almina Carnarvon ist eine bemerkenswerte Frau, aber …«

»Das ist sie gewiss«, fiel Helen ihm ins Wort. »Ob sie nun für zwei Tage oder zwei Monate verreist, sie tut es nie mit weniger als zweiundsiebzig Paar Schuhen im Gepäck. Wenn das nicht bemerkenswert ist, dann weiß ich auch nicht.«

»Zurzeit ist ihr Interesse an Archäologie ohnehin weniger brennend als das an ihrem Schuhwerk. Die antiken Schätze scheinen ihren Reiz für sie verloren zu haben – obwohl die Leute behaupten, dass Carnarvons Grabungen mit ihrem Geld finanziert werden. Da es sich um Geld der Rothschilds handelt, ist die Quelle vermutlich unerschöpflich.«

Winlock wechselte einen schnellen Blick mit seiner Frau, die dann Miss Mack mit einem ähnlichen bedachte. »Alfred de Rothschilds natürliche Tochter«, sagte sie mit gesenkter Stimme, nachdem sie sich zu Miss Mack hinübergebeugt hatte, doch Frances und ich hatten die Worte trotzdem gehört. Miss Mack wurde rot und ließ ihren Löffel fallen – eine sonderbare Reaktion, wie Frances und ich später übereinkamen. Waren denn nicht alle Töchter natürlich? Gab es so etwas wie unnatürliche Töchter? Solche Episoden, die keine Seltenheit waren, machten es ziemlich schwer, den Gedanken der Erwachsenen zu folgen, wie Frances sich oft beklagte.

»Sie verheimlichen uns etwas«, sagte sie zu mir. »Aber ich werde es herausfinden. Ich werde so lange nachbohren, bis ich der Sache auf den Grund gekommen bin.« Dann bat sie mich um Unterstützung bei diesem Vorhaben, das mir ein genuin archäologisches zu sein schien, dem sie jedoch widersprach: Es handele sich eher um *espionnage*.

In der Situation selbst hatte Miss Mack die Information schnell abgeblockt. Da Lady Carnarvon offenbar in den Bereich dessen fiel, was man um keinen Preis erwähnen durfte, kehrte sie sofort zum unverfänglichen Thema des Tals der Könige zurück. »Wie faszinierend, Mr Winlock!«, rief sie. »Der arme Mr Carter, der arme Lord Carnarvon – all diese harte Arbeit. Ich nehme an, die Schuttberge türmen sich dort haushoch auf. Fünf Jahre Schufterei! Um dann wieder in der Felsschicht zu graben! Und sie haben nichts gefunden als diese Gefäße?«

»Absolut nichts«, antwortete Winlock. »Zudem dürfen Sie die Fundteilung nicht vergessen, Miss Mackenzie. Nach den Regeln des Antikendiensts, den bekanntlich unsere lieben Freunde, die Franzosen unter ihrer Fuchtel haben, werden alle Funde fifty-fifty zwischen dem Lizenzhalter und dem ägyptischen Staat geteilt. Sieben der Kalzitvasen wanderten demnach sofort ins Ägyptische Museum, nur die übrigen sechs wurden zu Lord Carnarvon ausgeflogen und sind vermutlich jetzt Teil seiner Sammlung in Highclere Castle – eine armselige Belohnung für das, was er in die Sache schon reingesteckt hat. Carnarvon will sein Königsgrab, wahrscheinlich träumt er sogar von einem unversehrten. Carter genauso. Optimisten und Romantiker sind alle beide, aber sollten sie etwas in der Art finden, dann wäre das natürlich unerhört. Die Gräber, die man im Tal der Könige entdeckt hat, wurden alle bereits in der Antike geplündert, und zwar gründlich.«

»Wie wahr«, sagte Miss Mack und nickte wissend. »Vielleicht werden ihre Bemühungen ja trotzdem irgendwann von Erfolg gekrönt«, fügte sie hinzu, ebenfalls ganz Optimistin und Romantikerin. »Das Tal ist schließlich ein geheimnisvoller Ort, möglicherweise hält es noch einige Überraschungen bereit.«

»Das ist zu hoffen«, erwiderte Winlock trocken. Es war schwer zu sagen, ob er Carter für einen irregeleiteten Spinner hielt oder seinem Projekt eine Chance einräumte. »Letztes Jahr hat Carter übrigens den Boden vom Grab von Ramses VI. freigelegt, aber da die Gegend von Touristen überschwemmt wird, vor allem jetzt zur Hauptreisezeit, hat er seine Bemühungen vertagt. Wahrscheinlich schuftet er sich in einem anderen Teil des Tals ab, wenn wir eintreffen. Eve wird übrigens auch dort sein, sie weicht ihrem Vater ja nie von der Seite. Sollte Carter eine seiner Launen haben, können wir immer noch mit ihr reden – oder mit Lordy.«

»Lordy?« Miss Mack hob eine Augenbraue.

»Lord Carnarvon hat einen ganzen Schwanz von Namen, Miss Mackenzie.« Winlock lächelte. »Nicht weniger als fünf Vornamen, dann natürlich seinen Titel, dann ›Pups‹, wie Eve ihn nennt, und außerdem noch ›Porchy‹, wie seine Familie ihn zu bezeichnen pflegt – sein Ehrentitel, bevor er die Grafschaft erbte, lautete nämlich ›Viscount Porchester‹. Macht summa summarum acht Namen. Nicht einmal die Pharaonen hatten so viele, sie mussten sich mit fünf bescheiden. Und wir Met-Leute haben Lord Carnarvon dann auch noch ›Lordy‹ getauft.« Winlocks Grinsen wurde breiter. »Natürlich nennen wir ihn nie so in seiner Gegenwart. Er ist ein interessanter Mensch, und ich schätze ihn sehr, deshalb lassen Sie es mich mal so formulieren: Ich würde das Risiko einer Majestätsbeleidigung nie eingehen.«

Wenn Miss Mack und ich nach Luxor weiterreisten, das war beschlossene Sache, würden wir im Winter Palace Hotel am Ufer des

Nils absteigen, von wo aus man in westlicher Richtung über den Fluss hinweg auf die Thebanischen Berge schauen konnte. Unsere Zeit dort war von vornherein begrenzt, da das Datum unserer Rückkehr nach England feststand. Trotzdem würden wir *überall* hinfahren und uns *alles* anschauen. Nur ein Detail des Masterplans war noch offen: Auf welche Art sollten wir den Fluss hinaufreisen? Die Winlocks, Mrs d'Erlanger, Lady Evelyn und ihr Vater, dessen Ankunft aus England für die nächsten Tage zu erwarten war, würden im *wagon-lit* des Nachtzugs fahren, der die Strecke in ungefähr zwölf Stunden bewältigte. Howard Carter würde ebenfalls den Zug nehmen, aber schon vor den Carnarvons aufbrechen, um die Grabungen vorzubereiten.

Dieser Herdentrieb schreckte Miss Mack eher ab, zumal sie ohnehin die Alternative zur Eisenbahn vorzog und lieber mit dem Boot den Fluss hinauffahren wollte. Aber sollten wir die schnelle, preisgünstige Alternative mit dem Dampfschiff von Thomas Cook wählen oder eher die teurere, dafür romantischere mit dem Hausboot – einer *dahabieh*, dem typischen Nilschiff mit Verdeck und Kajüte? Nachdem Miss Mack ein paar Tage lang hin und her überlegt hatte, traf sie schließlich eine Entscheidung. Sowohl Eisenbahn – zu langweilig, zu gewöhnlich – als auch *dahabieh* – zu langsam, zu exzentrisch – schieden schließlich aus. Es musste natürlich Thomas Cooks Dampfschiff sein. Sofort setzte ich Frances von diesem Plan in Kenntnis.

»Eine schwere Entscheidung«, verkündete Miss Mack später beim Dinner im Shepheard's, als das Ergebnis erstmals öffentlich diskutiert wurde. »Die Versuchung war ziemlich groß, Lady Evelyn. Als ich mit meinem Vater zum ersten Mal in Ägypten war, bin ich mit einer *dahabieh* mit dem schönen Namen Kleopatra den Nil hinaufgesegelt. Ich werde es nie vergessen! Endlich keine amerikanischen Flaggen mehr, dafür ein Klavier und unsere eigene Bibliothek. Ach, und die Sonnenuntergänge und die Pelikane, die nach den Fischen tauchten! Es war eine so wundervolle Zeit, dass ich mir vorstellen könnte, irgendwann meine Memoiren darüber zu schreiben. Doch die Zeiten ändern sich, und wir wollen schließlich realistisch bleiben. Zudem war der junge Mann bei Thomas Cook außerordentlich hilfsbereit, sodass ich nun zu einer Entscheidung gelangt bin. Eine *dahabieh* kann Wochen brauchen, während uns das Dampfschiff in vier Tagen an unser Ziel bringt. Und die Preise sind wirklich moderat.«

»Und die Passagiere wirklich zum Davonlaufen«, ergänzte Herbert Winlock und schenkte ihr heimlich Champagner nach. Er schaute zu seiner Frau und zu Evelyn hinüber, die uns an diesem Abend beim Dinner Gesellschaft leistete. Beide gaben sich Mühe, ein Lächeln zu unterdrücken. »Miss Mackenzie, leider kann ich das nicht zulassen. Möchten Sie wirklich, dass Lucy den Nil zum ersten Mal an Deck eines Dampfschiffs erlebt? Denken Sie nur an den Lärm und die schrecklich beengten Kabinen. Und an all die ignoranten Touristen, die sich wie die Wilden auf geschmacklose Souvenirs stürzen und sich ansonsten über die Hitze, das Essen und die Fliegen beschweren? Eine alte Ägyptenkennerin wie Sie? Das können Sie doch nicht ernst meinen?«

Miss Macks egalitäre Überzeugungen kämpften mit ihrem gesellschaftlichen Dünkel. Sie zögerte. »Nun, da sagen Sie vermutlich etwas Richtiges, Mr Winlock, aber ...«

»Herbert, bitte. Und da Helen Sie bereits Myrtle nennt, hätten Sie etwas dagegen, wenn ich mich dem anschließe?«

Miss Mack lief knallrot an, als sie es Herbert Winlock zugestand. Er konnte sehr charmant sein und mochte Miss Mack offenbar wirklich gern, obwohl er sich manchmal auch über sie amüsierte. Sie wiederum war ihm schon deswegen gewogen, weil sie seine Ehefrau so schätzte. Außerdem konnten sich Archäologen in Miss Macks Augen fast alles leisten. Winlock war der Leiter des Ausgrabungsteams des Met in Ägypten, und selbst Rudyard Kipling, Miss Macks größter Held und Lieblingsschriftsteller, hatte vor Jahren eine von Winlocks Ausgrabungsstätten besucht – was dessen Sonderstatus endgültig besiegelte. Zwei Tage nachdem sie ihm zum ersten Mal begegnet war, stand ihre Meinung fest: Er sei ein vornehmer, hochintelligenter und geistreicher Witzbold mit einem Hang zu exzentrischen Fliegen. Inzwischen mehrten sich die Anzeichen, dass Winlock selbst ihren Heroen bereits den Rang abgelaufen hatte – Miss Macks Neigung, ihn zehn Mal am Tag zu zitieren, sprach beispielsweise dafür.

Geschickt wie immer spürte der Held seinen Vorteil und setzte alles daran, ihn zu nutzen. »Und habe ich nicht noch«, fügte er sogleich hinterhältig hinzu, »diesen Satz im Ohr, dass man ›keinerlei Kosten scheuen‹ möge? Ich denke, die Emersons und Stocktons könnten das leicht verkraften, Myrtle. Oder meinen Sie ernsthaft, Ihre Fahrkarten für eine *dahabieh* würden die Eisenbahnen zum Stillstand und die Stahlkessel zum Verglühen bringen?«

»Wohl eher nicht«, gestand sie ihm zu und schwankte jetzt sichtlich. »Ich möchte tatsächlich, dass Lucy den Nil auf die schönstmögliche Weise erlebt, doch die *dahabiehs* sind so unglaublich langsam …«

»Das sind sie in der Tat«, mischte Frances sich ein. »Bei einer Flaute, oder wenn man auf eine Sandbank aufläuft, steckt man Ewigkeiten fest. Das ist dir doch auch schon mal passiert, Eve, oder?«

»Nun, Ewigkeiten ist vielleicht etwas übertrieben, Frances«, sagte Evelyn, »aber ein paar Tage kann man schon festsitzen, und dann wird selbst der schönste Fluss langweilig. Im Übrigen bin ich auch in dieser Hinsicht ganz die Tochter meines Vaters – ich liebe die Geschwindigkeit. Ich mag es, wenn die Eisenbahn durch die Dunkelheit rast und man am nächsten Morgen aufwacht und rechts die Wüste und links das lebendige Luxor liegen sieht.«

»Außerdem gibt es im Zug einen Speisewagen«, fiel Helen ein. »Der ist sogar recht anständig. Französische Küche, gute Weine und dazu die Wüste, die an einem vorbeisaust.«

»Und funktionierende Toiletten nicht zu vergessen, Helen.« Evelyn lachte. »Auf *dahabiehs* oder Dampfschiffen ist das ja nicht gerade die Regel.«

»Das stimmt«, gab Miss Mack zu und wirkte allmählich ehrlich besorgt. »Die sanitären Einrichtungen auf Schiffen lassen in der Tat zu wünschen übrig.«

»Daddy sagt immer, dass man auf Dampfschiffen um seine Gesundheit fürchten muss, nicht wahr, Daddy?«, verlegte sich Frances auf einen unschuldigen Appell – und in diesem Moment ging mir ein Licht auf. Sie führten etwas im Schilde. Frances hatte es ausgeheckt, und die Winlocks wollten es, unterstützt von Evelyn, um jeden Preis durchziehen.

»Um seine Gesundheit fürchten? Gütiger Himmel, das hatte ich nicht bedacht. Wie überaus leichtsinnig von mir, wenn ich doch Lucys Wohlbefinden im Auge behalten muss, zumal sie … Sagen Sie, sind Sie wirklich dieser Meinung, Herbert?«

»Nun, ich möchte Sie nicht beunruhigen«, antwortete Winlock mit unbewegter Miene, »aber auf den Schiffen kann es durchaus Probleme mit Ratten geben. Die Ratten im Nil sind riesig, müssen Sie wissen, und diese Schiffe haben sehr unterschiedliche Hygienestandards.« Nach dieser vielsagenden Andeutung überließ er es seiner Frau, Miss Mack den Gnadenstoß zu versetzen.

»Es ist natürlich Ihre Entscheidung, Myrtle«, sagte Helen. »Aber sollten Sie und Lucy doch mit der Eisenbahn fahren, könnten wir gemeinsam reisen. Frances und Lucy könnten sich vielleicht sogar ein Schlafabteil teilen.«

Arme Miss Mack! Noch immer war sie hin- und hergerissen, aber mir schien endlich klar zu sein, worauf sie hinauswollten. Die Erwähnung riesiger Ratten hatte die Zugreise in greifbare Nähe gerückt. Ich hegte keinerlei Zweifel, dass die Diskussion Frances' Idee gewesen war, und war gerührt von so viel Entschlossenheit. Andererseits wuchs mir Miss Mack allmählich ans Herz, und so wäre es mir lieber gewesen, man hätte sie mit etwas weniger furchterregenden Bildern von ihrem Plan abgebracht. Ich schlug also vor, uns die Dampfschiffe erst einmal gründlich anzusehen, bevor eine Entscheidung getroffen wurde.

»Oh, Lucy!«, platzte es aus Miss Mack heraus, sobald wir wieder auf dem Zimmer waren. »Dieses Hin und Her hat mir wirklich zugesetzt, aber jetzt geht es mir schon wieder viel besser. Wie vernünftig du doch bist! Wenn wir uns morgen früh als Allererstes diese verdammten Schiffe anschauen, werde ich ganz besonders auf die sanitären Einrichtungen achten. Und danach werde ich sicherlich wissen, was zu tun ist.«

»Ganz bestimmt werden Sie das«, bekräftigte ich. Dass sich die anderen in dieser Weise gegen Miss Mack verbündet hatten, beunruhigte mich ein wenig. Zudem beschlich mich das ungute Gefühl, mich ihr gegenüber nicht loyal genug verhalten zu haben.

»Was bist du nur für ein liebes, gutes Kind, Lucy«, sagte sie, dann drückte sie mir – das erste Mal, seit ich sie kannte – einen Kuss auf die Wange und zog mich an ihre Brust. Unbehaglich erwiderte ich die Umarmung. Seit meine Mutter gestorben war, hatte mich niemand mehr in die Arme genommen, und ich war unsicher, wie ich mich zu verhalten hatte. Mangelnde Übung.

# 8

»Und? Fahrt ihr jetzt mit dem Zug?«, fragte mich Frances, als wir am nächsten Morgen von der Besichtigung des Dampfschiffs zurückkehrten.

»Mit dem Zug«, antwortete ich.

»Also genau das, was du wolltest, oder?«

»Ich hätte auch nichts gegen die Alternativen einzuwenden gehabt.«

»Lügnerin! Du warst genauso erpicht auf die Eisenbahn wie ich, Lucy Payne.«

»Nein, war ich nicht. Mir war es egal.«

»Das stimmt nicht, und jetzt schau nicht so unschuldig drein. Mich kannst du nicht täuschen.«

Ich fragte mich wirklich, wer mich besser kannte, Frances oder ich. Sie hakte sich bei mir unter und führte mich die große Treppe des Shepheard Hotels hoch: Es war Zeit für unsere tägliche Ballettstunde. Unter Frances' Anleitung hatte ich inzwischen die fünf Grundpositionen gelernt. Natürlich beherrschte ich sie nicht sicher, und man konnte auch nicht behaupten, dass ich sie besonders elegant ausführte, aber die Basis war gelegt. Allerdings musste noch einiges passieren, denn Madame Maschas Prüfung näherte sich mit Riesenschritten.

Madames Ballettsaal im Shepheard konnten wir für unsere privaten Übungen nicht nutzen, das stand außer Frage, aber da wir eine Stange brauchten, hatten wir uns etwas einfallen lassen müssen. Irgendwann waren wir in dem gewaltigen Mausoleum von einem Badezimmer gelandet, das zu meinem Hotelzimmer gehörte. Das milchige Fensterglas dämpfte das Licht und verlieh der Atmosphäre etwas Gespenstisches. Dafür hing aber – genau auf richtiger Höhe – eine lange Handtuchstange an der Wand, und die Tür war abschließbar, sodass kein Fremder meine struppigen Haarbüschel zu Gesicht bekommen oder Zeuge meiner Tollpatschigkeit werden würde. Zunächst hatte ich nur mit Frances geübt, dann aber hatte sich am dritten Tag Lady Rose zu uns gesellt, die erklärte, ebenfalls Nachhilfestunden zu brauchen. An diesem Morgen musste ich feststellen, dass sie schon wieder da war und zu allem Überfluss auch noch ihren dreijährigen Bruder Peter mitgebracht hatte, den »Viscount Hurst«. Das gefiel mir gar nicht – und mir gefiel auch nicht, dass Frances mir nichts davon gesagt hatte.

»Was machen die denn hier?«, beschwerte ich mich, nachdem ich Frances in mein Schlafzimmer gezogen und Rose und Peter im Bad sich selbst überlassen hatte. »Schlimm genug, dass wir uns mit dieser dämlichen, hochnäsigen Rose herumschlagen müssen, aber jetzt noch ein dreijähriger Schreihals mit einem albernen Titel?«

»Nun komm schon, für den Titel kann Peter doch nun wirklich nichts. Außerdem ist er kein Schreihals, sondern ein süßer Fratz. Und Rose ist auch nicht dämlich oder hochnäsig. Wenn du sie erst besser kennenlernst, wirst du sie schon mögen. Außerdem haben wir es nur ihrer Mutter zu verdanken, dass die beiden hier sind. Die wollte ihre Kinder nämlich unbedingt nach Ägypten mitnehmen, und jetzt dürfen sich andere um sie kümmern – vorzugsweise Eve.«

»Das glaub ich dir nicht. Sie werden doch wohl eine Nanny haben.«

»Hatten sie auch. Aber die hat überall ihre Nase reingesteckt, weshalb sie nach zwei Tagen schon wieder entlassen wurde. Roses und Peters Mutter wiederum ist ständig irgendwo unterwegs. Eve behauptet, sie habe einen anderen – das hab ich mal zufällig gehört.«

»Einen anderen was?«

»Na, einen anderen, du weißt schon. Eine dieser Geschichten zwischen Männern und Frauen.« Frances klimperte übertrieben mit den Augen, wir starrten uns an und brachen dann in Gelächter aus.

»Trotzdem versteh ich das nicht«, sagte ich, als wir uns schließlich am Riemen rissen. »Wie kann ihre Mutter denn einen anderen haben? Sie ist doch Mutter. Und verheiratet. Was sagt bloß ihr Mann dazu?«

»Na ja«, sagte Frances und musterte mich. »Das ist nicht ganz so einfach. Von ihrem ersten Mann hat sie sich scheiden lassen, und jetzt ist es mit dem zweiten Mann auch vorbei – die Leute sagen, sie habe ihm den Laufpass gegeben, bevor sie mit Eve nach Kairo aufgebrochen ist. Vermutlich ist sie hier auf der Suche nach Ehemann Nummer drei, und das kann dauern. Deshalb müssen wir uns auch um Rose und Peter kümmern und nett zu ihnen sein.«

Ich dachte darüber nach, immer noch unentschieden, was ich davon halten sollte.

»Der Vater der beiden«, sagte Frances, »der auch der erste Ehemann war, ist übrigens ein gewisser Lord Strathaven. Ein Earl wie Eves Vater, aber ein absolutes Ekel. Peter und Rose hassen ihn. Peter muss allerdings bei ihm leben, weil er der Erbe ist, nur in den Ferien kann er ihm entfliehen. Rose wiederum wohnt bei ihrer Mutter, weil man dem Vater ein dummes Mädchen ja nicht zumuten kann.«

»Die arme Rose. Hasst sie ihre Mutter denn auch?«, fragte ich.

»Nein, natürlich nicht«, antwortete Frances leichthin. »Rose vergöttert sie – wie alle. Ihre Mutter ist ein herzensguter, amüsanter Mensch, nur dass sie halt anders ist als andere Mütter und sich nicht viel um ihre Tochter kümmert. Das solltest du aber wissen – schließlich bist du ihr schon begegnet.«

»Der Mutter von Rose und Peter?« Im Shepheard's begegnete man vielen Leuten, und mir fiel es noch immer nicht leicht, mich in dem verwirrenden Dickicht aus Namen und Titeln zurechtzufinden. »Aber ich kann mich nicht erinnern, dass mir eine Lady Strathaven über den Weg gelaufen ist.«

»Jetzt denk doch mal nach, was ich gesagt hatte: Sie *war* mal eine Lady Strathaven. Noch vor drei Jahren sogar. Dann ertrug sie es plötzlich nicht mehr, mit dem grässlichen Earl zusammenzuleben, und nahm Reißaus. Zwei Monate nach Peters Geburt. Jetzt heißt sie Poppy d'Erlanger.«

»Mrs d'Erlanger ist Peters und Roses Mutter? Aber ich habe sie noch nie mit ihnen zusammen gesehen.«

»Natürlich nicht. Weil Poppy eben damit beschäftigt ist, ihren dritten Ehemann zu suchen. Also überlässt sie die Kinder Eve, ihrem Kammermädchen Wheeler oder wem auch immer sie die beiden grad aufs Auge drücken kann. Im Übrigen«, Frances machte eine ungeduldige Geste, »wird sie nicht mehr lange Poppy d'Erlanger, sondern bald Poppy Wieauchimmer heißen, sollte ihr Plan denn aufgehen. Und da sie mit Rose und Peter mit uns nach Luxor kommen wird, sitzen wir praktisch in der ersten Reihe, wenn sie ihre Entscheidung trifft. Ich tippe ja auf diesen Carew, den wir neulich im Gezira Sporting Club beim Polo gesehen haben. Wie auch immer, könnten wir dann jetzt endlich mit dem Ballettunterricht anfangen?«

Es war beschämend, wie wenig ich wusste, so dachte ich, als wir in das riesige Badezimmer zurückkehrten, in dem jedes Geräusch einen Hall verursachte. Die Welt der Scheidungen war mir ebenso fremd wie die der Pharaonen. Frances hingegen schien nichts schockieren oder irritieren zu können. Da sie schon immer in Kairo gelebt hatte, nahm sie einfach alles, wie es kam. In den versnobten Kreisen von Cambridge, in denen ich aufgewachsen war, kam Scheidung einer Schande gleich. Hier aber traf ich plötzlich auf ein Mädchen, dessen Mutter sich bereits eines, vermutlich sogar zweier Ehemänner entledigt hatte – und doch im Shepheard von allen Seiten hofiert wurde. Andererseits war mir nie ganz klar, ob ich eigentlich alles glauben sollte, was Frances mir erzählte. Ich hatte den Eindruck, noch viel lernen zu müssen.

Wir hatten es uns zur Angewohnheit gemacht, ein bisschen zu spielen, bevor wir uns dem Ballett widmeten. In dem riesigen Raum mit dem Marmorboden und den Marmorwänden stand die größte Badewanne, die ich je gesehen hatte: Sie thronte auf einem Marmorsockel und hatte vier Füße in Gestalt liegender Löwen. Als Frances und ich zurückkehrten, hatten Rose und Peter bereits zu spielen angefangen und lagen in der Wanne wie in einem Sarkophag.

»Wir spielen Mumie«, verkündete Rose. Sie verschränkte die Arme ihres Bruders auf seiner Brust und legte sich dann neben ihn, den rechten Arm an der Seite, den linken über dem Herzen. »Peter ist ein König, und ich bin eine Königin.«

Offenbar war sie im Ägyptischen Museum gewesen und hatte die Unterschiede in den Begräbnisritualen durchaus bemerkt. Dumm war sie nicht, das musste ich ihr lassen.

»Perfekt«, sagte Frances. »Soll ich jetzt das Mundöffnungsritual machen?«

»Tut das weh?«, fragte Peter mit piepsigem Stimmchen. Klar, dass er plötzlich Angst bekam.

»Natürlich nicht, du Dummkopf«, antwortete seine Schwester. »Wie sollte das denn wehtun? Du bist doch schon tot.«

Frances griff sich meine Zahnbürste, näherte sich der Badewanne und rezitierte dabei ein paar unverständliche, unheimliche Beschwörungsformeln, angeblich ein Zauberspruch aus dem *Ägyptischen Totenbuch*. Dann führte sie mit dem Griff der Zahnbürste eine grobmotorische Hebelbewegung aus, erst vor Roses Mund, dann vor Peters.

»So«, sagte sie. »Das war der feierlichste Moment eurer gesamten Beerdigung. Jetzt seid ihr wieder lebendig, und euer *ka* ist befreit. Es begleitet euch nun auf eurer heiligen Reise hinab in die Unterwelt. Wenn ihr dort ankommt, werdet ihr zu Osiris geführt, dem Totengott, und dann wird das Urteil über euch gesprochen. Peter, Rose, seid ihr bereit?«

Die beiden, die immer noch mit geschlossenen Augen in dem Badewannen-Sarkophag lagen, besprachen sich kurz. Peter hatte – was bei seinem Alter nicht überraschte – keine Meinung dazu, Rose hingegen schon. »Ja, wir sind bereit«, sagte sie mit Grabesstimme.

»Gut«, fuhr Frances fort. »Dies ist der Moment der Wahrheit. Maat, die Göttin der Wahrheit, schaut euch zu, und auch Anubis, der große schwarze Schakalgott, ist dabei. Das Urteil kann also nicht verfälscht werden. Euer Herz wird nun feierlich auf einer großen Waage gewogen, die wie die Waage der Gerichtsbarkeit aussieht, aber viel größer ist. Auf der einen Seite befindet sich euer Herz, auf der anderen eine Feder.«

»Eine Feder?« Rose setzte sich auf. »Mein Herz wird gegen eine Feder aufgewogen?«

»Ganz genau«, sagte Frances bestimmt. »Und sollte die Waage nicht ins Gleichgewicht kommen, hast du ein Problem.«

Peter schlug die Augen auf. Das Wort »Problem« schien ihn zu beunruhigen. Seine Lippen zitterten, als er nach der Hand seiner Schwester griff. »Was für ein Problem?«, fragte Rose leichthin.

»Ein großes Problem«, antwortete Frances. »Wenn die Waagschale mit dem Herzen nach unten sinkt, ist das Herz offenbar zu schwer, weil es zu viel Böses in sich trägt. Es ist böse, weil du im Leben Böses getan hast. Ist das der Fall, dann kommt das große, schreckliche, haarige Monster und verschlingt dich, und das war's dann mit dem schönen Jenseits.«

»Aber das kann nicht sein«, sagte Rose, als wäre sie in der Sonntagsschule. »Was ist mit Vergebung? Oder mit Buße?«

»Buße gibt es nicht. Und ägyptische Götter kennen auch keine Vergebung. Du bist, was du getan hast, und wenn du böse warst, böse, böse ... dann war's das, dann bist du erledigt.«

Bei der wiederholten Nennung des Wortes »böse« ließ Peter ein Wimmern hören, hielt sich die Augen zu und drückte sich an seine Schwester. Sofort legte sich Rose wieder hin und nahm ihn in die Arme.

»Wenn du allerdings ein gutes Herz hast«, beeilte sich Frances hinzuzufügen, freundlich und diplomatisch, »so wie ihr beide, du und Peter, es sicherlich habt, dann ist alles in Butter. Dann finden die Feder und das Herz genau die richtige Balance – und dann geht's ab ins Paradies. Das ist wie das Leben, nur viel besser und schöner. Im Paradies lebt ihr zwei dann am Nil, und die Sonne scheint, und ... es gibt auch keine Tränen mehr, sondern nur noch Jubel und Frohlocken, und ihr bekommt immer etwas Leckeres zu essen und habt viele Diener, die euch alle Wünsche erfüllen. Dieser Zustand währt dann ewig – natürlich nur, wenn man ein König ist.«

Nachdem sie eine Weile geschwiegen hatte, erläuterte Frances penibel ein paar weitere Details. »Aber bis dahin ist es klasse, eine Mumie zu sein, weil du ja nicht vermoderst – jedenfalls nicht, wenn die Priester ihre Sache gut gemacht haben. Sie haben dein Herz im Körper belassen, weil du es ja für die Herzwägungszeremonie brauchst, aber deine Leber, deine Lunge und die ganzen Gedärme haben sie herausgeholt und eingelegt. Dein Gehirn haben sie zum Beispiel mit einem Spezialhaken durch die Nase herausgezogen.«

Die Erwähnung von Gehirn, Nase und Haken war zu viel für Peter. Er stieß einen langen gequälten Schrei aus und setzte sich auf. Große Tränen rannen über sein erhitztes Gesicht, dann starrte er Frances stumm an.

»Schau doch, was du mit deinen Geschichten angerichtet hast!« Rose setzte sich ebenfalls auf und legte ihren Arm um ihren Bruder. »Ehrlich, Frances, du bist echt das Letzte. Er ist doch erst drei. Jetzt wird er wegen dir schreckliche Alpträume bekommen.«

»Aber er hat doch schon Alpträume, das hast du mir selbst erzählt.«

»Klar, wegen Papa und seiner Wutausbrüche. Trotzdem ist das kein Grund, es noch schlimmer zu machen. Warum bist du nur so grausam? Er ist vollkommen außer sich. Oh, wie abscheulich! Nun komm schon, Peter, nicht weinen. Ist ja schon gut! Frances hat es nicht so gemeint.«

»Doch, natürlich hab ich das so gemeint. Das ist nämlich die Wahrheit. Du wolltest doch wissen ...«

»Ach, halt doch die Klappe!«

»Gib ihn mir mal«, ging ich dazwischen. »Ich habe noch Zuckerstangen im Zimmer. So etwas magst du doch bestimmt, Peter, nicht wahr?«

Ich streckte die Arme aus, und Rose legte mir den zitternden Jungen hinein. Verängstigt schaute er mich an, dann begann er zu zappeln, und ich wusste nicht, wie ich ihn halten sollte. Schließlich machte ich die beruhigenden Geräusche, die meine Mutter früher immer gemacht hatte, wenn ich mich aufgeregt hatte, und sie schienen zu helfen. Ich trug Peter also in mein Zimmer, suchte die Zuckerstangen und brach ihm ein Stück von einer ab. Die Bernsteinfarbe und die gebogene Form schienen ihm zu gefallen, und der Geschmack sagte ihm zweifellos zu. Die Tränen versiegten.

Es dauerte ziemlich lange, bis er das Stück aufgelutscht hatte, doch am Ende hatte Peter Frances' Schauergeschichten vergessen – im Gegensatz zu mir. Ich drückte ihn fest an mich, küsste ihn auf die Stirn und erklärte ihm, dass er natürlich ein guter Junge sei und kein böser, denn gerade das schien ihn ziemlich verstört zu haben. Als ihm schließlich die Augen zufielen, wollte ich ihn auf mein Bett legen, damit er ein wenig schlafen konnte. Doch sobald er bemerkte, dass ich gehen wollte, klammerte er sich an mich und begann erneut herzerweichend zu weinen. Schließlich nahm ich ihn wieder mit ins Bad, wo wir ihn im Auge behalten konnten, während wir unsere Ballettschritte übten. Der Marmorboden war kalt und hart, sodass ich ihm aus den riesigen weichen Handtüchern des Shepheard Hotels ein warmes Nest baute. Er kuschelte sich hinein, steckte den Daumen in den Mund und war im nächsten Moment auch schon eingeschlafen.

Als wir unsere Übungen beendet hatten, wachte Peter wieder auf, tapste herüber und nahm meine Hand. Da er meinen Namen nicht aussprechen konnte, nannte er mich Lulu und erklärte, dass ich komische Haare hätte, sie ihm aber gefielen. Ich beugte mich hinab, um ihm wieder einen Kuss zu geben. Er sah so verletzlich aus mit seiner vom Schlaf geröteten Haut, so lieb und so vertrauensselig, dass sich mein Herz zusammenzog. Auf seine ausdrückliche Bitte hin nannte ich ihn Petey, während er weiterhin Lulu zu mir sagte. Unter diesem Namen und in dieser neuen Rolle wurde ich später am Tag dann auch endlich Howard Carter vorgestellt.

## 9

Zu dem Treffen mit Howard Carter kam es, als wir auf der Terrasse des Shepheard Hotels Tee tranken, ganz allein an unserem eigenen Tisch. Der Plan war von Frances ausgeheckt und von Rose begeistert begrüßt worden, und auch Helen Winlock, Miss Mack und die gutmütige Evelyn, die sich später wieder um Rose und Peter kümmern würde – von Poppy d'Erlanger war weit und breit nichts zu sehen –, hatten sich mit vereinten Kräften dafür stark gemacht. Man hatte die Kellner eingeweiht, die uns an einen der besten Tische gesetzt hatten und nun gewaltige Gurkensandwiches, Kekse mit Zuckerguss und Kuchen servierten. Zwischen Frances und Rose entspann sich ein Streit, wem die Ehre zuteilwerden würde, Tee einzuschenken. Rose hatte ihn soeben für sich entschieden, und ich war gerade damit beschäftigt, Peter ein Kissen unter den Po zu schieben, damit er an den Tisch heranreichte, als ich plötzlich einen Hauch von Tabak und Kölnisch Wasser roch, aufschaute und Howard Carter erblickte. Er zog schwungvoll den Hut und verbeugte sich feierlich – oder war die Verbeugung etwa spöttisch gemeint? »Viscount Hurst ... Lady Rose ... Frances, mein liebes Kind ... Was für eine reizende Teegesellschaft, und dann auch noch an dem schönsten Tisch auf der gesamten Terrasse. Ist es gestattet, mich zu Ihnen zu gesellen?«

Mit einer knappen Geste veranlasste er die Kellner, ihm einen Stuhl zu beschaffen, und als Frances und Rose artig und mit freudig erregtem Gesicht bekundeten, er möge doch bitte Platz nehmen, saß er bereits neben ihnen. Er lächelte sein irritierendes Lächeln, und ich fühlte seine durchdringenden braunen Augen auf mir ruhen.

Frances, die sich auf gesellschaftliche Umgangsformen verstand, wollte uns gerade vorstellen, als Peter sie unterbrach. »Lulu«, sagte er und klopfte mit dem Teelöffel auf den Tisch. Rose nahm ihm den Löffel sofort ab, aber offenbar mochte er den Klang meines neuen Namens, sodass er ihn ein paarmal wiederholte: »Lulu, Lulu, Lulu.« Allerdings hatte ich das Gefühl, dass Carter sowieso schon wusste, wer ich war. Vielleicht hatte er von meiner Verbindung zu Miss Mack und zu Stahl und Eisenbahnen gehört – irgendetwas in seinem prüfenden Blick legte das nahe –, aber wenn dem so war, bemühte er sich, es gut zu verstecken. Er nickte mir nur zu und rang sich ein affektiertes »Erfreut« ab, das schon die Befürchtung in mir weckte, ihn unsympathisch finden zu müssen. Peinlich berührt kaute ich an meinem Gurkensandwich herum und hoffte, er würde den Eindruck irgendwie widerlegen.

»Verraten Sie uns doch, Mr Carter«, sagte Rose, die eine gute Beobachtungsgabe hatte und jetzt die perfekte Gastgeberin spielte, »wie lange wir noch das Vergnügen haben werden, uns hier in Kairo Ihrer Gesellschaft zu erfreuen?«

»Nur noch wenige Tage, Lady Rose«, antwortete er. »Ich warte natürlich, bis Lord Carnarvon eintrifft, aber dann mache ich mich sofort auf den Weg ins Tal.«

»Dachte ich's mir doch«, warf Frances ein. »Mir ist schleierhaft, wieso Sie überhaupt noch hier sind. Für Ihre Verhältnisse ist es doch schon ziemlich spät in der Saison. Warum sind Sie nicht längst im Tal und graben?«

»Weil ich im letzten November krank war, Frances. Ich musste mich in London einer Operation unterziehen und war dann sechs Wochen außer Gefecht gesetzt, eine halbe Ewigkeit.«

»Hoffentlich nichts Ernstes«, bemerkte Rose höflich und schenkte ihm Tee nach.

»Nein, nein, nur eine Bagatelle. Gallensteine. Lord Carnarvons Chirurg hat höchstpersönlich das Messer geschwungen, ich war also in den allerbesten Händen. Im Anschluss daran habe ich mich nach Seamore Place zurückgezogen, in Carnarvons Stadtvilla in Mayfair. Dort hat man mich wunderbar umsorgt.«

Ich schluckte einen Bissen von meinem Sandwich hinunter und

schaute auf die Tischdecke. Ich verabscheute *name-dropping*, vor allem dann, wenn es so aufgesetzt wie bei Carter wirkte. Meine Enttäuschung über ihn wuchs.

»Da ich erst letzte Woche nach Kairo kommen konnte, wird es diesen Winter wohl eine sehr kurze Saison werden. Vor Februar können wir nicht beginnen, und Anfang März werden wir die Arbeit schon wieder einstellen müssen. Aber im kommenden Oktober werden wir gleich mit voller Kraft loslegen und die ganze Saison durchgraben. Immerhin habe ich meinen jetzigen Aufenthalt in Kairo sinnvoll nutzen können.«

»Haben Sie ein gutes Geschäft gemacht?«, fragte Frances. Ihre helle Stimme war auch an den umliegenden Tischen zu hören, sodass sich etliche Köpfe nun neugierig zu uns umdrehten.

Carter setzte sein gefährliches Lächeln auf, beugte sich dann vor und sagte leise: »Ich habe in dieser Zeit meine Augen und meine Erfahrung genutzt, Frances. Gewisse Sammler – und gewisse Museen – werden mit den Ergebnissen sicher sehr zufrieden sein. Das sollte jedoch unter uns bleiben, und dieses Wort von gerade eben solltest du sowieso nie benutzen, vor allem nicht in diesem Nest von Klatschmäulern.«

»Sind Sie also auf etwas richtig Wertvolles gestoßen?«, fragte Frances nun im Flüsterton.

»Auf ein, zwei Dinge. Ja, auf ein oder zwei vielleicht. Und mein guter Freund Tano war so großzügig, noch ein paar Kleinigkeiten hinzuzufügen. Ich hatte mir schon den Kopf zerbrochen, wem sie wohl gefallen könnten, dann aber sah ich Sie hier sitzen und wusste plötzlich die Antwort.«

Er griff in die Tasche und zog ein paar winzige Päckchen heraus. Der Inhalt war in glänzendes weißes Papier eingewickelt und mit rotem Wachs versiegelt. Ich hatte drei Päckchen erwartet, aber zu meiner Überraschung förderte er auch ein viertes zutage. Nacheinander drückte Carter sie uns in die Hand.

»Für mich?«, fragte ich. »Aber Sie kennen mich doch gar nicht, Mr Carter.«

»Ist das so? Aber wir wurden uns doch soeben vorgestellt, oder? Keine Widerrede also.«

Eifrig packten wir unsere Geschenke aus. Wir Mädchen bekamen jedes eine einzelne, sorgfältig gearbeitete Perle. Ein Obsidian für Frances, ein Karneol für Rose und ein Lapislazuli für mich. In Peters Päckchen befand sich eine silberne Perle in Form eines Nilpferds.

»Nilpferd!«, rief er entzückt.

»Die sind ja wunderschön«, sagte Frances und lief vor Begeisterung rot an. »Das ist aber nett von Ihnen.«

»Wunderschön und dreitausend Jahre alt, ungefähr wenigstens.«

»Haben sie einer Königin gehört, Mr Carter?«, fragte Rose hoffnungsvoll.

»Vielleicht. Oder einem König. Möglicherweise waren sie einst Teil eines Armbands oder einer Halskette, und natürlich handelt es sich um Diebesgut.«

»Diebesgut?« Frances inspizierte ihre Perle.

Carter zuckte mit den Achseln. »Höchstwahrscheinlich von einem Grabräuber. Aber kein Grund zur Beunruhigung. Wir sollten einen Diebstahl, der dreitausend Jahre zurückliegt, heute doch verzeihen können, oder?«

»Die Perlen könnten aber nicht – ich meine, sie waren aber nicht zufällig Teil des Schatzes der drei Prinzessinnen, oder?«

»Nie von ihnen gehört.«

»Was? Aber Sie müssen davon gehört haben. Ich dachte …« Frances unterbrach sich, als Carter ihr einen strengen Blick zuwarf, und sagte dann schnell: »Nun, egal woher sie stammen, sie sind jedenfalls wunderschön. Schau mal, Lucy, deine sieht aus wie ein Samen der Kapuzinerkresse.«

Wir bedankten uns, aber Carter blieb stumm. Entweder fand er unseren kindlichen Enthusiasmus befremdlich, oder er langweilte sich. Wie ich gehört hatte, waren seine Stimmungswechsel so unvermittelt wie unerklärlich. Er bat uns um die Erlaubnis, eine Zigarette rauchen zu dürfen, und zog dann das bereits bekannte silberne Zigarettenetui und die goldene Zigarettenspitze heraus. Seine

Finger trommelten auf dem Tisch, während seine Augen über die anderen Gäste hinwegschweiften, die sich auf der Terrasse drängten. Vermutlich registrierte er, wer in wessen Begleitung anwesend war. Er schien mit seinen Gedanken ganz woanders zu sein und irgendeinem persönlichen Kummer nachzuhängen, während er nur mit halbem Ohr unserem Geplapper lauschte. Rose erzählte ihm von dem Spiel, das wir am Morgen in meiner sarkophagartigen Badewanne gespielt hatten, und von Frances' Begräbniszeremonie.

»Sie hat das Mundöffnungsritual vollzogen«, sagte Rose. »Es war schrecklich. Peter hat angefangen zu weinen ...«

»Das solltest du aber besser wissen, Frances«, ging Carter dazwischen. Er hatte sich ruckartig wieder ihr zugewandt und starrte sie an. »Hinter diesen Ritualen stecken tiefe Glaubensüberzeugungen, darüber macht man sich nicht lustig.«

»Ich habe mich ja auch nicht lustig darüber gemacht, sondern es erklärt«, protestierte Frances.

»Einem Dreijährigen? Was hast du dir dabei nur gedacht? Tu das nie wieder.« Er schwieg. Frances war rot geworden, und ich konnte sehen, dass sie der unvermittelte Vorwurf aus dem Mund ihres großen Helden verletzte.

»Du warst im Tal«, fuhr er fort, »und in den Grabkammern. Haben sie dich nichts gelehrt? Hast du nie Angst gehabt?«

»Nein, nicht wirklich. Ein Mal vielleicht, als die Kerzen ausgingen und wir plötzlich im Finstern standen. Aber dann hat Daddy gesagt, ich soll nicht dumm und abergläubisch sein.«

»Dein Vater hat unrecht, wenn er den Aberglauben so abtut, lass dir das gesagt sein.«

Frances zuckte zusammen und versank dann in Schweigen, während wir anderen Carter anstarrten, der seine Stimme erhoben hatte und nun ernsthaft zornig zu sein schien. Peter hielt sich wieder die Augen zu und begann zu zittern.

»Ich dachte, Sie mögen das Tal und die Gräber, Mr Carter?«, sagte Rose. »Sie leben doch sogar in ihrer Nähe, haben jahrelang dort gearbeitet und so viele Dinge entdeckt. Alle sagen, dass Sie ...«

»Ach ja, sagen sie das? Sagen sie das tatsächlich? Dann haben eben alle unrecht wie immer. Das Tal kann der abscheulichste Ort auf der Welt sein. Oder das genaue Gegenteil. Schreibt euch das hinter die Ohren. Und du, Frances, mach kein Spiel aus Dingen, von denen du nichts verstehst. Du musst Respekt lernen. Und hüte in Zukunft deine Zunge.« Damit stand er auf, nickte uns zu, drehte sich um und verschwand.

Ich starrte ihm hinterher und fragte mich, was diesen brutalen Stimmungsumschwung ausgelöst haben mochte. Sowohl Peter als auch Frances waren in Tränen aufgelöst, und sogar Rose rang um Fassung.

»Himmel, das ist ja wirklich ein furchtbarer Rüpel«, sagte sie. »Aber eine goldene Zigarettenspitze benutzen – wie affig.«

Ich tröstete Peter und versuchte, mir einen Reim auf diese seltsame Begegnung zu machen. Vielleicht war es gar nicht die Erwähnung des Mundöffnungsrituals gewesen, was seinen Unmut ausgelöst hatte. Auch wenn es so ausgesehen hatte, kam es mir so vor, als hätte Carters Ärger eigentlich mit etwas zu tun, das vorher gesagt worden war. Noch am selben Abend, als ich mit Frances allein war, fragte ich sie beiläufig, wer diese drei Prinzessinnen seien, die sie erwähnt hatte, und was es mit der Geschichte von ihrem Schatz auf sich habe. Geistesgegenwärtig machte sie sofort dicht und antwortete ausweichend.

Ich gab mich für den Moment geschlagen und stellte meine Frage Miss Mack, die aber noch nie von einem solchen Schatz gehört hatte. Doch sie erkundigte sich bei Herbert Winlock danach, und zwar ausgerechnet abends beim Dinner im Shepheard's, quer über den Tisch hinweg. Etliche Archäologen des Met waren anwesend, unter anderem Albert Lythgoe, der Konservator Arthur Mace und der Fotograf Harry Burton. Sie alle waren in eine abstruse Diskussion vertieft, die jedoch abrupt abbrach, als Miss Mack die Frage in den Raum warf.

»Drei Prinzessinnen? Nein, das sagt mir gar nichts«, antwortete Winlock leichthin, nachdem er kurz nachgedacht hatte. »Aber jeden Monat entstehen neue Gerüchte um irgendwelche Schätze, die angeblich entdeckt wurden, und machen in Kairo und Luxor die Runde. Aber nur selten ist etwas an ihnen dran. Meist sind es Erfindungen von Händlern, um die Preise für ihre Objekte hochzutreiben. Das können Sie doch bestätigen, Lythgoe, nicht wahr?«

Albert Lythgoe nickte. Er war ein freundlicher, steifer und überkorrekter Mann, obwohl sich, wie mir mit der Zeit klar werden sollte, hinter dieser Fassade ein eiserner Wille verbarg. »Unbedingt«, sagte er höflich. »Ägyptische Antikwarenhändler sind die besten Geschichtenerzähler der Welt. In puncto Fantasie reicht niemand an sie heran, Miss Mackenzie, nicht einmal Rudyard Kipling, Ihr großer Held.«

»Sehr richtig.« Winlock lächelte. »Wenn nur die Hälfte ihrer Geschichten stimmen würde, wären die berüchtigten Grabräuberfamilien aus al-Qurna längst Millionäre, Myrtle. Aber als ich kürzlich dort vorbeikam, lebten sie immer noch in Lehmhütten.«

»Es klang einfach so faszinierend: ›Der Schatz der drei Prinzessinnen‹. Ein gewaltiger Schatz, der angeblich geraubt wurde. Lucy hat mir davon erzählt. Du hast das Gerücht irgendwo gehört, nicht wahr, mein Schatz?«

»Tatsächlich?« Winlock ließ den Blick seelenruhig ans andere Tischende zu mir wandern und sah mich freundlich an. Frances, die neben mir saß, beugte sich über ihren Teller und zerbröselte hochkonzentriert ihr Brötchen. »Du scheinst ziemlich gute Ohren zu haben, Lucy«, fuhr Winlock fort. »Jetzt bin ich aber neugierig geworden. Wer hat dir denn wohl von diesem fabelhaften Schatz erzählt?«

»Niemand hat mir davon erzählt«, antwortete ich schnell. »Ich habe nur kürzlich auf dem Basar in der Mousky Street jemanden darüber reden hören.«

»Ah, natürlich. Auf dem Basar. Das erklärt so einiges«, sagte Winlock in seiner unerschütterlichen Art und wechselte das Thema.

Ich ging davon aus, dass er meine Lüge geschluckt hatte, doch das sollte sich als Irrtum erweisen. Kurze Zeit später sah ich, wie er in einem vermeintlich unbeobachteten Moment Blickkontakt mit seiner Tochter aufnahm. Frances wurde rot und wirkte schuldbewusst, als er sie fragend ansah. Winlock runzelte die Stirn, legte mahnend den Finger an den Mund – und zwinkerte ihr schließlich zu.

Frances griff unter der Tischdecke nach meiner Hand und drückte sie. Ich ahnte bereits, was der Händedruck und der verschmitzte Blick im Anschluss zu bedeuten hatten: Sie wollte mir danken, dass ich sie nicht verraten hatte, und signalisieren, dass es hier um ein großes Geheimnis ging. Damit konnte ich leben. Ich hatte schließlich auch Geheimnisse, wer hatte die nicht?

Da uns die Zeit davonlief und Madames Prüfung bevorstand, verstärkte Frances am nächsten Morgen ihre Bemühungen um meine Ballettkünste. Erste Position, zweite, dritte, vierte, fünfte. Als ich es endlich schaffte, einen Fuß in Richtung Osten und den anderen gleichzeitig in Richtung Westen zeigen zu lassen, schien sie zufrieden.

Sie kehrte mir den Rücken zu, betrachtete stirnrunzelnd unser Spiegelbild und sagte beiläufig: »Übrigens, Lucy, hab ich dir je die Geschichte vom Schatz der drei Prinzessinnen erzählt? Der fantastischste Schatz überhaupt. Er wurde während des Kriegs gefunden, 1916, glaube ich. Es hatte in Strömen geregnet, in der Wüste war viel Sand weggespült worden, und da war er plötzlich. Ein paar Männer aus al-Qurna haben ihn entdeckt und dann getan, was sie mit solchen Dingen immer tun: Sie haben ihn verhökert – an einen Händler in Luxor. Sein Name ist Mohammed Mohassib. Wenn wir in Luxor sind, zeige ich dir seinen Laden. Eine wahre Goldgrube.«

Während sie auf ihre gestreckten Füße schaute und erzählte, vollführte sie nebenbei die ersten fünf Ballettpositionen. »Mohassib verhielt sich wie immer, wenn er einen solchen Schatz in die Finger bekommt. Er zerstückelte ihn in kleine Teile und streckte die Fühler nach potentiellen Käufern aus, die er gegeneinander ausspielte, wie Händler es eben machen. Die Schmuckstücke waren unglaublich, Lucy, der Preis war längst in den Himmel geschossen – und wenn nicht jemand interveniert hätte, wäre die Sammlung geteilt und über den gesamten Erdball verstreut worden. Doch zum Glück hat jemand interveniert, mehrere Leute sogar: Lord Carnarvon, Mr Carter, Mr Lythgoe – und mein Vater.« Sie drehte eine Pirouette. »Sie beschlossen, dass es an der Zeit sei, Mr Mohassib eine Lektion zu erteilen. Als er sich also ans Met wandte, teilte man ihm mit, dass man nicht interessiert sei, was ihm seine Pläne, den Preis noch höher zu treiben, gründlich vermasselte. Und noch mehr: Als die anderen Interessenten mitbekamen, dass das Met nicht kaufen wollte, verloren sie ebenfalls das Interesse, sodass der Preis wieder sank. Doch just in diesem Moment tauchte dann – Abrakadabra! – Mr Carter auf und schlug im Auftrag von Lord Carnarvon zu. Lordy war natürlich nur der Strohmann fürs Met und verkaufte uns die Sachen zum Ankaufspreis. Unglaublich, oder, Lucy? Mr Carter bekam vermutlich einen Anteil ausgezahlt, und so profitierten alle von dem Geschäft: Wir erhielten die vollständige Sammlung fürs Museum, und das zu einem äußerst günstigen Preis, Lordy hatte das Vergnügen, einen der verschlagensten Händler Ägyptens auszustechen, und Mr Carter kam zum ersten Mal in seinem Leben in den Genuss finanzieller Sicherheiten – so hat es Daddy zumindest erzählt. Es hat allerdings etliche Jahre gedauert, sämtliche Schmuckstücke von Mohassib zu erwerben, und erst neulich hat sich Mr Carter den letzten Posten gesichert. Spektakulär, was? Vermutlich wird er Lord Carnarvon bei seiner Ankunft die gute Nachricht überbringen. Jeden Tag kann es so weit sein, Lucy! Ich hoffe übrigens, dass ich die Details richtig wiedergegeben habe«, schloss sie und warf mir im Spiegel einen Blick zu. »Die Geschichte habe ich nämlich nur zufällig auf dem Basar gehört.«

»Klar, auf dem Basar. Wahrscheinlich noch auf Arabisch.«

»Mein Arabisch wird jeden Tag besser. Wie deines, Lucy.« Sie lachte und legte dann den Finger an die Lippen. »Wo waren wir stehen geblieben? Ach ja, die fünf Grundpositionen.«

Nach der Geschichte führte ich sie ihr besser vor, als ich sie bisher je zustande gebracht hatte, sodass Frances begeistert in die Hände klatschte. »Tja, wer hätte das gedacht?« Sie drückte mir einen Kuss auf die Wange. »Offenbar bist du lernfähig, Lucy.«

## 10

Am nächsten Tag – dem großen Tag, an dem ich bei Madame meine Prüfung ablegte und sie tatsächlich bestand – wurde ich von Frances und ihrer Mutter zum Feiern auf die Terrasse des Shepheard's geschleppt. Auch Evelyn gesellte sich zu uns und erstaunlicherweise sogar ihre flüchtige Freundin Poppy d'Erlanger. Und nur wenige Zeit später fand ich mich auf mysteriöse Weise – mitgerissen von der ewigen Betriebsamkeit und dem Trubel, die um diese Person herum herrschten – im Schlafzimmer von Poppys Suite wieder. Ich habe jetzt noch den Geruch von Lilien, türkischen Zigaretten und Moschus in der Nase, der sie umwehte.

»Herrje! Peter und Rose, ihr müsst mir helfen!« Poppy war der Verzweiflung nahe. »Was soll ich heute Abend nur zum Dinner tragen? Schaut euch diese grässlichen Fummel an! Was um alles in der Welt hat mich nur dazu bewogen, so etwas zu kaufen? Eve, Frances, Lulu – jetzt sagt doch etwas! Eine falsche Entscheidung wäre absolut fatal.«

Wir waren erst zehn Minuten in dem Zimmer, doch Mrs d'Erlanger stand bereits in einem Meer von Kleidungsstücken. Chiffon und Seide drohten, sie wie eine Springflut zu verschlingen, Wasserfälle aus Spitze, Organdy, Pelz und Tweed rauschten von ihrem Kleiderschrank herab, und auch der Boden war knöcheltief mit Kleidern bedeckt. Mittendrin in diesem Chaos schwamm Treibgut, bestehend aus duftiger Unterwäsche, Tüchern, Hüten, Handschuhen und Schuhen, und verfing sich an jeder hervorstehenden Fläche. Ein exquisiter grüner Schlangenlederschuh mit Diamantschnalle war an meinem Fuß gestrandet, während Frances, die neben mir auf dem Teppich saß, in einem Spitzennegligé versank. Peter schlummerte auf meinem Schoß und streichelte im Schlaf einen silbrigen Polarfuchspelz, und Rose – die überaus praktisch veranlagt war, wie ich bemerkte – rettete gerade einen ganzen Wust an Seidenstrümpfen aus den Kleiderfluten.

Evelyn, die wie Rose mit dem Spektakel bereits vertraut zu sein schien, saß auf einem Stuhl und wartete, dass wieder Ruhe einkehrte. Mit derselben geduldigen Resignation stand Wheeler, Poppys Kammermädchen, statuenhaft neben dem Kleiderschrank – ein ähnlicher Katafalk wie das furchteinflößende Monstrum in meinem Zimmer. Zehn Minuten zuvor, als das Chaos noch nicht ausgebrochen war, hatten sein Inhalt und auch der Inhalt diverser Kommoden noch ordentlich an seinem Platz gelegen, und doch waren Wheelers breite Gesichtszüge noch immer vollkommen stoisch. Das Treibgut, das um ihre Knöchel herumschwamm, registrierte sie mit wissender Gleichgültigkeit. Wir drei Mädchen, die Poppys Publikum abgaben und zudem beratend tätig sein sollten – immerhin ging es um das Dinner, das der frisch eingetroffene Lord Carnarvon noch am selben Abend im Shepheard geben würde –, verfielen zwischen all den Kleidern in eine Art Trancezustand. Ich wollte unbedingt, dass Poppy das schwarze Samtkleid trug, während Rose das aus smaragdgrüner Seide bevorzugte und Frances für das extravagante knallrosafarbene plädierte, das von einer Künstlerin namens Elsa Schiaparelli, einer Pariser Freundin von Poppy, eigens für sie entworfen worden war.

Der Geruch im Zimmer war berauschend – noch nie hatte ich so viele Blumen auf so kleinem Raum gesehen. Große Rosenbouquets und kunstvoll gestaltete Lilien- und Orchideensträuße quollen aus unzähligen Vasen, die auf ebenso unzähligen Tischchen standen. Poppy, die selbst so wunderschön war wie all die Blumen zusammen, erhob sich aus dem Kleidermeer, griff schließlich nach einem Teil, verwarf es wieder und stürzte sich dann mit einem kleinen Schrei auf das nächste. Sie hatte sich umgezogen, als wir in das Zimmer gekommen waren, und trug nur einen Seidenkimono mit aufgestickten scharlachroten Drachen und dazu winzige Pantoletten mit silbernen Absätzen und luftigen Pompons an den Zehen. Ihre kurzen schwarzen Haare glänzten im Licht der Lampe. Schockierend modern, fiel es ihr in Wellen ins Gesicht, während es hinten so kurz geschnitten war wie bei einem Mann und ihren weißen Nacken frei ließ. Die Frisur verlieh ihr eine irritierende Aura von porzellanener Zerbrechlichkeit. Ihre dunkelblauen Augen waren ruhelos, strahlten aber gleichzeitig etwas Dunkles, Tragisches aus. Groß und unfassbar dünn, steckte sie voller unergründlicher Widersprüche. In jedem Fall aber war Poppy das Schönste, was ich je gesehen hatte. *Die Schöne ist gekommen*, dachte ich und fragte mich, wie ich Evelyn je für eine bemerkenswerte Erscheinung hatte halten können. Neben ihrer Freundin verloren ihre stille Anmut und Schönheit sofort an Glanz, sie war der zunehmende Mond, während Poppy die strahlende Sonne war.

»Jetzt entscheide dich aber mal«, sagte Eve freundlich, musste allerdings ein Gähnen unterdrücken. »Das dauert ja eine Ewigkeit, Schätzchen. Dabei weißt du doch, dass du in allen Kleidern wie eine Göttin aussiehst. Denk dran, Pups hält dich für die *flotteste* Frau der Welt, was ihn unglaublich amüsiert. Du solltest seine Erwartungen nicht enttäuschen.«

Doch die Bemerkung schien Poppys Unsicherheit nur noch zu verstärken. Sie stöhnte auf, stürzte sich wieder ins Chaos, schnappte sich ein Kleid, verwarf es wieder und stöberte weiter. Frances und ich wechselten einen sprechenden Blick. Am vergangenen Tag hatten wir Lord Carnarvons Ankunft miterlebt und konnten uns lebhaft vorstellen, dass Poppy d'Erlanger ihn für einen strengen Richter hielt.

Unseren Posten in der Lobby des Continental Hotel, wo der Earl wie bereits Howard Carter und die Winlocks absteigen würde, hatten wir hinreichend früh bezogen, um gut sehen zu können. Selbst für die Verhältnisse des Continental, das in puncto Prunk an das Shepheard heranreichte, war es ein imposanter Auftritt. Der Hoteldirektor und etliche seiner Bereichschefs hatten sich in einer Reihe aufgestellt, um den Lord in Empfang zu nehmen. Als Carnarvon schließlich eintraf – dünn, elegant und mit kaum zu übertreffender Nonchalance –, trug er den breitkrempigen Hut, der einst durch Alfred Tennyson, erster Baron Tennyson, Berühmtheit erlangt hatte, und einen langen dunklen Wollmantel mit üppigem Pelzkragen. Er stützte sich auf einen Stock mit einem kunstvoll gearbeiteten Griff aus einem ungewöhnlichen rosafarbenen Stein – eine Fertigung von Cartier nach Carnarvons eigenem Entwurf, wie wir später von Eve erfuhren. Obwohl er leicht hinkte, bewegte er sich behände und nahm das Hotel sofort in Beschlag, als wäre er dort zu Hause und als stünden die Angestellten ausschließlich zu seiner persönlichen Verfügung. Sein Gefolge bestand aus seinem Kammerdiener und seinem Arzt, ohne den er nur selten verreiste, vier gewaltigen Schrankkoffern und siebenunddreißig jeweils mit seinem Krönchen und seinem Monogramm geprägten ledernen Gepäckstücken – wir hatten mitgezählt.

»*Flott ... Flott ...*« Poppy d'Erlanger seufzte. »Das hättest du besser nicht gesagt, Eve, der Gedanke daran macht eine Entscheidung noch viel schwerer. Wheeler, was würden Sie sagen, welches dieser Kleider am flottesten ist?«

»Ich würde mir wirklich nicht anmaßen, dazu eine Meinung abzugeben, Madam«, antwortete Wheeler gleichmütig und hatte damit erstmals seit Beginn des Spektakels den Mund aufgemacht. »Gleichwohl würde ich sagen, dass alle ziemlich rasant sind.«

»Das blaue? Das senfgelbe? Das liebe ich. Habe ich das schon einmal getragen, Wheeler?«

»In Kairo nicht, Madam. Sie wollten es in der Residenz anziehen, haben sich dann aber für das blaue Chiffonkleid mit den Saphiren entschieden. Die letzte – und einzige – Gelegenheit, zu der Sie das senfgelbe Kleid getragen haben, war Lord Carnarvons Geburtstagsdinner in Highclere Castle.«

»Oh ... Dann ist es ausgeschlossen, wenn dein Vater es schon gesehen hat, Eve. Das fällt also weg, und das blaue ist ...« Poppy bedachte den Kleiderhaufen mit einem Blick voller Tragik. Die Qual der Entscheidung war ihr anzusehen. Echte Sorge, die schon an Angst grenzte, hatte sich ihrer bemächtigt. Sie wusste, dass sie nach ihrem Äußeren beurteilt werden würde. Ob ihr wohl – so außergewöhnlich sie war – je in den Sinn gekommen war, dass man sie auch für etwas anderes schätzen könnte, für ihr sanftes Wesen zum Beispiel oder für ihre natürliche Freundlichkeit und Großzügigkeit? Vermutlich nicht, und das, obwohl diese Eigenschaften wirklich hervorstachen. Man musste nur zehn Minuten mit ihr zusammen sein, um sie zu bemerken.

»Oh, bitte, Mama, dann zieh doch das smaragdgrüne an«, sagte Rose. »Du siehst darin umwerfend aus, es ist mein Lieblingskleid – und Peter mag es auch.«

Peter schlug die Augen auf. »Grün, bitte, Mama«, sagte er, dann schlief er sofort wieder ein.

»Nein.« Frances stand auf und fischte aus dem regenbogenfarbenen Haufen eine Art architektonisches Gebilde aus rosafarbenem Satin heraus. »Sie sollten das hier tragen. Das ist das flotteste Kleid, das ich je im Leben gesehen habe. Und Lippenstift natürlich.« Sehnsüchtig schaute sie zu den Lippenstiften hinüber, die einsatzbereit auf Poppys Ankleidetisch standen. »Scharlachrot – wegen des farblichen Kontrasts.«

»Gütiger Himmel!« Poppy griff nach dem Kleid. »Bist du dir sicher? Du bist ein kleines Genie, Frances. Ja, jetzt sehe ich es auch. Wheeler, sei so gut und lass es bügeln. Es ist ja ganz verknittert, keine Ahnung, wieso. Oh, und dann musst du schnell ein Bad einlassen, und ich brauche meinen Pelz – nein, nicht den da, den dunklen.«

»Bist du denn verrückt geworden, Poppy?« Eve stand auf und streckte sich. »Einen Pelz? Es ist hier schon unerträglich heiß, und im Speisesaal wird es noch viel schlimmer sein.«

»Ich weiß, ich weiß, aber vielleicht brauche ich ihn ja später noch. Möglicherweise werde ich anschließend noch ein bisschen in der Gegend herumspazieren.«

»Was hast du vor, Poppy? Wo willst du denn herumspazieren, mein Gott? Mir wäre es wirklich lieber, du würdest das nicht tun.«

»Mir auch. Aber trotzdem könnte es sich ja so ergeben. Natürlich bin ich fest entschlossen, nichts dergleichen zu tun, aber ich bin nun einmal gar nicht gut darin, bestimmten Verlockungen zu widerstehen. Immer wieder nehme ich mir feierlich vor, standhaft zu bleiben – aber dann knicke ich doch ein. Warum, ist mir wirklich ein Rätsel.«

»Nun, ich hoffe jedenfalls, du hast keine Dummheiten im Sinn, Schätzchen«, sagte Evelyn. Sie musterte Poppy eindringlich, drehte sich dann um und bedeutete uns, dass wir jetzt gehen müssten.

»Ich plane überhaupt nichts, Eve. Wirklich nicht. Ich plane nie.« Traurig schüttelte Poppy den Kopf. »Vermutlich ist genau das mein Problem. Ich bin mal hier, mal da, bin wie eine Billardkugel, aber was soll man da machen? Ich bin, wie ich bin. Jetzt aber, liebe Kinder, bevor ihr geht ... Ihr wart so entzückend, und ich bin euch so dankbar für eure Hilfe. Ich möchte euch etwas Schönes mitgeben. Aber was denn nur?« Irritiert schaute sie auf das Meer an Kleidungsstücken, aus dem wir uns vorsichtig unseren Weg bahnten. »Oje! Was für ein Chaos, wie konnte das nur passieren? Nein, davon kann ich euch wirklich nichts zumuten. Aber ich habe eine andere Idee! Irgendetwas von meinem Ankleidetisch, egal was, irgendeine hübsche Kleinigkeit – sucht euch etwas aus.«

Zunächst zierten wir uns, doch Poppy bestand auf ein Geschenk für jeden. Wohlerzogen ignorierten wir all die Diamantringe, Elfenbeinarmbänder, exotischen Zigaretten – Sobranie Black Russian mit Goldfilter –, die Zigarettenspitze aus Bernstein, die Pralinenschachteln und Bücher und Briefe, die dort verstreut lagen, und trafen unsere Wahl. Rose nahm eine rosafarbene Puderquaste aus Schwanenfedern und Peter eine Nagelfeile, die er sich wie einen Dolch in den Hosenbund steckte. Ich liebäugelte mit einem Buch namens *Das fehlende Glied in der Kette*, das sich hinter einem Tiegel mit kühlender Creme aus Paris verbarg, aber dann kam mir ein Buch doch zu maßlos vor. Schließlich entschied ich mich für einen winzigen Flakon mit einer Essenz, die nach erlesener Raffinesse duftete. Frances wiederum suchte sich ein Exemplar aus dem Arsenal an Lippenstiften aus.

»Was bist du nur für ein Dummerchen, Frances«, sagte Rose altklug, als wir den Raum verließen. »Wie konntest du einen Lippenstift nehmen? Deine Mutter wird Zustände bekommen – du wirst ihn nie benutzen dürfen.«

»Nun, du wirst deine Puderquaste auch nicht benutzen dürfen«, erwiderte Frances. »Außerdem ist mir das ziemlich egal. Aber der Lippenstift hat die Farbe von Rubinen, blutrot, absolut fantastisch. Wenn ich mal groß bin, werde ich den ganzen Tag lang roten Lippenstift tragen, nicht nur abends, wie Poppy es tut, sondern schon zum Frühstück.«

»Zum Frühstück? Das traust du dich nie im Leben.«

»Und bis dahin werde ich Poppys Lippenstift überallhin mitnehmen und ihn gelegentlich herausholen und mir anschauen.«

Und genau das tat Frances an jenem Abend. Bevor wir zum Dinner hinuntergingen, schauten wir bei Rose und Peter vorbei, um ihnen gute Nacht zu sagen. Beide blieben auf ihrem Zimmer, Rose mit der Puderquaste auf dem Nachttisch, Peter mit dem Nagelfeilendolch unter dem Kopfkissen. Wheeler und Eves Kammermädchen Marcelle passten auf sie auf. Die beiden Frauen, die kaum unterschiedlicher sein konnten, da die eine doppelt so groß und alt war wie die andere, schienen gute Freundinnen zu sein. Als Wheeler sich in einen monströsen Sessel fallen ließ und zu ihrem Strickzeug griff, streckte Marcelle sich auf einer Chaiselongue aus, schlug ihre eleganten Beine übereinander und hielt uns eine Pralinenschachtel hin. Poppy hatte sie ihr geschenkt, da sie Süßigkeiten nicht anrührte.

»Die weichen müssen Sie aber für mich lassen«, sagte Marcelle mit einem Akzent, der sehr nach London klang. Trotz ihres Namens war keine Spur Französisch herauszuhören.

Wir nahmen jeder eine der harten, klebrigen Pralinen, während Marcelle sich ein *violet cream* in den Mund schob, seufzte und ein Buch aufschlug. Es hieß *Der Scheich* und hatte einen farbigen Einband. »Hast du den Film gesehen, Wheelie?«, fragte Marcelle und wedelte mit dem Buch. »Was habe ich geheult. Eine wunderschöne Romanze, so wie ich sie liebe.«

»Mit solchen Gefühlsduseleien kann ich nichts anfangen«, antwortete Wheeler trocken. »Aber gib mir einen guten Mord, dann bin ich zufrieden. Ich brauche irgendetwas Handfestes.«

»Du hast einfach keine Fantasie, Wheelie, das ist dein Problem.«

»Besser keine als zu viel«, erklärte Wheeler entschieden.

Frances und ich wünschten ihnen schließlich eine gute Nacht und ließen die beiden mit ihrer Unterhaltung allein. Den Lippenstift trug Frances natürlich bei sich, sie hatte ihn mitsamt seiner vergoldeten Schachtel in ihr Täschchen geschmuggelt. Als wir die Hoteltreppe hinunterstiegen, zeigte sie ihn mir, und auch beim Dinner holte sie ihn im Schutze der weißen Damastdecke immer wieder hervor. Sie betrachtete ihn, freute sich diebisch und steckte ihn dann wieder weg.

Da wir immer sehr früh aßen, waren wir bereits eine gute Stunde im Speisesaal, als Lord Carnarvon in Begleitung von zwölf Personen hereinrauschte und an den Tisch neben dem unseren geführt wurde. Grüße wurden gewechselt, und Poppy, die in ihrem kurzen knallrosafarbenen Kleid zu Carnarvons Linken saß, warf uns eine scharlachrote Kusshand zu. Auch Madame Mascha nahm unsere Gegenwart mit ihren Tigeraugen zur Kenntnis, neigte exaltiert den Kopf und ließ sich dann zur Rechten Carnarvons nieder. Howard Carter, der neben Poppy gesetzt wurde, begrüßte sie zwar, ignorierte sie aber fortan. Stattdessen wandte er sich Eve zu seiner Linken zu und verwickelte sie in eine leise, doch lebhafte Diskussion.

Die Archäologen an unserem Tisch beobachteten Carnarvons Auftritt genauso verstohlen wie aufmerksam. Sobald sichergestellt war, dass niemand vom Nebentisch zuhörte, hoben wilde Spekulationen an. »Was für einen Eindruck haben Sie von Carnarvon?«, fragte Lythgoe die Winlocks im Flüsterton.

»Gut sieht er nicht gerade aus«, antwortete Helen. »Er wirkt sogar noch gebrechlicher als beim letzten Mal, der arme Mann. Ich weiß, dass Eve sich große Sorgen um ihn macht.«

»Es war die Rede von einer weiteren Operation«, sagte Winlock. »Aber er hat sich dagegen entschieden. Das wolle er sich nicht zumuten, und wer kann es ihm verdenken?«

»Ägypten wird ihm guttun«, sagte Helen mitfühlend und wandte sich an Miss Mack. »Das tut es immer, nicht wahr? Und auch Carnarvons Elan wird sofort zurückkehren, wenn sie in diesem Winter etwas finden.«

»Und wenn nicht?« Lythgoes Blick begegnete dem von Winlock auf der anderen Tischseite. »Wie lange wird Carnarvon dann noch weitermachen, was denken Sie?«

»Schwer zu sagen. Aber wenn Lordy beschließen würde, die Zelte abzubrechen, wäre die Grabungslizenz für das Tal wieder zu haben. Nicht dass wir je mit dieser interessanten Perspektive geliebäugelt hätten.«

»Nein, nie. Nicht eine Sekunde lang, ich schwör's.« Lythgoe lächelte mit schmalen Lippen.

»Das Gebiet innerhalb von Carters Dreieck haben sie jedenfalls gründlich abgegrast«, fuhr Winlock nachdenklich fort. Dann ließ er den Blick über den Tisch schweifen, beugte sich, nachdem er sich davon überzeugt hatte, dass er und Lythgoe im allgemeinen Stimmengewirr nicht von Carnarvon und seinen Leuten gehört werden konnten, vor und sprach mit gesenkter Stimme weiter. Ich saß Eis löffelnd neben ihm, lauschte aber von diesem Zeitpunkt an mit doppelter Konzentration und versuchte, mich unsichtbar zu machen.

»Mittlerweile gräbt Carter ein ganzes Stück außerhalb des goldenen Dreiecks«, sagte Winlock nun. »Seltsam, nicht wahr? Das könnte bedeuten, dass er eine neue Spur verfolgt.«

»Oder er schlägt nur Zeit tot«, sagte Lythgoe. »Seit der Operation im November hat er sich noch nicht vollständig erholt. Es wird eine sehr kurze Saison für ihn werden. Februar und März – zwei Monate sind nichts für seine Verhältnisse. Ich würde vermuten, dass er all seine Hoffnungen auf die nächste Saison richtet. Hat er Ihnen erzählt, wann er wiederkommen will?«

»Mir nicht, aber Frances gegenüber hat er erwähnt, dass es wohl Oktober werden wird. So lautet zumindest der Plan, aber wenn ich mir Carnarvon so anschaue, kommen mir daran gewisse Zweifel. Lordy hat bereits ein Vermögen in die Sache gesteckt, und um seine Gesundheit steht es nicht zum Besten. Nehmen wir einmal an, sie finden nächsten Monat nichts. Dann wäre es nicht ausgeschlossen, dass er die Sache ein für alle Mal abbläst. In dem Fall wäre das jetzt Carters letzte Grabung im Tal.«

»In der Tat.« Lythgoe zögerte einen Moment. »Es sei denn, jemand anders stellt Carter ein. Vielleicht hat ja schon ein freundlicher Millionär die Fühler ausgestreckt?«

»Ein freundlicher Millionär, der bereit ist, mit Carter zusammenzuarbeiten, seine Ahnungen ernst zu nehmen und seine Launen zu ertragen?«, fragte er Winlock und lachte. »Diese Sorte Millionär ist stark vom Aussterben bedroht. Da drüben sitzt vermutlich der Letzte seiner Art.«

»Wohl wahr. Und die Zeit für Hobbyarchäologen läuft ebenfalls ab. Auch in dieser Hinsicht ist Lordy der Letzte seiner Art.« Lythgoe, der keinen Alkohol trank, nahm einen Schluck Wasser. »Willkommen in der schönen neuen Welt der hochgelehrten Fachidioten. Willkommen an Universitäten und Museen und wissenschaftlich betreuten Ausgrabungsstätten, wo ausschließlich Doktoren herumlaufen.«

»Und gegrüßt seien die Millionäre, die zahlen und nichts erwarten, als dass man ein Museum nach ihnen benennt. Darauf trinke ich.« Winlock hob sein Weinglas. »Andererseits ...« Er zögerte. »Was ist mit Instinkt, Albert? Dem richtigen Riecher für Gräber? Die Bevölkerung hier verfügt genauso wie Carter darüber. Doch in einem Lebenslauf à la Harvard wird man nach so etwas vergeblich suchen.«

»Auch Instinkt kann man kaufen. Carnarvon hat es mit der Anstellung von Carter schon getan, und sollte er wirklich aussteigen wollen ...«

»Könnte jemand anders zugreifen. Das Met zum Beispiel.«

»Haben Sie die Lage denn schon sondiert? Da verlasse ich mich ganz auf Sie.«

»Selbstverständlich. Allerdings muss ich dabei äußerst behutsam vorgehen. Carter ist loyal, also habe ich ihm gegenüber immer betont, dass die Angelegenheit noch vollkommen hypothetisch ist. Alles hängt von Carnarvon und seinen Entscheidungen ab und natürlich auch davon, ob wir das Tal überhaupt bekämen, was nicht ausgemacht ist, und so weiter und so fort.« Winlock rang die Hände. »Verdammt, ich habe keine Ahnung. Wollen wir die Sache denn tatsächlich in Erwägung ziehen? Vielleicht ist das Tal ja wirklich abgegrast, und wir würden nur Zeit und Geld verschwenden. Vielleicht aber hat Carter auch recht, und in diesem verdammten Dreieck gibt es irgendwo noch ein Grab. Es könnte passieren, dass er eines schönen Tages zu seinen Männern sagt: ›Heute graben wir hier‹, und zehn Sekunden später ist es so weit. ›*Allahu Akbar*, Mr Carter-*sir*, schauen Sie mal, was wir gefunden haben!‹ Ich habe keine Meinung mehr dazu. Den einen Tag denke ich das eine, den anderen das andere. Vielleicht ist Carter ein Genie mit einem Ass im Ärmel, vielleicht ist er aber auch einfach nur ein verkappter Träumer – und ein Narr.«

Lythgoe lächelte. Winlocks Wankelmut amüsierte ihn. Für einen Moment verstand ich nichts, da die Kellner die Teller abräumten und die beiden Männer ihre Stimmen noch einmal senkten. Frances, die neben mir saß, hatte in der Zeit ein kleines scharlachrotes Kreuz in ihre Hand gemalt und musterte es eingehend. Plötzlich schien es hinter dem Vorhang am Eingang zum Speisesaal – auf der anderen Raumseite – Probleme zu geben. Ich sah, wie die Kellner beieinanderstanden und wild gestikulierten, und auch die große, imposante Gestalt des Geschäftsführers war aufgetaucht. An Carnarvons Tisch nebenan erhoben sich erregte Stimmen und Gelächter. Poppy hatte soeben etwas zu Madame Mascha gesagt, die sich lauthals amüsierte. »*Méchante*«, hörte ich sie mit heiserer Stimme antworten, während ihre Tigeraugen blitzten. In diesem Moment beugte sich ein Kellner über mich, um mir ein Schüsselchen aus Kristall und Silber hinzuhalten. Frances nahm eine Dattel, ich eine Mandel, dann verschwand der Kellner wieder, und die Männer hatten inzwischen das Thema gewechselt.

»Wobei mir einfällt: Morgen werde ich zum Bunker des Antikendiensts gehen und mit unserem werten Freund, dem Herrn Direktor, zu Mittag speisen«, sagte Winlock soeben und machte ein säuerliches Gesicht. »Das ist der Mann, der darüber entscheidet, wer wo graben darf. Gottvater höchstpersönlich sozusagen. Zwei Stunden dauert das Essen – das wird bestimmt ein Heidenspaß. Wenn er mir wieder erzählt, dass das Prinzip der Fundteilung überdacht werden müsse, dann kann ich für nichts garantieren. ›Aber *mon cher* Monsieur Winlock, das werden Sie doch sicher einsehen. Alles, was Sie hier finden, gehört von Rechts wegen der ägyptischen Nation. Gewiss, gewiss, es ist Ihr Museum, das die Ausgrabungen finanziert, und natürlich, es ist Ihr Sachverstand, der die Funde überhaupt erst ermöglicht, aber das alles ist leider nicht von Belang, *mon ami*. Die Tage der Fifty-fifty-Regelung sind gezählt.‹ Was für ein Unfug! Der Mann spielt zurzeit alle Seiten gegeneinander aus, er ist voll in seinem Element. Wenn er in der britischen Residenz Cocktails schlürft, spricht er sich für das Protektorat aus, um gleich im nächsten Moment seinen neuen nationalistischen Freunden in den Hintern zu kriechen.«

»Pierre Lacau weiß schon, in welche Richtung der Wind weht«, sagte Lythgoe. »Dafür hatte er schon immer einen Riecher. Und er ist zu allem fähig. Lassen Sie sich aber eines gesagt sein: Die Fifty-fifty-Regelung gibt es seit jeher, und sie wird auch bleiben – ob nun Ägypten unabhängig wird oder nicht. Ich kann auf Lacau und seine nationalistischen Kumpane erheblichen Druck ausüben und habe diesbezüglich schon etliche Hebel in Bewegung gesetzt. Uns wird er jedenfalls nicht in der Gegend herumkommandieren und die Briten auch nicht – vorausgesetzt, sie sind an Ausgrabungen in diesem Land interessiert und brauchen noch hübsches Spielzeug für ihr Ägyptisches Museum.«

»Jetzt redet doch nicht ständig über die Arbeit, ihr beiden«, mischte Helen sich ein, die sich wieder in ihre Richtung gewandt hatte. »Das ist nicht die feine Art, und sehr diskret ist es auch nicht. Howard hat ziemlich gute Ohren. Sollen wir den Kaffee vielleicht lieber auf der Terrasse einnehmen? Hier drinnen ist es so laut und stickig. Myrtle und ich kommen gleich nach. Wir bringen nur die Mädchen ins Bett, sie sind vollkommen erschöpft. Schaut nur, die arme Lucy schläft schon fast.«

Folgsam erhoben wir uns. Frances steckte schnell ihren Lippenstift ein, und ich dachte schon einmal darüber nach, was ich, sobald ich allein war, heute noch in mein Tagebuch schreiben würde. Natürlich etwas über die Unterhaltung zwischen Mr Winlock und Mr Lythgoe, und auch eine so wichtige Angelegenheit wie die Sache mit Mrs d'Erlanger und dem flotten Kleid durfte nicht fehlen. Frances und ich sagten allen gute Nacht, dann schaute ich noch einmal zu Carnarvons Tisch hinüber, als wir uns zum Gehen wandten. Sofort merkte ich, dass dort etwas geschehen war. In den letzten Minuten musste sich etwas Unerhörtes ereignet haben, und wenn ich auch nicht wusste, was genau, so waren dessen Folgen doch unübersehbar.

Am Tisch waren Gespräche und Gelächter verstummt. Carnarvons Gäste schauten sich bestürzt an, Poppy d'Erlanger saß stocksteif auf ihrem Stuhl und starrte auf den Vorhang am Eingang zum Speisesaal, ihr Gesicht wurde abwechselnd knallrot und kreideweiß. Als Madame Mascha ihrem Blick folgte, runzelte sie die Stirn und flüsterte Lord Carnarvon etwas zu. Poppy wirkte erst zögerlich, dann aber erhob sie sich, und auch Eve, die nach ihrer Hand griff, konnte sie nicht aufhalten.

Sofort sprangen sämtliche Männer am Tisch auf. Die Bewegung und das Geräusch, mit dem die Stühle zurückgeschoben wurden, ließen viele Köpfe im Saal herumschnellen. Miss Mack, Helen und wir, die an Carnarvons Tisch vorbeigehen wollten, fanden den Weg nun blockiert.

»Nein, bitte. Ich möchte die Tischgesellschaft nicht stören.« Poppy bedeutete den Männern, wieder Platz zu nehmen.

»Tu das nicht, lass meinen Vater das lieber regeln«, beschwor Eve sie.

Und auch Madame stellte mit einer Grimasse fest: »*Quelle spectacle, ces hommes là! Restez ici, ma chère!*«

Doch Poppy schien ihre Bitten nicht wahrzunehmen. Sie verließ den Tisch, aber nun versuchte auch Carnarvon, sie zurückzuhalten. Ich sah, wie er sanft die Hand auf ihren Arm legte und etwas zu ihr sagte.

»Porchy, nein ... um gar keinen Preis«, erwiderte sie. »Das ist wahnsinnig freundlich und zuvorkommend von dir, aber ich habe die Sache zu verantworten, also muss ich mich jetzt auch darum kümmern. Nein, wirklich, ich bestehe darauf.«

Mit diesen Worten eilte sie los und schlängelte sich zwischen den Tischen hindurch. Das Kinn hielt sie gesenkt, die Miene war starr, die Haltung trotzig. Sämtliche Köpfe drehten sich nach ihr um, der Geräuschpegel im Speisesaal sank rapide. Am Eingang, wo zwei Männer in Abendgarderobe zu sehen waren, blieb Poppy stehen. Offenbar war es zwischen ihnen zu einer Auseinandersetzung gekommen, denn einer von ihnen ballte die Fäuste und hatte Blutflecken auf seinem gestärkten weißen Hemd, während der andere von den Kellnern festgehalten wurde und sich, blass vor Wut, loszureißen versuchte. Man schickte einen Jungen los, um Verstärkung zu holen, und die verängstigten Lakaien taten alles, um die zwei Männer auseinanderzuhalten.

»In meinem ganzen Leben habe ich noch nie ein derart dummes und unzivilisiertes Verhalten erlebt«, sagte Poppy zu den beiden, und ihre helle Stimme war in jedem Winkel des Speisesaals zu vernehmen. »Was um Himmels willen bilden Sie sich nur ein? Es bricht mir schier das Herz, das ansehen zu müssen. Jetzt belästigen Sie die Menschen hier nicht länger, und folgen Sie mir. Ich kann die Sache in fünf Minuten aufklären.«

Sie warf sich den dunklen Pelz, den sie in der Hand gehalten hatte, über die Schultern, klemmte ihre lächerlich winzige Handtasche unter den Arm und marschierte aus dem Saal. Ein letztes

Aufblitzen von Knallrosa, und weg war sie. Nach einem Moment der Unsicherheit, in dem es so aussah, als könnten die Feindseligkeiten der Männer wieder aufflammen, trennte man die beiden und ließ sie in Begleitung der aufgeregten Lakaien hinausgehen. Sofort belebte sich der Speisesaal wieder. Eine elektrisierende Spannung lag plötzlich in der Luft und sprang von Tisch zu Tisch über. Ein, zwei Gruppen brachen in Gelächter aus, wurden dann aber vom Raunen der Spekulationen, dem anschwellenden Lärm der entzückten Empörung, dem Tumult der Behauptungen und Gegenbehauptungen übertönt.

»Gütiger Gott«, flüsterte Miss Mack Helen Winlock zu, »wer waren die beiden Männer? Und worum ging es überhaupt, meine Liebe?«

»Genau weiß ich das auch nicht«, antwortete Helen mit besorgter Miene. Sie sprach so leise, dass ich mich anstrengen musste, um sie zu verstehen. »Aber der Mann mit den dunklen Haaren und dem Blut am Hemd ... Ich bin mir ziemlich sicher, dass das Mr d'Erlanger war.«

»O Gott, Helen!« Miss Mack schnappte nach Luft. »Schnell, lassen Sie uns die Kinder nach oben in Sicherheit bringen.«

## II

Am nächsten Morgen stellte sich heraus, dass Poppy d'Erlanger das Hotel verlassen hatte. Als sich herumsprach, dass sie nachts nicht in ihrem Bett geschlafen hatte – ob das nun stimmte oder nicht, wussten wir nicht, jedenfalls schien es jeder zu glauben –, brodelte die Gerüchteküche sofort. Als sie auch tagsüber nicht zurückkehrte, am nächsten Tag ebenfalls nicht und selbst am übernächsten nicht, hatte sich das Shepheard längst in ein Tollhaus verwandelt.

»Sie ist fort«, sagte Frances vollkommen außer sich. »Was kann nur passiert sein, Lucy? Ein absolutes Geheimnis – wir müssen es lüften.«

Wir gaben uns alle Mühe. Lord Carnarvon und Evelyn wären am ehesten in der Lage gewesen, all die Gerüchte zu bestätigen oder zu dementieren, doch beide schwiegen hartnäckig und ließen kein einziges Wort verlauten. Natürlich trug ihr Schweigen nicht dazu bei, das Gerede verstummen zu lassen, sondern erzeugte lediglich ein Vakuum, das immer neue Gerüchte aufkeimen ließ, wie Frances und ich schnell begriffen. Manche behaupteten, dass einer der beiden Streithähne tatsächlich Poppys Noch-Ehemann gewesen sei, Mr d'Erlanger, der andere hingegen ein junger britischer Offizier, der im Gezira Sporting Club bestens bekannt war. Allseits einig war man sich, dass Poppy wieder einmal geflüchtet sei. Ob aber mit Mr d'Erlanger oder mit dem Offizier, das konnte niemand mit Bestimmtheit sagen. Jedenfalls sei sie mittlerweile in Südfrankreich, in Italien oder auch, wie manche behaupteten, in Kenia. Mit dem Zug sei sie abgehauen, sagten die einen, mit einem Privatflugzeug die anderen, die gesehen haben wollten, wie sie am Flugplatz von Kairo an Bord gegangen war. Die Sache sei geplant gewesen und Poppy nun für immer verschwunden, sagten ihre Kritiker, deren Zahl stündlich wuchs. Nein, es sei eine spontane Entscheidung gewesen, erwiderten jene, die Poppy verteidigten. Dass sie ihre Kinder zurückgelassen hatte, bewies sogar, dass es sich lediglich um eine ihrer Eskapaden handeln konnte. Früher oder später würde sich Poppy Peters und Roses entsinnen und reumütig zurückkehren, so wie sie es bisher immer getan hatte. Schließlich liebte sie ihre Kinder. Obwohl sie sich nicht immer um sie kümmerte, würde sie die beiden doch für keinen Mann der Welt im Stich lassen.

Am vierten Tag von Poppys Verschwinden versuchten Lord Carnarvon und Evelyn, die Gerüchte zum Verstummen zu bringen – so diskret wie erfolglos. Da sie den Klatsch nicht durch eigene Kommentare adeln wollten, mittlerweile aber auch eingesehen hatten, dass ihr Schweigen nicht hilfreich war, verlegten sie sich darauf, die Information zu verbreiten, dass sie Poppy jeden Tag zurückerwarteten. Etwas anderes konnten sie allerdings auch kaum sagen, schließlich war allseits bekannt, dass für die folgende Woche die Abfahrt nach Luxor geplant war und Poppy sich mit ihren Kindern Carnarvons Reisegesellschaft hatte anschließen wollen.

In dieser aufgeheizten Atmosphäre nahm ich zum ersten Mal bewusst Minnie Burton wahr, die Frau von Harry Burton, dem Fotografen der Met-Archäologen. Die beiden waren Engländer, lebten aber in Florenz, wenn sie nicht gerade in Ägypten weilten. Ich war Minnie bereits begegnet, da man sie – blond, wie sie war – kaum übersehen konnte und sie im Speisesaal gern die große Dame spielte. Harry Burton war liebenswürdig und allseits beliebt, was man von seiner Frau nicht gerade behaupten konnte. Helen Winlock schien sie sogar zu verachten, und Winlock, der sie immer nur Queen Min nannte, ging ihr schlichtweg aus dem Weg, wann immer es möglich war. Seit Poppys Verschwinden bildeten Mrs Burton und die überhebliche Frau von Essen, die immer noch im Shepheard's residierte, eine schmiedeeiserne Allianz. Angesichts dieses erstklassigen Skandals waren sie voll in ihrem Element.

Frances und ich waren zwar parteiisch, wollten aber gleichzeitig unbedingt die Wahrheit herausfinden, was aber komplizierter war als erwartet. Miss Mack und Helen waren genauso verschlossen wie Eve und ihr Vater, und auch bei Wheeler, Poppys ergebenem Kammermädchen, kamen wir kein Stück weiter. Zu guter Letzt richteten sich unsere Hoffnungen auf Marcelle, aber sogar die – sonst eine unerschöpfliche Quelle hochinteressanter Informationen – ließ uns abblitzen. Es war Zeit für eine andere Taktik.

»*Espionnage*«, entschied Frances, also lauschten und spionierten wir und lungerten vermehrt auf der Terrasse des Shepheard's herum. Schnell fanden wir heraus, dass die beste Zeit um Viertel nach vier und das beste Terrain der Tisch von Mrs Burton war. Daneben stand eine große Säule, und nachdem wir ein paar Tage hintereinander um sie herumgeschlichen waren, hatten wir bereits ein paar Dinge in Erfahrung bringen können, wenn auch etwas Konkretes noch nicht dabei gewesen war. Als Frances am vierten Tag mit ihrer Mutter unterwegs war, entkam ich Miss Macks Fängen und begab mich auf eigene Faust auf die Terrasse. Die Entourage von Mrs Burton war bereits versammelt, am Nachbartisch saß – gut versteckt hinter einem Palmenkübel und scheinbar in seine *Times* vertieft – der herausgeputzte Howard Carter.

»Ist Frances heute nicht dabei?«, fragte er, als ich mich schnell verdrücken wollte. Bevor ich antworten konnte, winkte er den Kellnern, die sofort mit einem Stuhl herbeieilten, und im nächsten Moment saß ich ihm auch schon gegenüber, und mir wurde Tee eingeschenkt. »Nun«, fuhr Carter fort, »dann spionieren Sie wohl heute allein herum, was? Es sieht fast so aus, als würde uns dieses Vorhaben verbinden. Ich bin in Eves Auftrag hier, also könnten wir uns glatt zusammentun. Hier«, er schob mir ein Buch zu, »tun Sie so, als würden Sie lesen, und ich vertiefe mich wieder in meine Zeitung. Dann müssen wir auch nicht reden und werden uns prächtig verstehen. Ich habe ein exzellentes Gehör und Sie sicher auch, wie ich vermute.«

Da ich ihm nicht widersprechen wollte, beugte ich bereitwillig den Kopf über das Buch. Es war ein Bericht über das Tal der Könige, der 1820 von dem großen Abenteurer und Pionier der Ägyptologie, Giovanni Battista Belzoni, verfasst worden war. Die Unterhaltung an Mrs Burtons Tisch war verstummt, als die Kellner um mich herumscharwenzelt waren, doch ein unscheinbarer, reizloser Bücherwurm zu sein schien durchaus Vorteile zu haben, zu denen vor allem die Unsichtbarkeit gehörte. Innerhalb von fünf Minuten nahm die Diskussion wieder Fahrt auf, und es wurde interessant.

Erstens: Die am Tag von Poppy d'Erlangers Verschwinden von allen bezeugte Szene im Speisesaal war noch »überhaupt nichts, meine Lieben«, gegen das, was sich im Anschluss und über eine beträchtliche Zeitspanne hinweg in der Lobby und weiterhin in der Moorish Hall ereignet hatte, um dann auf der Treppe vor dem Shepheard's zu eskalieren, wo die beiden Männer – wie Mrs Burton aus »absolut glaubwürdiger« Quelle wusste – schließlich geschworen hatten, sich wechselseitig umzubringen. Zweitens: Beide Männer, die von ihren jeweiligen Freunden weggezerrt wurden, gingen schließlich ihrer Wege, während Mrs d'Erlanger, »die Kaltblütigkeit in Person«, keine fünf Minuten später das Shepheard's in ihrem unglückseligen rosafarbenen Kleid und dem protzigen Zobel verließ, »nachts, allein und ohne jede Begleitung«, wie Minnie Burton bezeugen konnte, die just in diesem Moment und rein zufällig die Lobby durchquert und somit diesen skandalösen Aufbruch »mit eigenen Augen« beobachtet hatte.

Die Entourage schnappte nach Luft, doch Frau von Essen gefiel sich darin, noch eins draufzusetzen. Gerade heute hatte man sie nämlich darüber informiert, dass Mrs d'Erlanger gekabelt habe, man möge ihr bitte ihr Gepäck nachschicken. Das beweise doch, dass »diese Schlampe«, wie sie sich in schönstem Deutsch ausdrückte, nicht die geringste Absicht habe, nach Kairo zurückzukehren. Am Morgen hatte ihr zudem ihre liebe Freundin, die Gräfin Mariza von Hollenstahl, ein Telegramm aus Südfrankreich geschickt, in welchem sie davon zu berichten wusste, dass die Vermisste in Nizza gesehen worden sei: Vor zwei Tagen sei sie über die Promenade des Anglais flaniert, weder um ihre Kinder noch um ihren Ruf besorgt, dafür aber am Arm jenes Mannes, dem sie in Kairo so schamlos

Hörner aufgesetzt hatte, nämlich ihres betrogenen Ehemanns Jacob d'Erlanger, »diesem Juden«.

»Was für ein Schlangennest«, bemerkte Carter, als dem Nebentisch die Enthüllungen ausgegangen waren und die Bagage schließlich aufbrach. Er legte seine Zeitung zur Seite und schaute mich an. Mein Gesicht brannte. »Sie sprechen Deutsch, nicht wahr?«, stellte er fest.

»Ein wenig. Ich hatte mal Deutschstunden.« Ich senkte den Blick. Dank des Unterrichts in Cambridge war es für mich kein Problem gewesen, ein Wort wie »Jude« zu verstehen. Was »Schlampe« bedeutete, wusste ich zwar nicht, aber das galt in gewisser Weise auch für die Wendung, dass Poppy ihrem Mann Hörner aufgesetzt habe.

»Bösartigkeit und Vorurteile brauchen keine Übersetzung.« Carter runzelte die Stirn. »Ich habe schon viel Klatsch und Tratsch und Lügen in meinem Leben gehört – und Sie?«

»Nicht wirklich, nein. Vermutlich bin ich dafür noch zu jung. Und zudem etwas begriffsstutzig. Eine große Leuchte bin ich nicht gerade.«

»In dieser Beurteilung sind wir offenbar unterschiedlicher Meinung. Ich finde Sie nicht begriffsstutzig. Sehr still, das ja, und ziemlich reserviert, aber begriffsstutzig? Nein. Sie beobachten, und das tue ich auch. Ich habe Sie beim Beobachten beobachtet, Miss Payne, und das hat durchaus Eindruck auf mich gemacht.« Er faltete seine Zeitung zusammen und nahm das Buch wieder an sich. »Was denken Sie also – sollen wir zulassen, dass dieses Gerede weitergeht, oder sollen wir ihm ein Ende bereiten?«

»Lieber ein Ende bereiten – wenn das überhaupt möglich ist. Leute wie Mrs Burton brauchen den Tratsch wie das tägliche Brot.«

Carter bleckte die Zähne zu einem Lächeln. »Das stimmt, langfristig zumindest. Kurzfristig kann man aber vielleicht doch etwas tun. Lassen Sie mich nachdenken … Mit diesen Leuten reden? Ihnen ihren Tratsch heimzahlen? Ich bin ein großer Freund von Vergeltung, was sagen Sie?«

»Nicht schlecht, würde ich sagen. Aber haben Sie denn schon einen Plan, Mr Carter?«

»Ich habe immer einen Plan. Ich bin ein ganz und gar durchorganisierter Mensch.« Er stand auf. »Danke, dass Sie mir Gesellschaft geleistet haben. Grüßen Sie Ihre Freundin von mir, und sorgen Sie dafür, dass Sie beide morgen um Punkt Viertel nach vier auf der Terrasse sind, wäre das möglich?«

Am nächsten Nachmittag um Punkt zwanzig nach vier sah man die schmale, elegante Gestalt von Lord Carnarvon über die überfüllte Terrasse des Shepheard Hotels schlendern. Alle Blicke ruhten auf ihm, als er zu dem Tisch zu gehen schien, an dem inmitten einer großen Gesellschaft auch Frances und ich saßen. Etliche Zeugen hatten sich versammelt: Eve saß am Kopfende, die Winlocks, die Lythgoes und Miss Mack waren da, Madame hatte sich zu uns gesellt, und schließlich waren auch noch wichtige Persönlichkeiten der englischen und amerikanischen Gesellschaft in Kairo dazugestoßen. Howard Carter hingegen hatte sich allein an einem Tisch in der Nähe niedergelassen.

Die ahnungslose Mrs Burton rückte sich sofort ins beste Licht, als Carnarvon bei seinem Gang über die Terrasse an ihrem Tisch stehen blieb. Er grüßte sie, Frau von Essen und ihre gesamte Entourage und erkundigte sich dann auf seine zurückhaltende, höfliche Weise, ob er sich zu ihnen setzen dürfe. Die beiden Frauen bejahten wie aus einem Mund. Ich beobachtete, wie Mrs Burton sich schnell auf der Terrasse umschaute, um nur ja sicherzustellen, dass dieses Zugeständnis an ihren gesellschaftlichen Rang auch allseits gewürdigt wurde. Triumphierend und trotz allem sichtbar nervös schickte sie die Kellner los, weiteren Tee zu bringen, während die sonst so beherrschte Frau von Essen dem Earl mit großem Gewese die anderen Damen am Tisch vorstellte. Beide Frauen verlegten sich auf Belanglosigkeiten, da sie klug genug waren, die Unterhaltung nicht auf Poppy d'Erlanger zu bringen. Nach ein paar höflichen Schmeicheleien kam Carnarvon jedoch selbst darauf zu sprechen.

»Wie ich höre, haben die Vorkommnisse um meine Freundin Mrs d'Erlanger dem Klatsch und Tratsch gehörig Auftrieb gegeben«, sagte er in seinem typisch schleppenden Tonfall, wirkte dabei aber in keinster Weise erzürnt, sondern fast schon amüsiert. Nur seine leise Stimme hatte er etwas erhoben. »Die Boshaftigkeit und Erfindungsgabe, die dabei zum Vorschein kommen, sind wirklich bemerkenswert. Selbst für Kairoer Verhältnisse, die ja, wie wir alle wissen, die Salons in London weit in den Schatten stellen.«

Minnie Burton, die soeben ihre Teetasse zum Mund führen wollte, stellte sie mit einem kaum zu hörenden Klirren wieder ab. »Ich verachte Klatsch und Tratsch zutiefst, Lord Carnarvon«, sagte sie, und Frau von Essen nickte feierlich, um ihre Zustimmung zu signalisieren.

Auf der Terrasse trat nun merklich Stille ein. Carnarvon ließ sich nicht beeindrucken und fuhr ruhig fort: »Ich teile Ihre Verachtung, Mrs Burton, und doch scheint mir, dass die abstrusesten Geschichten – nun, ich denke, wir können sie bedenkenlos Lügen nennen – ausgerechnet in diesem Hotel verbreitet werden. Und das, obwohl man doch meinen könnte, gerade die Gäste müssten es doch besser wissen oder hätten zumindest ein anderes Niveau. Derart vulgäre Manieren!«

»In der Tat!« Mrs Burton wirkte betroffen. »Andererseits ist, wie ich zu sagen pflege, Tratsch immer vulgär, Lord Carnarvon. Ich lege Wert darauf, dass …«

»Da bin ich mir absolut sicher«, unterbrach Lord Carnarvon sie und schenkte ihr ein scheues, liebenswürdiges Lächeln, das sich allerdings nicht in seinen Augen wiederfand. »Das hoffe ich unbedingt, denn wenn einer anfängt, laufen ihm oftmals alle hinterher. Ein derart schlecht informiertes Gerede ist einfach nur schamlos.«

»Einfach nur schamlos! Wie wahr«, plapperte Mrs Burton willfährig nach.

»Und doch scheint man ihm Glauben zu schenken. Für die Freunde von Mrs d'Erlanger ist das wirklich unerquicklich – und ich bin bereits die meiste Zeit ihres Lebens ein sehr enger Freund von ihr, da sie ja, wie Sie vielleicht wissen, meine Patentochter ist. Also, wie ich schon sagte, es ist äußerst unerquicklich, dass diese gemeinen Lügen kursieren und, mehr noch, als unantastbare Wahrheiten gehandelt werden …«

»Unbedingt, Lord Carnarvon. Das ist regelrecht empörend. Ich habe nie …«

»Obwohl es sich vielmehr so verhält, dass Mrs d'Erlangers Vater, ein uralter, guter Freund von mir, vor ein paar Tagen ernsthaft erkrankt ist. Als liebende Tochter hat Mrs d'Erlanger uns natürlich sofort, als sie das Telegramm erhielt, ihre Kinder anvertraut und ist an sein Krankenbett geeilt. Freunde von mir haben dafür gesorgt, dass sie noch in derselben Nacht nach Frankreich fliegen konnte.«

»Mein Gott, was für eine furchtbare Nachricht«, sagte Frau von Essen ernst.

»Wirklich furchtbar«, wiederholte Mrs Burton. »Ich hoffe, sie war noch rechtzeitig zur Stelle. Darf ich fragen …?«

»Sehr freundlich von Ihnen. Ja, er ist durchgekommen. Glücklicherweise war es nicht so schlimm, wie zu befürchten stand. Die Ärzte hatten eine Lungenentzündung diagnostiziert, aber es scheint, als hätten sie sich geirrt. Wir wissen ja alle, dass Ärzte die Neigung haben, uns Angst einzujagen.«

»O ja«, fiel Mrs Burton ihm ins Wort. Ihre Augen glänzten in der verzweifelten Hoffnung, das Gespräch schnell auf ein anderes Thema umlenken zu können. »Ärzte können einem wirklich Angst einjagen, das habe ich schon oft genug erlebt. Meiner Meinung nach …«

»Glücklicherweise hält sich Poppys Vater gerade in seiner Villa in Nizza auf«, fuhr Carnarvon unbeirrt fort. »Das Klima dort ist sehr milde, sodass wir die gute Nachricht überbringen können, dass Mrs d'Erlanger bald wieder aus Frankreich zurückkehren wird. Natürlich nur unter der Voraussetzung, dass sich der Zustand ihres Vaters nicht wieder verschlimmert, wird sie wie geplant im Winter Palace in Luxor zu uns stoßen. In den nächsten Tagen wird sie die Passage buchen. Ist das nicht eine wunderbare Nachricht? Ich bin ja so froh, dass ich sie Ihnen übermitteln konnte. Sollten Sie noch irgendwelche von diesen schmutzigen Geschichten hören, die im Umlauf sind, werden Sie nun also in der Lage sein, ihnen etwas entgegenzusetzen. Ich verlasse mich da ganz auf Sie, meine Damen.«

Sowohl Mrs Burton als auch Frau von Essen hatten die Stille auf der Terrasse mittlerweile registriert, und vielleicht ging ihnen sogar allmählich auf, was für eine Demütigung sie soeben erlitten hatten. Ohne eine Antwort abzuwarten, stand Carnarvon auf, verbeugte sich höflich und kam gemächlich an unseren Tisch geschlendert. Er setzte sich, aß ein Stück Shortbread, trank eine Tasse Earl Grey und verließ kurze Zeit später gemeinsam mit Howard Carter die Terrasse.

»Und?«, fragte Carnarvon kichernd, als sie aufstanden.

»Spiel, Satz und Sieg. Ein zugegebenermaßen trauriges Schauspiel.« Carter bedachte seinen Arbeitgeber mit einem bewundernden Blick. »Erinnern Sie mich bitte daran, dass ich mich nie mit Ihnen anlege.«

»Ganz meinerseits, werter Kollege«, antwortete Carnarvon freundlich, beide Männer lachten und begaben sich gemeinsam in Richtung Lobby.

Doch damit gab es kein Zurück mehr: Eine einzige winzige Abweichung von dem, was Carnarvon angekündigt hatte, und die Gerüchte würden wieder hochkochen. Entsprechend wurde die Abreise nach Luxor mehr als umständlich zelebriert, damit die Klatschmäuler und ihre Spione hinreichend Gelegenheit hatten, sich davon zu überzeugen, dass die Kinder von Mrs d'Erlanger tatsächlich in Carnarvons Entourage mitreisten. Am selben Abend räumten auch Miss Mack und ich unsere Hotelzimmer und ließen uns vom treuen Hassan zum Bahnhof fahren. Miss Mack reichte ihm noch ein letztes großzügiges Trinkgeld, dann folgte der traurige Abschied. Als ich aus der Kutsche kletterte, drückte er mir ein kleines Geschenk in die Hand – ein *ankh*, wie sich herausstellte, das ägyptische Kreuz-Symbol des Lebens, aus glänzendem Blech. Ich wickelte es in mein

Taschentuch, in dem sich schon die Lapislazuli-Perle von Howard Carter befand, mein anderes kostbares Besitzstück.

Es dämmerte, und die Muezzins riefen zum Gebet, als wir den überfüllten Bahnsteig für den weißen Zug nach Luxor betraten. Miss Mack, die mit den Nerven bereits am Ende war, holte unsere Fahrkarten aus ihrer Tasche, hatte sie im nächsten Moment verloren, fand sie aber schließlich doch noch wieder. Ich wurde angewiesen, an einer bestimmten Stelle stehen zu bleiben und mich »keinen Millimeter« vom Fleck zu rühren. Ich versprach es, und keine Minute später ergriff mich mitten im turbulenten Chaos auf dem Bahnsteig ein schmerzliches Gefühl von Melancholie und Einsamkeit.

Ich vermochte es kaum mehr abzuschütteln, auch nicht, als unsere Freunde kamen und wir eigentlich vollauf damit beschäftigt hätten sein müssen, unsere Abteile zu suchen. Evelyn, ihr Vater und seine Begleiter hatten Plätze in einem Waggon ein Stück weiter hinten, während wir im selben wie die Winlocks reisen würden. Frances und ich teilten uns wie versprochen ein Schlafabteil, Peter, Rose und Wheeler waren im Abteil nebenan untergebracht. Begeistert inspizierte ich die winzigen Räume mit den Schlafkojen, aber die unterschwellige Angst und Traurigkeit blieben nicht nur, sie verstärkten sich sogar noch, als der Zug mit einem durchdringenden Kreischen anruckte, losrumpelte, an Schnelligkeit gewann und aus dem Bahnhof rollte. Frances, die die Strecke nicht zum ersten Mal fuhr, war vollkommen entspannt, machte sich sofort bettfertig und ging schlafen. Ich hingegen lag hellwach und nervös in der Dunkelheit und lauschte auf den Rhythmus der Räder, die uns unermüdlich Stunde um Stunde durch die Wüste in Richtung Süden trugen.

Während ich so dalag, dachte ich an Peter, den das Chaos am Bahnhof regelrecht in Panik versetzt hatte. Erst hatte er sich an Wheeler, dann an Rose und schließlich an mich geklammert. Auch hatte er ständig nach seiner Mutter gefragt, was er sonst selten tat, da sie ja sowieso nicht oft da war. So beharrlich hatte er nach ihr gerufen und so verzweifelt in der Menge nach ihr Ausschau gehalten, dass ich selbst fast schon erwartet hatte, die Menschen könnten jeden Moment auseinandertreten, um Poppy d'Erlanger durchzulassen. Ich sah sie in ihrem knallrosa Kleid und dem dunklen Pelz bereits auf uns zustürzen, was natürlich absurd war, wie mir durchaus bewusst war. Und ich wusste auch, dass die Segelreise von Frankreich nach Ägypten etliche Tage dauerte und ich noch nicht gehört hatte, dass Poppy d'Erlanger Frankreich bereits verlassen hatte. Das Bild aber blieb hartnäckig in meiner Vorstellung haften, und während ich über Peters und Roses Mutter nachdachte, stiegen plötzlich auch Erinnerungen an meine eigene Mutter auf – die ich natürlich nicht zuließ, das hatte ich mittlerweile gelernt.

Immer weiter rasten wir durch die Dunkelheit, und ich musste an die zwölf Tore der Nacht denken, die nach Überzeugung der alten Ägypter der Sonnengott in den zwölf dunklen Stunden durchschritt. Eins nach dem anderen öffneten und schlossen sich die gefährlichen Tore, ich begann sogar mitzuzählen, weil ich darüber einzuschlafen hoffte – und blieb doch hellwach.

Der Zug war schnell, machte aber ein paarmal auf der Strecke Halt. Bei einem der Stopps trat ich in Nachthemd und Pantoffeln auf den Gang. Dort war es kühler, und durch das Fenster konnte ich einen winzigen Bahnhof erkennen, der von einer flackernden Öllampe erleuchtet und von Palmen gesäumt wurde. Dahinter erstreckte sich die unendliche, sternengesprenkelte Finsternis. Am anderen Ende des Bahnsteigs trugen arabische Gepäckträger Körbe in den Gepäckwagen. Doch lange nachdem man die Türen zugeknallt hatte und die Männer verschwunden und ihre Stimmen verklungen waren, stand der Zug noch immer in diesem Niemandsland – während gleichzeitig eine unsichtbare Uhr tickte, ein Tor der Unterwelt sich hinter uns schloss und das vor uns sich öffnete. Es mochte Mitternacht sein oder auch später, ich war beim Zählen durcheinandergeraten. Unwillkürlich wurde mir klar, wie weit weg England war und wie weit weg, wie unerreichbar weit weg meine Mutter, als sich plötzlich die Tür vom Nachbarabteil öffnete und Wheeler in den Gang trat. Sie war vermutlich ebenso überrascht wie ich, nicht allein zu sein, denn sie fuhr zusammen, presste ihre Hand an die Brust und schüttelte schließlich, als sie sich ein wenig beruhigt hatte, vorwurfsvoll den Kopf. »Was tust du hier draußen?« Ihre Frage war scharf, aber dann fügte sie etwas freundlicher hinzu: »Es ist drei Uhr nachts.«

»Ich konnte nicht schlafen, Wheeler.«

»Ich auch nicht.« Sie seufzte. »Peter kam gar nicht zur Ruhe, das arme Kerlchen. Erst jetzt ist er eingeschlafen, also wollte ich schnell ein bisschen Luft holen. Es ist so heiß und stickig im Abteil, und die Kojen sind nicht gerade für Frauen meiner Statur gemacht.«

»Ich könnte mir vorstellen ... Vermisst Peter vielleicht seine Mutter?«

»Möglich.« Schweigen trat ein. Wheeler zögerte, dann packte sie mich an den Schultern und drehte mich zu sich. Im bläulichen Licht des Gangs warf sie mir einen prüfenden Blick zu. »Und Sie, Miss Lucy, vermissen Sie Ihre Mutter?«, fragte sie schließlich.

Ich war mir nicht sicher, wie viel Wheeler über meine Geschichte wusste. Wahrscheinlich fast alles, da sie eine dieser Frauen war, die Informationen aufsogen wie die Banken das Geld, um dann die Hand über diese Informationen zu halten wie die Banken eben über das Geld. Ich sagte nichts, und Wheeler schien mit dieser Antwort zufrieden. Schweigend starrten wir in die Sterne, bis Wheeler irgendwann in der Tasche ihres Morgenmantels kramte, ein Fläschchen herausholte, eine winzige Menge Flüssigkeit in den Deckel goss und ihn mir reichte.

»Kirschlikör«, sagte sie. »Schlucken Sie ihn in einem Zug hinunter. Er wird Sie ein wenig zerstreuen, und Sie werden in null Komma nichts einschlafen.«

»Aber ich habe noch nie Alkohol getrunken. Das darf ich auch gar nicht.«

»Jetzt dürfen Sie. Und ich werde es auch niemandem erzählen. Es ist mitten in der Nacht, und wir stehen mitten im Nichts. Also, runter damit. Und wischen Sie sich die Augen trocken, Mäuschen, Sie müssen etwas hineinbekommen haben.« Sie reichte mir ein Taschentuch, mit dem ich mir die feuchten Augen trocknete, dann kippte ich den Kirschlikör hinunter. Er war süß und zähflüssig. Erst musste ich husten, aber dann verbreitete sich eine angenehme Wärme in meiner Kehle und in meinem Magen.

Wheeler strich mir sanft über den Kopf. »Ihr Haar wächst ja allmählich wieder nach«, sagte sie freundlich und drehte mich wieder zu sich, um es in Augenschein zu nehmen. »Es ist noch ein wenig struppig, aber das wird sich bald ändern, Sie werden schon sehen. Ich verstehe etwas davon, müssen Sie wissen. Mrs d'Erlanger schwört, dass mir im Umgang mit Haaren niemand das Wasser reichen kann. Kommen Sie doch in Luxor einfach mal vorbei, dann hole ich meine Schere und meine Tinkturen hervor, und hinterher werden Sie sich selbst nicht wiedererkennen.«

»Aber ich erkenne mich doch jetzt schon nicht wieder«, platzte es aus mir heraus. »Merken Sie das nicht?«

Ich hatte die Worte ausgesprochen, ohne darüber nachgedacht zu haben. Just in diesem Moment ruckte der Zug an, und wenige Sekunden später legte sich über das Rumpeln der Räder der durchdringende Schrei eines verzweifelten Kindes.

Ich bekam entsetzliche Angst und klammerte mich an Wheeler. Der Schrei schien aus meinem eigenen Körper gekomken zu sein. Er schien vom Boden aufgestiegen, in meine Lunge gewandert und dann aus meinem Mund entwichen zu sein. Andererseits war das doch gänzlich unwahrscheinlich, also fragte ich Wheeler, ob das Peter gewesen sein könne. Nicht weiter beunruhigt neigte sie den Kopf und lauschte. Als kein zweiter Schrei folgte, sagte sie, das sei schon möglich, vielleicht habe er nur geträumt.

»Sie sind ein merkwürdiges Kind«, sagte sie. »So verschlossen. Aber das ist schon in Ordnung. Ich bin selbst so.« Dann schickte sie mich in mein Abteil zurück und teilte mir mit, dass Peters Koje genau neben der meinen liege. Sollte er wieder schreien, trug sie mir auf, solle ich an die dünne, praktisch papierene Trennwand klopfen. Die leisen Klopfsignale würden ihn beruhigen.

Ich kroch zurück in meine Koje und spürte das Wackeln und Ruckeln des Zugs wieder unter meinem Rücken. Während ich mich hin und her wälzte, war von nebenan gelegentlich ein Ächzen oder Seufzen zu vernehmen. Sobald es lauter wurde und Frances zu wecken drohte, tat ich, was Wheeler mir aufgetragen hatte: Ich klopfte eine Art Morsebotschaft an die Wand, und das Weinen wurde tatsächlich leiser und erstarb dann wieder.

Wir ratterten durch die Nacht, immer weiter durch die Dunkelheit. Da ich nicht darüber nachdenken mochte, was mich nach dem Aufenthalt in Luxor und nach meiner unausweichlichen Rückkehr nach England erwartete, tröstete ich mich mit dem Gedanken daran, was ich in Ägypten noch alles sehen würde. Unermüdlich kaute ich die Liste in meinem müden Geist wider: einen Winterpalast als Hotel, Carters Wüstenschloss, das Amerikanische Haus – und dahinter das Tal der toten Könige. Die Räder nahmen die letzten Worte auf und wiederholten sie mit eiserner Stimme: ins Tal, ins Tal, ins Tal. Ich muss daran denken, Peter vor Skorpionen zu warnen, dachte ich noch – und schlief dann ein, just in dem Moment, als das letzte Tor der Nacht aufschwang und die Ecke der Jalousie sich heller färbte und vom nahen Sonnenaufgang kündete.

## Teil 3

# Der Dreitausend-Jahr-Effekt

Ich, Philastrios, der Alexandrier, der nach Theben kam und mit eigenen Augen diese Gräber des ungeheuerlichen Schreckens schaute, habe hier einen herrlichen Tag verbracht.

Antikes griechisches Graffito in einem Grab im Tal der Könige

## 12

Heute Morgen um neun bekam ich einen Anruf. Dank meiner Arthritis, die nun ihren winterlichen Höhepunkt erreicht hat, brauche ich etwa eine Stunde, um mich aus dem Bett zu quälen, mich zu waschen, mir etwas anzuziehen und mich die Treppe hinunterzuschleppen. Als ich mit Ach und Krach das Erdgeschoss erreicht hatte und in die Düsternis von Highgate starrte, klingelte das Telefon auf meinem Schreibtisch. In der Erwartung, dass sich eine vertraute englische Stimme melden würde, nahm ich den Hörer ab, wurde aber von einer amerikanischen begrüßt. »Hallo, hier ist Ben Fong«, sagte sie überaus freundlich.

Es war keine angenehme Überraschung. Einen Monat war es her, dass Ben Fong mich besucht hatte, und ich war mir sicher gewesen, dass ich ihn nicht wiedersehen würde. Sollte mein Verstand mich nicht im Stich lassen – was in meinem Alter nie auszuschließen ist –, so musste er sich nun sichere dreitausend Kilometer entfernt befinden, um seinen spektakulären Dokumentarfilm über Tutanchamun zu drehen.

»Sie sind doch in Ägypten, Dr. Fong?«, vergewisserte ich mich. »Rufen Sie aus Kairo an? Oder aus Luxor?«

»Nein, aus der U-Bahn-Station in Highgate«, antwortete er in dem Tonfall, in dem man normalerweise erfreuliche Nachrichten übermittelt. »Ich rufe von meinem Handy aus an, ich bin nur fünf Minuten von Ihnen entfernt. Ich dachte, ich könnte vielleicht auf einen Sprung vorbeischauen?«

»In Highgate?« Ich konnte mein Entsetzen nicht verbergen. »Aber nein, das können Sie nicht. Ich wollte soeben das Haus verlassen. Das Taxi steht schon vor der Tür.«

»Und später? Wie sieht es heute Nachmittag aus?«

»Nein, auch dann nicht. Die Woche ist ziemlich vollgepackt, ich habe wirklich viel zu tun. Aber warum sind Sie nicht in Ägypten?«

»Eine lange Geschichte.« Er seufzte tief. »Probleme mit dem Drehbuch, mit dem Budget, mit dem Team – was soll ich sagen? Wir mussten den Drehbeginn verschieben. Allmählich bin ich wirklich stinksauer. – Entschuldigung.«

»Und wann fahren Sie?«

»In zehn Tagen vielleicht – oder in vierzehn.« Ich schwieg und versuchte, die schlechten Nachrichten zu verdauen. Schließlich fügte Dr. Fong in düsterem Tonfall hinzu: »Und das auch nur, wenn der Zeitplan nicht noch einmal über den Haufen geworfen wird.«

»Der Taxifahrer ist kurz davor, die Geduld zu verlieren, Dr. Fong. Ich muss jetzt gehen.«

»Natürlich, ich verstehe. Entschuldigen Sie bitte den Überfall. Ich werde Ihnen eine E-Mail schreiben. Ich muss Sie unbedingt sehen, Miss Payne. Ich …«

»Ich höre Sie nicht mehr«, rief ich schnell in den Hörer. »Die Verbindung wird immer schlechter. Auf Wiederhören, Dr. Fong.« Schnell schaltete ich den Anrufbeantworter ein und schleppte mich zum Fenster, wo natürlich kein Taxi zu sehen war. Ich konnte eine gewisse Paranoia nicht abschütteln. Am Handy konnte man leicht behaupten, irgendwo zu sein, obwohl man faktisch woanders war – direkt vor jemandes Haustür zum Beispiel.

Ich starrte in den undurchdringlichen Nebel, der Highgate, einen Stadtteil im Norden von London, an diesem feuchten Februartag durchdrang. Keine Spur von Dr. Fong. Aber konnte ich mich darauf verlassen, dass er wieder in die U-Bahn stieg und jemand anderen belästigte? Nein, das konnte ich nicht. Es war keineswegs ausgeschlossen, dass er in seinen lächerlichen weißen Turnschuhen den Hügel hinauflief und sich in einem der vielen überflüssigen Coffeeshops von Highgate niederließ. Ich konnte ihn bereits deutlich vor mir sehen, wie er bei Starbucks über einen fettarmen Latte macchiato gebeugt hockte und nach mir Ausschau hielt.

Bei unserem letzten Treffen hatte Dr. Fong verschiedene Überlegungen angestellt, denen er unbedingt nachgehen wollte. Ein Mal hatte ich das erfolgreich verhindern können, doch ich hatte nicht die Absicht, es noch einmal zu tun. Ich schloss die Fensterläden, verriegelte die Eingangstür und zündete im Kamin ein Feuer an. Das Haus hat zwar auch Zentralheizung, aber die funktioniert nicht richtig. Wie mir die Klempner jedes Jahr mitteilen, wird es der Boiler wohl nicht mehr lange tun. Dann kochte ich mir einen starken Kaffee und setzte mich gefühlte Jahrtausende später endlich hin, immer noch aufgewühlt wegen des Anrufs. Der Sessel meiner Wahl – ein regelrechtes Monster von einem Sitzmöbel mit verschossenem Bezug und durchgesessenen Federn – hat mittlerweile das Alter und den Abnutzungsgrad erreicht, bei denen solche Möbelstücke für kurze Zeit am bequemsten sind. Der Sessel ist meine Insel in einem Meer aus Alben, Tagebüchern, Zeitschriften und ganzen Bündeln von Briefen – den Meilensteinen oder Grabsteinen an der eigentlich verzichtbaren Strecke, die Dummköpfe so liebevoll den »Pfad der Erinnerung« nennen. Alle hatten sie mit Ägypten zu tun. Ich griff nach einem zerfledderten Führer vom Tempel der Hatschepsut. Als ich darin blätterte, fiel etwas heraus.

Die alte Postkarte zeigte die einer Hochzeitstorte ähnelnde Fassade des Winter Palace Hotel. Direkt unterhalb der Terrasse und der Gärten erstreckte sich der weite Flusslauf des Nils. Die Anordnung der Palmen, Feluken und *dahabiehs* wirkte auffallend künstlich. Ein Dampfschiff von Thomas Cook, das die Szenerie am Fluss dominierte, spuckte gerade Passagiere in Ameisengröße aus. Die Sepiafarbe war verblichen, zudem war die Karte durch irgendeinen chemischen Prozess unangenehm klebrig geworden. Den großen Tintenpfeil, der auf ein bestimmtes Fenster in der Fassade zeigte, konnte ich allerdings noch erkennen. Die Karte datierte aus dem Februar 1922 und war an Robert Payne adressiert.

*Der Pfeil zeigt mein Zimmer, Daddy! Gestern haben Miss Mack und ich Karnak erkundet und heute den Tempel der Hatschepsut.*

*Unser Besuch im Tal der Könige wird immer wieder aufgeschoben. Ende nächster Woche segeln wir bereits nach England zurück. Ich hoffe, dass Deine neue Vorlesung gut läuft und dass es in Cambridge nicht so elendig kalt ist. Hier ist es unendlich heiß. Ich kann auch schon eine Hieroglyphe lesen! Miss Mack hat mich gebeten, Dir viele Grüße von ihr auszurichten.*

*Deine Dich liebende Tochter Lucy*

Es gab auch noch ein PS, das aber dick durchgestrichen war. Mit Hilfe meiner Lupe konnte ich lediglich zwei der Wörter entziffern: *Ich hoffe* … Der Rest des nachträglichen Gedankens war leider gänzlich unleserlich, daher konnte ich nicht mehr rekonstruieren, was ich gehofft hatte und warum ich meinen Vater an dieser Hoffnung hatte teilhaben lassen wollen. Als ich die Karte betrachtete, wurde mein Herz von Melancholie gepackt. Die Briefmarke war schon drauf, aber kein Poststempel. Diese wenig informativen Zeilen waren nie abgeschickt worden. Vielleicht hatte ich ja, weil ich wusste, dass mein Vater keine Ausrufezeichen mochte, eine andere Karte geschrieben. An die Hieroglyphe, die ich damals gelernt hatte, konnte ich mich jedoch noch gut erinnern. Frances hatte sie mir beigebracht.

»Okay, was siehst du?«, fragte sie mich, als wir auf der Terrasse des Winter Palace Hotel standen. Die Sonne begann gerade, hinter den Hügeln am Horizont zu versinken – ein heikler Moment. Für die alten Ägypter trat die Sonne nun ihre nächtliche Reise durch die Gefahren der Unterwelt an, von wo sie, sollte eines der Tore der Nacht sich nicht öffnen, vielleicht nie zurückkehren würde. Für mich hingegen bedeutete er, dass Frances' Besuch sich dem Ende zuneigte. Bald würde sie mit ihrer Mutter ins Amerikanische Haus in den Hügeln zurückkehren. Von unserem Standpunkt aus sah ich aber auch die weite graugrüne Fläche des Nils, die braunen Segel der Feluken, einen Mann, der seine Ziegen auf die Fähre unter uns trieb, und am anderen Flussufer eine weiße Staubwolke, die den

Weg von Carnarvons Mietwagen markierte. Der Lord kehrte von seiner täglichen Expedition ins Tal der Könige zurück. Eve saß am Steuer, und einer der Jungen von Carters Burg fuhr auf dem Trittbrett mit. Man konnte seine Uhr nach seiner täglichen Heimkehr stellen. *Was siehst du, Lucy?*

»Ich sehe den Sonnenuntergang«, antwortete ich.

»Deine Beobachtungsgabe ist beeindruckend. Wo siehst du ihn?«

»Ich geb's auf: am Horizont?«

»Wie lautet das Wort für Horizont?«

*»Akhet.«*

»Und wie sieht es aus, wenn du es als Hieroglyphe schreibst?«

»Ein kleiner, plattgedrückter Hügel mit einer Mulde in der Mitte und einem kleinen, runden Ball, der in dieser Mulde ruht.«

»Das nenn ich mal Fortschritt! Und nächstes Mal lernen wir eine zweite. O verdammt, es ist Zeit für die Fähre.«

Sie schaute sich um. In der Ferne erschienen die mahnenden Gestalten von Helen und Miss Mack. Sonnenschirme in der Hand und in eine Unterhaltung vertieft kamen sie mit jeder Sekunde näher. Unten am Anleger pfiff bereits die Fähre.

Ich nahm all meinen Mut zusammen. »Miss Mack und ich fahren bald. Die Abreise rückt näher und näher. Die Tage vergehen so schnell – oh, ich wünschte, ich könnte euch ins Amerikanische Haus begleiten, Frances.«

»Ich auch. Daddy war vollkommen von seinen Ausgrabungen in Anspruch genommen, und die Lythgoes haben unzählige Spender des Museums empfangen müssen – zu viele Millionäre, die hofiert werden wollen –, das hat die Sache ziemlich aufgehalten. Aber mach dir keine Sorgen, das Gästezimmer wird bald frei sein. Ich kümmere mich darum.«

»Versprochen?«

»Hand aufs Herz«, antwortete sie, küsste mich auf die Wange und rannte los, um ihre Mutter einzuholen.

Wenn Frances etwas versprach, dann hielt sie es auch. Und wenn sie sagte, sie würde sich um etwas kümmern, dann war es so gut wie geschafft. So kam es, dass Miss Mack und ich ein paar Tage später eine Einladung erhielten: Ob wir Lust hätten, zwei Nächte bei den Winlocks im Amerikanischen Haus zu verbringen und unter fachkundiger Führung das Tal der Könige zu besichtigen? Miss Mack schickte sofort eine Nachricht, dass wir die Einladung gerne annähmen, ich führte ein Freudentänzchen auf, besann mich aber schnell. Da ich bei dem Besuch so gut wie möglich aussehen wollte, ging ich zu Wheeler und bekniete sie so lange, bis sie mit gespieltem Missmut, mit dem sie ihre Begeisterung kaschierte, die Schere und ihre Tinkturen herausholte, um mich in eine andere Person zu verwandeln.

»Schnipp, schnipp, schnipp«, sagte Wheeler. »Und zappeln Sie nicht so herum! Mir wäre es lieber, wenn ich Ihnen kein Ohr abschneiden müsste.«

Ich gab mir Mühe, still zu sitzen, und wappnete mich für den Blick in den Spiegel. Wir saßen in Mrs d'Erlangers Prachtsuite an dem Frisiertisch, den sie, wenn sie denn tatsächlich irgendwann in Luxor eintraf, in Besitz nehmen würde. Auf der Ablage warteten bereits ihre Sprühflaschen mit den Duftwässerchen, die Puderdosen und die kunstvoll verzierten Töpfchen mit den geheimnisvollen Essenzen, die ewige Jugend versprachen. Poppy wirkte in dem Raum derart präsent, dass ich ständig erwartete, im Spiegel ihr Gesicht zu erblicken. Doch statt ihrer Schönheit sah ich ein Triptychon, das mein trauriges Haar und die erwartungsvollen Gesichter von Rose und Peter zeigte, die auf Hockern rechts und links von mir saßen.

»Lulu ist schön«, verkündete Peter vertrauensselig und streichelte meine Hand.

»Nein, nicht schön«, sagte Rose, die immer ehrlich war. »Auch wenn die Haare gewachsen sind, siehst du immer noch ein bisschen merkwürdig aus. Aber Wheeler wird schon etwas aus dir machen. Kurze Haare sind übrigens *in* – sagt Mama.«

»Hört auf!« Wheeler fuchtelte mit der Schere herum. »Ich brauche meine Ruhe und nicht zwei Schnattergänse, die mich aus dem Konzept bringen.« Dann begann sie zu kämmen, zu zupfen, zu schneiden und zu glätten. So schnell arbeitete sie, dass ihre Finger zu einer einzigen Masse verschwammen und mein feuchtes, struppiges Haar – das sie gewaschen und mit einer duftenden Creme geschmeidig gemacht hatte, sodass ich so blumig und exotisch roch wie Mrs d'Erlanger – in einem Moment flach am Schädel klebte und im nächsten wie elektrisch geladen zu Berge stand. Sie scheitelte es in der Mitte, schüttelte unzufrieden den Kopf, scheitelte es dann links, dann rechts, bis sie schließlich rief: »Ich hab's!«, und es wieder links scheitelte, diesmal jedoch etwas tiefer. »Verdammt, ihr seid ja wirklich widerspenstig, aber ich lass mich von euch nicht unterkriegen. Was willst du?«, fragte sie eine besonders rebellische Locke. »Mit solchen wie dir werde ich noch lange fertig!«

Die störrische Locke wurde ausgedünnt, kürzer geschnitten und dann mit einem Brenneisen zur Raison gebracht. Mit einem Zischlaut fügte sie sich in ihr Schicksal. Wenn ich in den Spiegel schaute, konnte ich allmählich die versprochenen Veränderungen erahnen. Das schmale Gesicht im Spiegel gehörte jemandem, an den ich mich vage erinnerte – ein Geistermädchen aus fernen Zeiten.

Wheeler kramte in einer Schublade und holte etwas heraus, das sie »Fixiermittel« nannte. Die geheimnisvolle Substanz verrieb sie zwischen ihren Händen, trug sie sanft auf mein Haar auf, als würde sie mich salben, und trat dann zurück, um ihre Arbeit zu bewundern. »So können Sie sich sehen lassen«, verkündete sie schließlich.

»Nicht schlecht«, bestätigte Rose.

»Ist das Lulu?«, fragte Peter und schaute ängstlich zwischen meinem Spiegelbild und meinem Gesicht hin und her.

Von plötzlicher Freude gepackt bejahte ich seine Frage und sprang auf, um mit ihm einen Tanz aufzuführen. Dann war es auch schon Zeit, zur Fähre aufzubrechen, und als ich zur Tür hüpfte und auf dem Treppenabsatz noch einmal anhielt, hörte ich Peters Stimme, die plötzlich wieder panisch klang. Allmählich begriff ich, dass ihn alle Trennungen, selbst wenn sie nur für kurze Zeit waren, in Verzweiflung stürzten.

»Auch gehen, will auch gehen!«, hörte ich ihn rufen.

»Das geht nicht, mein Schatz, du bist zu klein.« Rose versuchte, ihn zu beruhigen. »Außerdem ist es viel zu weit und zu heiß und zu ermüdend. Nicht weinen, Petey, bitte. Ich bleibe ja bei dir, und Lucy kommt auch bald wieder zurück, du musst dir keine Sorgen machen.«

»Bald?«

»Sehr bald, Petey, das verspreche ich dir. Ehrenwort.«

»Mit Mama?«

»Nein, nicht mit Mama, Petey. Mama wird aber auch bald hier sein, aber sie hat einen weiteren Weg als Lucy, nicht wahr, Wheeler? Es kann noch ein bisschen dauern. Mama muss erst mit dem Schiff reisen und dann mit dem Zug …« Plötzlich wurde Rose unsicher.

»Geduld macht den Meister«, sprang Wheeler sofort ein. »Aber nach allem, was ich gehört habe, müssen wir nicht mehr allzu lang warten. Ich wäre gar nicht überrascht, wenn deine Mama das Schiff schon verlassen hätte. Und was Miss Lucy betrifft, es dauert ja nur zwei Tage und Nächte, dann hast du sie wieder. Lass uns auf den Balkon gehen, dann können wir ihr noch winken, ja?«

Als ich den Tumult nahe der Fähre erreichte, ging Miss Mack gerade an Bord. Ich blieb noch einmal stehen und suchte die Hotelfassade ab, bis ich den richtigen Balkon gefunden hatte. Da sah ich sie – und sehe sie immer noch: eine große Frau in einer schwarzen Kammermädchenuniform, ein hellhaariges Mädchen, das gerade eben über das Geländer schauen kann und mit beiden Händen winkt, und einen Jungen, der hochgehoben und zum Winken angehalten wird. Die kleine, formlose Gestalt rührt mich zutiefst – ich rufe seinen Namen, aber er kann mich natürlich nicht hören.

Am anderen Ufer wurde mir auf den Landesteg geholfen, wo auch schon Helen und Frances und die Esel standen, die uns zum Amerikanischen Haus bringen würden.

»Ein kleines Geschenk«, sagte Frances, als sie mich umarmte. »Die wirst du brauchen.«

Zu meiner großen Freude und Überraschung reichte sie mir eine dunkle Sonnenbrille. Ich setzte sie auf, und sofort veränderte sich meine Welt. Neue Frisur und neue Brille, dachte ich, als ich auf meinen Esel stieg, dann brachen wir in Richtung Hügel auf.

Wir ritten durch den fruchtbaren grünen Landstrich, der sich am Nilufer entlangzog, und erreichten nach etwa einer halben Stunde eine Weggabelung, an der wir ins Landesinnere abbogen. Plötzlich endeten das Grün aus Papyrus, Binsen und Palmen, und die Wüste begann. Der unwegsame Pfad stieg an, erst sanft, dann steiler. Vor mir sah ich die kargen Erhebungen, hinter denen sich das Tal der Könige verbergen musste, und die charakteristische Landmarke der Thebanischen Berge: den hohen, kahlen, pyramidenförmigen el-Qurn, in dem die Kobragöttin Meretseger wohnte. Der Name des Bergs bedeutete: Die, die Schweigen liebt. Die Kobragöttin bewachte diese Hügel und ihre Gräber und spuckte tödliches Gift in die Augen eines jeden, der sie entweihte. Ihr Heim war einsam, aber überwältigend schön. Meine Sonnenbrille ließ die Hügel schwarz und abweisend erscheinen, aber als ich sie abnahm, verwandelten sie sich in fantastische zerklüftete Wellen aus rosafarbenem Kalkgestein mit Spalten in dunklem Violett. Es war sengend heiß, und ich wunderte mich, wie die Jungen, die die Esel führten, die Hitze des Sands unter ihren nackten Füßen ertrugen. Sie schienen sie gar nicht zu bemerken, eilten voran, sangen, unterhielten sich und kehrten dann und wann zurück, um ihre Tiere anzutreiben. Der Pfad wurde immer steiler, und die Felsen kamen immer näher, bis ich schließlich direkt unterhalb der Flanke des el-Qurn das Amerikanische Haus erblickte. Weitläufig, weiß, flach und selbstbewusst mit seiner Kuppel und der gewaltigen Veranda mit den Rundbögen war es doppelt so groß – nein, eher drei bis vier Mal so groß –, wie ich erwartet hatte.

»Wie überwältigend. Und so riesig!«, rief Miss Mack und zügelte ihren Esel. »Helen, das ist ja einfach wunderbar.«

»Das müssen Sie Herbert sagen – er hat an dem Entwurf des Hauses mitgearbeitet. J. P. Morgan, der dem Museum sehr verbunden war, hat das Geld zur Verfügung gestellt. Ihm zu Ehren sollte es eigentlich ›Morgan House‹ heißen, bis dann irgendwann herauskam, dass Morgan das Geld keineswegs gestiftet hatte, sondern es auf Heller und Pfennig zurückwollte. Also haben wir Mr Morgan und seine miesen Methoden vergessen und es in ›Metropolitan House‹ umgetauft.«

»Vollkommen richtig«, sagte Miss Mack und saß ab. »Es gibt nichts Schäbigeres als einen schäbigen Millionär, und ich habe schon einige von der Sorte kennengelernt«, fügte sie hinzu.

Wir komplimentierten sie hinein, bevor sie wieder mit der altbekannten Geschichte von den Emersons und den Wiggins loslegen konnte, dann führte Helen uns im Haus herum. Zunächst gingen wir in die Schlafzimmer – verblüffend viele, in denen man das gesamte Team des Met und etliche Gäste unterbringen konnte. Unter der Kuppel lag der lichte Speisesaal mit dem langen Eichentisch, es folgten die gut ausgestattete Bibliothek, der Gemeinschaftsraum mit dem Kachelofen mit den blauen Jugendstilkacheln von William De Morgan, die Arbeitsbereiche einschließlich des Kartenraums, die Dunkelkammer, in der Harry Burton seine Fotos entwickelte, und das Lager für die archäologischen Funde. Das Haus strahlte große Ruhe aus. Die weiß verputzten Wände, die gemauerten Bögen und die Fliesenböden entsprachen zwar dem traditionellen ägyptischen Stil, doch das Mobiliar war schlicht und schnörkellos und stammte von modernen amerikanischen Designern. Über allem lag die klösterliche Stille der Gelehrsamkeit. Frances und ich teilten uns ein Zimmer auf der Rückseite des Hauses, weit entfernt von den Erwachsenen, damit wir sie nicht störten – vor allem aber weit entfernt von Minnie Burton, die keine Kinder mochte. In unserem Zimmer angekommen schaute ich aus dem Fenster. Wir wohnten am Ende des Gangs in der Nähe des Dienstbotenbereichs und hatten einen Ausblick über Sand und Geröll direkt auf die Grabhöhlen in den Thebanischen Bergen. Um die Skorpione fernzuhalten, hatte man Netze über die Fenster gespannt, nur eines war einen Spalt breit geöffnet, um die heiße, stehende Wüstenluft hereinzulassen.

Ich drehte mich um und inspizierte den Raum: zwei Betten mit weißem Überwurf, Deckenventilatoren, Familienfotos, die wie zu einem kleinen Altar aufgestellt waren. »Darf ich vorstellen«, sagte Frances und nahm sie eins nach dem anderen in die Hand.

Da war ihr Urgroßvater, der erste Direktor der berühmten Sternwarte von Harvard, und ihr Großvater, Kurator der Smithsonian Institution in Washington, D.C. Das Foto in der Mitte zeigte Herbert Winlock, wie er als kleiner Junge auf der Treppe dieser illustren Einrichtung stand und ein Spielzeugteleskop in den Händen hielt. Auf dem verblichenen Foto daneben war Helens Vater zu sehen, ein Architekt aus Harvard; er stand auf der Treppe einer eleganten Stadtvilla in Boston, mit zwei Kindern an der Hand: die kleine Helen, die wie Alice im Wunderland aussah, und ihr aufmüpfiger Bruder im Matrosenanzug. Neugierig schaute ich mir das Foto an. Ein Bild aus einer anderen Zeit. Sie lag unvorstellbar lange zurück.

»Keineswegs«, sagte Frances, als ich den Gedanken aussprach. »Das Foto wurde 1892 aufgenommen, da war meine Mutter fünf. Dreißig Jahre – das ist nur ein Augenblick.«

Sie betrachtete ein paar kleine Objekte neben den Fotos. Die meisten hatte ihr Vater von seinen Grabungen mitgebracht, oder Frances hatte sie selbst entdeckt. Nun lagen sie wie Opfergaben ausgebreitet da, direkt neben dem letzten Foto, einem kleinen verblichenen Bild, dessen Details nur schwer zu erkennen waren: ein Haus am Meer und zwei Gestalten, die ein Mädchen und ein Junge sein konnten. Direkt daneben lagen ein ausgebleichter Knochen von der Pfote eines Schakals, etliche Steine in außergewöhnlichen Farben oder Formen und zahlreiche Kalksteinscherben mit verblassten Linien, die auf der glatten Oberfläche kaum noch sichtbar waren.

Eine von ihnen nahm Frances in die Hand. »Hier, Lucy«, sagte sie. »Das hier ist mein größter Schatz. Diese Scherben sind Ostraka, sie werden bei den Grabungen zu Hunderten gefunden. Die Arbeiter, die damals mit der Errichtung der Tempel und Gräber beschäftigt waren, haben sie wie Notizbücher benutzt. Manchmal haben sie Karikaturen auf sie gezeichnet, manchmal etwas aufgeschrieben. Nichts Wichtiges, eher Dinge wie Einkaufslisten. Oder sie haben den Plan des Grabes gezeichnet, an dem sie gerade gearbeitet haben. Das hier ist meine Lieblingsscherbe: ein Hund, den man in Deir el-Bahri gefunden hat. Daddy hat gesagt, ich darf ihn behalten. Wahrscheinlich ist es ein Haustier von einem alten Ägypter, meinst du nicht auch? Er und sein Besitzer sind bestimmt schon dreitausend Jahre tot.«

Ich betrachtete den kleinen lebhaften Hund. Er wirkte, als würde er hecheln, und hatte einen lustigen, federleichten Schwanz. Frances legte den Stein sorgfältig zurück und nahm das Foto.

»Und das hier ist mein kleiner Bruder«, sagte sie und schaute mich mit leuchtenden Augen an. »Es ist auch seine Lieblingsscherbe – er mag nämlich Hunde. Also lege ich sie dorthin, wo er sie sehen kann, damit er Gesellschaft hat. Er heißt William Crawford Winlock, nach Daddys Vater, aber wir nennen ihn Billy. Er war zwei Jahre, elf Monate und zwei Tage alt, als er gestorben ist. Das da ist unser Ferienhaus auf North Haven, der Insel vor Maine, von der ich dir erzählt habe.«

Ich beugte mich vor und betrachtete das Foto. Das Schindelhaus, auf das Frances zeigte, lag oberhalb eines steilen Uferabbruchs, unter dem ein Bootshaus mit einem langen Landungssteg auf Pfählen zu erkennen war, der etwa einen Meter aus den Wellen herausragte. Der Tod des Bruders war nie zuvor erwähnt worden.

»Jeden Sommer fahren wir in das Haus in Maine. Das Foto wurde im Sommer 1918 aufgenommen, als Daddy noch bei der Army war und in Frankreich gekämpft hat, aber wir waren trotzdem dort, und dann ist mein Bruder gestorben. Er fiel vom Steg und ertrank im kalten blauen Wasser der Penobscot Bay.«

Ich kann mich nicht erinnern, was ich gesagt habe, aber ich muss etwas gesagt haben, denn Frances klopfte mir aufmunternd auf den Arm. »Ja, das war wirklich schrecklich«, fuhr sie fort. »Wir waren alle dabei, meine Großeltern, meine Mutter und ich. Damals war ich fünf – fast zumindest. An dem Tag wollte meine Mutter mich zum ersten Mal auf eine Segeltour mitnehmen. Nur ein winziger Moment, in dem alle woanders hingeschaut haben und mit Picknickkörben und Regenzeug beschäftigt waren, und schon war er ins Wasser gefallen. Aber so laufen die Dinge nun mal. Sehr schnell. Das weißt du ja selbst.«

»Ja«, sagte ich und schloss die Augen. Ägypten verschwand, und ich war in meinem Schlafzimmer in Cambridge. Meine Mutter trat an mein Bett und strich mir über die Stirn. Ich schlief ein, und als ich aus meinem langen Fieberschlaf wieder aufwachte, war sie fort. Ich öffnete die Augen und betrachtete das Foto noch einmal. Aus den Schemen lösten sich zwei Gestalten. Ich sah ein kleines Mädchen, das ich als Frances erkannte, und einen kleinen Jungen mit hellen Haaren, der ihre Hand umklammerte. Jetzt verstand ich auch Helen Winlocks Reaktion im Museum in Kairo. »Er hat sehr helle Haare. Ein lieber Junge. Er sieht aus wie Peter«, sagte ich nach einer Weile.

»Möglich. Aber Peter weint ständig – das hat Billy nie getan. Dafür hat er mehr geredet. Er kommt gern mit nach Ägypten, und wenn ich auf einem Ausflug war, bei Daddys Ausgrabungen zum Beispiel oder im Tal der Könige, berichte ich ihm hinterher davon. Natürlich habe ich ihm auch von dir erzählt, und er hat mir erlaubt, dir seine Geschichte zu verraten. Normalerweise halten wir sie geheim. Es bringt nichts, wichtige Dinge in die Welt hinauszuposaunen, und meine Mutter muss immer weinen, wenn sie daran erinnert wird. Billy hält es aber für richtig, dass du alles weißt. Du bist nicht geschwätzig. Außerdem weiß er, dass du meine engste und ungewöhnlichste Freundin bist.«

»Bin ich das, Frances? Wirklich?«, fragte ich ängstlich. Die Ehre war mir unerwartet zuteilgeworden und überwältigte mich.

»Natürlich«, antwortete sie nüchtern, fast vorwurfsvoll, als wäre ich begriffsstutzig. Dann wandte sie sich ab, hievte meinen Koffer aufs Bett, ging in die Waschecke und schüttete etwas Wasser in eine Schüssel. »Zeit zum Frischmachen«, sagte sie geschäftsmäßig. »Auspacken müssen wir nicht, das machen später die Bediensteten. Und anschließend trinken wir mit den Lythgoes und meinen Eltern auf der Veranda Kaffee. So läuft das hier. Auch solltest du besser wissen, was dich erwartet«, fuhr sie fort, während ich mir den Staub von Gesicht und Händen wusch. »Immerzu die Vergangenheit – und wenn du denkst, es ist endlich vorbei, kommt noch mehr Vergangenheit. Albert Lythgoe wird dir erzählen, dass Daddy in Harvard sein brillantester Student war – und auch sein rebellischster. Dann wird Mrs Lythgoe von ihrem berühmten Vater Rufus erzählen, der die amerikanische Akademie für Archäologie in Athen geleitet hat, und zwar mit eiserner Hand. Frauen waren unter ihm natürlich nicht zu den Grabungen zugelassen. Und danach wird sie erwähnen, dass Albert ihr auf dem Parthenon einen Heiratsantrag gemacht hat. Kannst du dir vorstellen, dass Mr Lythgoe überhaupt jemandem einen Heiratsantrag gemacht hat? Natürlich wirst du im Anschluss auch das silberne Kaffeeservice bewundern müssen, das der griechische König ihr zur Hochzeit geschenkt hat, und so wird es unentwegt weitergehen. Minnie Burton wird derweil herumsticheln und sich irgendwann mit der Information hervortun, dass ihr Vater die British Army eigenhändig zum Sieg geführt hat. Das alles darfst du dir anhören und dabei weder gähnen noch herumzappeln. So mach ich es zumindest.« Frances setzte einen Ausdruck gespannter Aufmerksamkeit auf, die Augen übertrieben weit aufgerissen. »Und danach«, fuhr sie schließlich fort, »erfolgt der feierliche Eintrag ins Gästebuch, und irgendwann wird meine Mutter feststellen, dass sie ihre Brille oder ihre Wasserfarben verloren hat, und sie dann im Koffer wiederfinden. Daddy wird vor sich hin fluchen, und dann werden wir endlich die Esel besteigen.«

»Und ins Tal reiten?«

»Und ins Tal reiten. Eve ist begeistert, dass du mitkommst, und ihr Vater und Carter sind es offenbar auch. Aus irgendeinem Grund mögen sie uns, vermutlich wegen der *espionnage* im Shepheard's. Jedenfalls wollen sie für uns ein Picknick veranstalten.«

»Im Tal?«

»Besser noch. In einem Grab im Tal«, sagte Frances und schlug ein Rad.

## 13

Das Grab, das man für das Picknick ausgewählt hatte, lag am hinteren Ende des Tals, in einer abgelegenen Schlucht jenseits der viel besuchten Gräber. Was seine Geschichte angehe, so schwebe man vollkommen im Ungewissen, erklärte Herbert Winlock. Es gebe weder Wandmalereien noch Inschriften, und die Wissenschaftler seien sich nicht einig, welcher König das Grab in Auftrag gegeben habe. Man habe es etwas in den Felsen hineingegraben und dann aufgegeben, aber das sei nichts Ungewöhnliches, fügte er hinzu. Die ägyptischen Könige konnten ziemlich launisch sein, wenn es um ihre letzte Ruhestätte ging.

Die Gräber im Tal wurden alle nummeriert und nach einem im 19. Jahrhundert entwickelten System bezeichnet, als KV15, KV24 und so weiter – nach den beiden Anfangsbuchstaben von »Kings' Valley«, dem Tal der Könige. Frances und ich nutzten das Kürzel KV für unsere eigenen Zwecke, da es, wenn man es englisch und am besten noch zischend aussprach, wie das lateinische »cave« klang: *Achtung, aufgepasst!* Es war unsere bevorzugte Warnung, wenn Erwachsene in Sicht kamen. »KV, Lucy«, sagte Frances an jenem Morgen häufiger, wenn wir etwas zu besprechen hatten und Minnie Burton uns bedrohlich nahe kam. Man musste immer auf der Hut sein. Als ich den Eingang zum Picknick-Grab betrachtete, war keine aufgemalte Nummer zu sehen. Es war also nicht identifiziert.

Der Zugang war niedrig und dunkel und lag unter einem Felsvorsprung. Er zeigte in Richtung Norden, sodass er vor Sonneneinstrahlung geschützt war, und wirkte eher wie eine natürliche Felsspalte. Ich blieb stehen, schaute zurück und dachte, dass der unbekannte König eine Stätte verworfen hatte, an der er eigentlich wunderbar auf die Ewigkeit hätte warten können. Die großen Weiten des Tals waren von hier aus nur zu erahnen. Die Hügel ragten dicht an dicht auf, die Felsen stießen säulenartig in den Himmel. Obwohl hier die Wildnis herrschte und die Sonne unerbittlich brannte, war die Atmosphäre doch friedlich. Das einzige Geräusch, das man vernahm, war das Gurren der Felsentauben und das Schreien der Schwarzmilane, die sich im Aufwind hoch über uns im blauen Himmel treiben ließen. Im Geiste war ich immer noch bei Frances' kleinem Bruder und dem Vorfall, der zu seinem Tod geführt hatte. Jetzt, da ich die Geschichte kannte, hatte sich meine Sicht auf seine Eltern vollkommen verändert. Wie oft denken sie wohl an ihn?, fragte ich mich, als Herbert Winlock munter ins Grab voranging, während Helen zurückblieb und zwischen den Felsen nach Frances und mir Ausschau hielt. Ständig fuchtelte sie dabei mit ihren Händen herum, wodurch sie ihre Nervosität und ihr instinktives Bedürfnis verriet, vermisste Kinder wiederzufinden und in Sicherheit zu wissen. »Ach, da seid ihr ja«, sagte sie. »Kommt jetzt, meine Lieben.«

Ich drehte mich um, folgte ihr in das dunkle Grab und fand mich plötzlich in einem Esszimmer wieder: Mitten in einem düsteren Raum stand eine lange Tafel mit acht Stühlen. Eine gestärkte weiße Damastdecke lag auf dem Tisch, und jeder Platz war mit mehreren Gläsern, Silberbesteck, frischen Leinenservietten und vergoldeten Tellern mit der Initiale »C« eingedeckt. Chutneys und eingelegte Früchte des Kaufhauses Fortnum and Mason reihten sich in militärischer Ordnung aneinander.

»Prosperos Bankett – wie bei Shakespeare«, murmelte Helen.

Ich fragte mich, ob das »C« für Carter oder für Carnarvon stand, während ich das Arrangement bewunderte, als ich plötzlich merkte, dass unsere Gastgeber bereits auf uns warteten. Eve, Howard Carter und Lord Carnarvon standen weiter hinten im Grab, flankiert von vier arabischen Dienern mit weißen Turbanen, weißen Handschuhen und weißen Kaftanen, die, beflissen wie Lakaien, auf Anweisungen warteten. Eve trat vor, um uns zu begrüßen, während unsere beiden Gastgeber stehen blieben, um uns Neuankömmlinge zu beobachten. Sobald alle in dem beengten Raum Platz gefunden hatten, begann die Vorstellungsprozedur. Carnarvon wirkte zurückhaltend bis an die Grenze der Gleichgültigkeit, Carter unsicher, war aber dafür umso gesprächiger.

»Lord Carnarvon, darf ich Ihnen Miss Mackenzie vorstellen, die sich um meine kleine Freundin hier kümmert? Miss Payne ist erstmals in Ägypten und im Tal.« Er senkte die Stimme, und ich konnte die Wörter »Emerson«, »Norfolk« und »Trinity« aufschnappen.

Sobald ich meinen Stempel aufgedrückt bekommen hatte, schüttelte Carnarvon mir die Hand, lächelte und murmelte: »Cambridge ... meine Alma Mater, Miss Payne. Ich war sogar ebenfalls am Trinity College. Leider nur wenige Jährchen, weil ich es etwas langweilig fand. Sich im Morgengrauen in die Vorlesungen zu schleppen ... Eigentlich wollte ich vor allem reisen, also kaufte ich mir irgendwann eine Jacht und brach in Richtung Kapverdische Inseln auf ... Miss Mackenzie, sehr erfreut ... Und Frances, meine Liebe. Helen ... Nun, ist das nicht amüsant? Nach dem langen Ritt durch die Hitze dürfte eine kleine Erfrischung wohl angebracht sein, nicht wahr?«

Wie aus dem Nichts tauchten ein paar Flaschen Champagner auf, und während die vier Diener die Gläser füllten, lief Carter hin und her und rief auf Arabisch ein paar Befehle. Dann wandte er sich an uns, rieb sich ein wenig überdreht die Hände und sagte in seinem merkwürdig abgehackten Tonfall: »*Das Gebackne vom Leichenschmaus gab kalte Hochzeitsschüsseln*, so heißt es bei Shakespeare, wenn ich mich nicht irre. Wahre Köstlichkeiten. Eve hat sie aus der Vorratskammer meines Hauses ausgewählt. Lasst mal sehen, wir haben Zunge, Schmalzfleisch, Foie gras ...«

»Und das überaus köstliche *shamsi*-Brot, das erst heute Morgen in Howards Küche gebacken wurde«, kam Eve ihm zu Hilfe. »Also, wollen wir uns nicht endlich niederlassen?«

Das formlose Niederlassen erfolgte nach einer strikten Sitzordnung. Lord Carnarvon begab sich zu seinem Platz am Kopfende,

Miss Mack wurde als älteste anwesende Frau zu seiner Rechten platziert. Helen saß rechts von Carter, der an der anderen Schmalseite des Tisches Platz genommen hatte, Frances links von ihm. Mir wurde der Platz zur Linken Carnarvons zugewiesen, vermutlich weil ich zum ersten Mal dabei war. Herbert Winlock, der nie Wert darauf legte, wo er saß, landete in der Mitte, gegenüber von Eve.

»Nun, das sieht alles tatsächlich ganz köstlich aus«, sagte Winlock. »Eine erhebliche Verbesserung gegenüber früher, als die Archäologen noch eher primitiv gelebt haben. Wovon hat sich der große Flinders Petrie noch ernährt, Carter?«

»Von Sardinen«, brummte Carter. »Von seinen berühmten Sardinen! Dabei hat er erst ein Loch in die Dose gebohrt und das Öl getrunken, weil er der Meinung war, es sei nahrhaft. Dann hat er die Dose geöffnet und die Sardinen in sich hineingestopft, gefolgt von einem Dutzend Apfelsinen. So sah sein Frühstück aus. Und sein Mittagessen. Und sein Abendessen.«

»Um Gottes willen«, sagte Miss Mack. »Mussten Sie etwa dasselbe essen, Mr Carter?«

»Natürlich. Sämtliche von Petries Mitarbeitern mussten sich damit abfinden – weshalb die meisten schon nach wenigen Wochen über alle Berge geflohen waren. Petrie hasste übrigens Zelte und bestand darauf, dass man sich die Ziegel für seine Unterkunft eigenhändig brannte. Die Fellachen schaffen das in der Hälfte der Zeit, die wir benötigten. Die Wände durften natürlich nicht verputzt werden, von einem solchen Luxus hielt er gar nichts. Nie habe ich irgendwo geschlafen, wo es mehr Spinnen und Skorpione gab. Ich kann mich also bescheiden, wenn es nottut, aber ein bisschen Luxus würde ich allemal vorziehen. Möchten Sie etwas von der Foie gras, Helen? Ich kann sie nur empfehlen. Abd-el-Aal, wach auf! Sollen sich die Leute etwa selbst bedienen?«

Er brummte auf Arabisch ein paar Befehle, doch Abd-el-Aal, der älteste der Männer, die uns bedienten, neigte nur gleichmütig den Kopf. Sobald er sich aber unbeobachtet glaubte, trat er an den jüngsten Diener heran, einen Jungen um die fünfzehn, riss ihn heftig am Ohr und stieß ihn in die Rippen. Erschrocken lief der Junge um den Tisch herum, nahm eine Servierplatte und schaufelte Eve eine großzügige Portion einer rosafarbenen Geflügelmasse auf den Teller. Die Gelatine erzitterte, bevor sie dahinschmolz.

»Wie köstlich, Hosein, danke.« Eve schickte ein besänftigendes Lächeln in Carters Richtung.

»Und Sie, Mr Carter? Sind Sie auch irgendwann über alle Berge getürmt, oder haben Sie durchgehalten?«, erkundigte sich Miss Mack. So wie Eve und die Winlocks versuchte sie, Carter auf andere Gedanken zu bringen.

»Ich habe durchgehalten, damals in el-Amarna, Miss Mackenzie. Ich war siebzehn und noch keine sechs Monate in Ägypten. Ein absoluter Grünschnabel. Alles Wichtige habe ich von Petrie gelernt. Stundenlang musste ich in der sengenden Hitze wie ein Tier schuften, dabei bin ich fast verhungert. Aber dieser Mann hat mir beigebracht, die Augen zu benutzen und richtig zu graben. Er hat mich gelehrt, nichts zu verwerfen, sondern alles genauestens zu betrachten und im Gedächtnis zu behalten.« Er unterbrach sich und grinste dann wölfisch. »Sardinen kann ich allerdings bis zum heutigen Tag nicht mehr sehen. Das ist vielleicht das wichtigste Vermächtnis des großen Mannes.«

Das Gespräch plätscherte dahin, es wurde über Legenden und Erinnerungen eines ganzen Jahrhunderts gesprochen, über Ausgräber, Wissenschaftler, Archäologen und Abenteurer, über Belzoni, Champollion, Lepsius und über den Mann, der unmittelbar vor Carnarvon die Grabungslizenz für das Tal besessen hatte, den amerikanischen Millionär Theodore Davis. Für ihn hatte auch Carter gearbeitet, bevor er in Carnarvons Dienste getreten war. Herbert Winlock hatte etliche Streite mit ihm ausgefochten.

»Ein absoluter Amateur mit unglaublichem Glück«, sagte Winlock. »Und ein Barbar, wenn es ans Ausgraben ging. Davis war schlicht und ergreifend ein Schatzjäger. Das ärgert mich bis heute maßlos, wenn man an seine zahlreichen bedeutenden Funde denkt. Aber gut, *nil nisi* – über einen Toten sollte man nicht schlecht reden.«

»Erinnern Sie sich noch an Ayrton? Er arbeitete als Davis' Ausgräber, nachdem ich seinen Fängen entkommen war«, sagte Carter. Er hatte ein Glas Champagner und ein Glas Wein getrunken und schien sich allmählich zu entspannen. »Ein guter Archäologe mit einer fundierten Ausbildung und dem richtigen Riecher – aber Davis hat ihn schrecklich behandelt.«

»Sicher erinnere ich mich an ihn. Armer Ayrton«, sagte Winlock. »Sind Sie ihm je begegnet, Lord Carnarvon? Blutjung und absolut brillant. Er wuchs in China auf, aber das Tal jagte ihm Alpträume ein. In Davis' Ausgrabungsbasis wollte niemand mit ihm das Zimmer teilen, da er im Schlaf ständig schrie – in fließendem Chinesisch.«

»Auch er ist schon tot«, sagte Carter. »Ein paar Jahre später ist er bei einer archäologischen Expedition in Ceylon ertrunken. Viel älter als dreißig kann er nicht gewesen sein.«

»Und dann kam Jones. Erinnern Sie sich noch an Harold Jones, seinen Nachfolger? Ein Waliser, netter Typ, eigentlich Künstler. Den hat Davis auch geschafft – oder der Staub im Tal.«

»Was ist denn mit Mr Jones passiert, Daddy?«, fragte Frances.

»Er hatte Tuberkulose, mein Schatz. Ziemlich traurig war das. Er war ein netter Mann, ziemlich geistreich und ein guter Künstler noch dazu. Den ganzen Tag hat er Milch getrunken, weil das angeblich die Krankheit in Schach hielt. Einmal saß er vor dem Haus und starrte in die Hügel – es war ein herrlicher Abend mit einem atemberaubend schönen Sonnenuntergang, aber man sah ihm an, wie elend es ihm ging. Ich wollte ihn ablenken und sagte: ›Guten Abend, Jones. Halten Sie Ausschau nach einem neuen Grab?‹ Er blickte mich irritiert an und fragte zurück: ›In den Waliser Bergen? Warum sollte ich? Nein, ich freue mich über den Anblick des Häuschens meiner Großmutter. Sehen Sie, Winlock? Da drüben, hinter der Kapelle, am Rande des grünen Felds.‹ Der arme Mann. Damals begriff ich, dass es nicht mehr lange dauern konnte – und so war es denn auch.«

»Etwas Brot, Miss Payne?«, fragte Lord Carnarvon, und ich

zuckte zusammen. Das Gespräch, dem ich gespannt gefolgt war, hatte mich in einen Traum von Tälern und unglückseligen Ausgräbern entführt. Jetzt kehrte ich mit einem Schlag in die Wirklichkeit zurück. Carnarvon hatte sich mir zugewandt, und der Diener namens Abd-el-Aal hielt mir den Brotkorb hin. Da Miss Mack woandershin schaute, nahm ich ein Stück, brach etwas davon ab und biss hinein. Das Brot war ausgezeichnet. Und ehe ich mich selbst stoppen konnte, berichtete ich Lord Carnarvon von Hassan und unserer Fahrt zu den Pyramiden.

»Sapperlot!«, rief er, nachdem er sehr aufmerksam zugehört hatte. »Er hat sein Brot wirklich auf der Pfote der Sphinx aufgebacken? Genial. Was für ein bewundernswerter Mensch.«

»Er war auch sehr nett«, antwortete ich. »Zum Abschied hat er mir ein *ankh* geschenkt.«

»Hat er das tatsächlich? Wie überaus großzügig. Das müssen Sie mir bei Gelegenheit zeigen.«

»Ich kann es Ihnen auch jetzt sofort zeigen«, sagte ich und holte das *ankh* aus der Tasche, da ich es, eingewickelt in ein Taschentuch, überallhin mitnahm. Es war mein Talisman und erfüllte für mich eine ähnliche Funktion wie der rubinrote Lippenstift für Frances.

Carnarvon nahm mir das kleine, empfindliche Blechteil aus der Hand und betrachtete es eingehend. Wäre es eine unbezahlbare antike Kostbarkeit gewesen, so hätte er wohl kaum gründlicher hinschauen können. »Das ist ein wunderbares Geschenk«, sagte er, als er es mir zurückgab. »Es bedeutet Leben, aber das wissen Sie natürlich, nicht wahr? Ein schöneres Geschenk hätte man Ihnen kaum machen können.«

»Ich habe auch noch eine Perle, eine sehr alte Perle, die Mr Carter mir geschenkt hat«, sagte ich. »Möchten Sie die vielleicht auch sehen?«

»Unfassbar, was für Schätze Sie mit sich herumtragen, Miss Payne! Zweifellos würde ich sie gerne sehen.«

Ich reichte Carnarvon die Perle, die er ebenfalls mit Sorgfalt und Ernsthaftigkeit studierte, und bekam eine Lektion erteilt – in Sachen Charme und darüber, wie sehr Charme zu täuschen vermag. Aber das wusste ich damals noch nicht, da Carnarvon ein guter Schauspieler war. Es wäre mir nie in den Sinn gekommen, seine Faszination könnte nur vorgetäuscht sein.

In aller Ruhe inspizierte er die Lapislazuli-Perle. Dass er mir plötzlich so nahe war, nutzte ich, um ihn genauer anzuschauen. Ich wusste, dass er Mitte fünfzig war, ungefähr so alt wie Miss Mack und nur etwa sechs, sieben Jahre älter als Howard Carter. Aus der Nähe sah er allerdings wesentlich älter aus, seine Kränklichkeit bildete einen deutlichen Kontrast zur Ausstrahlung von Wohlbefinden und Elan der anderen beiden. Sein Gesicht war pockennarbig, sein Teint ungesund grau. Schwarze Schatten der Müdigkeit lagen unter seinen eisgrauen Augen. Er atmete schwer und hatte die seltsame Angewohnheit, sich ständig die Hand gegen die Brust zu pressen. Ich führte das auf die vielen Operationen zurück, denen er sich nach dem Autounfall, der ihn zum Invaliden gemacht hatte, unterziehen hatte müssen.

Seine Kleidung war die eines Dandys längst vergangener Tage. Sie wirkte alt und schäbig, saß aber perfekt – ein Meisterstück der Schneiderkunst. Mein Vater, der sehr auf Kleidung achtete, wäre begeistert gewesen. Frances zufolge bewunderte Howard Carter Carnarvons Fin-de-Siècle-Stil so sehr, dass er ihn minutiös kopierte, zu denselben Herrenschneidern in der Londoner Savile Row ging und seine Hemden und Hüte von denselben Herstellern bezog wie sein Arbeitgeber. Trotzdem waren die Unterschiede zwischen den beiden Männern kaum zu übersehen. Zwar war Carnarvons Hemd zerschlissen und seine Fliege ausgefranst, dennoch strahlte er eine selbstverständliche Eleganz aus. Carter hingegen, der stattlich und gepflegt auftrat und zur schwülstigen Fliege das passende seidene Einstecktuch kombinierte, wirkte für den Anlass übertrieben gut angezogen und fast schon lächerlich.

Für Carnarvon schien es ungewohnt zu sein, dass Kinder zusammen mit Erwachsenen aßen. Er löste das Problem, indem er es einfach ignorierte und mich wie eine Erwachsene behandelte. Als er mir die Lapislazuli-Perle zurückgab, vergewisserte er sich, dass ich von den Platten, die nun herbeigetragen wurden, auch ein paar Feigen und ein wenig von dem honigtriefenden ägyptischen Gebäck nahm. »Miss Payne, Sie müssen mir unbedingt sagen, was Sie von unserem Tal halten«, erklärte er schließlich in feierlichem Tonfall.

Das »uns« irritierte mich. »Nun«, begann ich zögerlich, »bislang habe ich ja nur ein Bruchstück davon gesehen ...«

»Unsinn«, unterbrach er mich. »Sie sind eine gute Beobachterin, das hat Carter mir bestätigt. Wenn ich etwa an Ihre Beobachtungen im Shepheard denke ... Eve, ich und unsere gemeinsame Freundin Mrs d'Erlanger sind Ihnen und Frances überaus dankbar.« Langsam schloss er eines seiner lebhaften eisgrauen Augen, um es sofort wieder zu öffnen. »Bitte, tun Sie so, als hätte ich das Tal noch nie zuvor gesehen, und berichten Sie mir von Ihren ersten Eindrücken.«

Ich zögerte. Meine Eindrücke waren eine Reihe verschwommener Bilder, die sich noch nicht gesetzt, geschweige denn zu einem großen Ganzen zusammengefügt hatten. Ich dachte an den holprigen Weg, den wir am Morgen emporgeritten waren. Er hatte sich einen Hang hochgewunden, bis ich zum ersten Mal Carters Burg erblickt hatte. Es war alles andere als eine Burg, sondern eher ein kleines weißes Haus mit einer Kuppel, und es lag wie eine Wachstation in der Nähe der schneidezahnartigen Felsen des Taleingangs. Davor parkte, wie ich gesehen hatte, Lord Carnarvons Mietwagen, und ein kleiner Junge war damit beschäftigt, die glänzende Karosserie zu polieren.

Wir ritten über einen langen, schmalen Pass, der sich in einem sichelartigen Bogen vor uns erstreckte. Zerbrochene Feuersteine glänzten auf dem Pfad. Plötzlich schlug uns eine gewaltige Hitze entgegen, als hätte jemand die Luke eines Hochofens geöffnet. Als wir um eine gewaltige Felsnase herumritten, die uns den Weg zu versperren schien, tat sich vor meinen staunenden Augen eine große Schlucht auf – mit all den Felsbrocken und Schiefermassen ein Anblick von grausamer Schönheit, so als hätte es dort kürzlich ein entsetzliches Erdbeben gegeben. Erst dann wurde mir klar, dass dieser gewaltige Einschnitt das Tal der Könige war.

Ich starrte auf das Geröll, das sich während der sintflutartigen Regenfälle von den Felsen gelöst hatte, und auf all die Trümmerhaufen, die der Mensch in der Natur hinterlassen hatte. Irgendwann erkannte ich auch die klaffenden schwarzen Löcher der Grabeingänge: Massenweise lagen sie vor uns, manche waren in die Felswände geschlagen, manche in den Talgrund, manche am Hauptpfad gelegen, manche auch halb versteckt in kleineren Wadis, die sich zwischen den Hügeln befanden. Winlock, der das Tal bestens kannte, bedeutete uns anzuhalten. »Hört«, forderte er uns auf, und Frances, die Tennyson rezitierte und soeben angehoben hatte mit: »*Eine halbe Wegstunde voran, direkt ins Tal des Todes ...*«, verstummte sofort. Selbst die Eseljungen hielten in ihrer Unterhaltung inne und traten zu ihren Tieren, um sie zu beruhigen. Als die Esel endlich aufgehört hatten, ihre Köpfe hin und her zu werfen und mit den Hufen zu scharren, merkte ich, auf was Mr Winlock uns aufmerksam machen wollte: Über dem Tal lag eine furchterregende heiße, hallende Stille.

Natürlich wurde diese bald schon wieder durchbrochen, denn wir waren nicht allein im Tal, in dem jedes Geräusch weithin hörbar war und dessen Lautstärke durch die klare Luft noch verstärkt wurde. Ich hörte den Schrei eines Schwarzmilans weit oben am Himmel, das Klirren eines Pferdegeschirrs, die fernen Stimmen von Touristen, die soeben ein Grab betraten, und das Geschrei ihres Führers. Die Erfahrung der Stille aber blieb. Auch an der Picknicktafel im Grab hörte ich sie noch und wusste, dass ich sie nie vergessen würde.

»Ihre Eindrücke«, drängte mich Carnarvon.

»Die Stille. Sie hat mir das Gefühl vermittelt, ein Eindringling zu sein«, begann ich. »Und die Massen von Gräbern, würde ich sagen. Es sind so unglaublich viele. Fast würde ich mir wünschen ...«

»Seien Sie nicht so schüchtern, Miss Payne. Sagen Sie ruhig, was Sie sich wünschen.«

»Fast würde ich mir wünschen, man hätte sie nie geöffnet. Ich würde mir wünschen, dass niemand hierhergekommen wäre, damit die Könige ... ungestört auf die Ewigkeit warten könnten, so wie sie es damals beabsichtigten. Das war doch der Grund, weshalb sie die Gräber hier errichtet haben. Es macht mich ein wenig traurig, dass man sich über ihren Wunsch hinweggesetzt hat.«

Die Worte waren einfach so aus mir herausgesprudelt. Erst in dem Moment, als sie schon gesagt waren, ging mir auf, wie taktlos sie waren. Kurz hatte ich den Eindruck, dass Lord Carnarvon beleidigt war oder irgendwelche plötzlichen Schmerzen verspürte, denn sein Gesicht verzog sich, und seine Miene wurde düster. Dann aber fand er zu seiner gewohnten Noblesse zurück und setzte ein ironisches Lächeln auf. »Da kann ich Ihnen gar nicht widersprechen, meine Liebe«, sagte er. »Andererseits«, er schaute in der Runde herum, »sitzen wir hier nun, Carter, Winlock und ich. Drei notorische Eindringlinge und Ruhestörer, alle im Sinne Ihrer Anklage schuldig und zudem auch noch, wie ich leider gestehen muss, kein bisschen reumütig. Sollen wir Ihrer Meinung nach also sofort die Zelte abbrechen?«

»Nein, dazu ist es sowieso zu spät«, antwortete ich. »Die Touristen sind schon hier. Außerdem sind die Grabräuber schon viele Jahrhunderte vor Ihnen hier gewesen.«

»Und wenn wir nicht hier wären, würden uns ihre Nachfolger ganz schnell ersetzen«, mischte sich Carter leicht aggressiv ein.

»Und ob sie das würden!«, rief Miss Mack. »Ach, hätten sich die Könige doch nur mit einem bescheidenen Begräbnis zufriedengegeben. Hätten sie nur nicht an die Notwendigkeit gewaltiger Gräber, Statuen, Wandgemälde, Sarkophage und all dieser Mengen an Gold und Schmuck geglaubt, dann hätte sicher niemand ihre Gräber zerstört.«

»Ein schönes nüchternes anglikanisches Begräbnis«, sagte Winlock grinsend und bediente sich von den Feigen. »Das hätte sie gerettet, was, Myrtle?«

»Gewiss nicht, Herbert«, korrigierte sie ihn aufgekratzt. »Ich komme aus Princeton und bin schottischer Abstammung – mir schwebte natürlich ein nüchternes *presbyterianisches* Begräbnis vor.«

»Vielleicht auf einem Scheiterhaufen«, sagte Eve verträumt.

»Was, wenn man sie einfach verbrannt hätte? Wie bei Shelley wären die Flammen emporgelodert, Sie wissen schon.«

»Sehr poetisch, Eve«, sagte Helen. »Allerdings müssen Sie bedenken, dass bei Lord Byron keine Figur das Herz aus den Flammen bergen würde – es musste also in einem Grab im Tal begraben werden, damit es für die Herzwägungszeremonie zur Verfügung stand.«

»Das ist doch alles Quatsch«, unterbrach Carter gereizt. »Ihre Körper mussten bewahrt werden, das ist der wesentliche Teil ihres Glaubens. Die alten Ägypter glaubten nicht nur an die Unsterblichkeit der Seele, sondern auch an die Unsterblichkeit des Körpers. Das vergessen Sie allesamt. Genauso wie die Schönheit: Die Begräbnisstätten und Grabkammern sind unvergleichlich schön. Was ist mit den Kunstwerken, die sie enthalten – den Kunstwerken, die wir entdecken?«

»Carter hat recht. Vielleicht sollten wir doch ein Wort für die Archäologie einlegen«, mischte Winlock sich leicht amüsiert ein. »Bevor wir uns in Spekulationen verlieren, sollten wir uns lieber einen Moment besinnen und uns klarmachen, was wir aus diesen Gräbern über die Einstellung der Ägypter zu Leben und Tod lernen und bereits gelernt haben. Und über ihre Geschichte und Religion. Wir sollten daran denken, was für Kunstschätze wir retten und in Museen überführen konnten, wo sie jedes Jahr von Tausenden von Menschen gesehen werden. Und natürlich bin ich parteiisch, weil ich praktisch im Smithsonian aufgewachsen bin, aber trotzdem … Museen können das Leben eines Menschen verändern, mit Sicherheit aber verändern sie sein Denken. Sie haben eine unglaubliche Macht.«

»Das stimmt natürlich, Herbert«, sagte Miss Mack. »Und ich würde es mir nie anmaßen, mit Ihnen oder Mr Carter zu streiten. Trotzdem habe ich das Gefühl, dass ich nicht ganz unrecht habe. Die schiere Opulenz dieser Gräber ist genau der Grund, weshalb sie ihr Ziel verfehlen. Wenn man die Könige in aller Bescheidenheit unter die Erde gebracht hätte, dann wären sie nicht gestört und ihre armen Körper nicht angetastet worden. Sie müssen doch zugeben, dass diese Gräber etwas Prahlerisches …«

»Ich fasse es nicht«, platzte Frances heraus. Ihre Augen glänzten, ihre Wangen waren erhitzt. »Ein bescheidenes Begräbnis? Ein Holzsarg vielleicht? Staub und Asche? Wie unwürdig und trostlos! Wer möchte schon unter einem Stein auf einem alten, verfallenen Friedhof vermodern oder vielleicht gar auf einem überfüllten, wo man die Inschriften nicht mehr lesen kann, weil sie verwittert sind? Nein, die ägyptischen Könige haben es vollkommen richtig gemacht: ein Tal der Könige, ein großes Felsengrab mit prächtigen goldenen Särgen und einem gewaltigen Sarkophag und massenhaft...«

»Schätzen?«, rief jemand dazwischen.

»Ja, genau, Schätzen!« Frances ignorierte die Gesten, mit denen ihre Mutter sie zum Schweigen bringen wollte. »Machtvolle Sprüche an den Wänden und dazu haufenweise Schmuck und herrliche Wandmalereien. Die Pharaonen wollten, dass ihr Name in die Ewigkeit einging. Sie wollten den Tod überwinden – und das ist ihnen auch gelungen. Wenn man sie einfach in irgendein altes Tuch gewickelt und unter einen Stein geschoben hätte, dann hätte sie doch niemand ausgebuddelt – und niemand würde sich heute noch an sie erinnern.«

Auf diesen Ausbruch folgte allgemeines Schweigen, bis Carter plötzlich laut auflachte. »Nun, damit hat Frances wohl den Nagel auf den Kopf getroffen«, sagte er. »Das war wenigstens ehrlich.«

»Ermutigen Sie sie nicht auch noch, Howard«, sagte Helen schnell. Auf ihren Wangen hatten sich zwei knallrote Flecken gebildet, ich konnte sehen, dass die Kommentare sie entsetzten. »Frances, das reicht jetzt wirklich. Wir sind nicht hier, um uns von dir belehren zu lassen.«

»Hast du wirklich Wasser getrunken, mein Kind, oder hast du dich unauffällig vom Champagner bedient?«, fiel ihr Vater ein. »Was hast du dir nur dabei gedacht? Kinder sollten sich in Gegenwart von Erwachsenen wirklich etwas mehr zurückhalten.«

»Pups, ist alles in Ordnung?« Evelyn war mit einem leisen Schrei aufgesprungen.

Alle Blicke schossen zum Kopfende hinüber, Carter und Winlock sprangen auf, und für einen Moment herrschte Panik. Lord Carnarvon hatte geschwiegen und sich scheinbar aus der Diskussion herausgehalten, doch jetzt hing er schlaff auf seinem Stuhl, die Lippen blau, die Augen geschlossen, das Gesicht aschfahl.

»Riechsalz!«, rief Miss Mack. »Ich habe welches in der Tasche.« Doch gerade als sie eine kleine braune Flasche aus der Tasche zog, zuckte Carnarvon zusammen und schlug mit einem Seufzer die Augen auf.

Es dauerte einen Moment, bis alle es bemerkt hatten, dann beruhigte er uns mit einem Lächeln und einer matten Geste. »Herrje, wie unangenehm. Ich muss für einen Moment eingenickt sein. Die Last des Alters und eines guten Mittagessens. Bitte verzeihen Sie mir. Wenn wir jetzt vielleicht den Kaffee einnehmen könnten, Eve? Und dann sollten wir uns zu Carters Behausung zurückbegeben, den Wagen holen und ins Hotel fahren.«

»Aber Sie können jetzt nicht gehen. Wir wollten den anderen doch noch unsere Arbeit zeigen«, mischte Carter sich ein und runzelte die Stirn. »Sie wollten doch, dass Winlock unsere jüngsten Funde sieht.«

»Nun, so überwältigend sind die auch nicht«, antwortete Carnarvon. »Ein paar Tonscherben, ein paar Ostraka. Sie können das sicher viel besser erklären als ich. Ein andermal, mein lieber Freund, ein andermal …« Er drehte sich halb zu den vier arabischen Dienern um, die hinter ihm standen. »Schickt eine Nachricht zum Haus. Der Wagen soll fertig sein, wenn ich komme. Und in fünfzehn Minuten brauchen wir die Esel.« Sein Blick blieb kurz an den vier Männern hängen, dann fügte er hinzu: »Junge, bring die Stühle raus«, bevor er sich wieder an uns wandte. »Wir trinken den Kaffee draußen, nicht wahr? Ich brauche ein wenig frische Luft. Nein, nein, mir geht es wunderbar, das versichere ich Ihnen. Eve, mein Liebling, kein Grund zur Sorge. Wenn Sie mich jetzt bitte entschuldigen würden? Ich werde mich noch eine Weile in die Sonne setzen und Sie dann verlassen.«

## 14

Lord Carnarvon hielt Wort. Er saß mit uns vor dem Grab, trank seinen Kaffee und unterhielt sich äußerst liebenswürdig. Die oberflächlichen Plaudereien verfolgte er mit offenkundigem Interesse und schien auch sonst vollkommen der Alte. Die Stühle waren im Halbkreis im Schatten aufgestellt worden, für Frances und mich hatte man zwei Klappstühle gebracht. Nachdem sie den Kaffee serviert hatten, kehrten Abd-el-Aal und Hosein ins Grab zurück, aus dem Stimmen und das Klappern von Geschirr zu hören waren. Über uns sah ich die Schwarzmilane im Aufwind treiben, neben mir saß Frances. Mit gerötetem Gesicht, trotziger Miene und immer noch gekränkt scharrte sie mit ihren Füßen im Sand. Selbst im Schatten war es so drückend heiß, dass mir der Schweiß den Rücken hinabbrann. Ich schaute auf die Uhr: Die Zeit im Tal war zum Stillstand gekommen.

Carnarvon rauchte eine halbe Zigarette, die er in eine Bernsteinspitze gesteckt hatte. Sie sah aus wie jene, die auch Howard Carter an diesem Tag benutzte. Der Lord wirkte so entspannt, dass ich mich schon fragte, ob er seine Pläne nicht vielleicht ändern würde. Aber nein, genau fünfzehn Minuten nachdem er sich hingesetzt hatte, erschienen zwei Jungen mit den Eseln, und Carnarvon wurde in den Sattel gehoben. Während Carter Eve beim Aufsitzen half, flüsterte er ihr etwas zu, das ziemlich dringlich klang. »Nein, morgen nicht«, hörte ich sie antworten. »Ich muss noch ...« Der Rest war nicht mehr zu verstehen, und ohne weitere Verzögerungen ritten Vater und Tochter davon. Niemand sagte ein Wort, bis sie hinter einer Felsnase verschwanden.

Plötzlich sprang Carter auf, tigerte hin und her und riss sich irgendwann die Tweedjacke vom Leib. Er wirkte aufgeregt und angriffslustig. »Himmel, ist das heiß«, sagte er, als er die Jacke beiseitewarf. »Verdammte Fliegen.« Er fuchtelte in der Luft herum. »Außerdem war der Champagner nicht kalt genug, dabei hatte ich Abd-el-Aal strikte Anweisungen gegeben, verflucht. Und das Brot war auch nicht frisch.«

»Das Brot war wunderbar, Howard«, sagte Helen besänftigend. »Wirklich. Es hätte nicht frischer sein können.«

»Es war nicht frisch, habe ich gesagt«, erwiderte Carter so barsch, dass wir alle zusammenzuckten. »Steinhart war es. Ich habe mir fast die Zähne daran ausgebissen. Carnarvon hat es gar nicht angerührt, er hat sowieso kaum etwas gegessen. Und dieser Affe von Hosein hat das Huhn auf Eves Teller gekippt, als wäre er in einer verdammten Suppenküche. Aber damit kommen sie bei mir nicht durch. Ich bezahle sie für ihre Arbeit, die ja wohl simpler nicht sein kann – das blöde Brot backen, es einwickeln und herbringen. Muss ich mich denn um alles kümmern? Herrgott, man kehrt ihnen nur zehn Sekunden den Rücken zu, und schon ist das beschissene Mahl ruiniert. Am liebsten würde ich sie sofort entlassen, auf Nimmerwiedersehen.«

Miss Mack, die Kraftausdrücke nicht ertrug, war knallrot geworden und wollte zaghaft protestieren. Als Winlock das merkte, stand er auf. »Nun kommen Sie schon, Carter«, sagte er unbekümmert. »Regen Sie sich ab, alter Kumpel. Das Essen war ausgezeichnet, Ihre Männer haben das wunderbar gemacht, und wir haben es alle sehr genossen. Es gibt wirklich keinen Grund zu …«

»Keinen Grund? Keinen Grund?«, fuhr Carter ihn höhnisch an. Er war fuchsteufelswild. »Was wissen Sie denn schon von meinen Ansprüchen, *alter Kumpel*? So springen Sie mit mir nicht um, Winlock. Wir wissen alle, dass Sie in einem vornehmen Haus mit Dienstboten aufgewachsen sind und ich nicht. Das heißt aber noch lange nicht, dass Sie sich hier aufspielen können. Das sind *meine* Leute, verdammt, und ich werde ihre Trägheit nicht dulden. Habe ich Sie je gebeten, Ihre Nase in meine Angelegenheiten zu stecken?

Sehen Sie, also kümmern Sie sich gefälligst um Ihre eigenen, verflucht.« Er versetzte dem Stuhl, auf dem er gesessen hatte, einen heftigen Tritt, eilte an uns vorbei und verschwand in der Dunkelheit des Grabs. »Abd-el-Aal, wo zum Teufel steckst du?«, hörten wir ihn brüllen. Dann splitterte Glas, und Stimmen wurden laut, Carters und die eines anderen Mannes. Beide sprachen sehr schnell auf Arabisch.

»Gütiger Gott«, sagte Miss Mack, als sich die Stimmen überschlugen und schließlich in der Tiefe des Grabes verhallten.

»Das war's dann wohl.« Winlock blickte seine Frau vielsagend an. »Machen Sie sich nichts draus, Myrtle«, sagte er. »Abd-el-Aal arbeitet schon seit fünfundzwanzig Jahren für Carter, er kennt seine Tobsuchtsanfälle und kann selbst gut austeilen. Es wird kein Blutvergießen und keinen Schusswechsel geben, und in ungefähr, sagen wir«, er schaute auf seine Armbanduhr, »fünfzehn, zwanzig Minuten wird Carter wieder hier draußen bei uns sein, die Liebenswürdigkeit in Person. Vermutlich sogar noch liebenswürdiger als zuvor, weil er die Sache bereut. Es sei denn, er entschließt sich, wochenlang beleidigt zu sein. Das wäre natürlich auch eine Möglichkeit. In der Zwischenzeit möchte ich mich aber bei Ihnen entschuldigen.«

»Ihre Entschuldigung ist nicht vonnöten, Herbert«, erwiderte Miss Mack schroff. »Mr Carter hat nichts gesagt, was ich nicht schon gehört hätte – ich habe schließlich als Krankenschwester gearbeitet, falls Sie sich erinnern. Aber vor den Kindern die Kontrolle zu verlieren und sich derart gehen zu lassen, und das nach diesem wunderbaren Essen? Ich begreife wirklich nicht, was ihn so aufgebracht hat.«

»Vermutlich Carnarvons Bemerkung über die Funde.« Winlock zuckte mit den Achseln. »Und dann sein früher Aufbruch, das wird ihm auch nicht geschmeckt haben. Carter ist entsetzlich reizbar und jähzornig. Er möchte alles unter Kontrolle haben, Myrtle, und wenn jemand seine penibelst ausgearbeiteten Pläne durchkreuzt, kann er einfach nicht damit umgehen.«

»Aber der arme Lord Carnarvon ist doch krank. Er mag die Sache heruntergespielt haben, aber er ist sicher nicht einfach eingedöst, das war doch offensichtlich. Seine Lippen waren blau. Es hätte ein Schlaganfall sein können. Ich war jedenfalls ernsthaft beunruhigt, und jetzt muss er auch noch den ganzen Weg zum Hotel zurück. In dieser schrecklichen Hitze zu reiten und dann auch noch diesen schlechten Weg fahren zu müssen! Also, meiner Ansicht nach hat er hier überhaupt nichts zu suchen. Er ist ein kranker Mann. Selbst für Mr Carter sollte das nicht zu übersehen sein.«

»Oh, Carter sieht das voll und ganz, Myrtle«, sagte Helen freundlich. »Howard ist sich des prekären gesundheitlichen Zustands von Lord Carnarvon nur allzu bewusst. Das ist ein weiterer Grund, warum er die Fassung verloren hat.«

»Er hat Angst«, sagte Frances und sprang von ihrem Stuhl neben mir auf. »Herrgott, Miss Mackenzie, begreifen Sie das nicht? Carter hat Angst, dass Lord Carnarvon zu krank ist, um im Tal weitergraben zu können, und er selbst die Möglichkeit verliert, das Grab zu finden, von dem ihn vielleicht nur noch wenige Zentimeter trennen. Er weiß, dass es dieses Grab gibt, er hat sein Leben lang danach gesucht. Außerdem hat er Angst, dass wir sein Mahl nicht hinreichend würdigen, weil er nicht alles richtig hinbekommen hat. Angst, dass wir ihn belächeln, weil der dämliche Champagner nicht kalt genug war, und so weiter und so fort. Er hat Angst, ist wütend auf sich selbst, nur deshalb fängt er an, herumzubrüllen und zu fluchen.«

»Jetzt halt aber mal den Mund, Frances, bitte«, sagte ihr Vater streng. »Für heute haben wir wirklich genug von deinen Beiträgen. Ich hatte dich doch gewarnt …«

»Aber das ist unfair!«, rief Frances, und ich konnte sehen, dass sie den Tränen nahe war. »Jetzt ist Carter beschämt und verlegen, und das wird die Sache nur noch schlimmer machen. Aber dazu besteht doch gar kein Grund. Was macht es denn schon, wenn er flucht? Ich bin so etwas gewöhnt, weil mein lieber Vater jeden Morgen flucht, wenn er sich rasieren will und das Wasser nicht heiß wird. Oder wenn er zu spät zu einer Grabung kommt, oder wenn …«

»Mein Vater flucht auch«, sagte ich, beflügelt von Frances, und wieder waren die Worte heraus, bevor ich überhaupt nachgedacht hatte. »Und wenn mein Vater die Beherrschung verliert, was er manchmal tut, obwohl ich überhaupt nichts gesagt habe und kaum Luft zu holen wage, dann ist es viel schlimmer als bei Mr Carter. Absolut widerwärtig.«

»Lucy!«, rief Miss Mack empört und stand auf. »Wirst du wohl still sein? Was in Gottes Namen ist nur in dich gefahren? Wie kannst du es wagen, so zu reden?« Wütender, als ich sie je erlebt hatte, kam sie auf mich zu, packte mich am Handgelenk, riss mich hoch, zog mich auf die Seite und stellte mich an einen Felsen. »Noch ein Wort, Lucy Payne, und wir kehren sofort zum Hotel zurück, hast du mich verstanden? Wie kannst du nur so respektlos sein? Derart von seinem eigenen Vater zu reden.«

»Aber es stimmt doch!«, rief ich wütend und war nun ebenfalls außer mir. »Und Sie wissen auch, dass es stimmt, Sie haben es doch selbst mitbekommen. Er schreit und flucht und redet dann tagelang kein Wort mehr. Mir ist schon klar, dass der Krieg daran schuld ist, aber er drangsaliert mich – so wie er auch meine Mutter drangsaliert hat.« Ich brach in Tränen aus, während es Miss Mack anscheinend die Sprache verschlagen hatte. In meinem Kopf wirbelte es von der Hitze und von den unerhörten Dingen, die im Tal an die Oberfläche gelangten. Hinter mir hörte ich Helen schimpfen, während Frances unter Tränen protestierte. Hoch über mir schrien im blauen Himmel die Schwarzmilane, und aus dem Grab, in dem es noch immer schepperte und krachte, drang das Jammern und Wehklagen der Araber.

»Gütiger Himmel«, sagte plötzlich eine Stimme, die ich als die von Herbert Winlock erkannte. »Wie konnte es nur so weit kommen? Ist denn die ganze Welt verrückt geworden? Aber jetzt reicht es mir. Helen, ich schlage vor, du nimmst deine Wasserfarben und gehst malen, wie du es vorhattest. Und wenn Sie bitte so freundlich wären, Myrtle, ihr dabei Gesellschaft zu leisten? Frances und Lucy, ihr beide kommt mit mir. Jetzt sofort.«

Sein Tonfall duldete keinen Widerspruch. Wir folgten ihm, und er führte Frances und mich in Richtung des offenen Tals. Nach etwa hundert Metern reichte er uns ein Taschentuch und wies uns schroff an, es uns gefälligst zu teilen. Frances und ich wischten uns die nassen Augen und die erhitzten Gesichter ab, dann eilten wir ihm hinterher. Winlock legte ein forsches Tempo vor, er schien gegen die sengende Nachmittagssonne immun zu sein. Nach einer Weile begann Frances zu murren, und ich fiel ein. Winlock hob die Hand, blieb kurz stehen und bedachte uns mit einem scharfen Blick. »Ich will nichts davon wissen. Ich möchte nichts mehr von euch hören. Das Tal kann eine verheerende Wirkung haben, das weiß ich von früher, und sicher wird es auch nicht das letzte Mal gewesen sein, dass so etwas passiert. Trotzdem, jetzt reicht es.«

Er ging ein Stück weiter, blieb aber wieder stehen, weil ihm ein Geröllfeld den Weg versperrte. »Nun gut, lasst uns die Sache also zum Abschluss bringen«, sagte er schon etwas freundlicher. »Ihr beiden habt euren Freund Carter verteidigt. Das ist ein Ausdruck von Loyalität, also lassen wir es durchgehen. Aber beim Mittagessen habt ihr ein paar Leute düpiert, die mehr über diese Dinge wissen, als ihr je lernen könnt. Dabei hege ich durchaus Sympathie für das, was ihr gesagt habt. Als ich so alt war wie ihr, hatte ich auch jede Menge Meinungen und habe so eigensinnig auf ihnen beharrt, dass ich in Harvard fast rausgeflogen wäre. Eigensinnig bin ich noch immer, das muss ich zugeben, aber eine Welt ohne Ideen und Meinungen wäre auch ziemlich trostlos. Allerdings habe ich irgendwann begriffen, dass Meinungen wertlos sind, wenn sie nicht auf Wissen beruhen – und weder du, Frances, noch du, Lucy, wisst viel über die Königsgräber. Tatsächlich wisst ihr sogar erbärmlich wenig.«

Er schwieg, schaute stirnrunzelnd ins Tal, nahm seinen Panamahut ab und wischte sich über die Stirn. »Also gut«, fuhr er dann fort, »aus reiner Herzensgüte und auch dank einer gewissen Opferbereitschaft – denn es gäbe für mich durchaus Wichtigeres zu tun, ich könnte zum Beispiel arbeiten – werde ich euch jetzt ein paar Dinge beibringen. Vielleicht können wir so aus dem verkorksten Nachmittag noch irgendetwas Sinnvolles machen. Lucy ist hier, um das Tal zu sehen, und das wird sie auch. Ich schenke euch nun zwei Stunden meiner wertvollen Zeit, in denen wir ein paar Gräber meiner Wahl besichtigen werden. Ich rede, und ihr hört zu. Dann werden wir heimkehren und Tee trinken. Wie findet ihr das?«

»Gut«, sagte Frances kleinlaut. Und nach einer Pause fügte sie hinzu: »Tut mir leid, Daddy.«

»Mir tut es auch leid, Mr Winlock«, schloss ich mich an. »Ich hätte das alles nicht sagen dürfen. Keine Ahnung, warum ich es getan habe.«

»Nun, vermutlich weißt du nur zu gut, warum du es gesagt hast«, antwortete Winlock mit einem strengen Blick. »Diese Dinge wollen einfach heraus. Und wenn es einen Ort gibt, an dem sie es dürfen, dann ist es dieser hier. Das Tal hat etwas Destruktives an sich, und die höllische Hitze ist auch nicht hilfreich, aber glaube mir, es kann auch eine beruhigende Wirkung haben. Du wirst schon sehen.« Er klopfte mir auf die Schulter und sagte dann mit leiser Stimme: »Manchmal fühlt man sich bei seiner Ankunft hier schier entsetzlich, Lucy. Man platzt fast vor Wut, fühlt sich elend und beklommen, aber dann betritt man eines der Gräber – und plötzlich lösen sich alle negativen Gefühle in Luft auf. Mir ist das schon ein paarmal so ergangen. Ich nenne das den Dreitausend-Jahr-Effekt. Also«, er schaute in den weiten, offeneren Teil des Tals, in dem die viel besuchten Gräber lagen, »ich habe nicht vor, mich durch die Massen von Touristen, Führern, Händlern und Scharlatanen zu schieben, daher werden wir die Hauptroute vorerst links liegen lassen. Wir beginnen mit Frances' Lieblingsgrab, das auch mein Lieblingsgrab ist. Meiner Ansicht nach sowieso das schönste im ganzen Tal. Es wurde für einen König namens Sethos I. errichtet, Lucy. Er hat Ägypten ungefähr tausenddreihundert Jahre vor Christus regiert und war notgedrungen ein Kriegerkönig, wobei er seiner Bedeutung nach aber weit hinter seinem Sohn und Nachfolger, Ramses II., einzuordnen ist, der der größte der Pharaonen war. Ramses II. erfreute sich eines langen Lebens und gewaltiger Macht und war ein rücksichtsloser Imperialist und unbarmherziger Diktator, ein Monomane, der uns ein paar der herrlichsten ägyptischen Bauwerke hinterlassen hat. Ihm werden wir nachher noch einen Besuch abstatten. Hier entlang, Lucy.«

Frances nahm meine Hand, und wir folgten ihrem Vater. Den zentralen Bereich des Tals, wo es von Touristen und Eseljungen nur so wimmelte und Händler lautstark überteuerte Kerzen und Magnesiumfackeln anpriesen, ließen wir links liegen und gingen stattdessen in ein sich verjüngendes Wadi mit steil aufragenden Felsen, die uns vor der Sonne schützten. Nach wenigen Metern war von den Touristen nichts mehr zu hören, und wir waren von Stille umschlossen.

»Das ist das längste und tiefste Grab im Tal«, flüsterte Frances. »Stockfinster ist es und unglaublich heiß. Du hast doch keine Angst, Lucy, oder? Es geht ganz tief hinein.«

Winlock hielt an und blinzelte in die Sonne. »Lucy, hör mir jetzt bitte zu«, sagte er, »und du auch, Frances. Deinen Auslassungen beim Essen nach zu urteilen, kann das nicht schaden. Du hast von Schätzen gesprochen, und jetzt möchte ich von dir, dass du dir über die Implikationen dieses Worts Gedanken machst. Ich möchte, dass du über diesen Ort nachdenkst. Und vergiss dabei nach Möglichkeit alle vorgefassten Meinungen und versuch dir klarzumachen, was diese Stätte für den Mann bedeutet hat, für den sie errichtet wurde.« Er deutete zum klaffenden Spalt des dunklen Eingangs hinüber. »Mein Vortrag beginnt jetzt: Sethos hat vermutlich dieses Wadi für sein Grab gewählt, um in der Nähe seines Vaters Ramses I. bestattet zu werden – das dahinten ist sein Grab, Lucy. Du siehst, wie abgeschieden es liegt, nicht wahr? Stell dir vor, wie entlegen und versteckt es damals erst gewesen sein muss. Die Arbeiten an Sethos' Grab dürften lange vor seiner Thronbesteigung begonnen haben und dauerten während seiner gesamten Regierungszeit an. Die größten Architekten, Goldschmiede, Maler und Bildhauer seiner Zeit waren dort beschäftigt. An den Grabwänden sind die mächtigsten Zaubersprüche verewigt, die seine Priester kannten, und das nicht ohne Grund. Du darfst nicht denken, dass diese Gräber etwas mit dem Tod zu tun haben, Lucy, vielmehr sollen sie ihn überwinden. Alles an ihnen ist darauf angelegt, den Weg durch die Unterwelt so abzusichern, dass der Bewohner heil das Jenseits erreicht, welches dann ewig währt. Sethos wurde vermutlich in drei Särgen beerdigt, Lucy. Sein Gesicht bedeckte eine Totenmaske aus purem Gold, in den Händen hielt er Flegel und Krummhaken – die Symbole der Macht. Unter die Bandagen, mit denen der Körper umwickelt war, hatten die Priester Schmuck, Waffen und Amulette gelegt, um den Körper für alle Ewigkeit zu schützen. Auf die Brust wiederum setzten sie einen riesigen Skarabäus, der den König während des Herzwägungsrituals behüten sollte, wie Frances ja bereits weiß. Sein Gewicht bewahrte das Herz davor, alles herauszuschreien und seine Sünden zu bekennen.«

Winlock räusperte sich. »Die drei Särge wurden in einen großen Kalzitsarkophag gestellt. Von diesem wissen wir, weil er sich nun in London im Soane Museum befindet. Du solltest es demnächst besuchen und dir den Sarkophag anschauen, Lucy. Er war umgeben von vier schützenden Holzschreinen – das wissen wir aus Papyri –, die mit Gold verkleidet waren. Das alles ist aber nur die Beschreibung der Grabkammer, des Allerheiligsten. Wie du sehen wirst, zieht sich der Zugangsweg hundert Meter in den Felsen hinein. Zu der Grabkammer führen ganze sieben Korridore, von denen zehn Vorkammern abgehen. In diesen Vorkammern häuften die Priester Schätze über Schätze auf. Darunter waren vergoldete Streitwagen, Waffen, Throne und Schmuck, aber auch praktische Dinge wie Leinentücher, Spiegel und Werkzeuge. Sogar Brettspiele und Musikinstrumente waren vorhanden, damit sich der König im Jenseits nicht langweilte. Und dann gab es natürlich noch die Uschebti. Zu Hunderten warteten sie dort, damit im Jenseits alle anfallenden Aufgaben von Dienern wie ihnen erledigt werden konnten – so wie zu Sethos' Lebzeiten.«

Er hielt kurz inne, bevor er weitersprach. »Die Menschen denken, dass diese Begräbnisse allein der Verherrlichung und dem Prunk dienten, so wie es auch Miss Mackenzie beim Mittagessen bemängelt hat. Bis zu einem gewissen Grad stimmt das natürlich, aber die Ägypter waren auch sehr umsichtig, als sie die Gräber ausgestattet haben, Lucy. Umsichtig und liebevoll. Die Priester wollten das Glück und Wohlbefinden der Pharaonen im Jenseits gewährleisten, daher hinterließen sie in den Gräbern Speisen, Getreide, Fleisch und Wein. Heilsalben und wohlduftende Öle fanden sich dort ebenso wie Lampen, damit der Tote nie die Dunkelheit ertragen musste. Die Menschen, die um den Pharao trauerten, schmückten sein Grab mit Blumenkränzen, genau wie wir es heute tun.« Für einen Moment versagte ihm die Stimme. »Ich habe solche Kränze bei uns im Met gesehen, und ihr Anblick rührt mich zutiefst. Sie sind wunderschön, Lucy, geflochtene Olivenzweige und Palmblätter mit Perlen darin und mit blauen Lotusblumen, Kornblumen und Nachtschattenbeeren verziert. Die Kränze wirken fröhlich und sind hübsch anzusehen, nicht wie unsere Trauergebinde heutzutage. Die in unserem Museum sind fast perfekt erhalten, obwohl das Begräbnis, für das sie gemacht wurden, schon dreitausend Jahre her ist.«

Er verstummte und schaute ins Wadi. Sein Gesicht wirkte plötzlich düster und seine Augen traurig. Frances griff nach meiner Hand und umklammerte sie. Wahrscheinlich dachten die beiden an ein anderes, viel jüngeres Begräbnis, an die Beerdigung eines kleinen Kindes vielleicht, das gestorben war, als sein Vater auf einem anderen Kontinent im Krieg kämpfte. Frances wischte sich über die Augen, und Winlock blieb stumm. Sein Blick war abwesend.

Erst nach einer Weile riss er sich zusammen, wirkte aber noch immer seltsam unsicher. »Wo war ich stehen geblieben? Ach ja, der Tod von Königen. Lucy, kannst du dir all die Dinge vorstellen, von denen ich dir soeben erzählt habe? Die Grabkammer, die Schreine, die Schätze – siehst du sie vor dir?«

Als ich nickte, sagte er ungewohnt schroff: »Gut. Versuch weiter, sie dir vorzustellen. Du musst dich anstrengen, denn alles ist verschwunden. Nichts von den Sachen ist mehr da. Nicht die Streitwagen, nicht die Schreine, nicht die goldenen Särge. Vom Schatz ist nichts mehr vorhanden. All die so liebevoll gemeinten Grabbeigaben sind schon vor langer Zeit weggeschafft worden. Das gilt für dieses Grab – und mehr oder weniger auch für alle anderen, die je im Tal gefunden wurden. Es gibt kein einziges, das nicht geplündert wurde. Weder die Zaubersprüche, Amulette, Göttinnen und Wächter noch der langsame, grauenhafte Tod durch Pfählen, der Grabräubern blühte, konnten Sethos vor der menschlichen Gier schützen. Alles, was von dem König noch vorhanden ist, hast du in einer Vitrine im Ägyptischen Museum gesehen. Eine armselige nackte Gestalt.«

Wir machten nun ein paar Schritte in Richtung des dunklen Grabeingangs. »Ich bin nicht unvorbereitet gekommen«, fuhr Winlock fort. »Allerdings haben wir keine Kerzen und auch keine dieser schrecklichen Magnesiumfackeln. Der Qualm und die chemischen Bestandteile zerstören die Wandmalereien – und die sind in diesem Grab absolut überwältigend, Lucy, das wirst du gleich sehen. Zudem können Kerzen und Fackeln ausgehen, und dann steht man im Dunkeln. Angenehm ist das nicht, Frances hat sich mal zu Tode erschreckt.« Er drehte sich um, fuhr Frances durchs Haar und reichte uns dann Taschenlampen. »Ganz neu und mit frischen Batterien. Außerdem bin ich bei euch, ihr müsst also keine Angst haben. Seid ihr bereit? Ich möchte, dass ihr eure Augen benutzt – die beiden Augen, mit denen ihr gesegnet seid, und das Auge eures Geistes. Ihr werdet alle drei brauchen. Der Tod erwartet uns, also los, hinein mit euch.«

Wir stiegen hinab, immer weiter und weiter. Eine bröckelnde Stufe nach der anderen ließen wir hinter uns und überquerten eine improvisierte Holzbrücke über einen tiefen schwarzen Brunnenschacht. Dann folgten ein großer unterirdischer Saal, wieder Stufen und ein paar heiße und finstere Korridore. Ich hatte das Gefühl, kilometerweit unter der Erde zu sein, bis ich die Gedanken darüber vergaß, weil wir bei jedem Schritt von Bildern des toten Königs auf dem

Weg in die Ewigkeit begleitet wurden. Auch Götter und Göttinnen gesellten sich hinzu: Re, Aton und Isis, die ihre schützenden grünen Raubvogelflügel im Strahl unserer Taschenlampen ausbreiteten.

Je tiefer wir kamen, desto ruhiger wurde mein Geist – Winlocks Dreitausend-Jahr-Effekt. All die Aufregungen des Tages schienen von mir abzufallen. Ich kannte nur wenige der Götter, die sich an den Wänden der Korridore aneinanderreihten, spürte aber ihre beruhigende Macht. Und noch etwas spürte ich. Zunächst hielt ich es für Angst, beschloss dann aber, dass es die Atmosphäre des Heiligen sein müsse. Es war das erste Mal, dass ich so etwas erlebte. In den vielen Jahrzehnten, die seither vergangen sind, hat mich dieses Gefühl noch oft überkommen – und stets vollkommen unvermittelt. Es überraschte mich in der Stille einer englischen Dorfkirche oder beschlich mich in einer Moschee oder einem Tempel. Aber zum allerersten Mal verspürte ich den Atem der Heiligkeit in Sethos' Grab, als wir hundert Meter tief im Felsen den letzten Raum erreichten, den Winlock das Allerheiligste nannte.

Er blieb zurück, als wir die Kammer betraten. Frances nahm meine Hand und schaltete erst meine, dann ihre Taschenlampe aus, sodass wir nebeneinander in absoluter Finsternis standen. »Jetzt schau nach oben, Lucy«, flüsterte Frances.

Sie knipste ihre Taschenlampe wieder an und richtete den Strahl auf die hohe gewölbte Decke der Grabkammer. So unfassbar schön und fremdartig schwebte sie über uns, dass mir die Luft wegblieb: ein blauer Nachthimmel mit Planeten, Sternbildern und den entsprechenden Gottheiten, die einen toten König bewachen sollten, der längst tausend Kilometer weiter in einer Vitrine im Museum lag. Die Hände der Götter verstreuten Sterne, ihre Augen blickten selbst nach so langer Zeit noch überaus wachsam. Die Farbe war so frisch, als hätte man sie gestern erst aufgetragen.

Wir blieben länger als beabsichtigt in der Unterwelt der Grabstätten und sahen vermutlich mehr Gräber, als Winlock geplant hatte. Als wir schließlich das letzte verließen, ging bereits die Sonne unter, und der Himmel war von Brombeerviolett durchzogen. Die Touristen und ihre Führer waren längst verschwunden, aber in der Ferne, wo sich das Tal in zwei Arme teilte, warteten an dem Unterstand unsere drei Eseljungen. Schweigend machten wir uns auf den Rückweg. Winlock schritt zügig voran, Frances und ich hinkten hinterher. Die Hitze des Tages war vom Himmel aufgesogen worden, die Luft war jetzt kühl. Mich fröstelte.

Meine Eselin war sanft, alt und träge. Ich streichelte ihre struppige Mähne und flüsterte ihr ermunternde Worte zu, während der Eseljunge hinter mir sie schlug und mit seinen nackten Füßen trat, was das Tier aber nicht weiter zu bekümmern schien. In nervtötend schleppendem Tempo trottete es weiter, sodass sich der Abstand zwischen mir und den Winlocks immer weiter vergrößerte. Als ich endlich den aufragenden Felsvorsprung erreichte, der den Taleingang und -ausgang markierte, war ich bereits so weit zurückgefallen, dass von Frances und ihrem Vater nichts mehr zu sehen war. Ich schaute mich um. Das Tal war natürlich verlassen, aber ich wollte die Geister erspähen, die es mit Sicherheit für sich beanspruchten, sobald sich die Dunkelheit herabsenkte. In der samtenen Dämmerung sah ich plötzlich die Umrisse eines Mannes. Im ersten Moment hielt ich ihn tatsächlich für einen Geist, dann aber erkannte ich Howard Carter. Vielleicht hatte er ja gewartet, bis sich die Menschen verzogen, um das Tal wieder für sich zu haben.

Er stand nahe dem Grab von Ramses VI. und kraxelte dann eine hohe Geröllhalde am Grabeingang hinauf, hemdsärmelig und ohne Hut. Anfangs kam er schnell voran, geriet dann aber ins Rutschen. Ein paarmal trat er daneben und balancierte mit den Armen, um das Gleichgewicht wiederzuerlangen. Als er schließlich den Gipfel erreicht hatte, stand er bewegungslos da und schaute finster in den Himmel. Seine Gestalt zeichnete sich in der untergehenden Sonne scharf ab, als er plötzlich einen Stein nahm und ihn gegen eine Felswand warf. Erst einen, dann noch einen, dann ganze Hände voll, immer mehr und mehr – wie Pistolenschüsse hörte ich die Einschläge in der reinen Luft widerhallen.

Da meine müde, störrische Eselin am Talausgang einfach stehen geblieben war, gab der Junge ihr einen heftigen Klaps auf den Hintern. Sie trat aus, scheute und hätte mich fast abgeworfen, und als ich endlich mein Gleichgewicht wiedergefunden hatte und sie wieder lostrottete, hatte sich Carter auf den Schiefer gesetzt und lehnte an einem Felsen.

Ich sah ein letztes Mal zurück, als er eine Flasche aus seiner Tasche nahm. Er hob sie an, es blitzte silbern, dann schüttete er den Inhalt in sich hinein. Wir ritten um die Felsnase herum und begaben uns in gemächlichem Tempo zum Amerikanischen Haus. Carter blieb zurück und hatte das Tal für sich allein.

## 15

Als wir am nächsten Morgen im Amerikanischen Haus frühstückten, wurde Helen eine handschriftliche Nachricht überbracht. Das Frühstück neigte sich schon dem Ende zu. Frances und ich saßen am Ende des langen Esstischs, und die meisten Archäologen, einschließlich des liebenswürdigen Harry Burton, waren bereits aufgebrochen. Nur Minnie Burton saß noch an ihrem Platz am anderen Tischende. Sie hatte üppig gefrühstückt und sich großzügig vom Bacon, dem Rührei und von den Pfannkuchen bedient, die auf einem Sideboard in Servierbehältern warm gehalten wurden. Jetzt verzehrte sie genüsslich eine Scheibe Toast mit Marmelade, den Kopf über ein Buch gebeugt, in dem sie während der gesamten Mahlzeit gelesen hatte. Die Übergabe der Nachricht verfolgte sie hingegen mit großem Interesse, wie ich sah – wobei Minnie sowieso stets auf alles achtete, was im Haus geschah. Ihrem scharfen Auge entging fast nichts. Helen las, lächelte, schüttelte den Kopf und reichte den Zettel dann ihrem Ehemann, der bereits auf dem Weg zur Tür war. Er war spät dran für seine Grabungen.

»Erstaunlich.« Winlock lachte. »Etwas, das mehr einer Entschuldigung ähnelt als das hier, wirst du von Carter nie bekommen. Betrachte es als große Ehre.«

Der Zettel wurde an Miss Mack weitergereicht, die zwar eine Augenbraue hochzog, aber keinen Kommentar abgab. Auch Frances und ich bekamen die Nachricht schließlich zu lesen, da sie auch an uns gerichtet war.

*Meine liebe Helen und auch liebe Miss Mackenzie, Frances und Lucie,*
*heute werde ich an meiner Grabungsstätte im Tal sein. Sie sind herzlich eingeladen sie zu besichtigen sollte das von Interesse für Sie sein. Sollte es Sie reitzen was ich hoffe würde ich Sie im Anschluss daran in meine »Burg« zum Tee einladen.*
   *Hochachtungsvoll*
   *Howard Carter*

»Rechtschreibung ist für ihn ein Buch mit sieben Siegeln, Myrtle, und er wird sie auch nicht mehr lernen.« Helen seufzte. »Zeichensetzung ist auch nicht seine Sache, und zu einer Entschuldigung würde er sich nie herablassen. Eigentlich ist er ein unmöglicher, ungehobelter Kerl, aber ...«

»Ach was, das Briefchen ist doch nett. Irgendwie sogar rührend.«

»Soll ich die Einladung dann annehmen? Ich würde mir sehr wünschen, dass Sie und Lucy sein Haus zu sehen bekämen. Wir könnten ihn gleich heute Nachmittag besuchen. Der Junge, Hosein, wartet noch auf eine Antwort.«

»Können wir uns denn darauf verlassen, dass er dieses Mal besser gelaunt ist?«, fragte Miss Mack trocken.

»Nicht im Mindesten. Aber sollten wir das Risiko nicht eingehen? Jetzt kommen Sie schon, Myrtle. Helfen Sie mir, ihm eine sehr förmliche Antwort zu schreiben.«

Als die beiden Frauen uns verließen, blätterte Minnie Burton demonstrativ eine Seite ihres Buchs um. »Tja«, sagte sie, »gestern zu Tisch mit Carnarvon und Carter, heute Nachmittag Carters Burg. Ihr seid ganz schön begehrt, ihr kleinen Mädchen, was?«

»So muss es wohl sein, Mrs Burton«, antwortete Frances nach außen hin wohlerzogen, der Tonfall jedoch exakt an der Grenze zur Unverfrorenheit. »Ich frage mich selbst, warum das so ist.«

»Das frage ich mich allerdings auch.« Minnie schaute auf und bedachte uns mit einem skeptischen Blick. »Eines ist jedenfalls sicher – Howard Carter interessiert sich nur für Menschen, wenn sie ihm nützlich sind. Entweder habt ihr ihm bereits einen Dienst erwiesen, oder er wird demnächst irgendeinen Nutzen aus der Bekanntschaft mit euch ziehen wollen. Was denkt ihr, meine Lieben?«

»Ach, das glaube ich nicht«, antwortete Frances leutselig. »Ich würde sagen, er mag uns einfach. Er behauptet, Lucy sei eine fantastische Beobachterin.«

»Behauptet er das? Soso. Wie überaus schmeichelhaft. Und du? Verfügst du auch über diese Fähigkeit?«

»Ich? Wo denken Sie hin, Mrs Burton. Ich mache nur Unsinn und bringe Carter zum Lachen.«

»Nun, ich muss gestehen, dass ich seinen Humor nicht gerade teile.« Minnies kalte blaue Augen ruhten erst auf Frances' Gesicht, dann auf meinem. »Als ich klein war, haben Kinder wesentlich weniger gesprochen als du, Frances. Sie waren da, aber es war kein Mucks von ihnen zu hören.«

»Aber wir sind doch sogar noch besser«, erwiderte Frances geistesgegenwärtig. »Wir geben uns alle Mühe, nicht einmal anwesend zu wirken. Wir versuchen, unsichtbar zu sein, was uns oft genug gelingt.«

Das nun folgende Schweigen war eher unbehaglich. »Allmählich wird mir einiges klar«, sagte Minnie schließlich. Sie war rot geworden und erhob sich mit gerunzelter Stirn. »Überaus komisch. Dazu kann ich nur sagen, dass ihr euch vielleicht über eure Witzchen amüsieren mögt, du und deine kleine Freundin, ich hingegen nicht darüber lachen kann. Haltet euch meinetwegen für sehr schlau, aber ihr kennt doch die Redewendung: ›Wer zuletzt lacht, lacht am besten‹? Und was das bedeutet, werdet ihr vielleicht bald schon herausfinden.« Sie nahm ihr Buch, markierte die gelesene Seite mit einem alten Briefumschlag, steckte es unter den Arm und verließ den Speisesaal. Hinter ihrem Rücken zog Frances eine Grimasse.

»Großartig, Frances«, sagte ich. »Wirklich großartig. Jetzt weiß sie, dass wir Spione sind.«

»Das wusste sie ohnehin schon. Wahrscheinlich hat sie es irgendwie herausbekommen, sie ist ja nicht blöd. Ich denke, sie hat uns auf der Terrasse des Shepheard Hotels gesehen und zwei und zwei zusammengezählt. Aber was soll's? Sie kann sowieso nichts machen. Über Poppy traut sie sich kein Wort mehr zu sagen, nachdem Carnarvon sie so bloßgestellt hat. Aber was sollte dieser Kommentar zum Schluss? Und hast du den Titel ihres Buchs erkennen können?«

»Nein. Ich hab's versucht, aber sie hat die Hand draufgehalten. Du?«

»Ich hab's auch versucht, aber vergeblich. Für einen Roman war es jedenfalls zu dick. Ohnehin begibt sich Queen Min normalerweise nie in die Niederungen der Fiktion – sie fühlt sich Menschen und Büchern überlegen. Eine Biografie vielleicht? Oder ein Nachschlagewerk? Ist dir aufgefallen, dass sie demonstrativ damit herumgefuchtelt, den Titel aber gleichzeitig verborgen hat?«

»Ja. Vielleicht war es ja ein Buch aus der hiesigen Bibliothek. Ich meine, ich hätte auf dem Einband einen Stempel gesehen.«

»Ich werde es nachprüfen, Lucy, das ist immerhin ein Ansatz. Wir müssen Queen Min auf jeden Fall im Auge behalten – irgendetwas führt sie im Schilde.«

Minnie Burton zu beobachten war ein prima Zeitvertreib, doch leider verlief unsere Spionagetätigkeit ständig im Sand. Die erste Fehlanzeige war Frances' Versuch in der Bibliothek, die mit archäologischen Referenzwerken nur so vollgestopft war. Den restlichen Morgen über waren wir dann unentwegt mit anderen Dingen beschäftigt, doch weder Helen noch Miss Mack mochten es, wenn wir den Tag so vertrödelten, daher wurden wir auf unser Zimmer verbannt, um unsere Ballettübungen zu machen. Im Anschluss daran mussten wir auf der Veranda eine Stunde lang Hieroglyphen und ägyptische Geschichte lernen, und schließlich stellte man uns auch noch Staffeleien vor das Haus, damit wir Aquarelle von den Thebanischen Bergen malten.

In diesem Moment tauchte Minnie Burton wieder auf und erklärte Helen säuerlich, dass es schön sei, die Kinder einstweilen sinnvoll beschäftigt zu sehen. »Vielleicht hat Frances ja Ihr

Talent geerbt«, sagte sie liebenswürdig. »Neulich habe ich noch zu Harry gesagt, wie schade es ist, dass Sie die Malerei nie professionell gelernt haben. Für einen Laien malen Sie ausgesprochen zauberhaft. Irgendwann müssen Sie mich porträtieren – als kleines Andenken.«

»Besser nicht. Ich kenne doch meine Grenzen.«

»Sie sind zu bescheiden, meine Liebe. Aber ich meine ja auch kein richtiges Porträt, nicht über die Maßen anspruchsvoll.«

»Aber ich würde Ihnen doch niemals gerecht werden, Minnie. Das Ergebnis wäre nur unvorteilhaft. Und jetzt entschuldigen Sie mich bitte, ich muss mich um die Mädchen kümmern. Wo habe ich nur wieder meine Brille gelassen?«

Helen ließ Minnie Burton stehen und zog sich dann, sobald Frances und ich mit unseren Bildern beschäftigt waren, ans andere Ende der Veranda zurück, um sich in aller Ruhe mit Miss Mack zu unterhalten. Minnie hingegen, die von Frances und mir aufmerksam beobachtet wurde, setzte sich in einen Kolonialsessel und schlug ihr Buch wieder auf. Minutenlang starrte sie hinein und blätterte ständig hin und her, während Frances und ich uns ganz darauf konzentrierten, unsichtbar zu sein. Ich malte einen engen Kranz von gezackten Felsen, aber dann rann mir die Farbe vom Himmel herab und ruinierte das ganze Bild. Frances malte einen Weg durch die Felsen, den sie sich ausgedacht hatte – von unserem Standpunkt aus war jedenfalls keiner zu sehen. Dann schien sie die unbelebte Landschaft plötzlich langweilig zu finden und pinselte eine Gestalt mit einem komischen Hut hinein. Das sei Jones, erklärte sie, der traurige, tuberkulosekranke Waliser Archäologe, der auf die Thebanischen Berge schaute und seine Heimat sah. Erst als aus der Tiefe des Hauses der Gong zum Mittagessen ertönte, kam unsere Chance. Die Erwachsenen waren kaum in den Speiseraum verschwunden, als Frances und ich auf der Veranda schon das verdächtige Buch in der Hand hielten.

»KV«, sagte Frances, als ich zu ihr trat. »Sie hat es tatsächlich vergessen. Schnell, setz dich drauf. Und wenn sie zurückkommt, um danach zu suchen, sagst du einfach, du hättest es nicht gesehen. Ich brauche zwei Sekunden, Lucy. Rühr dich nicht vom Fleck.«

Das schwere Buch mit dem Ledereinband trug den Stempel des Met und stammte, wie wir bereits vermutet hatten, tatsächlich aus der Bibliothek des Amerikanischen Hauses. Es handelte sich um *Burke's Peerage, Patronage and Knightage* – den einschlägigen britischen Adelsführer. Schnell setzte ich mich auf den Wälzer. Minnie Burton, die allzu gern aß, immer pünktlich zu den Mahlzeiten erschien und während dieser liebend gern an Mrs Lythgoes Kochkünsten herummäkelte, hatte aber offenbar andere Dinge im Kopf. Sie kehrte nicht zurück. Wenige Minuten später tauchte Frances wieder auf und hielt begeistert ein Rasiermesser hoch.

»Wusste ich es doch!«, sagte sie und riss mir den *Burke's* aus der Hand. »Das ist das Exemplar von Mrs Lythgoe. Sie besitzt tonnenweise von dem Zeug und dann noch etliche Bände des *Who's who* und des *Gothaer Almanachs*. Wenn sie ein großes Essen gibt, kann sie damit die Leute ihrem Rang entsprechend empfangen und am Tisch platzieren. Wir haben Glück – gerade noch rechtzeitig! Queen Min ist auf Seite zweihundertfünfzig, also fast am Ende des Buchstabens G. Sie geht alphabetisch vor, weil sie nicht genau weiß, nach welchem Namen sie suchen soll. Ich weiß es allerdings. Gott sei Dank, dass sie noch nicht bei H ist, dann hätten wir nämlich ein echtes Problem. Warte, ich hab's gleich. Halte das Buch mal fest. Genau, perfekt, hier und hier kann ich schneiden. Der ganze Eintrag lässt sich sauber heraustrennen. Wenn Minnie nicht auf die Seitenzahlen achtet, was sie mit Sicherheit nicht tut, wird sie es gar nicht bemerken.«

Mit sicherer Hand öffnete Frances das Rasiermesser, schnitt ins Papier und entfernte zwei Seiten, die sie mir reichte. Dann drehte sie das Buch um, schüttelte es, um sicherzustellen, dass nicht noch andere Seiten herausfielen, und legte es schließlich wieder auf den Tisch. Der chirurgische Eingriff hatte weniger als eine Minute gedauert. Schnell begaben wir uns ins Haus und durchquerten gerade plappernd die Halle, als Frances plötzlich wieder »KV« zischte und Mrs Burton aus dem Speisesaal trat.

»Habe ich mein Buch auf der Veranda vergessen?«, fragte sie und starrte uns an, als wir an ihr vorbeigingen. »Was ist denn mit euch passiert? Ihr habt ja überall Farbe im Gesicht – wie zwei Wilde seht ihr aus.«

»Ich habe kein Buch gesehen, Mrs Burton, tut mir leid. Wir gehen uns vor dem Essen nur waschen!«, rief Frances über die Schulter und zog mich weiter. Dann trat sie schnell ins Schlafzimmer ihrer Eltern, legte das Rasiermesser ihres Vaters zurück auf den Waschtisch, zog mich in die Gemeinschaftstoilette des Amerikanischen Hauses und verriegelte die Tür.

»Diese alte Hexe«, sagte sie und lehnte sich an die Tür. »Ich wusste doch, dass sie etwas sucht. Und zwar das hier, fast am Anfang des Buchstaben H. Siehst du?«

Mit dem Finger deutete sie auf die zweite Seite, die sie herausgeschnitten hatte. Ich starrte auf die kleinen Buchstaben und versuchte, mir einen Reim auf all die Abkürzungen zu machen. Ein Absatz, auf den Frances deutete, erläuterte die Abstammungslinie einer Familie namens Hallowes, Baronets aus Hampshire. Am Ende der langen Liste wurde ein Captain Sir Roland Hallowes, MC, DSO genannt. Keine Nachkommen. Er war 1917, vor fünf Jahren, mit einundzwanzig in der Schlacht von Arras gestorben, unverheiratet.

»Ich verstehe kein Wort«, sagte ich. »Wer sind diese Hallowes? Und warum sollte Mrs Burton sie nachschlagen wollen?«

»Schau auf den vorletzten Eintrag.«

Ich tat wie geheißen. Captain Sir Roland hatte zwei Schwestern namens Octavia und Poppea. Alle drei waren sie Kinder eines gewissen Sir Quentin Hallowes, der 1912 verschieden war. Als ich die Namen der Schwestern sah, die Geburtsdaten und die Einzelheiten ihrer Verehelichung, breitete sich sofort der vertraute ungesunde Nebel in meinem Kopf aus. »Sag, dass das nicht wahr ist, Frances. Das kann nicht sein ...«

»Natürlich ist es so. Weil die Ausgabe nicht die aktuellste ist, wird nur Poppeas erste Ehe aufgeführt, aber das würde Mrs Burton schon reichen. Sobald sie das sehen würde, wäre ihr klar, dass sie auf der richtigen Spur ist. Poppea ist natürlich Poppy, und Roland war ihr Bruder. Poppy hat mir mal von ihm erzählt. Man hätte ihm posthum fast das Victoria-Kreuz verliehen. Er war unglaublich mutig – was Poppy auf ihre Weise ja auch ist. Sein Kavallerie-Regiment hat die Pferde direkt in eine deutsche Maschinengewehrstellung gelenkt, und dann wurde jeder Einzelne ...«

»Aber das kann trotzdem nicht sein, Frances. Hier, schau. Poppeas Vater ist tot. Er ist vor zehn Jahren gestorben.«

»Ich weiß. Poppy hat ihn sehr verehrt. Sie redet ständig von ihm.«

»Aber er kann nicht tot sein. Er ist doch in seiner Villa in Frankreich. Die Ärzte dachten, er habe eine Lungenentzündung, und Poppy ist jetzt bei ihm.«

»Oh, Lucy, du willst doch wohl nicht sagen, dass du das alles geglaubt hast?«

»Natürlich habe ich das geglaubt. Lord Carnarvon hat es doch in allen Einzelheiten dargelegt.«

»Stimmt, er war wirklich brillant. Ich wünschte wirklich, ich könnte auch so gut lügen wie er. Aber das war eine Notlüge, für die er edle Motive hatte, weil er Poppy schützen musste. Es war also nur ein bisschen geschwindelt. Trotzdem muss Queen Min Verdacht geschöpft haben und will sich jetzt vergewissern, was ihr aber nicht gelingen wird.«

Ich ging zum Waschbecken. Aus dem Hahn floss rostfarbenes Wasser, mit dem ich mir die gelbe, scharlachrote und blaue Farbe von den Händen wusch. Mein Aquarell war eine einzige Schmiererei geworden. Ich konnte nicht malen, ich erkannte keine Lügen, ich war eine miserable Beobachterin, ich hatte kein Gespür für die Wahrheit. Dann aber dachte ich an Rose und Peter, an den kleinen Jungen, der mir von einem Hotelbalkon zugewinkt hatte. Nach einer Weile schaute ich wieder auf. Frances trocknete sich gerade die Hände ab. »Wenn aber nichts davon stimmt«, fragte ich vorsichtig, »wenn Poppy nicht bei ihrem Vater in Frankreich ist, wo ist sie dann?«

Zum ersten Mal entdeckte ich so etwas wie Zweifel und Angst

in Frances' Augen. »Ich weiß nicht. Vermutlich weiß es keiner. Niemand will mir etwas sagen, Lucy. Ich tappe also genauso im Dunklen wie du.«

»Aber Peter und Rose denken doch, dass sie bald zurückkommt. Was hat man ihnen für Lügen erzählt? Rose muss doch wissen, dass ihr Großvater tot ist, auch wenn Peter es vielleicht noch nicht versteht.«

»Ich weiß nicht, was man ihnen erzählt hat. Vielleicht, dass Poppy bei Freunden ist. Niemand will, dass sie sich Sorgen machen. Du darfst ihnen nichts davon erzählen, Lucy, versprich es mir.«

»Ich sage nichts, natürlich nicht. Aber es ist doch grausam, wenn man sie in dem Glauben lässt, ihre Mutter könnte jeden Moment zurückkommen. Da kann doch alles Mögliche passiert sein, Frances, Poppy könnte überall sein. Vielleicht dauert es noch Monate, bis sie sich dazu herablässt, mal wieder aufzutauchen. Das ist wirklich das Allerletzte! Ich kann nicht begreifen, was ich je an ihr finden konnte. Im Prinzip kümmert sie sich überhaupt nicht um ihre beiden Kinder. Wenn sie Rose und Peter lieb hätte, würde sie ihnen das niemals zumuten. Keine Mutter würde das. Sie ist einfach nur eine selbstsüchtige, eitle, dumme Frau.«

»Das ist sie nicht, ganz bestimmt nicht. Sag das nie wieder, Lucy.« Frances war rot angelaufen, ihre Augen glänzten. Den Tränen nahe verteidigte sie Poppy d'Erlanger. Manchmal vergaß ich ganz, dass sie jünger war als ich. Nicht dass die paar Jahre einen großen Unterschied machten, denn ich fühlte mich ebenfalls den Tränen nahe. Aber mir war klar, dass wir uns streiten würden, wenn ich noch etwas erwiderte, daher beherrschte ich mich, und wir gingen zum Mittagessen, während dem mir all die so wohlgemeinten Lügen im Kopf herumschwirrten. Da Frances und ich auch in diesen Betrug involviert waren, der mit Sicherheit ganz harmlos war, verspürte ich doch Schuldgefühle und ein wachsendes Unbehagen. Frances hatte sich wie immer schneller gefasst als ich, und ihr erfindungsreicher Geist war dem meinen längst einen Schritt voraus. Als wir nach dem Essen vom Tisch aufstehen durften, hatte sie bereits einen Plan, was mit den entwendeten Seiten des *Burke's* zu geschehen hatte. Eine heikle Aufgabe, wie sie erklärte, stand uns bevor: Wir mussten die Beweise vernichten.

Auf dem Weg in unser Zimmer schlug ich die gewöhnlichen und praktischen Methoden vor, wie wir dabei vorgehen könnten, aber Frances tat alles mit großer Geste ab. Mich beschlich der Verdacht, dass sie in ihrem Hang zum Zeremoniell immer irgendeinen feierlichen Hokuspokus brauchte.

Bevor wir zum Tal aufbrachen, blieb uns lediglich Zeit für die ersten Vorkehrungen. Sobald wir in unserem Zimmer waren, rissen wir die Seiten des *Burke's* in kleine Stücke, und erst als wir die uralte Abstammungslinie zu Konfetti verarbeitet hatten, war Frances mit dem Resultat zufrieden. Sie holte eine kleine lederne Puppentasche hervor, in die wir sämtliche Schnipsel hineinstopften. Ich merkte, dass sie sich nur ungern von der Tasche trennte, da sie alles Auffällige, Schrille liebte, während ihre Mutter ihr immer schlichte Dinge nahezubringen versuchte. Die dunkelrosa Tasche aus weichem Handschuhleder in Herzform war sicher einer von Frances' wertvollsten Schätzen, doch ich musste zugeben, dass es ein geeignetes Behältnis für Poppys Geheimnisse war, und so einigten wir uns gemeinsam darauf, die Tasche zu »opfern«. Mit ihrer blühenden Fantasie ging Frances offenbar davon aus, dass ein Opfer Poppy schneller zurückbringen und alles zum Besten regeln würde. Darin war sie zweifellos das Kind ihres Vaters, die Tochter eines Archäologen: Ihr war bewusst, wie launisch Götter sein konnten und wie wichtig es war, sie gnädig zu stimmen.

Also steckte Frances die Tasche heimlich ein und nahm sie am Nachmittag mit ins Tal. Falls sie ein bestimmtes Ritual oder Versteck im Sinn hatte, behielt sie es beharrlich für sich. Carters Grabungsstätte lag tief in einem abgelegenen Arm des Tals, nahe dem Grab des Pharaos Siptah, das man vor etwa siebzehn Jahren entdeckt hatte. Auch Siptahs bemitleidenswerten Körper hatte ich im Ägyptischen Museum gesehen, verkrümmt und mit verkümmerten Füßen, vielleicht infolge von Kinderlähmung, wie Frances' Vater vermutete. Als wir an der Grabstätte des verkrüppelten Königs ankamen, war ich derart überwältigt, dass ich Frances' heimliche Pläne sofort vergaß. Natürlich wusste ich, dass Carter die Tonnen von Schutt vor Siptahs Grab räumen ließ, aber bevor ich es nicht mit eigenen Augen gesehen hatte, war mir nicht klar gewesen, was das für eine gewaltige Aufgabe war. Das Tal glich einem riesigen Steinbruch – und tatsächlich *war* es auch ein Steinbruch. Über die Jahrhunderte hinweg waren Tausende von Tonnen Kalkstein und Feuerstein aus den Felsen geschlagen und einfach irgendwo liegen gelassen worden.

Große weiße Staubwolken stiegen auf und wirbelten durch die sengende Hitze. Schon von Weitem konnte man sie sehen, kam man näher, wurden sie noch dichter und beißender. Carter selbst war so weiß wie ein Gespenst, genauso wie die Arbeiter und die arabischen Jungen mit ihren Körben. Etwa vierzig erwachsene Männer waren dort an der Arbeit: Sie gruben, schleppten, siebten und schaufelten. Die Anzahl der Jungen lag erheblich höher, vielleicht waren es hundert, manche so alt wie ich, manche noch deutlich jünger. Leichtfüßig, flink und gelenkig liefen sie zwischen den Felsen hin und her und luden Schutt in ihre Körbe. Er wurde gesiebt, untersucht und dann in offenen Kisten auf ein handbetriebenes Schienensystem verladen – eine Decauville-Bahn, wie Carter erklärte, als er von einem Schutthaufen heruntergesprungen und zu uns gekommen war.

»Die kostet Carnarvon ein hübsches Sümmchen«, verkündete er mit einem breiten Grinsen. »Ist aber ihr Gewicht in Gold wert. Mir ist unbegreiflich, wie wir je ohne sie auskommen konnten. Jetzt karren wir mit ihr den Schutt aus dem Tal und laden ihn dort ab, wo er nicht stört. Die Männer füllen die Kisten, schieben sie eine ganze Strecke, holen dann die Schienen von hinten, setzen sie vorn wieder an, und weiter geht's. Die Teile lassen sich aneinanderklicken wie bei einem *Meccano Set*, dem besten Spielzeug, das ich in meiner Kindheit je hatte. In null Komma nichts haben wir den Schutt einen halben Kilometer weit transportiert, weiter noch sogar. Helen, Miss Mackenzie, stört Sie der Staub auch nicht? Kommen Sie, ich zeige Ihnen, wie weit wir schon sind. Frances, stell Lucy doch bitte Girigar vor, er freut sich schon darauf, euch zu sehen.«

Nie zuvor hatte ich Carter so überschwänglich erlebt. Der Staub, die Kakophonie der Geräusche und das allgemeine Geschrei schienen ihm nicht das Geringste auszumachen. Miss Mack und Helen zogen ihre Schleier herab, die sie an ihren Hüten befestigt hatten, und bahnten sich vorsichtig einen Weg durch den tückischen Schutt. Carter schritt lachend und gestikulierend voran. Nichts erinnerte mehr an die hässliche Szene vom Mittagessen des Vortags, nichts an den Mann, der allein im Tal verblieben war und Steine gegen eine Felswand geworfen hatte.

»Hier entlang, Lucy«, sagte Frances. »Folge mir einfach.« Sie führte mich einen schmalen Pfad hinauf und umging so den Bereich, in dem die Männer arbeiteten. Wir bestiegen eine kleine, etwas abgelegene Anhöhe, wo der Staub nicht mehr ganz so dicht war, und stießen dort auf eine sonderbare Konstruktion, die an einen Käfig erinnerte. Der obere Teil war mit einer Leinwand bedeckt, die Seiten bestanden aus fein durchbohrtem Metall wie der Fliegenschutz einer Speisekammer. Vor dem Käfig hingen Musselin-Vorhänge, im Innern stand ein gepolsterter Stuhl.

»Der gehört Lord Carnarvon«, sagte Frances. »Er schützt ihn vor Fliegen und Staub. Heute ist er im Hotel geblieben, weil aus Kairo Leute gekommen sind. Irgendwelche Funktionäre, nehme ich an – wichtige Menschen jedenfalls. Eve sagt, er müsse sich unbedingt mit ihnen treffen. Wenn Carnarvon aber hier bei der Grabungsstätte ist, also fast immer, dann sitzt er auf diesem Stuhl.«

»Auf dem da drinnen?« Ich starrte auf den Käfig. »Aber was tut er dann?«

»Nun, er kann von hier aus die Dinge gut im Auge behalten, es ist der perfekte Aussichtspunkt. Und dann liest er und nickt vermutlich gelegentlich ein. Bestimmt wird er auch an die Besitzungen seiner Ahnen denken, an seinen Zuchthengst und seine Rennpferde. Aber sicher träumt er vor allem davon, einen Schatz zu entdecken.« Sie grinste. »Wer weiß das schon? Aber man kann wohl kaum erwarten, dass sich ein englischer Lord die Finger schmutzig macht. Wenn sie allerdings etwas finden, was meistens nicht der Fall ist, schickt Carter jemanden hoch, um den Lord zu informieren und ihn zur gemeinsamen Begutachtung herunterzubitten. Carnarvon schaut dann auf ein Bruchstück von einem alten Tongefäß oder auf ein Ostrakon und erklärt: ›Aha, gut gemacht, mein alter Freund. Außerordentlich interessant‹, und zieht sich wieder in seinen Käfig zurück.« Frances traf Carnarvons gezierten Tonfall perfekt. Sie war eine gnadenlose Imitatorin.

»Wird ihm denn dabei nie langweilig?«

»Sterbenslangweilig, würde ich sagen, du nicht? Eve ist ständig bei ihm und tut alles, um ihn zu unterhalten. Sie ist so lieb und herzensgut und so redlich bemüht. Früher, vor dem Krieg, als Carnarvon und Carter noch zusammen gearbeitet haben, war das sicher eine gute Sache. Damals gruben sie noch nicht im Tal und haben eine Menge interessanter Funde gemacht. Aber seit sie hier sind … Jahrelange Plackerei, aber nichts vorzuweisen, stell dir das nur vor! Lordy muss doch langsam die Nase voll haben. Sicher, ihm gefällt das Winter Palace mit all den Dinners und Partys und Besuchen von Freunden, und dann kauft er auch gern antike Schätze.« Sie kniff die Augen zusammen. »Mit Carters Hilfe hat er eine außergewöhnliche ägyptische Sammlung aufgebaut, musst du wissen. Daddy sagt, es sei eine der besten Privatsammlungen der Welt. Lordy hat einen sehr guten Blick für die Stücke und Carter einen noch besseren, das ist also ein gewisser Trost. Trotzdem müsste ihm doch langsam dämmern, dass es einfacher ist, schöne Dinge zu kaufen, als sie auszugraben. Ich meine, schau dich doch um!« Sie zeigte auf die Arbeiter, die sich unter uns abrackerten. »All die Schufterei, und trotzdem könnten sie ein Grab um Haaresbreite verpassen.«

»Wenn es eins gibt und es nicht geplündert ist.«

»Das sowieso. Komm, ich will dir Girigar vorstellen.« Sie zog mich zu einem kleinen Zelt. »Er ist schon seit Jahrzehnten Carters Vorarbeiter. Vorher hat er für den Waliser gearbeitet, für Harold Jones. Mr Carter sagt, Girigar habe das schärfste Auge im ganzen Tal. Mein Gott, wie ist das heute heiß! Und sind die Fliegen nicht grauenhaft?«

Durch den Zelteingang traten wir in einen stickigen, luftleeren Schatten. Dort wurde ich Girigar vorgestellt, einem mageren älteren Mann, der uns mit großem Gewese begrüßte. Er machte uns mit einem Petroleumkocher Tee und öffnete eine Dose mit Rich Tea Biscuits. Irgendwann führte er mich zum Zeltausgang und erklärte mir das Grabungssystem, mit dem sie arbeiteten. Obwohl er an der aktuellen Stelle offenbar keine großen Entdeckungen erwartete, schien es ihn mit Stolz zu erfüllen, dass es sich fast um ein Familienunternehmen handelte. Zwei der Aufseher seien Brüder von ihm, erklärte er, und der Mann, der die Decauville-Bahn überwachte, sei sein ältester Sohn. Der kleine Junge wiederum, der die Wasserflasche trug, sei sein Enkel. Morgen werde er sechs – ein schlimmer Junge, der immer nur Unsinn im Kopf habe.

»Wie heißt er denn?«, fragte ich.

»Ahmed.« Er verdrehte die Augen. »Jahrelang hat er mich belagert: ›Großvater, warum darf ich nicht wie die anderen Jungen mit ins Tal kommen und arbeiten? Schau, wie stark ich schon bin!‹ Irgendwann bin ich dann zu Mr Carter gegangen und habe gesagt: ›Mr Carter-sir, haben wir nicht eine Arbeit für meinen Enkel, der meinen Namen trägt und ein guter, fleißiger Junge ist? Er wird Ihnen gewiss viel Freude machen.‹ Und Mr Carter sagte: ›Ahmed Girigar, da Sie es sind, der mich darum bittet, will ich einverstanden sein.‹ Deshalb ist der Junge nun hier, aber um was zu tun? Zu schlafen und zu spielen. Ansonsten interessiert ihn nur eines: mit der Feldbahn zu fahren, darauf herumzuhüpfen, herunterzufallen und sich den Schädel einzuschlagen. Ich sage zu ihm: ›Tu das ein Mal, und ich vergebe dir. Tu das ein zweites Mal, und ich prügle dich eigenhändig von dem Ding herunter.‹« Girigar lächelte traurig. »Aber das war natürlich gelogen, Miss. Ich bin ein alter Narr und vergöttere meinen missratenen Enkel. Ihm ist das allerdings nicht klar, schauen Sie.« Girigar baute sich vor dem Zelt auf, schüttelte die Faust und schrie eine Reihe von Beschimpfungen. Sein kleiner Enkel, der sich in einen schattigen Winkel verzogen hatte und damit beschäftigt war, Steine hüpfen zu lassen, sprang sofort auf und eilte davon, um die Wasserflasche aufzufüllen. Fast wäre er mit Helen und Miss Mack zusammengestoßen, die sich soeben, über und über mit weißem Staub bedeckt, ebenfalls ins Zelt zurückziehen wollten. Sofort setzte Girigar frisches Teewasser auf. Frances, die schon eine Weile in Gedanken versunken war und nun den Blick noch einmal über die Felsen unter uns schweifen ließ, nahm meine Hand. »Schnell«, flüsterte sie. »Jetzt ist die Gelegenheit, Lucy.«

Sie erzählte ihrer Mutter, dass wir die fantastische Decauville-Bahn in Augenschein nehmen wollten, und zog mich in den wirbelnden Staub hinaus. Sobald wir außer Sicht waren, führte sie mich in ein enges Wadi auf der anderen Talseite, in das wir hineinliefen, bis wir uns hinreichend von den Arbeitern entfernt hatten und vor neugierigen Blicken geschützt waren. Knallrot und schwitzend hielten wir an einer Stelle, die von großen und mit Rillen durchzogenen Felsen umgeben war. Die Hitze war schier unerträglich, kein Lüftchen regte sich. Frances holte die dunkelrosa Tasche mit den Beweisschnipseln heraus. »Jetzt müssen wir graben«, sagte sie. »Hier an diesem Felsen. Das ist die perfekte Stelle.«

Ich musterte den rosaroten Felsen unsicher. Er war verwittert, abgeschliffen, tief eingeschnitten und größer als ein Mensch. Sand und Wind hatten ihm, betrachtete man ihn mit zusammengekniffenen Augen, fast weibliche Formen verliehen. Ich konnte Steinbrüste und Rundungen erkennen, die Oberschenkel und Hüften sein könnten, dazu blinde Augen in einem schönen, aber emotionslosen Gesicht. Ich streckte die Hand aus und strich über die langen Locken, die sich in Kalksteinrillen über den schlanken, verletzlich wirkenden Hals schlängelten, als sich etwas bewegte. Ich fuhr zurück. »Gibt es hier Skorpione?«, fragte ich.

»Um Gottes willen, Lucy! Wir graben doch nur ein winziges Loch. Jetzt mach schon.«

Wir knieten uns nieder und gruben im Sand und im Boden unter dem Felsen. Kein leichtes Unterfangen, da der Grund ziemlich fest war. Der bröckelnde Sandstein hatte sich in den Sturzfluten nach den Regenfällen mit Wasser vollgesogen und eine harte Substanz gebildet, fast wie angetrockneter Zement. Wir zogen jede eine Sandale aus und versuchten es damit. Mit ihrem festen Leder waren sie ziemlich robust und erwiesen sich als perfektes Werkzeug. Nach fünfzehn Minuten schweißtreibender Arbeit, bei der wir uns die Hände aufrissen und die Nägel abbrachen, war unser Versteck ungefähr dreißig Zentimeter tief. Frances zog mich hoch, forderte mich auf, den Kopf zu senken und mich zu konzentrieren, und rezitierte dann etwas, das sie als ein heiliges Gebet an die mächtigen Schwestern Isis und Nephthys ausgab. Es würde für Poppys baldige Rückkehr sorgen, ihre Geheimnisse auf ewig bewahren und unter ihren Feinden Verwirrung stiften – an erster Stelle natürlich bei Minnie Burton. Ich nahm an, dass es sich eher um selbstgestrickten Hokuspokus handelte, aber Frances trug das Gebet mit einer solchen Überzeugung und einem derart flehenden Unterton vor, dass es seinen Eindruck auf mich nicht verfehlte. Zunehmend begann ich selbst, an seine Wirkung zu glauben, und so schloss ich die Augen und sprach ebenfalls eine stumme Beschwörung. Sie verließ meinen Körper, stieg in die stille, heiße Luft auf und schraubte sich immer höher empor, bis sie die himmlischen Gefilde erreichte, wo die Schwarzmilane kreisten und die Götter warteten.

»Geliebte und hochverehrte Göttinnen«, sagte Frances, die jetzt ins Englische überwechselte, »oh, Isis und Nephthys, mögen eure Flügel Poppy d'Erlangers Geheimnisse schützend bewahren und unsere Freundin unverzüglich zu uns und Peter und Rose zurücktragen.« Frances machte eine Pause, dann fügte sie hinzu: »Und jetzt gib mir dein *ankh*, Lucy.«

»Was?« Ich trat einen Schritt zurück. »Aber davon war nie die Rede. Das bekommst du nicht.«

»Ich weiß, dass du es bei dir trägst. Du hast es immer dabei. Wir müssen beide etwas opfern, sonst funktioniert es nicht.«

»Aber das *ankh* ist ein Geschenk, etwas ganz Besonderes.«

»Ich weiß, dass es etwas Besonderes ist, genau das ist ja auch der Punkt. Es muss etwas sein, an dem man wirklich hängt. Ich opfere Poppys Lippenstift. Schau.« Sie holte den Lippenstift aus der Tasche und betrachtete ihn traurig. »Jetzt komm schon, Lucy, gib mir das *ankh* und lass das Murren. Wenn man ein Opfer bringt, muss man es frohen Herzens tun, das weißt du doch wohl, oder?«

Das ging mir zwar entschieden zu weit, aber am Ende lenkte ich doch ein. Sorgsam legten wir das *ankh* und den Lippenstift in das Loch, küssten dann die dunkelrosa Tasche und legten sie feierlich obendrauf. Wir knieten uns in den heißen Sand, nahmen uns bei der Hand und füllten das Loch wieder auf. Im nächsten Moment spürten wir, wie sich plötzlich die Luft veränderte und eine leichte Brise über unsere Haut strich. Frances erklärte, das sei die Antwort der Zwillingsgöttinnen. Als wir den Sand wieder festgetreten hatten, war von unseren Grabungsarbeiten nichts mehr zu sehen. Der Boden sah aus wie zuvor: seit Jahrtausenden unberührt.

Wir kehrten ins Hauptal zurück, wo wir zu unserer Überraschung sahen, dass die Männer bereits die Arbeit niederlegten, obwohl es erst drei Uhr nachmittags war. Einer von ihnen machte eine warnende Geste und verzog das Gesicht zu einer Grimasse. Er rief etwas auf Arabisch und zeigte hektisch nach oben. Ich legte den Kopf in den Nacken und bemerkte erst jetzt, dass der Himmel mit erstaunlicher Geschwindigkeit die Farbe veränderte – sein Blau verwandelte sich in ein unheilvolles gräuliches Violett. Über dem fernen Gipfel des el-Qurn hatte sich ein dunkelroter Fleck gebildet. Es sah aus, als würde der Himmel bluten.

»Ein Unwetter naht!«, rief Carter, der auf uns zueilte. »Spürt ihr den Wind, der aufgekommen ist? Es kann jeden Moment zu regnen anfangen.«

Noch während er sprach, belebte sich die heiße, trockene Luft, die tagelang vollkommen reglos gewesen war. Der Wind begann, an meinem Hut und an meinen Armen zu zerren, der Sand zu meinen Füßen fegte davon, als würde er von einer Masse wimmelnder Insekten fortgetragen.

»Ich habe nach den Eseln schicken lassen, sie werden gleich da sein.« Carter blieb stehen und rief zum Zelt hinauf: »Girigar, sag den Damen, dass wir sofort aufbrechen müssen. Wenn wir jetzt gehen, werden wir noch vor dem Regen bei mir zu Hause sein.« Es folgten noch ein paar Befehle auf Arabisch, dann wandte er sich wieder an uns. Nie hatte ich ihn so heiter gesehen, fast schon hysterisch fröhlich. »Wird aber auch Zeit, dass uns das Tal eines seiner Spektakel vorführt, was, Frances? Haben Sie keine Angst, Miss Payne, wir werden Carters Burg erreicht haben, bevor es richtig losgeht.« Er zeigte auf den el-Qurn, über dem die wirbelnden Wolken schwarz geworden waren und aussahen wie zerrissene Lumpen. »Spürt ihr das?« Er schrie die Frage regelrecht. »Spürt ihr die elektrische Spannung?«

Und tatsächlich, nun spürte ich es auch: KV, KV – die heiße Luft flimmerte vor Energie, Tausende von Volt zischten brandgefährlich. Frances und ich liefen zu den Eseln, aber noch bevor wir sie erreicht hatten, spürten wir die ersten Regentropfen auf unserer Haut. Wir zogen die Köpfe ein, hielten die Hüte fest und rannten noch schneller. Ich hörte, wie der Wind durch das Tal fegte, und schaute, als wir endlich auf den Eseln saßen, noch einmal zurück. Über den Hügeln und über der Spitze der Pyramide, die als Reich der Kobragöttin Meretseger galt, hatten die Wolken Strudel gebildet. Sie waberten, siedeten und rissen dann auf, um einen ersten zerklüfteten Blitz Richtung Erde zu schicken.

# 16

Als wir die schützende Zuflucht von Carters Burg erreicht hatten, war der Himmel in tiefstes Schwarz getaucht, und der Nachmittag hatte sich in finstere Nacht verwandelt. Noch am Tor knallte ein ohrenbetäubender Donner, und der Himmel öffnete seine Schleusen. Carter, der uns begleitet hatte, war die letzten hundert Meter vorangeritten, um Abd-el-Aal von unserer Ankunft zu unterrichten, sodass uns die Bediensteten bereits erwarteten. Mit Lampen in der Hand kamen sie in den Hof gerannt, sprangen durch die Pfützen, griffen nach den Zügeln der nervösen, scheuenden Esel und drängten uns ins Haus. »Schnell, Miss, schnell!« Hosein, der Junge, zog mich aus dem Sattel. »Feuer angezündet, schnell trocken, bald Tee – schönes Unwetter, englischer Regen – jetzt rennen, ja?«

Und Frances und ich rannten. Vor Carters Burg parkte ein Wagen, um den wir herumlaufen mussten. Es waren nur drei Meter bis zur Veranda, und doch waren wir klatschnass, als wir sie erreichten. Rasch traten wir ein, gefolgt von Miss Mack, die ihren altmodischen Rock auswrang, und Helen, die begeistert lachte. »Oh, diese Unwetter im Tal!«, rief sie. »Sind sie nicht unglaublich? Haben Sie den Blitz gesehen, Myrtle? Schauen Sie sich meinen armen Hut an – das dämliche Ding trieft wie verrückt. Gott weiß, wie wir bei diesem Wetter heimkommen sollen. Frances, Lucy, geht es euch gut? Himmel, ihr seid ja bis auf die Haut durchnässt. Abd-el-Aal, hätten Sie vielleicht ein paar Handtücher? Und ein paar Decken?«

»Am Feuer wärmen, bitte, hier lang«, antwortete Abd-el-Aal und führte uns in einen Saal. Hinter uns waren schnelle Schritte zu vernehmen und das Geräusch von Fensterläden, die im Sturm hin und her schlugen. Hosein, der als Letzter eintrat, zog die Eingangstür zu und verrammelte sie. In diesem Moment begriff ich, wieso man Carters Haus den Namen »Burg« verpasst hatte. Hier mochte es keine Kämpfe, keinen Graben und keine Zugbrücke geben, doch das Haus war ausgesprochen wehrhaft. Als das Unwetter ausgesperrt war, war das Heulen und Poltern des Windes nur noch ein fernes Wispern. Ich konnte mir gut vorstellen, wie alle Löcher im Mauerwerk verstopft wurden, um Carter vor seinen Feinden zu schützen – in Anbetracht seines Charakters gab es für diese zweifellos eine Menge Kandidaten. »Hier lang, hier lang«, sagte Abd-el-Aal wieder. »Hosein, mehr Feuerholz. Tee, ganz schnell – hier lang, verehrte Damen.«

Schwungvoll öffnete er eine Tür, verbeugte sich und trat dann beiseite, um uns einzulassen. In Helens Gefolge drängten wir uns in Carters Heiligtum, sein Wohnzimmer. Ich fand mich in einem gemütlichen quadratischen Raum wieder, der von Öllampen und einem großen Kaminfeuer erleuchtet wurde. Nachdem ich meinen nassen Hut abgenommen und mir das Regenwasser aus den Augen gewischt hatte, schaute ich mich genauer um und erblickte Bücherregale, Karten, kahle verputzte Wände, einen Webteppich in leuchtenden Farben und bequeme Stühle, die um das Kaminfeuer herum standen. Dies war ein Ort, an dem ein Mensch gut allein sein konnte und es vermutlich auch oft war.

»Was für ein herrliches Feuer! Schnell, Mädchen, kommt und trocknet euch.« Miss Mack löste sich aus unserer Gruppe, ging forsch zum Kamin und wollte die Hände an die Flammen halten, als sie plötzlich so abrupt stehen blieb, dass wir in sie hineinliefen. »Himmel, Mr Carter ... Ich hatte Sie gar nicht bemerkt. Oje, tut mir leid, wir stören ...«

Helen, die mir die Sicht nahm, trat einen Schritt zurück, verblüfft und vielleicht auch verlegen. Als ich an ihr vorbeischaute, sah ich, dass Carter tatsächlich schon da war – und Besuch hatte. Er beugte sich über einen Ohrensessel zur Rechten des Kamins und hatte bei unserem Eintritt leise und für uns unhörbar mit einer Person gesprochen, die dort Platz genommen hatte. Irgendwie hatte er es geschafft, sich in der kurzen Zeit, die er früher eingetroffen war, zu waschen und umzuziehen. Kein Stäubchen haftete mehr an ihm, in sauberen Tweed gekleidet wirkte er vielmehr schick und geschniegelt. Die Person im Sessel konnten wir nicht sehen, aber als Carter sich aufrichtete und nervös beiseitetrat, erkannte ich, dass es eine Frau war. Beine in Seidenstrümpfen und der plissierte Saum eines Rocks, der kürzer war als alles, was Helen oder gar Miss Mack jemals tragen würden, wurden sichtbar. Außerdem waren zwei exquisite Schlangenlederschuhe mit niedrigen Absätzen, Riemchen über dem Spann und Goldschnallen zu erkennen.

Ich starrte auf die Schuhe, während Frances nach Luft schnappte. Beiden war uns im selben Moment derselbe Gedanke gekommen. Als sich unsere Blicke trafen, spiegelte sich in Frances' Augen Triumph. Opfer und Gebet schienen funktioniert zu haben. Nie hätte ich daran zweifeln dürfen, dass Isis und Nephthys Poppy d'Erlanger zurückbringen würden – schneller als der Blitz. Mein Herz hüpfte.

Miss Mack und Helen hatten die Frau ebenfalls gesehen und registriert, wie nervös Carter zurückgewichen war. Nun standen sie wie angewurzelt da und wechselten einen fragenden Blick. Schweigen herrschte, das jedoch nicht von Carter gebrochen wurde, der kein Wort herauszubringen schien, sondern von der Person im Sessel selbst. Die Frau stieß einen verzweifelten Seufzer aus, stand auf und gab sich zu erkennen. Sie trug keinen Hut, die Haare hingen wirr herab, das Gesicht war tränenverschmiert – oder war sie wie wir nur in das Unwetter geraten? Ich betrachtete die kleine, aufgewühlte Person – und nahm dann ihr Parfüm wahr. Erst dann erkannte ich bestürzt, wer es war. Mrs d'Erlanger jedenfalls nicht.

»Oh, Helen, Miss Mack. Gott sei Dank, dass Sie hier sind!« Eve streckte uns fast flehend die Hand entgegen. »Ich bin mit dem Wagen da. Ich habe Sie überall gesucht. Im Amerikanischen Haus hat man mir gesagt, Sie seien im Tal, also bin ich hergefahren. Und dann brach plötzlich dieses grässliche Unwetter los, und alles war so düster, die reinste Hölle. Innerhalb von Sekunden hat sich der Weg in einen reißenden Strom verwandelt. Ich wollte umkehren, bin aber ins Schleudern geraten und stecken geblieben. Ein paar Leute von Carters Burg haben mich rausgeschoben. Da dachte ich, dass ich doch besser herkomme, Howard würde sicher …«

»Eve, Eve, jetzt setzen Sie sich doch, meine Liebe«, sagte Helen, die Miss Mack kurz, aber besorgt angesehen hatte. »Sie sind ja ganz außer sich, Schätzchen. Was ist denn passiert? Ist irgendetwas mit Ihrem Vater?«

Ich konnte sehen, wie sich Helens Gedanken überschlugen. Offenbar musste sie, genauso wie ich, an Carnarvons Zusammenbruch vom Tag zuvor denken. Frances starrte Eve an, die ganz bleich im Gesicht war. Als sie zu weinen anfing, nahm Helen ihre Hand.

»Eve, meine Liebe, so sagen Sie doch etwas. Ist Ihr Vater krank? Hat er …?«

»Nein, nein, Pups ist im Hotel. Er kann das Gebäude jetzt nicht verlassen. Aber wir dachten … wir dachten … wenn Sie und Miss Mack vielleicht … Ich weiß nicht, was ich tun soll. Es ist alles so schrecklich. Ich muss unbedingt mit Ihnen reden.«

»Tee. Sie brauchen jetzt unbedingt einen süßen Tee.« Miss Mack trat vor und wandte sich dann mit der ruhigen Autorität, an die ich mich von meiner eigenen Krankenzeit her erinnerte, an Howard Carter. »Mr Carter, es steht mir nicht zu, als Gast in Ihrem Haus Anordnungen zu erteilen, aber wenn Lady Evelyn vielleicht auch etwas zu essen bekommen könnte? Und wenn es möglich wäre, dass sie mit Helen und mir unter sechs Augen redet? Die Kinder sind sicher ebenfalls hungrig nach diesem Abenteuer, aber möglicherweise … Gibt es vielleicht einen anderen Raum für sie, während wir uns hier unterhalten? Eve sollte sich unbedingt ein wenig beruhigen.«

Ich erwartete, dass Carter protestieren würde. Irgendetwas war zwischen ihm und Eve gewesen, als er sich über den Sessel gebeugt hatte – eine unerwartete Vertrautheit, die nichts mit ihren üblichen freundschaftlichen Plänkeleien zu tun hatte. Sicher würde es ihm nicht passen, wenn man ihn von ihr und seinem eigenen Kamin verjagte.

Doch er ließ nichts dergleichen erkennen und schien Miss Macks

Intervention sogar zu begrüßen. »Natürlich«, antwortete er. »Gewiss. Ein sehr vernünftiger Vorschlag. Wir werden den Tee gegenüber in meinem Arbeitszimmer einnehmen. Frances, Lucy, kommt ihr bitte mit?«

Schnell führte er uns aus dem Raum hinaus – so schnell, dass ich schon fast das Gefühl hatte, er könne es kaum erwarten, den Raum zu verlassen. Als wir Abd-el-Aal und Hosein vor der Tür trafen – beide mit voll beladenen Tabletts –, erteilte er ihnen auf Arabisch schnell ein paar Befehle.

»Ihr seht ja aus wie ertrunkene Ratten«, sagte er dann munter und nahm Frances und mich mit in den Raum gegenüber, ein kleines, spartanisches Zimmer mit einem Schreibtisch, Sesseln und Bücherregalen. »Nun gut, dann lasst uns mal in die Gänge kommen, was? Frances, das Holz ist bereits aufgestapelt. Hier sind Streichhölzer, würdest du es für uns anzünden? Und Sie, Miss Payne, sehen Sie die Truhe dort? Da sind Decken drin. Ich möchte nicht, dass ihr euch eine Lungenentzündung holt. Nehmen Sie sie heraus, und dann wickelt euch darin ein und setzt euch ans Feuer. Wie blass ihr beide seid! Ist euch das Unwetter auf den Magen geschlagen? Der Tee wird sicher bald gebracht werden, und während wir Tee trinken, werde ich … Lasst mich mal schauen … Ah, ich weiß! Ich werde euch meine Karten, Fotos und Notizen zeigen, und anschließend besprechen wir, wo wir im nächsten Herbst graben werden – ist das ein guter Plan?«

Ich konnte sehen, dass Frances sich genauso verfroren und elend fühlte wie ich. Wir nickten matt und taten wie geheißen, während Carter geschäftig Öllampen anzündete und Stühle zurechtrückte. Sobald das Feuer richtig brannte, die Wärme den kleinen Raum durchdrang und die Lampen die Düsternis verscheuchten, ging es mir schon um einiges besser. Draußen heulte noch immer der Wind, und ich konnte das Rauschen des Regens hören, aber die Fensterläden dämpften den Lärm, und die Donnerschläge hatten an Kraft verloren, sodass sie nur noch leises Grummeln waren, dessen Abstände größer wurden. Carter setzte uns in Sessel zu beiden

Seiten des Kamins, vergewisserte sich, dass wir gut in Decken eingepackt waren, und holte dann mit der Geste eines Zauberers eine Grillgabel hervor.

»Als ich ein kleiner Junge war, damals in Norfolk«, erzählte er, »lebte ich mit zwei Tanten in einer Hütte am Rande einer Kleinstadt namens Swaffham. Ich war häufig krank – deshalb bin ich auch nie auf eine richtige Schule gegangen –, und das Geld war stets knapp, sodass wir nie viel zu essen hatten. Eines aber hatten wir immer, und das war heißer Toast mit Butter, den wir über dem Feuer rösteten. Wir saßen um den Kamin herum, legten die Beine hoch und zündeten ein schönes Feuerchen an – nirgendwo ist es kälter als an einem Wintertag in Norfolk –, und dann genossen wir unsere feudale Teestunde. Meine Tanten strickten und tratschten, ich malte und las, und gemeinsam rösteten wir Toastscheiben über dem Feuer und tranken starken indischen Tee. Manchmal aßen wir auch den berühmten Früchtekuchen meiner Tanten, und so werden wir es auch heute halten. Ich habe meinem Koch beigebracht, wie man den Kuchen bäckt. Na ja, ich habe ihm das Familienrezept gegeben, und er hat den Rest erledigt. Er ist ein tüchtiger Kerl und ziemlich gut mit solchen Dingen. Ah, Abd-el-Aal, da bist du ja.«

Carter unterbrach sich kurz, um Abd-el-Aal ein paar Fragen zu stellen und seinen umständlichen, lebhaft vorgebrachten Antworten zu lauschen. Dann nahm er ihm das Tablett aus der Hand und schaute in den Flur. Aus dem anderen Raum waren nur leise Stimmen zu hören. »Gut«, sagte er, als er die Tür wieder fest verschloss. »Klingt so, als würde Eve sich allmählich beruhigen. Das ist Frauensache. Helen und Miss Mack werden das Problem in null Komma nichts geregelt haben.«

»Ach ja?« Frances wandte ihr blasses Gesicht vom Feuer ab und schaute ihn eindringlich an. »Aber irgendetwas ist doch passiert, Mr Carter. Was?«

»Nun, da bin ich mir nicht ganz sicher, Frances. Ich war ja auch gerade erst eingetroffen. Eve hatte also gar nicht die Zeit, mir etwas zu erklären. Außerdem war sie vollkommen aufgelöst, wie ihr ja selbst gesehen habt. Sie hatte eine schreckliche Tortur hinter sich: die Fahrt hierher, das Unwetter, der kleine Unfall.«

»Aber sie hätte das alles doch gar nicht auf sich genommen, wenn nicht irgendetwas Schreckliches passiert wäre. Außerdem hat sie geweint – und ich habe Eve noch nie weinen sehen.«

»Ich schon«, erwiderte Carter unerwartet. »Eve hat ein weiches Herz, ist sehr nervös und regt sich unglaublich leicht auf. Gütiger Gott, ich kann mich noch an eine schreckliche Situation in Highclere ...«

»In Highclere? Warum, was ist dort passiert?«, fiel ihm Frances ins Wort und schaute ihn neugierig an. Offenbar hatte sie Carters Köder geschluckt.

Ich starrte schweigend ins Feuer. Was auch immer passiert war, es musste ganz unvermittelt geschehen sein, vielleicht ja im Winter Palace, da Eve von dort gekommen war. Hatte es einen Unfall gegeben? Ich dachte an die Balkone – und wie tief man von ihnen fallen konnte.

»Es war so«, begann Carter und schenkte uns beflissentlich Tee ein, »Lord Carnarvon ist ein ziemlich abergläubischer Mensch. Vielleicht ist euch das noch nicht aufgefallen, aber ihr solltet ihn mal bei den Rennen in Newbury erleben, wenn eines seiner Pferde am Start ist. Schlimmer noch, er hat eine schreckliche Schwäche für Wahrsager, Spiritualismus, Medien und so ein Zeug. Ich persönlich habe damit ja nichts am Hut, aber Carnarvon glaubt an solche Sachen, also halte ich den Mund und mache gute Miene zum bösen Spiel. Röste schon einmal das Brot, Frances, okay? Und Sie, Miss Payne, übernehmen am besten das Buttern.«

Er versorgte uns mit heißem, süßem Tee, lehnte sich, sobald wir mit dem Brot beschäftigt waren, in seinem Sessel zurück und fuhr genüsslich mit seiner Geschichte fort. »Also, wie ich schon sagte, akzeptiere ich seinen Aberglauben, und wenn ich in Highclere Castle bin, wo ich mich fast jeden Sommer ein paar Wochen lang aufhalte und Lord Carnarvon beim Katalogisieren seiner ägyptischen Sammlung helfe, nun, dann hält er immer mindestens eine spiritistische Sitzung ab. An einem dieser Abende im letzten Jahr hatten wir uns also im düstersten Raum von Highclere versammelt. Zu zwölft saßen wir im Dunkeln um einen Tisch herum, und Carnarvons Medium versuchte, Kontakt zu ihrem Geistführer aufzunehmen. Zunächst geschah gar nichts, aber dann fiel die Frau ohne jede Vorwarnung in Trance, wirklich tiefe Trance. So etwas hatte ich zuvor noch nie erlebt. Ihre Augen verdrehten sich, und der ganze Körper wurde steif. Als sie schließlich zu sprechen begann, tat sie es mit einer kehligen Männerstimme und in einer fremden Sprache. Die arme Eve war wie versteinert. Immer mehr Sätze kamen aus dem Mund des Mediums, doch kein Mensch am Tisch verstand etwas.« Er machte eine Pause. »Kein Mensch außer mir, besser gesagt. Ich hatte die Sprache sofort erkannt. Das sei Koptisch, erklärte ich zum Erstaunen der anderen. Wie findet ihr das, na?«

»Wahnsinn«, sagte Frances wie auf Knopfdruck und warf mir einen müden, fahlen Blick zu. »Was hat die Frau denn gesagt, Mr Carter? War es eine schreckliche Vorhersage oder vielleicht eine Warnung?«

»Aus meinem Mund werdet ihr kein Wort dazu hören.« Carter durchbohrte uns mit einem finsteren Blick. »Ich darf nichts sagen, denn das könnte gefährlich werden.«

Schweigen senkte sich herab. Auf dem Flur war ein leises Säuseln zu vernehmen, als würde der Wind durch ein Schlüsselloch pfeifen. Frances schien nicht geneigt, weiter in Carter zu dringen, was mich wunderte. Hatte sie die Geschichte vielleicht schon einmal gehört? War sie Teil von seinem Repertoire? Irgendetwas daran stimmte jedenfalls nicht, und das flößte mir Unbehagen ein.

»Ich frage mich, ob das Medium selbst Koptisch sprach«, gab ich nach einer Pause zu bedenken.

»Natürlich nicht«, sagte Carter verächtlich. »Die Frau sprach nicht einmal Arabisch, von Koptisch ganz zu schweigen. Es ist eine tote Sprache, die seit dem 16. Jahrhundert niemand mehr spricht.«

»Aber wenn sie jetzt niemand spricht«, sagte ich und ignorierte Frances, die eine Grimasse zog, um mir irgendetwas zu signalisieren,

»und sie seit Hunderten von Jahren schon von niemandem mehr gesprochen wird, wie konnten Sie sie dann erkennen, Mr Carter?«

»Weil ich sie lesen kann«, erwiderte er scharf. »Ich habe sie schon tausendmal auf Papyri gesehen.«

»Aber selbst wenn man eine Sprache lesen kann, weiß man noch lange nicht, wie sie klingt«, beharrte ich. »Mein Vater liest Homer, aber er behauptet, dass sich keine zwei Wissenschaftler einig sind, wie das homerische Griechisch wohl geklungen hat. Sie haben nicht die geringste Ahnung. Wenn Koptisch also eine tote Sprache ist, wie Sie behaupten, dann verstehe ich nicht, wie es möglich sein soll, dass Sie …«

»Nun, es war eben möglich, Miss Payne.« Carters barscher Kommentar unterbrach mich im selben Augenblick, als Frances mir gegen das Schienbein trat. Einen Moment lang herrschte unbehagliches Schweigen, dann stieß Carter, der den Tritt sehr wohl gesehen hatte, ein höhnisches Lachen aus. »Nun, so lautet zumindest *meine* Geschichte, die in Highclere Castle wesentlich besser aufgenommen wurde als hier. Lord Carnarvon hat sie nie wieder vergessen.« Er bedachte uns mit einem düsteren, nachdenklichen Blick. »Wie ich merke, muss ich mich bei euch Mädchen vorsehen. Ihr habt einen messerscharfen Verstand. Es würde nichts bringen, euch noch mehr zu erzählen. Fast wäre ich versucht, euch … Aber nein, besser nicht. Was hat mich überhaupt dazu bewogen, damit anzufangen? Ach ja, Eve … Nun ja, Eve hat die Sache jedenfalls so aufgeregt, dass sie nie wieder an den spiritistischen Sitzungen teilgenommen hat. Monatelang danach hatte sie noch schlaflose Nächte. Ihre nervöse Veranlagung ist schuld daran, dass sie sich die Dinge so zu Herzen nimmt. Aber Frauen sind halt so, bei meiner Schwester ist das auch nicht anders. Wenn sich Eve also aufregt, ist das noch lange kein Grund, sich Gedanken zu machen. Wollen wir noch ein bisschen Toast essen?«

Und so tat er alles, um uns mit Anekdoten aus seiner Kindheit, gebuttertem Toast und Geistergeschichten abzulenken, das ist mir jetzt – im Nachhinein – vollkommen klar. Damals ahnte ich es nur, wahrscheinlich genauso wie Frances. Zunächst war Carter nur bedingt erfolgreich mit seiner Taktik. Ich lauschte weiterhin auf die Stimmen aus dem anderen Raum und merkte, dass auch Frances, die noch immer angespannt und bleich war, Eves Verhalten nicht einfach so vergessen konnte. Doch die Hitze des Tages und der überstürzte Aufbruch wegen des Unwetters hatten uns müde gemacht, und so gelang es Carter in der warmen, friedlichen Atmosphäre seines Zimmers schließlich immer besser, uns auf andere Gedanken zu bringen.

Sonderbarerweise schien er unsere Gesellschaft durchaus zu genießen, obwohl er alles andere als ein väterlicher oder onkelhafter Typ war. Mit uns schien er sich wohler zu fühlen als mit den meisten Erwachsenen. Vielleicht ja auch nur, weil er das Gefühl hatte, dass wir zu jung und zu unerfahren waren, um ihm an den Karren zu fahren. Oder er spürte einfach, dass er für Frances ein unangefochtener Held war, und fühlte sich geschmeichelt. Was auch immer der Grund sein mochte, an jenem Abend war Carter jedenfalls so entspannt und vertrauensselig, wie ich ihn zuvor noch nie erlebt hatte. Ich musste an Minnies Kommentar denken, dass er sich nicht für Leute interessierte, die ihm nicht irgendwie nützlich sein konnten. Wie falsch und gemein sie doch war, sagte ich mir. Von uns hatte Carter mit Sicherheit nichts zu erwarten. Vermutlich hatte viel eher Frances mit ihrer Einschätzung recht: Carter mochte uns einfach, und seine Zuneigung war frei von irgendwelchen Interessen.

Natürlich ist es immer schön und schmeichelhaft, wenn man sich vom Gegenüber gemocht fühlt. Im warmen Gefühl dieses Wissens, eingelullt von Toast, Tee und Früchtekuchen und ermutigt durch Carters gute Laune, vergaß ich mein Unbehagen und verdrängte sämtliche Vorstellungen von Unfällen und Balkonen aus meinen Gedanken. Sobald wir die Teestunde beendet hatten, räumte Carter den kleinen Tisch vor uns ab, stellte das Geschirr auf seinen Schreibtisch und trug einen Stapel Notizbücher und Karten herbei. Die Karte, die er zuerst aufrollte, zeigte einen detaillierten Plan vom Tal der Könige, der mit präzisen Bleistiftmarkierungen und Notizen versehen war. »So«, sagte er, »und jetzt wird es Zeit für euren Ratschlag. Seht euch den Plan genau an. Wo soll ich nächsten Herbst graben?«

Er ging zu einem Bücherregal, aus dem er ein Glas, eine halbleere Whisky- und eine Sodaflasche nahm. »Um diese Zeit kann man sich schon mal einen Drink genehmigen«, verkündete er, während Frances und ich uns eifrig über die Karte beugten. »Prost«, sagte er und hob das Glas in unsere Richtung. Nach einer kurzen Pause fügte er hinzu: »Nun macht schon, legt mal einen Zahn zu – wir haben nicht ewig Zeit.«

Die Vorstellung, eine echte Schatzkarte vor mir zu haben, war überaus aufregend, und so studierte ich sie gründlich. Allerdings waren die Einzelheiten im Licht der Öllampen nur schwer zu erkennen. Carters Markierungen und Notizen waren winzig und praktisch unlesbar, für mich hätte es auch eine Karte vom Mond sein können. Von mir war also keine große Hilfe zu erwarten.

Frances wiederum schien bei dem Anblick der Karte aufzuleben, schließlich kannte sie das Territorium und auch die Karten, die ihr Vater davon besaß. Mit dem Finger fuhr sie einige der Bleistiftlinien nach. »Nun«, sagte sie, »es ist nicht das gesamte Tal abgebildet. Die Karte zeigt zum Beispiel nicht die Stelle, wo wir heute waren. Aber das berühmte Dreieck ist zu sehen.«

»Gut. Mach weiter.« Carter setzte sich an seinen Schreibtisch, ein wenig von uns entfernt, und zündete sich eine Zigarette an.

»Ich kann erkennen, welche Bereiche Sie schon geräumt haben – die schraffierten Flächen nämlich, also fast das gesamte Gebiet. Dieses Wadi hier, das zum Grab von Merenptah führt, ist bereits frei von Schutt. Und den Bereich dort haben Sie auch schon bearbeitet. Es gibt also kaum eine Stelle, wo noch nicht gegraben wurde, außer der hier, am Grab von Ramses VI. Davon hat uns Daddy gestern erzählt, erinnerst du dich, Lucy? Dort gibt es noch Überbleibsel von alten Arbeiterhütten, antike Ruinen – aber ich dachte, auch da hätten Sie das meiste schon geräumt, Mr Carter?«

»Vor einem Jahr waren wir dort.« Carter schnippte Asche auf seinen Schreibtisch und trank einen Schluck Whisky. »Januar 21. Wurde nicht fertig, zu spät im Jahr, Hochsaison für die Touristen. Noch ein paar Grabungen, und ich hätte den Eingang zum Grab von Ramses VI. blockiert, wo alle hinrennen. Dieses Jahr dann die Probleme. Wenn ich im November hätte anfangen können, gut. Aber dann kam diese verdammte Operation. Jetzt ist schon Februar, und das Tal wimmelt nur so von Touristen. Würde ich den Eingang mit meinem Schutt blockieren, käme das beim Antikendienst nicht gut an, besonders nicht beim werten Herrn Direktor. Ich hatte unseren lieben Freund Monsieur Lacau schon öfter am Hals, er lässt keine Gelegenheit aus, um sich wegen irgendwelcher Lappalien aufzuspielen. Ich kann den Mann nicht ausstehen, und er mag mich auch nicht besonders.« Carter winkte nervös ab, drückte seine Zigarette aus und zündete sich die nächste an. In seinem sonderbar düsteren Tonfall fuhr er fort: »Der Bereich muss bis zum nächsten Herbst warten. Lasst uns lieber anderen Spuren nachgehen. Stellt euch vor, ihr seid ein König und reitet eines schönen Tages ins Tal, um euch eine letzte Ruhestätte auszusuchen. Was würde eure Wahl wohl beeinflussen?«

»Das hängt von der Epoche ab, in der ich lebe«, antwortete Frances und unterdrückte ein Gähnen. »Wenn ich ein früher König wäre, würde ich ein Grab gut versteckt in den Felsen wählen. Ein paar hundert Jahre später würde ich mir keine Mühe mehr geben, mein Grab zu verstecken, weil das Tal ja von den *medjau* schon gut bewacht wäre. Ich würde es weiter unten im *talus* ansiedeln und es durch das Geröll in den Felsen dahinter graben lassen. Und noch später – sagen wir mal als König der achtzehnten Dynastie – würde ich mir einen Platz direkt im Talgrund aussuchen und unterirdische Gänge anlegen lassen.« Sie schaute von der Karte auf und bedachte Carter mit einem anerkennenden Blick. »Ich vermute, dass Sie im Moment genau danach suchen, nach dem bestimmten Grab eines bestimmten Königs aus der achtzehnten Dynastie. Deshalb konzentrieren Sie sich auch auf den Talgrund, Mr Carter, und deshalb wollen Sie auf jeden Fall bis zum Felsen vordringen.«

»Du bist die Tochter deines Vaters und nicht dumm, das muss ich dir lassen, Frances.« Carter trank einen Schluck Whisky. »Miss

Payne, jetzt sind Sie dran. Suchen Sie sich einen Platz für Ihr Grab. Wie gehen Sie vor?«

»Nun, ich hätte an nichts von dem gedacht, was Frances gesagt hat. Davon verstehe ich nichts. Ich denke, ich würde wollen, was die Menschen immer gewollt haben – bei meiner Familie begraben zu werden, bei meinen Großeltern, meinem Vater«, ich zögerte, »und bei meiner Mutter.«

»Da kann ich nur zustimmen. Das ist ein menschlicher Instinkt.« Carter trank sein Glas aus, warf seine Zigarette ins Feuer, kam zum Tisch herüber und beugte sich über die Karte. »Wenn wir also im Kopf behalten, was ihr beide soeben gesagt habt, und wenn wir dann annehmen, dass das Grab eures Vaters irgendwo hier liegt«, er tippte mit dem Finger auf die Karte, »und wenn ich euch dann noch erzähle, dass Gegenstände gefunden wurden, die Bestandteil eines Beerdigungsritus sind, und zwar vermutlich nicht weit entfernt von eurer Begräbnisstätte, irgendwo hier in der Gegend«, wieder tippte er auf die Karte, »nicht zu vergessen, dass eine sehr schöne Tasse mit eurem Namen, die möglicherweise aus eurem Grab gestohlen wurde, hier in der Nähe gefunden wurde, wo, würdet ihr dann denken, befindet sich dann wohl euer Grab?«

Folgsam beugte ich mich über die Karte, obwohl meine Sicht verschwamm und ich die Punkte, auf die Carter gezeigt hatte, gar nicht sehen konnte. Ich sah nur einen grauen Stein auf einem Friedhof in Cambridge und den Namen und die Lebensdaten meiner Mutter. Frances schwieg ebenfalls. Als ich aufschaute, sah ich, dass sie sich unter ihrer Decke zusammengerollt hatte und eingeschlafen war. In ihrem blassen Gesicht zuckten ihre Augenlider, sie schien zu träumen. In der Stille starrte Carter mit gerunzelter Stirn ins Feuer und ließ keinerlei Anzeichen dafür erkennen, dass er auf eine Antwort wartete. Ich hatte das Gefühl, dass er uns vergessen hatte. »Tut mir leid, Mr Carter«, sagte ich schließlich. »Eine große Hilfe sind wir Ihnen nicht gerade, aber das hatten Sie vermutlich auch nicht erwartet.«

»Kein Problem.« Carter begann, die Karten wieder aufzurollen.

»Ich arbeite nach einem System«, fuhr er fort und starrte dann wieder ins Feuer. »Ich gehe nicht einfach raus und grabe wild herum, obwohl das in der Vergangenheit viele hier getan haben – sogar durchaus erfolgreich. Aber ich nicht, nein, ich gehe systematisch vor. Jedes Grab, jedes Loch, die unbedeutendsten Funde, die je im Tal gemacht wurden, alles steht in diesen Notizbüchern und ist in der Karte verzeichnet. In dem Buch hier sind alle Details über sämtliche Könige vermerkt, die hier beerdigt wurden, über jene, die man gefunden hat – also praktisch alle –, und über jene wenigen – ein oder höchstens zwei –, deren Gräber sich hier befinden müssten, aber noch nicht entdeckt wurden. In diesem Buch hingegen notiere ich alles über die Grabplünderungen, die in der Antike geschildert wurden, denn daraus lassen sich wertvolle Hinweise ziehen. In diesem Buch hier sind wiederum die Gespräche mit den Einheimischen dokumentiert, mit Männern wie Girigar, deren Vertrauen ich mit der Zeit gewinnen konnte. Sie kennen diese Gegend wie ihre Westentasche. Ich weiß, dass ich auf der richtigen Spur bin. Ich weiß einfach, dass es da ist. Gebt mir Zeit, und ich finde es. Und tatsächlich grabe ich im Tal ja erst – wie lange?« Er warf die Notizbücher auf seinen Schreibtisch. »Wenn das Wetter mitspielt, dürften es vier, bestenfalls fünf Monate im Jahr sein. Und was tu ich all die anderen Monate über, wenn ich wieder in England bin und es mir in Highclere Castle gut gehen lasse – mit Carnarvon beim Pferderennen oder bei einem seiner Jagdausflüge? Nicht dass ich das nicht genießen würde, keine Frage, aber dem Tal entkomme ich trotzdem nicht. Das Tal kann ich niemals abschütteln, immer habe ich es im Hinterkopf. Tausende von Meilen weit weg in einer anderen Welt, und doch bin ich immer da, immer im Tal, immer über meine Karten gebeugt. In allen Einzelheiten träume ich davon, bis ich seine Täuschungen manchmal so satt habe, dass ich mir schwöre, nie wieder einen Fuß an diesen verfluchten Ort zu setzen. Leider weiß ich selbst, dass es nie dazu kommen wird. Das Tal hat mich an der Gurgel. Und eines schönen Tages werde ich einfach dort umfallen und sterben.«

Das war eine Fehlprognose – aber das konnte damals natürlich niemand wissen. Ich sagte keinen Ton. Carters Art machte mir Angst, er schien mit sich selbst zu reden und meine Anwesenheit vollkommen vergessen zu haben. Ich kuschelte mich unter meine Decke und schloss die Augen. Wenn er wieder zu sich kam, dachte er vielleicht, dass ich wie Frances eingeschlafen war und nichts gehört hatte. Vermutlich würde ihm das lieber sein.

Ich beobachtete ihn unauffällig, während er die letzten Karten aufrollte und die Notizbücher sortierte, die er zuvor auf den Schreibtisch geworfen hatte. Ich hörte den Whisky glucksen, als er sein Glas auffüllte, dann ließ er sich auf seinen Schreibtischstuhl sinken und murmelte etwas vor sich hin. Schließlich herrschte nur noch Stille, und ich glitt, müde vom Tag und von all den Dingen, die auf mich eingestürmt waren, in einen unruhigen Schlaf. Die Dunkelheit hatte mich schon fast verschluckt – irgendein Grab vermutlich –, als ich bemerkte, wie sich die Tür auf der anderen Flurseite öffnete. Schritte und Frauenstimmen waren zu vernehmen. Ich rieb mir die Augen und blinzelte verschlafen auf meine Armbanduhr. Sie war stehen geblieben.

Carter erhob sich und verließ den Raum. »Die beiden schlafen. Sie sind vollkommen erschöpft«, hörte ich ihn noch sagen, dann schloss er die Tür. Ich strengte meine Ohren an, konnte das Gemurmel der drei Frauen und Carters kräftige Stimme ausmachen, aber keine verständlichen Worte. Als Miss Mack und Helen hereinkamen, um uns zu wecken, hatten sie offenbar einen Plan gefasst. Erklärungen, was passiert war, gaben sie uns nicht.

»Also, meine Lieben«, sagte Miss Mack sanft, aber ich konnte sehen, dass sie unruhig war und Helen geweint hatte, »liebe Kinder, wir möchten, dass ihr nun genau das tut, was wir sagen. Keine Fragen, keine Diskussionen. Es ist zu spät, um zum Amerikanischen Haus zurückzureiten, zumal wir alle erschöpft sind. Eve wird daher so freundlich sein, uns mit dem Wagen mitzunehmen und dort abzusetzen. Mr Carter wird auch mitkommen. Er wird Eve nach Luxor begleiten, und ihr Vater ...«

»Aber warum denn?«, protestierte Frances, wühlte sich aus ihrer

Decke und richtete sich auf. »Warum kann Eve denn nicht bei uns bleiben? Sie kann doch morgen früh zum Winter Palace fahren.«

»Was hat Miss Mack soeben gesagt, mein Schatz?«, fiel Helen ihr schwach ins Wort. »Eves Vater wartet im Hotel auf sie, und sie sollte sich nicht allein auf den Weg begeben, weil es jeden Moment stockfinster wird, das steht außer Frage. Also tu einfach, was dir gesagt wird, Frances. Und wenn wir daheim sind, geht ihr sofort ins Bett. Jetzt kommt.«

Wir trotteten zum Wagen hinaus. In der Zeit, die wir im Schutz von Carters Burg verbracht hatten, hatten sich die Stimmung und das Wetter im Tal noch einmal verändert. Eine stille, schöne Abenddämmerung war angebrochen. Die letzten Strahlen der Abendsonne lagen auf den Thebanischen Bergen, tief über dem el-Qurn stand der Sichelmond, und die Akazien, durch die nicht der leiseste Wind strich, verströmten ihren schweren, süßen Duft in die klare Luft. Wir stiegen ins Auto. Carter nahm neben Eve Platz, wir anderen quetschten uns auf die Rückbank. Hosein, der Junge, kam aus dem Haus gelaufen und kurbelte den Motor an.

»Habt keine Angst«, sagte Eve mit zittriger Stimme, als sie Gas gab. »Ich fahre schon Auto, seit ich zwölf bin.« Niemand erwiderte etwas, und so begannen wir die holprige Fahrt zum Amerikanischen Haus. Nach ungefähr hundert Metern sagte Eve plötzlich mit geistesabwesender Stimme: »Oh, da fällt mir etwas ein – der Kanarienvogel! Ich habe dir nie den Kanarienvogel gekauft, Howard!«

»Das ist doch jetzt egal«, antwortete Carter. »Beruhige dich, Eve, und konzentriere dich einfach nur aufs Fahren.«

Genau in diesem Augenblick geriet der Wagen in eine tiefe Rille, rutschte, kippte leicht und richtete sich dann wieder auf. Eve kämpfte mit dem Schaltknüppel, und als sie wieder beschleunigte, tat der Wagen einen Satz.

»Pass doch auf! Man sieht ja kaum noch etwas«, sagte Carter. »Du hast nur knapp einen Felsen verfehlt. Und mach das Licht an, verdammt.« Er langte hinüber, betätigte einen Hebel, und die Scheinwerfer leuchteten auf.

»Der Kanarienvogel hätte uns Glück gebracht«, sagte Eve, und ich sah eine Träne über ihre Wange rinnen. Dann fügte sie in aufgesetzt munterem Tonfall hinzu: »Das ist viel besser so. Jetzt kann ich den Weg auch wunderbar erkennen.«

Sie wechselten einen Blick, Carters war bohrend und fragend, Eves eher besänftigend. Dann konzentrierte sie sich auf den Weg und fuhr gleichmäßiger. Durch die Hügel holperten wir zum Amerikanischen Haus. Es war nicht weit entfernt – höchstens eineinhalb Kilometer. Während der Fahrt sprach niemand mehr ein Wort.

Als Eve und Carter in Richtung Nil und Fähre entschwanden, sahen wir dem Auto hinterher, wurden aber schnell ins Haus gedrängt. Man bereitete uns ein Bad – in Zinnwannen auf unserem eigenen Zimmer –, dann bekamen wir warme Milch und wurden ins Bett gesteckt. »Wie Babys«, sagte Frances mit Bitterkeit in der Stimme, als das Licht ausgeschaltet war und sich die Tür geschlossen hatte. Sie setzte sich wieder auf – ich konnte nur die Umrisse ihres weißen Nachthemds, das blasse Gesicht und die aufgerissenen Augen erkennen – und beugte sich zu meinem Bett herüber. »Wie spät ist es, Lucy?«

»Ich weiß nicht. Meine Uhr ist stehen geblieben, aber draußen ist es schon dunkel.«

»Was denkst du, was passiert ist?«, flüsterte sie. »Warum erzählen sie uns nichts?«

»Keine Ahnung«, flüsterte ich zurück. »Aber was auch immer es ist, es muss sich um etwas Ernstes handeln.«

»Und Mr Carter hat nichts gesagt? Während ich geschlafen habe, meine ich?«

»Nein. Er hat nur vom Tal und von seinen Grabungen geredet. Und von …«

»Von seinen Dämonen vermutlich, nicht wahr? Er wird von ihnen heimgesucht, das habe ich Daddy kürzlich sagen hören.«

Sie seufzte und ließ sich wieder ins Kissen sinken. Schweigend lagen wir da, während sich über uns mit einem sanften, rhythmischen Rauschen der Deckenventilator drehte. »Hast du das auch bemerkt, Lucy?«, fragte sie. »Mr Carter und Eve? Als wir in den Raum kamen und erst dachten, es sei Poppy?«

»Ja, das ist mir auch aufgefallen. Sie sind irgendwie anders miteinander umgegangen als sonst. Im Wagen auch.«

»Denkst du, das könnte etwas mit der Sache zu tun haben? War das vielleicht der Grund, warum Eve so aufgewühlt war?«

Ich dachte darüber nach. Ich war mir nicht sicher, was wir da gesehen hatten. Ich wusste nur, dass ich irgendein Geheimnis gespürt hatte – irgendetwas Mächtiges, eine Art Unterströmung. »Ich glaube nicht«, sagte ich. »Vielleicht hat es dazu beigetragen, aber es muss einen anderen Grund geben. Miss Mack und deine Mutter kennen ihn, aber sie verraten uns nichts.«

»Vielleicht ja morgen früh«, sagte Frances, klang aber nicht sehr überzeugt. Und wieder lagen wir in der Stille.

Ich schaute auf die Schatten der Skorpionnetze an den Fenstern und auf Frances' Andachtswinkel, der von einem schwachen, flackernden Nachtlicht erleuchtet wurde: ihre Großeltern, ihre Eltern, ihr kleiner Bruder, den sie ans kalte Wasser von Maine verloren hatte. Ich schloss die Augen und befand mich wieder in dem Grab. Frances ging voran und leuchtete mir mit dem schmalen Strahl der Taschenlampe. Immer tiefer drangen wir vor, etliche Kammern lagen am Weg, ständig taten sich neue Durchgänge auf. Frances eilte voraus, nahm diesen Weg, dann jenen. Ich hetzte hinterher, um sie nicht zu verlieren. Mir war klar, dass sie ihren Bruder suchte und wir die Aufgabe hatten, ihn aus der Unterwelt zurückzuholen. Gleichzeitig konnte ich hören, wie die Tore der Nacht hinter uns zuknallten, und Panik stieg in mir auf. Ich wollte Frances fragen, wie wir je wieder aus diesem Labyrinth herauskommen sollten, aber ich wusste, dass ich mich nur auf Koptisch mit ihr verständigen konnte, was ich jedoch nicht beherrschte. Plötzlich erlosch die Taschenlampe, ich sah nichts mehr, aber mein Gehör war nun geschärft. Das Rauschen von Wasser drang an mein Ohr, dann hallte ein Schrei, der durchdringende Schrei eines Kindes, durch die Gänge.

»KV«, sagte Frances, als mich der Schlaf endlich überwältigte.

# 17

Am nächsten Morgen wurden Frances und ich früh geweckt. Man teilte uns mit, dass sich die Pläne geändert hätten. Miss Mack und ich würden zwar wie geplant zum Winter Palace zurückkehren, aber Herbert, Helen und Frances würden uns begleiten. Dort würde uns eine wichtige Person aus Kairo erwarten, die mit uns sprechen wollte. Wir sollten uns aber keine Sorgen machen, der Mann würde nur ein paar Fragen stellen, die wir klar und aufrichtig beantworten sollten.

Weitere Erklärungen bekamen wir nicht, obwohl ein riesiges Gewese um unser Äußeres gemacht wurde. Schlussendlich trugen Frances und ich dunkle Kleider, Jacken, Handschuhe und unsere besten Panamahüte. Auch Miss Mack und Helen waren dunkel gekleidet, und Herbert Winlock hatte einen grauen Anzug mit schwarzer Krawatte angezogen. Im Winter Palace warteten wir in einem der Privaträume auf die wichtige Person. Niemand sagte ein Wort. Helen und Miss Mack hatten ihre Blicke in ihren Schoß und auf ihre Glacéhandschuhe gerichtet, Herbert Winlock starrte grimmig in die Ferne. Ich betrachtete die Glastür, die auf einen Balkon hinausführte.

Irgendwann schaute die wichtige Person – ein großer Ägypter im schwarzen Anzug und mit einem scharlachroten Fez auf dem Kopf – zur Tür herein und bat Miss Mack mit breitem Lächeln und huldvollem Gehabe, doch so freundlich zu sein, ihm ein wenig von ihrer kostbaren Zeit zu schenken. Sie verschwand im Nebenraum, aus dem sie nach etwa fünf Minuten wieder auftauchte. Als Nächstes wurden Herbert Winlock und Helen hereingebeten, die schon etwas länger dort blieben. Als schließlich die Reihe an uns kam, standen Frances und ich auf und traten beklommen ein. Der freundliche Mann saß an einem reich verzierten Empire-Tisch, rückte einen Briefbeschwerer in Sphinx-Gestalt zurecht und bot uns zwei Plätze ihm gegenüber an.

Er war nicht allein im Raum, wie ich überrascht feststellte. An einem weniger prächtigen Tisch ein Stück weiter hinten lehnte ein junger Mann, der sich nicht besonders wohl zu fühlen schien. Ich erkannte ihn sofort. Er hatte helle Haare, eine frische Gesichtsfarbe und runde blaue Augen. Und er trug die Uniform der britischen Offiziere.

»Lassen Sie sich durch mich nicht stören«, sagte er. »Wenn ich mich recht entsinne, wurden wir einander bereits vorgestellt, im Gezira Sporting Club in Kairo. Wir haben mit Lady Evelyn Tee getrunken, nicht wahr? Nach dem Polospiel. Ronnie Urquhart – nun, Lieutenant Urquhart wohl eher. Ich bin in meiner offiziellen Funktion hier, auf Verlangen der Britischen Residenz, und, na ja …«

»Auch auf mein Verlangen«, murmelte der Ägypter mit einem schnellen Blick in meine Richtung.

»Oh, klar – absolut.« Urquhart wurde rot und setzte sich. »Ignorieren Sie mich also einfach, Miss Payne und Miss Winlock«, fuhr er fort. »Tun Sie einfach so, als wäre ich nicht hier. Ich muss das Prozedere äußerst penibel befolgen – nicht ganz einfach im Moment. Sensible Geschichten, wissen Sie? Abstimmungen, Übergaben und so weiter.«

»Vielleicht sollten wir dann jetzt beginnen«, sagte die wichtige Person mit einer bewundernswerten Höflichkeit, die nur entfernt eine gewisse Ungeduld durchscheinen ließ.

»Gewiss. Ja. Goldrichtig. Wenn die beiden jungen Ladys also einfach die Fragen von – von meinem Kollegen hier beantworten würden? Es besteht kein Grund zur Nervosität. Reden Sie ihn bitte an mit …«

»El-Deeb Effendi«, beendete die Person den Satz, dann gab Urquhart auf, nahm einen Bleistift und sagte nichts mehr. Mr El-Deeb setzte sich in seinem imposanten Stuhl zurecht und schenkte uns ein strahlendes, wohlwollendes Lächeln. Er betonte, dass es eine Ehre sei, uns kennenzulernen, wenngleich leider doch unter misslichen Umständen. Hoffentlich könnten wir ihm verzeihen, aber er habe ein paar Fragen, die er uns stellen müsse. Sie beträfen jemanden, der – wie er gehört habe – mit uns befreundet sei, nämlich eine wunderschöne, hoch angesehene Frau aus der allerbesten englischen Gesellschaft, eine Vertraute von Prinzen und anderen illustren Persönlichkeiten, eine Lady, die auch in Kairo allseits bekannt und geschätzt sei. Ihr Name, sagte er und starrte uns plötzlich so eindringlich an, als würde er uns eines abscheulichen Verbrechens verdächtigen, sei Mrs d'Erlanger. Nach einer Pause teilte er uns schließlich mit, als wäre es ihm gerade noch eingefallen, dass wir vielleicht wissen sollten, dass er ein hochrangiger Beamter der ägyptischen Polizei sei. Heute sei er als Ermittler hier, eine Art Sherlock Holmes, dessen messerscharfe Schlüsse uns sicher ebenso begeisterten wie ihn.

»Ist Mrs d'Erlanger denn etwas zugestoßen?«, unterbrach ihn Frances. Wir waren wie gelähmt und versuchten, uns einen Reim auf all diese Dinge zu machen.

Ich beugte mich vor. »Das würden wir beide gern wissen, El-Deeb Effendi«, sagte ich flehend. »Ich dachte … Sie müssen wissen, dass uns niemand irgendetwas erzählt hat, dabei würden wir so gern verstehen, was geschehen ist. Geht es Mrs d'Erlanger gut? Ist sie in Ägypten? Hat es einen Unfall gegeben?«

Der Polizist hob die Hand, die Handfläche uns zugewandt. Schon weniger wohlwollend erinnerte er uns daran, dass er hier die Fragen stellte. Er bat uns, an die letzte Gelegenheit zurückzudenken, zu der wir Mrs d'Erlanger gesehen hatten: im Shepheard Hotel in Kairo. Er schaute in sein Notizbuch. »Heute ist der 21. Februar. Das war am 7. Februar – vor zwei Wochen also. Können Sie sich noch an den Tag erinnern?«

»Ja, Effendi«, sagte Frances kleinlaut.

El-Deeb war nicht der Typ, der es eilig hatte. Er erklärte uns, dass er bereits mit Lord Carnarvon und seiner reizenden Tochter gesprochen habe, außerdem mit einigen anderen Personen, die an jenem Abend im Speisesaal des Shepheard's zugegen gewesen seien. Auch mit Mrs d'Erlangers Kammermädchen habe er eine lange Unterredung geführt, und Miss Wheeler habe ihm die Kleidung beschrieben, die Mrs d'Erlanger am Abend ihres Verschwindens getragen habe. Da ihm berichtet worden sei, dass wir in ihrem Zimmer waren, als diese Kleidung ausgewählt wurde, würde er sich gern von uns ein paar Details bestätigen lassen. »Das Kleid?«, fragte er so unvermittelt und so wenig freundlich, dass Frances und ich zusammenzuckten. »Beschreiben Sie mir bitte, was für ein Kleid Mrs d'Erlanger trug.«

»Ein rosafarbenes Kleid«, sagte ich leise.

»Knallrosa«, fügte Frances hinzu. »Eine Freundin von Mrs d'Erlanger hat es extra für sie entworfen. Es wurde in Paris geschneidert. Poppy ... Mrs d'Erlanger mochte es, weil es so *flott* aussieht.«

Der Polizist notierte das Wort und runzelte dabei die Stirn.

»Schauen Sie, El-Deeb«, platzte es ängstlich aus Lieutenant Urquhart heraus. »Ich will mich ja nicht einmischen, aber das hat doch nicht das Geringste zu bedeuten, alter Junge. So hat Poppy – Mrs d'Erlanger – eben geredet.«

»Danke, aber mein Englisch ist fließend. Man hat mir einen tadellosen Oxford-Akzent bescheinigt.« Der Ägypter warf Urquhart einen eindringlichen Blick zu. Als der Mann zum Schweigen gebracht war, wandte er sich wieder an uns. »Aha«, sagte er. »Also ein Kleid. Flott. Knallrosa. In Paris geschneidert. Was noch?«

»Sie hatte einen Pelz dabei«, sagte ich im Bemühen, behilflich zu sein. »Einen dunklen Pelz, eine Art Überwurf. Daran erinnere ich mich noch, weil Eve – Lady Evelyn – sagte, den könne sie unmöglich mitnehmen, weil es dafür viel zu heiß sei. Mrs d'Erlanger sagte aber ...« Ich zögerte.

»Was sagte Mrs d'Erlanger?«

»Sie sagte, das stimme schon, es sei heiß, aber sie würde den Pelz vielleicht später brauchen, weil sie ... Sie sagte, sie würde vielleicht noch ein wenig in der Gegend herumspazieren. Nach dem Dinner, meinte sie vermutlich.«

»Aha. Und haben Sie sie später mit diesem Pelz im Speisesaal gesehen?«

»Ja, wir haben ihn beide gesehen«, bestätigte Frances eifrig. »Sie hatte ihn während des Essens über die Stuhllehne gelegt. Und als sie ging …«

»Da hat sie ihn sich über die Schulter geworfen«, sagte ich. Sollte ich die beiden Männer erwähnen, ihre Auseinandersetzung und Poppys Reaktion? Besser nicht, beschloss ich.

»Ausgezeichnet. Ich kann Ihre scharfe Beobachtungsgabe und Ihr gutes Gedächtnis nur loben.« El-Deeb war wieder die Liebenswürdigkeit in Person und strahlte uns an. »Dann fahren wir jetzt fort. Denken Sie bitte sorgfältig nach. Trug Mrs d'Erlanger Schmuck? Und hatte sie eine Tasche dabei?«

»Eine Tasche hatte sie in jedem Fall«, antwortete ich. »Sie war sehr klein, fast schon winzig wie eine Puppentasche.« Ich hielt inne. Es hatte eine Weile gedauert, aber plötzlich verstand ich den Grund – den einzig möglichen Grund – für all die Fragen. »Sie war … sehr hübsch.« Meine Stimme drohte zu brechen. »Mit Stickereien drauf und irgendetwas Glänzendem und … und … Ob sie Schmuck trug, kann ich nicht sagen.«

»Ich schon.« Frances nahm meine Hand und drückte sie. »Sie trug Ohrringe aus kostbaren burmesischen Rubinen und dazu einen wunderschönen passenden Ring, einen eckigen. Von Cartier. Das ist mir aufgefallen, weil ich den Schmuck schon mal gesehen hatte. Bei der Gelegenheit hatte sie mir erzählt, dass er ein Hochzeitsgeschenk von ihrem Ehemann war, von Mr d'Erlanger.«

»Hochinteressant.« El-Deeb machte sich eine Notiz, bevor er beiläufig fragte: »Ehering? Trug sie auch ihren Ehering?«

»Um Gottes willen!«, platzte es aus Urquhart heraus. Er warf die Hände in die Luft, starrte dann aber wieder stumm an die gegenüberliegende Wand.

»Ein kleines Detail«, sagte El-Deeb mit kaltem Blick. »Es sind die kleinen Details, die zu uns sprechen. Ich widme ihnen die größte Aufmerksamkeit, immer, und ich würde Ihnen raten, das auch zu tun. Also, Miss Payne, Miss Winlock, der Ehering – haben Sie dieses Detail bemerkt?«

»Ja, habe ich«, bestätigte Frances, während ich den Kopf schüttelte. »Als wir an jenem Abend in ihrem Zimmer waren, habe ich den Ehering gesehen. Als wir gingen, wollte Mrs d'Erlanger uns ein Geschenk machen und forderte uns auf, uns etwas Hübsches von ihrem Ankleidetisch auszusuchen. Der Ring lag auf dem Tisch, neben ein paar Parfümflakons, unter ...«

»Aber war das nicht ungewöhnlich? Hat Mrs d'Erlanger ihren Ehering denn nicht getragen?«

»In Kairo hat sie ihn nicht getragen, nein. Aber an jenem Abend hat sie ihn angesteckt – ich habe gesehen, wie sie es getan hat. Sie hat uns unsere Geschenke gegeben, und dann hat sie den Ring plötzlich entdeckt. Er lag unter der Puderquaste aus Schwanenfedern, und als Rose die wegnahm, sah sie ihn. Sie stieß einen leisen Schrei aus und sagte: ›Ah, da hast du dich also versteckt!‹ Sie nahm ihn, steckte ihn an, und dann – dann zwinkerte sie Wheeler zu, und wir gingen.«

Verblüfft starrte ich Frances an. Was für eine Beobachtungsgabe sie doch hatte. Wie viel sie doch bemerkte, von dem ich gar nichts mitbekam. Aber verstand sie den Sinn hinter diesen Fragen? Ihre Miene war absolut undurchdringlich. El-Deeb beugte sich über seine Notizen und schrieb. In der so entstandenen Stille machte Lieutenant Urquhart seinem Unmut immer deutlicher Luft. Er rutschte auf seinem Stuhl hin und her, lief knallrot im Gesicht an und explodierte schließlich. »Hören Sie, eines möchte ich doch klarstellen. Meiner Meinung nach galoppieren wir gerade auf direktem Weg in eine Sackgasse. Dieser Ring, jener Ring – was soll das denn? Die arme Poppy war doch nicht ...« Er brach ab. »Ich kann die Relevanz Ihrer Fragen einfach nicht erkennen und protestiere energisch dagegen. Das möchte ich ausdrücklich in den Akten vermerkt haben, El-Deeb.«

El-Deeb machte eine Notiz am Seitenrand. »Schon geschehen«, sagte er. »Lassen Sie uns aber darauf einigen, dass wir uns nicht einigen müssen, Lieutenant Urquhart. Diese Information ist fundamental. Miss Winlock ist eine exzellente Zeugin, wahrlich die Tochter eines Archäologen«, fuhr er fort und verbeugte sich in Frances' Richtung. »Sie begreift die Bedeutung der Dinge, ist weit davon entfernt, nur die Oberfläche zu sehen, und interessiert sich vielmehr für die Informationen dahinter. Sie geht den Dingen auf den Grund«, er machte eine großspurige Pause, »und erlaubt es ihnen somit, zu uns zu sprechen.« Eindringlich musterte er erst Frances, dann mich. Seine Miene war nun weniger streng. Einen kurzen Moment lang dachte ich, er würde nachgeben und uns endlich etwas erklären. Tatsächlich schien er darüber nachzudenken, aber dann zögerte er. »Das alles ist nicht leicht für Sie beide«, sagte er schließlich. »Sie sind jung, und ich kann sehen, dass meine Fragen Sie beunruhigen. Dafür möchte ich mich ausdrücklich entschuldigen. Aber ich muss meine Arbeit tun und hoffe, dass Sie das irgendwann verstehen werden.«

Er räusperte sich und fuhr dann vorsichtig fort: »Wie Sie begriffen haben werden, beschäftigt uns die ... Frage, wo Mrs d'Erlanger hinging und was passierte, nachdem sie an jenem Abend das Shepheard verlassen hat. Ich möchte betonen, dass bei der Klärung der Frage keinerlei Zeit vergeudet und keinerlei Mühen gescheut wurden. Lord Carnarvon hat die Kairoer Polizei innerhalb eines Tages nach ihrem Verschwinden in Kenntnis gesetzt, und auch seine Freunde an der Britischen Residenz wussten sehr schnell davon. Anfangs war niemand besonders beunruhigt – Mrs d'Erlanger ist ja schon so oft verschwunden, unvermittelt und ohne jede Erklärung. Trotzdem wurden Ermittlungen angestellt, aber das kostete Zeit. Telegramme wurden verschickt, Briefe geschrieben. Als keiner der vielen Freunde und Familienmitglieder, die Lord Carnarvon kontaktiert hatte, etwas über Mrs d'Erlangers Verbleib sagen konnte und die Ermittlungen der Polizei ebenfalls nichts ergaben, wurde allmählich klar, dass Mrs d'Erlangers Verschwinden vielleicht doch Anlass zur Sorge bietet. In den letzten Tagen«, El-Deeb wechselte einen Blick mit Urquhart, »hat es schließlich gewisse Entwicklungen gegeben – mehr werde ich dazu nicht sagen. Sie deuten allerdings darauf hin, dass Mrs d'Erlanger vielleicht doch etwas zugestoßen sein könnte. Doch auch diese Möglichkeit harrt noch der Bestätigung. Für den Moment hoffen wir weiterhin, dass Ihre Freundin sicher und wohlbehalten zu Ihnen zurückkehrt.« Er schenkte uns ein zuversichtliches Lächeln. »Trotzdem ist es in der Zwischenzeit unerlässlich, sämtliche Details festzuhalten – was Mrs d'Erlanger an jenem Abend anhatte und wie sie sich ... gab. Nur um ganz sicher zu sein: Ihrer Erinnerung nach war das der einzige Schmuck, den sie trug, ja? Keine Halskette, keine Brosche? Kein Armband? Keine Armbanduhr?«

»Nein, nichts davon«, sagte Frances tonlos.

»Fällt Ihnen sonst noch etwas ein, was am Verhalten oder an der Erscheinung von Mrs d'Erlanger an jenem Abend ungewöhnlich war? Irgendetwas, egal wie unbedeutend es Ihnen vorkommen mag?«

»Sie war sich sehr unsicher, was sie anziehen sollte«, sagte ich nach einer Weile. »Es schien ihr äußerst wichtig zu sein, die richtige Wahl zu treffen. Sie war nervös. Und aufgekratzt.«

»Sie trug scharlachroten Lippenstift«, sagte Frances und räusperte sich. »Sehr grellen scharlachroten Lippenstift. Könnte das wichtig sein?«

»Lippenstift, aha.« El-Deeb wechselte einen Blick mit Urquhart, und ausnahmsweise einmal schienen sich die beiden einig zu sein. In dem Blick lagen Verständnis und Sympathie. Urquhart schlug die Hände vors Gesicht. El-Deeb schüttelte den Kopf und beugte sich über sein Notizbuch. »Ein sehr wertvoller Hinweis«, sagte er freundlich, ohne aufzuschauen. »Das werde ich mir in jedem Fall notieren, Miss Winlock. Und nun will ich Sie und Ihre Freundin nicht länger aufhalten.«

Damit war das Gespräch beendet. Es gab keine weiteren Fragen mehr – und auch keine weiteren Erklärungen, weder von El-Deeb noch von Urquhart. Doch zu diesem Zeitpunkt hatten wir die Hoffnung auch schon aufgegeben.

Als wir den Raum verließen, warteten Frances' Eltern auf uns. Sie schickten uns ins Zimmer von Miss Mack, wo sie sich später zu uns gesellen wollten. Auf halbem Weg die Treppe hinunter, auf der es wie immer von Hotelgästen nur so wimmelte, nahm Frances meine Hand und zog mich fort. Wir flüchteten in einen ruhigen, abgelegenen Flur. In einer Fensternische, von der man auf den Nil hinausschauen konnte, blieben wir stehen. Soeben legte die Fähre ab, ein Pfiff ertönte.

»Wann hast du es begriffen?«, fragte sie finster.

»Als ich anfing, Poppys Handtasche zu beschreiben. Als ich sagte, wie winzig sie war.«

»Ich auch. Genau in dem Moment.« Sie wandte sich ab.

»Sie haben sie bestimmt gefunden. Deswegen haben sie uns auch all die Fragen zu ihrer Kleidung gestellt.«

Frances starrte schweigend aus dem Fenster auf den Fluss unter uns. Ihr Gesicht war weiß wie Kalk, ihre Miene starr. Mir war immer noch nicht klar, ob sie es richtig begriffen hatte, daher sagte ich leise: »Poppy ist tot, Frances. Sie muss tot sein. Kairo ist kein sicherer Ort, vor allem nicht nachts. Das sagen alle. Es muss etwas Schreckliches passiert sein. Vielleicht hat man ihre Identität noch nicht feststellen können, aber ...«

»Ich weiß, dass sie tot ist.« Noch immer starrte Frances auf den Nil unter uns. »Wir werden Poppy nie wiedersehen und nie wieder mit ihr sprechen. Als sie den Speisesaal verlassen hat, als sie den Kopf in den Nacken geworfen hat und hinausmarschiert ist, das war das letzte Mal. Und niemand hat es gewusst.« Sie holte tief Luft. »Sie war überwältigend, Lucy. All diese abscheulichen Leute im Raum, die sie angestarrt haben – aber sie war so mutig und voller Trotz. So werde ich sie in Erinnerung behalten. Ich bin froh, dass man sie anscheinend in dem Kleid gefunden hat, mit ihrem Hochzeitsschmuck und dem scharlachroten Lippenstift. Schön wie immer.«

Ich brachte es nicht übers Herz, ihr zu widersprechen. Wenn man bedachte, dass zwei Wochen bei unglaublicher ägyptischer

Hitze vergangen waren … Sollte Poppy noch in derselben Nacht gestorben sein oder auch am nächsten Tag, was die Fragen nach ihrer Kleidung an jenem Abend zweifellos nahelegten, dann musste Frances' Vorstellung kläglich falsch sein. Sonderbar, dass sie, die so viel über Einbalsamierung und die Konservierung von Toten wusste, sich so irren sollte. Ich für meinen Teil konnte mir nur allzu gut vorstellen, warum es eine Weile dauern konnte, Poppy zu identifizieren.

»Wir gehen jetzt besser, Frances«, sagte ich sanft, aber nachdrücklich. »Sonst suchen sie uns noch.«

Doch Frances rührte sich nicht und löste auch nicht ihren Blick vom Fenster. »Unser Zauber hat trotzdem funktioniert. Ich wusste, dass er funktionieren würde. Ich habe Isis und Nephthys gebeten, Poppy zurückzubringen, und zwar sofort, und sie haben es getan, sogar noch am selben Tag.« Sie zögerte. »Nur eben nicht so wie erwartet, Lucy. Vermutlich sind die Götter so.«

Wenn Frances' Götter sich an solchen Spielchen erfreuten, dann würde ich ihnen künftig wohl eher aus dem Weg gehen. Opfer konnten sie von mir jedenfalls keine mehr erwarten. Wie dumm, dass ich mich überhaupt darauf eingelassen hatte: Seiten aus einem Buch zu stehlen, sie in der Wüste zu beerdigen und Götter anzurufen, die wahrscheinlich nie existiert hatten und an die ich sowieso nicht glaubte. Frances hatte diesen Dingen große Bedeutung beigemessen, aber jetzt konnte ich sie als das erkennen, was sie gewesen waren: törichte Spielchen und kindische Illusionen. Ich musste an die Geschichte denken, die uns Carter am Vortag erzählt hatte, von der spiritistischen Sitzung und dem Wortschwall auf Koptisch, der womöglich eine Warnung gewesen war. Doch solche Warnungen gab es nicht, beschloss ich, weil es auch keine Götter gab, die sie aussprechen könnten. Bei der Besichtigung der Gräber hatte ich zwar die Gegenwart von Göttern gespürt, die Gegenwart von irgendetwas, aber auch das war bestimmt nur eine Illusion gewesen.

Ich wusste, dass Frances verletzt wäre und in Tränen ausbrechen würde, würde ich sagen, was ich dachte, also schwieg ich lieber.

Nach einer Weile trat sie denn auch vom Fenster weg und gab sich einen Ruck. Als ich ihre leuchtenden Augen und die gefasste Miene sah, war mir sofort klar, dass sie bereits die nächste Herausforderung gewittert hatte, die nächste Aufgabe wie immer. Und ebenfalls wie immer war sie mir damit weit voraus und ließ mich so mit all meinem Schmerz und meinen Unsicherheiten allein.

»Wir sollten jetzt besser gehen, Lucy«, sagte sie. »Man wird schon auf uns warten. Ich bin gespannt, mit was für Halbwahrheiten sie uns als Nächstes kommen werden. Ganz freundlich werden sie uns schmoren lassen. Mir ist schon klar, dass sie es gut meinen. Wir alle haben es gut gemeint, Lucy, du und ich, Lord Carnarvon und Eve und Mr Carter – alle haben wir unser Bestes getan. Aber egal was sie uns auftischen, wir werden die Wahrheit schon herausfinden, oder?«

»Ich denke schon. Irgendwann bestimmt.«

»Nein, bald. Ich werde sie herausfinden – oder du. Und wer sie als Erste weiß, erzählt sie sofort dem anderen. Versprich mir das, Lucy.«

»Natürlich. Wenn es denn dazu kommen wird. Ich fahre doch schon nächste Woche heim, Frances.«

»Als hätte das etwas zu bedeuten! Ich werde dir jede Woche schreiben, und du schreibst mir. Sieh doch, wie nahe wir uns sind!« Sie nahm meine Hand und presste sie an die ihre. »So nahe. Die Entfernung wird nicht den mindesten Unterschied machen. Ich liebe dich von Herzen, Lucy. Vielleicht nicht so sehr wie meine Mutter und meinen Vater, aber doch fast. Mehr noch als Poppy jedenfalls – und die habe ich wirklich über alles geliebt. Was auch immer wir herausfinden, wir werden es teilen. Von nun an bis zur Stunde unseres Todes wird es keine Geheimnisse mehr zwischen uns geben, das musst du mir hoch und heilig versprechen.«

Ich schaute in Frances' wild entschlossenes Gesicht. Ihr leuchtender Blick hielt den meinen fest. Ich misstraute zwar ihren Vorhaben, zumal sie fähig war, sie bedenken- und folgenlos wieder zu vergessen, aber wie hätte ich ihr in dieser Situation die Bitte abschlagen können? Bislang hatte mir nur eine Person in meinem Leben eine so nachdrückliche Liebe entgegengebracht, und diese Person war für immer fort. Also drückte ich Frances an mich, erklärte, dass sie ebenfalls meine beste Freundin sei, und versprach ihr, dass wir nie Geheimnisse voreinander haben und alle Wahrheiten teilen würden – einschließlich der Wahrheit über Poppy d'Erlanger, sollten wir sie denn je erfahren. Wir verschlangen unsere Finger ineinander, und damit war der »Pakt«, wie Frances es nannte, besiegelt.

»Warum müssen wir die Abmachung denn unbedingt als Pakt bezeichnen?«, protestierte ich mit Verzögerung, als wir zur Treppe zurückkehrten. Frances' hochtrabende Ausdrucksweise und ihre Liebe zu bombastischen Worten begeisterte und ängstigte mich gleichermaßen. Wir betraten den Flur zu Miss Macks Zimmer, hinter dessen Tür schwache Stimmen zu hören waren. »Warum können wir nicht einfach etwas Normales sagen, Versprechen oder so?«

»Oh, Lucy, hat dich Ägypten denn gar nichts gelehrt? Pakt klingt doch einfach viel besser«, antwortete Frances. »Außerdem hat das Wort eine tiefere Bedeutung.«

Da ich Frances' Begabungen kannte, war ich damals vollkommen sicher, dass sie es sein würde, die die Wahrheit herausfand, aber da hatte ich mich geirrt. Ich entdeckte sie eine Woche später.

Die Vorkehrungen für unsere Rückreise nach England waren getroffen. Miss Mack hatte in Erfahrung gebracht, dass Roses und Peters Vater auf ihrer sofortigen Heimkehr beharrte. Wie uns hatte man den beiden erzählt, dass ihrer Mutter vielleicht etwas zugestoßen sei und dass es Gründe gebe, sich Sorgen um sie zu machen. Man hatte Bemerkungen fallen lassen, dass Poppy vielleicht für lange, lange Zeit nicht zurückkomme und sie deshalb ohne sie nach England zurückreisen müssten. Ihr Vater hatte Lord Carnarvon mehrfach telegrafiert, dass sie unverzüglich aufzubrechen hätten, am besten mit dem nächstmöglichen Schiff und in Begleitung von Wheeler. Er selbst würde sie in Dover abholen.

Als Miss Mack davon hörte, erst von der in Tränen aufgelösten

Eve, dann von der empörten Wheeler, war sie außer sich. Fortan weigerte sie sich, den Namen Lord Strathaven auch nur auszusprechen, er war nur noch »dieser Mann«. Ab sofort wurde es zu Miss Macks Obsession, diesem Mann ein Schnippchen zu schlagen und seine Versäumnisse als Vater und menschliches Wesen wiedergutzumachen. Sie konnte von nichts anderem mehr sprechen – und nie hatte ich sie so bewundert wie an jenem Nachmittag, als sie triumphierend von einem ihrer Scharmützel in Cooks Reisebüro zurückkam und verkündete, die Rückfahrt von Rose und Peter sei nun geregelt. Ihre Abfahrt wurde um zwei Tage verschoben, die unsere hingegen um zwei Tage vorverlegt, und so würden wir Ägypten nun alle gemeinsam verlassen. Wir würden mit denselben Schiffen und Zügen fahren und dank Lord Carnarvon, der sämtlichen Eisenbahn- und Schifffahrtsgesellschaften in unserer Sache gekabelt hatte, zu jedem Zeitpunkt der langen Reise auch noch komfortabel untergebracht sein.

»Ich hoffe doch, dass das diesem Mann eine Lehre sein wird!«, verkündete Miss Mack. »Alexandria, Marseille – das ist eine Überfahrt von vier Tagen, und die sollte Wheeler in der dritten Klasse überstehen! Das muss man sich mal vorstellen: die beiden armen, verstörten Kinder ganz allein am Oberdeck und Wheeler irgendwo in den Schiffseingeweiden. Ich kann dir sagen, Lucy, auf unserer gemeinsamen Reise habe ich eine Menge gelernt. Nie wieder werde ich mich von einem englischen Gentleman blenden lassen. Manche verdienen den Titel, manche aber auch nicht. Und von ihren amerikanischen Pendants habe ich ebenfalls die Nase voll. Zunächst erschien es mir absolut selbstverständlich, dass wir uns bescheiden, du und ich. Aber dann musste ich an diese selbstherrlichen, hartherzigen Emersons und Stocktons denken – und auch daran, dass du doch besser bei Rose und Peter sein solltest, um sie zu trösten und weil der kleine Peter dich über alles liebt. Tja, und da habe ich einfach die entsprechenden Entscheidungen getroffen. Ich habe jede Vorsicht in den Wind geschlagen und es einfach getan.« Sie hielt inne, musterte mich und wirkte plötzlich verunsichert. »Das war doch richtig, Lucy, oder?«

»Absolut richtig. Wirklich, Miss Mack, ich hätte es mir nicht anders gewünscht, im Gegenteil.«

»Und es macht dir nichts aus, dass wir ein bisschen früher aufbrechen? Bist du dir sicher?« Sie schaute mich eindringlich an. »Ich weiß, dass du eigentlich gar nicht von hier weg möchtest, und ich weiß auch, wie nahe ihr euch steht, Frances und du. Und vermutlich plagen dich auch etliche Ungewissheiten oder sogar Ängste, weil du nicht weißt, was dich daheim erwartet und wie das Leben in Cambridge sein wird, ohne …«

»Nein, nein«, sagte ich schnell, damit sie sofort damit aufhörte. »Zwei Tage machen doch keinen großen Unterschied. Frances und ich haben uns schon auf den Abschied eingestellt – wir werden uns schreiben.«

»Das werdet ihr, unbedingt.« Miss Mack ließ sich auf meinen Tonfall ein. Sie platzierte einen Kuss auf meine Augenbraue und verkündete – ohne Cambridge, meinen Vater und meine Zukunft noch einmal zu erwähnen, wofür ich sie im Stillen segnete –, dass wir nun besser mit dem Packen beginnen sollten, je eher, desto besser.

Zwei Tage später nahmen wir den Nachtzug nach Kairo. Lord Carnarvon, Eve, Frances und ihre Eltern kamen zum Bahnhof, um uns zu verabschieden. Ständig versicherten sie uns, wie sehr sie uns vermissen würden, dass wir uns bald wiedersehen würden und wir nach Ägypten zurückkehren müssten. Glücklicherweise blieb es uns erspart, etwas darauf zu antworten: Peter, den der erneute Abschied überwältigte, brach in Tränen aus, sodass Rose und ich vollauf damit beschäftigt waren, ihn zu trösten.

Von Kairo nahmen wir einen Zug direkt nach Alexandria und gingen dort an Bord der *Berenice*, eines in die Jahre gekommenen, aber immer noch prächtigen Dampfschiffs. Gegen Mittag legten wir vom ägyptischen Festland ab. Miss Mack zeigte mir von Bord aus die Orte, an die sie sich noch aus dem Krieg erinnern konnte, das Krankenhaus etwa, wo sie als Krankenschwester die Verwundeten aus Gallipoli gepflegt hatte. Vom Meer her wehte ein starker Wind, und sobald wir den Hafen verlassen hatten, herrschte heftiger Seegang. Nach einer Stunde verkündete Miss Mack, die schon ganz grün im Gesicht war, dass die See doch ziemlich rau sei und sie sich in ihre Kabine zurückziehe. Die meisten Passagiere taten es ihr zügig nach, sodass die Decks sich leerten. Nur Wheeler, Rose, Peter und ich hielten durch, waren jedoch so unklug, zum Tee zu gehen. Nachdem Peter auch nur einen Blick auf die Kekse geworfen hatte, fühlte er sich sofort hundeelend, und Rose verkündete mit zusammengebissenen Zähnen, dass sie das Gefühl habe, sofort sterben zu müssen.

Wheeler schnappte sich die beiden, und ich blieb allein zurück, wanderte durch die verlassenen Räume und dann über die leeren Decks. Vom Heck aus war nichts mehr zu sehen – Ägypten lag bereits zu weit hinter uns. Auch vom Bug her sah man nichts als eine Wolkenwand. Seekrank war ich nicht, mir war nicht einmal schwindelig, und mein Geist wurde auch nicht von den Nebeln des Typhus verschleiert. Ich fühlte mich einfach nur einsam auf diesem herrlich erleuchteten Geisterschiff auf dem Weg ins Nichts.

Ich schlenderte über das Deck an Backbord, dann über das Deck an Steuerbord, und nach einer Ewigkeit, als es schon schwärzer als schwarz war, weil weder Mond noch Sterne schienen, setzte ich mich in einen Liegestuhl und schaute auf den unsichtbaren Horizont hinaus. Irgendjemand hatte die *Morning Post* auf dem Stuhl liegen lassen, eine englischsprachige Zeitung aus Kairo. Ich griff nach ihr, aber der Wind riss dermaßen an den Seiten, sodass ich sie schließlich mit in die Kabine nahm und beschloss, jedes einzelne Wort jeder einzelnen Spalte zu lesen. Damals war Lesen die beste Medizin, die ich gegen meine Kümmernisse kannte – und das ist es auch heute noch.

Ich legte mich auf das schmale Bett in meiner Kabine und las weiter, wo ich kurz zuvor an Bord aufgehört hatte. Es war ein langer Bericht über die Erklärung Lord Allenbys, mit der Ägypten am vorangegangenen Tag, dem 28. Februar, von der britischen Regierung in die Unabhängigkeit entlassen worden war. Während das Schiff rollte und schaukelte, las ich die Kommentare von englischen Diplomaten und Nationalisten der Wafd-Partei und verstand allmählich, wieso die Stimmung zwischen Lieutenant Urquhart und Mr El-Deeb so angespannt gewesen war; als sie uns befragt hatten, war der Machtwechsel erst eine Woche her gewesen. Ich blätterte zur zweiten Seite, dann zur dritten, und überall schien durchzuklingen, dass die Machtübertragung bestenfalls teilweise gelungen war und unzählige stümperhafte Notlösungen beinhaltete. Die Briten hatten noch die Kontrolle über die Kanalzone, die Armee, den Sudan, das … Ich blätterte die Seite um, um weiterzulesen, als mein Blick auf ein großes Foto von Poppy d'Erlanger fiel. Es war ein Bild jüngeren Datums und zeigte sie als die Frau, die sie zuletzt gewesen war. So hatte ich sie in Erinnerung: unvergessliche Augen, ein vielsagender Blick direkt in die Linse, ein verstohlenes Lächeln und eine Aura, als befände sie sich auf der Flucht.

Die gerichtliche Untersuchung hatte am Tag zuvor stattgefunden. Das Interesse am spektakulären Tod der Schönheit aus der gehobenen Gesellschaft war so groß, dass es im Gerichtssaal nur Stehplätze gegeben hatte. Ich beugte mich über die Textspalten und erfuhr endlich die Wahrheit über den Tod von Mrs d'Erlanger.

Man hatte sie drei Tage vor El-Deebs Ankunft in Luxor im sumpfigen Schilf- und Papyrusgürtel des Nils gefunden. Ein kleiner englischer Offizier war zufällig auf ihre Leiche gestoßen. Er war erst kürzlich nach Ägypten versetzt worden und hatte an einer der frühmorgendlichen Entenjagden teilgenommen, welche die Mitglieder des Gezira Sporting Clubs so schätzten. Die Schießerei war vorbei, die Ausbeute gut, und er und seine Mitoffiziere wollten gerade zum traditionellen englischen Frühstück im Mena House Hotel aufbrechen, als das Summen von Fliegen, ein süßlicher Geruch in der Luft und ein leuchtender Fleck im Schilf seine Aufmerksamkeit erregten.

Als »flamingorosa« beschrieb er ihn später. Von der leuchtenden Farbe angezogen ignorierte er die Aufforderungen seiner Freunde, sich doch zu beeilen, und watete durchs sumpfige Ufer, in dessen Schilf es von Vögeln wimmelte, während über das Wasser Libellen sausten. Poppy d'Erlanger lag am Rande des Flusses, im Schilf versteckt, neben einer Ansammlung blauer Lotusblumen. Sie trug noch die Überreste ihres knallrosa Kleids. Der Morgen dämmerte bereits herauf, als der Mann sie fand – in der Wärme der aufgehenden Sonne öffneten sich soeben die Lotusblüten. Schillernde Insektenschwärme verdeckten ihr Gesicht, sodass der junge Subalterne, der sich sofort wegdrehen und übergeben musste, sich nicht sicher war, wen oder was er da gefunden hatte. Schließlich erkannte er, dass es sich um ein weibliches Wesen handeln musste, dass es tot und vermutlich – der Kleidung nach zu urteilen – eine weiße Europäerin war. Die Britische Residenz und die Polizei wurden informiert, und schnell stellte sich heraus, dass es sich um Mord handelte: Die Kehle der Frau war grausam durchtrennt worden. Länger brauchte es schon, um festzustellen, dass die tote Frau Mrs d'Erlanger war. Wie sie in den Fluss gelangt war, was mit ihrem Schmuck und ihrem Pelz geschehen war und – vor allem – was überhaupt passiert war, nachdem sie das Shepheard's verlassen hatte, blieb ein Rätsel.

Poppys Ehemann Jacob d'Erlanger und ein britischer Offizier namens Carew – die beiden Männer, die an jenem Abend im Shepheard's um sie gestritten hatten – wurden ausgiebig vernommen. Doch beide hatten englische Freunde, die ihnen hieb- und stichfeste Alibis verschafften. Schließlich wurde ein ägyptischer Taxifahrer, der Mrs d'Erlanger an jenem Abend gefahren haben sollte, des Mordes beschuldigt. Er hatte zwar ebenfalls ein Alibi, aber das stammte von Einheimischen und konnte von den britischen Behörden als Lügennetz abgetan werden – ein Urteil, dem die Zeitung, die ich las und die einen britischen Besitzer hatte, nur beipflichten konnte: Ein paar Jahre zuvor, ja, nur ein paar Monate zuvor, und diesem Mann hätte die Todesstrafe geblüht, tönte es mir entgegen. Aber da die Verhaftung an der Schwelle zur Unabhängigkeit Ägyptens erfolgt war und damit in einer Zeit großer politischer Sensibilitäten, hatte sie nationalistische Empörung und gewaltsame

Straßenproteste ausgelöst, sodass der Mann schnell wieder freigekommen war.

Das Urteil der Ermittler lautete: »Mord durch einen unbekannten Täter«, was die Zeitung als Fehlurteil mit nicht absehbaren Folgen bewertete. VON DER GESCHICHTE GERETTET!, so hieß die Schlagzeile. Und da kein Risiko bestand, von einem armen Ägypter, der sich keinen Anwalt leisten konnte, wegen Verleumdung verklagt zu werden, ließ man sich über etliche Spalten darüber aus, dass der Taxifahrer ganz offensichtlich schuldig sei und der Zusammenbruch von Recht und Ordnung bevorstehe, dass auf die Unabhängigkeit unweigerlich Korruption folge, wie man ja bereits sehen könne, und die Ägypter offensichtlich nicht in der Lage seien, ihr Land selbst zu regieren.

Ich las den Artikel von vorn bis hinten, riss ihn dann in Fetzen und nahm einen Bleistift und Schreibpapier der *Berenice* zur Hand. Während sich das Schiff weiterhin hob und senkte, hielt ich mich an unseren Pakt und schrieb an Frances, was ich soeben erfahren hatte. Als ich meinen Brief beendet hatte, steckte ich ihn in einen Briefumschlag, den ich tagelang mit mir herumtragen sollte.

Vielleicht hatte ich eine abergläubische Angst davor, der Brief könnte verloren gehen, wenn ich ihn in die Schiffspost gab, vielleicht aber hatte ich auch das Gefühl, dass sich sein Inhalt, würden der Brief nicht verschickt und die Informationen nicht weitergegeben werden, als falsch erweisen könnte. Ich bin mir nicht sicher, was oder ob ich damals überhaupt etwas dachte – ich war einfach wie betäubt. Also blieb der Brief, wo er war, und ich verbrachte meine Tage mit Rose und Peter an Deck. Es war eine schwierige Überfahrt: Da ich ihnen nicht die Wahrheit sagen konnte, war ich gezwungen, tröstliche Ausflüchte und schamlose Lügen zu erfinden. Eigentlich hatte ich vor, den Brief in Dover abzuschicken, aber der Abschied von Peter, der sich verzweifelt an mich klammerte und seine kleinen Händchen in meinen Mantel krallte, bis Wheeler ihn gewaltsam von mir trennte, verbannte jeden anderen Gedanken aus meinem Kopf. So blieb der Brief in meinem Besitz, bis ich mich in

London von Miss Mack verabschiedet hatte und wieder in Cambridge war.

Dort entfloh ich schließlich für eine halbe Stunde dem strengen Unterrichtsprogramm, das man für mich aufgestellt und am Tag nach meiner Rückkehr sofort begonnen hatte. Den Brief steckte ich in die Tasche meines wärmsten Mantels und ging von unserem großen grauen Haus in Newnham, einem Außenbezirk von Cambridge, in die Stadt. Ich durchschritt das Gebiet hinter den Colleges, überquerte den angeschwollenen, schlammig braunen Fluss und betrachtete die wenigen blassen Narzissen, die sich aus der feuchten Erde hervorwagten. Sie wurden vom tückischen Ostwind gepeitscht, an den ich mich noch gut erinnerte – und von dem meine Mutter Marianne immer gewitzelt hatte, er komme direkt vom Ural, aus Sibirien.

Es war Anfang März. In Ägypten würden Howard Carter und Herbert Winlock bald ihre Grabungen für die Saison einstellen, weil die gnadenlose Hitze noch gnadenloser werden würde. In Cambridge lag die Temperatur bei einem Grad unter null. Als ich an den Colleges vorbeischritt, hatte ich das Gefühl, mir meine Ägyptenreise nur eingebildet zu haben. Ich war nie wirklich dort gewesen – und würde ganz gewiss nie dorthin zurückkehren.

Der Brief in meiner Tasche war so etwas wie eine letzte, kostbare Verbindung zu Frances, und ich zögerte noch immer, ihn freizugeben. Ich zählte bis zehn, dann steckte ich ihn in den roten Kasten in der King's Parade. Benommen schaute ich zum wundervollen Dach der Kapelle des King's College hoch. Zwei junge Studenten im Talar kamen an mir vorbei und debattierten lautstark über Nietzsche. Mein Herz war schwer. Ich trat den Rückweg an. *Mal de mer.* Zwei Tage war es nun her, dass ich das Schiff verlassen hatte, und immer noch schwankte der Boden unter meinen Füßen.

Graue Gebäude, grauer Himmel, grauer Regen. Ich war spät dran für meine nächste Stunde – Literatur bei Miss Dunsire – und würde eine Erklärung benötigen, ein Alibi. Doch als ich wieder den Cam überquerte, hatte ich eine Lüge parat. Sie war kompliziert und hätte Frances sicher gefallen, aber zu Hause war ich plötzlich zu wütend, um sie vorzubringen. »Ich habe einen Brief eingeworfen«, antwortete ich auf die leisen, aber eindringlichen Fragen.

Miss Dunsire seufzte. »Verstehe.« Reglos musterte sie mich vom anderen Ende des Raums. Die Uhr tickte, das Kaminfeuer knackte, und in meinem Geist loderte die heimliche Rebellion, die in den Monaten in Ägypten entzündet und seither ständig geschürt worden war. Ich hatte keinerlei Zweifel – und habe sie auch jetzt nicht –, dass Nicola Dunsire meine innere Erregung bemerkte und als etwas verbuchte, das sich eines Tages für etwas anderes benutzen ließe. Doch bei dieser Gelegenheit erklärte sie lediglich, dass sie die verspäteten vierzig Minuten an unsere Stunde dranhängen würde. Dann wartete sie mit verschränkten Fingern, bis die anschwellende Feindseligkeit im Raum die nötige Intensität erreicht hatte. »Schlag deinen Shakespeare auf, Lucy«, sagte sie, als die Spannung zwischen uns unerträglich wurde.

Ich gehorchte schweigend. Mein Aufenthalt in Ägypten hatte mich einiges gelehrt, sodass wir uns schon damals gut einzuschätzen wussten – Miss Dunsire und ich.

»*Was ihr wollt*, I. Akt, 2. Szene«, sagte sie, als ich in den hauchdünnen Seiten der *Gesammelten Werke* meiner Mutter herumblätterte. »Wir machen da weiter, wo wir beim letzten Mal unterbrochen wurden. Wie du erfahren wirst – oder vielleicht weißt du es ja auch schon –, hat es einen Schiffbruch gegeben. Viola hat ihn überlebt und wurde in einem unbekannten Land ans Ufer gespült. Solche Begebenheiten – Seereisen, Unwetter, Schiffbrüche und ihre Folgen – kommen bei Shakespeare häufiger vor. An ihnen entzündete sich seine Fantasie, wie wir zu gegebener Zeit sehen werden. Ich werde die Viola lesen, du übernimmst die anderen Figuren.«

Sie wartete stumm, bis ich die Stelle gefunden hatte. Ich starrte auf die verschwimmenden Worte.

»*Welch Land ist dies, ihr Freunde?*«, erkundigte sie sich.

»*Illyrien, Fräulein*«, antwortete ich nach einer langen Pause.

# Teil 4

# Ein altes Land

Ein Wandrer kam aus einem alten Land,
Und sprach: »Ein riesig Trümmerbild von Stein
Steht in der Wüste, rumpflos Bein an Bein,
Das Haupt daneben, halb verdeckt vom Sand.

Der Züge Trotz belehrt uns: wohl verstand
Der Bildner, jenes eitlen Hohnes Schein
Zu lesen, der in todten Stoff hinein
Geprägt den Stempel seiner ehrnen Hand.

Und auf dem Sockel steht die Schrift: ›Mein Name
Ist Osymandias, aller Kön'ge König: –
Seht meine Werke, Mächt'ge, und erbebt!‹

Nichts weiter blieb. Ein Bild von düstrem Grame,
Dehnt um die Trümmer endlos, kahl, eintönig
Die Wüste sich, die den Koloß begräbt.«

P. B. Shelley, 1818

Das Sonett wurde von einer Kolossalstatue Ramses II. inspiriert, die zwei Jahre zuvor von Giovanni Battista Belzoni aus Ägypten nach London gebracht wurde. Belzoni schenkte sie dem British Museum, wo sie bis heute zu sehen ist.

# 18

»Wie groß du geworden bist, Lucy! Dein Vater wird dich kaum wiedererkennen. Ich könnte schwören, dass du in der Zeit mindestens fünf Zentimeter gewachsen bist«, hatte Miss Mack gesagt, als der Anschlusszug von der Fähre in Dover den Bahnhof verlassen hatte. Sie hatte mir gegenübergesessen und mich besorgt betrachtet. Die Aussicht, bald meinem Vater zu begegnen, machte sie nervös. Ich konnte es ihr nachfühlen.

Miss Mack war überzeugt davon, dass wir in London hinreichend viel Zeit haben würden, um uns voneinander zu verabschieden. Vielleicht würde mein Vater uns zum Mittagessen einladen? Bei der Gelegenheit würden wir dann wahrscheinlich auch erfahren, wie sich mein neues Leben in Cambridge gestalten würde. Ich wusste nur, dass ich in das Haus in Newnham zurückkehren würde, das meine Eltern anlässlich ihrer Hochzeit gekauft hatten. Zwei Jahre später war ich dort geboren worden. Ich hatte nie irgendwo anders gelebt, aber ich verband das Haus ausschließlich mit meiner Mutter. Seit mein Vater aus dem Krieg zurückgekehrt war, hatte er es vorgezogen, im College zu wohnen, und war nur am Wochenende heimgekommen.

»In seinen Briefen hat er nichts von seinen Plänen geschrieben«, bekannte Miss Mack nervös, als der Zug durch die öde Landschaft schnaufte und ich auf die kahlen Bäume und die dunklen, frisch gepflügten Felder starrte. »Dein Vater schreibt immer sehr knapp – aber nun, so sind Männer wohl. Ich bin mir trotzdem sicher, dass er sich die Sache aufs Gründlichste überlegt hat. Dein Wohlbefinden wird dabei natürlich an allererster Stelle stehen. Er wird weibliche Hilfe brauchen. Vielleicht kann ja eine seiner Cousinen aus Norfolk einspringen oder deine Tante Foxe. Deine liebe Mutter hat sie sehr geschätzt.«

Tante Foxe war die ältere Schwester meines Vaters, mit der er sich überworfen hatte. Meine Mutter hingegen hatte sie gemocht und hatte immer zwischen den beiden zu vermitteln versucht. Unseren letzten gemeinsamen Spaziergang hatten meine Mutter und ich gemacht, als wir bei Tante Foxe in Norfolk gewesen waren. Reglos starrte ich aus dem Fenster. »Das halte ich nicht für sehr wahrscheinlich«, antwortete ich. »Mein Vater spricht nicht mit seinen Cousinen. Mit seinem Bruder auch nicht. Und Tante Foxe verachtet er regelrecht – er geht seiner Familie nach Möglichkeit aus dem Weg.«

Miss Mack, der unser Abschied von Wheeler, Rose und Peter in Dover und die Aussicht auf die Begegnung mit meinem Vater zu schaffen machten, verfiel in Schweigen. Wie ich wusste, hegte sie die Hoffnung, man würde sie bitten, ihre Rückkehr nach Amerika zu verschieben, um in Cambridge zu bleiben und sich – wenigstens für eine Weile – um mich zu kümmern. Ich hatte versucht, ihr die Idee auszureden. Das würde nie im Leben passieren, das wusste ich. Nicht, solange mein Vater lebte.

Wie sich herausstellte, fand auch das erwartete gemeinsame Mittagessen nicht statt. Es gab keinen ausführlichen Abschied und keine Unterhaltung über vergangene Reiseerlebnisse oder zukünftige Vorhaben. Mein Vater wartete elegant und geschäftsmäßig auf dem Bahnsteig an der Victoria Station auf uns. Höflich begrüßte er Miss Mack, dankte ihr höflich, begleitete sie höflich zum Taxi und bat sie, sofort nach ihrer Ankunft in Amerika zu schreiben – um sie dann höflich in das Hotel zu schicken, in dem er ein Zimmer für sie gebucht hatte. Der gesamte Vorgang dauerte fünfzehn Minuten. In einem Moment klammerte ich mich noch an Miss Mack, im nächsten war sie schon fort.

»Wir sollten uns beeilen. Viel Zeit bis zu dem Zwei-Uhr-Zug von der Liverpool Street bleibt uns nicht. Was für ein Haufen Gepäck, Lucy.« Mein Vater kniff die Augen zusammen, als er die Kisten und den Koffer sah.

»Ich war ein paar Monate fort, Daddy«, sagte ich. »Den ganzen Januar und Februar.«

»Tatsächlich? Wie die Zeit vergeht.« Er warf mir einen kalten ironischen Blick zu, gab dem Kofferträger ein Sixpence und stieg dann ins wartende Taxi.

»Ein Koffer ist voll nur mit Büchern.« Ich stieg ebenfalls ein. »Und ich habe Geschenke mitgebracht. Eins für Mrs Grimshaw, eins für Tante Foxe und eins für dich natürlich.«

»Hoffentlich nicht einen dieser grässlichen Skarabäen. Wenn du mir mit so einem Ding kommst, fliegt es sofort in den Müll, das kann ich dir versichern.«

Ich wurde rot. Natürlich hatte ich für ihn einen Skarabäus besorgt. Zusammen mit Frances und ihrer Mutter hatte ich auf dem Basar in Luxor um seinen Preis gehandelt. Er war wunderschön, aus einem goldgeäderten Lapislazuli gearbeitet – und zudem echt, kein Touristennepp, da war sich Helen sicher gewesen. Der Ausflug, den wir extra unternommen hatten, um Geschenke zu kaufen, war eine Qual gewesen. Frances hatte Unmengen von Mitbringseln für ihre große Familie und ihre unzähligen Freunde kaufen müssen, während ich nur auf vier Kandidaten gekommen war: meinen Vater, Tante Foxe, die ich selten sah, Dr. Gerhardt, einen älteren Dozenten, bei dem ich Deutsch- und Französischunterricht hatte und der ein Freund meines Vaters war, und Mrs Grimshaw, unsere Putzfrau. Die geschwätzige Mrs Grimshaw war eine fixe Größe meiner Kindheit. Sie war mir ans Herz gewachsen, und auch Tante Foxe und Dr. Gerhardt, der in den Unterrichtsstunden des Öfteren freundlich vor sich hin döste, mochte ich gern.

Nun stand ich vor dem Problem, dass ich meine Mitbringsel neu verteilen musste. Für Dr. Gerhardt hatte ich eine kleine Uschebti gekauft. Sie war die beste gewesen, die ich mir leisten konnte, wenngleich von zweifelhafter Herkunft. Vielleicht könnte ich ihm ja den Skarabäus schenken und die Uschebti meinem Vater? Aber würde er sie gelten lassen, oder würde sie ebenfalls in den Müll wandern?

Das Problem beschäftigte mich den gesamten Weg von der

Victoria Station zur Liverpool Street Station mitten durchs lärmige London hindurch. Und es beschäftigte mich immer noch – Uschebti oder Skarabäus, Skarabäus oder Uschebti? –, als wir in den Zug nach Cambridge stiegen. Vermutlich hätte ich die gesamte Fahrt mit der richtigen Verteilung der Geschenke, die mich einst hellauf begeistert hatten und mir nun überflüssig und töricht erschienen, verbracht, hätte mich mein Vater nicht irgendwann aus diesem Strudel der Gedanken herausgerissen. Er beugte sich vor. »Du bist gewachsen, Lucy«, stellte er fest. Es war der erste Satz, den er nach unserem Einstieg gesagt hatte. Es konnte ein Kompliment oder ein Vorwurf sein, das wusste man bei ihm nie so genau.

Ich richtete den Blick auf die Strippen der Gepäckablage gegenüber und auf die sepiafarbenen Bilder, die die Colleges in Cambridge zeigten. Die Sitze waren mit abgewetztem roten Plüsch bezogen, die Kopfstützen trugen weiße Schonbezüge. Wir hatten das Abteil für uns allein. Ich spürte den forschenden Blick meines Vaters auf mir ruhen.

»Ja, deutlich größer.« Er runzelte die Stirn. »Du hast auch ein wenig zugenommen und bist nicht mehr so spindeldürr. Und deine Haare sind gewachsen. Gar nicht übel siehst du aus. Der Orient muss dir gutgetan haben.«

»Du siehst auch gut aus, Daddy«, erwiderte ich schüchtern. Mein Vater trug einen neuen Übermantel und einen gut geschnittenen grauen Anzug, den ich noch nie vorher an ihm gesehen hatte. Die schwarze Krawatte, die er vor meiner Abreise in Gedenken an meine Mutter getragen hatte, war einem gemusterten Seidentuch gewichen. Er sah wirklich gut aus, jugendlich – fast schon zufrieden mit sich und der Welt. Weniger hager und schwermütig, als ich ihn in Erinnerung hatte. »Nun, die Zeit vergeht«, stellte er fest und schlug seine Zeitung auf.

Mit dieser großformatigen papiernen Wand zwischen uns war es leichter, ihn zu beobachten. Alles, was ich von ihm sehen konnte, waren das dichte Haar und der kritische Bogen seiner Augenbrauen. Die hellbraunen Augen, in denen für gewöhnlich der Ausdruck verächtlichen Spotts lag, waren gnädig verborgen. Ich würde mich mit ihm vertraut machen müssen, mit diesem Mann, der mein Vater war, aber leicht würde das nicht werden. Ich wusste so wenig von ihm und kannte ihn vor allem durch die Augen meiner Mutter. Er ist zweifellos attraktiv, dachte ich. Meine Mutter hatte mir immer erzählt, sie habe sich im selben Moment in ihn verliebt, als er ihr auf einer Party in London zum ersten Mal aufgefallen sei: Robert Foxe-Payne, ein Engländer, der anders war als alle Männer, denen sie in Amerika zuvor begegnet war: energisch, entschieden und rücksichtslos. Ein junger Althistoriker aus Cambridge mit zweifacher Bestnote, ein talentierter Bursche von zweiundzwanzig, dem Großes vorhergesagt wurde.

Und so folgten eine glatte Promotion, ein Stipendium fürs Trinity College und die erste Publikation, eine Übersetzung der ersten sechs Bücher von Homers *Ilias*, was für erheblichen Wirbel sorgte. »In akademischen Kreisen, aber auch darüber hinaus«, pflegte meine Mutter stolz zu sagen, wenn sie davon erzählte. Natürlich riefe das auch Kritiker auf den Plan, fügte sie hinzu, aber bei einem derart brillanten Mann könne das natürlich nicht ausbleiben. Manche nahmen Anstoß an der politischen Haltung meines Vaters, manche mokierten sich über seine Entscheidung, das »Foxe« aus seinem Nachnamen zu streichen, während andere wiederum davon überzeugt waren, dass er, wäre er nicht der jüngere Sohn, sondern der Erbe gewesen, nicht nur liebend gern den vollständigen Namen, sondern auch das damit verbundene Anwesen in Norfolk behalten hätte. Besonders bissige Kritiker erklärten, dass ein Privatvermögen, und sei es noch so gering, ein hübsches Polster für einen Mann mit derart linken Ansichten sei – ein Vermögen, auf das Dr. Payne keineswegs zu verzichten geneigt sei, obwohl er doch Gleichheit für alle predige.

Diese Fraktionen verbreiteten bösartige Unwahrheiten über meinen Vater, wie meine Mutter es formulierte. Sie behaupteten, er habe sie geheiratet, weil sie eine Emerson sei und ein Vermögen erbe. Das auf die Hochzeit folgende Zerwürfnis mit ihrer Familie habe er nicht voraussehen können und stets auf eine Versöhnung gehofft – wenn schon nicht zur Hochzeit, so doch spätestens zur Geburt des ersten Kindes. Doch der Emerson-Clan verweigere sich unerbittlich, verkündete diese Fraktion, und säe somit Streitigkeiten zwischen den Eheleuten, die ohnehin nie zueinandergepasst hätten: er ein begabter Gelehrter, sie eine impulsive, verzogene Gesellschaftsgöre.

»Alles Lügen, Lucy«, sagte meine Mutter dann. »Sehr verletzende Lügen. Dein Vater und ich haben aus Liebe geheiratet. Geld hat uns nie interessiert. Nur der Neid bringt die Leute dazu, all diese gemeinen Dinge zu sagen.«

Da Neid unter den Akademikern in Cambridge tatsächlich sehr verbreitet war, hatte das vielleicht sogar gestimmt, dachte ich, als mein Vater eine Seite seiner *Times* umblätterte und dann in Hochgeschwindigkeit mit seinem silbernen Druckbleistift ein Kreuzworträtsel löste. Vielleicht erklärte das ja auch, warum mein Vater unter seinen Kollegen so wenig Freunde hatte. Aber war er wirklich so beneidenswert? Die sehnlichst erwartete Übersetzung der nächsten sechs Bücher der *Ilias* war nie erschienen. Nach der Unterbrechung durch den Krieg hatte er das Projekt aufgegeben, und auch sonst hatte er in den letzten zehn Jahren nichts publiziert. Zudem hatte seine Gesundheit durch die Zeit im Schützengraben gelitten, und seine Heirat mit einer amerikanischen Erbin hatte ihm kein Vermögen eingebracht, sondern bestenfalls ein Kind. Nun, da meine Mutter Marianne tot war, was blieb ihm da noch? Eine Tochter, die er kaum kannte und die versorgt und unterrichtet werden musste. Vermutlich bin ich eine Last für ihn, dachte ich. Mein Vater trug ein weiteres Wort in die Kästchen des Rätsels ein, die flachen Felder zogen vorbei, die Räder des Zuges drehten sich unaufhaltsam weiter.

Am nächsten Bahnhof, er hatte das Kreuzworträtsel in der halben Stunde, die er sich dafür zugestand, gelöst, schaute er plötzlich auf, erkundigte sich nach Ägypten und hörte sich meine stockenden Antworten aufmerksam an.

»Ach ja, Ballett. Das hattest du in einer deiner unnachahmlichen

Postkarten erwähnt«, sagte er. »Du musst dich wirklich von deiner Manie für Ausrufezeichen befreien, Lucy.« Meine Schilderung der Winlocks provozierte bei ihm nur ein abfälliges »Pah, Amerikaner«, und auch eine unvorsichtige Erwähnung von Lord Carnarvon erwies sich als Fehler. Da mein Vater seit jeher mit sozialistischen Ideen liebäugelte, hatte er für Aristokraten nur Verachtung übrig. Auch Arbeiter und Bürger verachtete er, aber das trug er nicht so deutlich zur Schau. Schnell wechselte ich das Thema. Nur mein ernsthafter Bericht über das Tal der Könige löste eine nervöse Heiterkeit in ihm aus, sodass seine Lippen schmal wurden.

»Mumifizierte Könige, Katzen, Paviane, Bullen und sogar Krokodile, ich verstehe. Das war ja genau die richtige Kultur für dich! So hoch war sie, dass sie es versäumt hat, auch nur ein Fitzelchen Literatur zu produzieren. Wie ein Archäologe, der diesen Namen verdient, auf die Idee kommen kann, lieber dort zu graben als in Griechenland oder Italien, das ist mir absolut schleierhaft. Es sei denn, er tut es wegen des Goldes, das sie dort andauernd finden, aber auch das scheint ja in letzter Zeit weniger zu werden, wenn ich recht informiert bin. Auf dich scheinen sie jedenfalls Eindruck gemacht zu haben, diese ägyptischen Götter mit ihren Vogel- oder Mistkäferköpfen, oder? Meiner Meinung nach sind sie einfach nur lächerlich.«

»Die Käfer symbolisieren die Wiedergeburt, Daddy«, klärte ich ihn auf. »Ich mag die Götter. Und die Göttinnen.«

»Ah, du vertrittst jetzt also eigene Meinungen?« Er zog eine Augenbraue hoch. »Wenn du den Parthenon gesehen hättest, könnte ich sie vielleicht ernst nehmen, aber vorher nicht, tut mir leid. Und die berühmten Gräber? Wie waren die? Ich meine mich erinnern zu können, dass ihr Anblick dich schier überwältigt hat – und Miss Mackenzie ebenfalls. Obwohl es ja, wie wir alle wissen, nicht viel braucht, um sie zu überwältigen.«

»Die Gräber waren das Unglaublichste, was ich je in meinem Leben gesehen habe. Ich werde sie niemals vergessen.«

»So viele Superlative in einem einzigen Satz! Du legst eine derartige Beredsamkeit an den Tag, dass ich mich kaum noch Fragen zu stellen wage, mein Schatz. Aus Angst, dass deine Antworten mich umhauen.«

Damit wandte er sich wieder seiner *Times* zu, und ich schaute wieder aus dem Fenster, auf die vorbeirasenden Felder. Mittlerweile hatte es zu regnen angefangen. Es war erst drei Uhr nachmittags, aber es wurde bereits dunkel. Eine Stunde Fahrt hatten wir schon hinter uns, eine stand uns noch bevor. Ich hatte ganz vergessen, dass mein Vater die Fähigkeit besaß, die Begeisterung seiner Mitmenschen im Keim zu ersticken. Vermutlich würde ich nach und nach wieder in mich zusammenschrumpfen. Ich wünschte, ich hätte mein *ankh* noch bei mir, und tastete nach der Lapislazuli-Perle, die Howard Carter mir geschenkt hatte. Um sie herum hatte ich den Zettel gewickelt, den Rose mir mit ihrer Adresse am Morgen gegeben hatte.

Wir hatten an Deck des Kanal-Dampfers gestanden und beobachtet, wie die Klippen von Dover näher kamen. »Meine Mutter ist tot«, sagte Rose unvermittelt, ganz sachlich. »Das weiß ich, Lucy. Vielleicht weiß ich nicht, wo und wie es geschehen ist, aber mir ist klar geworden, dass sie nie wieder zurückkehren wird. Und du weißt es auch, das sehe ich an deinem Blick. Du musst mir nichts mehr vormachen. Du musst nur noch Peter schützen.« Sie deutete zu ihrem Bruder hinüber, der Hand in Hand mit Wheeler an der Reling stand und Möwen fütterte. Rose hustete nervös. »Du hast das verdammt gut gemacht, auf dich kann man sich wirklich verlassen«, fuhr sie fort und schob ihre kleine behandschuhte Hand in die meine. »Nein, sag jetzt nichts, es ist so. Aber eines musst du mir noch versprechen, Lucy: Du musst mir schreiben. Und du wirst mich und Peter besuchen kommen, oder?«

»Natürlich werde ich das«, antwortete ich.

Schreiben würde tatsächlich kein Problem sein, aber Besuche? Ich konnte mir kaum vorstellen, dass mein Vater mir das erlauben würde. Doch dies war nicht der rechte Moment für Zweifel. Ich schaute auf Roses wohlgenährte, resolute Gestalt hinab, während sie auf die weißen Klippen starrte, die unaufhaltsam größer wurden. Beide waren wir morgens von Wheeler herausgeputzt worden. Mir hatte sie zu Ehren meines Vaters die Haare gestriegelt, Rose, der eine ähnliche Begegnung bevorstand, hatte sie in ein gesmoktes Wollkleid, einen zweireihigen grünen Tweedmantel mit Samtkragen, Ziegenlederhandschuhe und einen flaschengrünen Velourshut mit hochgezogener Krempe und einem Gummiband unter dem Kinn gesteckt. Die Ausstaffierung war nicht auf ihre Zustimmung gestoßen.

»Ich hätte größte Lust, diesen Hut in den Kanal zu schmeißen«, sagte sie, als sie meinen Blick spürte. »Ein abscheuliches Ding! Und das Gummiband juckt wie die Pest. Kannst du dir vorstellen, was Mama sagen würde, wenn sie mich jetzt so sehen könnte? Sie würde sagen, dass ich verdammt abscheulich aussehe. Andererseits ist alles verdammt abscheulich: Mein ganzes Leben wird verdammt abscheulich sein und das von Peter auch, also macht ein verdammt abscheulicher Hut auch keinen Unterschied mehr. Ganz allgemein gesprochen.«

»So schlimm wird es schon nicht werden, Rose.« Das verbotene Schimpfwort brachte mich ganz aus dem Konzept, und so musste ich mir Mühe geben, Überzeugungskraft in meine Stimme zu legen. »Wheeler ist doch bei euch. Auch Eve wird euch besuchen kommen, sobald sie wieder in England ist, und du und Peter, ihr habt doch einander …«

»Acht Jahre«, unterbrach mich Rose. »So lautet mein Urteil, Lucy. Heute Nacht habe ich es ausgerechnet. Das kann ich schaffen, dachte ich, das ist ja gar nicht so lange. In dem Moment, in dem ich achtzehn werde, nehme ich die Beine in die Hand und laufe davon. Ich hatte mir schon alles überlegt: Ich ziehe mit Wheeler irgendwohin, lerne tippen und dieses Kurzschriftzeug und werde dann die perfekte Sekretärin. Das kann ich bestimmt. Mama hat immer gesagt, dass ich gut im Organisieren bin. Leider wurde mir im nächsten Moment klar, dass ich nicht davonlaufen kann. Ich kann ja Peter nicht alleinlassen. Also muss ich warten, bis er ebenfalls alt genug ist, um vor unserem Vater zu flüchten, und das bedeutet vierzehn Jahre Hölle, vielleicht sogar noch mehr.« Sie zog an dem Gummiband von ihrem Hut. »Es sei denn, mein Vater stirbt«, fügte sie nachdenklich hinzu. »Aber die Chancen stehen leider nicht allzu gut, weil er ziemlich gesund und erst zweiunddreißig ist, was noch nicht wahnsinnig alt ist. Andererseits war meine Mutter auch erst achtundzwanzig, und manchmal passieren halt Dinge. Das gibt mir Hoffnung. Hier ist unsere neue Adresse.« Sie reichte mir einen zerknitterten Zettel, wandte mir ihr drolliges Gesicht zu und durchbohrte mich mit ihren blauen Augen. »Schreib, Lucy. Schwör, dass du mir schreibst. Sag: ›Rose, ich gebe dir verdammt noch mal mein Wort darauf.‹«

»Ich gebe dir verdammt noch mal mein Wort darauf, Rose«, wiederholte ich. Es war das erste Mal in meinem Leben, dass ich das schlimme Wort laut ausgesprochen hatte.

Den ersten Brief entwarf ich im Geiste bereits, als der Zug in Richtung Cambridge ratterte. Ich hatte nie versucht, Rose meinen Vater zu beschreiben oder mit ihr über den Tod meiner Mutter zu sprechen, und Rose, die in den Kokon ihrer eigenen Trauer, Angst und Verwirrung eingesponnen war, hatte auch nicht danach gefragt. Mit meinem fiktiven Brief war es also nicht weit her: Er war so aufgeladen mit falschem Optimismus, dass man auf den ersten Blick erkannte, wie hohl sein Inhalt war. Ich überlegte mir zwei Zeilen für Rose, dann zwei für Peter, dachte schließlich an seine Tränen in Dover und gab auf. Wir näherten uns dem Ziel. Mein Vater konsultierte seine Taschenuhr, gab sich einen Ruck und legte endlich seine Zeitung weg.

»Wir nehmen wohl besser ein Taxi«, verkündete er. »Ich wäre lieber gelaufen, aber da es regnet und du diese Unmengen von Gepäck dabeihast, erscheint mir das vernünftiger. Miss Dunsire hat gesagt, dass sie mit dem Tee auf uns wartet. Ich möchte nicht zu spät kommen, und später muss ich rechtzeitig zum Dinner auch wieder im College sein.«

»Wer ist Miss Dunsire, Daddy?« Er hatte keine Anstalten gemacht, es zu erklären. Erst als der Wagen in die vertraute trostlose Straße Richtung Stadt einbog, wagte ich, die Frage zu stellen.

»Miss Dunsire ist die Antwort auf meine Gebete. Sie wird sich um dich kümmern.«

»Aber ich dachte …«

»Du hast doch wohl nicht etwa erwartet, dass ich diese ehrenvolle Aufgabe übernehme, oder?«

»Nein, natürlich nicht. Aber ich bin doch schon elf und werde bald zwölf. Ich dachte, wenn Mrs Grimshaw weiterhin kommt, so wie sie es getan hat, als Mama noch … noch da war, und wenn ich …«

»Lucy, bitte. Mrs Grimshaw ist die Frau eines Pförtners vom Trinity College. Sie hat als Putzfrau im College gearbeitet und kann Betten machen, Wäsche waschen und Böden schrubben. Aber sie ist wohl kaum die Person, von der ich mir wünsche, dass sie sich um meine Tochter kümmert. Nicola Dunsire ist eine vornehme Frau. Sie ist in England aufgewachsen, entstammt aber einer langen Linie schottischer Rechtsanwälte und Lairds. Wenn ich mich recht entsinne, gibt es sogar eine entfernte Verbindung zu Sir Walter Scott. Sie hat einen Cambridge-Abschluss – sofern eine Frau überhaupt einen Abschluss machen kann. Vor zwei Jahren hat sie am Girton College ihr Studium der englischen Literatur beendet, mit Auszeichnung. Sie ist also …«

Sie ist also jung, dachte ich. »Sie ist also meine Gouvernante?«, unterbrach ich ihn.

»Ganz genau, vollkommen richtig erfasst.« Sein Tonfall war plötzlich leicht gereizt. »Sie wird einen Teil deines Unterrichts übernehmen und hat sich auch bereiterklärt, unsere Haushälterin zu sein. Das nimmt mir eine große Last von den Schultern, da die meisten Gouvernanten heutzutage einen krankhaften Standesdünkel pflegen. Sie erwarten ein Haus voller Personal, um sich von vorn bis hinten bedienen zu lassen. Ich muss dich ja nicht daran erinnern, dass ich keiner dieser Millionäre bin, mit denen du in Ägypten offenbar Umgang gepflegt hast. Ich bin Fellow am Trinity College und bekomme eine eher erbärmliche Entlohnung. Alles in allem eine müßige Diskussion. Du wirst Miss Dunsire in Bälde kennenlernen. Sie ist eine intelligente, begabte und moderne junge Frau.« Er machte eine Pause. »Tatsächlich vertritt sie manchmal Ansichten, die man als ›fortschrittlich‹ bezeichnen könnte. Ich finde das anregend, und dir wird es sicher genauso gehen.«

Und schön war Miss Dunsire auch noch, das hatte er zu erwähnen vergessen. Oder ist ihm das gar nicht aufgefallen?, fragte ich mich, als ich ins Wohnzimmer trat, das einst den Stempel meiner Mutter getragen hatte, nun aber gänzlich anders aussah. Mit nervöser Anmut erhob sich Nicola Dunsire von ihrem Stuhl am Kamin, wo sie gesessen und gelesen hatte, legte ihr Buch zur Seite und kam mit ausgestreckten Armen auf mich zu. Mein Vater war nicht der Typ, der Frauen wahrnahm. Angeblich konnte er sämtliche Ehefrauen der Kollegen, die unserem kleinen Bekanntenkreis angehörten, nicht leiden. Frauen machten ihn nervös und reizbar, er fand ihre Stimmen schrill und ihre Ansichten geistlos, weshalb er die Gesellschaft von Männern entschieden vorzog. Nie schien er ihren Gesprächen, ihrem Aussehen oder ihrer Kleidung Beachtung zu schenken, ganz zu schweigen von dem, was hübsch oder charmant an ihnen war. Dennoch war es schlicht unmöglich, dass sie gar keinen Eindruck auf ihn gemacht haben sollte, diese junge Frau, die jetzt meine kalten Finger in ihre warmen nahm und mit leiser, unaufdringlicher Stimme sagte: »Lucy. Es freut mich sehr, dich kennenzulernen. Endlich!«

Sie war groß, bestimmt einen Meter fünfundsiebzig, fast so groß wie mein Vater, sehr schlank und dabei äußerst kontrolliert. Jetzt beugte sie sich herab, um mir einen trockenen Kuss auf die Wange zu geben. Poppy d'Erlangers Extravaganz schien ihr vollkommen fremd zu sein, und auch sonst hätten die beiden Frauen nicht unterschiedlicher sein können. Trotzdem faszinierte sie mich – genauso wie Poppy. Ihre Haut war sehr blass und vom Teint von Kamelien. Das Profil mit der geraden Nase und den vollen, runden Lippen war so perfekt wie das einer griechischen Statue. Ich konnte keine Spur von Make-up ausmachen, nicht einmal von der dezenten Art, wie Eve es sich zugestand. Die Augen unter den dichten Wimpern waren außergewöhnlich groß und blaugrün. Der Blick war intelligent, forschend und heiter. Die wundervollen dicken Haare schimmerten wie Bronze, die mit Kupfer und Gold versetzt war. Sie war schlicht gekleidet, trug eine feine weiße Bluse zum knielangen grauen Rock. Außer einer unauffälligen Armbanduhr hatte sie keinerlei Schmuck angelegt. Ich musterte ihre weiße Haut und die lodernden Flammen ihres unbezähmbaren Haars. Es war jungenhaft kurz geschnitten, wie man es damals trug, und erinnerte im Glanz des Kaminfeuers an einen heidnischen Helm. Ernst, schön und streng, dachte ich, eine behelmte jungfräuliche Göttin. Pallas Athene, die vom Olymp herabgestiegen war, um in einem Wohnzimmer in Cambridge Tee zu servieren.

Zunächst sagte sie wenig. Wie ich noch erfahren sollte, war Nicola Dunsire eine Frau von unerschütterlicher Geduld. Sie konzentrierte ihren Willen – und die Kraft ihres Willens spürte ich schon jetzt in ihrem Schweigen – auf das Ziel, meinen Vater und mich zufriedenzustellen. Sie servierte Lapsang Souchong, seinen Lieblingstee, und dazu seine geliebten Toaststecken mit Gentleman's Relish sowie Gurkensandwiches von der Größe einer Briefmarke. Den Madeira-Kuchen habe sie, wie sie kleinlaut bekannte, selbst gebacken. Seine Qualität entfachte einen kleinen Streit zwischen meinem Vater und ihr. Während sie das Ergebnis für misslungen hielt, beharrte er darauf, dass es der beste Kuchen sei, den sie je gebacken habe.

Wie lange ist sie denn schon hier?, wunderte ich mich. Wie lange hatte es gedauert, bis Miss Dunsire den Geschmack meines Vaters herausgefunden und so häusliche Fertigkeiten wie das Kuchenbacken erworben hatte? Ich wandte den Blick vom Theater ihrer neckischen Auseinandersetzung ab – eine langwierige und geistreiche Angelegenheit, die beide zu genießen schienen – und betrachtete das Wohnzimmer meiner Mutter. Wer hatte die Bilder abgehängt?

Wo waren die Kissen geblieben, die sie gestickt hatte? Wo ihre Nähkörbchen, ihre Bücher, ihre Fotos? Nicht einmal die dunklen Ränder, wo die Bilder gehangen hatten, waren noch zu sehen. Einst mit einem Weidenmotiv von William Morris tapeziert, war der Raum blassblau, und alle Möbel waren umgestellt worden. Der Geist meiner Mutter war aus diesem Raum verschwunden, die Spuren ihrer Anwesenheit, die man hier so überdeutlich gespürt hatte, waren von unbekannter Hand ausradiert worden.

Vielleicht verriet meine Miene meine Gefühle. Genau in dem Moment, als mir aufging, in welchem Maße meine Mutter aus diesem Raum vertrieben worden war, und ich mich fragte, ob und wann mein Vater das getan hatte, änderte Nicola Dunsire ihren Kurs. Sie beendete den Streit um ihre Backkünste mit einer Spitze an die Adresse meines Vaters, um sich mir zuzuwenden. Ich müsse nach der Reise vollkommen erschöpft sein, aber sie könne es kaum erwarten zu erfahren ... Und schon begann die Fragerei: Hatte ich das gesehen, war ich dort gewesen? Pyramiden, Tempel, Gräber – sie hatte ihre Hausaufgaben gemacht und kannte alle richtigen Stichworte. Und als meine Antworten immer dürftiger ausfielen, wechselte sie wiederum geschickt die Taktik. Es folgte ein sanfter Übergang von Ägypten nach Rom und von Rom nach Griechenland, sodass mein Vater das bekam, was er am dringlichsten brauchte: eine Plattform.

Prompt legte er los. Fünfzehn Minuten, zwanzig, dreißig verstrichen. Er war gerade bei Platon und Aristoteles angelangt, als Miss Dunsire ihn plötzlich unterbrach. Sie vollzog den gewagten, gänzlich unerwarteten Akt mit erstaunlicher Selbstsicherheit: Mitten im Satz verwandelte sie ihren Blick der gebannten Zuhörerin in ein Stirnrunzeln, erhob sich und tippte auf ihre Uhr. »Jetzt aber genug!«, sagte sie energisch. »Dr. Payne, wenn ich Ihnen zuhöre, vergesse ich ganz die Zeit. Wie immer könnte ich Ihnen noch stundenlang lauschen, was für Lucy sicher auch gilt. Mit Ihrer Begeisterungsfähigkeit schaden Sie aber vor allem sich selbst. Noch zwei Minuten, und Sie kommen zu spät zum Dinner. Das kann ich nun wirklich nicht zulassen.«

Ich wartete auf das gereizte Aufbegehren, mit dem mein Vater auf Unterbrechungen sonst reagierte, aber nichts geschah. Schmeicheleien – selbst übertriebene Schmeicheleien – konnten offenbar mehr bewirken als die schüchternen Mahnungen meiner Mutter. Gehorsam wie ein kleiner, verlegener Junge sprang mein Vater auf, bedachte Miss Dunsire mit einem dunklen Seitenblick und betonte, dass der Fehler ganz bei ihr liege. Sie sei eine derart gute Zuhörerin, dass er in ihrer Gesellschaft stets die Zeit vergesse. Beide mussten lachen, und plötzlich lag eine eigentümliche Begeisterung im Raum, die sich auch in ihren Blicken entzündete, die sich regelrecht ineinander verhakten.

Dann war die Situation vorbei, und mein Vater suchte hektisch nach dem Talar, den er für das Dinner im College benötigte. Miss Dunsire, die sich still amüsierte, hatte ihn sofort zur Hand, und im nächsten Moment fiel auch schon die Tür hinter ihm ins Schloss. Jenseits der neuen Vorhänge hörte man die Glocken von Cambridge. Miss Dunsire setzte sich wieder auf den Stuhl mir gegenüber. Er hatte noch den alten Bezug, ebenfalls ein Entwurf von William Morris namens »Der Erdbeerdieb« – eine diebische Drossel in floralen Mustern aus verblichenem Rosa und Jadegrün.

»Wann wird mein Vater zurückkommen?«, fragte ich.

»Vor Ende der Woche dürfen wir ihn nicht zurückerwarten, Lucy«, antwortete sie. »Samstag vielleicht ... oder Sonntag. Seit du nach Ägypten gefahren bist, lebt er im College. Das wirst du sicher verstehen. Dein Vater hat ungeheuer viel Arbeit: Vorlesungen, Studentenbetreuung ... Und dann hat er auch endlich mit seinem neuen Buch angefangen, hat er dir davon erzählt? Über die Tragödien von Euripides. Ich habe ihn sogar ein wenig dazu gedrängt, muss ich gestehen. Deshalb muss die Bibliothek nun ständig in erreichbarer Nähe sein.« Sie schwieg eine Weile. »Macht dir das etwas aus?«

»Ihn nur am Wochenende zu sehen? Nein. Meine Mutter und ich kannten es nicht anders.«

»Natürlich nicht«, sagte sie leise.

Augenscheinlich hatte sie vor, noch einmal meine Nähe zu suchen, vielleicht noch einmal meine Hände zu drücken, aber als sie sah, dass ich unbehaglich auf dem Stuhl herumrutschte, änderte sie ihre Meinung. Zu meiner Überraschung griff sie nach einer kleinen Schachtel, zog eine Zigarette heraus, zündete sie mit einem Streichholz an, inhalierte und blies das Streichholz aus. Ich bemerkte einen leichten Schwefelgeruch.

»Ich war bei fünf Zigaretten am Tag, als ich in meinen Abschlussprüfungen steckte, Lucy«, sagte sie in ironischem Bekennerton. »Nach dem letzten Examen habe ich dann aufgehört, einfach so.« Sie schnalzte mit den Fingern. »Als ich hierherkam, hatte ich zwei Jahre keine Zigarette mehr angerührt. Aber dein Vater raucht manchmal und hat mir bei der Gelegenheit letzte Woche eine angeboten – und jetzt schlägt die Sucht wieder voll durch.«

Ihre Offenbarung schien nach einem Kommentar zu verlangen, also sagte ich: »In Ägypten rauchen alle, Frauen wie Männer. Nun, fast alle«, fügte ich hinzu, als plötzlich Poppy d'Erlangers Geist in den Raum schwebte. »Zum Teufel aber auch«, sagte er und verschwand wieder. Schweigen senkte sich auf uns herab.

»Du hast sicher die Veränderungen hier bemerkt, Lucy, nicht wahr?«, sagte Nicola Dunsire nach einer Weile. »Vermutlich bist du empört. Darf ich etwas dazu sagen? Bei meinem Vorstellungsgespräch, als dein Vater mich eingestellt hat, fiel mir auf, dass er in einem erbarmungswürdigen Zustand war. Er sorgte sich wegen deiner Rückkehr und hatte keine Vorstellung, was für dich das Beste wäre. Außerdem war sein Herz noch immer von Kummer … zerrissen. Das letzte Wort habe ich nicht leichtfertig benutzt, aber ich benutze Wörter generell nie leichtfertig. Allmählich wurde es zur Qual für ihn, dieses Haus zu betreten, das überall an die Anwesenheit deiner verstorbenen Mutter erinnerte. Du kennst mich nicht, Lucy, deshalb will ich aufrichtig sein.« Sie warf die Zigarette ins Kaminfeuer. »Ich hasse Heimlichtuerei. All diese verklemmten viktorianischen Geheimniskrämer – niemand traut sich zu sagen, was er denkt oder fühlt, dabei leben wir in den Zwanzigerjahren, in einer neuen Ära. Meiner Überzeugung nach muss man die Dinge ans Licht bringen – ans Licht zerren, wenn nötig. Als ich also sah, was für eine Wirkung dieses Haus auf deinen Vater hat, habe ich die Sache angesprochen, Lucy. Ich habe ihm offen und ehrlich gesagt, dass er mit der Vergangenheit abschließen muss. Niemand kann – oder sollte – in einem Museum leben. ›Bleiben Sie zwei Wochen im College‹, habe ich gesagt, ›setzen Sie keinen Fuß in dieses Haus, und überlassen Sie alles mir. Ich werde die nötigen Veränderungen vornehmen. Sie werden radikal sein, ein Schock vielleicht, aber auf den Schmerz bin ich gefasst. Lassen Sie mich einfach machen‹, habe ich gesagt. ›Und wenn ich die Sache vermassle, schicken Sie mich wieder fort.‹«

»Und darauf hat er sich eingelassen?«

»Natürlich. Dein Vater ist Wissenschaftler. Männern wie ihm sind häusliche Belange ein Grauen. Warum sollten sie sich mit Kochen, Vorhangstoffen und Wäschelisten beschäftigen und sich fragen, wo man ein Bild hinhängen soll? Solche Dinge langweilen sie zu Tode – nun, ich gebe zu, dass sie mich ebenfalls zu Tode langweilen. Es ist mir bei Weitem lieber, etwas zu lernen. Ich bin ein Blaustrumpf, Lucy.« Sie schenkte mir ein spöttisches Lächeln. »Andererseits möchte ich gern in einer schönen Umgebung leben, wo alles praktisch eingerichtet ist. Ich bin eine gut organisierte Frau – eine regelrechte Ordnungsfanatikerin, das war ich schon immer. Daher konnte ich die schlichten Veränderungen, die hier vonnöten waren, ohne großen Aufstand bewerkstelligen. Ich wusste, dass sie eine therapeutische Wirkung haben würden, und das hat sich ja auch bestätigt.«

»Ihm gefällt das?«

»Um ehrlich zu sein, Lucy, er hat es kaum bemerkt. Offenbar habe ich meine Aufgabe gut gemacht.« Sie lachte. »Vorher war es ja auch ein wenig – wie soll ich sagen – überladen. Auf deinen Vater hatte das eine bedrückende Wirkung, zumal nicht alles seinem Geschmack entsprach, musst du wissen.« Sie hielt inne. Der amüsierte Unterton verschwand, und ihr Gesicht wurde ernst. »Egal, ich bin jedenfalls nicht dumm oder gemein, Lucy, das wirst auch du mit der

Zeit noch merken. Jetzt aber solltest du bereits wissen, dass ich, als ich diese kleinen Veränderungen vorgenommen und hier und da ein paar Dinge ausgetauscht habe, nicht nur an deinen Vater gedacht habe, sondern auch an dich. Ein junges Mädchen, dem ich noch nie begegnet war – ein Mädchen, das plötzliche tragische Veränderungen zu bewältigen hatte. Ein Kind, das weit weg war, um die Reize und Ungewissheiten eines fremden Landes zu erkunden. Einen Wandrer aus einem alten Land?«

Sie hielt inne, um zu sehen, ob ich das in einem fragenden Tonfall vorgebrachte Shelley-Zitat erkannt hatte. Als sie sah, dass ich es registriert hatte, fuhr sie mit warmer, vertraulicher Stimme fort: »Ich wusste, dass dieses Mädchen erwarten würde, bei seiner Rückkehr einen vertrauten Ort vorzufinden. Und ich war hin- und hergerissen, Lucy, wahrlich hin- und hergerissen zwischen den Bedürfnissen deines Vaters und deinen Erwartungen. Schließlich habe ich mich für einen Mittelweg entschieden. Ich habe Veränderungen vorgenommen, das schon, aber ich habe auch vieles gerettet. Alle Besitztümer deiner verstorbenen Mutter, all ihren Krimskrams, ihre Bilder und Bücher und Schmuckgegenstände, alles habe ich sorgfältig verpackt und für dich aufbewahrt, Lucy.«

Ich vermutete, dass sie Dank von mir erwartete. Aber sollte es tatsächlich so sein, so war sie wohl nicht so klug, wie sie dachte. In jenem Moment hätte ich lieber meine Hand ins Feuer gehalten, als auch nur eine einzige Silbe des Dankes zu äußern.

Ein langes, vergiftetes Schweigen trat ein. Meine Mutter war noch kein Jahr tot. Ich stellte mir Frances' Reaktion vor, den Gefühlsausbruch, den diese Maßnahmen und Erklärungen bei ihr ausgelöst hätten. Auch ein Teil von mir hätte am liebsten aufbegehrt, doch es würde andere Wege geben, um mit einer Frau wie Nicola Dunsire fertigzuwerden, indirektere Methoden, die Frances mir ebenfalls beigebracht hatte. Zudem legte man alte Gewohnheiten nicht so leicht ab.

Ich stand also auf und erklärte, ich sei von der langen Reise müde und würde jetzt wohl besser zu Bett gehen. Meine ausdruckslose

Stimme und vielleicht auch eine gewisse Abwehrhaltung brachten sie für einen Moment aus dem Konzept. Miss Dunsire wurde nicht schnell nervös, wie ich lernen sollte, aber in diesem Moment war sie es. Sie erhob sich, spielte am Bezug ihres Stuhls herum und schlug vor, dass ich doch erst etwas essen solle, sie habe ein leichtes Abendessen vorbereitet. Ich nutzte die Gelegenheit, um einen Blick auf das Buch zu werfen, das sie zur Seite gelegt hatte, als mein Vater und ich in den Raum getreten waren. Weder Titel noch Autor sagten mir etwas: Sigmund Freud, *Die Traumdeutung*.

»Ich bin nicht hungrig, sondern müde. Ich würde wirklich lieber ins Bett gehen, wenn Sie nichts dagegen haben.«

»Nein, natürlich nicht. Du musst wahrlich erschöpft sein. All diese Fähren, all die Eisenbahnen. Soll ich dir noch etwas auf dein Zimmer bringen? Warme Milch? Eine heiße Schokolade? Ich mache die beste heiße Schokolade der Welt.« Sie lächelte verschwörerisch. »Im Girton war das unser wichtigstes Nahrungsmittel. Das Essen in den Frauen-Colleges ist erbärmlich, Lucy, nicht wie bei den Männern. Wir Studentinnen waren ständig ausgehungert, daher trafen wir uns abends auf den Zimmern und machten uns auf kleinen Gaskochern heiße Schokolade. Und dann redeten wir bis in die frühen Morgenstunden über Bücher.« Ihre plötzliche Kleinmädchenhaftigkeit wirkte aufgesetzt.

»Nein danke«, antwortete ich. »Ich mag heiße Schokolade nicht besonders. Übrigens, wo haben Sie die Sachen meiner Mutter hingetan?«

»Ich habe sie, *übrigens*, ins Gästezimmer getan«, antwortete sie nach einer winzigen Pause. Ihr Blick begegnete dem meinen. Es war eindeutig, dass der Fehdehandschuh hingeworfen und sofort aufgenommen worden war. Als sie an meiner Miene erkannte, dass ich das begriffen hatte, wandte sich Nicola Dunsire ab. »Im Gästezimmer neben deinem Zimmer«, fuhr sie fort, und ihre Stimme klang jetzt härter. »Der Rest ist auf dem Dachboden. Er kann heruntergeholt werden, falls du es wünschst. Frühstück ist morgen um Punkt acht – und ich sollte dich vielleicht warnen, Lucy, ich bin eine

Pünktlichkeitsfanatikerin. Mit dem Unterricht beginnen wir übermorgen, den Lehrplan, den ich für dich vorbereitet habe, werde ich dir noch zeigen. Du wirst vierundzwanzig Stunden brauchen, um dich auszuruhen und einzugewöhnen, und die sollst du bekommen. Brauchst du fürs Erste noch etwas?«

Nichts, das Sie mir geben können, dachte ich. »Nein danke«, antwortete ich, blockte ihre Versuche ab, mir mit meinem Koffer zu helfen, und stieg ins oberste Stockwerk hinauf.

In meiner Dachkammer hatte sich nichts verändert. Die alten Vorhänge mit den Zweiglein darauf hingen noch vor dem Gaubenfenster, und auf dem Messingbett lag die Daunendecke mit dem Rosenknospenmuster. Auch die schmuddelige verblichene Klatschmohntapete, die ich unbedingt gewollt und meine Mutter mir lächelnd zugestanden hatte, war noch an Ort und Stelle. Als ich dieses Zimmer zuletzt gesehen hatte, war ich krank gewesen, jetzt war ich gesund. Nachdem ich den kleinen Gasofen entzündet hatte, hockte ich mich davor, packte fröstelnd den Koffer aus und entkleidete mich dann. Ich hatte mich an die ägyptische Hitze gewöhnt, die Kälte im Raum raubte mir schier den Atem.

Schnell kuschelte ich mich unter die Decke und schlief sofort ein. Als ich um drei Uhr nachts aufwachte, zog ich mein Wollnachthemd enger um mich und stellte mich eine Weile ans Fenster. Hoch am Himmel stand der Vollmond. Es herrschte scharfer Frost, mein Atem ließ die Fenster beschlagen. Ich rieb den Wasserdampf weg und schob das Fenster hoch: Ganz Cambridge lag vor mir, hell und weiß wie Knochen mit seinen glänzenden Kirchtürmen und den anderen Türmen und Türmchen. Ich war in den Palast des Wissens zurückgekehrt.

Damals tat ich einen Schwur, und all die Jahrzehnte später kann ich behaupten, mich immer daran gehalten zu haben. Dann ging ich in den Nebenraum und studierte die archäologischen Überreste der Existenz meiner Mutter. Sie füllten das Gästezimmer vom Boden bis zur Decke und von Wand zu Wand. Kisten über Kisten waren alle sorgfältig verschlossen und aufeinandergestapelt sowie mit der präzisen, schrägen Handschrift beschriftet worden, die ich später als die von Nicola Dunsire identifizieren lernen würde. Hier die Tagebücher meiner Mutter, da ihre Kleider, hier ihre Hüte, dort Bilder und Schmuck. *Chinoiserien*, besagte eine Aufschrift, *Briefe der Familie Emerson*, eine andere, *Fotografien: USA und England*, eine dritte. Es gab eine Kiste für *Amtliche Dokumente: Pässe, Visa, Geburtsurkunde, Heiratsurkunde*, eine andere Kiste barg alles zum Thema *Krankheit und Tod*, eine weitere *Strümpfe und Unterwäsche* und wieder eine weitere *Kondolenzschreiben: Familie und Freunde*. Ein Archivar hätte sich nicht mehr Mühe geben können. Das Zimmer selbst hätte ein Schildchen verdient: *Das Marianne-Emerson-Payne-Museum*. Es war, als wäre meine Mutter ein zweites Mal gestorben.

Ich kehrte ins Bett zurück, schlief wieder ein und hatte einen Alptraum – einen Alptraum, der mich viele Jahre lang immer wieder heimsuchen würde: Ich befand mich im Ägyptischen Museum und musste an der unheimlichen Reihe von Mumien entlanglaufen. Rose und Frances waren bei mir, alle hielten wir uns an den Händen. Neben den toten Königen lagen meine Mutter, Poppy d'Erlanger und eine Gestalt, die Frances als ihren kleinen Bruder erkannte, verloren im Meer von Maine. Sämtliche Mumien waren in Aufruhr, beschwerten sich über die Schilder, die sie und ihr Leben beschrieben, und beharrten darauf, dass sich die Museumsmitarbeiter geirrt hätten: So sei es nicht gewesen, so seien sie nicht gewesen, man habe ihre Identität verwechselt, verzerrt, entstellt oder gleich ganz falsch erfasst.

Ihre Pein schnitt uns ins Herz, aber in unserem Traumzustand konnten wir ihnen nicht helfen. Schweigend glitten wir an ihnen vorbei – um schließlich, am Ende der Reihe, zu einer Kiste mit einem weiteren Exponat zu gelangen: In ihr lagen drei mumifizierte Frauen, die uns wissend anschauten, miteinander flüsterten und stöhnten. Als wir uns an ihnen vorbeidrücken wollten, regten sie sich furchtbar auf, rissen sich die Bandagen vom Gesicht, schüttelten die verschlungenen Locken ihrer staubverkrusteten Haare und riefen zu unserem Entsetzen unsere Namen. »Erkennt ihr uns nicht?«, riefen sie. »Seht ihr denn nicht, wer wir sind?«

Ängstlich und wie hypnotisiert beugte ich mich zu den Schildchen hinab, um es nachzulesen. Mit zittriger Stimme sagte Frances: »Nein, nicht! Ich weiß, wer sie sind. Das bist du, Lucy, die mit dem Füllfederhalter. Die mit dem Hut ist Rose, und ich bin die mit dem scharlachroten Lippenstift.«

»Aber das kann gar nicht sein, wir leben doch – und sie sind tot. Das ist unmöglich!«, rief ich.

»Und lächerlich«, sagte Rose beherrscht, fing dann aber doch an zu weinen. »Diese grässliche alte Hexe soll ich sein? Schau dir doch nur mal diesen scheußlichen Hut an! Nur über meine Leiche würde ich so etwas aufsetzen. Wie soll das möglich sein?«

Krank vor Angst beugte ich mich wieder zu den Schildchen hinab. Sie besagten tatsächlich, dass die dunkelhaarige Frau links Frances war, die hellhaarige rechts Rose und die bleiche, unscheinbare Gestalt in der Mitte, die in diesem Moment mit ihrem Füller hektisch irgendwelche Worte auf die Bandagen kritzelte, ich. Ich starrte die drei an: Sie hatten keinerlei Ähnlichkeit mit uns, und doch ließen die kleinen Tafeln mit der gedruckten, verbindlichen und deutlich lesbaren Beschriftung keinen Zweifel zu.

»So wartet doch. Lasst mich lesen, was noch auf den Schildern steht!«, rief ich, als Frances und Rose mich wegziehen wollten. »Hier muss ein Fehler vorliegen. Lasst mich die Todesdaten überprüfen, dann werden wir ja wissen, ob …«

»Diese Information ist geheim. Zugang verweigert«, dröhnte in diesem Moment eine schreckliche Stimme aus den Tiefen des Museums – und ich wachte auf, zitternd vor Angst. In meiner Dachkammer an einem neuen Tag in Cambridge.

## 19

Was ist eigentlich aus diesem Wong geworden, der dich mal interviewt hat?«, fragte Rose, als sie ihren neuen Hut zurechtrückte und die gläserne Trennwand zwischen uns und dem Fahrersitz schloss. Wir waren im Schneckentempo aus Londons Westen herausgekrochen und hatten nun die Autobahn erreicht. Vor uns lag die M4.

»Fong«, korrigierte ich sie geistesabwesend.

Es war April, und das Wetter war seit vierzehn Tagen prächtig, was vielleicht von der Ankunft des Frühlings zeugte, vielleicht aber auch nicht. Wir waren auf dem Weg in Roses Landhaus, wo ich eine Weile bleiben würde, so wie jedes Jahr nach dem Winter. Der Wagen, in dem wir saßen, war ein uralter Bentley, den noch Roses Ehemann gekauft hatte. Bis zu seinem Tod vor dreißig Jahren hatte er ihn gehegt und gepflegt, dann hatte Rose ihn übernommen. Dies war seine letzte offizielle Ausfahrt, da er nun doch geopfert werden musste. Rose, die sich immer für aktuelle Themen interessiert hatte, war kürzlich auf ein neues gestoßen: Nachhaltigkeit. Sie fühle sich wie neugeboren, bekannte sie, seit sie ihr Umweltbewusstsein entwickelt habe.

Es war Monate her, dass ich Rose gesehen hatte. Wir haben eine Menge nachzuholen, dachte ich, während ich aus dem Fenster blickte und der Bentley mit seinem großen lautlosen Motor an Fahrt gewann. Ich hatte den kalten Winter damit verbracht, in die Vergangenheit zu schauen, Rose hatte sich hingegen der Zukunft zugewandt. Seit sechzig Jahren wohnte sie in einem großen Herrenhaus aus dem 17. Jahrhundert, in dem es aus jeder Ritze zog, das sie gründlich sanieren hatte lassen. Es war nun *klimaneutral*, wie sie stolz verkündete. Sie war die massiven Umwälzungen mit großem Elan angegangen und hatte sich zu radikalen Entrümplungsmaßnahmen durchgerungen, sobald die Böden aufgerissen waren und das Haus von »Legionen von Klempnern und Elektrikern« wimmelte. Den gesamten Winter über hatte sie sich dieser archäologischen Aufgabe gewidmet und mir in unzähligen Telefonaten davon berichtet: Dachkammern waren geräumt, Schränke ausgeweidet und Kellerräume entrümpelt worden. Ihre gesammelten Besitztümer, all die Erinnerungen an ihr Leben und ihre große Familie, waren gesichtet, gerettet, entsorgt, Oxfam gespendet, an andere weitergegeben, verkauft, verbrannt oder aufbewahrt worden. Die Aktivitäten ließen bei mir aus verschiedenen Gründen die Alarmglocken schrillen.

Nun waren die Aufräummaßnahmen offenbar beendet, aber diese hatten Rose, da sie unweigerlich die Vergangenheit wieder hatten aufleben lassen, an bestimmte soziale Verpflichtungen erinnert: Anrufe tätigen, uralte Freunde aufmuntern, in Kontakt bleiben und so weiter und so fort. Auch unsere Fahrt westwärts zu Roses Heim in der Nähe von Bath ließ daher einen kleinen Abstecher erforderlich erscheinen. Wir würden noch jemandem einen Besuch abstatten – einer lieben, alten Freundin, wie Rose sie nannte. »Fünfzehn Minuten«, sagte sie. »Höchstens eine halbe Stunde. Es sind schon zu viele Jahre vergangen, in denen wir unsere Pflichten vernachlässigt haben. Das muss einfach sein.«

Ich hatte nur widerwillig zugestimmt und war nicht gerade glücklich über diesen Umweg. Auch über Dr. Fong wollte ich nicht reden und hoffte, Rose würde das Thema ruhen lassen. Im Moment kramte sie in ihrer uralten Krokodilledertasche von Hermès, während ich weiterhin aus dem Fenster starrte, bis ich plötzlich doppelt sah. Ein lang vergangenes Ägypten legte sich über die grünen englischen Felder.

»Was war aus Wong geworden? Was hattest du gesagt, Lucy?«, fragte Rose nun. »Könntest du nicht ein bisschen lauter sprechen?« Sie würde es vermutlich bestreiten, aber ein Hörgerät könnte ihr sicher nicht schaden.

»Fong«, sagte ich gereizt. »Er ist Amerikaner, und sein Name ist Fong, Rose.«

»Fong, Wong, Wrong, das ist doch egal.« Rose zog eine Dose aus den Tiefen ihrer Handtasche, tupfte sich Puder auf die Nase, betrachtete sich dann im Spiegel und seufzte. »Bis vor Kurzem hatte ich noch den Eindruck, ich hätte mich gut gehalten, Lucy«, beklagte sie sich. »Nicht dass ich mich für schön gehalten hätte, natürlich nicht. Mit Schönheit war ich nie gesegnet. Mamas Gene hat alle Peter abbekommen, sie haben mich glatt übersprungen. Nicht einmal hübsch war ich, aber ich habe mir immer eingeredet, ich sei präsentabel, und zwar auch jetzt noch. Das lag natürlich am grauen Star – den Segnungen des verschwommenen Blicks. Aber seit diese verdammten Ärzte darauf bestanden haben, mich zu operieren, gibt es kein Entrinnen mehr vor der grausamen Wahrheit. Ich schaue in den Spiegel und denke: Was für eine grässliche alte Hexe – wer zum Teufel bist du eigentlich?«

Roses Urteil über sich war wie schon immer zu streng gewesen. Sie hatte sich ihren mädchenhaften Teint bewahrt, und die Schärfe ihres Blicks war keineswegs vom Alter in Mitleidenschaft gezogen. In Wirklichkeit sah sie gut aus, wie ich fand – aber dieses Kompliment würde ich mir für später aufheben. Jetzt sagte ich nur: »Willkommen im Club, Rose.«

»Danke. Ich wusste, dass ich auf dein Mitgefühl zählen kann.« Sie lachte und ließ sich etwas tiefer in den Ledersitz des Bentley gleiten. »Erinnerst du dich noch daran?« Sie hielt mir die Puderdose hin, die ich nahm und eingehend betrachtete: Es war ein historisches Stück aus Rotgold mit blauen Emaille-Dekorationen, auf dem Deckel bildete ein Diamantschnörkel die Initialen PdE.

»Ja. Poppys Puderdose. Ich erinnere mich noch gut daran, wie sie sich damit die Nase gepudert hat – und ich weiß auch noch, wann. Wir hatten soeben Tee getrunken, es war nach unserer Ballettstunde bei Madame gewesen.«

»Unglaublich, du hast wirklich ein erstaunliches Gedächtnis. Heutzutage wecken ›Puder‹ und ›Nase‹ allerdings ganz andere Assoziationen als damals. Das sagen jedenfalls meine Enkelkinder. Sie lachen sich dabei halb tot.« Rose nahm den Puder wieder an sich und kniff kritisch die Augen zusammen. »Die Dose ist aber auch wirklich etwas, das man nicht so schnell vergisst – ziemlich protzig, wenn ich das sagen darf. *Goût* Rothschild. Andererseits hatte sie sie ja auch von Jacob d'Erlanger geschenkt bekommen, in dem ein kleiner Rothschild steckte. Das war es, was Poppy wirklich an ihm verehrt hat, obwohl sie gleichzeitig nie müde wurde, ihn wegen seines Geschmacks aufzuziehen. Ich habe die Dose bei meiner großen Räumaktion hinten in einer Schublade gefunden. Jahrelang hatte ich sie nicht mehr gesehen, und da war sie plötzlich. ›Hier hast du dich also versteckt‹, sagte ich zu mir selbst. Ich habe übrigens angefangen, mit mir selbst zu reden, manchmal jedenfalls, und das scheint mir kein gutes Zeichen zu sein. Redest du auch mit dir, Lucy? Nein, natürlich nicht, du bist viel zu willensstark. In der Dose ist immer noch der Puder meiner Mutter, die reinste Reliquie. Allerdings nicht die einzige, die ich bei meiner Aktion gefunden habe.« Sie warf mir einen verschmitzten Blick zu, steckte die Puderdose wieder in die Tasche, ließ diese zuschnappen und schaute stirnrunzelnd durch die Frontscheibe. »Jetzt guck dir doch mal diesen Verkehr an. Wo zum Teufel wollen die Leute alle hin? Es ist halb elf an einem Mittwochvormittag, um Himmels willen.«

»Sie fahren wahrscheinlich zu ihrer Arbeit oder kommen davon zurück. Manche Leute müssen auch zu ungewöhnlichen Zeiten arbeiten, Rose.«

»Wenn du das meinst. Meiner Meinung nach trödeln sie einfach nur in der Gegend herum. In dem Moment, in dem in diesem gottverlassenen Land die Sonne herauskommt, sagt sich jeder Mann, jede Frau und jeder Hund: Lass uns auf die M4 fahren und für einen gewaltigen Stau sorgen. Eine typisch englische Krankheit. Jetzt aber zu den Neuigkeiten. Du siehst nicht gerade gut aus. Wie geht's deiner Hüfte? Und was ist aus diesem Fong geworden?«

»Die Hüfte ist die Hölle, aber jetzt im Frühling geht es wieder etwas besser. Und Dr. Fong ist endlich nach Ägypten aufgebrochen.

Sie haben tatsächlich angefangen, diesen Dokumentarfilm zu drehen, also wird er wohl in Luxor sein.«

»Im Winter Palace?« Sie zog eine Grimasse. »Oh, Lucy, ich hatte jahrelang Alpträume wegen dieses Orts. Eve hat mich und Peter damals mit auf ihr Zimmer genommen, um uns zu versichern, alles sei in Ordnung, obwohl ich wusste, dass das nicht stimmte. Der Winter Palace war für mich eher ein Tränenpalast, ein großes Elend hinter prächtiger Fassade. Mittlerweile wird es dort ganz anders sein, dein Dr. Fang lässt es sich dort bestimmt gut gehen. Du musst erleichtert sein, dass du ihn endlich los bist, diesen fürchterlichen Kerl.«

»Er war durchaus informiert. Und scharfsinnig. So übel ist er vielleicht doch nicht, und irgendwie habe ich ihn sogar gemocht.«

»Das klang am Telefon aber noch anders. Du hast gesagt, er sitze dir unentwegt im Nacken, sei zwei Mal bei dir aufgekreuzt, um stundenlang zu bleiben, habe ständig angerufen und gemailt und treibe dich noch in den Wahnsinn. Dann sagtest du noch, du könntest es gar nicht abwarten, ihn endlich nach Ägypten abdampfen zu sehen.«

»Vermutlich habe ich damit ein wenig übertrieben. Ich mag es einfach nicht, wenn man mich ausfragt.«

»Das ist mir schon früher aufgefallen. So warst du schon immer. Verschlossen, pflegte Wheeler zu sagen, und sie hatte recht. Ich weiß gar nicht, warum du so allergisch reagierst, wenn jemand etwas von dir wissen will. Ich liebe es, ausgequetscht zu werden, zumal das nicht allzu oft geschieht, vor allem nicht, seit ich ein gewisses Alter erreicht habe. Meiner Erfahrung nach interessiert sich niemand für das, was man zu sagen hat. Und was Erinnerungen angeht, so langweilen sie die Menschen zu Tode. ›Übrigens bin ich Hitler sogar persönlich begegnet‹, habe ich mal zu meinen Enkelkindern gesagt. Man sollte doch meinen, das würde ihr Interesse wecken. Aber Pustekuchen. Zwei weitere Sätze, eine kurze Einleitung sozusagen, und schon war das große Gähnen angesagt. Da war ich doch ernsthaft beleidigt.«

»Hitler?« Ich schaute sie verblüfft an. »Das wusste ich ja gar nicht. Du bist ihm wirklich begegnet?«

»Nein, natürlich nicht. Ich hatte das nur erfunden, um das Gespräch ein wenig zu beleben. Aber es war auch nicht vollkommen an den Haaren herbeigezogen, denn bei den politischen Ansichten meines Vaters hätte das leicht passieren können. Vor dem Krieg ist er ständig nach Deutschland gefahren, und wenn er zurückkam, hielt er stundenlang Vorträge über Paraden und Disziplin und pünktliche Züge. *Alles in Ordnung* – natürlich auf Deutsch –, das war seine Losung. Dieser üble alte Faschist. Petey war damals ein Teenager und ziemlich links. Er wollte einfach nur weg und in Spanien kämpfen. Aber du weißt ja, wie er war, Lucy. Pa musste also nur den Mund aufmachen, und schon wurde Petey bleich, ballte die Fäuste und ...« Ihre Stimme brach.

»Lass es gut sein, Rose«, sagte ich sanft. »Sprich nicht davon. Nicht jetzt.«

»Auch sonst nicht«, antwortete sie. »Ich weiß, Lucy. Ich würde ihn liebend gern vergessen, aber manchmal geht das halt nicht. Dann kommt er aus seinem Grab und traktiert mich mit seinen bohrenden Fragen. Ein bisschen wie dein Dr. Fang, nehme ich an. Nur dass der noch lebt.«

Ich kapitulierte. Dr. Fang klang aber auch gar nicht mal so schlecht. »Und in sicherer Entfernung in Ägypten ist«, sagte ich. »Er hat mich sogar angerufen, dabei hatte ich gehofft, dass er sich nicht mehr melden würde. Aber vermutlich wird er mich von nun an nicht weiter belästigen. Jetzt nicht mehr. Ich war nur ein kleiner Fisch für ihn – und er hat es viel eher auf größere abgesehen.«

»Was hat er dich denn alles gefragt?«

»Ach, das kannst du dir doch vorstellen. ›Schildern Sie Carnarvon und Carter, möglichst mit Anekdoten, bitte. Was für eine Rolle hat das Met gespielt? Wusste Carter, dass sich das Grab dort befindet? Stimmt es, dass er von Beginn an das Grab des Tutanchamun gesucht hat, wie er hinterher allen weismachen wollte, oder war das nur eines seiner Märchen?‹ Er wollte auch mehr zu den Umständen von Carnarvons Tod wissen, klar. Und über den legendären Fluch, das ist ja unvermeidlich.«

»Ach du meine Güte. Hat er auch nach Eve gefragt?«

»Nicht wirklich. Die interessiert ihn wohl nicht besonders.«

»Und nach Helen Winlock? Minnie Burton? Oder nach den anderen Ehefrauen der Met-Mitarbeiter?«

»Die kommen in seiner Welt nicht vor. Das sind Randfiguren, und dann auch noch weibliche.«

»Das kommt mir bekannt vor. Ich hoffe doch, du hast ihn eines Besseren belehrt?«

»Nein. Dafür ist das Leben zu kurz. Außerdem hat er ja nicht ganz unrecht. Die Männer haben 1922 das Rennen gemacht, was soll man da anderes erwarten?«

»Du bist eine kämpferische Natur, also hätte ich erwartet, dass du Argumente ins Feld führst. Warum hast du das nicht getan?«

»Weil ich mich alt und krank fühlte. Diese verdammte Arthritis hat mich fast umgebracht.«

»Du bist eine elende Lügnerin, Lucy«, sagte Rose lächelnd. »Aber keine Sorge, ich werde nicht weiter in dich dringen. Erstens muss ich das gar nicht, weil ich die Antwort sowieso kenne. Zweitens wirst du dann nur mürrisch und verfällst in Schweigen. Und drittens … Da«, sie deutete auf ein Autobahnschild, »das ist unsere Ausfahrt, Ausfahrt dreizehn. Von hier aus sind es nur noch zwanzig Minuten. Ich habe Lilien dabei – schrecklicher Florist, aber es war eine Notlösung, weil ich die Blumen vergessen hatte. Sie sind im Kofferraum. Was hast du mitgebracht?«

»Frühlingsblumen. Massenweise Osterglocken und Narzissen. Ich habe sie in meinem Garten gepflückt.«

»Ah, eine gute Idee! Ihre Lieblingsblumen. Da wird sie sich freuen.«

Roses Miene hellte sich auf, und für einen Moment glätteten sich die Falten in ihrem Gesicht. Die Großmutter und die Witwe verschwanden, und ich sah das ungebärdige Kind von damals vor mir. Das Bild brachte mich aus der Fassung und trieb mir die Tränen in die Augen. Das passiert mir heutzutage gelegentlich und ist sehr peinlich, vermutlich ein Zeichen des Alters. Ich wischte die Tränen schnell weg, aber Rose hatte sie bemerkt. Ihre Miene wurde weich.

»Ah, Lucy«, sagte sie und legte ihre Hand auf die meine. »Ich weiß schon. Wie viele Jahrzehnte ist es jetzt her?«

»Sehr viele. Wir sind schon Freundinnen seit ...«

»Fast seit Beginn unseres Lebens, das können wir wohl ohne Übertreibung sagen. Gute Freundinnen in einem langen Leben. Obwohl ich gegen dich noch ein Grünschnabel bin«, fügte sie hinzu, als die kleine Landkirche, die unser Ziel war, in Sicht kam. Es war ein alter Scherz. Bis zu Roses nächstem runden Geburtstag war es noch eine Weile hin. Sie war noch nicht neunzig, ich schon, und sie liebte es, mich an mein hohes Alter zu erinnern.

»Es ist nicht sehr wahrscheinlich, dass wir diese Fahrt noch einmal gemeinsam machen, also lass uns in die Gänge kommen«, stellte sie etwas ernster fest und öffnete die gläserne Trennwand. »Wheelie, können Sie da vorn parken? Fahren Sie so dicht wie möglich an das überdachte Tor, dann müssen wir nicht so weit humpeln. Nein, nein, keine Umstände, wir können die Blumen sehr gut selbst tragen. Sie bleiben hier und rauchen eine Zigarette. Wir bleiben nicht lange, dann geht's heim und wir essen zu Mittag.«

Wheeler, der Großneffe der ursprünglichen Wheeler, fuhr Rose bereits seit seinem achtzehnten Lebensjahr. In den etwa dreißig Jahren, die seither vergangen waren, hatte er sich an ihre Launen gewöhnt. Galant half er uns aus dem Wagen, öffnete das Friedhofstor und zog sich dann gehorsam zurück. Er nahm die Kappe ab, lehnte sich an die glänzende Motorhaube des uralten Bentley und hielt das Gesicht in die Sonne.

»Wheelie tut so, als hätte er aufgehört«, zischte Rose, als wir uns den Friedhofsweg entlangschleppten. »Aber ich weiß es besser. Er hat bestenfalls reduziert. In dem Moment, in dem wir außer Sicht sind, wird er sich eine Silk Cut anzünden. Er soll ruhig wissen, dass ich das weiß – dann bleibt er auf der Hut und übertreibt es nicht. Wo sind wir denn eigentlich? Müssen wir hier nach links oder rechts, Lucy? Das sieht alles ganz anders aus als in meiner Erinnerung. Ich bin mir nicht mehr sicher.«

Unser letzter Besuch war zehn Jahre her, daher wusste ich auch nicht weiter. Das warme Wetter hatte das Gras sprießen lassen und mit ihm einen dichten Teppich aus Unkraut und Wildblumen. Ich stützte mich auf meinen Stock und schaute mich kurzsichtig um. Die kleine Kirche stammte aus dem 15. Jahrhundert, und auch viele der Gräber waren ziemlich alt. Wir befanden uns im ältesten Bereich des Friedhofs, wo die Inschriften auf den Grabsteinen wegen der Flechten und der Verwitterung fast nicht mehr zu lesen waren. *Wer möchte schon unter einem Stein auf einem alten, verfallenen Friedhof vermodern?*, hörte ich Frances' Stimme aus einer fernen Vergangenheit. Dieser hier hätte sie vielleicht umgestimmt, dachte ich. Es war ein heiterer, schöner Ort – abgelegen, ruhig und mit einer unvergleichlichen Aussicht auf die Hügel des nördlichen Hampshire.

»Wir müssen in den neueren Teil, Rose«, sagte ich. »Ich glaube, es ist dahinten. Nein, nicht da lang. Man darf nie gegen den Uhrzeigersinn um eine Kirche herumgehen. Das bringt Unglück.«

»Das fehlte mir gerade noch. Hier herum ist es kürzer, und es gibt sogar noch einen Weg. Ich werde doch nicht durch das hohe Gras stapfen«, erwiderte Rose, ließ den Aberglauben Aberglauben sein und ging nach rechts. Ich wandte mich nach links. Meine Hüfte beschwerte sich auf der Stelle, und ich brauchte eine Ewigkeit, um über das unebene Gelände zu den Grabsteinen hinüberzuhumpeln. Hinter der Kirche war Schatten, dann gelangte ich wieder in die Sonne. Die Weißdornhecke, die den Kirchhof umgab, begann gerade zu blühen und verbreitete ihren eigentümlich schweren und erotisierenden Duft. Irgendwo in ihrem Innern schmetterte eine Drossel. Rose stand bereits am überwucherten Grab von Poppy d'Erlanger und klammerte sich an die Blumen des Floristen.

Jacob d'Erlanger, der die Grabstätte ausgesucht und den prächtig verzierten Stein in Auftrag gegeben hatte, lag neben seiner Frau begraben. Er hatte sich an ihrem dritten Todestag erschossen. Plötzlich stöhnte Rose, die sich seinem Grab zugewandt hatte, verzweifelt auf. »Ich habe einen Fehler gemacht«, sagte sie. »Alles habe ich falsch gemacht. Wir hätten ihm auch Blumen mitbringen sollen. Was bin ich nur für eine törichte Person! Er war immer gut zu mir.

Was sollen wir nur tun? Jetzt weiß ich es, wir geben Poppy deine wunderschönen Narzissen, und er bekommt meine Lilien. Die sind absolut nach Jacos Geschmack.«

Wir legten das gewaltige Gebinde aus weißen Lilien mit rosa Kelch auf Erlangers Grab und den locker zusammengestellten Frühlingsblumenstrauß auf das von Poppy, aber danach wusste keine von uns beiden, was wir weiter tun sollten. Für mein Gefühl war es nicht der Moment für säkulare Plattitüden, und Rose, die regelmäßig zur Kirche ging, und zwar mit derselben Hingabe, mit der sie früher auf die Jagd gegangen war oder ihren Garten für wohltätige Zwecke geöffnet hatte, wirkte zwar innerlich bewegt, schien sich aber nicht zu einem Gebet durchringen zu können. »Nun, Gott segne euch beide«, murmelte sie schließlich, bekreuzigte sich routiniert und wandte sich ab.

»Jaco hat eine gute Wahl getroffen«, stellte sie fest, als wir Arm in Arm zum Wagen zurückkehrten. »Er hat die richtige Frau geheiratet, und als sie dann starb, hat er die richtige Begräbnisstätte für sie ausgesucht. Die Leute dachten alle, Poppy würde Partys und all diesen Schick und diese Umtriebigkeit mögen – aber in Wahrheit hat sie dieses Leben gehasst. Es machte sie nur hektisch und elend. Jaco hat das begriffen. Sie haben hier in der Nähe gewohnt, in einem absurd großen Herrenhaus, das er für sie gekauft hat. Nach seinem Selbstmord wurde es verkauft und zu einem dieser edlen Landhotels umgebaut. Poppy würde sich ausschütten vor Lachen, wenn sie es heute sehen würde.«

Rose blieb stehen. Sie fröstelte, zog den Pelzmantel enger um sich und schaute dann über den Friedhof zum Kirchlein hinüber, als erwartete sie, dass jemand aus dem Vorbau trat – ihre Mutter vielleicht.

»In jener Nacht im Shepheard«, begann ich und wollte die Frage stellen, die mich schon seit Jahrzehnten beschäftigte. Jetzt oder nie, dachte ich. »Damals, als Poppy das Hotel verlassen hat – wollte sie sich mit Jacob treffen?«

Ich war mir nicht sicher, wie Rose auf die Frage reagieren würde, aber sie war die Ruhe selbst. »Oh, ich denke schon, oder meinst du nicht?«, erwiderte sie. »Darum hat sie auch so ein Theater wegen ihrer Kleidung veranstaltet. Deshalb hat sie die Rubine getragen, die Jacob ihr geschenkt hat, und ihren Ehering wieder angesteckt. Ich wusste, dass sich die beiden niemals scheiden lassen würden. Sie haben sich gestritten, aber das hatte nichts zu sagen. In jenen Wochen in Kairo hat sie immer nur an ihn gedacht und darauf gewartet, dass er aufkreuzt und ihr erklärt, sie solle nicht so verdammt albern sein. Im selben Moment, in dem er das gesagt hätte, wären wir mit dem nächsten Schiff nach Hause zurückgekehrt.« Sie hielt inne. »Damals war mir das nicht klar, Lucy. Niemandem war das klar. Und Wheeler war so großartig. Sie war so vorsichtig mit allem, was sie gesagt hat, aber dieser Polizist, dieser Ägypter ... Ich erinnere mich nicht mehr an seinen Namen ...«

»El-Deeb. Das bedeutet übersetzt ›der Wolf‹, wie mir Herbert Winlock später verraten hat.«

»Tatsächlich? Nun, der Wolf hat jedenfalls überall herumgeschnüffelt, wie du weißt, und irgendwann hat er herausgefunden, was für Ringe Poppy getragen hat und was es damit auf sich hatte. Wer der Idiot war, der ihm diese Informationen gegeben hat, kann ich mir beim besten Willen nicht vorstellen. Wheeler und Eve waren es bestimmt nicht.« Rose runzelte nachdenklich die Stirn, und ich sagte nichts. Frances' Anteil an der Sache war bei mir sicher aufgehoben. »Dieses Detail war entscheidend. Es hat ihn zu der Überzeugung gelangen lassen, dass meine Mutter Jaco an dem Abend getroffen hat, und zwar nicht zufällig. Mittlerweile wusste er natürlich alles über Poppys Flirts und über die Prügelei im Shepheard's mit diesem schrecklichen Carew. Also hat er zwei und zwei zusammengezählt und kam zu dem Schluss, dass es nur eine Lösung geben könne: Es war Jaco, der sie in einem Anfall von Eifersucht umgebracht hat.«

»Aber El-Deeb war nicht der Einzige, der zu diesem Ergebnis kam, Rose«, sagte ich. Der berühmte Fall d'Erlanger, der bis heute die Gemüter bewegte, hatte die Aufmerksamkeit zahlreicher Autoren auf sich gezogen. Bisher waren fünf Bücher darüber erschienen, von denen die beiden aus den Dreißigerjahren besonders bösartig waren, und noch immer wurden regelmäßig neue Lösungen vorgeschlagen.

»In der Tat. Aber Jaco war Jude, Lucy. Seine Familie mochte seit drei Generationen der Church of England angehören, trotzdem war er der Abstammung nach Jude. Bestimmte Gruppierungen konnten es damals gar nicht erwarten, mit dem Finger auf ihn zu zeigen. Und nach seinem Tod haben sie so richtig losgelegt – auch wenn sie ihm schon vorher das Leben zur Hölle gemacht haben. Sie haben ihn geschnitten, geächtet und aus ihren stinkenden Clubs ausgeschlossen – auch seine sogenannten Freunde, all die Leute, die ihn angepumpt haben, um Poppy herumscharwenzelt sind und regelmäßig bei ihnen zu Hause zu Gast waren. Herrgott, es war einfach nur ekelhaft. Ich habe eine Menge daraus gelernt.«

Ihre Hand, die auf meinem Arm lag, begann plötzlich zu zittern.

»Reg dich nicht auf, Rose«, sagte ich. »Es tut mir leid – ich hätte nicht davon anfangen sollen. Vergiss es einfach. Lass die beiden in Frieden ruhen. Komm, wir gehen zurück zum Wagen.«

»Gern. Trotzdem sollst du wissen, dass Jaco es nicht getan hat, Lucy. Er hat Poppy verehrt. Er war ein sanfter, freundlicher Mensch und hätte ihr kein Haar krümmen können.«

Wir machten uns wieder auf den Weg in Richtung Friedhofstor. Ich fragte mich, ob Rose vom jüngsten Buch über den Fall d'Erlanger gehört hatte. Mein Verleger, der mein Interesse an Ägypten kannte, hatte mir vor ein paar Monaten die Fahnen geschickt. Die darin vertretene These war neu: Poppy war von ihrem Liebhaber Carew getötet worden, einem damals in Kairo berüchtigten Offizier der British Army. Er war besessen von Poppy, hatte sie abgefangen, als sie das Hotel verlassen wollte, und sie dazu überredet, in seinen Wagen zu steigen. Dort hatten sie heftig gestritten. Der Mann war bekannt für seinen Alkoholkonsum, seine Frauengeschichten, seine Wutausbrüche – und für seine Heldentaten bei den Jagdausflügen in die Nilsümpfe, wo Poppys Leiche gefunden worden war. Carew hatte sie erwürgt, behauptete die Autorin und zitierte medizinische Befunde, die bei der damaligen gerichtlichen Untersuchung nicht genannt worden waren. Um das Ganze als Raubüberfall zu tarnen, hatte er ihr die Kehle durchgeschnitten und den Schmuck mitgenommen. Seine Mitoffiziere besorgten ihm ein Alibi, und die britischen Behörden sahen gnädig über die Vertuschungskampagne hinweg.

Die Autorin hatte starke Argumente für ihre Theorie vorzuweisen. Sie hatte sich durch unzählige Papiere hindurchgekämpft und auch Regierungsdokumente gesichtet, die nach der offiziellen dreißigjährigen Sperre freigegeben, aber nie zur Kenntnis genommen worden waren. Carew war nach dem Vorfall schnell nach Indien versetzt worden, hatte sie herausgefunden, wo er sich praktischerweise zu Tode gesoffen hatte – und wo ein Jahr später Poppys vermisste Rubine wieder aufgetaucht waren. Die Autorin hatte die Spur weiterverfolgt, um ihre These zu untermauern, und hatte herausgefunden, dass die Rubine 1924 von einem Händler in Delhi an einen Millionär aus Milwaukee, der keine Probleme mit ihrer Herkunft hatte, verkauft wurden. In einer Fußnote hieß es, dass die Rubine, umgeschliffen und neu gefasst, in den Sechzigerjahren von der Witwe des Millionärs als »Besitz einer Lady« bei Sotheby's-Parke-Bernet versteigert worden waren.

Sollte ich Rose davon erzählen? Aber die Vergangenheit ist ein unruhiges Pflaster. Da Rose nicht viel las, würde sie mit ein bisschen Glück nie von dem Buch und der neuen These erfahren. Ich beschloss, dass es keinen Grund gab, sie ausgerechnet jetzt damit zu belasten und die Geschichte wieder aufzuwärmen. Genau wie ich war auch Rose gebrechlicher als bei unserem letzten Treffen.

»Wie schön es hier ist«, sagte ich, als wir das Ende des Wegs erreicht hatten und noch einmal über die stillen grünen Hügel, die Buchengruppen und die blühenden Hecken schauten – England hatte sich herausgeputzt. »Sieh dir die Felder an, die Wälder. Und dieses Licht! Es war mir gar nicht klar, dass es noch solche Aussichten gibt. Ich dachte, man habe alles zugebaut und zerstört.«

»Du hast recht.« Rose folgte meinem Blick. Ihre Hand war nun wieder ruhig. »Das ist das England, für das die Männer im Schützengraben gekämpft haben. Ich stelle mir immer vor, dass es so im Himmel sein muss – englische Felder an einem Frühlingstag. Aber das ist ja auch kein Wunder: Ich bin schließlich englisch bis ins Mark.« Sie seufzte und schüttelte sich. »So friedlich – und so unverdorben«, fuhr sie mit festerer Stimme fort. »Erstaunlich, wenn man bedenkt, wie nah die großen Straßen und die wachsenden Städte sind. Andererseits ist das hier uralter Familienbesitz, das erklärt so einiges.«

»Tatsächlich? Und wessen?«

»Carnarvons natürlich. Ich dachte, du wüsstest das. Sein Land reicht, so weit du sehen kannst. Jetzt gehört es seinem Sohn oder seinem Enkel oder so – allmählich gerate ich beim Zählen der Generationen durcheinander. Das Land ist immer noch sehr groß. Dahinten ist Beacon Hill, wo Carnarvon begraben wurde, nachdem seine Leiche aus Ägypten überführt worden war. Dort wollte er liegen, ganz allein und mit Blick über seine Ländereien.« Sie drehte sich um und zeigte in die andere Richtung. »Highclere Castle befindet sich nördlich von hier, hinter den Buchenwäldern dort. Und das Haus, das Ma mir hinterlassen hat, wo Petey und ich nach der Rückkehr aus Ägypten die Sommer verbracht haben, dieser paradiesische Ort – erinnerst du dich noch daran?«

»Natürlich.«

»Nun, das ist auch nicht weit entfernt von hier. Wir könnten schnell noch vorbeifahren, wenn du magst.« Als sie meinen Gesichtsausdruck sah, änderte sie schnell ihre Meinung. »Nein. Es waren wohl genug Erinnerungen für heute. Zeit fürs Mittagessen. Ich sterbe vor Hunger. Friedhöfe machen mir immer Appetit.« Wir hatten den Bentley erreicht und stiegen mit Wheelers Hilfe wieder ein.

»Tritt aufs Gas, Wheelie«, befahl Rose, und er gehorchte.

Wir erreichten Roses Haus in bewundernswerter Schnelligkeit. Hier hatte Rose ihr langes Eheleben und ihr genauso langes Witwendasein verbracht. Hier hatte sie vier Söhne geboren und großgezogen – ein fünfter, der mit einer Behinderung auf die Welt gekommen war, war bald darauf gestorben. Im abgelegenen Küchenbereich kochte Wheelers Frau schon das Mittagessen. Rose führte mich in das wunderschöne Wohnzimmer mit Blick auf den Garten, den sie und ihr Ehemann angelegt hatten. Der Raum hatte in all den Jahren immer gleich ausgesehen, und außer den neuen ökoeffizienten Heizkörpern schien sich auch jetzt nichts verändert zu haben. Er war vollgestopft mit Zeug – von »radikalen Entrümplungsmaßnahmen«, wie Rose stolz angekündigt hatte, keine Spur. Drei Springer Spaniels kamen auf uns zugeschossen, um uns zu begrüßen. Mit dem Gefühl des Wohlbefindens, das dieses Haus mir immer einflößte, ließ ich mich nicht lange bitten und nahm in einem durchgesessenen großen Chesterfield-Sessel neben dem Kamin Platz. Rose machte mir derweil einen Dry Martini. Sie hatte noch immer eine kindliche Freude an Cocktails, die ihr allerdings unverantwortlich stark gerieten. Vorsichtig nippte ich an dem Drink.

»Ich habe ein Geschenk für dich«, verkündete sie zu meiner Überraschung, ging zu der großen Kommode aus Walnussholz und zog eine der vielen Schubladen auf. »Etwas, das ich beim Aufräumen gefunden habe. Ich denke, es wird dir gefallen. Diesen Winter habe ich etwas geschwächelt«, fuhr sie fort, während sie herumkramte. »Richtig deprimiert war ich. Nichts, weshalb man sich Sorgen machen müsste, sagen die Ärzte, aber ich werde eben auch nicht jünger. Das ist der eigentliche Grund, warum ich mich in diese Entrümplungsaktion gestürzt habe. Ich möchte nicht, dass sich meine armen kleinen Jungen nach meinem Ableben mit diesem ganzen Müll herumschlagen müssen.«

Roses ältester Sohn hatte die sechzig bereits überschritten, der jüngste war auch schon mindestens fünfzig. Sanft sagte ich: »Sie werden das schon schaffen, da bin ich mir sicher.«

»Trotzdem war es einfach fällig! Und ich sage dir, mir hat davor gegraut – dieses Haus war ja bis obenhin vollgestopft mit Zeug. Letztlich hat es mir aber sogar Spaß gemacht, Lucy. Ich habe jede Menge Schätze ausgegraben, etwa die Liebesbriefe des guten Bill aus dem Krieg und meine an ihn – ich war schockiert, was wir damals geschrieben haben. Und lauter niedliche Bilder, die meine Jungen für mich gemalt haben, als sie klein waren. Dann die Souvenirs aus Ägypten, alles sorgsam eingelagert. Sogar die Perle, die Howard Carter mir mal geschenkt hat, habe ich wiedergefunden. All das hat die Vergangenheit wieder wachgerufen. Kannst du dich noch daran erinnern, wie unverschämt er an diesem Tag war? So ein Rüpel. Er hat die Leute immer vor den Kopf gestoßen, sogar Carnarvon, so hatte ich jedenfalls den Eindruck. Und die arme Eve ganz gewiss auch. Na, so was, hier ist es nicht. Wo habe ich es nur hingetan?« Sie schob die Schublade wieder zu und öffnete eine andere. »Mein Bill hat immer gesagt, Carters Streitsucht habe ihn um höhere Ehren gebracht«, fuhr sie fort. »Und Bill musste es ja wissen, er kannte ja all die Pedanten am Gericht, die diese Dinge regeln. Er sagte, Carter habe zu viele Leute düpiert, nicht nur in Ägypten, sondern auch in London. Und wenn es dann um die Wurst ging, setzte sich niemand für ihn ein, worauf er aber natürlich angewiesen war. Keine einzige lächerliche Auszeichnung bekam er, geschweige denn den Ritterschlag. Obwohl er den größten archäologischen Fund aller Zeiten gemacht hat, wurde er nie zum Ritter ernannt.«

Rose kapitulierte vor der zweiten Schublade und öffnete die dritte. Ich hörte nur noch mit halbem Ohr hin, was in ihrem Fall eigentlich immer ein Fehler war. Rose hatte jahrzehntelang als ehrenamtliche Betreuerin im Gefängnis gearbeitet, war in tausend Komitees gewesen und hatte langwierige Kampagnen zur Strafrechtsreform ausgefochten. Dreißig Jahre lang hatte sie als Magistratsrichterin am Bezirksgericht gearbeitet. Alle, die sich durch ihre Twinsets und Perlen, ihren Upperclass-Akzent und ihre Redeweise täuschen ließen und sie für leichte Beute, ein privilegiertes Überbleibsel aus einer vergangenen Ära oder gar eine Närrin gehalten hatten, waren schnell eines Besseren belehrt worden. »Sobald man sie entwaffnet hat«, erklärte sie immer, »geht man ihnen direkt an die Kehle.« Roses bevorzugte Entwaffnungstechnik ihres Gegenübers, das hätte ich nicht vergessen dürfen, war belangloses Geplauder.

»Mir ist zu Ohren gekommen, dass sich damals selbst der König hochmütig über Carter geäußert hat«, sagte sie nun. »Und seine Höflinge hielten ihn natürlich für einen Schurken. Sie haben ihn einfach links liegen lassen. Als Carter auf dieser Vorlesungsreise in Amerika war, hat ihm Yale den Ehrendoktor verliehen, und er wurde zwei Mal ins Weiße Haus eingeladen. Zwei Mal! Eve hat sich so für ihn gefreut. Sie sagte, Präsident Coolidge habe die Geschichte um die Entdeckung des Grabs von Tutanchamun absolut fasziniert, er habe einfach alles darüber erfahren wollen, natürlich von dem großen Entdecker höchstpersönlich. Aber in England? Da wurde Carter mit einer Einladung zum Gartenfest in den Buckingham Palast abgespeist! Der Arme. Ich habe ihn nie besonders gemocht, aber selbst ich habe das armselig gefunden.«

Sie beugte sich wieder über die Schublade, kramte darin herum und klang regelrecht verärgert, als sie fortfuhr: »Tatsächlich war es sogar eine haarsträubende Ungerechtigkeit. Du weißt, Lucy, dass ich Ungerechtigkeiten nicht ertragen kann, und in Carters Fall war nur der gute alte Snobismus schuld. Er war kein Gentleman, und da half es auch nichts, dass er den Leuten das Gegenteil weismachen wollte. Aber was hatte seine Herkunft schon zu bedeuten? Hätte das irgendetwas an seinen Errungenschaften geändert? Nein, aber wäre er von Eton oder Oxford gekommen, hätte man ihm die Ritterschaft sofort angetragen. Das hat mein Bill übrigens anders gesehen. Er war der Meinung, dass auch Carters Geschäfte eine Rolle spielten. Die Menschen hielten sie anscheinend für geschmacklos, aber das ist doch wohl ein Witz, oder, Lucy? Bill war ein so unschuldiges Gemüt. Ich sagte zu ihm: ›Leg den Geschäftemachern das Handwerk, und du kannst die Hälfte der Exponate des British Museum abschreiben.‹ Und für das Met und den Louvre gilt natürlich dasselbe, denn wie sind die Sachen dort wohl hingelangt?«

Ich enthielt mich eines Kommentars, doch ich war ebenfalls der

Meinung, dass man Carter schäbig behandelt hatte. Angesichts der historischen Bedeutung seines Funds hatte er gewisse Ehren erwartet und auch verdient. Verschiedene Archäologen seiner Zeit hatte man zu Rittern geschlagen, darunter Flinders Petrie, Arthur Evans, den Entdecker von Knossos, und Leonard Woolley, der in Ur in Mesopotamien gegraben hatte. Carter hingegen war leer ausgegangen und hatte nicht einmal den Order of the British Empire, einen britischen Verdienstorden, erhalten. Mich ärgerte das jedoch nicht weiter, da ich dem Ehrenkodex im Gegensatz zu Rose nicht viel Bedeutung beimaß. Rose und ich unterschieden uns sowieso in vielen Dingen: Sie war eine stramme Monarchistin, lebenslange Tory-Aktivistin, überzeugte Kirchgängerin und treue Ehefrau – ich war nichts von alldem.

Ich drehte mich um und betrachtete die Familienfotos, die in Silberrahmen auf dem Tisch neben mir standen. Sie entführten mich in eine Vergangenheit, in der Roses Geplauder nicht mehr zu hören war. Rose als Debütantin, Rose in Uniform, Arm in Arm mit dem jungen Offizier, der ihr Ehemann werden sollte. Ihr Bruder Peter als kleiner Junge, dann als schlanker, schöner, finster blickender junger Mann. Der etwas ältere Peter in seiner Uniform zur Zeit des Krieges. Wieder Roses Ehemann in seiner späteren Funktion als Lieutenant Colonel Sir William Hicks, MC, DSO, CVO, Stallmeister eines Mitglieds der königlichen Familie. Er war ein freundlicher Mensch gewesen, dachte ich, und ein guter Ehemann. Warum hatte Rose eine so gute Wahl getroffen und ich eine so schlechte? Warum war ihr Leben so ruhig verlaufen und meines nicht?

Rose knallte die nächste Schublade zu. »Verflucht, wo habe ich nur dein Geschenk hingetan? Und warum erzähle ich dir das alles eigentlich? Was hat mich nur dazu getrieben, all dieses Zeug über Carter zu verbreiten? Ach ja, Archäologie, das war das Stichwort: meine radikalen Entrümplungsmaßnahmen, sozusagen meine ganz persönlichen Grabungen. Ich kann dir gar nicht sagen, Lucy, wie viel Zeug da zum Vorschein gekommen ist. Tonnen! Schätze und Albernheiten und Müll. Lebensmittelkarten. Orden.

Babysachen. Schachtelweise Briefe von mir und von Peter. Unscharfe Fotos von dir und Petey und mir in Ägypten – und von später natürlich auch.«

Als sie sich über die unterste Schublade beugte, stieß sie einen triumphierenden Schrei aus. »Ah, da bist du ja endlich!« Knallrot vor Anstrengung drehte sie sich um und legte mir ein Bündel in den Schoß. Es war ziemlich groß und wurde von einem scharlachroten Faden zusammengehalten. Ich betrachtete es schweigend, aber es war zu spät, um noch auf der Hut zu sein. »Die Briefe habe ich fast alle entsorgt«, fuhr sie fort und wich meinem Blick aus. »Ein schönes Feuerchen war das. Ich wollte nicht, dass meine Jungen meine Geheimnisse entdecken – oder sonst jemand. Die hier habe ich allerdings aufbewahrt.«

Meine Hände begannen zu zittern. Ich setzte die Brille auf, und das Bündel wurde scharf: Es war ein Stapel dicker, verräterischer Umschläge. *KV, KV* ... Mein Blick fiel auf Name und Adresse. Beides war mit einer Schülerfeder geschrieben, in schwarzblauer Tinte und mit einer sauberen, engen und schnörkeligen Handschrift. Ein Schauer der Erleichterung überlief mich. Hatte ich also keine Enthüllungen zu befürchten? Es waren nur frühe Briefe, Schulmädchenbriefe, geschrieben in einer Dachkammer an einem alten Schreibtisch mit einer Schublade zum Abschließen. Einen einzigen Schlüssel hatte es dafür gegeben, und den hatte ich an einer Kette um den Hals getragen.

»Deine Briefe aus Cambridge.« Rose zögerte. »Damals waren sie mein Rettungsanker, Lucy. Ich hatte sie ganz hinten in einem Schrank verstaut. Letzte Woche habe ich sie noch einmal gelesen. So viele Dinge hatte ich bereits vergessen – deinen Vater, diese verdammte Gouvernante.«

»Ich habe deine Briefe auch noch. Und die von Frances. Alle. Ich habe sie heute Nacht gelesen.«

»Dann sind wir ja quitt.« Rose ging zum Tablett mit den Drinks und schüttelte den Cocktailshaker. »Ein bisschen ist noch da, darf ich dir nachschenken? Wir sollten den Rest nicht verkommen lassen. Es ist Ewigkeiten her, dass wir uns gesehen haben. Ich habe dich sehr vermisst, Lucy. Jetzt müssen wir feiern.«

Sie füllte unsere Gläser auf, setzte sich neben mich auf das Sofa und schaute mich an. Mittlerweile wusste ich die Zeichen zu deuten und ahnte, was nun kommen würde. »Ich weiß, worauf du hinauswillst. Du möchtest mich betrunken machen.«

»Schon möglich. Sagen wir mal so, ich würde alles tun, um deine verstockte Zunge zu lösen.« Fürsorglich legte sie ihre Hand auf die meine. »Wir können doch darüber reden, Lucy«, sagte sie und suchte meinen Blick. Sie wirkte aufgeregt. »Du solltest die Dinge nicht in dich hineinfressen. Einiges wusste ich sowieso schon, und was ich nicht wusste, habe ich erraten. Vor Jahren schon. Lange bevor ich die Schachteln mit den Briefen gefunden habe. Und die sind, das verspreche ich dir, allesamt in Rauch aufgegangen.« Sie beugte sich dichter zu mir. »Bitte, Lucy. Warum verschweigst du mir das alles, ausgerechnet mir? Ich weiß, dass du ihn geliebt hast, und dafür musst du dich nicht schämen. Und ich weiß auch, wie sehr so etwas wehtut, aber wenn du mit jemandem darüber reden würdest, wäre es vielleicht weniger schmerzlich.«

»Es hat nichts mit Scham zu tun, und es tut auch nicht weh. Nichts tut mehr weh, das weißt du doch.«

»Nichts weiß ich. Warum musst du immer so tun, als wärst du unverwundbar? Dabei kenne ich dich doch, Lucy. Ich kenne dich in- und auswendig. Gütiger Gott, du bist noch immer ein Dickkopf. Okay, ein letzter Versuch. Mach dir klar, dass es angesichts deines Alters – und meines – vielleicht nicht mehr viele Gelegenheiten geben wird.«

»Das war jetzt aber unter der Gürtellinie. Hör auf, Rose. Lass es einfach.«

»Eine letzte Chance. Ja oder nein? Wenn du reden möchtest, dann gern. Wenn nicht, mach dir einfach weiterhin etwas vor.«

Schweigen senkte sich auf uns. Das Feuer prasselte und zischte. Ich mochte Rose, liebte sie sogar, und die Versuchung war groß, aber es gibt Dinge, über die ich nie gesprochen habe und es auch nie tun werde. Schließlich sagte ich: »Nein!«, und da ich Roses Fähigkeiten kannte, mich umzustimmen, sagte ich es sehr entschieden.

Sie seufzte und lächelte dann resigniert. »Also gut. Belassen wir es für den Moment dabei. Aber ich warne dich – ich werde nicht aufgeben.« Sie reichte mir die Hand und half mir hoch.

»Immer schön vorsichtig, Lucy«, sagte sie, als sie mich zur Tür geleitete und aufpasste, dass ich nicht über die Hunde oder den Teppich stolperte. »Es ist Zeit, um zu essen, und Mrs W. hat uns ein wahres Festmahl bereitet. Als ich die Briefe aus Cambridge noch einmal gelesen habe, dachte ich – nun, es gab plötzlich so viele Fragen, die ich dir gern stellen würde. Und keine Tabuthemen mehr, ich schwöre es. Lass uns einfach ein wenig lästern und über Cambridge und Miss Dunsire herziehen. Zum Mittagessen möchte ich die ganze Geschichte hören, keine deiner ewigen Ausflüchte oder kunstvollen Abschweifungen. Deinem Verleger magst du vielleicht etwas vormachen, wenn du deine Bücher schreibst, und auch diesen Fong wirst du schön an der Nase herumgeführt haben, aber bei mir zieht das nicht. Ich gebe mich nur mit der Wahrheit zufrieden.«

»Wenn du unbedingt möchtest.« Ich zuckte mit den Achseln, und gemeinsam schleppten wir uns langsam in Richtung Esszimmer. »Aber warum interessiert dich das? Du hast Nicola Dunsire nie gemocht. Und verstanden hast du sie auch nicht.«

»Doch, das habe ich. Ich habe in meinem Leben unzählige Hexen getroffen, aber sie war eine Klasse für sich. Wenn ich daran denke, was diese Frau dir angetan hat. Sie war eine Erzhexe. Oder besser noch, ein Erzdämon.«

»Ach ja? Sind Dämonen nicht gefallene Engel? Gibt es vielleicht noch etwas, dessen du sie anklagen willst?«

»Eine Menge, ich habe noch gar nicht richtig losgelegt. Wheeler konnte sie nicht ausstehen, und Wheeler hatte bei so etwas immer ein untrügliches Gefühl. Für sie war Dunsire ein Vampir. Eine Untote.«

»Und du glaubst natürlich an Vampire, was? Hör schon auf mit diesem Unsinn«, sagte ich, als Rose meinen Arm nahm und mich die letzten Stufen hinaufführte. Der köstliche Duft von Lammbraten zog durch den Flur. Meine Hüfte schmerzte schrecklich, und mir war vor Müdigkeit fast schwindelig. Der lange Weg über den Kirchhof durch das lange Gras und all dieses Unkraut, das war unklug gewesen, und jetzt bekam ich die Rechnung.

»Ob ich an Vampire glaube? Seit ich ihr begegnet bin, ja. Ich sage dir, Nicola Dunsire hatte eine unheilvolle Ausstrahlung. Sie war eine umwerfende Erscheinung, das gebe ich gern zu, aber der Leibhaftige persönlich schlummerte in ihr.«

»Jetzt entscheide dich endlich«, sagte ich verärgert. »Dämon oder Vampir oder Teufel? Selbst Nicola kann nicht alles gleichzeitig sein.«

»Nicht?« Rose schaute mich triumphierend an. »Sie hat dich noch immer in ihren Klauen, selbst heute noch. Seit sechzig Jahren ist sie tot – und doch benutzt du noch immer das Präsens, wenn du über sie redest. Das spricht Bände.«

## 20

»Zwei Briefe«, sagte mein Vater. »Mit ebenso vielen Einladungen.« Er schob die Hand in die Innentasche seiner Jacke und zog mit spitzen Fingern, als könnten sie vergiftet sein, zwei weiße Umschläge hervor. Seine Laune war nicht die beste. »Meine Tochter ist sehr gefragt, Miss Dunsire. War Ihnen das klar?«

Er legte die beiden Briefe vor sich auf den Gartentisch. Einer trug einen amerikanischen Stempel, der andere eine dunkelblaue Krone auf der elfenbeinfarbenen Umschlagklappe. »Vermutlich nicht«, fuhr er fort, als Miss Dunsire nicht antwortete. »Ich bezweifle, dass Lucy Sie stärker ins Vertrauen zieht als mich. Meine verstorbene Frau war genauso: ausweichend, zugeknöpft ...«

»›Zurückhaltend‹ ist vielleicht *le mot juste*.« Miss Dunsire hatte ihm kühl das Wort abgeschnitten. Sie lehnte sich in ihrem Korbstuhl zurück und ließ die Augen auf dem Rosenbogen im hinteren Teil unseres Gartens ruhen. Die Zweige der Birken schützten sie vor der heißen Sonne, und die Blätter tauchten ihr Gesicht in einen grünlichen Schimmer. Früher am Tag, bevor unsere Mittagsgäste gekommen waren, hatte sie über Kopfschmerzen geklagt. Nach einem schwierigen und unharmonischen Essen waren die Gäste vor zehn Minuten gegangen, Nicola Dunsire war also möglicherweise müde – oder gelangweilt oder verärgert.

»Verschlossen«, korrigierte mein Vater sie und warf ihr einen ungestümen Blick zu, den sie ignorierte. »›Verschlossen‹ ist das angemessene Wort. Und das ist lediglich eine Variante von ›falsch‹.«

»Verschlossenheit, Falschheit, wie überaus tiefschürfend, Dr. Payne.« Unsicher stand sie auf, blieb einen Moment stehen und fixierte noch immer den Rosenbogen. »Ich habe die beiden Eigenschaften stets als sehr verschieden wahrgenommen«, fuhr sie nachdenklich fort. »Ich hätte immer gedacht, dass jemand Geheimnisse haben kann, ohne sich gleich des Betrugs schuldig zu machen. Jetzt sehe ich allerdings, dass Sie recht haben. Tatsächlich sind die beiden Worte einander so nah wie Schwestern, fast schon wie Zwillinge. Höchst gefährlich! Wie gut, dass ich keine Leichen im Keller habe. Wie gut, dass ich von der Wahrheit besessen bin. Würdest du mich bitte einen Moment entschuldigen, Lucy? Ich muss ein Aspirin nehmen. Meine Kopfschmerzen sind schlimmer geworden.«

Sie drehte sich um und entfernte sich Richtung Haus. Ich fragte mich, wie sie es schaffte, das eine zu sagen und das Gegenteil mitschwingen zu lassen – aber darin war sie groß. Ihre Miene hatte keinerlei Ironie verraten, und doch hatte ich das Gefühl, als hätte sie sich über meinen Vater lustig gemacht. Außer Ironie hatte ich auch noch Anmaßung in ihren Worten gespürt, und möglicherweise sah mein Vater das genauso, denn ihr Kommentar hatte seine Stimmung nicht gerade gehoben. Seit der Ankunft unserer Gäste war sie immer schlechter geworden. Ich kannte diese Laune nur zu gut: Wut, die sich angestaut hatte, als die Gäste noch da waren, und sich jetzt zu entladen drohte. Was war wohl der Grund der Unruhe? Ich starrte auf die beiden Umschläge.

Mein Vater ließ mich unbeachtet und schaute der schlanken Gestalt von Miss Dunsire nach. Die ließ sich Zeit, schlenderte kreuz und quer durch den Garten und blieb gelegentlich stehen, um an einer Rose zu riechen oder etwas Lavendel zu pflücken. Sie trug einen Faltenrock aus weißem Leinen, die Sonne fiel auf ihr metallisches Haar und ihren nackten Hals. Damals, als ich noch von nichts eine Ahnung hatte, von absolut gar nichts, begriff ich nicht, dass ihre Kleidung und diese trägen, gemächlichen Bewegungen eine erotisierende Wirkung auf meinen Vater hatten. Mir war nicht klar, dass die doppeldeutige Sprache und die Ungewissheiten, die sie erzeugte, ihn sexuell provozierten. Für mich war Miss Dunsire schlichtweg meine Feindin, und ich nahm es ihr übel, dass sie in ihrem weißen Rock in diesem heißen Garten beneidenswert lässig aussah.

Mein Vater schien nicht geneigt, die Unterhaltung, die er begonnen hatte, noch weiter fortzuführen. Er saß da, schaute finster in die Gegend und trommelte nervös mit den Fingern. »Himmel, es müssen fast dreißig Grad sein. Diese Hitze ist einfach unerträglich. Hat dieser verfluchte Dichter eigentlich noch Wein übrig gelassen oder die ganze Flasche in sich hineingekippt? Ah, ein Tropfen ist noch da.«

Er schenkte sich ein Glas von dem Weißwein ein, der nach dem Essen auf dem Tisch stehen geblieben war, musterte finster die Schale mit den restlichen Erdbeeren, rückte seinen Stuhl in den Schatten, legte den Kopf in den Nacken und schloss die Augen. Die Hitze erinnerte mich an das Tal der Könige. Ich gab mir Mühe, mich nicht zu bewegen und nicht zu atmen. *Wir versuchen, unsichtbar zu sein*, sagte Frances' Stimme aus dieser anderen Welt, die nur wenige Monate her war. Leichter gesagt als getan, dachte ich. Fünf Minuten verstrichen, und allmählich wünschte ich mir, meine Feindin würde zurückkehren. Miss Dunsire war für das Mittagessen verantwortlich, das konnte mein Vater mir nun wirklich nicht anlasten, oder? Vielleicht würde ein Teil seiner Wut ja sie treffen – obwohl ich das bezweifelte.

Es war der erste Juni. Drei Monate waren seit meiner Rückkehr aus Ägypten vergangen, und das Ostertrimester war fast zu Ende. In wenigen Tagen würden die Ferien beginnen. Die Prüfungen waren vorbei, die gesamte Uni war in Feierstimmung, und Nicola Dunsire, der die Hitze zu Kopf gestiegen war, hatte meinen Vater dazu überredet, im Garten eine Lunch-Party zu geben. Mit nervösem Eifer hatte sie sich in die Unternehmung gestürzt und wochenlang geplant, wen man einladen und was man zu essen reichen könnte. Sollte es pochierter Lachs sein oder Huhn in Aspik, kalte Apfeltarte, Pfirsich Melba oder Crème brûlée à la Cambridge? Wie sollten wir – wir, weil sie mich unbedingt in die Organisation einbeziehen wollte – den Tisch schmücken, was sollten wir tragen, was tun, falls es an dem Tag, Gott bewahre, regnen sollte?

Meiner Meinung nach sollte sie sich vor allem über die Gäste Gedanken machen – denn mein Vater hatte in Cambridge wenig Freunde und viele Feinde. Und über die Ausgaben, da er nicht gern Geld verschwendete. Das gab ich auch zu bedenken.

»Sei nicht so kleinlich.« Sie schnipste mit den Fingern. »Ich kümmere mich schon um die Haushaltskasse, und zwar ziemlich gut. Wir können sogar die Ballettstunden bezahlen, um die du mich so dringlich gebeten hast, Lucy. Aber das bleibt unser Geheimnis, deinem Vater darfst du nie etwas davon erzählen. Insofern werden wir wohl auch ein Essen bezahlen können. Außerdem haben Mrs Grimshaw und ich uns zusammengetan und einen Plan ausgeheckt. Sie hat mit ihrem Ehemann gesprochen und Hilfe von den Collegeküchen organisiert. Ich mag gelernt haben, einen verdammten Kuchen zu backen, aber ein Chaudfroid? Damit bin selbst ich überfordert.«

Zu diesem Zeitpunkt waren sowohl Mrs Grimshaw als auch ihr Ehemann zu Miss Dunsire übergelaufen: kleine Geschenke, private Bekenntnisse in der Küche, Besuche bei ihnen zu Hause, Hilfsanfragen, Vertrauen auf ihre größere Weisheit und so weiter – alles kleine Vorstöße mit sichtbarer Wirkung. Zudem liebte Mrs Grimshaw ein wenig Aufregung, und dafür sorgte Miss Dunsire zweifellos. In Vorbereitung auf die kleine Lunch-Party musste im gesamten Haus Frühjahrsputz gemacht, die Büsche im Garten gestutzt, das Silber poliert und sämtliche Tischwäsche inspiziert werden.

Mrs Grimshaw war ganz in ihrem Element. »Sie ist ein richtiger Wirbelwind, unsere Miss Dunsire«, sagte sie bewundernd zu mir, während sie sich übers Bügelbrett beugte. »Drei Tage bügle ich nun schon – und bin noch lange nicht fertig. Mein Albert ist auch unermüdlich zugange, Fenster, Rasen, Rosen – er würde alles für sie tun. Sie hat ihn schon so weit, dass er ihr aus der Hand frisst. Fantastisch hat er das alles gemacht, und trotzdem ist sie nie zufrieden. Sie hat sich in diese Sache mit dem Lunch richtig reingesteigert. ›Sie sollten mal Pause machen, Schätzchen‹, habe ich zu ihr gesagt. ›Legen Sie doch mal fünf Minuten die Füße hoch. Wer wird denn schon einen Streifen auf den Fensterscheiben oder eine Falte in der Tischdecke bemerken?‹ Aber hört sie auf mich? Ich dachte eigentlich, ich sei gründlich, Lucy, weil ich es gern schön mag und so meine Ansprüche habe. Aber gegen sie bin ich ein Waisenkind. Eine Perfektionistin vor dem Herrn, das ist sie.«

Es stimmte, Nicola Dunsire war eine Perfektionistin. Sie hatte Anfälle von Perfektionismus, besser gesagt. Tagelang trieb sie sich selbst und mich in den Wahnsinn und verfolgte unentwegt irgendwelche Projekte. Aber so schnell es begann, war es oft auch wieder vorbei. Dann folgte eine Woche oder zehn Tage, in denen sie launisch und gereizt war und ohne jeden Grund das Interesse an den selbst gesetzten Aufgaben verlor. Lange Spaziergänge, Bibliotheksbesuche, Besuche im Fitzwilliam Museum – alles passé. In diesen Zeiten ließ ihr Appetit nach und schwand schließlich völlig. Sie klagte über Kopfschmerzen und Müdigkeit, zog sich über lange Phasen hinweg zurück und hinterließ mir einen Haufen Lehrstoff, den ich allein zu bewältigen hatte. Da saß ich dann also, als die Tage länger wurden und mit ihnen auch die Frühlingsabende, und arbeitete unermüdlich mein Pensum ab: Algebra, Kartografie, Shakespeare-Sonette, Tudor-Könige, Übersetzungen, Lektüre von *Jane Eyre* und *Middlemarch* sowie Arithmetik.

In diesen Phasen lernte ich, ihren Zorn zu fürchten: »Wie kann man nur derart begriffsstutzig, langsam und dumm sein?«, rief sie manchmal, um mich dann auf die Hand zu schlagen oder irgendeine neue Aufgabe für mich zu erfinden. »Lies, Lucy. Lerne zu lesen«, sagte sie bei einer Gelegenheit, blass vor Wut, als ich durch die langen Sätze von George Eliot hindurchstolperte und mit Dorothea und Casaubon zu kämpfen hatte. »Du liest wie eine Blinde. Kannst du nicht in die Sätze hineinschauen? Unter sie? Dahinter? Über sie hinaus? Herrgott, ich verschwende wirklich meine Zeit mit dir.«

Wenn sie so war, konnte ich es ihr nicht recht machen. Meine Karten waren unbeholfen gezeichnet, meine Handschrift unleserlich, meine Unfähigkeit, die simpelsten mathematischen Prinzipien zu begreifen, frappierend. Besonders vor Französisch hatte ich Angst. Ein paar Wochen nach meiner Rückkehr aus Ägypten hatte man auf die Dienste von Dr. Gerhardt verzichtet. Es würde Geld sparen, wenn Miss Dunsire das ebenfalls übernehmen würde, zumal Dr. Gerhardt, zweifellos ein fähiger Wissenschaftler, zu faul und zu gutmütig war, um ein derart eigensinniges, unbelehrbares Kind zu unterrichten. Außerdem bräuchte er mehr Zeit für sein eigenes Buch: Sein Meisterwerk über seine Landsleute Zwingli und Calvin war schon seit fünfzehn Jahren in Arbeit, aber das war in Cambridge nicht ungewöhnlich. Im selben Haus im Nevile's Court, wo auch mein Vater wohnte, lebte ein Wissenschaftler, der 1872 eine einschlägige und bahnbrechende Studie über das Verdauungssystem der Schalentiere geschrieben hatte. In den fünfzig Jahren, die seither vergangen waren, hatte er nichts mehr veröffentlicht – was aber niemandem sonderbar aufstieß. Nur Miss Dunsire hatte keinerlei Sympathie für eine solche Haltung. Da sie in allem schnell war, hasste sie Trödelei. Mein Vater, der auch schon viel vor sich hergeschoben hatte, stimmte ihr mittlerweile zu. Sein Buch über Euripides schreite gut voran, berichtete er gelegentlich und schaute sie dabei direkt an. Er gehe davon aus, es in achtzehn Monaten beendet zu haben, zumal dann ja sein zwölfmonatiges Sabbatjahr bevorstehe.

»Ich werde den Unterricht von Dr. Gerhardt übernehmen«, hatte Miss Dunsire verkündet, und da sie meinen Vater um den kleinen Finger wickeln konnte, hatte er schnell eingewilligt. Die Vokabellisten und unregelmäßigen Verben, an denen Dr. Gerhardt und ich uns abgearbeitet hatten, gehörten nun der Vergangenheit an. An ihre Stelle traten meisterhafte Ergüsse von Goethe, Racine und Baudelaire, von denen ich kein Wort verstand. In ihren freundlicheren Phasen konnte Nicola Dunsire die Passagen für mich zum Sprechen bringen, sodass ich ihre Bedeutung erfasste und mich für die jeweilige Sprache zu begeistern begann. In den nicht so freundlichen Phasen, wenn ihre Stimmung umschlug, war alles möglich: Sie konnte mir die Bücher um die Ohren hauen, sie durch den Raum werfen oder mich an den Haaren ziehen. »Hör doch zu!«, rief sie dann. »Antworte mir! Ich werde nicht zulassen, dass du wie ein blinder Wurm durch die Welt kriechst, verstehst du? Ich werde dir Beine machen. Ich werde dir Feuer unterm Hintern machen, du elendes, dummes Mädchen, und wenn ich dabei draufgehe. Also noch einmal, hör zu: *C'est Venus toute entière à sa proie attachée.* – Nein, nein, nein. Nicht mit diesem grauenhaften Akzent. Du bist keine Engländerin, du bist Französin. Lies die Ansprache der Phèdre und mach dir klar, dass du nicht irgendein kleines Schulmädchen bist. Du bist eine Königin!«

Wie hatte sie mir bei unserer ersten Begegnung nur so heiter vorkommen können, dachte ich, als Nicola Dunsire, die zwanzig Minuten im Haus geblieben war – zwanzig Minuten, um ein Aspirin zu nehmen? –, endlich wieder auftauchte und mit majestätischer Ungezwungenheit durch den Garten schritt. Ich tastete nach dem Schlüssel zu meiner Schreibtischschublade, den ich mittlerweile an einer Kette um den Hals trug. Meine Briefe und Tagebücher waren darin sicher. Sollte Nicola Dunsire in der Zeit, in der sie eigentlich eine Tablette hatte nehmen wollen, in meinen Sachen geschnüffelt haben, wessen ich mir sicher war, konnte sie nicht viel gefunden haben.

Mein Vater, der vielleicht gedöst hatte, vielleicht aber auch nicht, schlug die Augen auf, um ihren Auftritt zu beobachten. Sie nahm sich Zeit, blieb wieder beim Lavendel stehen, beugte sich wieder über eine Rose. Ihre schlanke weiße Silhouette war das einzig Kühle in diesem Backofen, in den sich unser Garten bei diesem Wetter verwandelte, da die Hitze von den hohen Backsteinmauern eingefangen, reflektiert und verstärkt wurde. Die Langsamkeit ihrer Bewegungen trug nicht dazu bei, die Laune meines Vaters zu heben. Je länger er sie betrachtete, desto grimmiger wirkte er. Als Miss Dunsire schließlich wieder bei uns war, nahm sie wortlos Platz und vertraute darauf, dass jede Nachfrage nach ihrem langen Fortbleiben unschicklich war, sosehr es meinen Vater auch interessieren mochte, wieso sie zwanzig Minuten gebraucht hatte, um ein Aspirin zu schlucken. Selbst in der schönen neuen Nachkriegswelt ging man diskret über die Abwesenheit einer Dame hinweg.

Sie lehnte sich in ihrem Korbstuhl zurück und betrachtete wieder verträumt die Rosen. Menschen, die sie nicht kannten – und dazu gehörte offenbar auch mein Vater –, hätten sie vermutlich für eine ruhige Person gehalten. Ich aber wusste es besser. Mittlerweile hatte ich lange genug mit ihr zu tun und war sensibel für die geringste Regung ihrer unberechenbaren Natur geworden. Ich wusste also, dass wir uns mitten in einer ihrer monatlichen schwarzen Phasen befanden. Ihre innere Unruhe war spürbar – wie bei einer Katze, die dasitzt, sich die Pfoten reibt und ihre Aufregung nur durch ein winziges Zucken der Schwanzspitze zu erkennen gibt.

Ich bezweifelte, dass Miss Dunsire in Gegenwart meines Vaters die Klauen ausfahren würde, und wartete. Mein Vater hatte wieder die Briefumschläge zur Hand genommen und musterte sie stirnrunzelnd. Ein Donnerwetter lag in der Luft, und ich spürte, dass es sich über mir entladen würde. Trotzdem hatte ich das Gefühl, dass sich die Wut meines Vaters nicht wirklich gegen mich richtete, sondern gegen die stille, träge und geistesabwesende Miss Dunsire.

»Geheimniskrämerei«, sagte mein Vater schließlich, als wäre unser Gespräch nie unterbrochen worden. »Die Zwillingsschwester von Betrug. Beide Eigenschaften verabscheue ich an Frauen, aber bei Kindern finde ich sie gänzlich inakzeptabel, Lucy. Ich habe hier zwei Briefe, einen aus Boston und einen aus Hampshire. Wusstest du, dass diese Briefe geschrieben werden würden, und hast ihre Absender noch dazu ermuntert? Jedenfalls freut es dich sicher zu hören, dass deine Klagen und Beschwerden bei deinen kleinen Freunden aus Ägypten Früchte getragen haben.«

»Ich habe mich bei niemandem beschwert«, murmelte ich leise und starrte ins Gras. »Über gar nichts. Warum sollte ich mich auch beschweren?«

»Und diese Kinder haben wiederum andere Leute aufgehetzt«, fuhr er fort, als hätte ich nichts gesagt. »Gleich zwei Einladungen sind die Folge.« Er nahm den Umschlag aus Amerika. »Lass uns mit diesem hier beginnen. Es handelt sich um einen Brief von jemandem, der mit *Helen Chandler Winlock* unterzeichnet. Warum Amerikaner immer dieses Bedürfnis verspüren, ihre Namen mit matrilinearen Zusätzen aufzublasen, begreife ich nicht, aber lass uns einfach darüber hinwegsehen. Mrs Winlock informiert mich jedenfalls, dass sie und ihre Familie beabsichtigen, den Sommer in ihrem Cottage zu verbringen, einem Cottage mit zwanzig Schlafzimmern, so scheint es. Warum müssen unsere transatlantischen Cousins eigentlich immer über- oder untertreiben? Wo war ich? Ach ja, *et in Arcadia ego*. Mrs Winlock und ihr rustikales Cottage. Wenn ich recht sehe, liegt es auf einer Insel, Lucy?«

»North Haven«, sagte ich. »Das ist eine Insel an der Küste von Maine, Daddy.«

»Sehr schön. Miss Dunsires Versuche, dir ein Grundverständnis von Geographie zu vermitteln, sind offenbar nicht vollkommen umsonst. Wie sie also schreibt, diese herzlich zugeneigte Freundin von dir – und sie braucht vier Sätze, wo einer genügt hätte ...«

»Damit ist sie allerdings nicht die Einzige«, erklang eine leise Stimme aus dem Korbstuhl unter den Birken.

Ich zuckte zusammen und schaute auf, nicht sicher, ob ich mir die Worte nur eingebildet hatte. Definitiv eingebildet, beschloss ich, denn Miss Dunsires schöne Augen waren geschlossen. Möglicherweise schlief sie sogar.

»Und jetzt, meine liebe Lucy, kommt das Beste.« Mein Vater seufzte. Es schien so, als würde sich sein Ärger legen. Seine Miene wirkte fast schon amüsiert. »Mrs Winlock ahnt offenbar, dass die Sommerferien an der University of Cambridge ziemlich lang sind. Von Juni bis Oktober, so meint sie zu wissen. Und jetzt frage ich mich, wer ihr das wohl erzählt haben mag.«

»Niemand. Das muss ihr niemand erzählen, Daddy. Ihr Vater hat an der Harvard University gelehrt, er war Dekan der Fakultät für Architektur. Und ihr Bruder und ihr Mann Herbert, der ... bedeutende Archäologe, von dem ich dir erzählt habe, haben beide ebenfalls in Harvard studiert. Mrs Winlock weiß also, wie lang Universitätsferien sind.« Vielleicht könnte es hilfreich sein, Harvard ins Spiel zu bringen, dachte ich. Nach Meinung meines Vaters war es zwar nicht die beste aller Universitäten – dieser Ehrenplatz blieb allein Cambridge vorbehalten, mit Oxford gleich im Anschluss, wie man wohl oder übel zugestehen musste –, nichtsdestotrotz war Harvard eine ehrenwerte Institution. Harvard war Ivy League, und das musste doch selbst für meinen anspruchsvollen, kritischen Vater etwas zu bedeuten haben. Plötzlich verspürte ich wieder einen Funken Hoffnung. Sein Gesichtsausdruck war netter geworden, in seinen Augen lag ein Zwinkern.

»Sie weiß auch – oder hat den Eindruck gewonnen –, dass meine Tochter in den Ferien eine Menge Zeit hat. Und da Frances die liebe Lucy so sehr vermisst, schlägt Mrs Winlock vor, euch wieder zusammenzubringen. Sie lädt dich ein, einen Monat oder sogar großzügige sechs Wochen mit ihrer Familie auf dieser romantischen Insel zu verbringen. In der Nähe von Maine. In den Vereinigten Staaten von Amerika. Dort werdet ihr lange Hiking-Touren unternehmen – meint sie vielleicht Wanderungen? –, und über diese Vergnügungen hinaus wird ihre Tochter dir auch noch das Segeln beibringen. Erst Ballett, dann Hieroglyphen, jetzt Segeln. Du meine Güte, diese Frances ist ein wahres Wunderkind, was kann sie denn wohl noch alles?« Er kicherte, schüttelte amüsiert den Kopf und bedachte mich dann mit einem nachsichtigen Blick. Miss Dunsire rutschte unruhig auf ihrem Stuhl herum. »Nun sag mir doch, Lucy«, fuhr er fort, »möchtest du, dass ich dieses freundliche Angebot annehme?«

»Bevor du etwas sagst, Lucy, dürfte ich dich wohl um ein Glas Wasser bitten?«, sagte Miss Dunsire. Ich stand auf und holte den Wasserkrug. Als ich ihr das Glas reichte, kniff sie mir mit ihren kühlen Fingern leicht in den Handrücken. Dann verscheuchte sie ein Insekt, das für mich unsichtbar war, und sagte: »Eine Wespe vermutlich, Lucy. Das warme Wetter hat sie hervorgelockt. Pass nur gut auf, meine Liebe.«

»Eine sehr großzügige Einladung«, fuhr mein Vater nachdenklich fort, als ich zu meinem Stuhl zurückkehrte. »Andererseits sind Amerikaner nun einmal großzügig. Auch deine Ägyptenreise haben wir ihnen zu verdanken, Lucy. Sag mir also, meine Liebe, würdest du gern nach Amerika fahren?«

»Ich würde wahnsinnig … sehr gern nach Amerika fahren, lieber als alles in der Welt, Daddy«, antwortete ich in wilder Hoffnung.

»Nun, das hatte ich befürchtet.« Er seufzte tief. »Ich dachte mir schon, dass deine Antwort so lauten würde. Das macht es mir natürlich umso schwerer, dir mitzuteilen, dass eine solche Reise außer Frage steht. Ich wünschte, es wäre anders, Lucy, aber da wäre zum einen dein Unterricht bei Miss Dunsire und zum anderen die Frage nach den Kosten. Meine Mittel decken keine Ozeanüberquerungen. Die Antwort muss also Nein lauten. Ich habe Mrs Winlock gestern bereits geschrieben, um sie ihr mitzuteilen.«

Ich spürte, wie mir das Blut erst ins Gesicht schoss und dann vollständig daraus entwich. Schweigen senkte sich auf unseren Garten herab. Irgendwann läuteten die Glocken von Cambridge zur vollen Stunde: vier Uhr. Die Schläge hallten in der Luft wider. Ich betrachtete ein Beet mit blauen Lupinen. Nach einer Weile verschwammen sie, und ich sah ein Mädchen aus einem Wagen springen, durch den Sand laufen und ein Rad schlagen. Ich starrte das Mädchen von den Pyramiden an, bis der erste Schmerz nachließ. Als die Glocken endlich zu läuten aufhörten, setzte sich Miss Dunsire träge in ihrem Stuhl auf, beugte sich vor, beschirmte ihre Augen gegen die Sonne und sagte mit ihrer kühlen, reinen Stimme: »Und der andere Brief, Dr. Payne? Haben Sie den auch schon beantwortet?«

»Nein, noch nicht.«

»Darf ich ihn lesen?« Sie streckte ihre Hand aus.

»Wenn Sie es wünschen, Miss Dunsire.« Er zögerte.

Ich bewunderte ihre Fähigkeit, ihn in die Defensive zu drängen. Es war deutlich zu erkennen, dass er nicht wusste, ob er ihr den Brief geben sollte, doch schließlich tat er es. Er lehnte sich zurück und zündete sich eine Zigarette an, während Miss Dunsire den Brief aus dem Umschlag zog – eine einzige, kurze Seite – und zu lesen begann. Mein Vater holte seine Taschenuhr heraus, betrachtete sie, runzelte die Stirn und ließ seine Finger ein Arpeggio trommeln.

»Lady Evelyn Herbert«, sagte Miss Dunsire, nachdem fünf lange Minuten verstrichen waren. »Sie schreibt in ihrer Eigenschaft als Patin deiner Freundin Rose, Lucy. Rose und ihr kleiner Bruder Peter verbringen den Sommer in einem Haus in Hampshire unter der Aufsicht von Lady Evelyn und dem Kindermädchen Wheeler, während ihr Vater im Ausland weilt. Sie fragt deinen Vater, Lucy, ob er es gestatten würde, dass du ihnen für einen Monat Gesellschaft leistest. Du würdest mit dem Auto abgeholt werden, und bei den Daten sind sie flexibel. Was für ein reizender Brief! Wie wunderschön sie ihre Worte zu wählen weiß.«

»Sie bewundern ihren Stil, Miss Dunsire?«, schnaubte mein Vater. »Das kann ich kaum nachvollziehen.«

»Er ist umgangssprachlich.« Sie lächelte unbeirrt weiter. »Mir gefällt das. Nicht alle können Ihren hohen Standards genügen, Dr. Payne, und Lady Evelyn ist jung. Sie schreibt zweifellos genauso, wie sie spricht. Bedenken Sie doch, wie warmherzig sie die Anhänglichkeit des kleinen Jungen an Lucy schildert. Ich bin mir sicher, dass Sie es anders ausgedrückt hätten, und sicher hätten Sie auch die Grammatik korrigiert, aber die Zuneigung der Frau zu den Kindern ist unverkennbar. Dieser Brief kommt von Herzen.«

»Umso trauriger, dass auch diese warmherzige Einladung abgelehnt werden wird.« Mein Vater stand auf. »Lucy hat Besseres zu tun, als ihre Zeit in der Gesellschaft von Hohlköpfen zu verbringen. Sie muss arbeiten und lernen. Ihr Niveau hat sich bereits gehoben, das gebe ich gern zu, aber ich erwarte, dass sie bis zu Beginn des nächsten Trimesters noch einen weiteren Schub tut.«

»Und Sie denken nicht, dass ein Urlaub vielleicht …?« Miss Dunsire erhob sich ebenfalls.

»Ich glaube nicht an Urlaub. Ich nehme keinen Urlaub und sehe nicht, warum Lucy das tun sollte. Außerdem habe ich jetzt keine Zeit mehr, darüber zu diskutieren oder Briefe dieser Art zu beantworten – kümmern Sie sich darum, Miss Dunsire. Ein paar Zeilen mit einer höflichen Absage werden genügen, und zwar noch heute Abend, bitte. Ich muss jetzt wieder ins College zurück. Vor dem Dinner benötige ich noch ein, zwei Stunden in der Bibliothek.«

»Natürlich, Dr. Payne. Wenn ich aber noch eine Frage stellen dürfte, bevor Sie aufbrechen – was für Vorkehrungen soll ich für den Sommer treffen, sobald ich die Einladung ausgeschlagen habe? Sie werden fast den gesamten Juni und auch den Juli und August fort sein: Forschung, Gastvorlesungen, Konferenzen, all die Reiserei. Sie bräuchten wirklich eine Sekretärin. Ich habe die Befürchtung, dass Sie sich verausgaben könnten, obwohl Sie natürlich eine bemerkenswerte Energie haben ... eine solche Strahlkraft.«

Das Wort »Strahlkraft« betonte sie besonders. Mein Vater schaute sie verstohlen an, und es schien, als würde er für einen Moment den Lockruf der Bibliotheken vergessen. »Schon richtig«, sagte er. »Und Sie sind nicht ganz unschuldig an diesem Programm, Miss Dunsire. Auf Ihr ... Drängen habe ich mich schließlich in dieses Buchprojekt gestürzt, was natürlich zusätzliche Arbeit bedeutet – viele, viele Stunden, manchmal sogar bis in die Nacht hinein.«

»Bis tief in die Nacht«, sagte sie fast liebevoll und trat näher an ihn heran. »Ich bewundere Ihre unbedingte Entschiedenheit unendlich, Ihre Fähigkeit, sich in die Tiefen der Wissenschaft zu stürzen.« Sie runzelte die Stirn. »Wissen Sie, wie ich Sie mir bei der Arbeit vorstelle, Dr. Payne? Ich stelle mir tatsächlich vor, wie Sie sich hineinstürzen – immer tiefer und tiefer, bis in die Tiefen des Ozeans, um irgendwann dann wieder um Luft ringend an die Oberfläche zu gelangen, den Schweiß des Wissens an den Händen. Ganz deutlich sehe ich die Schweißperlen vor mir: rund, etwas trüb, aber dennoch glänzend.« Sie warf ihm einen nachdenklichen Seitenblick zu. »Ich meine, diesen Gesichtsausdruck zu kennen. Offenbar halten Sie mich für absurd.«

»Nein, nein, überhaupt nicht. Obgleich es vielleicht nicht das Bild wäre, das ich gewählt hätte.« Er warf ihr einen unbestimmten Blick zu. »Es ist wirklich sehr hübsch – aber die Arbeit eines Wissenschaftlers kann staubtrocken sein.«

»Staubtrocken? An dieses Adjektiv hätte ich nie gedacht. Sie und trocken? Nie! Lassen Sie mich überlegen. Ich würde sagen ...« Sie reckte sich empor, um ihm etwas ins Ohr zu flüstern. Sofort wurde das Gesicht meines Vaters knallrot, und er starrte Miss Dunsire an, vom Donner gerührt, ungläubig, aber auch fasziniert. Offenbar war ihm vollkommen entfallen, dass ich auch noch da war.

»Aber ich halte Sie nur auf.« Sie brach das Schweigen und entfernte sich ein paar Schritte. »Doch bevor Sie gehen: Es gibt noch ein weiteres kleines Planungsproblem. Ihnen ist doch klar, dass Sie sich den gesamten September über um Lucy kümmern müssen? Sie werden dann ja in Cambridge sein, während ich fort bin.«

»Fort?« Er starrte sie noch immer an. »Wovon reden Sie? Was heißt das, fort?«

»Ach, das hatten Sie vergessen, Dr. Payne? Unsere Übereinkunft lautet, dass ich jeden Sommer einen Monat Urlaub bekomme. Im Gegenzug verzichte ich auf die meisten Wochenenden und selbst auf Weihnachts- und Osterferien. Diese Übereinkunft haben Sie sogar schriftlich festgehalten, und ich muss auf ihre Einhaltung bestehen.« Sie wurde plötzlich ernst. »Im September werde ich vier Wochen in einem Château an der Loire verbringen. Ein Lesezirkel – mit etlichen meiner Freunde, ein nettes Grüppchen. Vor ein paar Wochen haben wir die letzten Vorkehrungen getroffen, auch das hatte ich Ihnen mitgeteilt. Ich habe die Daten sogar in den Kalender auf Ihrem Schreibtisch eingetragen.«

»Unmöglich. Das steht außer Frage. Ich soll mich den gesamten September über um Lucy kümmern? So schön diese Aussicht auch sein mag, aber ich habe eine Menge Arbeit. Mein Sabbatjahr steht kurz bevor.«

»Genau das dachte ich auch gerade«, sagte Miss Dunsire ungerührt. »Deshalb schlage ich auch vor, dass ich die Einladung annehme. Die vier Wochen könnte Lucy gut in Hampshire verbringen, das wäre für alle Beteiligten von großem Vorteil, Dr. Payne. So könnten wir gleich mehrere Fliegen mit einer Klappe schlagen. Soll ich also heute Abend schreiben und die Einladung annehmen? Mir gefällt es nicht, wenn die Dinge nicht ordentlich geregelt sind, falls Sie sich erinnern.«

»Ich erinnere mich an nichts dergleichen«, platzte mein Vater heraus, plötzlich wieder wütend. Jetzt wird's gefährlich, dachte ich und zog mich langsam zurück, während Miss Dunsire kühl auf ihrer Sache beharrte. »Lesezirkel? Was für ein verdammter Lesezirkel? Wer soll denn an so etwas teilnehmen? Vielleicht dieser sogenannte Dichter, den Sie heute zum Lunch eingeladen haben? Gütiger Gott, schon allein die Vorstellung, dem Geschwafel dieses Mannes einen ganzen Monat lang lauschen zu müssen. In meinem ganzen Leben bin ich noch nie einem derart blasierten *poseur* begegnet. Lächerliche Frisur, affektiertes Gehabe, Meinungen zu allem und jedem unter der Sonne und dann noch diese ständigen Anspielungen – für wen zum Teufel hält der sich eigentlich?«

»Eddie Vyne-Chance?« Miss Dunsire seufzte. »In Cambridge ist gerade eine wahre Vyne-Chance-Epidemie ausgebrochen, eine ziemlich ansteckende sogar. Sein ikonoklastischer Tonfall könnte also durchaus ein Symptom sein. Aber ich stimme vollkommen mit Ihnen überein, Dr. Payne, dass der Mann furchtbar ist – vor allem furchtbar langweilig. Ich hatte ihn in letzter Minute eingeladen, damit wir vollständig sind. Aber in dem Moment, als er eintraf, habe ich es auch schon bereut. In Frankreich wird er bestimmt nicht aufkreuzen, das kann ich Ihnen versichern. Wir sind nur Frauen, eine klare Regel. Mir ist das auch lieber.« Sie machte eine Pause, um danach in einem veränderten Tonfall zu bekennen: »Ach, das ist alles nur meine Schuld! Ich mache mir die größten Vorwürfe. Ich hätte Sie noch einmal daran erinnern sollen, Sie haben schließlich so viel im Kopf. Aber ich hatte es Ihnen gesagt, Dr. Payne – soll ich den Kalender von Ihrem Schreibtisch holen? Ich kann Ihnen meinen Eintrag gern zeigen.«

»Das ist nicht nötig.« Mein Vater zögerte und schaute auf Miss Dunsire hinab. Ihre reumütige Miene schien seine Laune zu bessern. »Ich weiß, was Sie alles leisten, Miss Dunsire. Und ich wollte damit auch nicht andeuten, dass ... Natürlich haben Sie ein Anrecht auf Ihren Urlaub. Und ein Lesezirkel an der Loire … wie wunderbar! Ein äußerst schöner Teil von Frankreich. Ein nettes Grüppchen, sagten Sie? Etwa mit Ihren Freundinnen vom Girton?«

»In der Tat. Wir stehen uns noch immer sehr nahe. Was ist eigentlich der Sammelbegriff für Blaustrümpfe? Eine Bande von Blaustrümpfen? Ein ganzes Bündel von Blaustrümpfen?« Sie lächelte sittsam, und mein Vater, der Wortspiele mochte, lächelte nun ebenfalls. »Meine Freundin Dorothy, die Sie heute kennengelernt haben, wird mit ihrer Schwester Edith dort sein. Evadne und Winifred ebenso. Und Meta natürlich … und meine sehr liebe Freundin Clair, mit der ich die Tutorien gemacht habe. Zwölf werden wir wohl sein, vielleicht sogar dreizehn. Ich freue mich unendlich darauf.« Sie senkte den Blick.

»Ausgezeichnet, ausgezeichnet.« Meinen Vater schien das unschuldige Bekenntnis zu besänftigen. »Wir werden Sie hier vermissen, das muss ich ja wohl kaum sagen. Und ich werde mich sehr auf Ihre Rückkehr freuen. Lucy natürlich desgleichen. Sehr gut. Schön. Den ganzen September. Das ist also abgemacht. Oh, und nehmen Sie doch die Einladung von Lady Evelyn an, wenn Sie so gut wären. Jetzt muss ich aber wirklich gehen.« Damit schritt er durch den Garten davon und summte vor sich hin. Seine Lebensgeister schienen wiedererwacht.

Miss Dunsire und ich schauten ihm hinterher. Die Hitze des Tages legte sich allmählich, der Duft der Blumen wurde immer intensiver. Mal wieder herrschte Schweigen. Ich blickte in den Garten und betrachtete die Rosen, die an Drahtgerüsten die hohen Mauern hinaufkletterten: Edith Cavell, Lady Hillingdon, Grace Darling, Mrs Herbert Stevens. Meine Mutter hatte sie gepflanzt, aber bisher war mir nicht aufgefallen, dass all unsere Rosen nach Frauen benannt waren. Ich betrachtete sie genauer: perfekt gestutzt und angebunden, die Zweige professionell gekreuzt, um die Anzahl der Blüten zu maximieren. Eine üppige Pracht.

»Gedenkst du, dich bei mir zu bedanken?« Miss Dunsire sprach so unvermittelt, dass ich zusammenzuckte. »Du magst mich nicht«, fuhr sie fort, »und das lässt du mich hinreichend spüren. Aber sei doch wenigstens so ehrlich, dir einzugestehen, dass ich dir soeben einen Monat bei deinen Freunden verschafft habe. Und soll ich dir auch verraten, warum ich das getan habe? Denk bitte nicht, es wären Mitleid oder Sympathie im Spiel. Nein – ich habe es getan, weil ich es tun *konnte*.«

Das war durchaus möglich, eigentlich zweifelte ich nicht eine Sekunde daran. »Das mag der Hauptgrund gewesen sein«, sagte ich nach einer Weile aufmüpfig. »Aber es war nicht der einzige.«

»Sieh an, ein ganz so schlichtes Gemüt bist du offenbar doch nicht. Andererseits habe ich auch nie den Fehler begangen, das zu denken.« Sie warf mir einen langen Blick aus glänzenden Augen zu. »Scharfsinnig, schnell und raffiniert. Es ist durchaus der Mühe wert, dir etwas beizubringen. Komm mit.« Sie schnappte sich meine Hand, ging in forschem Tempo zum Haus und blieb in der Kühle des Hausflurs stehen. »Eine meiner Migränen bahnt sich an«, sagte sie. »Ich sollte mich schnell hinlegen. Aber es gibt noch etwas, das ich zuvor tun muss. Komm, hier herein.«

Sie öffnete die Tür zum Arbeitszimmer meines Vaters – dem Allerheiligsten. Obwohl er es selten benutzte, da er lieber im College arbeitete, war es dennoch sakrosankt. Es war ein Ort, den ich verehrte, fürchtete und selten betrat. Ich zögerte, folgte ihr dann aber widerwillig hinein. Zu meiner Überraschung sah ich, dass die Uschebti, die ich ihm geschenkt und die er als noch verabscheuungswürdiger als den Skarabäus abgetan hatte, wieder hervorgeholt worden war. Sie stand auf seinem Schreibtisch.

»Ich habe sie gerettet, Lucy.« Miss Dunsire war meinem Blick gefolgt. »Ich habe ihn von ihren Qualitäten überzeugt. Echt ist sie natürlich nicht, habe ich gesagt, obwohl ich mich mit diesen Dingen nicht auskenne. Aber offenbar hatte ich recht, wie ich an deinem Blick sehe.« Sie schaute mich neugierig an. »Woran erkennt man eigentlich eine Fälschung?«

»Man muss viele gesehen haben und wissen, wie man sie anzuschauen hat«, antwortete ich. Mir war nicht klar, warum sie mich ausgerechnet jetzt hierhergeführt hatte. Sie lehnte sich über den Schreibtisch und nahm die Statuette in die Hand. »Rede weiter, Lucy«, sagte sie. »Es interessiert mich wirklich.«

»Mr Carter, dieser Archäologe, den ich kennengelernt habe, er sagt«, begann ich vorsichtig, »um die Echtheit eines Gegenstands zu beurteilen, gibt es nichts Besseres, als ihn jeden Tag anzuschauen. Am Ende einer Woche oder eines Monats tritt die Qualität eines echten Artefakts deutlich zutage. Sie ... enthüllt sich sozusagen selbst. Und auch die Primitivität einer Fälschung verrät sich mit der Zeit selbst. Ihre Mängel werden unübersehbar. Behauptet er zumindest.«

»Interessante Technik. Und ich hatte immer gedacht, eine Fälschung könnte ich auf hundert Meter erkennen. Vielleicht könnte ich von diesem Mann noch etwas lernen.« Sie runzelte die Stirn. »Ich habe etwas über die Uschebti-Statuetten nachgelesen. Ihr Name bedeutet ›die Antwortenden‹, nicht wahr?«

»Ja. Und das sind sie auch – Antwortende. Wenn ein König sie im Jenseits braucht, muss er nur nach ihnen rufen, und schon stehen sie bereit, um ihm zu dienen und seine Bedürfnisse zu erfüllen.«

»Der Traum eines jeden Menschen und das perfekte Geschenk für deinen Vater. Jetzt aber ... Wo ist nur sein Kalender?« Sie fing an, die Bücher auf dem Schreibtisch meines Vaters umherzuschieben. Nachdem sie den Kalender gefunden hatte, blätterte sie darin herum, nahm dann den Füller meines Vaters und schraubte die Kappe ab. »Wie du siehst, sind die Seiten vom September leer. Erstaunlich! Ich hätte schwören können, dass ich meine Urlaubsdaten eingetragen habe. Aber das muss ich wohl geträumt haben. Egal, die Sache lässt sich leicht beheben.« In ihrer präzisen, schrägen Schrift trug sie die Daten nach, trocknete die Tinte, schloss das Buch und legte den Stift zurück. Als sie sich an den Schreibtisch lehnte, warf sie mir einen herausfordernden Blick zu. Ihre Hände zitterten. »Erzähl es ihm ruhig«, sagte sie. »Es ist mir egal.«

»Sie haben also gelogen«, sagte ich nach einer Weile. »Haben Sie auch gelogen, was diesen Lesezirkel betrifft?«

»Möglich. Vielleicht fahre ich, vielleicht aber auch nicht, das entscheide ich nach Laune.«

»Warum haben Sie gelogen?«

»Wer weiß das schon. Es kommt eben vor. Er hat dich vorgeführt und hintergangen, das hat mir nicht gefallen.« Sie zuckte mit den Achseln. »Wenn ich ihn hätte überlisten können, um Maine für dich herauszuschlagen, dann hätte ich es getan. Aber er hatte schon geschrieben, und wenn man die Kosten bedenkt! Andererseits könnte er es sich natürlich leisten, so wie er es sich leisten kann, diesen Sommer wegen seiner ungemein wichtigen Arbeit nach Griechenland und Italien zu fahren. Leider ist da dieser Hang zur Sparsamkeit, dieser Geiz, den man eigentlich uns Schotten attestiert. Hat dein Vater schottisches Blut in den Adern, Lucy? Aber nein, er mag einen schottischen Widerwillen dagegen haben, sich von seinem Geld zu trennen, das würde dem Klischee entsprechen, doch sein Blut ist unleugbar von der dünnen englischen Sorte.«

Sie hatte die Stimme erhoben, der Spott war jetzt unüberhörbar. Zum ersten Mal – wie langsam ich doch begriff – ging mir auf, dass sie meinen Vater verabscheute. Ich sah Verachtung und sogar Hass in ihren Augen. »Das sollten Sie nicht sagen«, begann ich zögernd. »Nicht über Daddy. Nicht zu mir. Niemals. Das ist nicht richtig.«

»Nein, das ist es nicht, da hast du recht. Es ist respektlos und illoyal. Ich muss mich dafür entschuldigen. Aber ich sagte ja schon, dass ich Migräne habe. Das Licht schmerzt dann in meinen Augen, und wenn das passiert, bin ich nicht mehr ich selbst. Dann sage ich Dinge, die ich später bereue.«

Sie stöhnte sonderbar auf und presste ihre Hand an ihr Gesicht. Ich hätte nicht sagen können, ob sie Schmerzen hatte oder auf eigentümliche Weise exaltiert war oder beides. Ihr Atem ging schnell, ihre Pupillen waren geweitet. Die Hände zitterten inzwischen heftig, und als ich sie anstarrte, schienen sich die Symptome noch zu verstärken, bis ihr Körper sichtlich erbebte.

Einen Moment lang hatte ich Sorge, dass sie zusammenbrechen und einen Anfall erleiden könnte. Ich war unsicher, was ich tun sollte. Ich erinnerte mich daran, was Dr. Gerhardt vor ein paar Wochen bei unserer letzten Stunde gesagt hatte: »Ich werde dich vermissen, mein Schatz, aber Miss Dunsire ist sehr kompetent. Ihr Deutsch ist gut und ihr Französisch sehr rein. Meine Schwester Helga hat sie am Girton unterrichtet – sie war sehr traurig, als sie von ihrer Krankheit erfuhr, genauso wie ich. Wirklich entsetzlich, das Ganze. Wir sind sehr froh zu hören, dass sie sich wieder vollständig erholt hat.«

Niemand sonst hatte diese Krankheit je erwähnt, und so war ich davon ausgegangen, dass es nichts Schlimmes gewesen war. Jetzt war ich mir da nicht mehr so sicher. Ich trat einen Schritt vor, aber bevor ich bei ihr war, hatte Miss Dunsire sich schon wieder unter Kontrolle. Sie klammerte sich so fest an den Schreibtisch, dass ihre Knöchel weiß hervortraten. Irgendwann ließ sie ihn los und stand kerzengerade da.

»Ich werde jetzt gehen und mich hinlegen«, sagte sie. »Aber zunächst muss ich noch etwas wissen. Ich habe dir vorhin eine Lektion erteilt, Lucy, und weißt du auch, wie die Lektion lautet?« Sie griff nach meinem Handgelenk und drückte so fest zu, dass es wehtat. Dann sagte sie mit leiser, wütender Stimme: »Ich habe dir deine Macht gezeigt, Lucy. Ich habe dir gezeigt, wie du bekommst, was du willst. Wenn du in diesem Leben nicht unter die Räder geraten willst, wenn du nicht bei jeder Gelegenheit übers Ohr gehauen werden willst, wenn du nicht willst, dass man deine sehnlichsten Wünsche mit Füßen tritt – wenn du das alles nicht willst, dann solltest du deine Lehren daraus ziehen.«

Sie verließ das Zimmer, ich zögerte, folgte ihr aber dann. Als ich den Hausflur betrat, war sie bereits auf der Treppe. Fünf Stufen hatte sie geschafft, aber nun lehnte sie am Geländer und ließ den Kopf hängen. Ich hatte Angst, sie würde in Ohnmacht fallen, dann sah ich einen roten Fleck – einen scharlachroten Fleck –, der sich hinten auf ihrem weißen Rock ausbreitete und vorher noch nicht da gewesen war. Bestürzt und schockiert starrte ich ihn an. Konnte sie sich irgendwo geschnitten und ihre Hand am Rock abgewischt haben? Aber dafür war er viel zu groß. Sie ist also tatsächlich krank, dachte ich. Blutete sie während der Krankheitsschübe immer so? Verblutete sie etwa? Ich wusste, dass es so etwas gab, aber ich kannte weder die Ursachen, noch wusste ich, was man in einem solchen Fall zu tun hatte. Ich war mir nur sicher, dass es tödlich sein konnte. Mrs Grimshaw war das auch schon einmal passiert, und sie hatte es mir sehr allgemein, aber durchaus anschaulich und grausig geschildert. Sie hätte »geblutet wie ein Schwein«, was sie aus mysteriösen Gründen daran gehindert hätte, ihre Familie über ihre sechs Kinder hinaus zu vergrößern. Miss Mack, die sich mit Krankenpflege und den Verwundeten von Gallipoli bestens auskannte, hatte mir ein ähnliches Phänomen beschrieben, daher wusste ich, dass es Männer und Frauen gleichermaßen betreffen konnte. Aber Miss Dunsire konnte sich doch nicht verwundet haben, oder? Und wenn sie nicht verletzt war, warum sollte sie dann bluten?

»Sind Sie krank, Miss Dunsire? Kann ich Ihnen helfen?«, rief ich.

Sie setzte sich wieder in Bewegung, stieg langsam weiter die Treppe hoch und drehte sich nicht wieder um. Eine Antwort blieb aus. Ich hörte noch ihre Schritte auf dem Treppenabsatz im ersten Stock, wo sich ihr Zimmer befand, dann knallte die Tür zu, und der Schlüssel wurde herumgedreht.

Anschließend irrte ich eine Weile durchs Haus, ziellos und beunruhigt. Ich räumte die Überreste von der Lunch-Party weg und spülte das Geschirr. Etliche Wespen waren im restlichen Erdbeermus ertrunken, also kippte ich es mitsamt den gestreiften Leichen in ein Blumenbeet und dachte an die grausame Lektion, mit der Miss Dunsire mich in eine Zwickmühle getrieben hatte: Würde ich meinem Vater die Wahrheit sagen, würde ich mich nicht nur dem Verdacht aussetzen, Märchen zu erzählen, was er verabscheute, sondern könnte auch sicher sein, dass mein Urlaub mit Rose und ihrem Bruder sofort gestrichen werden würde. Gab es einen Ausweg aus diesem moralischen Sumpf? Ich sah keinen, da ich in jedem Fall die Dumme war: schuldig, wenn ich etwas sagte, und schuldig, wenn ich schwieg. Da mich allerdings nichts dazu bewegen könnte, den Besuch bei Rose und Peter zu opfern, sah ich auch keinen

Grund, mir die Entscheidung schwer zu machen. Ich würde einfach den Mund halten.

Als Nächstes versuchte ich, die mysteriösen Ereignisse des Tages zu verstehen: die Lunch-Party, die problematische Zusammenstellung der Gäste, die Tatsache, dass drei der geladenen Fellows die Einladung ausgeschlagen hatten und zwei weitere, die uns mit ihrer Anwesenheit beehrt hatten, ohne ihre Ehefrauen erschienen waren, wobei diese in letzter Minute eine knappe und unangemessene Entschuldigung hatten ausrichten lassen. Ich dachte an Dr. Gerhardt, die treue Seele, der mitsamt seiner Schwester Helga erschienen war, die das Essen überschwänglich gelobt hatte. Beide hatten sich bemüht, die schwelenden Konflikte am Tisch zu entschärfen – friedensstiftende Maßnahmen, die nur wenig Erfolg gezeigt hatten.

Mir wollte einfach nicht in den Kopf, wie Nicola Dunsire, die in vieler Hinsicht so klug war, gelegentlich so leichtfertig und dumm sein konnte. Warum hatte sie ein solches Essen organisiert, obwohl meinem Vater Anlässe dieser Art absolut zuwider waren? Und warum hatte sie, obwohl sie wusste, dass mein Vater Frauen nicht mochte – besonders solche nicht, die einen eigenen Standpunkt vertraten –, nicht weniger als drei Freundinnen vom Girton eingeladen? Der Ärger war eigentlich vorprogrammiert gewesen. Dorothy Lascelles – »Sagen Sie einfach Dotty zu mir, Dr. Payne, das tun alle!« – würde Ärztin werden und arbeitete derzeit am Elizabeth Garrett Anderson Hospital. Sie war eine fröhliche, direkte Frau und hatte am Tisch beschrieben, wie man Leichen sezierte. Als mein Vater, flankiert von zwei Kollegen, darauf beharrt hatte, dass die Medizin kein Frauenberuf sei und es auch nie werden würde, war sie ausfällig geworden. »Das ist ja wohl blanker Unsinn«, sagte sie. »Ich kann diese Meinungen wirklich nicht mehr hören, Dr. Payne. Erzählen Sie das mal meinen Patientinnen aus den Slums in King's Cross, Frauen, die ihr zehntes Kind gebären. Sie würden Ihnen einfach nur ins Gesicht lachen.«

Mein Vater hatte nicht damit gerechnet, dass man ihm an seinem eigenen Tisch widersprechen würde, und gab das auch deutlich zu verstehen. Doch die Warnung verpuffte. Die zweite von Miss Dunsires Freundinnen, eine spöttische Altphilologin namens Meta, die gerade promovierte, wagte es doch glatt, seine Übersetzung irgendeines Epithetons von Homer anzugreifen. Sie lancierte ihren Vorstoß zwischen der geeisten Suppe und dem Chaudfroid und wechselte beim Lachs in Aspik dann auf das geheiligte Terrain von Euripides. »Ich kann Ihnen da wirklich nicht zustimmen, Dr. Payne«, sagte sie mit schneidender Stimme. »Ihre Interpretation geht vollkommen am Punkt vorbei. Im *Hippolytos* werden die treibenden Kräfte des Stücks – das ungezügelte sexuelle Begehren einer Frau und die prüde Keuschheit eines Mannes – von Aphrodite und Artemis verkörpert. Begreifen Sie überhaupt die explosive Kraft einer solchen Konstellation?«

Die beiden Fellows fuhren auf, während die dritte der Girton-Freundinnen, jene Clair, die Miss Dunsire später noch erwähnen sollte, die Diskussion einfach nur köstlich zu finden schien. Über Metas Analyse und das entsetzte Gesicht meines Vaters musste sie derart lachen, dass sie fast erstickte. Allerdings war das auch der einzige Moment während des gesamten Essens, in dem sie überhaupt ein Lebenszeichen von sich gab. Sonst sah man nur ein merkwürdiges, brütendes, verschlossenes Etwas, das neben Miss Dunsire saß, ihr gelegentlich etwas zuflüsterte und sich ansonsten in beleidigtes Schweigen hüllte.

Eine Stunde verging, in der zu viel Wein getrunken wurde, wobei der auffällig attraktive Dichter, den Miss Dunsire im letzten Moment noch eingeladen hatte, bereits betrunken erschienen war. Ich hatte seinen Namen nicht richtig verstanden: Eddie und dann irgendetwas mit Bindestrich. Gerüchten zufolge gehörte er der elitären Geheimgesellschaft der Cambridge Apostles an, war also ein Auserwählter. Die Hitze war zu drückend, und ich konnte die Entwicklung der schwelenden Feindseligkeiten am Tisch nur schwer verfolgen, zumal ich zum Bedienen abkommandiert war und ständig neue Servierplatten holen musste.

Als ich mit der verbrannten Crème brûlée an den Tisch trat, war die Atmosphäre schon mehr als frostig. Alle Anwesenden debattierten über den Mount Everest, wie hoch er genau sei und ob es Mallory gelingen würde, ihn zu bezwingen. Alle außer Eddie-dem-Dichter, der soeben Tennyson den Todesstoß versetzt hatte und nun auf Wordsworth eindrosch. Als ich die Teller nach dem Erdbeermus abräumte, herrschte das reinste Babel: irischer Freistaat zu meiner Linken, das neue Scheidungsgesetz und seine Ungerechtigkeiten zu meiner Rechten, ob die italienischen Faschisten Bologna einnehmen sollten und wenn ja, wo sie als Nächstes ... und so weiter und so fort. Meta und mein Vater waren wieder aneinandergeraten und debattierten erbittert über die nächste Mondfinsternis, während der Dichter Eddie, der zwischenzeitlich Keats verstümmelt hatte, zum absonderlichen Thema »Kater« übergegangen war und Coleridge in die Zange nahm.

Als ich auf einem voll beladenen Tablett die polierte Silberkanne und die zerbrechlichen Tassen brachte, war ein heftiges Wortgefecht über Schopenhauer und seinen Essay *Über die Weiber* ausgebrochen. Dr. Gerhardt verehrte den Philosophen, wie ich wusste, aber Meta tat seine Misogynie als infantil ab, und Dorothy erklärte, seine Aversion gegen Frauen sei so ausgeprägt, dass man schon von einer psychologischen Abnormität sprechen müsse. Ihre Wortwahl führte dazu, dass die beiden Fellows endgültig die Nase voll hatten. Sie verzichteten auf den Kaffee und suchten unter empörtem Getuschel das Weite. Kurz darauf folgte ihnen ein betrübter Dr. Gerhardt mit seiner Schwester.

Der Dichter beobachtete den Aufbruch aus zusammengekniffenen Augen und stürzte ein weiteres Glas Wein hinunter. War er schon bei seiner Ankunft nicht mehr ganz nüchtern gewesen, so war er nun sturzbetrunken – und die einzige Person am Tisch, die seine Gegenwart genoss. Nachdem er die Reihen der toten Dichtergrößen dezimiert hatte, schien er nun neue Beute zu wittern. Angeregt durch die Erwähnung meiner Reise und vielleicht auch durch die Ereignisse bei diesem Mittagessen, begann er uns über Ägypten zu belehren – ein Land, das er nie mit eigenen Augen gesehen hatte. Innerhalb weniger Sekunden war er bei Shelleys Sonett *Osymandias* angelangt, den vierzehn berühmten Zeilen, die ich zu fürchten gelernt hatte.

»*I met a traveller from an antique land – ein Wandrer kam aus einem alten Land* ... Der arme, verrückte Shelley! Schlägt er doch schon in der ersten Zeile den falschen Ton an.« Er seufzte. »Denkt auch nur einer der Anwesenden bei ›antique‹ an Kunstschätze in der Wüste? Ich für meinen Teil nicht. Für mich klingt das Wort unmissverständlich nach Antiquitäten – hässlichen, wurmstichigen, altmodischen und überflüssigen Möbelstücken: Schubladenschränken, Sekretären, abscheulichem Gerümpel. Wenn ich es recht bedenke«, er warf meinem Vater einen verschlagenen Blick zu, »sehe ich das Wohnzimmer meiner altjüngferlichen Tante Agatha vor mir – oder auch gewisse Räume im Trinity College. Das Wort gemahnt an einen ganzen Haufen überkommener Besitztümer und ähnlich überkommener Überzeugungen. Ich beschwöre Sie, meine wunderschöne Nicole.« Er zwinkerte Miss Dunsire zu. »Denken Sie bei ›antique land‹ vielleicht an Ägypten? Meiner Meinung nach evoziert die Wendung etwas, das sehr viel näher an der Heimat liegt.«

Mein Vater ließ Miss Dunsire nicht die Gelegenheit einer Antwort. Laut und unmissverständlich sagte er: »Herrgott im Himmel, kann dieses Arschloch nicht irgendwann die Klappe halten?«

Die drei Frauen vom Girton verstanden den Wink. Dorothy und Meta brachen sofort auf und zogen den schimpfenden Eddie hinter sich her, die sonderbare stille Clair war die Letzte, die uns verließ. Sie war mit dem Fahrrad vom Bahnhof gekommen und holte es nun von da, wo sie es abgestellt hatte. Nachdem sie es über den Rasen geschoben hatte, blieb sie vor uns stehen und schüttelte jedem die Hand. »Danke«, sagte sie.

»Ist das dein Fahrrad?«, erkundigte sich Nicola.

»Wo denkst du hin? Ich bin doch gerade erst aus London gekommen«, antwortete Clair leicht irritiert. Sie betrachtete das Fahrrad, und ich betrachtete sie: Sie war sehr klein, sehr schmal, trug das schwarze Haar zu einem Bob geschnitten, ein schnurgerader Pony über den Augenbrauen, dazu kleine Affenhände, Igelgesicht und ein penetranter schwarzäugiger Blick. Sie steckte in einem merkwürdigen Patchworkkleid, das sie wie ein Harlekin aussehen ließ. Nicola hatte gesagt, dass sie Malerin und Bohemien sei, und tatsächlich bemerkte ich Farbe unter ihren Bohemien-Fingernägeln. Ihre Miene war unmissverständlich feindselig. Sie schien uns nicht zu mögen und auch nicht den Garten, genauso wenig wie das Haus, Cambridge und vielleicht die ganze Welt.

»Ich habe es am Bahnhof gestohlen«, fuhr sie fort, als sie aufstieg, »daher sollte ich es vielleicht lieber zurückbringen, bevor es jemand vermisst. Nicht dass mich das interessieren würde. Lachs in Aspik! Das war das interessanteste Essen, zu dem ich seit sehr Langem eingeladen war. Alles Gute, Dr. Payne. *Au revoir*, Nicole.« Sie radelte über den Gartenweg davon, duckte sich unter dem Rosenbogen hindurch, verließ den Garten durch das Hintertor und verschwand, ohne sich noch einmal umzudrehen oder zu winken.

Über all diese Ereignisse dachte ich nun nach – und natürlich über jene, die unmittelbar im Anschluss passiert waren. Mir kam es so vor, als gäbe es einen Faden, der sie alle miteinander verknüpfte. Warum hatte mein Vater mich des Betrugs bezichtigt? Was für ein Wort hatte Nicola ihm zugeflüstert? Die Verbindungen waren für mich nicht ersichtlich, es war, als würde mir eine wichtige Schlüsselinformation fehlen. Ich gab auf, machte mir ein Sandwich und trug ein Tablett mit Toast und Rührei die Treppe hinauf. Miss Dunsire reagierte nicht, als ich an ihre Tür klopfte. Ich lauschte und meinte, Atemgeräusche zu hören. Sie war also nicht verblutet, sondern lebte und schlief möglicherweise. Ich ließ das Tablett neben der Tür stehen. Es stand also für sie bereit, wenn sie – oder falls sie – erwachte.

Dann zog ich mich in meine Dachkammer zurück, und während mit dem Abend die Kühle kam, begann ich mit meinen Briefen. Ich legte Briefpapier, Löschrolle und Feder zurecht und füllte blauschwarze Tinte in mein Tintenfass. Bevor ich an Rose schrieb, wollte ich erst abwarten, ob der Besuch auch wirklich stattfinden würde, daher schrieb ich zunächst an Frances. Aber was? Womit sollte ich beginnen? Was sollte ich verschweigen, was erwähnen? *Ich kann nicht nach Maine kommen. Nichts Neues aus Cambridge*, schrieb ich klecksend.

Die Feder machte wie immer Probleme. Ich hatte geschworen, Frances immer die Wahrheit zu sagen. Nachdem ich eine neue Feder eingesetzt hatte, schrieb ich: *Heute habe ich etwas gelernt.* Die Tinte floss nun gleichmäßig.

## 21

Der zwölfte Geburtstag ist ein besonderes Ereignis für ein Mädchen – das jedenfalls hatte mir Nicola Dunsire gesagt. Warum dem so war, das hatte sie jedoch verschwiegen. Mein eigener zwölfter Geburtstag Ende Juli verstrich denn auch überaus ereignislos. Von meinem Vater, der in Griechenland war, kam mit dreitägiger Verspätung eine Postkarte, Miss Mack schickte mir einen Band mit Kurzgeschichten von Rudyard Kipling und Tante Foxe ein Nageletui mit lauter chirurgischen Instrumenten – scharf und von obskurer Bestimmung. »Vielleicht hörst du ja jetzt auf, an den Nägeln zu kauen, Lucy«, giftete Miss Dunsire aus der Tiefe einer ihrer schwarzen Phasen. Später schien sie ihre Bemerkung zu bereuen, denn sie führte mich ins Fitzbillies aus, einen der vielen Teashops in Cambridge.

»Warum ist der zwölfte Geburtstag etwas Besonderes?«, fragte ich, während ich an einem der berühmten Chelsea Buns herumkaute, zu dem wir Gunpowder-Tee tranken. »Das wirst du schon noch herausfinden, wenn es so weit ist«, antwortete sie. »Bist du fertig? Können wir bald gehen? Ich habe Kopfschmerzen.«

Als wir schließlich den Weg zurück über die King's Lane einschlugen, beschwerte sie sich über mein langsames Tempo.

»Warum gehen Sie dann nicht einfach vor, Miss Dunsire?«, schlug ich vor. »Es ist ein so schöner Nachmittag. Ich würde gern den langen Weg über die Colleges nehmen und vielleicht in die Auslagen der Buchläden schauen.«

»Oh, na schön. Immerhin ist es dein Geburtstag.« Sie zuckte ungeduldig mit den Achseln und blickte auf die Uhr. »Dann erwarte ich dich in einer Stunde zurück. Aber komm nicht zu spät.«

Rasch entfernte sie sich in Richtung Silver Street Bridge, während ich in einer Seitenstraße verschwand, sodass sie mich nicht mehr sehen konnte. Miss Dunsire war ein ausgezeichneter Wachhund, aber im Laufe des Sommers hatte sie etwas nachgelassen. Vielleicht war ihr klar geworden, dass ihre eigene Freiheit darunter litt, wenn sie die meine beschnitt, vielleicht war es ihr auch zu langweilig geworden – und wer wollte es ihr verübeln? –, jeden einzelnen Tag in meiner Gesellschaft zu verbringen, vielleicht konnte sie sich auch einfach nicht mehr zu ihrer Höchstform aufschwingen, jetzt, da mein Vater im Ausland war.

Was auch immer der Grund sein mochte, jedenfalls war es mir plötzlich möglich, die eine oder andere Stunde allein herauszuschlagen. Und als sich herausstellte, dass diese gestohlenen Stunden nicht in irgendwelchen Katastrophen mündeten, wurde Miss Dunsire noch nachsichtiger. Ich fand heraus, dass ich meinen Willen besonders leicht bekam, wenn die finsteren Stimmungen sie im Griff hatten – als würde sie sich in diesen Momenten wünschen, selbst woanders zu sein. Im Juni hatte sie mich einen ganzen Tag in Mrs Grimshaws Obhut gelassen, während sie selbst nach London gefahren war, um sich in der Tate Gallery eine Kunstausstellung anzuschauen. Und ein paar Wochen später fuhr sie erneut nach London und blieb diesmal sogar über Nacht. Ihr Freund Eddie, der Dichter, den mein Vater nicht ausstehen konnte, hatte an dem Abend eine Lesung, die sie gern besuchen wollte. Wieder wurde Mrs Grimshaw in die Pflicht genommen, die eine lasche Gefängniswärterin war, sodass ich ihr leicht entwischen konnte. Und jetzt hatte ich eine ganze Stunde – Zeit genug für meine Absichten.

Ich stürzte mich in das Gewirr der Sträßchen und Gassen von Cambridge, ignorierte die Buchläden und blieb vor Mr Szabós Laden stehen. *Jewellery and Curios*, so war in vergoldeten Schnörkeln über der nach außen gewölbten Ladenfront zu lesen. Interessiert studierte ich die Auslage: silberne Schnupftabakdosen, paarweise hohe Kerzenständer, eine russische Ikone, die so alt – oder so gefälscht – war, dass man den geschwärzten Heiligen kaum erkennen konnte, große Samtkissen mit Ringen und Armbändern, von denen manche schön und andere scheußlich billig aussahen. Scheidebecher, Trinkflaschen, Anstecknadeln, Manschettenknöpfe und eine ausgestopfte Eule. Medaillon und Kette konnte ich zu meiner Erleichterung nicht entdecken.

Ich stieg die Treppe hinauf und läutete die Glocke. Sofort tauchte Mr Szabó – seit Jahrzehnten eine Institution in Cambridge und seit Neuestem mein Freund – aus den dunklen Tiefen seines Ladens auf, die Teetasse für mich bereits in der Hand. »Schon wieder etwas zu verkaufen?«, fragte er mit seinem starken Akzent, aus dem ich Ungarn, aber auch Wien, Italien, Frankreich und London heraushörte. Mr Szabó war weit gereist und bezeichnete sich selbst als Wanderjuden, als ewigen Emigranten. Ich liebte die Fremdheit seiner Stimme, in der so viel Geschichte mitschwang. Er tat einen Zuckerwürfel in meine Tasse und drei in seine eigene. »Und was haben wir diesmal im Angebot, Miss?«

Auf den Basaren in Kairo und Luxor hatte ich einiges gelernt, also sagte ich: »Sie haben das Medaillon verkauft. Hatte ich Ihnen das nicht vorhergesagt? Haben Sie einen guten Preis dafür erzielt, Mr Szabó?«

»Genug, gerade mal genug.« Er bewegte seine Hand hin und her. »Ich musste ja ein wenig Profit damit machen, schließlich muss ich irgendwie über die Runden kommen, meine liebe junge Dame. Wenn ein Kunde derart hartnäckig verhandelt wie Sie, kann ich schon von Glück sagen, wenn für mich ein Sixpence dabei übrig bleibt. Schauen Sie mich doch an! Nur Haut und Knochen, das reinste Elend!«

Ich schaute ihn an. Mr Szabó – um die sechzig, weißhaarig und mit gerissener Miene – war ziemlich rundlich, um nicht zu sagen, er war fett. Ich hatte den Verdacht, dass er seine Gewinnmargen ziemlich großzügig bemaß, trotzdem kamen mir seine Geschäfte fair vor. Außerdem mochte ich ihn. Ich kramte in meiner Tasche und zog ein Taschentuch hervor. Es enthielt zwei weitere Objekte, die ich den Kisten im Gästezimmer – dem Marianne-Payne-Museum –

entnommen hatte. In ihrem Testament hatte meine Mutter mir alles vermacht, und jetzt war es meine Entscheidung, ob ich die Sachen behielt oder verkaufte. Ihre Sammlung an Schmuck war riesig. Das meiste davon hatte sie von ihren Eltern bekommen, bevor sie geheiratet und die Familie sich von ihr losgesagt hatte. Bislang hatte ich Mr Szabó fünf Stücke verkauft, heute brachte ich ihm einen schmalen Armreif und eine Brosche mit glitzernden Steinen. Ich war mir ziemlich sicher, dass es sich um Diamanten handelte, wertvolle Diamanten. Es hatte auch seine Vorteile, eine geborene Emerson zur Mutter gehabt zu haben.

Ich legte den Schmuck auf ein Samtkissen, setzte mich und nippte an meinem Tee. *Keine Gefühle zeigen. Lass deutlich erkennen, dass du genauso gut wieder gehen könntest*, riet mir Frances' Stimme, und ihre Mutter stimmte ein: *Akzeptiere nie den ersten Preis, der genannt wird, niemals – und auch nicht den zweiten oder dritten. Du musst handeln – das erfordert die Ehre, und anschließend* werden *alle zufrieden sein.*

Ihr Rat hatte sich natürlich auf das Kaufen bezogen. Doch auch wenn man etwas verkaufen wollte, galten dieselben Regeln, und zwar überall auf der Welt. Ich hatte festgestellt, dass die Technik, die auf dem Basar in Luxor funktioniert hatte, auch in der Bene't Street in Cambridge zum Erfolg führte.

Mr Szabó nahm seine Diamantenlupe und studierte die Steine in der Brosche mit äußerster Konzentration. »Nicht schlecht«, sagte er schließlich fast widerwillig. »Ein hübsches kleines Ding. Vor dem Krieg wäre ich es los gewesen, sobald ich es nur ins Schaufenster gelegt hätte, aber jetzt? Der Geschmack ändert sich, und die Frauen sind entsetzlich launisch. Dann noch diese modernen Mädchen mit ihren merkwürdigen Kleidern, die wollen Platin und Silber, kein Gold. Haarspangen und keine Broschen. Die Steine sind hübsch – aber die Fassung ist ziemlich altmodisch. Und der Armreif? Schon wieder Gold! Werde ich dafür je einen Käufer finden? Ich wage es zu bezweifeln. Dafür könnte ich Ihnen bestenfalls …« Er nannte den Betrag, den er dafür bieten könnte. »Aber das ist schon ein

Sonderpreis für Sie, junge Dame! Oje, ich bin ein törichter alter Mann, viel zu weichherzig für die raue Welt des Handels. Das ist mein großes Problem.«

»Mr Szabó, die Brosche ist von Tiffany. Von der Fifth Avenue. Meine Großmutter hat sie gekauft, und Tiffany war ihr der liebste Ort auf der ganzen Welt. In Paris hingegen war sie immer bei Van Cleef & Arpels ...« Ich zögerte. Meine Mutter hatte mir das nur erzählt, aber es stimmte vermutlich.

»Eine Frau von Geschmack.« Mr Szabó kicherte leise.

»Der Armreif ist von Van Cleef, zweiundzwanzig Karat. Die Diamanten in der Brosche sind wertvoll, schauen Sie sich diesen Riesendiamanten mal genauer an. Aber kein Problem, ich hatte sowieso schon daran gedacht, die Sachen in London zu verkaufen. Dort kann ich auch sicher sein, einen angemessenen Preis zu erzielen.«

Wir wechselten einen kampflustigen Blick, dann sagte Mr Szabó: »Nicht so schnell. Es gibt keinen Grund, die Sache zu überstürzen. Oder sind Sie schon auf dem Weg zum Zug, junge Dame?« Und nach diesem Vorgeplänkel legten wir endlich richtig los.

Eine Dreiviertelstunde dauerte die Verhandlung. Mr Szabó und ich genossen jede Minute davon. *Caveat venditor*: Ich wurde übers Ohr gehauen, wie ich später begreifen sollte, aber nicht so schlimm, wie es hätte passieren können, und nicht so übel, wie ich es verdient gehabt hätte. Ich umklammerte das Bündel Scheine in meiner Hand, lief zur Post und zahlte das Geld auf mein geheimes Sparbuch ein. Ich betrachtete die Summe der Einzahlungen: Ich hatte den nötigen Betrag, den ich sorgsam errechnet hatte, fast schon beisammen. Ein weiteres Schmuckstück sollte dafür genügen. Frances und ihre Eltern kehrten im Dezember nach Ägypten zurück, Miss Mack wollte im November dorthin reisen, und ich wollte mich anschließen. Meinem Fluchtplan standen zwar noch kleinere Hindernisse im Weg – mein Vater zum Beispiel und Miss Dunsire –, aber mit denen würde ich mich zu gegebener Zeit auseinandersetzen. Geld war das Hauptproblem gewesen, und das hatte ich fast gelöst. Geld war Macht, mit ihm konnte ich mir meine Freiheit erkaufen.

Ich rannte nach Newnham zurück und kam nur zehn Minuten zu spät. Miss Dunsire war im Garten und musterte kühl und eindringlich mein erhitztes Gesicht. Einen verführerischen Moment lang hätte ich ihr am liebsten mein Sparbuch unter die Nase gehalten. *Erinnern Sie sich an die Lektion, die Sie mir erteilt haben?*, würde ich sagen. *Ich habe sie gelernt, und zwar gut.*

Ich widerstand dem Impuls, da ich ihr nicht traute. Ich war ja nicht verrückt. Nachdem ich in meine Dachkammer gegangen war, versteckte ich das Sparbuch in der verschlossenen Schublade, betrachtete meine Geschenke, zählte die Kurzgeschichten von Kipling und zerbrach mir den Kopf über die chirurgischen Gerätschaften in dem Nageletui. Ich wusch mich, richtete mein Haar und war pünktlich zum Abendunterricht wieder im Erdgeschoss.

»Du hast ja ein richtiges Geburtstagsgesicht aufgesetzt, Lucy«, befand Miss Dunsire, und aus irgendeinem Grund schien mein Geburtstagsgesicht sie zu beunruhigen oder zu ärgern. Sie stellte mir ein paar geometrische Aufgaben und forderte mich barsch auf, sie zu lösen. Während ich mich mit Winkelmesser und Zirkel abmühte, schritt sie rastlos im Raum auf und ab, um schließlich zu verkünden, sie würde nun ein bisschen spazieren gehen. Sie brauche frische Luft. »Ach ja, und wenn du das nächste Mal in dein Zimmer gehst«, fügte sie gereizt hinzu, »dann wirst du etwas von mir vorfinden. Eine Kleinigkeit. Ich werde es auf dein Bett legen.«

Stunden später entdeckte ich denn auch die Kleinigkeit. Sie befand sich in einer großen weißen Schachtel und war sehr edel verpackt. *Alles Gute zum zwölften Geburtstag* stand auf der Karte, natürlich in einer präzisen, schrägen Handschrift. In der Schachtel lag ein Kleid in meiner Größe, das schönste Kleid, das ich je besessen hatte.

»Ist das Seide?«, fragte ich Miss Dunsire am nächsten Morgen, als ich mich endlich bei ihr bedanken konnte.

Sie zuckte mit den Schultern und zündete sich eine Zigarette an. »Wer weiß das schon. Sag du es mir – echte Seide oder nur ein Imitat?«

»Echte Seide.« Ich strich ehrfürchtig darüber. »Das sieht man. Ich habe in Ägypten eine Menge über Kleidung gelernt.«

»Da bin ich mir sicher. Wo du doch mit all diesen Modepuppen zusammen warst. Zieh es mal an. Lass schauen, wie es dir steht.«

Ich wollte in mein Zimmer gehen, um mich umzuziehen, aber Miss Dunsire schüttelte ungeduldig den Kopf. »Um Gottes willen, Kind, das kannst du doch hier machen. Es wird mich wohl kaum schockieren, dich im Petticoat zu sehen.«

Ich zögerte schamhaft, schließlich waren wir im Wohnzimmer, aber am Ende fügte ich mich. Miss Dunsire blieb in ihrem Stuhl sitzen – dem Stuhl meiner Mutter mit dem verblichenen Erdbeerdieb-Bezug. Sie lehnte sich zurück und beobachtete aus halb geschlossenen Augen, wie ich mir das Kleid über den Kopf zog. Der Geruch ihrer Zigarette verbreitete sich im Raum, während ich mich mit den winzigen Knöpfen abmühte – es waren insgesamt zwanzig Stück –, den Rock glatt strich und das Mieder zurechtzog. »Passt es, passt es?«, fragte ich gespannt und aufgeregt. »Steht es mir?«

»Ja, es passt«, antwortete sie in ihrer langsamen, kontrollierten Art, und ich sah einen Schatten über ihr Gesicht huschen. »Aber es kommt ja auch aus Paris, wo man sich mit solchen Dingen auskennen sollte. Du bist«, sie zögerte, »du bist ein *jeune fille en fleur*, Lucy.«

»Ist das etwas Gutes?«, fragte ich unsicher. Ich kannte die Bedeutung der Wörter, aber Miss Dunsires Gesichtsausdruck schien nicht dazu zu passen.

»Ich denke schon. Es ist den abgegriffenen Wörtern, die ich sonst benutzen könnte, bei Weitem vorzuziehen. Die Farbe steht dir und der Schnitt auch. Du erinnerst mich an eine Person, die ich früher gekannt habe.«

»Eine Ihrer Freundinnen? Bin ich ihr schon mal begegnet?«

»Nein, du kennst sie nicht. Außerdem ist sie tot.«

Mit einer nervösen Geste drückte sie ihre Zigarette aus und erhob sich, um dann stehen zu bleiben und mich quer durch den

Raum hinweg anzustarren. Irgendwann verzog sie das Gesicht. »Nun ja, wer hätte das gedacht, ich bin tatsächlich gerührt. Nein, lass das«, sagte sie scharf, als die Begeisterung mit mir durchging und ich eine Pirouette drehte. »Spar dir das für deinen Ballettunterricht auf. Den Anblick ertrage ich nicht.«

Sie wandte sich ab, sodass ich ihr Gesicht nicht sehen konnte. Schweigen trat ein. Ich wollte etwas sagen, fand aber nicht die richtigen Worte. Sie waren in meinem Kopf, blieben aber in meiner Kehle stecken. Schließlich sagte ich: »Es tut mir leid, dass ich Sie an Ihre tote Freundin erinnere, Miss Dunsire. Sie sind traurig, das sehe ich. Aber eines möchte ich Ihnen sagen: Das Kleid ist wunderschön, und ich bin Ihnen sehr dankbar dafür. Vielen Dank. Das ist wahnsinnig nett von Ihnen.«

»Nett?« Sie schoss herum. »Nett? Wie ich dieses abgedroschene, nichtssagende Wort hasse. Ich bin kein netter Mensch, Lucy, das solltest du allmählich gemerkt haben. Und das Kleid habe ich auch nicht aus Nettigkeit gekauft. Ich habe es neulich in London in einem Schaufenster in der Bond Street gesehen und gedacht: *Warum nicht?*« Sie zuckte mit den Achseln. »Du brauchst sowieso ein paar neue Kleider für deinen Besuch in Hampshire. Deinem Vater mag es egal sein, wie du herumläufst, aber mir nicht. Warum auch immer.«

Ich wurde rot. Über London wusste ich nicht viel, aber eine derart simple Gleichung konnte selbst ich lösen: Bond Street + echte Seide + Paris = sehr teuer. Ich hatte keine Ahnung, was mein Vater Miss Dunsire zahlte, aber ich bezweifelte, dass ihr Lohn besonders großzügig war. Miss Dunsire las meine Gedanken – wie so oft.

»Man muss eben haushalten können«, sagte sie schnell. »Und wage es ja nicht, in mich zu dringen. Stell dich lieber darauf ein, dass es im nächsten Monat nur Brot und Käse gibt.«

Das war natürlich Unsinn. Vielleicht konnte ich ihre Gedanken nicht so gut lesen wie sie die meinen, aber allmählich bekam ich ein Gespür dafür, wann Miss Dunsire die Wahrheit sagte und wann nicht. Ich erwiderte nichts, war aber verwirrt. Gelegentlich und stets unvermittelt konnte Miss Dunsire sowohl nett als auch großzügig sein. Dieses Kleid und meine Ballettstunden waren der beste Beweis dafür. Ähnlich großzügig war sie mit ihrer Zeit, mit ihren Bemühungen, mir etwas beizubringen, und mit ihrem Geist – warum also gab sie vor, es nicht zu sein, vor allem mir gegenüber, die ich doch davon profitierte?

Ich mochte sie immer noch nicht und betrachtete sie immer noch als meine Feindin, wie ich mir einredete, aber wir hatten die letzten beiden Monate allein in Cambridge verbracht, und ich merkte, dass meine Feindseligkeit ihr gegenüber mit jeder Woche schrumpfte. Die Beobachtung erschreckte mich selbst. Ich empfand es als Untreue meiner Mutter gegenüber, deren Platz Miss Dunsire eingenommen hatte. Außerdem verlieh es mir ein Gefühl der Schwäche. Ich hatte nicht die Absicht, mich wie Mrs Grimshaw und mein Vater von ihr manipulieren und übertölpeln zu lassen – ich schwor mir, dass sie sich an mir die Zähne ausbeißen würde. Natürlich strahlte sie eine gewisse Faszination aus, aber das hatte nur einen einzigen Grund. Es hatte damit zu tun, dass ich sie nicht verstehen konnte und mir diese Frau – in ihrer gefährlichen, unberechenbaren, launischen und geheimnisvoll verletzlichen Art – ein ewiges Rätsel war, das ich nicht lösen konnte, ein Puzzle, bei dem die Teile nicht zueinander zu passen schienen.

*Du gibst dir nicht genug Mühe*, hatte Frances in ihrem letzten Brief geschrieben. *Kannst du dich erinnern, was Mr Carter gesagt hat? Du kannst gut beobachten, also beobachte sie. Was siehst du? Stelle ihr ein paar gerissene Fragen – irgendwann wird sie schon etwas von sich preisgeben.*

Ich gab mir also Mühe. Den ganzen langen, heißen August über, als Cambridge durch die Massenflucht der Professoren und Studenten zu einem verschlafenen Dorf geworden war, gab ich mir Mühe. Und was lernte ich durch meine gerissenen Fragen? Ich erfuhr, dass Miss Dunsire vierundzwanzig war und im November fünfundzwanzig wurde. Sie war Skorpion und Einzelkind wie ich. Ihr schottischer

Vater, ein Rechtsanwalt, war schon tot, und ihre verwitwete Mutter, die sie selten sah und mit der sie wenig gemein hatte, war Französin und lebte nun in der Provence. Sie war immer schon ein Hypochonder gewesen und hatte sich nun in ihrem Siechtum eingerichtet. Auf ihr Verlangen hatte man die Tochter »Nicole« getauft, französisch ausgesprochen, aber nur wenige alte Freunde benutzten diesen Namen noch. Am Girton hatte Miss Dunsire irgendwann dann »Nicola« daraus gemacht, was ihr bedeutend besser gefiel. Ich erfuhr, dass ihre besten Freundinnen die aufmüpfige Altphilologin Meta und die Fahrraddiebin Clair waren. Letztere wohnte jetzt in Chelsea und hatte an der Slade School of Fine Art ein Kunststudium aufgenommen. Ich wusste auch, dass Nicolas Lieblingsfarbe Schwarz war – was nicht einmal als Farbe gilt – und ihr Lieblingskomponist Bach.

Ich hatte mit meinen Fragen also keinen Fortschritt erzielt, so kam es mir zumindest vor. Einen letzten Versuch unternahm ich an dem Tag, bevor ich zu meinem Urlaub bei Rose und Peter aufbrechen würde. Nicola Dunsire und ich waren in meinem Schlafzimmer und packten meine Koffer – eine Aufgabe, die sie mit gewohntem Perfektionismus erledigte. Es lag neues, knisterndes Seidenpapier bereit, und für die Unterwäsche gab es Musselinbeutel. Jedes Kleidungsstück war gewaschen, gestärkt und gebügelt worden, alles absolut tadellos. Ich hatte bemerkt, dass Miss Dunsire zugänglicher für Fragen war, wenn ihre Hände beschäftigt waren, also wartete ich bis zum letzten Teil, das in den Koffer gelegt werden musste, dem bislang nicht getragenen Seidenkleid. Stolz auf meinen beiläufigen Tonfall sagte ich: »Diese Freundin übrigens, die Sie neulich erwähnt haben, die, die jetzt tot ist …«

»Ja?« Miss Dunsire schob schützendes Seidenpapier zwischen die Falten des Kleids.

»Ich habe mich nur gefragt, wann sie denn starb. Ist das schon lange her?«

»Zwei Jahre. Vielleicht sind es mittlerweile sogar drei. Das genaue Datum habe ich vergessen. Ist jedenfalls schon ziemlich lange her. Das ist ja furchtbar kompliziert hier, ständig verrutscht die Seide.«

»War sie jung, als sie starb?«

»Ja. So alt wie ich. Wir sind zusammen aufgewachsen und in dieselbe Ballettschule gegangen. Hilf mir mal, das einzuschlagen, Lucy.«

»Und warum ist sie gestorben? Hatte sie einen Unfall? War sie krank?«

»Sie hat sich umgebracht.« Mit einer gekonnten Drehung des Handgelenks klappte Miss Dunsire das Mieder über den Rock, strich es glatt und legte das Kleid auf die anderen Sachen im Koffer. »Fertig«, sagte sie triumphierend. »Geht der Koffer noch zu? Ja! Ausgezeichnet.«

»Wie traurig.« Ich war erschüttert. »War sie ... Warum hat sie so etwas Schreckliches getan?«

»Ich glaube, sie wollte sterben. Sie hatte mehrmals gedroht, sich umzubringen, und schließlich ist es ihr gelungen.« Sie zuckte mit den Schultern. »Mehr lässt sich dazu nicht sagen, es ist schließlich vorbei. Ich bin auch endlich über den größten Schmerz hinweg. Eine Weile war ich in tiefer Trauer versunken, jetzt trauere ich schon weniger, und irgendwann werde ich gar nicht mehr trauern. So ist das mit der Trauer – wie du selbst wissen solltest, Lucy.«

Sie warf mir einen gehässigen Blick zu, als ich bei ihren Worten zusammenzuckte. Wie schnell sie doch zurückschlug! Der Stich sollte meine Fragerei beenden – und ihre Taktik funktionierte. Gewissenhaft schloss sie die drei Lederkoffer, die wir gepackt hatten, und trug sie in den Flur. Ein kleinerer Koffer, der noch leer war, lag auf dem Bett.

»Fast fertig«, sagte sie jetzt wieder forsch. »Ich lass dich nun allein, damit du deinen kleinen Aktenkoffer selbst packen kannst, Lucy. Du wirst ihn für deine Tagebücher und Briefe gebrauchen können, die du doch sicher mitnehmen willst. Und dabei kann ich dir ja wohl kaum helfen – wo sie doch in der verschlossenen Schublade liegen und der Schlüssel dazu an der Kette um deinen Hals hängt. Lass dir aber nicht allzu lange Zeit. Morgen geht es früh los, also wird es heute ein frühes Abendessen geben, damit du schnell ins Bett kommst.« Nachdem sie sichergestellt hatte, dass sie sich wieder vollständig als meine Feindin etabliert hatte, verließ sie den Raum.

*Vorsicht vor Skorpionen*, dachte ich und verfolgte ihren gelassenen Abgang mit neu entfachtem Hass.

Pünktlich auf die Minute fuhr um zehn Uhr am nächsten Morgen der unglaubliche Wagen, den Eve geschickt hatte, vor unserem Haus vor.

»Nun, nichts Geringeres als ein Hispano-Suiza.« Miss Dunsire musterte die prächtige Karosserie ironisch. »Und der Fahrer in einer derart schicken Uniform. Wie traurig, dass unsere Nachbarn nicht da sind. Sie wären so empört darüber, dass sie wochenlang ihren Freunden und Bekannten davon erzählen würden. Jammerschade auch, dass dein Vater das nicht sehen kann, Lucy. Ihn würde der Schlag treffen. Ah, da kommt schon deine Freundin, um dich abzuholen. Sie müssen Lady Rose sein, nicht wahr? Schön, Sie kennenzulernen, meine Liebe.«

Rose war aus dem Wagen gesprungen und saß im nächsten Moment auch schon wieder drin. »Wahnsinn«, sagte sie, als wir uns beide in Sicherheit gebracht hatten. »So eine Gouvernante habe ich ja noch nie gesehen, Lucy. Meine sind alle furchteinflößende alte Schachteln. Und wie ein Blaustrumpf sieht sie auch nicht gerade aus. Das sind doch eigentlich vollkommen farblose Gestalten – aber die hier ist schlicht und ergreifend umwerfend.« Sie runzelte die Stirn. Rose, die bei ihrer Mutter in die Schule gegangen war, sprach viel mehr als ich und war eine gnadenlose Richterin über das Äußere von Frauen. »Dieses rötlich braune Haar und diese Augen! Und dieses Kleid, unglaublich raffiniert. Ein Wahnsinns-SA. Einfach klasse.« Sie hielt inne und schaute mich mit zusammengekniffenen Augen an. »Wann bricht sie zu ihrem öden Lesezirkel auf?«

»In ein, zwei Tagen. Hat sie zumindest gesagt.«

»Und wann kommt dein Vater aus Griechenland zurück?«

»Ich glaube, Ende der Woche. Warum? Was macht das für einen Unterschied?«

»Absolut keinen, vergessen wir sie beide.« Rose schob ihre kleine behandschuhte Hand in die meine. »Oh, Lucy, wir werden so viel Spaß miteinander haben! Peter hat dich so vermisst, er kann es gar nicht erwarten, dich wiederzusehen. Er hat dir ein Bild mit einem Regenbogen gemalt und einen Molch für dich gefangen. Und Wheeler freut sich auch, sie ist fast wahnsinnig vor Freude.«

»Das kann ich mir bei ihr kaum vorstellen.« Ich war gerührt, besonders wegen des Molches, aber die ehrfurchtgebietende, beherrschte Wheeler hatte noch nie Gefühle gezeigt. Ihre Zurückhaltung war beispiellos.

»Nun, du hast recht, Wheeler lässt es sich natürlich nicht anmerken und predigt ständig Vernunft – aber trotzdem. Und Eve kommt uns auch besuchen, und wir werden gemeinsam Picknicks veranstalten. Wenn wir brav sind, sagt Eve, nimmt sie uns sogar mit nach Highclere, und dann zeigt uns ihr Vater seine ägyptische Sammlung. Howard Carter wird auch irgendwann dort aufkreuzen, um sich damit zu beschäftigen. Irgendetwas braut sich da zusammen, Lucy, ich vermute, es wird einen Riesenkrach geben. Oh, und Eves Bruder hat im Juli geheiratet, hast du die Fotos im *Tatler* gesehen? Er erbt die ganze Chose und hat sich eine Amerikanerin geangelt, die keinen Pfennig besitzt, wie man munkelt. Eve hatte ein absolut traumhaftes Kleid an. Ach, Lucy, es gibt so viel zu erzählen. Ich bin so froh, dass ich dich wiederhabe!«

Rose redete und redete. Ich hörte nur mit halbem Ohr hin und fragte mich noch immer, was dieses »SA« bedeuten könnte. Außerdem hatten mich Roses Fragen verunsichert. Sollte die perfektionistische Miss Dunsire tatsächlich innerhalb der nächsten beiden Tage nach Frankreich reisen, dann war es schon seltsam, dass sie noch gar nicht damit angefangen hatte, Kleidung und Bücher herauszusuchen, vom Kofferpacken mal ganz zu schweigen. Mir fiel auf, dass sie mir noch nicht einmal eine Adresse an der Loire gegeben hatte, und auch das war seltsam. In solchen Dingen war sie immer äußerst penibel.

»Übrigens«, sagte Rose in diesem Moment, »ich habe dir noch gar nicht erzählt, was Wheeler und ich auf der Rückreise von Ägypten ausgeheckt haben. Ich bin fast geplatzt vor Ungeduld, weil ich es dir unbedingt sagen wollte, aber ich musste warten, bis ich sicher sein konnte, dass es auch klappt. Für Papa ist Wheeler natürlich das Kammermädchen einer Dame, von Mama noch dazu. Uns war also klar, dass er sie nach unserer Heimkehr sofort entlassen würde – aber ich wäre schlichtweg gestorben, hätte er das getan. Wheeler ist das einzig Verlässliche in Peteys Leben und in meinem natürlich auch. Wir mussten ihn also dazu bringen, sie als unsere Nanny zu behalten, aber die Chance dafür war praktisch gleich null. Wheeler und ich waren schon vollkommen verzweifelt, als mir plötzlich einfiel, was für ein Geizkragen er ist. Und da hatte ich die Idee!«

Als sie zu Hause angekommen seien, so erzählte Rose, habe Wheeler um ein kurzes Gespräch mit Lord Strathaven gebeten. Dabei habe sie auf ihre unbeirrbare Weise erklärt, dass sie sich gern um die Stelle einer Nanny bewerben würde, sie den Job sofort antreten könne und sich auch vorstellen könne, für einen Zeitraum von sechs Monaten probeweise zum halben Gehalt zu arbeiten. Sollte sie sich nicht bewähren, würde sie natürlich sofort gehen. Sollte sie ihre Arbeit aber gut machen, so würde Lord Strathaven ja vielleicht nach Ablauf der sechs Monate darüber nachdenken, sie offiziell als Nanny anzustellen. Nachdem sie ihren Vorschlag unterbreitet hatte, war Wheeler einfach vor ihm stehen geblieben: eine Frau aus Lancashire in den Vierzigern, aber scheinbar alterslos und so abweisend und reglos wie eine Statue von den Osterinseln.

»Hat sie denn gar nicht erwähnt, wie nahe sie euch steht?«, fragte ich im Bemühen, mich für das Komplott zu interessieren, obwohl ich gedanklich noch immer mit der Loire und dem Château, von dem ich keine Adresse hatte, beschäftigt war. »Sie hätte doch nur betonen müssen, dass Peter und du sie über alles liebt, oder etwa nicht?«

»Auf gar keinen Fall, du Dummchen!« Rose sah mich verächtlich an. »Hätte er erfahren, dass wir hinter dem Vorschlag steckten, wäre Wheeler sofort rausgeflogen. Nein, stattdessen hat sie ihm erklärt, dass wir hoffnungslos verzogene Blagen seien und ihr auf der gesamten Rückreise auf der Nase herumgetanzt hätten. Wir bräuchten eine strenge Hand und eiserne Disziplin, und dafür könne sie sorgen. Das hat Papa sofort überzeugt. ›Disziplin‹ ist sein Lieblingswort – zumindest direkt nach ›dumme Gänse‹ und ›Schlampen‹. Und dann hat Wheeler sich unverzichtbar gemacht«, kicherte Rose. »Wenn sie Papa über den Weg lief, was nicht oft geschah, hat sie ihn ein wenig herumkommandiert. Das liebt er, weil die Art ihn an seine eigene Nanny erinnert, die er vergöttert hat. Sie hatte Ähnlichkeit mit Wheeler und hat ihn mit einer Bürste geschlagen. Wheeler kostete ihn nicht viel, und plötzlich war er wieder fünf Jahre alt und wurde von seiner Nanny geschlagen, wenn er nicht gehorchte. *Kein Abendessen für dich, junger Mann, und sofort ab ins Bett.*« Rose schaute mich an. »Was ist los, Lucy? Hörst du mir überhaupt zu? Du siehst so merkwürdig aus. Verträgst du das Autofahren nicht?«

Aber ich hatte durchaus zugehört. »Mir geht es gut. Ich … ich bewundere nur Wheelers Methoden. Erzähl weiter.«

»Nun, seit sechs Monaten läuft das nun schon so – und jetzt hat er sie eingestellt. Die Sache ist also offiziell. Sie trägt jetzt eine braune Uniform statt der schwarzen und ist Nanny Wheeler, der Herr im Hause.« Rose hielt inne, um Luft zu holen. »Ist Wheeler nicht brillant? Sie hat meinen Vater vollkommen im Griff, der das in seiner Selbstgefälligkeit nicht einmal merkt. Die arme Mama war da vollkommen anders. Papa hat keinen Piep gesagt, als die Idee aufkam, dass wir aufs Land fahren könnten. Aber er wollte uns sowieso nicht am Hals haben, weil er den Sommer in Amerika verbringen wollte, und so musste Wheeler ihn nur daran erinnern, wie praktisch unsere Abwesenheit für ihn wäre. Er hat sofort zugestimmt und ist jetzt in Newport. Zum Segeln oder so, hat er gesagt. Vermutlich denkt er darüber nach, noch einmal zu heiraten.« Rose seufzte. »Er wird wohl auf der Jagd nach einer Erbin oder einer seiner Tänzerinnen sein – in jedem Fall steckt eine Frau dahinter, das tut es immer. Papa hält alle Frauen für Dummköpfe und pflegt gern zu sagen, dass Hunde intelligenter seien, aber«, sie senkte die Stimme, »einem Wesen im Petticoat kann er einfach nicht widerstehen. Nur eine winzige Fährte muss gelegt werden, und schon rennt er hinterher. So war er immer, Lucy – wie auch die arme Mama innerhalb von nur sechs Monaten feststellen durfte.«

Im Auto schien sich keinerlei Luft mehr zu befinden. Das Wort »Petticoat« hallte in meinen Gedanken wider. Ich starrte Rose an. »Das verstehe ich nicht. Sechs Monate? Und wie hat es Poppy herausgefunden?«

»So etwas merken Frauen doch«, sagte Rose leise. »Wenn er auf Abwegen wandelt, bekommt er diesen seltsamen Gesichtsausdruck: verstohlen, gerissen und gierig, alles zusammen. Du weißt doch, wie Hunde aussehen, wenn sie aus der Küche etwas riechen und darüber nachdenken, wie sie sich hineinschleichen und es mopsen können. Genau so.«

Ich hatte nie einen Hund besessen, da mein Vater kein Haustier wollte. Ich versuchte, mir vorzustellen, wie der Hund und wie der Mann wohl aussehen mochten. Im Wagen war es muffig und heiß, langsam wurde mir schwindelig. Ich kurbelte das Fenster einen Spalt breit herunter und schaute in die flache Landschaft hinaus, die draußen vorbeizog. Wie verdorrt, wie ausgetrocknet doch alles war.

»Egal, lass uns nicht über ihn sprechen«, fuhr Rose fort und strahlte plötzlich. »Hauptsache, unser Plan hat funktioniert. Wheeler hat Pa dazu gebracht, ihr aus der Hand zu fressen. Sie bekommt fast alles von ihm, was sie sich in den Kopf gesetzt hat.« Sie stupste mich an. »Und jetzt hör auf zu träumen und sag mir, was du denkst. Bist du nicht beeindruckt von unserem Scharfsinn?«

»Doch, sehr.«

Das sanfte Schaukeln des Hispano-Suiza bekam mir tatsächlich nicht, wie ich einsehen musste. Ein paar Meilen weiter musste der Wagen schließlich anhalten. Ich schaffte es gerade noch bis zum Straßenrand, bevor ich mich heftig übergab.

## 22

Das Haus, in dem ich wohnen würde, hieß Nuthanger. Es war ein altes Bauernhaus mit ein paar hundert Morgen Land und wurde über die weibliche Linie von Roses Familie weitervererbt. Poppy d'Erlanger, die als Kind viel Zeit dort verbracht hatte, hatte das Gut von ihrer Großmutter mütterlicherseits geerbt. Sie hatte den Ort immer geliebt, erzählte Rose, aber nie länger dort gelebt. Nach dem Tod der Großmutter war das Gut jahrelang verpachtet worden. Nun gehörte es Rose, der es Poppy testamentarisch vermacht hatte. Bis zu ihrer Volljährigkeit wurde es von den Treuhändern ihrer Mutter verwaltet, die gegenwärtig einen neuen Pächter suchten. In der Zwischenzeit war es für Rose ein romantischer Ort, da sie von klein auf mit den Geschichten ihrer Mutter aufgewachsen war. »Schau mal, Lucy«, sagte sie, als der Hispano-Suiza nach der langen, heißen und beschwerlichen Fahrt endlich in ein schmales Sträßchen einbog, das sich in ein verborgenes Tal hinabschlängelte. »Man sieht schon die Schornsteine. Hinter den Hecken, unter den Buchen, da ist es.«

Rose kurbelte das Fenster herab. Frische, süßliche Luft füllte den Wagen. Ich reckte den Hals und kniff die Augen zusammen, weil die Sonne blendete, und sah auf der anderen Talseite die Kreidehügel der Downs. Aber direkt unter uns erkannte ich etliche Schornsteine, aus denen bläulicher Rauch aufstieg, und ein Gewirr von mit Moos und Flechten bewachsenen Dächern. Der Anblick war bezaubernd, wurde aber im nächsten Moment schon wieder von hohen Hecken verdeckt.

Wir rumpelten weiter das steile Sträßchen hinab, kamen an undurchdringlichen Büschen mit reifen Brombeeren vorbei, fuhren in einen Tunnel aus Ulmen und tauchten schließlich wieder ins Sonnenlicht ein. Das Cottage sah ich nicht mehr und auch keine anderen Häuser. Endlich drehte der Fahrer am Lenkrad und bog durch eine unsichtbare Lücke im Weißdorn. Eine Hühnerschar gackerte und flatterte auf, dann standen wir in einem großen Hof, der auf drei Seiten von einem alten Backsteingebäude und den angrenzenden Scheunen eingeschlossen war. Zu meiner Linken fielen grüne, über und über mit Klee bewachsene Wiesen ins Tal und zu den Windungen eines Flüsschens hinab. Ich würde dieses Haus noch einmal sehr viel später in meinem Leben aufsuchen, aber der erste Eindruck blieb mir für immer im Gedächtnis haften. Es war Liebe auf den ersten Blick.

Wheeler wartete, als würde sie den Eingang bewachen, an der Haustür. Teilnahmslos wie immer stand sie in ihrer neuen braunen Uniform da und verkniff sich jedes Willkommenslächeln. Ein kleiner Junge hielt ihre Hand, hüpfte aufgeregt auf und ab und trat von einem Fuß auf den anderen. Ein mir unbekannter Junge. Blondes Haar, das von der Sommersonne fast ausgebleicht war, braune Haut, nackte Beine, alte Shorts und ein dreckiges Hemd. Erst als ich aus dem Wagen stieg, Wheeler ihn losließ, er über den Hof schoss und ungestüm seine Arme um meinen Hals schlang, erkannte ich ihn wieder. Die dunkelblauen Augen waren so unverwechselbar wie die seiner Mutter, von der er sie geerbt hatte.

Mein »Peter, du bist es!« brachte ich im selben Moment heraus wie er sein »Lulu!«.

Wenige Minuten nach unserer Ankunft wurde ich von Rose auf die »Besichtigungstour« geschleppt, wie sie es nannte. Meine Koffer wurden in ein Dachzimmer getragen und einfach dort stehen gelassen. Wheeler verschwand in der Küche, um Tee zu kochen, Rose griff nach meiner einen Hand, Peter nach der anderen, dann zogen sie mich gemeinsam nach draußen in die Sonne. »Kein Dienstpersonal. Nur Wheeler und wir. Wochenlang. Ist das nicht herrlich?«, fragte Rose. »Was sollen wir Lucy als Erstes zeigen, Peter?«

Sie konnten sich nicht einigen. Den Obstgarten oder die Scheunen? Den Teich oder den Fluss? Das Baumhaus? Die Henne mit den Küken, zwölf Stück insgesamt? Oder den Heuboden, wo sie sich eine Höhle gebaut hatten? Und so entdeckte ich das Cottage und seine Umgebung im Taumel der Ankunft, eilte in eine Richtung, rannte dann schnell wieder zurück, hielt inne, um Äpfel aufzusammeln, fand frisch gelegte Eier, stieg in einen Dachboden hinauf, der von dem Geruch nach Heu erfüllt war, und stieg sofort wieder hinab, um das steile Sträßchen hinter dem Haus hinaufzulaufen. Die Wiesen auf einem Hügel hinter dem Haus waren von einem Nachbarbauern gemäht worden. Dort kamen wir endlich zur Ruhe. Die Luft hallte vom Gesang der Vögel wider – doch als ich mich umschaute, konnte ich keinen einzigen Vogel entdecken.

»Lerchen«, sagte Rose. »Sie fliegen so hoch, dass man sie nicht sehen kann. Hunderte sind es, Lucy. Sie werden dich morgens wecken.«

»Keine Uhren im ganzen Haus!«, rief Peter begeistert. »Nicht eine einzige.«

»Deshalb sind die Lerchen unser Wecker.« Rose warf sich ins Gras.

»Und dass es Zeit zum Schlafengehen ist, wissen wir, weil es dunkel wird und die Eulen rufen«, fügte Peter hinzu und warf sich neben sie. Dann legte er seine kleinen braunen Hände an den Mund und machte ein Geräusch, das dem einer Eule verblüffend ähnelte. Ich setzte mich neben die beiden ins Gras, atmete den intensiven Geruch ein und richtete den Blick gen Himmel. Der Jubelchor der Lerchen, musste ich denken. Ich hatte mich in Sammelbegriffen geübt.

Rose streckte ihren Arm aus und tippte auf meine Armbanduhr. »Nimm die ab«, sagte sie. »Lass sie in deinem Zimmer und leg sie bis zu deiner Abreise nicht mehr an.«

Aber meine Uhr war sowieso stehen geblieben. Die Zeiger standen auf halb elf, es musste irgendwo auf dem langen Weg von Cambridge hierher passiert sein. Die Fahrt und der beschämende Vorfall am Straßenrand steckten mir noch immer in den Knochen. »Ich habe sowieso keine Vorstellung, wie spät es ist«, sagte ich. »Es ist alles so schnell gegangen. Ich habe gar keine Ahnung, wo ich überhaupt bin.«

»Du bist in unserem Haus«, sagte Rose.

»Und in unserem Tal«, fügte Peter hinzu.

»Und jetzt gehört es auch dir«, erklärten beide überschwänglich.

Rose setzte sich auf und beschrieb mir die Ländereien. Der Fluss unten war ein Zufluss des Test, eines klaren Kreideflusses, der für seine süßlichen Forellen berühmt war. Peter hatte schon einen Hecht in seinen schattigen Regionen entdeckt, obwohl Rose davon ausging, dass es sich nur um Flussgras gehandelt habe. Die Hügel hinter dem Fluss, die Downs, die man über eine Fußgängerbrücke erreichte, waren bestes Gebiet zum Ausreiten. Manchmal sah man, wie Pferde aus Carnarvons Gestüt dressiert wurden, oder man hörte das ferne Donnern ihrer galoppierenden Hufe. In den Downs konnte man den ganzen Tag wandern, ohne einer Menschenseele zu begegnen. Dafür sah man Tausende von Schmetterlingen. »Millionen«, sagte Peter verträumt. Im Juli hatten sie auf dem Beacon Hill fünfunddreißig himmelblaue Bläulinge gesehen und sogar einen Monarchfalter, der äußerst selten war.

»Und das da? Ist das ein Schloss?« Ich zeigte auf eine Stelle hinter dem Tal, wo sich in weiter, nebliger Ferne, halb versteckt hinter Wäldern, ein Gebäude auf einer Anhöhe erhob, von dem ich nur die märchengleichen Turmzinnen, eine Ahnung von Befestigungsanlagen, das Glitzern von Bleifassungen im Sonnenlicht und eine flatternde Fahne erkennen konnte.

»Das da?« Rose folgte meinem Blick und zuckte mit den Achseln. »Ich würde schon sagen, dass es wohl eine Art Schloss ist. Es gehört Lord Carnarvon, Lucy. Das ist Highclere Castle.«

Erst nach dem Tee konnte ich für mich sein und ein wenig zur Ruhe kommen. Peter wurde von Wheeler und Rose gebadet, und so machte ich mich in der Kühle des Abends auf den Weg, um die Umgebung allein zu erkunden. Als ich durch den Hof schritt, machte die Anordnung der Gebäude allmählich Sinn, die auf den ersten Blick so verwirrend gewirkt hatte. Nuthanger war ein langes, niedriges Haus aus rötlichen Backsteinen. Der älteste Teil stammte aus dem 16. Jahrhundert, wie der Stein über dem Eingang verriet. Er trug die Jahreszahl der Niederlage der englischen Flotte gegen die spanische Armada: 1588. Das Haus in der Kreidelandschaft der Downs war ständig um- und ausgebaut worden. Über die Jahrhunderte hinweg waren immer wieder Teile hinzugekommen, hier noch ein Zimmer für die Kinder, da noch ein Verschlag für die Tiere, dort noch eine Scheune für reiche Ernten.

Es gab unzählige Giebel, Verstecke und Durchgänge, die aber alle letztlich wieder zum Ausgangspunkt zurückführten, und eine verwirrende Anzahl an gewundenen, knarzenden Ulmenholztreppen, die sich zum Teil hinter Türen verbargen, welche sich gelegentlich als Schränke tarnten. Das Haus hatte viele Fenster. Im alten Teil waren es kleine, abweisende Flügelfenster, jene, die man später eingebaut hatte, waren große Klappfenster, durch die das Licht die Räume flutete. Direkt an das Haus gebaut und durch Balken und Mauerwerk mit Wänden und Dächern verbunden standen die Scheunen, Ställe und Schatzkammern für die Verarbeitung von Heu und Getreide. Dort stapelten sich die landwirtschaftlichen Geräte – eine archäologische Ansammlung von Pflügen, Karren und Mähdreschern – bis zum Dach. Rätselhafte Maschinen, wahrscheinlich zum Säen und Pflügen, Dreschen und Bündeln. Viele sahen so aus, als hätte man sie hier deponiert, da sie von neueren Erfindungen verdrängt worden waren. Trotzdem wurden sie noch immer aufbewahrt und legten stumm ihr rostiges Zeugnis von der Tätigkeit längst verstorbener Landarbeiter ab.

Eine Weile blieb ich im Hof stehen und lauschte auf das Gelächter im Innern des Hauses und Peters Planschen im Badewasser. Ich zählte die Schwalben, die über meinen Kopf hinwegflogen. Als ich bei fünfzig angelangt war, kehrte ich ins Haus zurück. Durch gemütlich abgewohnte Räume gelangte ich in ein Zimmer, wo in einem gewaltigen Sessel, gespickt mit Nadeln, Wheelers Strickzeug lag. Ich betrachtete das Puzzle, das Rose und Peter nicht beendet hatten, und fügte ein Teil vom Himmel ein. Keine einzige Uhr, wie Peter gesagt hatte, kein Ticken und kein Stundenschlag. Ich wanderte durch die riesige Küche mit dem Fußboden aus Steinplatten und erkundete das Gewirr der Speisekammern, Vorratslager und Brennereien, die von der Küche abgingen. Irgendwann fand ich mich in der Waffenkammer wieder, in der allerdings keine Waffen mehr in den Halterungen hingen, dann in der Milchkammer: weiß gekachelt, steril, jede Oberfläche penibel sauber geschrubbt, weiße Musselinschürzen an den Haken, irdene Schüsseln, ein Butterfass, Gerätschaften zum Sieben und Abschöpfen – alles war so perfekt, als hätten die Milchmägde, die einst hier geschuftet hatten, soeben ihre Arbeit beendet, um morgen wiederzukommen. Wie die Scheunen erzählte auch dieser Ort seine eigenen Geschichten, die Milchkammer wimmelte von Anekdoten aus einer vergangenen Zeit.

Als ich das gesamte Geschoss erkundet hatte, war mir bewusst geworden, dass dieses Haus zu mir sprach – und dass es mich traurig stimmte. Eine gewaltige Melancholie packte mich, dann kamen die Zweifel, Ungewissheiten und Ängste, die ich die Fahrt über verspürt hatte, und überwältigten mich. Willkürlich öffnete ich eine der vielen Türen, entdeckte dahinter eine weitere Treppe, stieg sie hoch und fand mich zu meiner großen Überraschung in meinem eigenen Zimmer wieder. Offenbar gab es zwei Zugänge, einen offiziellen und einen geheimen. Meine Koffer, die ich mit Miss Dunsires Hilfe gepackt hatte, standen da und sahen mich vorwurfsvoll an. Ich nahm meine Uhr ab, die ohnehin nicht mehr ging, und begann auszupacken. Als ich die Hälfte geschafft hatte, klopfte Wheeler an die Tür.

»Ach, hier sind Sie«, sagte sie. Als sie mein Gesicht sah, trat sie ein, schloss die Tür hinter sich und begann mir kommentarlos zu helfen. Wir öffneten den Aktenkoffer und legten die Ägyptenbücher, eine kleine, aber ständig wachsende Bibliothek, auf den Nachttisch neben meinem Bett. »In den Schubladen sind noch mehr Kerzen und Streichhölzer«, sagte Wheeler. »Wenn Sie die ganze Nacht lesen möchten, ist das Ihre Sache. Ich habe jedenfalls nichts dagegen. Sie mögen dieses Zeug, nicht wahr?« Sie hielt Belzonis Bericht über seine Funde im Tal der Könige in der Hand.

»Ja, Wheeler. Man kann so viel daraus lernen. Außerdem lässt es meine Zeit dort wieder lebendig werden.«

»Das ist sicher ein Trost.« Sie zog einen Stapel Arbeits- und Übungsbücher heraus. »Und was ist das hier?«, erkundigte sie sich, als sie ihn auf dem Tisch am Fenster deponierte.

»Meine Hausaufgaben, Wheeler. Miss Dunsire hat mir für den ganzen Monat welche aufgegeben. Ich muss jeden Tag ein wenig arbeiten. Sie möchte nicht, dass ich mit dem Stoff hinterherhinke.«

»Ich denke eher, Sie könnten mal eine Pause von dem ganzen Zeug gebrauchen. Sie sehen blass aus. Mich geht es ja nichts an, aber trotzdem. Ist sie denn etwa hier, Ihre Miss Dunsire? Oder kommt sie vielleicht, um zu kontrollieren, ob Sie Ihre Hausarbeiten machen? Wann kommt sie denn – diese Woche, nächste Woche? Nicht dass ich wüsste.«

»Nein, Wheeler. Sie fährt bald für einen Monat nach Frankreich. Hat sie zumindest gesagt. Vorhin im Auto hat Rose allerdings eine Bemerkung fallen lassen, und plötzlich dachte ich, vielleicht fährt sie gar nicht, sondern hat gelogen. Manchmal lügt sie nämlich.«

Wheeler dachte über meine Worte nach, ich sah regelrecht, wie ihr Verstand arbeitete. »Wenn sie die Unwahrheit gesagt hat und woanders ist, Ihre Miss Dunsire, wo sollte sie dann beispielsweise sein?«, fragte sie schließlich.

»Ich weiß es nicht. In London vielleicht ... Oder ... Es kam mir die Idee, dass sie vielleicht in Cambridge bleiben könnte.«

Wheeler dachte über die dürftigen Beweise nach, die ich vorbringen konnte. »Was für ein Unsinn«, sagte sie schließlich. »In einer alten verstaubten Stadt in England zu bleiben, wenn sie frei wie ein Vogel ist und gemeinsam mit ihren Freundinnen nach Frankreich reisen könnte? Das kommt mir nicht sehr plausibel vor. Manchmal haben Sie wirklich sonderbare Ideen. Und was die Adresse betrifft, das ist doch klar: Sie wird Ihnen aus Frankreich schreiben und sie mitschicken. So, und jetzt lassen Sie uns den Rest auspacken«, fuhr sie fort. »Dann können Sie Peter noch eine Gutenachtgeschichte vorlesen. Aber bitte irgendetwas mit Schatzsuchern oder Rittern. Keine Hexen, er soll schließlich keine Alpträume bekommen. Können Sie sich noch erinnern, wie es in Ägypten war? Ich möchte nicht, dass das wieder losgeht. Wenn er mittlerweile keine Alpträume mehr hat, dann ist das nur diesem Haus zu verdanken – es hat nämlich heilende Kräfte, wie Sie mit Ihrem wachen Verstand bestimmt schon bemerkt haben werden.« Sie warf mir einen strengen Blick zu. »Es geht ihm besser und Rose auch. Im April ist er vier geworden, was einen großen Unterschied macht. Sie sehen ja, wie er sich entwickelt hat. Trotzdem bin ich vorsichtig, und seien Sie es bitte auch. Sprechen Sie nicht von seiner Mutter, es sei denn, er fängt selbst von ihr an.«

Wir packten meine restlichen Sachen aus. Baumwollkleider und Blusen hängten wir auf, Pullover und Unterwäsche kamen in die Schubladen. »Da versteht es aber jemand zu packen, das hätte ich nicht besser machen können«, stellte Wheeler fest, als sie das Seidenpapier zurückschlug. »Bei allen Heiligen, was ist denn das?«

»Das ist mein Geburtstagsgeschenk von Miss Dunsire. Sie hat es in einem Schaufenster in der Bond Street gesehen und dachte, es würde mir vielleicht gefallen.«

Wheeler faltete das Kleid auseinander und musterte es. Ich musste an Mrs d'Erlangers erlesene Kleider denken, um die Wheeler sich gekümmert hatte, an all die Jahrzehnte, die sie als Kammermädchen gearbeitet hatte, an ihr großes Wissen, was die Geheimnisse von Kleidung betraf. Ich wollte, dass sie mein Kleid schön fand, ich wollte es unbedingt. Meine bange Unruhe konnte ich mir selbst nicht erklären, aber ich litt durchaus, als sie wie ein Wissenschaftler, der ein seltenes Buch oder ein kostbares Kunstwerk in die Finger bekommt, über die von Hand genähten Säume strich, über das Futter, über die Ärmel, über die Abnäher am Mieder, über den weich fallenden Rock und die reine Geometrie des Halsausschnitts.

»Das nenne ich ein Prachtstück.« Sie versuchte, es zu verbergen, aber sie war offenbar zutiefst beeindruckt. »Ein sehr, sehr hübsches Kleid. Dem, der es gemacht hat, lag wohl etwas daran, und er versteht sein Handwerk. Schauen Sie sich nur diese Stiche an, alle von Hand genäht. Sehen Sie, wie winzig sie sind? Und dann das Material! Es gibt Seide und Seide, wie ich immer sage. Diese hier ist absolut rein, etwas Besseres wird man nicht finden, nicht einmal in China. Wussten Sie eigentlich, dass das Geheimnis der Seide so kostbar war, dass jeder, den man bei dem Versuch ertappte, Seidenraupen aus China hinauszuschmuggeln, auf der Stelle exekutiert wurde? Nehmen Sie ein Stück Stahl und ein Stück Seide von derselben Dicke, Lucy, und die Seide ist härter. Stellen Sie sich das mal vor! Wenn Sie also demnächst Ihrer Miss Dunsire schreiben, was Sie zu gegebener Zeit sicher tun werden, dann richten Sie ihr bitte aus: Wheeler gefällt es! Und Sie können ihr auch schreiben, dass es schon etwas heißt, wenn ein Kleid bei mir Anklang findet.«

Ich wurde rot vor Freude. »Es ist sehr festlich, also werde ich hier vermutlich gar keine Gelegenheit haben, es anzuziehen. Aber das konnte ich Miss Dunsire natürlich nicht sagen. Ich wollte sie nicht enttäuschen.«

»Vielleicht wird sich doch noch eine Gelegenheit ergeben. Rose hat bald Geburtstag, Ende des Monats, kurz vor Ihrer Abreise.«

Jetzt war ich allerdings betroffen. Da Rose ihren Geburtstag nie erwähnt hatte, hatte ich auch kein Geschenk für sie. »Was Sie sich nur immer für Sorgen machen«, wies Wheeler mich streng zurecht. »Wir werden schon etwas finden. Ich werde mir irgendetwas ausdenken, das klappt schon. Und jetzt lesen Sie Peter seine Geschichte vor.«

Ich las Peter eine Geschichte über Galahad, allerlei andere Ritter und die Macht des Schwertes Excalibur vor. Es ging um Zauberkräfte, aber nicht um Hexen. Draußen brach die Dunkelheit herein, und aus dem Buchenwald waren die Rufe einer Eule – »Das ist ein Käuzchen, Lucy«, sagte Peter schläfrig – zu hören. Als mich am nächsten Morgen die Sonne weckte – oder waren es die Lerchen? –, kam er in mein Zimmer getapst und brachte mir das Geschenk, das er im Tumult meiner Ankunft ganz vergessen hatte.

Da war er also, der Molch. Er hockte in einem Marmeladenglas, in dem ich ihn eine Weile würde betrachten dürfen, bis er wieder in seinen Teich zurückkehren konnte. Mit den Schwimmhäuten an den Füßen und dem Dinosaurierkamm war er schon etwas Besonderes: ein im Wasser lebender Cousin ersten Grades der Eidechsen, die ich in Ägypten gesehen hatte.

»Und das hab ich für dich gemacht. Ganz allein«, sagte Peter, rot vor Stolz, und reichte mir das Bild vom Regenbogen, das Rose bereits erwähnt hatte.

Das Bild habe ich immer noch. Am oberen Rand stehen, mit violettem Buntstift hingekritzelt, die Worte: *willKomm lUcY*. Und unten steht in Rot: *iN liebe vOn PeTeY*. Der Regenbogen ist sehr kunstvoll gemalt, hat viele Knicke und spannt einen zerklüfteten Bogen über ein Haus. Auf das Haus, das orange leuchtet und ein grünes Dach hat, führt ein Pfad zu, der wie eine Leiter aussieht, daneben steht etwas, das ein Baum oder ein Huhn sein könnte. Das Haus selbst ist sehr klein und hat nur ein Fenster und keine Tür. Ein Schwarm von Häkchen fliegt darüber hinweg, und unterhalb fließen mächtige marineblaue Schnörkel dahin. Außer dem schützenden Regenbogen gibt es noch eine rote Sonne, einen blauen Mond und zwei strahlende Sterne aus Goldfolie.

»Das ist unser Haus, Lucy«, erklärte mir Peter mit einem besorgten Blick.

Die überwältigende Perspektive des Bildes hatte mich nicht eine Sekunde lang zweifeln lassen, daher sagte ich: »Das sehe ich doch, Peter. Das habe ich sofort gewusst.«

Sein Gesicht hellte sich auf. Er umarmte mich stürmisch, und ich gab ihm einen Kuss.

Meine erste Woche verbrachten wir im Freien – zumindest meiner Erinnerung nach. In meiner Erinnerung hat die Sonne in jenen

Tagen allerdings immer geschienen, Regen und Wolken sind vollständig daraus verbannt. Ich bewohnte einen Ort ohne Schatten. Nur wenn ich allein war, was selten genug vorkam, senkte sich wohl gelegentlich die Andeutung eines Schattens auf mich herab, und dann machte ich mir Sorgen, weil Miss Dunsire nicht aus ihrem Schloss an der Loire schrieb, oder ich dachte über Roses Geburtstag nach und darüber, dass ich unbedingt ein Geschenk brauchte. Wheeler hatte allerdings einen sechsten Sinn für solche Ängste und wusste immer Abhilfe. Manchmal kam sie direkt darauf zu sprechen, dann sagte sie Dinge wie: »Wissen Sie eigentlich, wie lange ein Brief aus Frankreich braucht? Diese Franzmänner lassen sich nicht drängen. Wochen kann das dauern, habe ich gehört, oder sogar noch länger! Wenn sie den Brief nicht sowieso verbummeln«, fügte sie finster hinzu.

Manchmal lenkte sie mich auch einfach ab, worin sie eine Meisterin war. An diesem Ort, wo es jeden Tag etwas Neues zu entdecken gab, war das allerdings auch kein allzu großes Kunststück. Gelegentlich kam Eves Kammermädchen Marcelle, um Wheeler zu besuchen und die neuesten Neuigkeiten aus Carnarvons Schloss zu berichten. Manchmal wurden wir dann zum Bauern am anderen Ende des Tals geschickt, um frische Butter oder Sahne zu holen, oder wir mussten auf der Wiese Champignons suchen oder Äpfel pflücken oder Blaubeeren für einen Kuchen sammeln. Da Wheeler dahintergekommen war, dass Miss Dunsires Lektionen vieles zu wünschen übrig ließen, wurde ich mit Rose und Peter in die Küche abkommandiert, um backen zu lernen: Kuchen und Lebkuchenmänner und Tarts mit selbstgemachter Marmelade darin. Als sie meine Sorge wegen eines Geburtstagsgeschenks bemerkte, wollte sie mir kurzerhand beibringen zu nähen. »Etwas Selbstgemachtes«, sagte Wheeler, »ist immer schön.«

Daran hatte ich jedoch so meine Zweifel, und tatsächlich war die Näherei kein großer Erfolg. Ich hatte einfach nicht die Begabung meiner Mutter im Umgang mit Nadel und Faden geerbt. »Vielleicht sollten wir es mit Stricken probieren«, sagte Wheeler irgendwann, wirkte allerdings ungewöhnlich unsicher. »Am besten machen wir erst einmal einen Test.«

An der Testrunde sollten alle teilnehmen, fand Wheeler. Ein alter Pullover wurde aufgetrieben, den Rose, Peter und ich aufribbeln mussten, um die Wolle dann ordentlich wieder aufzuwickeln. »Für den ersten Versuch sollten wir keine neue Wolle verschwenden«, erklärte Wheeler und gab jedem von uns Stricknadeln. Sie nahm die Maschen auf, zeigte uns, wie man rechts und links strickte, und lehnte sich dann zurück, um uns zuzuschauen. Peter kam überhaupt nicht zurecht und rannte lieber hinaus, um ein Hühnernest zu inspizieren. Rose verhedderte sich bei der zweiten Reihe, warf das Strickzeug daraufhin weg, als wäre es das Dämlichste, was ihr je begegnet war, und folgte ihm. Ich kämpfte weiter, das Gesicht qualvoll verzerrt, verlor Maschen, nahm sie wieder auf, strickte zu fest, strickte zu locker, gab mir durchaus Mühe, kam aber nur im Schneckentempo voran. Was als Schal begann, wurde irgendwann zu einem Kannenwärmer, und als Wheeler das Ganze nach einer Woche unentwegter Mühen in Augenschein nahm, erklärte sie, es tauge bestenfalls zum Eierwärmer.

Glücklicherweise konnte ich die Strickerei schon am darauffolgenden Tag aufgeben, da meine beiden größten Probleme mit einem Schlag gelöst wurden. Es kam Post, und Eve stattete uns einen Besuch ab. Sie war mit Freunden in London gewesen, war aber inzwischen nach Highclere Castle zurückgekehrt. Eve fuhr am Steuer ihres eigenen Wagens vor, einem rasanten dunkelgrünen Cabrio mit einem Lederriemen über der Motorhaube. Das sei ein Lagonda 11.9 Coupé, erklärte sie beiläufig, ihr kleiner Lieblingsflitzer. »Röslein, mein allerliebstes Herzchen, wie braun du bist!«, rief sie und beugte sich herab, um Rose einen Kuss zu geben. »Und wer sind diese beiden Wilden?«, fragte sie, als Peter und ich hinausrannten, um sie zu begrüßen.

»Wir sind Piraten«, stellte Peter richtig.

»Aber natürlich seid ihr das«, sagte Eve. »Wie dumm von mir – ich hatte die Enterhaken gar nicht bemerkt.«

Hübsch sieht sie aus, dachte ich, in ihrem fließenden Kleid, mit dem nussbraunen Haar und den haselnussbraunen Augen. Zunächst war ich ihr gegenüber etwas schüchtern, aber das legte sich im Laufe des Vormittags, da sie unentwegt munter drauflosplauderte. Offenbar hatte Wheeler ihr gegenüber eine Andeutung gemacht, denn als sie aufbrechen wollte, nahm sie mich beiseite und ergriff feierlich meine Hand. »Dürfte ich dich wohl um einen riesigen Gefallen bitten, Lucy? In den nächsten Tagen muss ich wohl einen Ladenbummel machen, um ein Geschenk für Rose zu besorgen, und dabei bräuchte ich dringend Hilfe. Ich kann mich immer so schlecht entscheiden und kaufe dann grundsätzlich das Falsche. Das macht mich schier wahnsinnig! Wärst du vielleicht so reizend, mitzukommen und mich zu beraten?«

Ich erklärte mich gern dazu bereit und fragte, ob ich bei der Gelegenheit ebenfalls ein Geschenk für Rose kaufen dürfe. »Daddy hat mir vor seiner Abreise das Taschengeld für diesen Monat gegeben«, sagte ich. »Einen Sixpence die Woche, also habe ich einen ganzen Florin. Denken Sie, das ist genug, Eve?«

»Genug? Das ist überaus großzügig, Lucy! Das wird ein Spaß. Wir machen uns einen richtig schönen Tag zusammen, nicht wahr? Und wir haben uns so viel zu erzählen. Ich möchte alles über Frances und ihre Insel erfahren, und von Cambridge musst du mir auch berichten. Ich werde alles mit Wheeler regeln – nächste Woche vielleicht? Ich werde dich morgens abholen, dann düsen wir mit meinem kleinen Auto nach Alresford, kaufen wie die Verrückten ein und genehmigen uns schließlich ein feudales Mittagessen. Und danach nehme ich dich mit nach Highclere und zeige dir das Schloss und die ägyptische Sammlung. Die anderen können dort zu uns stoßen und mit uns zusammen den Tee einnehmen. Howard Carter wird bis dahin auch eingetroffen sein und sich freuen, euch alle wiederzusehen. Damit hätten wir also unseren heimlichen Plan.«

Stunden später befand ich mich ob dieser Aussichten noch immer in Hochstimmung, als plötzlich der Junge, der uns die Post brachte, mit der zweiten Lieferung des Tages erschien. Er war mit seiner Ledertasche den steilen Hügel herabgekommen, und während Wheeler ihn mit Limonade und Kuchen für den Rückweg stärkte, sortierten Rose, Peter und ich die Sendungen, die er mitgebracht hatte. Auch für mich war etwas dabei, die erste Post, die ich seit meiner Ankunft auf Nuthanger erhielt. Mein Vater hatte eine Karte aus Cambridge geschrieben und informierte mich mit seiner fließenden, gestochenen Handschrift darüber, dass das Wetter wechselhaft sei und Euripides Fortschritte mache. Und dann gab es noch einen Brief – einen dicken Brief – von Nicola Dunsire.

Eingehend inspizierte ich den Umschlag: französische Briefmarken und – ohne jeden Zweifel – ein deutlich erkennbarer französischer Poststempel. Die letzten Schatten, die drohend über mir gehangen hatten, lösten sich in Luft auf. Jetzt, da ich den Brief in der Hand hielt, verspürte ich plötzlich gar keine Lust mehr, seinen Inhalt zu lesen, und ging stattdessen mit Rose und Peter angeln. Erst als ich abends ins Bett ging, schaute er mich wieder an, vorwurfsvoll. Letztlich war es doch nett von Miss Dunsire, mir zu schreiben. Also öffnete ich ihn und las ihn beim flackernden Kerzenlicht.

Beschreibung der Loire und des Schlosses, Adresse besagten Schlosses, die sie mir schlicht zu geben vergessen hatte. Dann Bericht über anstrengende Zugfahrt, Wetter, schöne Gegenden an der Loire. Bücher, die auf der Reise gelesen wurden, die Entdeckung der Welt eines Menschen namens Marcel Proust. Dorothy, die dieses tut, Meta, die jenes sagt, Evadne, die sich um das Essen kümmert, Edith, die sich in Hume vertieft, Clair, die mit dem Fahrrad herumfährt und Landschaften malt. Dreizehn ernsthafte, fleißige, hochgestimmte und, wie es mir vorkam, ziemlich langweilige Blaustrümpfe. Ich gähnte und blätterte zur letzten Seite vor. Offenbar war vollkommen unerwartet der Dichter von unserer Lunch-Party aufgetaucht, dieser Eddie mit dem Bindestrich-Namen, der im Kerzenlicht nicht lesbar war. Man hatte ihn aber schnell wieder weggeschickt. Zum Schluss ein wunderschöner Abend, großartiger Blick aus dem Zimmerfenster. Und morgen dann wieder in die Welt von Monsieur Swann, schrieb sie, und damit endete der Brief.

Gelegentlich ganz amüsant, aber größtenteils vorhersehbar, dachte ich. Unterschrieben war der Brief mit: *Voilà! Ecrivez-moi, ma chère Lucy. Je vous embrasse, Nicola.* Dann gab es noch ein Postskriptum: *Wie geht es deinen Ägyptologen? Hast du mein Kleid schon getragen?*

Am nächsten Morgen probierte ich ihr Kleid an. Das Postskriptum hatte mich wieder daran erinnert, und ich wollte sichergehen, dass es mir an Roses Geburtstag passen würde. Ende Juli hatte es perfekt gesessen, das war vor nur sechs Wochen gewesen, aber seit ich hergekommen war, hatte ich das Gefühl, gewachsen zu sein. Auch mein Körper kam mir plötzlich irgendwie anders vor. Ich machte Wheelers Kochkünste dafür verantwortlich und den gesteigerten Appetit, der davon herrührte, dass ich den ganzen Tag an der frischen Luft war. Die Kuchen und Pies und Kekse, die wir in uns hineinstopften, das Frühstück mit Rührei und Bacon, die Milch, die wir literweise tranken. Ich schloss die Tür ab, zog mein Nachthemd aus und betrachtete mich nackt im Spiegel. Ich war tatsächlich größer geworden, aber meine Beine und Arme waren noch immer dünn. Hüftknochen und Schlüsselbeine stachen hervor, und man konnte meine Rippen zählen. Wheeler war der Meinung, Peter und ich seien zu dünn und ich sei wie ein Knabe gebaut. Da ich gern ein Junge gewesen wäre, fasste ich das als Kompliment auf. Keinerlei Veränderungen, dachte ich erleichtert und zog das Seidenkleid über den Kopf. Die zwanzig winzigen Knöpfe saßen seitlich, die unteren zehn ließen sich problemlos schließen, die oberen nicht.

Was war da passiert? Offenbar hatte ich doch zugenommen, aber nur an einem einzigen Teil meines Körpers. Was stimmte nicht mit meiner Brust? Ich versuchte, ein- und auszuatmen, aber wenn ich sechs weitere Knöpfe schloss, bekam ich kaum noch Luft, und die restlichen vier konnte ich überhaupt nicht zumachen. Weinend lief ich zu Wheeler. »Wie konnte das nur passieren, Wheeler?«, jammerte ich. »In den nächsten beiden Wochen werde ich mich zu Tode hungern. Wird es dann wieder passen?«

Wheeler hätte es mir erklären können. Im Nachhinein ist mir

klar, dass sie wohl darüber nachgedacht, die Möglichkeit dann aber verworfen hat. Vielleicht wusste sie, dass dieses Thema unweigerlich zu anderen biologischen Zwangsläufigkeiten führen würde, was man besser vermied. Ich sah, dass ein Gefühl über ihr Gesicht huschte – eine gewisse Sorge –, um dann wieder ihrem reglosen Osterinsel-Blick zu weichen. »Was machen Sie nur für einen Aufstand wegen einer Lappalie?«, sagte sie. »Sehen Sie diese Abnäher im Mieder? Man kann sie auftrennen, dann passt es wieder wie angegossen. Das ist doch kein Drama!« Sie nahm die nötigen Änderungen vor und brachte mir das Kleid noch am selben Abend auf mein Zimmer. Ich probierte es an, und es passte tadellos.

Nicola Dunsire gegenüber erwähnte ich diese Probleme mit keinem Wort, als ich ihren Brief beantwortete. Ich berichtete, dass ich das Kleid zu Roses Geburtstag anziehen würde, und erzählte auch, wie sehr es von einer Expertin auf diesem Gebiet bewundert worden sei: *Wheeler gefällt es!* Das würde sie bestimmt freuen. Ich schrieb, dass Mr Carter bald eintreffen würde, dass ich Lady Evelyn gesehen hätte und vielleicht nach Highclere Castle fahren würde, dass Peter und ich zwei Forellen gefangen hätten, dass ich einen Sperber gesehen hätte, dass ich meine Hausaufgaben mache und – wie aufgetragen – ein paar Gedichte auswendig gelernt hätte.

Rose und ich hatten uns für *Die Lady von Shalott* von Tennyson entschieden. Wir liebten den Rhythmus, den Reim, die Magie und die Geschichte von den Verhängnissen der Liebe. Die Ballade war ziemlich lang, aber wir kannten sie bereits komplett auswendig und pflegten Teile daraus zu rezitieren, wenn wir die hohen blauen Hügel jenseits des Hofes erklommen. Selbst Peter kannte schon ein paar Zeilen und stimmte an Schlüsselstellen mit ein: »*Webstuhl ließ sie und auch Tuch / Ging drei Schritte durch den Turm / Schaut hinab auf Camelot.*« Den Blick auf die fernen Türme von Highclere Castle gerichtet brüllten wir die Zeilen regelrecht von den Hügeln herab. Und auch diese Stelle gefiel uns: »*Das Tuch flog fort und trieb im Fluss / Und auch der Spiegel ging zu Bruch / ›Nun traf er mich, der Fluch‹ / So rief die Lady von Shalott …*«

Die beste Zeile und der Beweis für Tennysons sublimes Genie war unserer Meinung nach: »*Nun traf er mich, der FLUUUCH*«. Wir schrien es laut heraus oder jammerten es im Klageton, pressten dabei die Hände in die Seiten und wälzten uns auf dem Boden herum. Einmal heulten wir zu dritt so durchdringend, dass sogar Lord Carnarvon drei Meilen weiter auf seinem Schloss uns gehört haben muss.

Damit hatten wir es aber zu weit getrieben, denn Peter, der nichts von Flüchen wusste, begann plötzlich zu zittern. »Was ist das eigentlich, ein Fluch? Tut er einem etwas?«, fragte er ganz leise. »O Lucy – bringt er einen um?«

Wenn Frances da gewesen wäre, hätte sie ihm bestimmt erklärt, dass Flüche etwas furchtbar Schreckliches seien: unentrinnbar, unumkehrbar, ewig. Sechs Monate später – als Carter, Lord Carnarvon und die Geschichten von ägyptischen Flüchen die Titelseiten der Weltpresse beherrschten und mein eigenes Leben sich in unvorhergesehener Weise verändert hatte – wäre mir vielleicht der Verdacht gekommen, dass Frances damit nicht ganz unrecht hatte. Damals dachte ich zwangsläufig über die Natur und den Ursprung von Flüchen nach, und das tue ich heute noch. Doch an jenem Tag wollten Rose und ich einfach nur Peters Alpträumen entgegenwirken und vermeiden, dass er wieder nach seiner Mutter fragen würde. Flugs improvisierten wir eine Erklärung, der zufolge man Flüche nicht fürchten müsse. Sie seien nichts als ein vorübergehendes Leiden, das sich schnell heilen ließe – so wie Windpocken etwa. Und außerdem gebe es sie sowieso nicht, da sie in den Bereich von Märchen und Fiktionen gehörten.

»Ich nehme nicht an, dass Ihr Dichterfreund Eddie unseren poetischen Geschmack gutheißen würde«, schrieb ich an Nicola Dunsire, nachdem ich die Episode geschildert hatte. »Wenn man seine Ansichten über den unsterblichen Alfred Lord Tennyson bedenkt!« Ich gab mir durchaus Mühe, geistreich zu sein, und hielt diese Bemerkung für eine passable Spitze. Miss Dunsire war wohl nicht der Meinung, und auch meine anderen Nachrichten schienen sie nicht zu interessieren, da sie niemals etwas kommentierte oder auf meine Fragen einging. In den nächsten Wochen bekam ich etliche Briefe von ihr, sie trafen mit erstaunlicher Regelmäßigkeit alle drei Tage ein. Sie hielt mich auf dem Laufenden über ihre eigenen Aktivitäten und die ihrer Blaustrumpf-Freundinnen und berichtete auch von ihrer wachsenden Faszination für Monsieur Swann. Was für eine Enttäuschung, als mir irgendwann klar wurde, dass dieser Swann gar kein echter Mann war, wie ich halb gehofft und halb gefürchtet hatte, sondern nur eine Romanfigur. Und nicht ein einziges Mal reagierte Miss Dunsire auf das, was ich ihr in meinen Briefen geschrieben hatte. Warf sie sie etwa ungelesen weg? Vielleicht interessierte sie sich einfach nicht für Rose, Peter, Wheeler und mich. Das unüberhörbare Schweigen auf meine Briefe verletzte mich, was ich irgendwann auch zur Sprache brachte.

»Vielleicht sollte ihr mal irgendjemand gute Manieren beibringen, dieser egozentrischen Person«, empörte sich Wheeler.

# 23

»Darf ich Sie etwas fragen, Eve – was heißt ›SA‹?«, erkundigte ich mich, als wir bei unserem feudalen Mittagessen saßen.

Es war Markttag in dem kleinen Städtchen Alresford, das einem Roman von Jane Austen entsprungen schien. Da wir natürlich nicht in eine öffentliche Gaststätte gehen konnten, hatte Eve Vorkehrungen getroffen und von Highclere Castle ein Picknick mitgebracht. Nun saßen wir am Fluss am Fuße der Stadt und schauten auf die Wasserkresse-Beete, für die sie berühmt war. Wir aßen Sandwiches mit Foie gras, Rebhuhnpastete und Äpfel und tranken dazu kalte Limonade. Eve hatte eine ganze Weile verträumt auf den Fluss geschaut – fast wie Lady Shalott, dachte ich: *Tirra lirra, sang am Fluss / der Ritter Lancelot.* Jetzt kehrte sie wieder in die Gegenwart zurück.

»›SA‹ steht für Sex-Appeal, Lucy«, antwortete sie. Das Großartige an Eve war, dass sie antwortete, wenn man sie etwas fragte. »Das bedeutet, dass jemand auf das andere Geschlecht eine große Anziehungskraft ausübt. Ein Mann kann Sex-Appeal haben und eine Frau auch. Sie müssen nicht einmal schön oder hübsch sein – nicht notwendigerweise zumindest. Es bedeutet einfach, dass sie eine unwiderstehliche, magische Anziehungskraft haben. Die arme Poppy zum Beispiel, die hatte Sex-Appeal.« Ein Schatten huschte über ihr Gesicht. »Ich habe nichts dergleichen, was ich immer bedauert habe. Jetzt denke ich allerdings, dass man ohne Sex-Appeal weniger gefährlich lebt.« Sie packte die Reste des Picknicks in den Korb zurück. »Also, machen wir jetzt einen letzten Versuch, Geschenke aufzutreiben. Wir sind noch nicht wirklich vorangekommen, was? Sollen wir es noch einmal auf dem Markt probieren, bevor wir heimfahren?«

Und das taten wir. Die Geschäfte von Alresford hatten sich allesamt als Enttäuschung erwiesen. Wir wären nur fündig geworden, hätten wir für Rose Eisenwaren, eine Teekanne oder ein Fischbeinkorsett kaufen wollen. Der Markt schien mehr zu bieten. Wir wanderten zwischen den Ständen herum und bewunderten die Schalen voller Eier, den Käse aus eigener Produktion, die Holzspielzeuge, die für manche Bauernhöfe einen Nebenerwerb darstellten, und die handgestrickten Babysachen, die von den Bauersfrauen zu einem spottbilligen Preis verkauft wurden. Ich dachte noch immer über die Natur des Sex-Appeals nach und darüber, dass Miss Dunsire so etwas – Rose zufolge – besaß und Eve – ihr selbst zufolge – nicht. Eve sah sehr hübsch aus in ihrem blassrosa Kleid, lächelte freundlich, wurde von allen erkannt und gegrüßt – Männer nahmen den Hut ab, Frauen machten einen Knicks – und war dabei so bezaubernd, wie man es sich von einer Frau überhaupt nur vorstellen konnte. Die andersartige Anziehungskraft von Mrs d'Erlanger und Miss Dunsire blieb mir ein Rätsel. Würde ich als Frau irgendetwas von Poppy oder Nicola haben? Kaum vorstellbar. Ich würde wohl zwangsläufig in den Genuss von Sicherheit gelangen.

Die Hand um mein Geld geklammert betrachtete ich die Stände. Es schien, als hätte Eve damit recht gehabt, dass mein Florin reichen könnte. Ich hätte dafür ohne Weiteres eine Holzeisenbahn, eine Strickpuppe oder eine gehäkelte Stola bekommen – alles Dinge, in denen tagelange sorgfältige Arbeit steckte, die Rose aber nicht gefallen würden. Wir kamen an Zigeunerfrauen vorbei, die Heidekrautsträußchen verkauften, und an einer Wahrsagerin, die aus der Hand las. Eve eilte schnell an ihr vorüber, und mir fiel Howard Carters Geschichte über Lord Carnarvons spiritistische Sitzungen und Eves panische Angst davor wieder ein. Eve kaufte ein paar Kleinigkeiten – eine rosafarbene Schärpe, ein Strohpüppchen –, aber ich fand nichts. Als wir den Markt schon fast wieder verlassen hatten, erblickte ich plötzlich einen Mann mit zwei großen Körben, in denen sich etwas bewegte. Der eine Korb enthielt Welpen, der andere Katzenjunge. Rose liebte Tiere.

Ich zog Eve beiseite und beriet mich mit ihr: Katze oder Hund, angemessener Preis und so weiter. Eve kannte den Mann, der früher als Grabenbauer auf Carnarvons Gut und als Treiber bei Jagdgesellschaften gearbeitet hatte, bis er irgendwann entlassen worden war. Er galt in der Gegend als Trinker, Wilderer und überhaupt als Tunichtgut. Wir kehrten zu ihm zurück, und Eve erkundigte sich nach dem Preis.

»Kätzchen ein Sixpence das Stück. Welpen dito – da Sie es sind, Lady. Ich muss sie loswerden.« Der Mann stieß einen schweren Seufzer aus. »Sonst steck ich sie in einen Sack, und dann geht's ab ins Wasser.«

»Was für ein Unsinn, Fletcher«, erwiderte Eve kühl. »Wir wissen doch beide, dass Sie die Tiere in zwei Tagen auf dem Markt in Winchester anbieten werden. Wenn Sie sie hier nicht verkaufen, dann werden Sie es dort versuchen. Was denkst du, Lucy?«

Ich fand die Hunde süß und erkundigte mich nach der Rasse.

»Rasse?« Der Mann kratzte sich am Kopf. »Schwer zu sagen, Miss. Meine Hündin ist draußen herumgelaufen, und ich kann wirklich nicht sagen, wer der Vater ist. Terrier ist mit drin, gutes Blut. Die Mama war ein hübscher Rattler, aber was den Papa betrifft …? Fuchshund? Collie? Bulldogge? Dann haben sie auch noch etwas ganz anderes mit dabei, irgendetwas von einem Schoßhund. Französischer Pudel vielleicht? Sie sind ziemlich wollig, nicht wahr?« Er nahm einen Welpen am Nackenfell aus dem Korb und hielt ihn hoch. Das Tier winselte. Es hatte ein schmutziges, verfilztes schwarz-weißes Fell und verschreckte milchig blaue Augen.

»Um Himmels willen, Fletcher«, sagte Eve. »Diese Welpen sind ja gerade erst geboren worden. Sie sind höchstens ein paar Tage alt. Sie sollten noch ein paar Wochen bei ihrer Mutter sein.«

»Ist gestorben.« Er zog eine Grimasse. »Zehn von der Sorte, Mylady, das war einfach zu viel. War ja nicht mehr die Jüngste, die alte Hündin, und als das Letzte tot herauskam – blutbedeckt, nicht größer als Ihr Daumen –, wusste ich, was kommt.«

»Ja, ja. Es reicht jetzt, Fletcher.«

»Was kosten denn die Leinen und die Halsbänder?«, fragte ich. Die bot er nämlich auch feil, und ich hatte auf die roten schon ein Auge geworfen. Rot war Roses Lieblingsfarbe.

»Ah, Sie können ja noch mehr reden, Miss«, sagte Fletcher und strahlte. »Bestes Leder, schöne Messingschnalle – zwei Shilling für das Halsband, einen für die Leine, macht insgesamt drei plus ein Sixpence für einen dieser hübschen kleinen Hunde hier. Aber da ich die Lady von früher kenne, lassen wir es mal mit drei bewenden.«

»Nein, einen Shilling für alles zusammen«, erwiderte ich. Eve hustete.

»Soll es denn ein Männchen oder ein Weibchen sein, Miss? Weibchen sind wertvoller, wissen Sie, aber auch schwerer zu erziehen. Meiner Erfahrung nach.«

»Den da, Mr Fletcher.« Ich zeigte auf den Welpen in seiner Hand. »Wie füttert man ihn?«

»Mit Babyfläschchen und Milch, Miss. Das nuckelt er so weg. Ich sehe schon, Sie verstehen was von Hunden. Ein hübsches Mädchen. Zwei Shilling, Ninepence, einschließlich Halsband und Leine – und das ist ziemlich großzügig.«

»Einen Shilling, Sixpence«, sagte ich und gab mir Mühe, mir meine wachsende Verzweiflung nicht anmerken zu lassen. »Ich habe nur noch zwei Shilling und muss noch das Fläschchen kaufen. Das ist mein letztes Angebot.«

Ich zeigte Fletcher meinen Florin. Mittlerweile wollte ich den Hund unbedingt retten und konnte das, wider die internationalen Regeln des Handelns, kaum noch verhehlen. Doch zu meiner Überraschung und Erleichterung lenkte Fletcher ein. Er zwinkerte, spuckte sich in die Hand, schüttelte die meine und packte den Welpen in eine braune Papiertüte. Von meinem restlichen Sixpence kauften Eve und ich ein Babyfläschchen und einen Sauger und machten uns dann mit ihrem Auto auf den Weg nach Highclere – das Verdeck geöffnet, den Wind im Gesicht. Der kleine Hund lag in meinem Schoß und zitterte.

»Ich kann immer noch nicht fassen, dass du das gerade getan hast,

Lucy«, sagte Eve. »Was für ein Abenteuer, das muss ich Pups erzählen. Fletcher hat zwölf Kinder und lebt in einer widerlich schmutzigen Hütte. Man kommt gar nicht mit dem Zählen mit, wenn man sagen wollte, wie viele Fasane und Kaninchen Pups schon durch ihn verloren hat. Jede Woche steht er wegen Wilderei vor Gericht, und immer erzählt er eine seiner rührseligen Geschichten: ›Wer wollte mir dieses kleine Kaninchen schon verübeln, Euer Ehren, wo meine Kinder doch seit Wochen nichts mehr gegessen haben.‹« Eve, die keine gute Schauspielerin war, versuchte sich an einem klagenden, clownesken Hampshire-Akzent. »Die traurige Wahrheit ist, dass er säuft – und auch dein Geld wird dafür draufgehen. Er ist ein übler Schurke.«

Ich dachte über Eves Befund nach. Rose zufolge erzielte Lord Carnarvon bei seinen Jagden täglich eine Ausbeute von tausend Fasanen. Dasselbe galt für Kaninchen. Ich sagte nichts. Der Welpe winselte.

Als eines der turmbewehrten Tore von Highclere Castle in Sicht kam, beschleunigte Eve auf dem ansteigenden, gewundenen Weg. Eine Meile war die Auffahrt lang, wie Rose mir erzählt hatte, und die Parklandschaft, durch die sie führte, war nach einem Entwurf des Landschaftsarchitekten Capability Brown gestaltet worden. Die großen Zedern, die sich vor uns erhoben, hatte 1790 ein anderer Earl gepflanzt, ein Mann mit botanischen Neigungen.

»Und was noch schlimmer ist«, fuhr Eve fort und schaltete in einen anderen Gang, »Fletcher ist unglaublich stur und verhandelt normalerweise knallhart. Er muss dich gemocht haben, Lucy. Ich hatte schon die schlimmsten Befürchtungen. Er ist ein Halsabschneider, und ich war mir absolut sicher, dass er bei seinen zwei Shilling, Ninepence bleiben würde.«

Als wir das Schloss erreichten, das nun zum ersten Mal in seiner ganzen Pracht und Größe vor mir lag, wurde mir klar, dass ich für ein Problem gesorgt hatte. Mittlerweile war der Hund aufgewacht, hatte auf mein Kleid gepinkelt, sich gekratzt und vor sich hin gezittert und war schließlich wieder eingeschlafen. Sein Kratzen war ansteckend, und so juckte es mich auch schon überall. Eigentlich hätte ich nun mit Peter und Rose Tee trinken und dann Lord Carnarvons ägyptische Schätze bewundern sollen. Als ich aber an der Fassade von Highclere Castle mit seinen Türmchen und den vielen Fenstern hochschaute, wurde mit bewusst, dass der Welpe in diesem Palast nichts verloren hatte – und ich genauso wenig, mit dem nassen Fleck auf meinem Kleid und dem Geruch nach Urin und ungewaschenem Fell. Sobald Eve den Wagen angehalten hatte, war der Gestank nicht mehr zu ignorieren. »O Gott«, entfuhr es ihr.

Wir waren bereits übereingekommen, Rose den Welpen schon heute zu schenken und Halsband und Leine für den Geburtstag aufzubewahren. Aber was sollten wir jetzt mit ihm machen? Eve war der Ansicht, dass man ihn bis zu unserem Aufbruch in die Küchenräume oder Ställe bringen könne. »Streatfield wird sich um ihn kümmern«, sagte sie und zeigte auf einen stattlichen Mann, der soeben die Treppe herunterkam. Knallrot vor Scham sperrte ich mich gegen den Plan. Allein der Gedanke, dass der kleine Hund auf die Uniform von Carnarvons Butler pinkeln könnte, war mir entsetzlich peinlich. Außerdem war das Tier verängstigt, und ich wollte es nicht allein lassen.

Am Ende einigten wir uns darauf, dass man mich mit dem Hund irgendwo im Freien unterbringen würde, während Eve zu Rose und Peter hineingehen und die Angelegenheit regeln würde. »Wenn du darauf bestehst, meine Liebe«, sagte Eve, aber mir wurde bewusst, dass ich ihre guten Manieren auf eine harte Probe stellte. Meine Beharrlichkeit rief eine latente, doch deutlich spürbare Ungeduld in ihr hervor. Eskortiert von einem livrierten Diener, den Streatfield herbeigerufen hatte, wurde ich schließlich zu einem Tisch unter einer Zeder geführt und gefragt, ob ich einen Tee wünsche. Ich bejahte.

»China, Indien oder Ceylon, Madam?«, fragte der Mann.

»Indien, bitte«, entschied ich mich willkürlich und wurde noch röter.

»Milch oder Zitrone, Madam?«
»Milch.«
»Jersey oder Shorthorn, Madam?«

Minuten später erschien ein Dienstmädchen mit einem Silbertablett, auf dem sich der Tee und eine Auswahl an winzigen Sandwiches und Kuchen befanden. Als ich merkte, dass ich das Fläschchen im Wagen vergessen hatte, schüttete ich ein wenig Milch in eine Tasse, steckte den Finger hinein und hielt ihn dem Welpen hin. Seine kleine rosa Zunge war so rau wie Schmirgelpapier, aber er schien die Milch zu mögen und leckte auch noch die Tropfen ab, die in seinen Schnurrhaaren hängen geblieben waren. Schließlich schlief er wieder ein. Das hatte etwas Beruhigendes, ebenso wie die Abwesenheit von Dienstpersonal und irgendwelchen anderen Leuten.

Nachdem ich mich ein wenig entspannt hatte, betrachtete ich das Schloss. Was für ein Ungetüm dieses spätviktorianische Bauwerk doch war, ein gewaltiger Würfel, der von Türmen und Türmchen gekrönt wurde, gediegen und doch verspielt. Es war an der Stelle anderer Gebäude vom dritten Earl of Carnarvon in Auftrag gegeben, aber erst zu Lebzeiten seines Sohnes, des vierten Earls, fertiggestellt worden. Letzterer, der Vater des gegenwärtigen Lord Carnarvon, war ein berühmter Altphilologe und herausragender Staatsmann gewesen, hatte Eve mir erzählt. Als Mitglied dreier Kabinette und Lord Lieutenant of Ireland hatte er Highclere Castle zu einem Vorposten der Konservativen gemacht. Die jeweils amtierenden Politiker hatten sich hier getroffen, um auf die Jagd zu gehen und ihre Komplotte zu schmieden. Der ehemalige Premierminister Disraeli habe denselben Weg genommen wie wir heute, hatte Eve lächelnd gesagt, und sei beim Anblick des Sees, des Diana-Tempels und des Wildparks fast in Ekstase geraten. »Wie malerisch, wie malerisch!«, soll er ausgerufen haben.

Der Architekt von Highclere Castle hat auch die Houses of Parliament in London entworfen – und heute sehe ich auch die Ähnlichkeit. Highclere besaß dieselbe selbstbewusste Ausstrahlung und falsche romantische Anmutung – die architektonische Reminiszenz an die mythische Vergangenheit von Artus und seiner Tafelrunde, als hausten hier Ritter und hielten sich allzeit bereit, um loszureiten und die Mächte der Finsternis zu bekämpfen. Zudem hatte es etwas Gravitätisches und Herrschaftliches an sich, als würden von hier aus Königreiche regiert. Sah es vielleicht aus wie ein Landhaus, wie das Zuhause einer Person, selbst wenn diese so reich war wie Lord Carnarvon? Wohl kaum. Zu viele Türmchen aus längst vergangenen Zeiten. Ich betrachtete die Fahnenstange auf dem Hauptturm. Der Tag war heiß, keine Brise wehte, die Flagge hing schlaff herab.

Im Innern war das Gebäude, wie Rose und Eve mir erzählt hatten, sehr streng eingerichtet und erinnerte eher an Pugins House of Lords oder an einen der Herrenclubs in St. James. Lord Carnarvons Ehefrau Almina hatte offenbar versucht, die Atmosphäre etwas aufzulockern und dem Haus ihren eigenen Stempel aufzudrücken. Mithilfe des Vermögens ihres Vaters Alfred de Rothschild, eines sehr nachgiebigen Mannes – »Schon wieder zehntausend Pfund, Puss-Cat? Aber was hast du denn mit denen von letzter Woche getan?« –, hatte sie sich in Highclere Castle ausgetobt. Almina war in Frankreich aufgewachsen, in Paris zumal, weshalb ihr Geschmack von Louis Quinze und Louis Seize geprägt war. Der Pomp des englischen Architekten Augustus Pugin, all diese Pracht und Herrlichkeit einschließlich der monströsen Wappen waren ihr ein Graus, und so hatte sie eine weibliche Note einzubringen versucht: elegante Möbel von Hepplewhite und Boulle, Tapisserien aus Aubusson, Teppiche aus der Savonnerie Manufactory, geblümtes Meißener Porzellan. Ein juwelenbesetzter Flakon, den Almina in ihrem Boudoir aufbewahrte, enthielt angeblich fünf kostbare Blutstropfen, die bei der Exekution von Marie Antoinette geflossen waren. »Aber es ist hoffnungslos«, hatte Eve geseufzt. »Das Haus ist einfach stärker. Da könnte man auch eine Rose an den Hängen des Mount Everest pflanzen.«

Im Moment betrachtete ich die Ostseite des gewaltigen Hauses –

und sah zu meinem Unmut, dass ein paar Gestalten zur Tür heraustraten. Ich kniff die Augen zusammen und hoffte, dass es keine Fremden waren. Eve hatte beiläufig erwähnt, dass zurzeit nur etwa zwanzig Leute auf Highclere zu Gast waren. Einer der Gäste war Howard Carter, aber es war nicht sein willkommener Anblick, der sich mir bot. Ein dünner junger Mann in Kniehose und mit einer Golftasche unter dem Arm kam über den Rasen auf mich zu und blieb an meinem Teetisch stehen.

»Sie haben nicht zufällig Biffy gesehen?«, erkundigte er sich, schaute aber dabei in den Himmel hinter mir.

Ich erklärte ihm, dass ich überhaupt niemanden gesehen habe, was ihn wütend zu machen schien.

»Nun, aber wirklich! Ich hatte vier Uhr gesagt, wir hatten uns auf vier Uhr geeinigt, und dann bleibt es auch bei vier. Typisch! Falls Sie ihn sehen, wären Sie dann bitte so freundlich, ihm auszurichten, dass ich über alle Berge bin?« Er runzelte die Stirn. »Das kann er sich hinter die Ohren schreiben«, fügte er hinzu und marschierte davon.

Kurz darauf vermeinte ich in der Ferne Howard Carter zu sehen – eine vertraute massige Gestalt, die aus dem Haus kam, sich im Park umschaute, als würde sie jemanden suchen, dann aber zielstrebig zu den Ställen ging. Wenig später kam ein kleiner Mann mit krummen Beinen über den Rasen auf mich zu. Er blieb stehen und nahm mich und den Welpen mit scharfen stahlblauen Augen ins Visier.

»Dann lass uns das Tierchen doch mal anschauen«, sagte er und ging neben meinem Stuhl in die Hocke. Er hatte sehr kleine Hände und wusste genau, wie er mit dem Welpen umzugehen hatte. Sobald er ihn berührte, hörte das Tier auf zu zittern. Er strich ihm über Rücken und Schnauze und hob dann seinen Kopf an, um ihn mit einem merkwürdigen Blick zu betrachten. »Schauen Sie ihm nie in die Augen«, sagte er. »Hunde mögen das nicht, zumindest nicht, wenn man sich erst kennenlernt. Und seien Sie geduldig. Wenn ein Tier bereit ist, Ihnen in die Augen zu schauen, lässt es Sie das wissen.«

Der Welpe schüttelte sich leicht und leckte dann seine Hand. Der Mann lächelte, stieß einen gurrenden Laut aus und kraulte das Tier hinterm Ohr. »Jack Russell ist ganz sicher mit dabei«, sagte er. »Und Lurcher. Sie wird also schnell sein, ein richtiger kleiner Jagdhund. Geben Sie ihr ein paar Monate, dann wird sie schneller sein als so manches Pferd.«

»Und Bulldogge ist nicht drin, denken Sie? Oder Bobtail? Mr Fletcher, der mir den Hund verkauft hat, hat sogar Pudel für möglich gehalten.«

»Hat er das? Hören Sie nicht auf einen solchen Unsinn, Miss. Allerdings ist es in jedem Fall eine wilde Mischung. Und in einem Zustand ist die Kleine. Schauen Sie sich nur mal das Fell an, das arme Ding. Sie braucht einen guten Pfleger und ein Bad – und unbedingt etwas zu essen.« Er stand auf, holte den Krug, schüttete ein bisschen Milch in seine Hand und hielt sie dem Hund hin. »Das ist Milch vom Jersey-Rind, mein kleiner Schatz«, murmelte er. »Die enthält viel gutes Fett.«

Der Welpe leckte sie ungeschickt auf und spritzte dabei die meiste Milch auf den Ärmel des schicken braunen Anzugs, den der Mann trug. Doch den schien das nicht weiter zu stören. Nach einer Weile stand er auf und verkündete, wir bräuchten ein Fläschchen und er werde sich darum kümmern. »Zu jung, um von der Mutter getrennt zu werden«, befand er, als er den kleinen Hund noch einmal streichelte, und machte sich dann eiligst in Richtung Haus auf. Der Welpe schlief sofort wieder ein.

Danach blieb ich eine Weile allein. Ich fragte mich schon, ob mein nächster Besucher in diesem Wunderland ein weißes Kaninchen sein würde, das auf seine Taschenuhr schaut, oder eine verrückte Königin, die immer schreit: »*Ab mit dem Kopf!*« Aber es waren nur zwei anmutige Gestalten, die über den Rasen schritten und an meinem Teetisch stehen blieben. »Eve hat gesagt, wir würden Sie hier finden«, sagte eine der beiden, eine Frau mit scharfen Gesichtszügen. Das dichte schwarze Haar hatte sie zu einem kobraartigen Knoten zusammengerollt. »Hallo, Schätzchen. Ich bin Dorothy Dennistoun, und dies hier ist Lady Cunliffe-Owen. Oh, schau doch mal, Helen!«, rief sie aus. »Das muss der berühmte Welpe sein. Ist er nicht entzückend? Was für ein kleiner Schlingel.«

Die beiden Frauen beugten sich über meinen Schoß, gurrten zuerst, rümpften im nächsten Moment aber die Nase und zogen sich schnell wieder zurück, um am anderen Ende des Tisches Platz zu nehmen. Ich murmelte eine Entschuldigung und ging mit dem Welpen ein paar Schritte über den Rasen, bis ich außer Sichtweite war. Da ich dachte, dass der Hund, der wieder erwacht war, vielleicht ein wenig laufen wollte, setzte ich ihn behutsam ins Gras und ließ ihn los. Er stolperte ein paar Schritte, strauchelte dann, fiel und winselte. Der viele Raum um ihn herum schien ihm Angst zu machen. Er schaute sich um und begann wieder, heftig zu zittern.

Ich war mir nicht sicher, was ich tun sollte, hatte aber das Gefühl, dass ich mich nicht allzu weit entfernen sollte, falls Eve nach mir suchte. Also nahm ich den kleinen Hund wieder hoch und kehrte in die Nähe des Tisches zurück, wo ich mich in sicherem Abstand zu den beiden Frauen ins Gras hockte. Man hatte ihnen Tee gebracht, den sie tranken, während sie in ein Gespräch vertieft schienen. In der Ferne erblickte ich erneut Carter, der noch immer nach etwas zu suchen schien. Er ließ den Blick über die Rasenflächen schweifen, schaute auch zum Teetisch herüber, verschwand dann aber zu meiner Enttäuschung in die andere Richtung.

Am Vortag hatte ich einen Brief von Frances erhalten, den mir mein Vater aus Cambridge nachgesandt hatte. Darin hatte sie berichtet, dass es aufregende Neuigkeiten über Carters Suche im Tal der Könige gebe, sodass ich stark gehofft hatte, ihm heute zu begegnen oder mitzuerleben, wie er oder Carnarvon oder beide zusammen die jüngsten Entwicklungen diskutierten. Doch offenbar musste ich mich in Geduld üben. Ich lehnte mich an den Stamm der Zeder und streichelte den Welpen, bis er sich wieder beruhigt hatte. Fetzen vom Gespräch der beiden Frauen drangen durch die stille Nachmittagsluft zu mir herüber.

Ich schenkte ihnen wenig Beachtung, bis ich plötzlich hörte, dass die Frau, die mir als Helen Cunliffe-Owen vorgestellt worden war, Carters Namen erwähnte. Nur kurze Zeit später wurde mir klar, dass die beiden über die berühmte spiritistische Sitzung in Highclere sprachen, von der Carter uns in Ägypten erzählt hatte.

»Und dann, Dorothy, Schätzchen«, sagte sie, »hat Howard Carter es schließlich zugegeben: Er hatte die Sprache im selben Moment erkannt, als die Stimme durch mich zu sprechen begonnen hatte. Es war Koptisch! Stell dir das mal vor! Eine tote Sprache, die seit tausend Jahren niemand mehr gesprochen hat.«

»Helen, meine Liebe, das ist ja absolut haarsträubend! Hat die Stimme denn eine Warnung ausgesprochen, was meinst du?«

»Carter hat nichts mehr dazu gesagt, er machte einfach dicht. Aber Warnungen hat es tatsächlich schon gegeben.« Sie senkte die Stimme, als sie erzählte, dass Carnarvon in London eine Wahrsagerin aufgesucht habe. »Das war im Juli, Dorothy! Die große Velma hat seine Hand genommen und gesagt: ›Lord Carnarvon, wenn Ihnen Ihr Leben lieb ist, dürfen Sie niemals wieder nach Ägypten zurückkehren, was auch immer für Verlockungen dort auf Sie warten mögen.‹«

Das hatte ich deutlich verstanden – genauso wie die Antwort ihrer Freundin.

»Nun, er wird nicht zurückkehren, so viel ist sicher«, sagte die Frau namens Dorothy Dennistoun. »Almina vertraut mir – wir stehen uns sehr nahe, Schätzchen. Daher kann ich dir versichern, dass sie die Notbremse gezogen hat. Sie hat die Nase voll von Ägypten. Es ist schließlich ihr Geld, von dem dieses kleine Hobby bezahlt wird, und billig ist es ja nicht gerade. Es gibt also einen klaren Beschluss: Das Tal der Könige ist Vergangenheit. Keine Ausgrabungen mehr, Ende, aus. Zumal – ganz unter uns, meine Liebe …«

»Aber, Dorothy, wir sollen doch nicht tratschen.«

Der Tadel veranlasste Mrs Dennistoun, die Stimme noch einmal zu senken, sodass ich, obwohl ich mittlerweile ungeniert lauschte, nur ein paar Brocken aufschnappen konnte. »Selbst Alminas Vermögen ist nicht unerschöpflich … Millionen von dem, was Rothschild Almina hinterlassen hat, sind schon futsch – innerhalb von nur vier Jahren ... Sohn und Erbe heiratet eine Braut ohne einen Shilling ... Carnarvons Gesundheitszustand ... Wenn es zum Schlimmsten kommt ... Erbschaftssteuern ... diese ganzen verdammten Abgaben ...«

»Almina wird langsam panisch«, schloss Mrs Dennistoun dramatisch. »Sie behauptet, die Erbschaftssteuern könnten sie vernichten. Der reinste Horror! Stell dir nur vor, Helen, wenn das alles verkauft werden müsste.« Mit einer schwungvollen Geste zeigte sie auf Schloss, Park, Zedern und das sanft gewellte Ackerland.

»Ich bin mir sicher, dass es nicht dazu kommen wird, Dorothy.« Lady Cunliffe-Owen stand auf, als hätte sie es eilig, das Getratsche ihrer Freundin zu beenden. »Sollen wir ins Haus zurückkehren, oder wollen wir beim Krocket zuschauen?« Dann fügte sie mit einem bedauernden Kopfschütteln hinzu: »Also größere Einsparungen und kein Ägypten mehr? Das klingt traurig. Carnarvon liebt das Land so sehr, und was wird er dann mit Howard Carter machen?«

»Ihm den Laufpass geben.« Dorothy erhob sich ebenfalls. »Innerlich hat er sich schon darauf eingestellt, es noch heute Abend hinter sich zu bringen. Nach dem Dinner, sagt Almina. Ein Gespräch von Mann zu Mann. Da darf man wohl einen Tobsuchtsanfall erwarten. Carter wird sich bestimmt nicht kampflos abservieren lassen.«

»Nein, in der Tat nicht.« Die beiden lachten, hakten sich unter und zogen gemeinsam von dannen.

Ich starrte ihnen hinterher und fragte mich, ob ich mich verhört hatte. Konnte es sein, dass die Expeditionen ins Tal vorbei waren, dass sich Carnarvon aus Ägypten zurückzog, dass Howard Carter sein Lebenswerk aufgeben musste?

Aber das war doch kaum vorstellbar. Und das entsprach auch ganz und gar nicht dem, was Frances mir in ihrem Brief mitgeteilt hatte. Sie hatte behauptet, Carter sei wilder entschlossen denn je – und zwar aus gutem Grund. Bevor die Familie nach Maine aufgebrochen sei, hatte sie geschrieben, sei ihr Vater in New York gewesen und habe im Metropolitan Museum seine Forschungen auf den neuesten Stand gebracht. Außerdem habe er sich – möglicherweise auf Carters Geheiß, aber diesbezüglich hatte sich Frances nicht klar ausgedrückt – ein paar Artefakte noch einmal angeschaut, die man vor Jahren in einer Grube im Tal der Könige entdeckt hatte. Die Funde stammten noch aus der Zeit, als Theodore Davis dort gegraben hatte, und umfassten große Tongefäße, wie sie zum Einbalsamieren benutzt worden waren, grobes Leinen und Papyruskränze. Als man auf sie gestoßen war, hatte Davis, ein unersättlicher Schatzjäger, sie wütend als wertlos bezeichnet und verworfen. Er hatte sie Herbert Winlock überlassen und sie auf diese Weise entsorgt. Vor vierzehn Jahren war das gewesen. Seither hatte die Sammlung im Archiv des Met geschlummert. Viele Krüge waren nicht einmal geöffnet worden.

Als er sie nun in Augenschein nahm, hätte Winlock erkannt, dass es sich um rituelle Gegenstände für ein Begräbnis handelte, um Natron, Gefäße zum Einbalsamieren, schlammverkrustete Hieroglyphen-Kartuschen und Leinenbinden, und dass die Inschriften der beiden Letzteren noch erkennbar waren. Ein unerwartetes Triumphgefühl hätte Winlock gepackt, als er den Namen eines wenig bekannten Königs entdeckte: Tutanchamun. Plötzlich sei alles anders gewesen.

*Man hat sie im Tal gefunden*, schrieb Frances hellauf begeistert. *Und wenn die Begräbnisutensilien dort vergraben waren, kann das nur bedeuten, dass auch Tutanchamun dort begraben liegt – das ist praktisch sicher. Sein Grab wurde aber nie gefunden. Daddy hat Mr Carter schon geschrieben, um ihm das alles mitzuteilen. Das könnte also bedeuten, dass Mr Carter recht hat und das Tal tatsächlich noch nicht vollständig erforscht ist. Natürlich sagen die Funde nichts darüber, wo Tutanchamuns Grab liegen könnte, obwohl es wahrscheinlich ist, dass es sich irgendwo in der Nähe der Grube befindet – und natürlich könnte es auch längst ausgeraubt sein. Trotzdem muss die Entdeckung Mr Carter neue Hoffnung verleihen. Das alles ist übrigens streng geheim! Erzähl niemandem etwas davon.*

Ich dachte über die Neuigkeiten nach. Die Tratschtante Mrs Dennistoun musste einfach falschliegen. Angesichts dieses Durchbruchs war es undenkbar, dass Lord Carnarvon jetzt die Suche aufgeben würde. Carter würde ganz bestimmt schnurstracks ins Tal geschickt werden. Ich schloss die Augen. Selbst im Schatten der Zeder war es noch zu heiß, und der Welpe hatte wieder auf mein Kleid gepinkelt. Man schien ihn vergessen zu haben – und mich gleich mit. Ich spürte, wie meine Gedanken abschweiften. Highclere Castle und das Tal verschwammen in meinem Geist, und die Hitze der englischen Landschaft wurde zur Hitze der Wüste. Aus den Tiefen des Tals der Könige rief eine Stimme beharrlich nach mir: *Lulu, Lulu, Lulu!* Als ich die Augen aufschlug, stand Peter vor mir und hüpfte vor Begeisterung auf und ab. Er hielt die Hand eines sehr großen, sehr attraktiven jungen Mannes. Er sieht aus wie Lancelot, musste ich denken, als ich ihn anstarrte.

»Das ist Mr Bee ... Mr Bow ... Wir wollten den Welpen sehen«, sagte Peter.

»Wir sind gekommen, um uns um dieses Teufelsvieh zu kümmern«, korrigierte ihn der Mann. »Du musst Lucy sein, und ich bin Brograve Beauchamp – zum ersten Mal in Highclere und nun zum Glück doch noch zu etwas nütze. Du, Lucy, wirst jetzt diese Schürze anziehen, Eve hält das für ratsam. Dann verschwindest du und bewunderst Lord Carnarvons ägyptische Schätze. Derweil kümmern Peter und ich uns um dieses reizende Tierchen. Wir haben ein Fläschchen, wir haben Milch, und wir haben ein paar Handtücher, die wir, so fürchte ich, auch brauchen werden.« Er beugte sich zum Welpen hinab, zog eine Grimasse und strich ihm über den Kopf. Dann teilte er das Fell und zupfte mit Daumen und Zeigefinger etwas heraus. »Los, ab mit dir«, sagte er. »Eve wartet schon auf dich. Ich wünschte, ich könnte sagen, sie wartet auf mich, aber so ist das Leben nun mal – ein grausamer Schlag folgt nach dem anderen.«

Ich zog die weiße Schürze an. Sie verdeckte zwar die Flecken, konnte aber nichts gegen den stechenden Geruch ausrichten, der mir anhaftete. Schnell lief ich zum Haus. Das war meine Chance! Eve musste die Pläne ihres Vaters kennen. Sollte für heute dieses fatale Gespräch zwischen Carnarvon und Carter anvisiert sein, würde sie es mir bestimmt erzählen. Eve wartete bereits am Haus auf mich, nahm meine Hand und zog mich erst in die riesige, kalte Eingangshalle, in der jedes Geräusch ein Echo warf, und dann in einen weiteren, doppelt so hohen Saal dahinter – der reinste Artus-Saal voller Statuen, Gemälde und Wappen.

»Ich hoffe, man hat sich um dich gekümmert, Lucy«, sagte Eve, während sie mich durch tausend Flure und Zimmer führte, bis ich die Orientierung verloren hatte. »Hier herrscht heute das reinste Chaos. Howard ist auf dem Kriegspfad, und Pups geht ihm aus dem Weg. Er ist erschöpft und hat sich vermutlich hingelegt. Oder er macht einen Spaziergang. Egal, ich bin jedenfalls beauftragt, dir die Sammlung zu zeigen. Hier entlang, mein Schatz, komm.«

Wieder liefen wir durch einen Flur. Vermutlich befanden wir uns nun bereits in einem abgelegenen Teil des Hauses. Um uns herum herrschte Grabesstille, und man hörte nichts als Eves Geplapper. »Du hast also schon Mr Donoghue getroffen, wie ich hörte«, fuhr sie fort. »Ist er nicht einfach wunderbar?«

»Ich habe insgesamt drei Männer getroffen. Der erste hatte eine Golftasche dabei und suchte jemanden namens Biffy.«

»Tatsächlich? Keine Ahnung, wer das gewesen sein könnte.«

»Dann habe ich Mr Beauchamp kennengelernt, der mir die Schürze gebracht hat. Und davor kam auch noch ein ziemlich kleiner Mann vorbei. Er war nicht einmal so groß wie ich, aber furchtbar nett. Er sagte, in unserem Welpen stecke ein Lurcher.«

»Das war hundertprozentig Mr Donoghue – Steve Donoghue. Den musst du doch kennen, Lucy? Er ist einer der berühmtesten Männer Europas!« Sie schaute in mein ratloses Gesicht und lachte. »Er ist Jockey, Lucy, der beste der Welt. Letztes Jahr hat er das Derby gewonnen und dieses Jahr auch. Er kann jedes Tier reiten und ist berühmt für seine magischen Hände. Pups verehrt ihn, sie sind enge Freunde. Du musst doch schon von ihm gehört haben! Nein? Gütiger Gott, worüber redet ihr eigentlich in Cambridge?«

Während sie das sagte, öffnete sie eine Tür, und wir betraten einen großen, schwach beleuchteten Raum. Früher der Rauchersalon, heute nun die Antikenkammer, erklärte Eve. An den Wänden standen dunkle Glaskästen mit Mahagonirahmen. Ich ging von Vitrine zu Vitrine. Hinter dem spiegelnden Glas sah ich Schmuck, der mit Emaille-Arbeiten verziert war, eine Statuette von einem ägyptischen König, Vasen aus irisierendem Glas, Alabasterschalen und viele Hundert andere Objekte, alle äußerst kostbar. Doch irgendwie wirkten sie fehl am Platz. Ich hatte das Gefühl, dass der stille Raum ihnen sämtliche Energie entzog. Wie viele Besucher mochte dieses private Museum wohl haben? Wie oft wurden diese Objekte wohl angeschaut? Howard Carter würde während seines Aufenthalts in Highclere an der Katalogisierung arbeiten, das wusste ich, also würden sich zu den vorhandenen Exponaten wahrscheinlich noch ein paar Neuerwerbungen gesellen. Ich betrachtete den goldenen ägyptischen König, der ins Jenseits schritt und den Blick starr auf die Glastüren einer englischen Vitrine gerichtet hielt.

Eve war ans Fenster getreten und schaute in den Park hinab. Ich brannte darauf, sie nach dem Gespräch zu fragen, das für heute Abend geplant war – von Mann zu Mann –, aber ich wusste nicht, wie ich das Thema anschneiden sollte. Gleichzeitig musste ich immer darüber nachdenken, wie es dem Welpen ging und ob er wohl etwas zu sich genommen hatte. »Ich hoffe, Mr Beauchamp und Peter kommen zurecht«, sagte ich schließlich.

»Mach dir deshalb mal keine Sorgen«, sagte Eve. »Ich kann von hier aus sehen, dass sie sogar bestens zurechtkommen.« Sie wandte sich vom Fenster ab. »Brograve hat aber auch ein Händchen für alles. Er ist ein derart netter Mann, Lucy, und er tanzt einfach göttlich. Bei der Wahl kandidiert er für die Nationalliberalen, was meine Mutter auf die Palme treibt, in Lowestoft, dem Wahlkreis seines Vaters. Das dürfte also eine sichere Bank sein. Insgeheim hoffen wir aber natürlich, dass die Konservativen gewinnen.« Sie schaute auf die Uhr und wandte sich mir zu. »Du bist so schweigsam, meine Liebe. Sieh mal, ist der hier nicht wunderschön? Das ist ein Herzskarabäus – man hat ihn auf das Herz des Königs gelegt, damit es während der Herzwägungszeremonie nicht seine Missetaten preisgibt.«

Ich betrachtete den Skarabäus, der so groß war wie ein Teller. Anscheinend sollte er ein besonders aufmüpfiges Herz in Schach halten, dachte ich. Eve schaute in Carters Katalog, um die ausgestellten Objekte zu identifizieren. Ich erinnere mich, dass ich ihr über die Schulter schaute und die Seiten mit den peniblen Zeichnungen, den ausführlichen Kommentaren und den Codes für die bezahlten Preise sah. Und ich erinnere mich auch, dass irgendwann Carter selbst in den Raum platzte. Er trug einen grellen Tweedanzug, aus dessen Brusttasche ein knallrotes Taschentuch herausschaute.

»Ah, Eve.« Er blieb stehen und schaute mich an, ließ sich aber nicht anmerken, ob er mich erkannte. »Ich suche deinen Vater«, sagte er. »Ich war schon überall, kann ihn aber nicht finden.«

»Ich habe auch keine Ahnung, wo Pups steckt – vermutlich ist er mit seinen Ländereien beschäftigt, Howard. Er hat entsetzlich viel zu tun. Vielleicht hat er sich mit Rutherford zurückgezogen. Oder mit Maber. Dann sollte man ihn besser nicht stören.« Eve lächelte, und auf ihren Wangen erschienen zwei Grübchen. »Erinnerst du dich an Lucy? Aus Ägypten?«

»Natürlich.« Er schüttelte meine Hand, und mir war klar, dass er nicht die leiseste Ahnung hatte, wer ich war. Ich war einfach aus seinem Gedächtnis gelöscht: das Mittagessen im Grab, die gebutterten Toastscheiben am Kamin in seiner Burg, sein Lob für meine Beobachtungsgabe – alles weg.

»Die Freundin von Frances Winlock«, half Eve ihm auf die Sprünge.

Carters Augen blieben kalt, aber plötzlich lächelte er. »Ah, Frances. Kluges Mädchen, sehr schnelle Auffassungsgabe. Jetzt muss ich aber weiter. Rutherford, hast du gesagt? Dann geh ich wohl mal zur Gutsverwaltung.«

Bevor Eve noch etwas erwidern konnte, war er schon zur Tür hinaus. Sie verdrehte die Augen zur Decke. »O Gott, was hab ich da nur angerichtet? Wenn Howard meinen Vater aufspürt, wird der fuchsteufelswild. Seit drei Tagen jagt Carter ihm nun schon hinterher, und der Mann bleibt ja zwei Wochen. Wenn er sich die ganze Zeit so aufführt, treibt er uns noch alle in den Wahnsinn. Er scheint einfach nicht einsehen zu wollen, dass es Pups nicht gut geht, Lucy. Schon den ganzen Sommer über wirkte er ziemlich elend – Erkältungen, Probleme mit den Bronchien –, das alles ist sehr beschwerlich für ihn.«

»Wird Ihr Vater denn nach Ägypten zurückkehren?«, fragte ich, da ich meine Chance witterte.

»Das glaube ich kaum, meine liebe Lucy.« Sie zögerte und schaute stirnrunzelnd zu den Vitrinen hinüber. »Die Ärzte sagen Nein, meine Mutter sagt Nein, und auch Pups hat wohl einfach genug davon, in vielerlei Hinsicht. Er hat darüber nachgedacht, hat Vorteile und Nachteile abgewogen und ist schließlich zu einer Entscheidung gelangt: Es ist an der Zeit, Schluss zu machen – Schluss mit den Ausgrabungen, Schluss mit dem Tal der Könige. Ich finde, das wäre eine echte Erleichterung für ihn, Lucy, aber er muss es Howard noch beibringen. Armer Pups! Heute Abend nach dem Dinner will er es ihm sagen. Natürlich wird er standhaft bleiben, aber es graut ihm davor. Gerade jetzt aufzugeben, wo Howard doch denkt, er sei auf der richtigen Fährte. Allerdings denkt er das schon seit Jahren und lag damit immer falsch. Das kann man doch auch nicht ewig ignorieren, oder? Pups erwartet Ergebnisse.« Ein gereizter, fast empörter Tonfall hatte sich in ihre Stimme geschlichen. »Howards Stellung, nun, er ist eben Pups' Angestellter, daher ist er eigentlich in einer ähnlichen Situation wie jemand wie Maber zum Beispiel, unser Oberaufseher – merkwürdigerweise stammt der auch aus Norfolk, genau wie Howard. Zu Beginn der Saison weiß Maber genau, welche Tasche Pups bei jeder einzelnen Ausfahrt benötigt, und sorgt dafür, dass sie bereitsteht. Wenn nicht, verliert er seinen Job, und zwar ziemlich schnell. Natürlich wissen wir alle, dass sich Howards Position ein wenig anders darstellt – er ist schließlich ein Freund, ein lieber Freund –, und dennoch …« Ihr Ton wurde härter. »Menschen sollten Freundschaften nie ausnutzen, so ist es doch, Lucy, oder? Manchmal bin ich wirklich sauer auf Howard. Er soll Pups nicht belästigen, das habe ich ihm klar und deutlich gesagt.« Sie schaute auf die Uhr. »Meine Liebe, ich muss auf deine Nachsicht zählen. Lass uns Rose suchen – sie ist vermutlich bei meiner Mutter –, und dann spute ich mich lieber, um Papa aufzutreiben und ihn zu warnen.«

Sie schenkte mir ein sanftes Lächeln, die Grübchen traten wieder hervor, und plötzlich wurde mir klar – wie begriffsstutzig ich doch war –, dass ich hier nur im Weg herumstand. Für heute hatte ich genug Umstände gemacht. Auch ich lief Gefahr, Eves Freundschaft auszunutzen.

Lord Carnarvon traf ich zum Glück nicht, als ich das Haus verließ, und wenn ich an die Schürze, den Zustand meines Kleides und den Hundegeruch dachte, konnte ich nur hoffen, auch seiner Frau nicht zu begegnen. Fast hätte sich die Hoffnung sogar erfüllt, aber dann lief ich Almina Carnarvon doch noch über den Weg. Sie stand mit Dorothy Dennistoun auf der Vortreppe und wartete darauf, dass ein Wagen vorfuhr. Beide Frauen trugen lange Staubmäntel, große Hüte und Schleier gegen den Fahrtwind.

»Meine Liebe! Eve hat mir alles erzählt!«, begrüßte mich Lady Carnarvon. Der Hundegeruch schien sie nicht besonders zu beeindrucken, vielleicht fehlte ihr aber auch einfach nur der Geruchssinn. »Ein unglaublich niedlicher Welpe«, sagte Dorothy. »Ich liebe Hunde! Ich habe selbst drei – oder sind es mittlerweile fünf? Eine so umwerfende Idee. Ich habe Rose gesagt, dass sie mich sofort anrufen soll, wenn sie nur das geringste Problem mit ihm hat. Dann schicke ich sofort jemanden vorbei, um es zu beheben. Ich bin ja so froh, dich hier zu haben, Laura. Du musst unbedingt wieder vorbeikommen. Ah, da ist ja der Wagen, endlich. Auf Wiedersehen, meine Liebe.«

Weder korrigierte ich meinen Namen, noch setzte ich sie davon in Kenntnis, dass es in Nuthanger kein Telefon gab. Ich wollte mit niemandem sprechen und niemandem meinen Anblick zumuten, und außerdem hätte es für Erwiderungen sowieso keine Zeit mehr gegeben. Die winzige Lady Carnarvon – ein Meter fünfzig geballte Energie, Höckernase und ein Sammelsurium von Falten, Schals und milchig glänzenden Perlen in der Größe von Zaunkönigeiern – war den einen Moment noch da und im nächsten bereits davongerauscht. Fünf Minuten später trat Wheeler aus dem Dienstboteneingang, und ein weiterer Wagen erschien, ein französischer Panhard, auf der Rückbank Rose, Peter und der Welpe. Endlich konnten wir fahren.

Der kleine Hund war straff in ein Handtuch gewickelt worden und ähnelte den mumifizierten Babys, die ich im Ägyptischen Museum in Kairo gesehen hatte. »Das ist das schönste Geschenk aller Zeiten, Lucy!« Rose wiegte den Hund und kratzte sich dann. »Ich werde sie Bluebell nennen. Glockenblume. Mr Beauchamp sagt, sie habe eine ganze Flasche Milch getrunken.«

»Und noch eine halbe hinterher«, sagte Peter, der sich ebenfalls kratzte.

»Hat Mr Beauchamp auch etwas von Flöhen gesagt?« Wheeler schnüffelte. »Packt das dreckige Ding bloß nicht aus. Der Wagen wird desinfiziert werden müssen. Ihr werdet alle desinfiziert werden müssen. Niemand darf ins Haus, bis wir das Problem nicht behoben haben.«

»Wo warst du eigentlich, Lucy?«, erkundigte sich Rose. »Du hast den ganzen Spaß verpasst. Wir haben mit Lady Carnarvon Tee getrunken, und danach hat sie uns das Blut von Marie Antoinette gezeigt. Es ist hellrot, als wäre es erst gestern aus ihrem frisch abgehackten Kopf gesprudelt. Dann hat Lord Carnarvon Peter seine Autos gezeigt, dreiundzwanzig Stück insgesamt. Der Bugatti kann über hundert fahren. Und anschließend hat er uns seinen Radioempfänger vorgeführt! So etwas hatte ich vorher noch nie gesehen. Er ist riesengroß und hat eine Antenne, die wie ein Kruzifix aussieht. Wir durften sogar an den Knöpfen drehen und zuhören.«

»Ein Mann hat darin gesprochen, Lucy«, sagte Peter und schob seine Hand in die meine. »Ein Mann, den man nicht sehen konnte. Ein Geistermann.«

»Und dann sind wir raus und haben uns ganz lange mit Mr Carter unterhalten. Ich habe ihm die Geschichte erzählt, wie Wheeler und ich meinen Vater überlistet haben. In allen Einzelheiten, mit halbem Gehalt und so. Er war mächtig beeindruckt, oder, Peter?«

»Wirklich ziemlich beeindruckt. Er sagte, wir seien gerissene kleine Bettler.«

»Und dann gab er uns eine Goldmünze, die wir uns teilen sollen«, verkündete Rose triumphierend.

»Was ist ein Bettler eigentlich, Wheeler?«, fragte Peter.

»Nichts, worüber du dir den Kopf zerbrechen müsstest«, sagte Wheeler bestimmt.

Wir hatten die Zufahrt zur Hälfte hinter uns gebracht, als ich aus dem Fenster schaute. In der Ferne sah ich eine vertraute Gestalt über den Rasen schreiten und sich von einem der nutzlosen Prunkbauten von Highclere entfernen. Howard Carter ging schnell, einen gebeugten Mann an seiner Seite, der humpelte und nur mühsam mit ihm mithielt. Er trug einen Tennyson-Hut und stützte sich auf einen Stock. Carter gestikulierte und sprach mit großer Emphase. Er hat Carnarvon also tatsächlich aufgespürt, dachte ich. Möglicherweise wusste er noch nichts von seinem Schicksal, aber für den Moment hatte er seine Beute gefunden.

## 24

Noch in derselben Nacht schrieb ich an Frances, um ihr von den Erlebnissen in Highclere zu berichten. Das Gespräch von Mann zu Mann fand womöglich genau in diesem Moment statt. Um Nuthanger herum war es schon finster, während man in Highclere vielleicht soeben erst das Dinner beendet hatte. Ich stellte mir vor, wie sich die Frauen zurückzogen und unter den männlichen Gästen der Portwein herumgereicht wurde, während Carnarvon seinen Freund beiseitenahm. Welchen der unendlich vielen Räume in Highclere hatte er für das Gespräch wohl ausgewählt? Ich versuchte, mir vorzustellen, was er sagen und wie Carter reagieren würde. Sicher würde er Carnarvon von Winlocks Entdeckung in Kenntnis setzen. Und sobald Carnarvon diese entscheidende Information hätte, sobald er also wüsste, dass sie nicht irgendeinen König suchten, sondern einen namentlich bekannten, dessen Grab irgendwo dort sein musste, würde er natürlich einlenken. Dann konnte er das Tal gar nicht aufgeben, das war doch klar, oder?

Ich ließ den Brief an Frances unverschlossen. Früher oder später würde ich das Ergebnis des Gesprächs erfahren, und dann würde ich umgehend ein Postskriptum zu Carters Schicksal anfügen. Ungeduldig wartete ich auf die neuesten Nachrichten – und wurde nicht lange auf die Folter gespannt.

Am nächsten Morgen schaute, wie ich gehofft hatte, Eves Kammermädchen Marcelle vorbei, um Wheeler ihren wöchentlichen Besuch abzustatten. Sie kam mit dem Bus und sah in ihrem Kleid, das sie von Eve geerbt hatte, und mit einem neuen Hut unendlich schick aus. Nachdem sie das Sträßchen heruntergekommen war, blieb sie im Hof stehen, um den – mittlerweile gebadeten und mit Flohpulver behandelten – Welpen zu bewundern. Dann verzog sie sich zum üblichen Tratsch in die Küche. Marcelle würde mir sicher erzählen, was passiert war, da sie – anders als Wheeler – nur selten mit Informationen hinterm Berg hielt.

Ich witterte meine Chance, als Wheeler uns um elf hereinrief, um Kekse und Limonade zu servieren. Sobald wir am Küchentisch saßen, stürzte sich Marcelle in einen endlosen Bericht über das Dinner, das am Vorabend in Highclere Castle gegeben worden war, und schilderte dabei vor allem Kleider und Schmuck der Damen. Rose war entzückt, ich nicht. Lady Evelyn hatte das und das getragen, Lady Soundso das und das, Lady Carnarvon hatte sich mit ihren berühmten Smaragden behängt … Irgendwann ging sie zur Speisenfolge über, angefangen von den luftigen Soufflés, und dann zu den Wutanfällen der Chefköche, zur ewigen Rivalität zwischen dem Küchenchef, der Franzose war, und dem Patissier, der aus Österreich kam, während der ceylonesische Koch, der einzig für Lord Carnarvons geliebte Currys eingestellt worden war, bei dieser Gelegenheit gar nicht gebraucht wurde und demonstrativ seinen Missmut zur Schau stellte. Marcelle liebte derlei Dinge. Wenn ich das Gespräch nicht schnell auf etwas anderes brachte, würden wir noch stundenlang Küchengeschichten zu hören bekommen. Da ich bei Miss Dunsire in die Schule gegangen war, gelang es mir schließlich, Marcelle in die gewünschte Richtung zu lenken. Innerhalb weniger Minuten war sie nicht mehr zu halten. Die Ereignisse des Abends, erklärte sie, seien absolut verwirrend gewesen – die reinste Überraschung für jedermann.

»Mr Carter muss wohl etwas geahnt haben«, erzählte sie. »Streatfield sagt, er sei schon den ganzen Tag hochnervös gewesen. Dreißig Leute waren geladen, und Lady Evelyn hatte sichergestellt, dass ihm Damen zur Seite saßen, die er bereits kannte. Allerdings hat er kaum etwas gegessen, und seine Hände zitterten – sämtliche Bediensteten haben das bemerkt. Angeblich war er aschfahl im Gesicht und hat nach der Consommé keinen Ton mehr gesagt. Getrunken hat er auch wenig, was äußerst ungewöhnlich ist, da Mr Carter dem Wein sonst sehr zuspricht. Selbst den Port hat er abgelehnt, wie ich hörte. Als sich dann jemand seiner erbarmte – Mr Donoghue, glaube ich – und ihn nach Ägypten fragte, schreckte er förmlich zusammen und stieß sein Glas um. Nach dem Port hat Lord Carnarvon ihn dann in die Antikenkammer mitgenommen – nur ihn allein. Seine Lordschaft soll ohne Umschweife zum Punkt gekommen sein, Miss Lucy. Das weiß ich, weil Lady Evelyn es mir hinterher erzählt hat. Sie ist extra aufgeblieben, um den Ausgang der Unterredung in Erfahrung zu bringen, und als ich ihr dann die Haare fürs Bett zurechtgemacht habe, hat sie es mir erzählt. Kein: ›Lassen Sie uns vielleicht mal über die Sache nachdenken.‹ Das hätte auch nicht funktioniert, das war Seiner Lordschaft sicher bewusst. Reiche Mr Carter den kleinen Finger, und er nimmt die ganze Hand, das ist ja bekannt. Nein, Seine Lordschaft hat ihm seine Entscheidung freundlich, aber bestimmt mitgeteilt. Er ließ ihn gar nicht erst seine Landkarten herausholen, was Mr Carter natürlich unbedingt wollte. Und er stellte klar, dass er keine Diskussion und keinen Streit wünsche. Er sagte einfach: ›Was mich betrifft, mein alter Freund, gehört das Tal der Könige der Vergangenheit an. Irgendwann muss ja mal Schluss sein.‹«

Die Authentizität des Zitats stand zu bezweifeln, aber ich merkte es mir trotzdem. Marcelle schmückte ihre Geschichte aus, und auch ich würde mir in meinem Brief an Frances keine Zurückhaltung auferlegen.

»Aber wissen Sie, was das Beste ist, Miss Lucy? Mr Carter hat es einfach geschluckt! Wir hatten alle einen seiner berühmten Tobsuchtsanfälle erwartet, und Lady Evelyn hatte schon die Befürchtung, dass er ihren Vater die ganze Nacht über wach halten und mit ihm zu diskutieren und zu streiten versuchen würde. Aber nichts dergleichen, offenbar gab es nicht den geringsten Protest. Er trug es wie ein Gentleman, schüttelte Seiner Lordschaft die Hand, wirkte fast gerührt und riss sich dann sofort wieder zusammen. Er sagte, er könne die Gründe für die Entscheidung nachvollziehen und stehe tief in der Schuld Seiner Lordschaft für die grenzenlose Großzügigkeit in all den Jahren, in denen sie zusammengearbeitet hätten. Da er sich als sein Freund verstehe, denke er, dass sie auch für den Rest der Tage treue Freunde bleiben würden. Das hat Lord Carnarvon sehr bewegt. Aber ist das nicht merkwürdig?« Marcelle schaute in die Runde der Zuhörer am Tisch. »Dass er so einfach klein beigibt? Damit hatte doch niemand gerechnet – und Lady Evelyn hatte schon die schlimmsten Befürchtungen. Sie rechnete mit einer verspäteten Reaktion, mit einem verspäteten Wutausbruch, aber bislang ist nichts in der Art passiert. Beim Frühstück war Mr Carter absolut heiter, wie mir berichtet wurde, und auch sein Appetit muss wiederhergestellt sein, denn er hat nicht nur die Russischen Eier gegessen, sondern sich auch am Kedgeree bedient. Streatfield behauptet, er sei zunächst ein bisschen zerstreut und schweigsam gewesen, aber schließlich habe er geplaudert, als wäre nichts gewesen. Als ich fuhr, war er gerade auf dem Weg in die Antikenkammer, um mit der Katalogisierung weiterzumachen. Ich bin ihm im Südkorridor über den Weg gelaufen. Vielleicht war er etwas ruhiger als sonst und wirkte auch ein wenig müde, vielleicht hat er doch nicht so gut geschlafen, aber ...«

»Wie gut würdest du denn schlafen, wenn man dir soeben mitgeteilt hätte, dass man auf deine Dienste ab sofort verzichten kann?« Wheeler bedachte ihre Freundin mit einem verächtlichen Blick. »Carter hat sechzehn Jahre für Lord Carnarvon gearbeitet, und da soll er seine Kündigung einfach geschluckt haben? Von wegen. Mavis Marcelle, was redest du nur für ein törichtes Zeug?«

»Nun, damit bin ich dann aber nicht die Einzige«, gab Marcelle fröhlich zurück. »Lady Evelyn behauptet, auch Mr Carter habe die Nase voll von diesem gottverlassenen Tal mit seinen dämlichen Gräbern und sei froh, ihnen endlich den Rücken zukehren zu können. Sie sagt, er könne noch so sehr behaupten, das Tal zu lieben, tatsächlich sei er höchst ambi...« Sie zögerte. »Wie war noch mal das verflixte Wort? Ambig? Nein, das war es nicht.«

»Ambivalent?«, schlug ich vor, und Marcelle nickte.

»Genau, es lag mir auf der Zunge. Ambivalent in Bezug auf das Tal, das ist er. Meiner Meinung nach hat Lady Evelyn den Nagel auf den Kopf getroffen. Was denken Sie, Miss Lucy? Sie haben ihn doch in Ägypten bei der Arbeit erlebt. Denken Sie, es könnte etwas dran sein?«

Nein, das dachte ich nicht. Sobald ich mich einigermaßen unauffällig zurückziehen konnte, verließ ich die Küche, eilte die Treppe hoch und fügte meinem Brief an Frances das Postskriptum an. *Ich begreife das nicht*, schrieb ich. *Kein Geld, keine Grabungen – und das alles soll Mr Carter offenbar akzeptiert haben trotz der Entdeckungen deines Vaters? Eigentlich muss er doch am Boden zerstört sein, meinst du nicht? Ich habe Marcelle gefragt, ob Lord Carnarvon nun seine Grabungslizenz für das Tal zurückgibt, aber das wusste sie nicht. Ich werde Eve fragen, wenn ich sie sehe.*

Doch ich musste Eve gar nicht fragen. Am nächsten Tag kam sie zusammen mit Carter vorgefahren, und zu meiner großen Überraschung verspürte er selbst eine große Neigung, über das Thema zu sprechen. Als er das Haus betrat, wirkte er etwas bedrückt. Er war mit einem Geschenk gekommen – einem Hundekorb für Roses Welpen –, und in den seit unserem letzten Treffen vergangenen Stunden schien er sich auch wieder an mich erinnert zu haben. Ständig ließ er Anspielungen auf meine Beobachtungsgabe fallen und erinnerte sich lächelnd an das Mittagessen in dem Grab, an gebutterte Toasts und den berühmten Früchtekuchen seiner Tanten.

Er nahm sich viel Zeit, um mit Rose, Peter und mir den Hof zu erkunden, bewunderte den Obstgarten und zählte die Schwalben und ihre Nester. Danach redete er über die Tiere, die er über die Jahre hinweg in Ägypten gehalten hatte: die zahmen Gazellen, den Esel, der ihm so treu ergeben war, dass er ihm immer ins Haus folgen wollte, das Pferd, das an einem Kobrabiss gestorben war, verschiedene Hunde, von denen keiner die Gefahren der Wüste lange überlebt hatte. Er beschrieb seine vogelkundlichen Exkursionen an den Nil und die Aquarelle, die er von den Vögeln gemalt hatte. In den Scheunen inspizierte er die geheimnisvollen Gerätschaften, von denen er viele wiedererkannte – und so lernte ich eine unbekannte Seite von ihm kennen: Carter, den Landmenschen und Freund der Vögel, der Tiere und des Lebens in der Natur. Als wir im Freien den Tee einnahmen, verschwand die Seite jedoch wieder, und Carter wurde sofort wieder zum Archäologen und kam auf Ägypten und das Tal der Könige zu sprechen.

Mir schien es, als wäre Eve das Thema eher unangenehm, doch Carter wirkte ganz ruhig. Er habe es seit Monaten kommen sehen und könne es gut verstehen. Er achte Lord Carnarvon dafür, dass er nicht um den heißen Brei herumgeredet habe. »Wenn ich mit irgendetwas nicht umgehen kann«, erklärte er, »dann ist das diplomatisches und zweideutiges Gerede. Ich bin selbst kein großer Diplomat und mag es gern direkt, ob ich nun etwas mitteilen will oder mir etwas anhören soll. Jetzt weiß ich, woran ich bin«, er pustete in seinen Tee, »und kann entsprechend planen.«

»Und werden Sie nach Ägypten zurückgehen, Mr Carter?«, fragte Rose.

»Natürlich. Ich lebe dort, Lady Rose. In England habe ich keine feste Bleibe. Ich bin eine Art Zugvogel, und meine Heimat ist Ägypten. Für den Winter werde ich dorthin zurückkehren. Nächsten Monat, Ende Oktober, das ist der Plan. Mein Haus muss instand gesetzt werden, also werde ich mich darum kümmern. Außerdem werde ich auch meine alten Freunde vom Met sehen und mich mit Winlock und Lythgoe treffen.«

Ich jubilierte innerlich. Endlich war es so weit. »Was wird denn dann aus der Grabungslizenz für das Tal der Könige?«, erkundigte ich mich. »Wird Lord Carnarvon die zurückgeben?«

»Davon gehe ich doch aus.« Carter schien sich über das Stichwort zu freuen. Er schaute Eve an, die wiederum konzentriert das Teegeschirr inspizierte. »Bald steht die jährliche Verlängerung für die Lizenz an, Miss Lucy«, fuhr er fort. »Ich denke, Lord Carnarvon wird sie sicher in den nächsten Wochen zurückgeben. Es hätte ja keinen Sinn, wenn er sie jetzt noch behalten würde. Und in dem

Moment ist es dann unser schwieriger Freund, Monsieur Lacau, der darüber entscheiden wird, wer sie bekommt. Da ihm Amateurausgräber ein Dorn im Auge sind, wird er sie vermutlich einem Expertenteam geben – höchstwahrscheinlich von einem der großen Museen. Ich tippe mal auf das Met. Die sind interessiert, das weiß ich, und sie haben die nötige Sachkenntnis und das nötige Geld: praktisch unerschöpfliche Mittel, wenn ich meine guten Freunde Lythgoe und Winlock recht verstanden habe. Das Met verfügt zudem über die perfekte Basis, da das Amerikanische Haus nur eine halbe Reitstunde vom Tal entfernt ist, wenn überhaupt. Allerdings«, fuhr er nachdenklich fort und kaute an seinem Kuchen, »hat niemand aus dem Met-Team Erfahrungen im Tal der Könige. Harry Burton hat zwar schon einmal dort gegraben, aber trotzdem wäre es neues Terrain fürs Met. Sie werden einen Experten hinzuziehen müssen. Sie brauchen jemanden, der über ein Team von angelernten Einheimischen verfügt. Jemanden, der das Tal seit Jahrzehnten mit all seinen Besonderheiten kennt.« Er hielt nachdenklich inne. »Was für eine nette Teestunde«, sagte er dann. »Danke. Hier gefällt es mir, und es ist so ein wunderschöner Tag, aber sollten wir nicht trotzdem allmählich zurückkehren, Eve?«

»Haben die Met-Leute tatsächlich gesagt, dass sie an der Lizenz für das Tal interessiert sind?«, fragte Eve scharf.

Carter schien gründlich über die simple Frage nachzugrübeln. Nach einer Weile sagte er: »Sie sind sehr behutsam, Eve, wenn ich mich mal so ausdrücken darf. Sie hegen den größten Respekt vor deinem Vater und wissen um meine unerschütterliche Loyalität. Lythgoe und Winlock würden nicht im Traum daran denken, Carnarvon zu nahe zu treten. Sollten sie aber erfahren, dass er sich aus dem Tal zurückzieht, so werden sie sich meiner Meinung nach unverzüglich um die Lizenz bemühen. Mit der Möglichkeit, dass dein Vater aussteigen könnte, hatten sie ja durchaus schon gerechnet. Sein schlechter Gesundheitszustand war im Februar nicht zu übersehen, also haben sie für alle Fälle schon einmal Pläne geschmiedet. Leider ist so etwas unvermeidlich. Du weißt doch, wie die Leute reden, Eve, und Archäologen tratschen genauso gern wie kleine Mädchen.«

»Hast du dem Met schon mitgeteilt, was passiert ist, Howard?« Eves Tonfall war noch ein Quäntchen schärfer geworden. Sie war aufgestanden und schaute ihn empört an.

»Gütiger Himmel, nein! Na ja, jedenfalls noch nicht.« Er seufzte. »Allerdings habe ich heute Morgen einen Brief an Winlock begonnen – es ist ja schließlich kein Geheimnis, oder? Alles ist nun offen ausgesprochen. Nach dem Gespräch mit deinem Vater war ich doch ziemlich aufgewühlt, Eve, dir gegenüber kann ich das ja zugeben. Ich musste mich irgendjemandem anvertrauen, und da dachte ich gleich an meinen alten Freund Winlock. Wir stehen uns sehr nahe und haben uns immer gut verstanden. Ich habe großen Respekt vor ihm.« Er runzelte die Stirn. »Natürlich könnte ich Winlock auch kabeln«, fuhr er fort. »Das wäre vielleicht sogar besser, schließlich werden ihn die Neuigkeiten sehr interessieren. Andererseits könnte ich auch ein, zwei Tage warten, bis sich die Aufregung ein wenig gelegt hat. Was meinst du, Eve?«

»Ich denke, du solltest warten. Und das weißt du selbst nur zu gut, Howard.«

»Dann warte ich eben ein paar Tage und tue dann, was du für richtig hältst«, erwiderte er in einem ehrerbietigen Tonfall und wandte sich ab, um ins Tal zu schauen, auf das schmale Band des Flusses unter uns und auf die bläulich verschatteten Hügel dahinter. Er seufzte. »Du hast vollkommen recht, Eve, wie immer. Ich sollte nichts überstürzen. Soll sich erst einmal für ein paar Tage der Staub legen. Was für ein idyllischer Ort das hier doch ist«, fuhr er fort, nun wieder bestimmter. »Weißt du was, Eve? Warum fährst du nicht allein nach Highclere zurück und lässt mich zu Fuß laufen? Würde dir das etwas ausmachen? Ich bin in der Stimmung für einen schönen, zünftigen Marsch. Das würde mir auch Zeit verschaffen, über die Dinge nachzudenken.«

Nachdem der Plan gutgeheißen worden war, setzte Carter seine rustikale Tweedkappe auf, zog seine Tweedjacke an und machte sich auf den Weg durch die Felder. Auch Eve brach sofort auf und raste in hohem Tempo nach Highclere zurück. Als Nächstes erfuhr man aus dem Schloss, dass Lord Carnarvon vom drängenden Interesse des Met an der Lizenz für das Tal der Könige erfahren hatte – sicher hatte Eve ihn direkt aufgesucht, um es ihm zu erzählen. Ihr Vater, so hieß es, hätte nur gelacht und erklärt, dass die Leute vom Met die Lizenz gern haben könnten. Allerdings sei ihnen anzuraten, schnell Kontakt zu ihren millionenschweren Gönnern aufzunehmen, denn die würden sie mit Sicherheit brauchen.

Die Reaktion muss ein Schlag für Carter gewesen sein, doch als er uns ein paar Tage später selbst davon erzählte, ließ er dabei keinerlei Missmut erkennen. Im Gegenteil, die ganze Sache schien ihn sogar zu amüsieren. Inzwischen kam er ziemlich oft nach Nuthanger, für gewöhnlich allein. Er wanderte durch die Hügel der Downs und nahm dann die Brücke über den Fluss zu uns. Nie schien er sich Sorgen um seine Zukunft zu machen. Es sei eine schöne Abwechslung, hier zu sein, fernab der Hektik in Highclere, erklärte er. Natürlich gefalle es ihm im Schloss auch, sehr sogar, aber gelegentlich sei es gut, mal zu verschwinden und den Geist klar zu bekommen. Meist blieb er eine Stunde und unterhielt sich mit Wheeler oder mit uns. Er beteiligte sich sogar an unseren kindlichen Vergnügungen und spielte »Ich sehe was, was du nicht siehst« und Pantomime-Rätsel mit uns. Auch Karten mochte er gern, wie wir herausfanden, und so freute er sich, wenn er mit mir eine Zank-Patience legen oder mit Peter eine Partie Schnipp-Schnapp spielen konnte. Rose wiederum hatte er das Pokern erklärt. Er hatte ihr den Bluff und den Doppel-Bluff gezeigt und auch die Fähigkeit, wie man stets ein Pokerface bewahrt. Nützliches Wissen, das sie an Peter und mich weitergab. Außerdem hatte er ihr ein paar Schummeleien beigebracht: das Austeilen der untersten Karte statt der obersten etwa. Stunden brachten wir damit zu, sie zu üben. Rose fehlte die Geduld, und Peters kleine Finger waren noch zu ungeschickt, aber ich war bald ziemlich gut.

»Nicht schlecht«, sagte Carter und musterte mich, als ich ihm die Resultate unserer Falschspielerübungen vorführte.

»Das kann sie jedenfalls besser als stricken«, erklärte Wheeler säuerlich.

Carter war gern auf unserem Hof, weil er ihn an seine Kindheit auf dem Land in Norfolk erinnerte, wie er uns erzählte. Außerdem mochte er Roses Welpen, äußerte aber auch die Befürchtung, dass es sich bei ihm um ein schwaches Tier handelte, das nie richtig gedeihen würde – womit er leider recht behalten sollte. Das kleine Wesen wurde einfach nicht kräftiger. Trotzdem bekam es während seiner glücklichen Tage auf dem Bauernhof noch etliche Geschenke von Carter, der eines Tages sogar eine Zeichnung von ihm anfertigte – als sich der Welpe auf dem Rücken in der Sonne ausgestreckt hatte und selig vor sich hin döste. Carter überließ Peter die geschickt angelegte Skizze, die Peter mir viele Jahre später schenken sollte.

Wie Carter und Wheeler es vorausgesagt hatten, wurde es mit der Zeit wirklich anstrengend, sich um den kleinen Hund zu kümmern. Er war so jung und schwach, dass er alle drei Stunden gefüttert werden musste, tags und auch nachts. Wheeler weigerte sich, uns dabei zu helfen. Das sei unser Problem, wir müssten allein damit fertigwerden. Sie habe vier Brüder und vier Schwestern aufgezogen, und es sei schließlich dasselbe, einen Hund zu versorgen, und davon habe sie genug: unaufhörliche Mühen, unaufhörliche Sorgen und kein Schlaf. Der Welpe war gierig, und wenn er zu schnell zu viel Milch trank, bekam er Koliken, lag auf dem Rücken, weil der Bauch aufgebläht war, und winselte und heulte. Zunächst teilten Rose und ich uns die Nachtschichten, aber da Rose mehr Schlaf brauchte als ich und lautstark lamentierte, übernahm ich sie nach ein paar Tagen allein. Ich las in meinem Zimmer in meinen Ägyptenbüchern, bis ich Wheeler ins Bett gehen hörte. Wenn ich den Eindruck hatte, dass eine weitere Stunde vergangen war, stieg ich hinunter, machte das Fläschchen, gab dem Welpen sein Mitternachtsmahl, besänftigte ihn und kehrte ins Bett zurück. Der Hund musste im Küchenbereich bleiben, konnte aber schon bald so durchdringend und jämmerlich schreien wie ein Baby, sodass gegen drei oder vier Uhr nachts das Geschrei durch Flure und Kamine in mein Zimmer drang und mich weckte, woraufhin ich wieder hinunterstieg. Diese Ausflüge führten dazu, dass ich tagsüber schrecklich müde war, und trotzdem lernte ich sie zu lieben. Es war so friedlich, auf dem Kissen auf dem Küchenboden in der Nähe der warmen Ofenbank zu sitzen, beim Licht einer einzigen Öllampe, und dabei die winzige Kreatur in den Armen zu halten. Ich hatte den Eindruck, dass sie mich liebte und mir vertraute – und dass nur ich sie beruhigen konnte.

Nach einer Woche forderte der Schlafmangel seinen Tribut. Bis zu drei Stunden war ich nachts bei dem Welpen, da er eine schwierige Phase durchmachte. Manchmal spuckte er die Milch wieder aus und schlief dann ein, um nur eine halbe Stunde später wieder aufzuwachen und nach mehr zu verlangen. Ich wurde immer nervöser, bis ich schließlich bereits lange vor den Fütterungszeiten aufwachte und danach nicht wieder einschlafen konnte. Wheeler gefiel das gar nicht. »Schauen Sie sich doch mal an«, schimpfte sie eines Morgens beim Frühstück. »Sie haben dunkle Ringe unter den Augen und sind vollkommen erschöpft. In drei Tagen ist Roses Geburtstag – wenn das so weitergeht, sehen Sie bis dahin aus wie eine Schlafwandlerin. Heute Nachmittag gehen Sie ins Bett und schlafen mindestens zwei Stunden, junge Dame.«

Normalerweise hätte ich protestiert, aber an jenem Morgen fühlte ich mich so schwach und hatte so starke Kopfschmerzen und Magenkrämpfe, dass ich sofort einwilligte. Nach dem Mittagessen ging ich in mein Zimmer und legte mich im Petticoat aufs Bett.

Wheeler deckte mich zu und fühlte meine Stirn. »Nun, Fieber scheinen Sie nicht zu haben.« Über ihr Gesicht huschte ein besorgter Ausdruck. »Tut Ihnen etwas weh?« Ich verneinte, aber sie gab mir trotzdem ein Aspirin. »Starke Schmerzen«, diagnostizierte sie. »Versuchen Sie zu schlafen. Ich werde mit Rose und Peter an den Fluss gehen, und den verdammten Welpen nehme ich auch mit, damit Sie niemand weckt. Wir bleiben in der Nähe. Rufen Sie, wenn Sie mich brauchen.«

Bevor sie den Raum verlassen hatte, war ich schon eingeschlafen.

Ich hatte die Augen geschlossen, und das Vergessen war wie eine Welle über mir zusammengeschlagen.

Als ich aufwachte, hatte ich keinerlei Vorstellung, wie lange ich geschlafen hatte oder wie spät es war. Ich war heiß und verschwitzt. Im Haus war es vollkommen still. Als ich die Vorhänge aufzog, stand die Sonne noch hoch und strahlte. Von den anderen war nichts zu sehen und zu hören. Mir war noch immer schwindelig, und ich fühlte mich benommen, so als hätte sich der Nebel des Typhus wieder über meinen Geist herabgesenkt. Der dumpfe Schmerz in Kopf und Bauch war allerdings verschwunden. Ich wusch mich, zog ein frisches Kleid an und stieg barfuß die Treppe hinab.

Als ich mir in der Küche einen Tee kochte, merkte ich, dass wir Besuch hatten. In einer Ecke des Hofs stand Eves dunkelgrüner Wagen. Sie musste sich wohl am Fluss zu den anderen gesellt haben. Doch als ich an das Fenster trat, das aufs Tal hinausschaute, sah ich, dass ich keineswegs allein auf dem Anwesen war. Howard Carter saß draußen in der Sonne und ließ seinen Blick über die Kreidehügel der Downs schweifen. So still und reglos saß er da, dass die Schwalben dicht über seinen Kopf hinwegsausten.

Ich goss ihm einen Tee ein und brachte ihm die Tasse hinaus. Er bedankte sich, nahm mich aber kaum wahr. Selbst als ich mir einen Stuhl holte und mich zu ihm an den Tisch setzte, schien er nicht die Absicht zu haben, etwas zu sagen. Ich fühlte mich immer noch schwindelig und hatte ebenfalls keine Lust zu sprechen, also trank ich stumm meinen Tee und dachte darüber nach, was ich wohl für eine Krankheit haben mochte. War es etwas Ernsthaftes oder nur eine vorübergehende Unpässlichkeit, von der ich mich schon wieder erholt hatte? Ich entschied mich für Letzteres.

Verstohlen betrachtete ich Carters Gesicht. Es wirkte ruhig – so ruhig, wie ich ihn noch nie erlebt hatte. Ich schaute ins Tal hinab und entdeckte auf der anderen Seite des Flusses Peter und eine Frau in einem rosafarbenen Kleid. Einen wirren Moment lang dachte ich, es sei Poppy d'Erlanger – ich spürte oft ihre Gegenwart in Nuthanger –, aber dann erkannte ich Eve. »Da! Ein Hecht!«, hörte ich Peter schreien, dann verschwanden die beiden Gestalten wieder.

»Nun, es hat sich alles geregelt«, sagte Carter leise. »Eine letzte Grabung im Tal. Lord Carnarvon hat gestern Abend zugestimmt. Er hat seine Meinung geändert – oder besser gesagt, ich habe das für ihn übernommen.«

Obwohl er gesprochen hatte, schien er meine Gegenwart noch immer nicht wahrzunehmen. Zumindest schien sie ihm egal zu sein, also wartete ich einfach ab.

»Ich habe die Sache ein paar Tage ruhen lassen – das ist immer eine gute Taktik«, fuhr er nach einer langen Pause fort. »Dann bin ich mit einem neuen Vorschlag zu ihm gegangen. Keine Karten, keine Argumente – das haben wir alles hinter uns. Ich sagte: ›Geben Sie mir eine letzte Chance. Die Lizenz ist noch gültig. Lassen Sie mich auf diesem einen letzten Gebiet am Eingang zum Grab von Ramses VI. graben. Sechs Wochen werde ich brauchen, vielleicht sogar noch weniger, um die Reste der Arbeiterhütten wegzuräumen. Girigar und mein Team stünden für die Arbeit bereit. Es kostet fünf Ägyptische Pfund pro Tag, sie alle einzustellen, also fünfunddreißig Ägyptische Pfund pro Woche. Rechnet man die anderen anfallenden Kosten hinzu, dann beläuft sich die Gesamtsumme für eine sechswöchige Grabung auf zweihundert Pfund Sterling. Nicht viel, wenn man bedenkt, was an der Sache hängt.‹ Und dann sagte ich: ›Ich selbst werde sämtliche Ausgaben bestreiten, einschließlich meines Gehalts und der Gehälter der Männer. Sie müssen nicht Ihre Gesundheit riskieren und nach Ägypten reisen, ich werde mich um alles kümmern. Die Grabungen könnten bis Weihnachten abgeschlossen sein. Finde ich nichts, wissen wir zumindest, dass wir alles versucht haben. Sollte ich aber etwas finden, egal wie bedeutend oder unbedeutend, gehört es Ihnen, so als hätten Sie die Unternehmung finanziert. Ich denke, wir sollten die Würfel noch einmal werfen. Das ist es wert. Meiner Meinung nach wenigstens.‹«

Carter verfiel in Schweigen. Nach einer kleinen Ewigkeit hatte ich das Gefühl, dass ich ihn vielleicht ein wenig drängen könnte.

»Und dann hat Lord Carnarvon seine Meinung geändert und der Sache zugestimmt?«

»Ja. Er ist ein Mann der Wetten, mir war klar, dass er es tun würde. Vielleicht war er gerührt oder amüsiert – das weiß man bei ihm nie so genau. Und von meinem Angebot wollte er natürlich nichts wissen. Er kommt für die Grabung auf.«

Schweigend saßen wir da, während ich über die Sache nachdachte. Carters Vorschlag, die Kosten zu übernehmen, erinnerte mich an Wheelers Trick mit dem halben Gehalt, und ich fragte mich, ob er sich von der Geschichte hatte inspirieren lassen. Natürlich sprach ich das nicht laut aus. Stattdessen erkundigte ich mich, ob Lord Carnarvon vielleicht ins Schwanken geraten sei, als er gehört habe, dass das Met an der Lizenz interessiert sei.

»Schon möglich. Die Vorstellung, dass diese Leute eine Entdeckung machen könnten, auf die er jahrelang vergeblich gewartet hat, könnte ihn aufgeschreckt haben. Das hoffe ich sogar, aber das würde er nie zugeben. Ein wichtiger Faktor – der *entscheidende* Faktor – für seine Entscheidung ist, dass er weiß, dass ich nie aufgeben würde. Und wenn ich für ihn kein Grab finde, finde ich eben eins für jemand anderen. Es ist dort – und es ist meins. Dieses Jahr, nächstes Jahr, in zehn Jahren. Egal wie lange es dauern wird, ich werde es finden, und wenn ich dabei zugrunde gehe.«

Carter zündete sich noch eine Zigarette an und inhalierte tief. Missmutig starrte er in die Hügel auf der anderen Talseite. »Weiß Lord Carnarvon eigentlich von Mr Winlocks Entdeckungen?«, fragte ich in das Schweigen hinein, da Mr Carter nichts mehr sagen zu wollen schien. »Haben Sie ihm berichtet, auf was Winlock gestoßen ist? Frances hat mir in ihrem letzten Brief davon geschrieben. Ich habe mich so gefreut! Mir war sofort klar, dass Lord Carnarvon weitermachen würde, wenn er erfährt, dass Mr Winlock ein großer Durchbruch gelungen ist.« Ich wurde unsicher und hielt inne.

Carter, der mich während des gesamten Gesprächs nicht ein einziges Mal angeschaut hatte, schoss plötzlich herum und starrte mich an. Natürlich, es war ein Fehler gewesen, Winlock zu erwähnen.

Meine Frage hatte ihn wütend gemacht. Mit einem Mal war sein Blick hart und vernichtend.

»Ich wusste, dass Sie nur Scherereien machen, Miss Payne«, sagte er. »Ich wusste es von dem Moment an, da ich Sie in Kairo zum ersten Mal gesehen habe. Frances' kleine Freundin, die so furchtbar krank war, so wurde gesagt. Die so schüchtern ist, dass sie keiner Fliege etwas zuleide tun kann. Kein Wässerchen kann es trüben, dieses Mädchen mit den allzu vielen Namen – Lucy Payne aus Cambridge, Lucy Foxe-Payne aus Norfolk, Lucy Wasauchimmer mit den amerikanischen Verbindungen. Das Mädchen, bei dessen Anblick ich mich gleich gefragt habe: Ist sie, was sie zu sein scheint, oder ist sie eine Blenderin? Das traurige, kleine Ding, das in Kairo auftaucht, dann in Luxor und dann auch noch im Tal der Könige. Das Mädchen, mit dem ich Mitleid hatte und das ich zum Lunch eingeladen habe, nur damit es mit seinen uninformierten Kommentaren einen Streit vom Zaun bricht und den anderen den Tag verdirbt. Das Mädchen, das mit einem kranken, flohverseuchten Hund in Highclere auftaucht und Eve vor sämtlichen Gästen bloßstellt. Das ungezogene, halsstarrige Kind, das darauf besteht, Lord Carnarvons ägyptische Sammlung anzusehen, egal wie umständlich das für andere sein mag – nur um dann nicht einmal den Anstand zu besitzen, sich nicht anmerken zu lassen, wie verdammt langweilig es das alles findet.«

Er stand auf und blitzte mich von oben herab an. Ich wich zurück. Einen Moment lang hatte ich das Gefühl, er wolle mich schlagen, aber das würde nicht einmal er wagen, sosehr seine Hand auch zucken mochte. Vermutlich wusste er sowieso, dass seine Worte wirksamer waren als jeder Schlag. Ich wollte protestieren, wollte sagen, dass das nicht stimmte, dass das gar nicht stimmen konnte, aber ich brachte kein Wort heraus.

»Das, was ich mit Winlock bespreche, ist eine Sache ausschließlich zwischen uns«, fuhr er fort. »Auch Frances geht das nichts an – und Sie erst recht nicht. Niemand spioniert mir hinterher, hören Sie? Stecken Sie Ihre Nase nicht in Dinge, von denen Sie nichts verstehen. Bleiben Sie mir ab sofort vom Leib, Sie kleine Göre, und halten Sie verdammt noch mal den Mund.« Er ging in Richtung Tor. »Ich werde jetzt nach Highclere zurückgehen, sagen Sie das Eve«, teilte er mir über die Schulter noch mit. Dann entfernte er sich rasch über die Felder und schaute sich auch nicht mehr um.

Als er schließlich nicht mehr zu sehen war, wartete ich noch eine Weile und trottete dann ins Tal hinab, wo ich auf die anderen traf, die sich soeben auf den Rückweg gemacht hatten. Der Welpe, der sich ins Wasser vorgewagt hatte, und Peter, der ihn gerettet hatte, waren klatschnass.

Eve strahlte. »Ist das nicht wunderbar, Lucy?«, sagte sie. »Hast du Howard gesehen, und hat er dir alles erzählt? Ich freue mich so für ihn und für Pups. Einen letzten Versuch ist es unbedingt wert, das habe ich Pups auch gesagt. Selbst wenn Howard nichts findet, wird er seine Pläne, die er ursprünglich hatte, somit dann abgearbeitet haben. Das ist auch eine Frage der Ehre. Außerdem«, sie nahm meinen Arm, »ist er ein so guter Mann, Lucy. So herzensgut und treu, ein wahrer Freund. Denk doch nur, wie er sich in diesen Tagen verhalten hat, ständig hat er euch besucht und mit dem Welpen geholfen. Das hat mich sehr gerührt – und Pups auch, als er es mitbekommen hat. Howard musste einen so heftigen Schlag wegstecken, aber er hat ihn einfach akzeptiert und keine Vorwürfe erhoben. Er ist *so* großmütig, Lucy. Howard hat ein Herz aus Gold, aber die Leute sehen das nicht, keine Ahnung, warum.«

Ich schwieg. Peter trug den Welpen, aber irgendwann wurde er ihm zu schwer. Als wir den Hügel zur Hälfte erklommen hatten, nahm ich ihm das Tier ab und drückte sein feuchtes Fell an meine Brust. Der Welpe winselte, er fror und zitterte und wirkte schrecklich bedauernswert, also wickelte ich ihn fest in meine Jacke und presste ihn an mich. Den Blick auf den Hof gerichtet schritt ich gleichmäßig voran. In der Ferne sah ich den Jungen von der Post mit seiner Ledertasche den Hang herabeilen. Hinter ihm wirbelte eine Staubwolke. Er war heute ziemlich spät dran. Als er uns erblickte, begann er zu rufen, hüpfte auf und ab und machte irgendwelche Zeichen.

»Was tut er denn da, der dumme Junge?«, fragte Wheeler. »Und warum ist er schon wieder hier? Er hat uns die Post doch längst gebracht. Für Sie war auch ein Brief dabei, Lucy. Ich habe ihn in die Küche gelegt, haben Sie ihn gesehen? Er ist von Miss Mackenzie – das habe ich an der Schrift erkannt.«

Ich hatte den Brief nicht gesehen und sollte auch nicht die Gelegenheit haben, ihn an diesem Nachmittag noch zu lesen. Im Hof stießen wir auf den Jungen von der Post, der sich furchtbar wichtig vorkam. Er verkündete, er habe zwei Telegramme zu überbringen – die beiden ersten, die man ihm je anvertraut habe. Er reichte uns zwei braune Umschläge, einen für mich und einen für Wheeler, ging in die Küche, um seine übliche Limonade und den Kuchen entgegenzunehmen, setzte sich dann an den Tisch und schaute uns erwartungsvoll an – sicher rechnete er mit einer Todesnachricht oder etwas ähnlich Pikantem.

Ich betrachtete das Telegramm und wusste, dass es nichts Gutes zu bedeuten hatte – Telegramme bedeuteten nie etwas Gutes. In meinem stand: DEIN VATER UNWOHL + DU MUSST DRINGEND HEIMKOMMEN ++ NICOLA.

In Wheelers Telegramm stand: LUCY MUSS UNBEDINGT HEIM + UNVORHERGESEHENE EREIGNISSE + KABELN SIE UMGEHEND IHRE ANKUNFT IN CAMBRIDGE ++ DUNSIRE.

»Allmächtiger, was kann da nur passiert sein?«, fragte Eve. »Ein Unfall vielleicht? Oh, Lucy, mach dir keine Sorgen, Schätzchen – ich bin mir sicher, dass alles in Ordnung ist. Wie gut, dass ich hier bin. Überlass nur alles mir.«

Niemand schien sich zu fragen, wieso Nicola Dunsire, die ihrem jüngsten Brief von der Loire gemäß noch in Frankreich weilen sollte, sich so plötzlich in England befand. Und niemand erkundigte sich nach dem Gesundheitszustand meines Vaters vor meiner Abreise, aber vielleicht war das ja auch egal. Vielleicht hatte er tatsächlich einen Unfall gehabt. Wie vor den Kopf gestoßen starrte ich auf das Telegramm. Schon wieder würde ich den Menschen Unannehmlichkeiten bereiten, dachte ich. Wieder machte ich Scherereien – aber warum? Ich hatte große Angst, Eve könnte denken, ich würde ihre Freundschaft ausnutzen. Als ich allerdings meine Sorge äußerte, umarmte sie mich, bedachte Wheeler mit einem eindringlichen Blick und sagte, ich solle nicht so dummes Zeug reden.

»Du wirst in null Komma nichts zu Hause sein, Lucy«, sagte sie. »Und in der Zwischenzeit versuch, dir keine Gedanken zu machen.«

Bevor ich ein Wort sagen konnte, war Wheeler schon in mein Zimmer geeilt, um meine Koffer zu packen, und die Carnarvon-Maschinerie war in Gang gekommen. Es war eindrucksvoll zu beobachten, wie geschmiert sie lief. Daheim konnten wir nicht anrufen, weil mein Vater kein Telefon besaß. Privattelefone waren noch eine Seltenheit, und mein Vater betrachtete sie als überflüssige, aufdringliche und neumodische Extravaganz. Telefone waren für ihn nicht besser als Haustiere, Urlaub, Amerikaner, Aristokraten, Skarabäen, ungehorsame Kinder oder betrügerische Frauen, die ihm Geheimnisse vorenthielten. Also war innerhalb einer Stunde – ohne Wenn und Aber und ohne jede Diskussion – ein Telegramm in die Gegenrichtung unterwegs, das meine Ankunft noch für denselben Abend ankündigte. Eine halbe Stunde später saß ich in einem der schnellsten Wagen von Highclere Castle, der von dem zuverlässigsten Fahrer gelenkt wurde. Als wir vom Hof fuhren, liefen Peter und Rose hinter uns her, beide in Tränen aufgelöst. »Lulu«, hörte ich Peter ein letztes Mal schluchzen, dann bog der große Wagen um die Ecke und beschleunigte. Der Bauernhof – den ich so liebte und den ich später in meinem Leben noch einmal besuchen sollte, wenn auch nur für kurze Zeit – verschwand hinter den schützenden Weißdornhecken.

Wie mich der Fahrer informierte, war es vier Uhr. Ich fühlte mich wie eine Schlafwandlerin. Schließlich legte ich mir meine Armbanduhr wieder um, stellte die Zeiger und zog die Uhr auf.

## 25

Die Fahrt nach Cambridge war lang und führte uns durch etliche Grafschaften hindurch. Der Fahrer, ein freundlicher Mann namens Frobisher, schaute in regelmäßigen Abständen über die Schulter und brachte mich in einem aufmunternden Tonfall auf den neuesten Stand. »Jetzt sind wir in Hampshire«, sagte er, »und fahren dann weiter nach Berkshire.« Vermutlich sah er mir meine Schwäche und Verwirrung an, daher nahm er irgendwann von der Nennung immer neuer Grafschaften Abstand. »Zwanzig mehr auf dem Zähler«, verkündete er dann. »Bald werde ich Benzin nachfüllen müssen.« Oder: »Noch eine halbe Stunde, und wir werden wieder die ersten Zeichen der Zivilisation sehen. Ist alles okay hinten auf der Rückbank, Miss?«

Ich versicherte ihm, dass es so war. Als wir das Sträßchen oberhalb von Nuthanger erreicht hatten, hatte ich beschlossen, Carters Worte zu vergessen. Es war passiert und nicht mehr zu ändern. Jetzt musste ich mich auf meinen Vater konzentrieren. Konnte er wirklich einen Unfall gehabt haben? Hatte irgendjemand, vielleicht Mrs Grimshaw oder ein Freund wie Dr. Gerhardt oder ein Kollege, Nicola Dunsire aus Frankreich zurückgeholt? Was bedeutete »unwohl«? In jedem Fall, so schien es, krank genug, um mir ein Telegramm zu schicken, krank genug, um mich kommen zu lassen. Aber hieß das, er würde sterben? Konnte es vielleicht heißen, dass er schon tot war? Sollte ich nur sanft darauf vorbereitet werden, wie man es mit Rose und Peter getan hatte, als Poppy gestorben war?

Irgendwo auf der Grenze zwischen zwei Grafschaften zog Frobisher an den Straßenrand, holte zwei große Kanister aus dem Kofferraum und füllte Benzin nach. Ich öffnete derweil meinen kleinen

Aktenkoffer. Auch Miss Macks Brief lag darin, aber ich ließ ihn ungeöffnet und holte stattdessen mein Buch heraus: *Villette* von Charlotte Brontë, über sechshundert Seiten Ferienhausaufgaben. Die Hälfte hatte ich bereits gelesen. Als Frobisher den Motor wieder anließ und losfuhr, hatte ich die Stelle, an der ich zuletzt angelangt war, gefunden. Der Wagen wackelte, und die Wörter hüpften. Ich las: *Es blieb mir nichts übrig, als heimlich und traurig nachzusinnen ...*, verlor dann aber die Zeile, als der Wagen eine scharfe Kurve fuhr, und musste den Satz noch einmal lesen. Die Heldin und Erzählerin des Romans, Miss Snowe, hatte ein Gespenst gesehen, das echt, eine Täuschung oder eingebildet sein konnte, und war versunken in den Gedanken, ob es aus einem Reich jenseits des Grabes kam *oder ob es überhaupt nur krankhafter Phantasie entstammte und ich dieser zum Opfer gefallen war.*

Ich blätterte um, neues Kapitel, und las: *Ein neuer Glaube entstand in mir – der Glaube an das Glück.* Beiläufig fragte ich mich, ob man einen solchen Glauben annehmen konnte. Konnte man einfach beschließen, glücklich zu sein, wie man beschließen konnte, Katholik oder Hindu oder Muslim zu werden?

Plötzlich sagte Frobisher: »Jetzt fahren wir an London vorbei.« Ich schaute aus dem Fenster und war überrascht über das, was ich sah. Soeben war ich noch in einem Brüsseler Mädcheninternat gewesen und hatte erwartet, einen Garten und die *allée défendue* zu erblicken. Stattdessen waren da Häuser, Geschäfte, Fahrzeuge und sogar eine Werkstatt, bei der wir einen kurzen Stopp machten, um das durstige Auto vollzutanken. London lauerte am grauen Horizont. Ich stieg aus, um mir auf dem staubigen Vorplatz meine Beine zu vertreten. Ich marschierte eine Weile hin und her, bis es heftig zu regnen begann, dann stieg ich wieder ein, und wir fuhren weiter. Der Scheibenwischer schwang rhythmisch im Halbkreis hin und her. Ich steckte *Villette* wieder in die Tasche, da es zum Lesen mittlerweile zu dunkel war.

Ungefähr vier, fünf Stunden nachdem wir Nuthanger verlassen hatten, erreichten wir Newnham. Genauer konnte ich die Zeit nicht einschätzen, weil meine Uhr, die ich wochenlang nicht aufgezogen hatte, unzuverlässig zu sein schien. Sie tickte, hörte wieder auf, tickte dann wieder weiter. Ich starrte auf das große graue Haus, als wir vorfuhren. Die Fenster an der Vorderseite waren hell erleuchtet. Frobisher wartete, bis ich die Haustür aufgeschlossen hatte, und trug dann meine Koffer in den Hausflur. Er fragte, ob er noch bleiben solle, aber als ich ihm dankte und erklärte, ich käme nun allein zurecht, wünschte er mir einen schönen Abend und verabschiedete sich. Ich schloss die Tür hinter ihm.

Vermutlich hatte Frobisher die Festbeleuchtung beruhigt – mich nicht. Mein Vater hasste es, wenn in Räumen, die nicht benutzt wurden, Licht brannte, und Miss Dunsire richtete sich strikt danach. Sobald ich die erleuchteten Fenster von Wohnzimmer, Arbeitszimmer und Schlafzimmer gesehen hatte, hatte mein Herz wild zu schlagen begonnen. Das konnte nichts Gutes bedeuten. Ich stellte mich auf erste Anzeichen für einen Notfall ein: einen Arzt oder eine Krankenschwester, die aus dem oberen Stockwerk kamen, oder eine aufgelöste Miss Dunsire, die man aus Frankreich herbeigeordert hatte und die nun auf mich zueilte, um mich in Empfang zu nehmen.

Doch das Haus war totenstill. Weder von oben noch im Erdgeschoss war irgendetwas zu hören. Nur die Gaslampen zischten leise – mein Vater hatte sich bisher geweigert, elektrische Leitungen legen zu lassen. Ich schleifte meine Koffer zum Fuß der Treppe und lauschte. Dann rief ich laut. Noch immer keine Schritte, keine Stimmen. Vorsichtig trat ich ins Wohnzimmer. Im Kamin hatte jemand Feuer gemacht, das aber schon fast heruntergebrannt war. Im Arbeitszimmer meines Vaters zischten und flackerten die Gaslampen. Mit der Uschebti, die ich meinem Vater geschenkt hatte, schien etwas passiert zu sein. Sie war zerbrochen, und die Stücke lagen auf dem gesamten Schreibtisch verstreut. Doch abgesehen von diesem vereinzelten Schaden schien das Haus perfekt in Ordnung zu sein.

Es sah genauso aus wie immer. Langsam ging ich durch die Räume. Zwei Weingläser waren benutzt und dann gespült worden, sie standen auf dem Abtropfgitter und waren die einzigen Anzeichen dafür, dass vor nicht allzu langer Zeit jemand hier gewesen sein musste.

Ich wollte nach oben gehen, fürchtete mich aber davor, was ich entdecken würde. Nachdem ich immer wieder gerufen und niemand geantwortet hatte, überwand ich mich trotzdem. Die Schlafzimmer im ersten Stock wurden mit Ausnahme des Zimmers von Miss Dunsire nie benutzt. Ich schaute ins Schlafzimmer meines Vaters, das nach hinten hinausging. Dort brannte kein Licht, und es war wie immer unbenutzt. Dann öffnete ich die Tür zum Schlafzimmer meiner Mutter direkt daneben. Es lag unter einer dicken Staubschicht. Die weißen Laken auf dem Bett wogten und wallten im flackernden Flurlicht. Schnell knallte ich die Tür wieder zu. Nachdem ich auch noch in das leere Gästezimmer geschaut hatte, fasste ich mir ein Herz und klopfte an Miss Dunsires Tür.

Als ich drei Mal geklopft und immer noch keine Antwort erhalten hatte, öffnete ich die Tür. Sämtliche Gasflammen brannten. Entsetzt schaute ich mich um. Ich betrat den Raum nur äußerst selten, aber wenn ich es tat, herrschte immer tadellose Ordnung. Jetzt lagen überall Kleider und Unterwäsche herum. Über den Bettpfosten schlängelte sich eine Strumpfhose, ein Petticoat war unter einen Stuhl geschoben worden, und das Bett selbst – ein Doppelbett – war zerwühlt. Ein Kissen lag auf dem Boden, die Daunendecke hing am Fußende herab, und auf dem nackten weißen Bettlaken lag ein weißes Seidennachthemd. Während ich noch auf die Unordnung starrte, sah ich, dass auf dem Tisch neben dem Bett ein Telegramm lag, ungeöffnet.

Ich nahm es in die Hand. Das musste das Telegramm sein, das wir als Antwort auf Miss Dunsires Nachricht geschickt hatten. Aber was machte es hier, und warum hatte es Miss Dunsire nicht gelesen? Ich betrachtete die anderen Dinge, mit denen der Tisch übersät war, die Aspirin-Tabletten, die unzähligen Fläschchen mit den Arzneimittelschildchen, das Buch von Marcel Proust, das Miss

Dunsire gelesen hatte – *A la recherche du temps perdu*. Es lag geöffnet auf dem Tisch, die Seiten nach unten, der Buchrücken gebrochen. Ich hasste es, wenn Bücher nicht pfleglich behandelt wurden, also nahm ich es auf und klappte es zu. Dabei entdeckte ich den Brief, der darunter gelegen hatte. Er war in Miss Dunsires präziser, schräger Schrift geschrieben und trug das Datum des heutigen Tages. *Liebe Lucy*, las ich, *heute verleben wir wieder einen wunderschönen Tag im Schloss. Zunächst haben wir am Fluss gepicknickt, dann sind Clair, Meta und ich auf den Markt in der Stadt gegangen. Jetzt sind wir wieder zurück, und ich sitze auf der Terrasse, von der aus man das gesamte Tal überschaut. Die ruhige Stunde nutze ich, meine Liebe, um dir zu schreiben …*

Seitenweise ging das so weiter. Die Seite, die ich gelesen hatte, fiel mir aus der Hand und flatterte zu Boden. Schnell verließ ich das Zimmer und flüchtete in das oberste Geschoss. Auch dort war niemand. Das gesamte Haus war verlassen. Das Bett in meinem Dachzimmer war nicht gemacht, und keine der Lampen brannte. Ich ging zum Fenster, öffnete es und lehnte mich hinaus. Es regnete heftig und war stockfinster. Die Glocken von Cambridge schlugen, ich zählte zehn Schläge. Als der Widerhall des letzten Schlags verklungen war, sah ich, wie sich auf der Straße hinter unserem Haus eine Frau unserem Garten näherte. Für einen Moment wurde sie vom Lichtkegel der Straßenlaterne erfasst, dann aber von ihrem Regenschirm verdeckt. Etwas später tauchte sie wieder in den Schatten ein und verschwand hinter ein paar Bäumen, um schließlich wieder in einen Lichtkegel zu treten. Sie trug Schwarz – und sie war nicht allein.

Die zwei Gestalten näherten sich dem Tor zu unserem Garten. Jetzt vernahm ich auch ihre Stimmen. Sie waren laut, so als würden sie sich streiten. Es waren Frauenstimmen, und eine gehörte mit Sicherheit Miss Dunsire. Wer auch immer bei ihr war, mein Vater war es jedenfalls nicht. Die beiden verschwanden unter dem Rosenbogen, nahmen den Weg am Lavendel vorbei und blieben schließlich auf der Terrasse direkt unter mir stehen. Das Licht, das aus dem Haus fiel, erleuchtete ihre Gesichter. Die größere der beiden Frauen – es war tatsächlich Nicola, wie ich nun erkannte – tat unüberhörbar ihren Ärger kund und ließ den Regenschirm sinken. Jetzt erkannte ich auch, dass die andere Person ihre Künstlerinnenfreundin Clair war. Mit ihren kleinen Händen umklammerte sie Nicola Dunsires Arm, während diese den Regenschirm schloss und sie abzuschütteln versuchte. »Lass mich los. Lass los. Es ist vorbei, Clair«, sagte sie.

Für einen Moment sah es so aus, als würden die beiden Frauen miteinander ringen. Schließlich ließ Clair los und trat einen Schritt zurück. Ihr blasses Gesicht leuchtete im Licht, als sie sagte: »Du wirst daran zugrunde gehen, Nicola, und das wissen wir beide.«

Miss Dunsire erwiderte etwas, das ich nicht verstehen konnte – wohl aber konnte ich den vertrauten Spott in ihrer Stimme vernehmen. Dann schien sie sich jedoch anders zu besinnen. Ich habe keine Ahnung, was genau passierte, jedenfalls ging es blitzschnell. Sie stieß einen tiefen Laut aus, und im nächsten Moment hatte Clair die Arme um ihren Hals geschlungen, und die beiden Frauen klammerten sich aneinander und umarmten und küssten sich – alles in einem einzigen Wirbel der Erregung. Dann ließen sie urplötzlich voneinander ab, und Clair schritt, ohne sich noch einmal umzuschauen, den Weg zurück. Das Tor knallte sie hinter sich zu. Miss Dunsire drehte sich zum Haus um. Ihr Gesicht, das von den Lampen erleuchtet war, spiegelte konzentrierte Gelassenheit, dann trat sie ein. Als ich sie im Wohnzimmer hin und her laufen, dann Kohlen nachlegen und schließlich wieder hin und her laufen hörte, stieg ich schließlich die Treppe hinunter.

Eigentlich musste sie meine Koffer im Flur gesehen haben, aber wenn es so war, hatte sie dem offenbar keine Bedeutung beigemessen. Ich trampelte absichtlich laut die Treppe hinunter, und trotzdem erschreckte sie sich zu Tode. Sie fuhr herum und starrte mich mit blutleerem Gesicht an. »Ach, du bist es, Lucy. Einen Moment dachte ich …«

»Sie waren nicht in Frankreich«, unterbrach ich sie. »Sie haben mich angelogen. Wer hat Ihre Briefe abgeschickt?«

»Was für eine nette Begrüßung! Meine Briefe? Tut das etwas zur Sache?« Schnell senkte sie den Blick. »Meta. Meine Freundin Meta. Ich habe ihr einen ganzen Stapel mitgegeben, bevor sie gefahren ist. Sie sollte alle drei Tage einen abschicken.« Sie runzelte die Stirn, und ich sah, dass sie schnell ein paar Berechnungen anstellte. »Was ist denn passiert? Hast du schon länger keinen mehr bekommen? Vielleicht hatte ich die Menge unterschätzt, die sie benötigen würde – frag sie doch selbst, wenn du sie das nächste Mal siehst.«

»Warum tragen Sie Schwarz? Ist mein Vater krank? Wo ist er?«

»Nein, er ist nicht krank.« Sie holte tief Luft, und ich sah, wie sie – schnell wie immer – wieder alles unter Kontrolle hatte. »Es geht ihm gut, es geht ihm sogar ganz ausgezeichnet. Er war vorhin hier, aber jetzt ist er wieder im College. Es tut mir leid, dass ich dich angeschwindelt habe. Oder nein, eigentlich tut es mir überhaupt nicht leid. Ich brauchte dich hier, und das schien mir der erfolgversprechendste Weg zu sein.« Sie machte eine Pause. »Sogar erfolgreicher als erwartet – ich hatte dich erst morgen früh erwartet.«

»Wenn Sie das Telegramm geöffnet hätten, das neben Ihrem Bett liegt, dann hätten Sie gewusst, wann ich komme. Warum haben Sie es nicht gelesen?«

Schweigen. Zum ersten und einzigen Mal in all den Jahren, die ich mit ihr zu tun haben sollte, wurde sie rot. Ich sah, wie das Blut ihren blassen Nacken hochstieg und dann ihr Gesicht verfärbte. Es war fast schmerzhaft, es mit anzusehen. Dann strich sie mit ihrer schwarz behandschuhten Hand über ihre nasse Jacke und sagte: »Schau mich nicht so an. Ich habe einen Fehler gemacht, das gebe ich zu. Und was das Telegramm betrifft – das muss ich wohl vergessen haben. Ich war ständig abgelenkt. Dein Vater war da, und dann kam auch noch Clair. Erst wollte er nicht gehen, dann wollte sie nicht gehen, was für eine Szene. Ich bin mit ihr spazieren gegangen, damit sie sich beruhigt. Clair kann nicht akzeptieren, was ich getan habe. Sie war hier, um mich davon abzubringen. Aber es ist zu spät, das habe ich ihr auch gesagt. Die Sache ist beschlossen.«

Resigniert streifte sie einen Handschuh ab und streckte mir die

Hand entgegen. Zunächst starrte ich sie begriffsstutzig an, dann sah ich plötzlich, dass sie einen Verlobungsring trug. Einen schmalen Goldreif. Sie konnte die Hand kaum still halten.

»Die Hochzeit ist in zwei Tagen«, sagte sie. »Standesamt. Es wird eine lächerliche, unschöne Zeremonie werden, aber vermutlich schnell und effizient. Wir haben es vor zwei Tagen beschlossen. Und sobald es feststand, wollte ich dich unbedingt an meiner Seite haben. Daher habe ich dich kommen lassen. Ich brauche dich, Lucy. Um mit mir zu feiern. Oder um mit mir zu trauern.«

Ihr Tonfall wechselte wie so oft zwischen Spott und Ernst. Nun aber zitterte sie regelrecht. Ich starrte auf den Ring, dann in ihr Gesicht und verstand gar nichts mehr. Wer sollte ihr zukünftiger Ehemann sein? Ein Unbekannter? Oder etwa dieser Dichter Eddie, dem ich bei der Lunch-Party begegnet war? Mir fiel ein, dass sie bei seiner Lesung in London gewesen und über Nacht geblieben war, und in einem ihrer Briefe aus Frankreich hatte sie ihn ebenfalls erwähnt. Vielleicht war ja doch nicht alles in ihnen erfunden gewesen. Ich schaute in ihr blasses Gesicht. Sie konnte den Ausdruck in ihren Augen nicht verbergen, nicht vor mir, nicht in diesem Moment – und endlich begriff ich. »Mein Vater?«, sagte ich. »Sie werden meinen Vater heiraten?«

»Genau das werde ich tun. Er braucht eine Sekretärin, und da ihn eine unverheiratete Frau auf seinen Reisen im Sabbatjahr nicht begleiten kann, braucht er eine Ehefrau als Sekretärin. Ich bin für solche Aufgaben mehr als qualifiziert.« Sie warf den Kopf fast ungeduldig zurück, als sie das sagte. Ihr Gesicht war nun eine Maske der Arroganz, mit der sie versuchte, mich niederzustarren. Das Zittern ihrer Hände hatte ihren gesamten Körper erfasst.

»Aber Sie lieben ihn doch gar nicht«, platzte es aus mir heraus. »Sie mögen ihn nicht einmal. Ich sehe doch die Verachtung in Ihrem Blick, wenn Sie ihn anschauen. Wie können Sie das tun? Warum sollten Sie das tun?«

»Ich tue es, weil ich es tun kann.« Sie wandte sich ab. »Weil ich nicht für den Rest meines Lebens für irgendwelche kleinen Mädchen die Gouvernante spielen möchte, nicht einmal für dich. Weil ich nicht so weitermachen möchte, immer weiter und weiter. Für einen Hungerlohn von Ort zu Ort ziehen, mich lebendig begraben lassen, von irgendwelchen Idioten herumkommandiert werden. Weil die Menschen mit dem Gerede aufhören werden, wenn ich erst einmal verheiratet bin. Weil dein Vater verfügbar ist und ich eines schönen Tages gedacht habe: *Warum nicht?* Weil ich wütend bin und Wut eine Sackgasse ist. Weil ich erschöpft bin und nachgegeben habe. Weil ich Großes vorhatte und mittlerweile einsehen musste, dass daraus nichts wird.« Ihre Stimme brach, und sie schlug sich die Hände vors Gesicht. »Wie viele Gründe willst du noch hören? Bin ich denn so unerträglich als Stiefmutter? Ich hatte gedacht, es könnte dir gefallen. Wie dumm von mir. Jetzt sehe ich, dass das ein Irrtum war.«

Ich starrte sie an, konnte sie aber nicht richtig erkennen. Tränen verschleierten meinen Blick. Ihre Verzweiflung kam mir gespielt vor, dann aber auch wieder echt, sie schien direkt aus ihrem Herzen zu kommen. Gespielt oder echt; Gespielt oder echt? Ich musste daran denken, wie sehr ich sie hasste, und doch tat sie mir gleichzeitig auch leid. Mir kam der Gedanke, dass ich Miss Dunsire vielleicht sogar lieben könnte, und ehe ich michs versah, lief ich durch den Raum und warf ihr die Arme um den Hals. Sie legte ihren Kopf an den meinen, und ich drückte sie an mich, bis ihr Zittern nachließ und meine Tränen versiegten.

Als wir beide ruhiger waren, löste sie sich von mir und schaute mich von der Seite her an. Ihre Augen glänzten. »Es war nicht schwer, Lucy«, sagte sie. »Du hast ihn ja selbst erlebt. Ich hatte zwei Wochen, um ihn weichzuklopfen, bevor du aus Ägypten zurückgekehrt bist. Und seither noch einmal sechs, fast sieben Monate. Sobald ich beschlossen hatte, nicht nach Frankreich zu reisen, wusste ich ... Nun, es lag eben im Rahmen meiner Macht.«

Ich schaute sie unsicher an. »Aber Ihre Freundin mit dem Fahrrad hat gesagt, dass Sie daran zugrunde gehen. Ich habe es gehört.«

»Clair?« Dass ich das Gespräch mitbekommen hatte, brachte

sie leicht aus der Fassung. »Oh, Clair ist so kompromisslos und fordernd«, sagte sie dann von oben herab. »Sie ist besitzergreifend und redet eine Menge Unsinn. Wen kümmert's schon, was sie sagt, Lucy? Mich mit Sicherheit nicht.«

Etwas später – erheblich später sogar, nachdem ich etwas zu essen gemacht und sie uns Rotwein eingeschenkt und darauf bestanden hatte, dass ich auch davon trank – saß sie auf dem »Erdbeerdieb«-Stuhl meiner Mutter, und ich hockte zu ihren Füßen auf dem Läufer. Äußerlich war ich nun etwas ruhiger, aber ich spürte, dass die Ereignisse uns beide aufgewühlt hatten. Der Raum war still, und das Feuer wärmte mein Gesicht, als ich zu Nicola aufschaute. Die Flammen brachten die Bronze-, Gold- und Kupfertöne in ihrem Haar zum Leuchten. Nachdem eine gewisse Zeit vergangen war, nahm sie ihren Verlobungsring ab, hielt ihn vorsichtig ans Feuer und betrachtete die kleinen Steine – um mir dann zu erzählen, dass sie ihn in einem Laden in der Bene't Street gekauft habe, bei einem Mann namens Szabó.

»Wie viel vom Schmuck deiner Mutter hast du diesem Mann schon verkauft, Lucy?«, fragte sie leise. Da ich offenbar akzeptieren musste, dass sie mir, egal wie schnell ich auch rannte, immer hundert Meter voraus sein würde, erzählte ich es ihr. Und auch, wofür das Geld sein sollte. Ich schilderte meine Fluchtpläne und wie sehr ich mich danach sehnte, nach Ägypten, ins Tal der Könige und zu Frances zurückzukehren – und warum. Vielleicht löste der Wein meine Zunge, vielleicht hatte es auch mit ihr zu tun. Weil, sagte ich und begann zu weinen, weil, weil, weil ….

Die Worte sprudelten nur so aus mir hervor. Sobald ich zu reden angefangen hatte, konnte ich einfach nicht mehr aufhören. Irgendwann mitten in diesem Ausbruch, diesem *cri de cœur*, nahm Nicola Dunsire meine Hand. Sie hörte aufmerksam zu, ohne mich zu unterbrechen oder nachzufragen. Nichts von dem, was ich sagte, schien sie zu überraschen – als würde ich nur etwas beschreiben, das sie nur allzu gut kannte. Als ich schließlich verstummte, sagte sie: »Du hast mich in deine Geheimnisse eingeweiht. Im Gegenzug werde ich dich in meine einweihen. Erinnerst du dich an diese Freundin, von der ich dir erzählt habe, jene, an die du mich erinnerst und die dir so sehr ähnelt?«

»Die sich umgebracht hat? Ja, ich erinnere mich.«

»Diese Freundin war ich selbst. Sie und ich sind ein und dieselbe Person. Ihr Name war Nicole. Eines Abends im Girton hat sie den Gashahn aufgedreht und ist gestorben. Und am nächsten Morgen war Nicola geboren – die Nicola, die du kennst. Du und ich, wir sind uns sehr ähnlich, Lucy. Wir sind so etwas wie Seelenverwandte, auch wenn man das nicht auf den ersten Blick sieht.«

Ich schwieg, während der Schein des Kaminfeuers über ihr Gesicht huschte. Die Enthüllung machte mich nachdenklich. Ich fragte mich, ob es wohl stimmte und was Nicola, wenn es denn stimmte, zu einem solchen Schritt veranlasst haben mochte. Ähnelten wir uns tatsächlich? Die Idee hatte etwas Beunruhigendes.

»Aber ich hätte so etwas nie getan, Nicola«, sagte ich sanft. »Ich würde nie versuchen, mich umzubringen.«

»Fordere das Schicksal nicht heraus.« Sie schnipste mit den Fingern. »Und streite dich nicht mit mir. Ähnlich ist ähnlich, schlicht und ergreifend. Du und ich, wir sind Zwillinge, Lucy – das war mir in dem Moment klar, als ich dich zum ersten Mal gesehen habe.«

Am nächsten Morgen begaben wir uns zu Mr Szabó und verkauften ihm das letzte erforderliche Schmuckstück, das Miss Dunsire und ich gemeinsam aus dem Marianne-Payne-Museum ausgewählt hatten. Dann schrieb ich an Miss Mack und teilte ihr mit, dass ich sie nach Ägypten begleiten würde. Die Reisedaten waren, wie Miss Dunsire bekräftigte, für uns beide äußerst günstig, da sie dann die Möglichkeit haben würde, meinen Vater auf einem Teil seiner Reisen im Sabbatjahr zu begleiten.

Ein paar Tage später gaben wir ein kleines Abendessen, um die überraschende Hochzeit zu feiern. Keine Freundinnen vom Girton waren geladen und auch keine scharfzüngigen, trinkfesten Dichter, nur ein paar handverlesene Fellows, die auch allesamt mit ihren Ehefrauen erschienen. Alle brachten Geschenke mit, und Mr Gerhardt hielt eine freundliche Rede. Mein Vater, dieser unerwartete, aber charmante, attraktive und offenbar hochzufriedene Bräutigam, der einen komplizierten Zaubertrick vollführt zu haben schien, sprach einen Toast nach dem anderen aus.

Mit frappierender Galanterie und Eloquenz erklärte er, dass seine neue Frau sein Leben verändert habe. Es komme ihm vor, verkündete er, als hätten Orpheus und Eurydike die Rollen getauscht. Als hätte Nicola Dunsire das Risiko einer Reise in die Unterwelt auf sich genommen, um ihn aus dem Schattenreich der Trauer zu befreien, was sie allerdings – anders als der unglückselige Orpheus – erfolgreich bewerkstelligt habe. Sie habe seinen Namen geändert, sagte er mit einem amüsierten Unterton, denn er würde ab sofort zu seinem alten Nachnamen zurückkehren. Sie habe sein Leben verändert – und nicht zuletzt auch seine Arbeit. Ihren Anregungen sei es zu verdanken, dass er mittlerweile wisse, welche Form sein Euripides-Buch annehmen müsse. Er hob das Glas, und wir tranken auf die erfolgreiche Fertigstellung seines Buchs, auf ihn und auf Nicola Foxe-Payne, die Frau, die ihn demnächst auf seinen Forschungsreisen nach Athen und Paris begleiten würde, die Frau, auf deren Hingabe, Klugheit, intellektuelle Unterstützung und Begabungen als Sekretärin er sich von nun an würde stützen können.

Miss Dunsire – ich dachte noch immer mit diesem Namen an sie, und das würde auch so bleiben – brachte schließlich einen Toast auf mich und meine baldige Ägyptenreise aus. »Leben, Wohlstand und Gesundheit!«, sagte sie und hob das Glas. Den Spruch, mit dem die alten Ägypter ihre Könige begrüßt hatten, kannte sie von mir. An diesem Abend war sie glücklich, so glaube ich heute. Es war ein fröhliches und harmonisches Fest. Im gesamten Haus hatten wir berauschend duftende weiße Lilien mit rosafarbenen Kelchen verteilt. Zum ersten Mal in meinem Leben trank ich ein Glas Champagner, und zum ersten Mal trug ich Miss Dunsires Seidenkleid, das von allen gebührend bewundert wurde.

»Versprichst du mir auch, dass du mir aus Ägypten schreibst?«, fragte Miss Dunsire. Da waren wir schon wieder allein, unsere Gäste waren fort, und mein Vater, der keinen Grund dafür sah, dass eine Hochzeit lieb gewonnene Gewohnheiten ändern sollte, war wie immer ins College zurückgekehrt. Im Haus herrschte wieder Ruhe, als Miss Dunsire und ich die Treppe hinaufstiegen, um ins Bett zu gehen. Im ersten Stock küsste sie mich auf die Wange.

»Natürlich, ich werde regelmäßig schreiben. Alle drei Tage einen Brief«, antwortete ich mit einem verstohlenen Seitenblick.

»Böses Mädchen. Dann gute Nacht.« Sie lachte, als ich die Treppe zu meiner Dachkammer erklomm.

# Teil 5

# Oliver No. 9

HABE ENDLICH WUNDERBARE ENTDECKUNG IM TAL GEMACHT. PRÄCHTIGES GRAB MIT INTAKTEN SIEGELN. BIS ZU IHRER ANKUNFT ALLES WIEDER ZUGESCHÜTTET. GRATULATION. CARTER

Telegramm von Howard Carter
aus Luxor an Lord Carnarvon in Highclere Castle, 6. November 1922

## 26

Sonderbar, dieses berühmte Telegramm von Carter«, sagte Dr. Fong, setzte sich auf den Stuhl auf meiner Terrasse in Highgate und schaltete unauffällig den Kassettenrekorder an.

Ich schenkte ihm eine Tasse Gunpowder-Tee ein und richtete den Blick dann auf die Gräber des Highgate Cemetery unterhalb der Mauern meines Gartens: eine weitläufige Wildnis aus Efeu und Brombeergestrüpp, Kreuzen, Obelisken und Engeln. Eine Gruppe Freiwilliger war dabei, das Dickicht in diesem Abschnitt, dem ältesten und verwahrlosesten Teil des Friedhofs, auszudünnen. Man hörte ihre Rufe, wenn sie auf ein überwuchertes Grabmal stießen und dem Dickicht dann mit kreischenden Kettensägen zu Leibe rückten.

Es war ein heißer Nachmittag im Mai. Erst kürzlich war ich von meinem Landaufenthalt bei Rose zurückgekehrt. Dr. Fong, den die hohen Temperaturen aus Ägypten vertrieben hatten, war noch vor wenigen Tagen in Luxor gewesen. Dies war unser erstes Treffen seit seiner Rückkehr. Ich war mir nicht sicher, warum er so darauf gedrängt hatte, und auch nicht, warum ich darauf eingegangen war. Vielleicht freute ich mich einfach über ein wenig Gesellschaft. Seit ich Rose verlassen hatte, waren meine Tage ziemlich einsam.

Die ersten beiden Folgen von Dr. Fongs Dokumentarfilm über Tutanchamun waren fertiggestellt, die restlichen beiden würden im Herbst gedreht werden, sodass alles im Januar sendebereit wäre. Doch die Dreharbeiten waren alles andere als problemlos verlaufen: Es hatte Tage gedauert, bis die ausgefeilte Technik einsatzbereit war, die Helikopteraufnahmen hatten das halbe Budget verschlungen, das Drehbuch wurde ständig geändert, und die Produzenten hatten entschieden, dass zu viele Wissenschaftler involviert seien. Angeblich werde zu viel doziert, erklärte Dr. Fong gereizt. »Erst wollten sie die Hälfte der Interviews streichen, dann bekamen sie plötzlich Panik und erklärten, es müsse mehr Drama her! Szenen von Leben und Tod Tutanchamuns sollten zwischengeschaltet werden. Tutanchamuns trauernde schwesterliche Witwe, schurkische Wesire, Kostüme, Schauspieler, Himmel hilf ...« Den Aufstand hatte man zwar erfolgreich unterdrücken können, aber das politische Gerangel um die Erfordernisse der besten Sendezeit hatte seinen Tribut gefordert.

Dr. Fong wirkte müde und resigniert. Seine Zuversicht war abgeflaut, sein jugendlicher Elan dahin. Außerdem sei er in Ägypten krank gewesen, erzählte er mir. Eine dieser fiebrigen Erkältungen, die im Tal keine Seltenheit waren und einen für Wochen aus der Bahn warfen. Ich fragte mich, ob all diese Faktoren sein verändertes Auftreten erklären konnten. Vermutlich nicht vollständig. Mir fiel auf, dass er seinen Ehering nicht mehr trug, was er allerdings nicht kommentierte und ich natürlich erst recht nicht. Fong wirkte irgendwie geläutert und längst nicht mehr so ungeduldig wie zuvor. Er hatte mich überraschend herzlich begrüßt und echte Sorge gezeigt. »Sie haben abgenommen, seit wir uns zum letzten Mal gesehen haben, Miss Payne. Und Sie wirken erschöpft. Sie waren doch hoffentlich nicht krank?«

Über dieses Thema ging ich einfach hinweg. Rose war mit ähnlichen Fragen in mich gedrungen und hatte mich gedrängt, ihren Lieblingsarzt in der Harley Street zu kontaktieren. Irgendwann hatte ich dem Druck nachgegeben und einen Termin ausgemacht, aber der Besuch war reine Zeitverschwendung gewesen: Nicht einmal eine Koryphäe kennt ein Heilmittel gegen das Altern. Ich fertigte Dr. Fong also mit derselben Erklärung ab wie Rose: Ich hätte schlecht geschlafen, das sei alles. Schuld seien die vielen Monate, die ich über Briefen und Zeitschriften gebrütet hätte, um meine Vergangenheit noch einmal zu durchleben. Ein schlichtweg lächerliches Leiden, kommentierte ich knapp, und nichts, was Schlaftabletten nicht heilen könnten.

Nachdem er die Bemerkung über Howard Carters berühmtes Telegramm hatte fallen lassen, hüllte sich Fong in Schweigen. Er schien das Thema nicht weiterverfolgen zu wollen, sondern betrachtete mit gerunzelter Stirn den Friedhof. Die Glyzinien an meiner Hauswand verströmten ihren süßlichen Geruch, und eine sanfte Brise riss immer wieder an den Seiten seines Notizbuchs. »Ehrlich gesagt, Miss Payne«, sagte er plötzlich, »bin ich irgendwie nicht richtig angekommen an den Orten, wo das alles passiert ist – im Tal der Könige, im Amerikanischen Haus. Ich hatte gehofft, dass mich ein Freund begleitet, aber am Ende hat sich das zerschlagen, und so war ich viel allein. Ich musste eine Menge Zeit totschlagen, da die Crew unentwegt mit ihren Vorbereitungen beschäftigt war. Irgendwann verlor ich den Glauben an das ganze Projekt und irrte stundenlang durch das Tal der Könige. Ein sonderbarer Ort, aber das wissen Sie ja. Er hebt nicht gerade die Stimmung – Busse, Parkplätze, eine gewaltige asphaltierte Straße, sanitäre Anlagen und überall Wachen und Führer. Eine Million Besucher im Jahr, Tendenz steigend. Die Schattenseiten des Tourismus. Das Tal, wie Sie es kennen, ist für immer verloren, davon gibt es nur noch Fotos.«

»Und Erinnerungen.«

»Erinnerungen überleben nicht – es sei denn, sie werden aufbewahrt. Wer sagt uns außerdem, was Erinnerung und was Mythos ist?« Er machte eine hektische Geste. »Als ich in Luxor war, Miss Payne, bin ich einem alten Mann begegnet. Er musste um die neunzig sein. Er lungerte immer vor dem Hotel herum und erzählte den Touristen seine Märchen. Eines Tages passte er mich ab, vermutlich wollte er, dass wir ihn filmen. Er erzählte mir, er sei als kleiner Junge einer von Carters Wasserträgern gewesen und habe die berühmte erste Stufe entdeckt, die zum Grab von Tutanchamun hinabführt. Angeblich war er sechs, vielleicht sieben Jahre alt und hat wohl einfach ein bisschen mit seinem Stock im Sand gespielt. Dabei ist er auf Stein gestoßen, hat den Sand weggewischt, und – Abrakadabra – da war die Stufe. Diese Information hat mich fünf Ägyptische Pfund gekostet, aber darum geht es nicht. Der Mann war blind, spindeldürr, konnte kaum laufen, und seine Augen waren verbunden. Ein elender Anblick. Nun ja, es soll mir recht sein, wenn er den Touristen einen Bären aufbindet. Natürlich haben wir ihn nicht gefilmt, Luxor wimmelt nur so von Scharlatanen, die solche Dinge behaupten. Aber ist seine Geschichte nun wahr oder falsch, Miss Payne? Howard Carter selbst hat zwei Versionen von der Entdeckung der ersten Stufe erzählt, falls Sie sich erinnern. In der ersten Version haben sein *reis* Ahmed Girigar und dessen Männer sie entdeckt, früh am Morgen, bevor Carter an der Grabungsstätte auftauchte, und zwar bereits am dritten Tag der Grabung, am 4. November 1922. In der zweiten Version war es der spielende Wasserträger, der die Stufe zufällig fand. Ein kurioses Detail, nicht wahr? Von dem Jungen war nie die Rede, bis Carter dann zwei Jahre nach der Entdeckung auf seiner glorreichen Amerikareise seinen Bericht täglich mit neuen farbenprächtigen Details anreicherte.«

»Der alte Mann war blind?« Ich drehte mich zu Dr. Fong um, aber es war nicht er, den ich sah. Ich sah Girigars Enkel und Namensvetter vor mir, den sechsjährigen Tunichtgut, der nichts anderes im Sinn hatte, als mit Carters Decauville-Bahn zu fahren. Ein Junge, der heute die achtzig längst überschritten haben musste. »Hat der Mann seinen Namen genannt?«

»O ja! Er behauptete, er heiße Ahmed Girigar. Wie Carters *reis*. Neunundneunzig Prozent der Touristen würden mit dem Namen nichts anfangen können, aber wer weiß? Vielleicht dachte er ja, dass er mit dem kleinen Detail seine Glaubwürdigkeit erhöht.«

»Vielleicht«, antwortete ich und dachte an den kleinen Jungen von vor achtzig Jahren, wie er nach dem Tadel des Großvaters an die Arbeit zurückeilte. Sicheren Fußes hüpfte er über das Geröll von Carters Grabungsarbeiten, verschwand dann in den Staubwolken und hinterließ einen vertrauten Schmerz in meinem Innern. Dann liefen zwei kleine Mädchen durch dieselben Staubwolken, verschwanden in einem engen Wadi, blieben an einem vom Wind geschliffenen Felsen stehen und vergruben eine dunkelrosafarbene Handtasche. *Lass die Erinnerung einfach vorbeiziehen.*

Ich richtete den Blick wieder auf den Friedhof. Die Freiwilligen hatten eine Teepause gemacht und kehrten nun an die Arbeit zurück. Sie näherten sich einem Engel, der vollkommen mit Efeu überwuchert war und mit den Füßen in einem Bett aus Ahorntrieben stand. Nur noch der Kopf, der Bogen eines Flügels und eine warnend erhobene Hand waren zu erkennen. Die Kettensäge erwachte stotternd zum Leben und kreischte im nächsten Moment los.

»Carters berühmtes Telegramm also«, sagte Dr. Fong, »es lässt mir einfach keine Ruhe, Miss Payne. Es ist wie ein Vorgeschmack auf all die Rätsel, die noch folgen sollten. Bedenken Sie doch: Carter hat es zwei Tage nach dem Fund der ersten Stufe geschickt. Zu dem Zeitpunkt hatte man die Außentreppe freigelegt, sechzehn Stufen, und war an ihrem Ende auf eine Mauer gestoßen. Alles, was Carter zu diesem Zeitpunkt hatte, waren die Siegel der Nekropole im Putz. Angeblich keine Kartusche, die einen König identifizieren würde, dafür aber wieder einmal Spuren für ein gewaltsames Eindringen in der Antike. Als er das Telegramm geschickt hat, konnte Carter sich also nicht sicher sein, dass er eine ›wunderbare Entdeckung‹ gemacht hatte. Er konnte nicht einmal wissen, dass es ein Grab war, das er gefunden hatte – geschweige denn ein ›prächtiges‹. Es hätte genauso gut ein Lager oder eine kleinere Grabkammer sein können. Und selbst wenn es ein Grab gewesen wäre, hätte es vollkommen ausgeplündert sein können – das musste er mit seinen Erfahrungen doch am besten wissen. Trotzdem hat er Carnarvon dieses Telegramm nach Highclere geschickt, weil er davon ausgehen konnte, dass der Earl sich mit dem nächsten Schiff nach Ägypten aufmachen würde. Soviel wir wissen, ließ er die Treppe wieder zuschütten und stoppte die Ausgrabungen, bis sein Geldgeber eintraf. Alles so weit in Ordnung, aber trotzdem ging er damit ein Risiko ein. Was, wenn Carnarvon gekommen wäre und man nur ein leeres Loch gefunden hätte?«

»Das Risiko ist Carter vermutlich gern eingegangen«, sagte ich geistesabwesend. Der Engel unter uns tauchte allmählich aus seinem Efeumantel auf. »Er war ein Showman, wie Sie wissen.«

»Ein Showman – und ein Märchenerzähler«, sagte Fong leicht verbittert. Überrascht schaute ich ihn an. »Ich bin an einem Punkt angelangt, Miss Payne, an dem ich kein Wort mehr von dem glaube, was dieser Mann jemals geschrieben hat«, fuhr er fort. Seine Empörung war nun unübersehbar. »Wie er das Grab gefunden hat, was er und Carnarvon als Nächstes getan haben, wie sie bei Kerzenlicht zum ersten Mal in das Grab hineingeschaut haben, das ›glänzende Gold‹, die ›wunderbaren Dinge‹, die er sah. Wenn Sie genauer hinter seine Fassade blicken, was finden Sie da? Geheimnistuerei und Betrug. Vertuschung. Einen Haufen Lügen, so könnte man es auch bezeichnen.«

»Überaus erfolgreiche Lügen, Dr. Fong. Es hat Jahrzehnte gedauert, bis die Wahrheit ans Licht gekommen ist.«

»Wenn sie denn überhaupt je ans Licht gekommen ist. Noch immer gibt es unbeantwortete Fragen. Zu viele sogar.«

Schweigen breitete sich aus. Das Sonnenlicht spiegelte sich in Dr. Fongs Brille. Ein malvenfarbenes Blütenblatt der Glyzinie fiel auf sein Notizbuch, er wischte es beiseite. »Fragen, die ich gern beantworten würde«, fuhr er fort. »Ich würde gern wissen, ob Carter die Geheimnistuerei manchmal unheimlich wurde. Haben all seine Lügen und Listen ihren Tribut gefordert? Hat er je jemandem die Wahrheit erzählt? Stellen Sie sich das nur einmal vor, Miss Payne: Carter macht die größte archäologische Entdeckung aller Zeiten, verschleiert aber die Umstände. Er lügt und hört nie auf damit. Ein gewaltiger Betrug ist das, was er da abgezogen hat, unterstützt und begünstigt durch Lord Carnarvon und seine Tochter, durch die arabischen Arbeiter und einen Haufen international anerkannter Wissenschaftler und Archäologen. Und das alles vor den Augen der versammelten Weltpresse. Die Journalisten haben nie einen verdammten Verdacht geschöpft, sie haben sich von diesem Theater einfach blenden lassen.« Dr. Fong machte eine Pause. »Und Sie?«

Die Frage kam so scharf wie unvermittelt und brachte mich aus dem Konzept. Ich schaute weg. Wieder entstand ein Schweigen, das nur vom gelegentlichen Kreischen der Kettensäge unterbrochen wurde. In der Ferne bohrten sich die Wolkenkratzer der Docklands durch den Hitzeschleier und die bläulichen Abgasschwaden. Die Lichter auf dem Dach des Canary Wharf blinkten, zwei ewig wachsame Augen. Ägypten, mein Ägypten, schien nah und gleichzeitig unerreichbar fern. Es war hier, in mir, war aber nicht zu greifen.

Ich schloss die Augen. In der Abendluft war klar und deutlich das Rauschen des Nils zu hören. Für unsere zweite Ägyptenreise hatte Miss Mack eine *dahabieh* gemietet. Sie lag bei Luxor am Westufer des Nils vertäut, und nachts hallte von der anderen Uferseite aus dem Ballsaal des Winter Palace die Musik herüber. Eines Abends tanzten Frances und ich einen Walzer dazu und wirbelten mit schwindelerregenden Drehungen übers Deck. »War das nicht wunderbar, Lucy?«, rief Frances und hielt sich an mir fest, als wir taumelnd an der Reling zum Stillstand kamen. Dort hatten wir zuvor schon gestanden, hatten in den Mond geschaut und plötzlich die Luft angehalten: Überwältigt hatten wir die beiden Monde betrachtet, die an jenem Abend geschienen hatten – einer am Himmel und der andere, der Schwestermond, im Wasser unter uns. Doch schon im nächsten Moment war eine Brise aufgekommen, und der Schwestermond war in glänzende Riffel zerfallen und verschwunden.

»Die Frage kann ich nicht beantworten, Dr. Fong«, sagte ich nach einer Weile. »Ich bin alt, und Sie sind zu schnell für mich. Meine Erinnerungen sind irgendwo verstaut und voller Menschen, die Ihnen nichts bedeuten. Für Ihre Zwecke sind sie unwichtig, für mich sind sie es nicht.«

»Ich muss mich entschuldigen.« Dr. Fong schaltete den Kassettenrekorder aus. Die Freiwilligen auf dem Friedhof packten ihre Sachen zusammen und verschwanden. Wir lauschten ihren verhallenden Stimmen nach, bis nichts als Stille zurückblieb. Der vom Gestrüpp befreite Engel thronte nun in all seiner Pracht über dem Grab. Blinde Augen in einem schönen, leidenschaftslosen Gesicht, weise, aber auch strafend.

»Ich wünschte, Sie würden mir von Ihren Erlebnissen erzählen – was Sie gesehen haben, was Sie gelernt haben, was Sie gefühlt haben«, sagte Dr. Fong, und es klang nach einer echten Bitte. Er legte sein Notizbuch beiseite. »Ich habe keine Eile. Es gibt keinen Ort, wo ich hingehen könnte, und keine Person, die auf mich wartet. Ich kann bleiben, und wir können reden, Miss Payne. Andernfalls kehre ich nur in mein Hotelzimmer zurück und schlage mich einen weiteren Abend mit Fragen herum, die ich ursprünglich beantworten wollte. So war es in Luxor, und so ist es auch hier in London. Ich starre an die Wand, lasse mir Essen aufs Zimmer bringen und stelle mir Fragen zu einem Grab – nur um zu sehen, wie sich die Antworten, die ich vermeintlich schon hatte, im nächsten Moment wieder verflüchtigen. Sie sind meine einzige Augenzeugin, Miss Payne. Alle anderen sind tot. Sie aber waren da – an den drei entscheidenden Tagen, als das Grab gefunden wurde und Carter die Wand zur Vorkammer einriss, hindurchschaute und all die ›wunderbaren Dinge‹ sah, wie er sie beschrieb. Sie waren in der Nähe. Sie kannten all die Leute, die damals an dem Fund beteiligt waren. Sie haben die Ereignisse miterlebt, die sich daran anschlossen, und die ganze Entwicklung verfolgt.« Er hielt inne. »Für mich sind Ihre Erinnerungen wie eine Schatzkammer, in die Sie mich nicht hineinlassen. Sie versperren den Eingang und stehen wie ein Wachhund davor, oder nein, eher wie ein Zerberus. Warum? Trauen Sie mir nicht? Ich verlange doch nichts als die Wahrheit.«

»Die Wahrheit? Die kann ich Ihnen ganz gewiss nicht bieten, Dr. Fong.«

»Eine Version der Wahrheit würde mir schon reichen. Ihre Version. Damit würde ich mich begnügen.«

Er schaute mich an, enttäuscht und traurig, und plötzlich tat er mir leid. Der Mann hatte sich verändert – so wie ich. Wir hatten etwas gemeinsam: Beide schlugen wir uns mit der Vergangenheit herum, wenn auch aus verschiedenen Gründen und auf unterschiedliche Art und Weise. Auch auf mich wartete ein weiterer einsamer Abend. Das Tageslicht schwand, und im Innern des Hauses würden meine allgegenwärtigen Geister auf mich warten. Vielleicht könnte es nicht schaden, ein wenig zu reden – wenigstens für eine Weile.

Ich zögerte, dann schickte ich Dr. Fong ins Haus, um Whisky, Wasser und Gläser zu holen. Als er zurückgekommen war, uns die Getränke eingeschenkt und sich wieder auf seinen Stuhl gesetzt hatte, erklärte ich ihm: »Ich erzähle es auf meine Weise oder gar nicht. Keine Unterbrechungen und keine Fragen von Ihrer Seite.«

»Ich werde schweigen wie ein Grab.«

»Gut.« Ich wartete einen Moment, dann begann ich. »Ich war mit einer Freundin in Ägypten, die ich Ihnen gegenüber schon einmal erwähnt hatte, Miss Mack. Sie war eine gute Frau, eine der wenigen wirklich guten Frauen, denen ich in meinem Leben begegnet bin. Sie hatte für unseren Aufenthalt ein Hausboot gemietet, die *Queen Hatschepsut*. Es war in Luxor vertäut, am Westufer, direkt unterhalb vom Amerikanischen Haus und in Sichtweite von Carters Burg. Der Weg zum Tal der Könige führte direkt daran vorbei. Als das mit dem Grab geschah, hatten wir also einen Logenplatz, wie Miss Mack zu sagen pflegte. Wir kamen einen Tag nach Lord Carnarvon und Evelyn in Luxor an. Die Ausgrabungen sollten bald beginnen. Damals waren bereits zwei Wochen vergangen, seit Carter sein Telegramm geschickt hatte, und das Geheimnis hatte sich herumgesprochen. Alle wussten, dass er etwas gefunden hatte, das ein Grab sein konnte – oder auch nicht. Als Miss Mack und ich noch in Kairo waren, hatte die Begeisterung schon die gesamte Stadt erfasst. In Luxor wurde dann von nichts anderem mehr geredet. Auf was würde man wohl stoßen, wenn man die Mauer am Ende der Treppe einreißen würde? Wir waren also zur rechten Zeit am rechten Ort – und zwar nicht ganz zufällig. Meine Freundin Miss Mack schrieb nämlich ein Buch, müssen Sie wissen.«

»Ein Buch?« Dr. Fong warf mir einen überraschten Blick zu.

»Ja, ein Buch. Innerhalb kürzester Zeit wollten alle ein Buch herausbringen, Dr. Fong. Howard Carter selbst, dann etliche Journalisten, die über die Geschichte schreiben wollten – eine wahre Flut von Büchern überschwemmte das Land. Doch Miss Mack war den anderen voraus, da sie sich schon eine Weile mit dem Gedanken trug, ihre Memoiren zu schreiben. Sobald wir in Luxor ankamen, begann sie. Sie tippte auf einer alten Schreibmaschine – einer Oliver No. 9. Ich kann sie immer noch hören, Dr. Fong. Sie schrieb am liebsten nachts, und so klapperten die Tasten oft bis Mitternacht, wenn nicht noch länger. Die Geräusche hielten mich wach, aber das machte mir nichts aus. Ich war zwölf Jahre alt, und ich liebte Ägypten. Ich ging an Deck, blieb im Dunkeln dort sitzen, schaute in die Sterne und dachte nach.« Ich machte eine Pause. »Manchmal saß ich stundenlang dort, ohne Unterbrechung.«

»Nachtwachen und ein Hausboot mit Blick auf Carters Burg. Da waren Sie tatsächlich zur rechten Zeit am rechten Ort. Sie stecken voller Überraschungen, Miss Payne.« Fong lachte leise, und ich spürte eine neue Erregung in ihm. Er griff zur Whiskyflasche und füllte erst mein Glas auf, dann sein eigenes.

»Das wird meine Zunge auch nicht lösen«, sagte ich.

»Ich gebe die Hoffnung nicht auf«, erwiderte er lächelnd und griff nach seinem Notizbuch. »Erzählen Sie weiter.«

»Ein Buch«, das war nicht der Ausdruck, den Miss Mack gewählt hatte, und aus Hochachtung vor ihr benutzte auch ich ihn nicht. Es ging vielmehr um Das Buch – das von herrischem Wesen war. Wie Miss Mack mir an unserem ersten Abend auf der *dahabieh* mitteilte, stellte Das Buch unentwegt Ansprüche.

»Ein ganz eigentümliches Phänomen«, erklärte sie, als sie mich in ihre Kabine führte, auf einen Stapel Zwiebelschalenpapier und Durchschläge zeigte und über die runden Metalltasten der Oliver No. 9 strich. Die Schreibmaschine war olivgrün gestrichen, wog so viel wie ein kleines Kind und war mit strengen Vorschriften bedruckt: *Das Gerät stets sauber halten und ölen.* »Das Buch führt mich an die überraschendsten Orte«, sagte Miss Mack mit einem bedeutungsschweren Seufzen. »Es hat mich vollkommen im Griff. Es ist ein Diktator, um nicht zu sagen, ein Tyrann, Lucy. Ein kleiner Napoleon. Ich merke, wie es meine Sicht auf die Welt, ja, meinen ganzen Charakter verändert. Ich bin Wachs in seinen Händen.«

Ich fragte mich, ob das möglich war. Jedenfalls kam es mir nicht sehr wahrscheinlich vor – und auch nicht wünschenswert. Konnte ein Buch, selbst Das Buch, eine solche Wirkung auf jemanden haben? Allerdings war mir auf der Fahrt nach Ägypten tatsächlich aufgefallen, dass sich Miss Mack verändert hatte. Vielleicht stimmte es ja doch. Und an jenem ersten Abend auf dem Nil wurden die Veränderungen in Miss Macks Weltsicht noch offenkundiger. Es war ein Coup gewesen, das Schiff anzumieten, auf den sie wirklich stolz war. Sie hatte es nur mit Unterstützung der Winlocks und mithilfe sämtlicher ägyptischer Kontakte, über die sie je verfügt hatte, geschafft. Die *dahabieh* gehörte Leuten aus Neuengland, Cousins von Bekannten von ihr, die das Schiff eigentlich in diesem Winter hatten nutzen wollen, dann aber ihre Meinung geändert hatten. An Deck hatte man einen Fahnenmast errichtet, an dem die amerikanische Flagge tapfer in der Nil-Brise flatterte.

Es gab einen Salon mit Büchern und einem verstimmten Klavier sowie zwei Schlafzimmer mit dunkler Wandtäfelung, ebensolchen Markisen und Lamellenläden. Das Bad wurde aus dem Nilwasser gespeist. Die Unterkunft war romantisch und preisgünstig, wie Miss Mack erklärte. Sofort nach unserer Ankunft inspizierte sie den Küchenbereich und erklärte sich hundertprozentig mit ihm einverstanden. Die Küche war makellos, und die Ägypter, die sich um uns kümmern würden, waren höchst zuvorkommend, sprachen ein ausgezeichnetes Englisch und hielten alles tadellos in Schuss. Das Schiff mochte alt sein, aber es hatte Charme. »Man sollte nicht zu viele Umstände machen, Lucy«, sagte sie munter. »Wenn man das Abenteuer sucht – und wir werden ja hoffentlich viele aufregende Dinge erleben –, kann man in Hygienefragen nicht allzu pingelig sein.«

Die erstaunliche neue Lockerheit erstreckte sich auch auf die Mahlzeiten, wie ich feststellen durfte, als wir an Deck unter der Markise das Abendessen einnahmen. Der Koch, ein Mann namens Mohammed Sayed, servierte gegrillten Fisch, den man zuvor frisch aus dem Nil gezogen hatte, *shamsi*-Brot und Salat aus Zwiebeln, Kräutern und Gurke. Miss Mack erklärte es zu einem wahren Festmahl und langte mit großem Appetit zu. Zwischendurch richtete sie ihr Fernglas, das sie mit an den Tisch gebracht hatte, immer wieder auf die Wüste. »Vögel, mein Schatz – und dort vielleicht ein Schakal«, kommentierte sie das, was sie sah, aber mir fiel auf, dass sie vor allem das Gebiet um Carters Burg herum ins Visier nahm. Als das Licht schwand und das Fernglas nutzlos wurde, legte sie es weg und schenkte uns, beschwingt von ihrer neuen Abenteuerlust, Wein ein – meinen verdünnt mit Evian. Dann lehnten wir uns zurück und bewunderten die zahllosen Sterne und ihre Spiegelbilder, die wie silbrige Fischchen an der Oberfläche des Nils tanzten.

Der Gipfel meiner Verwunderung war erreicht, als sich Miss Mack eine dicke ägyptische Zigarette anzündete, gekonnt daran zog und schließlich erklärte, Tabak sei ihrer Inspiration förderlich. »Nur eine nach dem Abendessen, mein Schatz«, sagte sie. »Das bringt mich in die richtige Stimmung zum Schreiben. Ich schreibe nämlich gern nachts. Hoffentlich stört dich das nicht.«

Ich beteuerte, es würde mir nichts ausmachen. Sie war leicht errötet, als sie ihr Bekenntnis abgelegt hatte, und ich war mir nicht sicher, ob Diskussionen über Das Buch vielleicht tabu waren. Irgendwann wagte ich eine schüchterne Frage – ob sie mir vielleicht erzählen könne, wovon Das Buch handle. Miss Mack biss sofort an, mittlerweile knallrot vor Aufregung.

Zunächst hob sie zu einer umständlichen Vorrede an und erzählte, wie zwei Predigten ihres Pfarrers daheim in Mercer Hill, Princeton, sie zutiefst beeindruckt hätten. In der einen ging es um das Gleichnis von den Talenten, in der anderen darum, dass man sein Licht nicht unter den Scheffel stellen soll. »In vier Jahren werde ich sechzig, meine liebe Lucy«, bekannte sie. »Natürlich werde ich niemals meine liebe Mutter verlassen, aber es wird trotzdem Zeit, dass ich mein eigenes Leben lebe. Ein bisschen spät, wirst du sagen – aber besser spät als nie, oder nicht? Ich wollte immer Schriftstellerin werden, schon als Kind habe ich Gedichte geschrieben. O Gott, was habe ich damals für ein Getue um Versmaß und Reim gemacht! Aber dann habe ich die Dichterei aus irgendeinem Grund aufgegeben, und all meine Ambitionen waren futsch. Du darfst nie zulassen, dass dir so etwas passiert, Lucy. Nie.« Sie hielt inne, fuhr dann aber fort: »Diesen Sommer habe ich dann beschlossen, Ernst damit zu machen, all meinen Mut zusammenzunehmen und den Sprung ins kalte Wasser zu wagen. Ich habe mir meine geliebte Oliver gekauft, und schon ging's los. Sobald ich mit dem Schreiben angefangen hatte, erwies es sich als erstaunlich einfach. Ich weiß gar nicht, wieso ich immer dachte, das sei so schwer – das ist es überhaupt nicht! Du sitzt einfach da und redest mit der Seite. Manchmal weißt du, was kommt, manchmal nicht. Tatsächlich tauchen viele Dinge aus dem Nichts auf und überraschen dich.«

In diesem Stil ging es noch eine ganze Weile weiter, und ich hörte aufmerksam zu. Als Miss Mack endlich Atem schöpfte, erinnerte ich sie daran, dass sie mir immer noch nicht erzählt hatte, worum es in dem Buch überhaupt ging. Plötzlich rutschte sie auf ihrem Stuhl hin und her und bedachte mich mit einem sibyllinischen Blick, dem ich in den nächsten zwei Monaten noch oft begegnen sollte.

»Nun, mein Schatz, der Arbeitstitel lautet *Eine Amerikanerin bei den Gräbern*, aber dabei wird es wohl nicht bleiben. Begonnen hat es als Familiengeschichte. Ich habe über meine erste Ägyptenreise geschrieben, die ich zusammen mit meinem Vater unternommen habe, über Pyramiden und Pelikane und so. Ich wollte unbedingt Flora und Fauna mit einbringen.« Sie runzelte die Stirn. »Dann aber hat Das Buch schnell seine eigenen Wünsche angemeldet. Es hat mir in Erinnerung gerufen, was wir bei unserem letzten Besuch erlebt haben: die Begegnung mit Mr Carter und Lord Carnarvon, das Mittagessen im Grab, das Unwetter im Tal, die politischen Unruhen, die bevorstehende Geburt einer neuen Nation. Als ich die Gerüchte vernahm, dass Mr Carter ein Grab gefunden haben soll, wurde mir klar, dass ich eine Augenzeugin bin, Lucy. Ich war an einem Ort, an dem Geschichte geschrieben wird. Wie begriffsstutzig ich doch war. Jetzt sehe ich es auch«, fuhr sie fort, »aber Das Buch wusste schon vorher, in welche Richtung es gehen muss – und sobald ich es ernst nahm, war alles glockenklar. Ich muss nicht irgendwelche verstaubten Memoiren schreiben, Lucy. Ich muss einfach nur dokumentieren, was in diesem Moment im Tal geschieht. Der detaillierte Tatsachenbericht einer Person, die dabei war – was hältst du davon, meine Liebe?«

Ich äußerte vage Zustimmung und erkundigte mich, ob sie schon einen Plan habe, einen ersten Entwurf.

»Um Gottes willen, nein!«, rief sie und warf die Hände in die Luft. »Ein Plan würde das Projekt viel zu sehr einengen! Das Buch soll darüber entscheiden, und egal wohin es will, ich werde ihm folgen. Ein bisschen wie bei Rut und ihrer Schwiegermutter in der Bibel, erinnerst du dich, Lucy? *Wohin du gehst, dahin gehe auch ich.*« Sie schwieg einen Moment. »Dem wesentlich wichtigeren Problem des Stils habe ich allerdings schon eine gewisse Aufmerksamkeit gewidmet, schließlich habe ich noch nie einen Bericht geschrieben. Ein Bericht muss knapp, aufs Wesentliche beschränkt und informativ sein, mein Schatz. Inzwischen habe ich die ersten fünf Kapitel noch einmal überarbeitet und meine Sprache gefunden. Jetzt fließt der Text. Und natürlich habe ich auch ein Vorbild, an dem ich mich orientiere.«

Offenbar wollte sie gefragt werden, also erkundigte ich mich, wer denn dieses Vorbild sei.

»Mark Twain, wer sonst?«, antwortete sie triumphierend, dann plauderten wir noch etwas und zogen uns bald in unsere Kabinen zurück. »Und denk morgen früh an robustes Schuhwerk, Lucy«, verkündete sie an ihrer Kabinentür. »Es ist an der Zeit, die Thebanischen Berge zu erkunden und ein paar Beobachtungen anzustellen. Die Sicht aufs Tal ist von dort oben prächtig. Wenn an Mr Carters Grabungsstätte irgendetwas passiert, werden wir es sofort wissen. Das Buch braucht Stoff, mein Schatz. Mohammed wird uns ein Picknick einpacken, dazu noch ein paar Matten und natürlich das Fernglas, und dann geht's los!«

Sie warf mir einen vielsagenden Blick zu und zog dann entschieden die Tür hinter sich ins Schloss. Wenige Minuten später hörte ich das Geklapper der Oliver No. 9, das Scheppern des Wagenrücklaufs und das ratschende Geräusch, mit dem die Seiten gewechselt wurden. Das Buch musste Miss Mack vollkommen in seinen Fängen haben: Es war zwei Uhr nachts, als die Oliver endlich schwieg.

Zu dem Zeitpunkt saß ich an Deck. Ich sog die Luft ein und mit ihr ganz Ägypten und versuchte, mir klarzumachen, dass ich endlich wieder hier war. Mein stummer Dank galt meiner Mutter und Miss Dunsire, den beiden Frauen, die mir die Reise ermöglicht hatten. Die Mannschaft des Schiffes hatte eine Kerosinlampe brennen lassen. Ich löschte sie und wanderte im Sternenlicht hin und her. In der Ferne, am Ostufer des Nils, glänzten die Fenster des Winter Palace. Es war noch früh in der Saison, trotzdem hörte ich die Tanzmusik, die verführerisch über das Wasser klang – Blues, Tango, Ragtime, dann noch ein Blues. Ich legte mich hin und schaute in den Sternenhimmel, der sich über mir wölbte. Der Nil floss dahin, seine Wellen brachen sich mit einem Wispern am Rumpf der *dahabieh*. Das Holz knackte und ächzte, wenn sie auf dem Wasser schaukelte und an den Tauen zerrte, die sie mit dem Land verbanden. Das Schilf flüsterte und rauschte, dann war aus der Wüste der Schrei einer Eule zu hören.

Ich setzte mich wieder auf und schaute zu den Hügeln hinüber, hinter denen das Tal der Könige lag. Das Amerikanische Haus konnte ich gerade noch erkennen: Es zeichnete sich als dunkles Etwas vor den Felsen ab. Die Winlocks würden erst in ein paar Wochen in Ägypten eintreffen, also war es vielleicht noch verwaist und wartete auf sie. Kein einziges Licht war dort zu sehen, in Carters Burg musste hingegen jemand wach sein, jemand, dem es ähnlich ging wie mir. Die Fenster waren hell erleuchtet, und ich fragte mich, ob es wohl Howard Carter war, der eine schlaflose Nacht hatte und seinen nächsten Tag im Tal plante. Und falls es so war, ob er wohl allein war oder ob Lord Carnarvon und Evelyn ihm Gesellschaft leisteten. Was würden sie wohl morgen finden?

Ich kehrte in meine Kabine zurück. Da ich immer noch nicht schlafen konnte und meine Aufregung mit jemandem teilen wollte, begann ich mit dem ersten meiner versprochenen Briefe an Miss Dunsire. *Luxor, an Bord der Queen Hatschepsut, Freitag, den 24. November 1922. Liebste Nicola ...* Meine Handschrift wurde allmählich besser. Ich beherrschte schon fast eine schöne, geneigte Schreibschrift, und Miss Dunsire hatte mir zum Abschied einen Füller geschenkt, der perfekt in meiner Hand lag. *Mittlerweile sind Lord Carnarvon und Eve eingetroffen*, schrieb ich, als ich am Ende des Briefs angelangt war, *nun kann Mr Carter seine Grabungen wieder aufnehmen. Morgen fangen sie an, was ziemlich aufregend ist! Miss Mack und ich machen morgen früh auch einen Ausflug in die Berge und hoffen, dass wir sie beobachten können.*

*Die große Neuigkeit ist, dass Miss Mack jetzt vorgibt, Reporterin zu sein. Sie hat mit einem Buch über Mr Carters Arbeit begonnen, im Stil von Mark Twain. Wenn du jetzt hier wärst, könnten wir gemeinsam darüber lachen, aber da es nun einmal nicht so ist, tu ich es allein. Was für eine Nacht, Abertausende von Sternen ... Ich schicke diesen Brief nach Athen, wo ihr mittlerweile angekommen sein dürftet.*

*Pour mon père, félicitations. Pour toi – à bientôt et je t'embrasse, ma chère Nicole.*


»Siehst du etwas, Lucy?«, fragte Miss Mack. Ungeduldig marschierte sie zwischen den Felsen der hohen kahlen Berge hin und her. »Irgendetwas wirst du doch wohl sehen, mein Schatz.«

Ich sah Staub. Durch mein Fernglas sah ich Massen von wirbelnden weißen Staubwolken. Nur wenn sich der Staub gelegentlich legte, konnte ich die Umrisse von Carters Arbeitern erkennen. Manche schienen sich auszuruhen, andere liefen geschäftig in der Nähe eines dunklen Quadrats herum, das der Eingang zu dem vermeintlichen Grab sein musste. Auf einer Anhöhe, von wo aus er Anweisungen geben konnte, stand die bärtige Gestalt Ahmed Girigars. Es war zehn vor vier am Sonntag, dem 26. November, und dies war bereits unsere zweite journalistische Erkundungstour in die Thebanischen Berge.

Auf Geheiß Des Buches hatten wir fast den gesamten letzten Tag auf diese Weise verbracht, hatten die Berge erkundet, einen günstigen Beobachtungsposten ausfindig gemacht, gepicknickt, gelesen und dabei die Ereignisse unten im Tal im Auge behalten – historische Ereignisse, wie es die lokalen Gerüchte wollten. Als Carter den Eingang wieder hatte freilegen lassen, hatte er an der Wand am Fuße der Treppe Siegel gefunden – die den Namen eines Königs trugen. Diese Entdeckung, die nahelegte, dass es sich um ein Königsgrab handelte, wenngleich es natürlich noch kein Beweis dafür war, hatte den Ausgräbern neuen Mut verliehen. Schon am nächsten Morgen hatten sie die Wand eingerissen und dahinter einen Gang von unbekannter Länge entdeckt, der allerdings unzugänglich war, weil er bis obenhin mit Geröll und Bruchsteinen angefüllt war.

Gestern und heute waren Carters Arbeiter damit beschäftigt, diese Barriere zu beseitigen – so hatten wir zumindest gehört. Aber das Gerücht schien zu stimmen, da Miss Mack und ich beobachten konnten, wie riesige Mengen an Schutt aus dem dunklen Loch im Boden herausgeholt wurden. Nicht der spannendste Anblick, dachte ich. Mehrfach machte ich sie darauf aufmerksam, dass es noch mehr Gänge geben könnte, und nach allem, was wir wussten, könnten sie alle vollgestopft sein. Sie könnten zwei-, dreihundert Meter in den Felsen hineinführen wie in den Gräbern, die ich mit Frances besichtigt hatte, sodass Carters Leute noch Wochen oder gar Monate mit den Räumungsarbeiten beschäftigt sein könnten. In dem Fall konnte Miss Mack lange warten – und ich mit ihr.

»Mir scheint, sie werden langsamer«, sagte ich. »Vielleicht machen sie ja wieder eine Pause. Viel passiert da unten jedenfalls nicht.«

»Um Gottes willen, Kind«, sagte Miss Mack, die jetzt die Geduld verlor. »Gib mir das Fernglas.«

Ich zog mich in den Schatten eines Felsens zurück, aß einen Apfel und starrte in die Luft. Aus irgendeinem Grund musste ich an die Begegnung in London denken, die Miss Dunsire »die Übergabe« genannt hatte.

»Ah, das muss dein Schutzengel sein, Lucy«, hatte Nicola gesagt, als sie Miss Macks unsichere Gestalt auf dem Bahnsteig des Zubringerzugs zum Schiffsanleger entdeckte. Sie musterte sie von oben bis unten, zog die Augenbrauen hoch und marschierte dann auf sie zu. Ich eilte neben ihr her. »Mach dich nicht über sie lustig, Nicola«, murmelte ich. »Sei freundlich. Sie ist wirklich sehr nett – und dumm ist sie auch nicht.«

»Miss Mackenzie, endlich!« Nicola drückte Miss Macks Hand und küsste sie wie in Frankreich üblich auf beide Wangen. Miss Mack wich entsetzt zurück, wollte ihre Reaktion aber, wie vorauszusehen war, sofort wiedergutmachen, indem sie redete wie ein Wasserfall. Während die Worte aus ihr hervorsprudelten, stand Nicola schweigend da und taxierte sie mit einem Lächeln auf dem Gesicht. ... *so überrascht, als sie von der Hochzeit gehört habe ... Gütiger Gott! Das war jetzt nicht so gemeint, da hatte sie sich vollkommen falsch ausgedrückt ... die aufrichtigsten Glückwünsche, was für eine große Freude, das Beste, was passieren konnte ... Und wie überaus freundlich von Mrs Foxe-Payne, einer Fremden, der sie noch nie begegnet war und die sie überhaupt nicht kannte, ihre neue Stieftochter anzuvertrauen ... Seien Sie versichert, höchste Wachsamkeit, bestmögliche Betreuung, alte Ägyptenkennerin, enge Freundinnen, Lucy werde regelmäßig schreiben, dafür werde sie schon sorgen, und auch ihre Hausaufgaben werde sie machen ...*

Ich spürte Nicola Dunsires amüsierten Spott und ihre wachsende Verachtung. Rot vor Scham betete ich, sie möge hinter dem Wortschwall die unendliche Güte dieser Frau erkennen, doch danach sah es nicht aus. Miss Dunsire schaute auf die Uhr, strich die Aufschläge ihres teuren Kostüms glatt und erlaubte es sich, ihre überwältigenden Augen sarkastisch auf Miss Macks zerknittertem Tweed-Ensemble, ihrem roten Gesicht und ihren ungewaschenen Haaren, die sich aus den Haarklammern lösten, ruhen zu lassen. Bei den »Hausaufgaben« schritt sie ein.

»In der Tat, Lucy darf nicht unter Niveau fallen. Sie muss die Aufgaben, die ich ihr mitgegeben habe, unbedingt erledigen. Ich möchte, dass sie intelligent wird.«

Das Wörtchen »intelligent« schwebte wie ein Schwert in der Luft. Miss Mack senkte den Blick. »Aber Lucy ist doch intelligent. Das dachte ich zumindest immer«, sagte sie leise. »Andererseits kann man natürlich immer noch intelligenter werden, was ja für uns alle gilt.«

Ein winziger, höflicher Vorwurf schwang in ihren Worten mit, aber ich war mir nicht sicher, ob Nicola ihn registrierte. Sie nahm mich zum Abschied in die Arme. »*Nutze jede Stunde, in welcher die Sonne dir scheint*, Lucy«, ermahnte sie mich schließlich spöttisch über die Schulter hinweg, dann war sie fort.

In der Hitze der Thebanischen Berge sinnierte ich über das Wesen der Stunden, in denen die Sonne scheint. Meine Absichten waren klar: Ich wollte heimkommen und Miss Dunsire mit meinen Fortschritten beeindrucken, daher lernte ich jeden Tag ein Gedicht auswendig. Im Schatten des Felsens schlug ich meinen Coleridge auf und vergewisserte mich, dass ich *Kubla Khan* bereits beherrschte. Tat ich. *Die tiefen Höhlen, unendlich groß* – würden Carter und Carnarvon auch solche Höhlen entdecken? Sollte ich mich als Nächstes mit Teilen der Ballade *Christabel* beschäftigen? Nachdem ich eine Weile darin gelesen hatte, schlug ich das Buch zu und schaute wieder ins Tal hinab. Von unserer Position aus war der Ausblick überwältigend. Man sah jede Biegung und jeden Weg, den ich bei meinem letzten Besuch mit Frances gegangen war. Auch die Gräber, die Herbert Winlock uns gezeigt hatte, waren zu erkennen. Carters Ausgrabungsstätte befand sich in der Nähe des mit einer Rampe versehenen Eingangs zum Grab von Ramses VI. Das Grab, das er gefunden hatte – falls es denn ein Grab war –, lag also unter den Arbeiterhütten, so wie er vermutet hatte. Es war der letzte unerforschte Bereich seines berühmten Dreiecks.

Ein paar seiner Männer waren abgestellt worden, um die Touristen fernzuhalten – obwohl ich bisher sowieso nur wenige Besucher gesehen hatte und das Tal im Moment fast ausgestorben wirkte. Betriebsamkeit herrschte einzig an Carters Grabungsstelle, wo ein kleines weißes Zelt aufgebaut war, aber auch dort schien es ruhiger zu werden. Nur noch vereinzelt waren von dort Geräusche zu hören, und die Anzahl der Jungen, die in ihren Körben den Schutt wegtrugen, hatte sich auch deutlich verringert. Vielleicht bereiteten Carters Arbeiter sich ja schon auf den Feierabend vor.

Mein Schutzengel Miss Mack war immer noch wachsam auf ihrem Posten, obwohl ich allmählich das Vertrauen in ihre journalistischen Fähigkeiten verlor. Bislang erschöpfte sich die Informationsbeschaffung nämlich darin, auf diesen Hügel zu steigen oder schamlos unseren Koch auszuquetschen, der nach Ansicht von Miss Mack die unverzichtbare Stimme eines Mannes »aus der Gegend« darstellte. Irgendwann hatte sie allerdings herausgefunden, dass er eine noch viel wertvollere Quelle war als anfangs gedacht: Sein Onkel war nämlich Abd-el-Aal Ahmad Sayed, Howard Carters Hausmeister, den wir bei unserem Besuch in Carters Burg kennengelernt hatten.

Mohammed, der noch am Morgen ausgiebig gelöchert worden war, hatte uns also mit wichtigen Informationen versorgt. Es sei allseits bekannt, und zwar schon seit zwei Wochen, dass Carter längst ein Grab gefunden habe. Die Entdeckung sei ihm sogar, sobald er zur Wiederaufnahme der Grabungen aus Kairo eingetroffen sei, von Mohammeds Onkel Abd-el-Aal und von den anderen Bediensteten seiner Burg vorhergesagt worden. Carter hatte bei seiner Ankunft nämlich einen Käfig mit einem in Ägypten unbekannten Vogel dabei, einem Kanarienvogel. Die Angestellten begriffen sofort, dass der goldene Singvogel – *inschallah!* – ein gutes Vorzeichen war, weshalb sie auch nicht überrascht waren, als nur drei Tage später die erste Stufe entdeckt wurde. Und natürlich waren sie sich auch sicher, dass die Treppe zu einem mit Schätzen angefüllten Grab führte, weshalb sie es sofort »das Grab des Goldenen Vogels« tauften.

Unglücklicherweise wurde der Vogel drei Tage später unter ungeklärten Umständen von einer Kobra gefressen. Kobras zierten die Krone der ägyptischen Könige, daher war es kein gutes Vorzeichen, dass sich das Tier in Carters Anwesen geschlichen und den Kanarienvogel verspeist hatte, ganz im Gegenteil. Die Kobra sei aber, fuhr Mohammed munter fort, sofort von einem guten Freund von Mr Carter erschossen worden, von Mr Pecky Callender nämlich, während dessen Wachschicht sich die Katastrophe ereignet habe. Mit zwei Schüssen aus seiner Schrotflinte habe er die Schlange erledigt. Der erste goldene Vogel wiederum sei zügig durch einen zweiten ersetzt worden, den Lady Evelyn aus Kairo mitgebracht habe. Die alten Götter seien also möglicherweise besänftigt, und alles würde gut werden.

Jedenfalls, fuhr Mohammed vertraulich fort, sei überall in Qurna und Luxor wohlbekannt, dass die gegenwärtigen Aktivitäten von Mr Carter und El Lord im Tal der Könige ein Täuschungsmanöver seien. Längst seien sagenhafte Schätze und Tonnen von Gold aus dem Grab entfernt und beiseitegeschafft worden. Die Beute, die einen mumifizierten König und seine goldenen Sarkophage umfasse, sei sogar schon auf dem Weg nach England und würde Ägypten nie wiedersehen. Vor Wochen schon habe man das Grab geplündert und seinen Inhalt von einer ganzen Flugzeugflotte abholen lassen.

An diesem Punkt unterbrach ihn Miss Mack, die sich geschwind Notizen gemacht hatte. »Jetzt aber mal langsam, Mohammed«, sagte sie. »Das kann doch gar nicht sein, und das wissen Sie selbst. Wie soll denn im Tal der Könige ein Flugzeug landen? Das ist doch einfach lächerlich. Außerdem ist es ja vielleicht gar kein Grab. Schließlich hat man erst mit den Grabungen angefangen, das habe ich gestern mit eigenen Augen gesehen.«

Mohammed schob die Unterlippe vor und schaute sie störrisch an. Wie ich bei meiner ersten Reise gelernt hatte, war der Wahrheitsbegriff der Ägypter oft sehr dehnbar – und unterschied sich deutlich von Miss Macks sehr engstirniger Yankee-Auffassung. Die Idee einer Tatsache war nicht unbedingt ausschlaggebend, und hatte man die Wahl zwischen zwei verschiedenen Beschreibungen der Wirklichkeit – einer wahrscheinlichen, schmucklosen, schlichten und einer unwahrscheinlichen, aber glitzernden und wohltönenden –, dann entschied man sich eher für die Homerische Alternative. Miss Mack, die von solchen Unterscheidungen gar nichts hielt, ärgerte sich über Mohammeds Weigerung, Abbitte zu leisten. »Mit solchen Märchen«, sagte sie vorwurfsvoll, »kann ich nicht das Geringste anfangen, Mohammed. Den Kanarienvogel mag ich, den kann ich verwenden, dafür danke. Aber die Flugzeuge? Nicht eine einzige Zeile werde ich an sie verschwenden, das kann ich Ihnen versichern.«

Mohammed versprach, nun wieder eifrig bemüht, sich umgehend zu erkundigen. Während wir in den Bergen hockten und das Fernglas auf Carters Grab richteten, arbeitete er also auf seine Weise ebenfalls für Das Buch. Noch am selben Nachmittag wollte er zu Carters Burg gehen, um seinen hochverehrten Onkel Abd-el-Aal in Miss Macks Angelegenheit zu befragen. Abends wollte er uns dann berichten. Ich seufzte. Ich verstand wirklich nicht, warum Miss Mack solche Umwege auf sich nahm. Warum konnte sie nicht einfach selbst zu Carters Burg gehen und nachfragen? Das hatte ich auch vorgeschlagen, mehrfach sogar, aber sie hatte mich nur ihre Verachtung spüren lassen. »Tut mir leid, Lucy, aber du hast keine Ahnung von Journalismus«, sagte sie. »Ein solcher Ansatz wäre vorschnell – ja, sogar schädlich. Nein, mein Schatz: Auch hier gilt, *durch einen Umweg auf den Weg zu kommen*. Ich lege jetzt die Fundamente, die Interviews werde ich noch früh genug führen.«

Ich räkelte mich faul in der Sonne und schaute liebevoll zu Miss Mack hoch. Es war deutlich zu spüren, dass Das Buch und seine Anforderungen sie fest im Griff hatten. Den ganzen Tag harrten wir nun schon in dieser Hitze aus. Miss Macks Hut saß schief, ihr graues Haar war zerzaust, Schweiß rann ihr das Gesicht hinab, und doch richtete sie unermüdlich, wild entschlossen und schicksalhaft unerbittlich ihr Fernglas auf das Tal unter uns. Während ich sie noch lächelnd betrachtete, zuckte sie plötzlich zusammen und stellte das Fernglas noch einmal scharf. Dann sagte sie: »Ich wusste es, Lucy. Irgendetwas geschieht da unten.«

Als ich den Blick wieder auf den dunklen Grabeingang richtete, sah ich, dass sie recht hatte. Die Grabungsarbeiten waren endgültig abgebrochen worden, und Carters Leute hatten sich schweigend in der Nähe der Ausgrabungsstätte versammelt. Manche standen, manche hatten sich hingehockt. Carters *reis* Girigar stand am oberen Ende der sechzehn Stufen und schaute mit erwartungsvoller Miene hinab. Von keinem der Ausgräber war etwas zu sehen, sie mussten also alle unter der Erde sein. Die Sonne, die schon ziemlich weit im Westen stand, beschien nur noch die Gipfel über dem Tal und tauchte sie in goldenes Licht. Die Schatten wurden schnell länger. Wie immer ließen sich die Schwarzmilane im Aufwind treiben und durchbrachen die Stille mit ihren Schreien. Ich verspürte ein Kribbeln, aber in den nächsten zehn Minuten tat sich im Tal erst einmal gar nichts. Niemand bewegte sich, niemand sprach. Ich suchte den Weg, den wir gekommen waren, mit Blicken ab. Es war fast fünf Uhr – wir sollten uns bald auf den Rückweg machen, bevor das Licht schwinden und der lange steile Abstieg gefährlich werden würde.

»Lucy, schau nur«, sagte Miss Mack. Ich wandte mich um und sah die unverwechselbare Gestalt Howard Carters aus der Erde emporsteigen. Er wirkte sehr wackelig auf den Beinen, blieb stehen, um sich den Schweiß von der Stirn zu wischen, und starrte dann blind ins Tal. Wortlos reichte mir Miss Mack das Fernglas. Als ich Carters blasses, verstörtes Gesicht in Augenschein nahm, tauchten aus dem Dunkel zwei weitere Gestalten auf: Lord Carnarvon, der genauso mitgenommen wirkte, und Evelyn, die ebenfalls neben sich zu stehen schien. Sie wischte sich mit dem Handrücken über die Augen, umarmte dann in einer unwillkürlichen, stürmischen Geste ihren Vater und riss schließlich Carter an ihre Brust. Ihr Vater nahm beide bei der Hand. Er wirkte tief bewegt und schien etwas mit großem Nachdruck zu sagen. Carter antwortete, während er seine Hand auf die von Carnarvon legte, dann winkte er einem Jungen, der sofort mit Hockern angelaufen kam. Carnarvon ließ sich nieder und verbarg das Gesicht in den Händen, Eve beugte sich über ihren Vater. Carter ging zu der mageren, wachsamen Gestalt Ahmed Girigars hinüber, und die beiden Männer, die schon so lange miteinander arbeiteten, wechselten ein paar Worte, woraufhin sich Girigar an seine Männer wandte und ihnen etwas mitteilte. Die Reaktion erfolgte prompt: Ein Mann stand auf, dann ein anderer. Sie hoben ihre Gesichter gen Himmel, legten die Köpfe in die Nacken, dann stießen sie gemeinsam einen furchterregenden Schrei aus: ein langes kehliges Heulen, das Ausdruck von Klage oder Jubel sein konnte und traditionell arabische Zeremonien begleitete, Geburt und Tod, Hochzeiten und Beerdigungen.

Der überirdische Schrei erfüllte das Tal und hallte wie die Stimmen der Toten von den Felsen wider. Meine Nackenhaare standen zu Berge, und eine eiskalte Hand griff mir ans Herz – auch wenn ich heute die Augen schließe, höre ich ihn noch durch die Jahrzehnte hallen. Diesen Schrei, der mir sagte, dass Carter und Carnarvon ihr Grab gefunden hatten.

## 27

Die große Entdeckung wurde uns noch am Abend desselben Tages bestätigt, als Mohammed in einem Zustand überschwänglicher Begeisterung von seiner Mission zurückkehrte. Bis sieben Uhr abends habe er in Carters Burg ausgeharrt, erklärte er, dann seien El Lord und seine Leute endlich aus dem Tal zurückgekehrt. Er habe wirklich eine Menge Neuigkeiten. Miss Mack zückte sofort ihr Notizbuch und saß erwartungsvoll da, den Bleistift in der Hand. Als Mohammed zum Besten gab, was passiert war, als man am späten Nachmittag den Gang endlich vom Schutt befreit hatte, überstürzten sich seine Worte. Plötzlich hätten die Ausgräber nämlich vor einer zweiten Wand gestanden. Mr Carter hätte dann mit äußerster Vorsicht ein kleines Loch in die Wand gebohrt und seinen Arm mit einer Kerze hindurchgesteckt.

»Mit einer Kerze?«, fiel Miss Mack ihm ins Wort. »Warum denn nicht mit einer Taschenlampe, Mohammed?«

»Faulgase, Miss!«, erwiderte Mohammed. »Die Luft in den Gräbern ist äußerst gefährlich. Wenn die Kerze erlischt, ist Vorsicht geboten, wenn nicht, kann man weiterarbeiten.«

Offenbar war die Kerze nicht erloschen. »Es gibt einen kleinen Luftzug, Miss«, erzählte Mohammed weiter. »Das ist der Atem der Geister, wenn sie erwachen. Nach dreitausend Jahren werden sie zum ersten Mal gestört. Die Flamme der Kerze flackert also, brennt dann aber plötzlich stärker. Mr Carter vergrößert das Loch, nur ein winziges bisschen, und schaut in die Dunkelheit dahinter. Und was sieht er? Noch einen Gang? Noch eine Treppe? Nein, Miss, er sieht Gold! Unvorstellbare Schätze. Die Schätze des Königs Tutanchamun, die dort in der Dunkelheit liegen.« Er atmete tief durch. »El

Lord und seine Tochter stehen derweil an Carters Seite, Miss, erfüllt von Angst und Begeisterung. Ihnen stockt der Atem vor Spannung. Die Minuten verstreichen, bis El Lord es nicht länger aushält und sagt ... Schauen Sie, Miss, ich habe Ihnen seine genauen Worte aufgeschrieben. Er sagt also: ›Um Himmels willen, Carter, so reden Sie doch. Sehen Sie etwas?‹ Und Mr Carter seufzt. ›Ja‹, antwortet er. ›Ja. Wunderbare Dinge.‹«

»Wunderbare Dinge? König Tutanchamun? Gütiger Gott! O Lucy!« Miss Mack umklammerte meine Hand.

Mohammed stürzte sich nun in eine ausführliche Beschreibung dieser wunderbaren Dinge, des unvorstellbaren Schatzes, König Tutanchamuns Gold, seiner Juwelen. Immer schneller erzählte er und erklärte schließlich, heute sei ein großartiger Tag, aber der morgige Montag – *inschallah!* – würde ein noch viel größerer werden. Morgen würde nämlich Carters Freund, der Ingenieur Pecky Callender, die elektrische Leitung eines benachbarten Grabs anzapfen. Dann würden El Lord und Mr Carter Tutanchamuns Grab bei elektrischem Licht noch einmal betreten und es gründlich ...

»Noch einmal betreten?«, fragte Miss Mack scharf. »Sie meinen, die beiden waren bereits drin?«

»Ja, natürlich«, antwortete Mohammed ungeduldig. Er ließ sich nicht gern unterbrechen. »Sie haben das Loch noch einmal vergrößert und sind hineingeklettert. Es gibt zwei Kammern, Miss, da gibt es eine Menge zu erkunden. Heute hatten sie zusätzlich zur Kerze nur Taschenlampen dabei. Das reichte für einen schnellen Blick. Aber morgen kommt dann flutendes elektrisches Licht hinzu. Dann finden sie bestimmt auch die Mumie des Königs. Bislang war sie nämlich nirgendwo zu sehen – aber ich bin sicher, das wird sich bald ändern.«

Miss Mack verkniff sich die Bemerkung, dass die Mumie doch, Mohammed zufolge, längst von einem Flugzeug abgeholt worden sei und sich in den Eingeweiden der Bank of England befinde – möglicherweise aber auch in Highclere Castle. Jubelnd verkündete Mohammed nun, dass die Entdeckung derart überwältigend sei, dass demnächst die ganze Welt nach Luxor pilgern werde. Erst würden die Offiziellen kommen, dann die hohen Tiere, der Hochkommissar, der Sirdar, der Mudir von Qena, der Maamor von Luxor, der weise Mann von der Polizei, etliche Paschas, eine Menge anderer Exzellenzen ... Er hielt in der Aufzählung inne, um Luft zu schöpfen.

Miss Mack, die eifrig mitgeschrieben hatte, meldete sich schnell zu Wort. »Langsam, bitte, Mohammed«, sagte sie. »Für Das Buch brauche ich das ganz genau. Was heißt ›Offizielle‹? Wer sind diese ›Offiziellen‹?«

Mohammed, der einen ausgeprägten Sinn für bürokratische Strukturen und ihre Absurditäten hatte, nutzte die Chance, sich sofort in Details zu ergehen. Zunächst würde der Antikendienst in Kairo hinzugezogen werden, erklärte er. Es gebe eine heilige und sakrosankte Regel, dass jeder Ausgräber den Dienst unverzüglich von einem Fund in Kenntnis setzen müsse. Das hatten Mr Carter und El Lord bereits getan. Der Chefinspektor für Oberägypten, ein Engländer namens Rex Engelbach, war schon letzten Freitag angereist, um die erste versiegelte Wand vor dem Grab zu inspizieren. Nachdem er das getan hatte, war er im Tal der Könige zu einem geselligen Mittagessen eingeladen worden und dann nach Qena weitergereist, wo unaufschiebbare Verpflichtungen auf ihn warteten. Vor Dienstag würde er nicht zurückkehren können. Aber wenn er komme, könnten wir das nicht überhören, weil er immer mit einem viel beneideten und in der Gegend überaus berühmten Motorrad unterwegs war. In der Zwischenzeit war nach den Maßgaben von El Lords Lizenz eigentlich ein stellvertretender Inspektor vonnöten, der allerdings angesichts des heutigen Durchbruchs ziemlich spät dran war. Die Inspektion, die in Mr Engelbachs Abwesenheit durchgeführt werden würde, war erst für morgen, Montag, anberaumt – und zwar durch seinen Stellvertreter in Luxor, einen gewissen Ibrahim Effendi, der von hier stammte und zudem der Ehemann der Tante des Halbbruders eines Cousins von Mohammed war.

»Und das ist nun wirklich eine Katastrophe«, stellte Mohammed wütend fest. »Dieser Ibrahim Effendi ist nämlich ein großer, fetter Gentleman, der nicht den Respekt vor der Tante des Halbbruders meines Cousins hat, den ein Mann vor seiner Frau haben sollte. Schon während der Schulzeit hatte ich mich oft mit ihm in den Haaren. Er ist ein Dummkopf und Stümper. El Lord und Mr Carter werden ihn um den kleinen Finger wickeln. Sie werden ihm etwas vorgaukeln und ihm Sand in die Augen streuen.«

»Was für ein Unsinn, Mohammed«, sagte Miss Mack bestimmt, notierte sich aber alles. »Ich bin mir sicher, dass Ibrahim Effendi seine Sache gut macht, sonst hätte man ihn doch nicht eingestellt. Sie sollten Ihr Urteil nicht von persönlichen Animositäten abhängig machen. Andererseits ist das natürlich schon merkwürdig: Höchst nachlässig von diesem Mr Engelbach, in einem solch historischen Moment für drei Tage nach Qena zu verschwinden. Was mag er sich nur dabei gedacht haben? Trotzdem werde ich am Dienstag nach seinem Motorrad Ausschau halten, übrigens ein hübsches Detail, das sich bestimmt verwerten lässt. Und morgen werde ich auf diesen Ibrahim Effendi achten. Ein großer Mann, sagten Sie?«

»Geradezu elefantös, Miss«, antwortete Mohammed. »Er trägt einen roten Fes und reitet auf einem Maultier. Ein Faulpelz, der vor Wichtigtuerei fast platzt. Fünf Minuten wird er bleiben und sich zwei hochtrabende Aktennotizen machen, dann wird er wieder verschwinden. Und im selben Moment werden El Lord und Mr Carter damit beginnen, die Schätze aus dem Grab zu holen. Sie werden also den gesamten Montag Zeit haben, es zu plündern.«

»Nun, nun!« Miss Mack drohte ihm mit dem Bleistift. »Das grenzt ja schon fast an Verleumdung, Mohammed. Als würden die beiden je auf die Idee kommen, so etwas zu tun. Und stellen Sie sich nur einmal vor, sie würden es doch tun – Mr Engelbach hätte dann sicher auch noch ein Wörtchen mitzureden, wenn er am Dienstag kommt, nicht wahr?«

Mohammed schob die Unterlippe vor und wurde wieder störrisch. Seiner Meinung nach war das Grab derart vollgestopft mit

Kostbarkeiten – viele davon in Taschengröße, wie er betonte –, dass in den Phasen zwischen den Inspektionen Hunderte, wenn nicht gar Tausende von Objekten unbemerkt verschwinden könnten. Andererseits würde es demnächst – und nun hellte sich sein Gesicht etwas auf – eine offizielle Öffnung des Grabes geben, so waren die Gepflogenheiten. Man würde im Tal der Könige einen glanzvollen Empfang veranstalten. Lord Allenby, der britische Hochkommissar höchstselbst, würde daran teilnehmen und noch viele andere illustre Gäste. Und natürlich würde auch der große Direktor des Antikendienstes schnurstracks aus Kairo anreisen.

»Gütiger Himmel! *Der* Monsieur Lacau?«, erkundigte sich Miss Mack. »Sind Sie ihm je begegnet, Mohammed? Können Sie ihn mir beschreiben?«

Mohammed kam der Bitte natürlich gern nach. Er kenne den berühmten Mann nicht persönlich, müsse er einräumen, habe ihn aber bei seinen offiziellen Besuchen in Luxor gesehen. Er sei nicht der Typ Mann, den man so schnell vergesse. »Über zwei Meter groß«, sagte er. »Mit seinem dichten weißen Bart bis hier sieht er aus wie ein Heiliger.« Mohammed tippte sich mit der Hand in die Herzgegend, und Miss Mack kritzelte rasch etwas in ihr Notizbuch. »Ein sehr weiser Mann und noch dazu sehr gerissen. *Ihm* wird El Lord keinen Sand in die Augen streuen. Und was Carter betrifft ... Oh!« Er sog die Abendluft ein und stieß einen verärgerten Schrei aus. »Das Huhn brennt an, Miss. Ich muss Sie sofort verlassen.«

Im Eiltempo verschwand er im Küchenbereich, wo sich der Neffe seiner Frau, ein Junge meines Alters, um unser Abendessen kümmerte. Wir würden nie erfahren, was für ein Schicksal Carter in Lacaus Händen erleiden würde, aber das Huhn überlebte die Misshandlung und schmeckte an diesem Abend köstlich. Wir aßen mit großem Appetit, ausgehungert nach unserem langen Marsch durch die Berge.

»Monsieur Lacau wird auch ›Gottvater‹ genannt«, erzählte ich Miss Mack beim Essen. Vielleicht hatte sie ja Verwendung für dieses Detail. »Von den Archäologen vom Met. Wegen seines weißen

Barts vermutlich – und wegen seines Charakters.« Ich dachte an das Dinner im Shepheard's am Abend von Poppys Verschwinden zurück. »Mr Lythgoe hält Monsieur Lacau für verschlagen«, fuhr ich fort, »und Mr Winlock behauptet, er sei doppelzüngig. Den einen Moment scharwenzele er noch um die gegenwärtigen Machthaber aus der britischen Residenz herum, im nächsten schleime er sich bei seinen neuen nationalistischen Freunden ein. Mr Lythgoe und Mr Winlock waren überzeugt davon, dass er noch Ärger machen würde.«

»Keinen Tratsch bitte, Lucy«, sagte Miss Mack vorwurfsvoll, schrieb aber in ihrer sauberen Handschrift alles mit. »Was für einen Ärger hätte er denn machen sollen, mein Schatz? Weißt du das zufällig noch?«

Ich holte mein Tagebuch aus der Kabine, um bei den Details sicherzugehen, und blätterte darin herum: eine Beschreibung von Mrs d'Erlanger und ihrem flotten Kleid, zwei Engländer, die am Eingang zum Speisesaal von Kellnern getrennt werden ... Ah, und da war mein Bericht über die Unterhaltung. Ich las ihn Miss Mack vor, die, als ich fertig war, ungläubig den Kopf schüttelte.

»Die Regeln der Fundteilung ändern?«, fragte sie. »Aber die sind doch schon ewig gültig, Lucy. Im Falle eines Königsgrabs gehen die wichtigsten Objekte – die Mumie selbst, die Särge, der Sarkophag und so weiter – doch ganz automatisch ans Ägyptische Museum in Kairo. Da noch nie ein Archäologe ein unversehrtes Grab gefunden hat, war das natürlich immer eine rein theoretische Bedingung – und die einzige Ausnahme. Alles andere wird zu gleichen Teilen zwischen dem Museum und den verantwortlichen Ausgräbern geteilt. Du willst also behaupten, Mr Winlock habe Angst, dass diese Regelung geändert werden könnte?«

»Ja, weil Monsieur Lacau das System für falsch hält. Er hat sich die Sicht der Nationalisten zu eigen gemacht. Seiner Meinung nach sind sämtliche ausgegrabenen Artefakte ägyptisches Erbe und müssen für immer und ewig im Land bleiben.«

»Bist du dir da auch sicher, Lucy?« Miss Mack hatte die Augen überrascht aufgerissen. »Das Ägyptische Museum ist doch bereits bis zur Decke vollgestopft. Bei einer solchen Regelung würde es bald aus allen Nähten platzen. Ich habe gehört, dass sie sogar schon Objekte verkaufen, um für neue Funde Platz zu schaffen. Sollen denn die Ausgräber die Kosten für die Ausgrabungen tragen, ohne dafür entschädigt zu werden? Soll den ausländischen Museen jeglicher Anteil an den von ihnen entdeckten Dingen vorenthalten werden? Dingen, die man ohne ihr Wissen, ihr Geld und ihre jahrelange Arbeit nie gefunden hätte? Ich kann mir kaum vorstellen, dass ein solches System funktionieren würde.«

»Mr Lythgoe auch nicht. Er hegt die feste Absicht, es zu verhindern, und hat auch schon erste Schritte unternommen. Angeblich wollen sich Amerikaner und Engländer sofort zurückziehen und die Grabungen einstellen, sollten die Regeln der Fundteilung geändert werden. Dann würden die Ägypter und Monsieur Lacau sicher schnell einlenken.«

»Gütiger Gott! Ich hatte ja keine Ahnung, was für politische Interessen hier im Spiel sind. Fragt sich allerdings, ob die Änderungen Mr Carter und Lord Carnarvon überhaupt noch betreffen würden. Immerhin graben sie ja unter den Bedingungen der alten Lizenz, die noch die Fifty-fifty-Regelung vorsieht. Mr Lacau wird doch die Regeln nicht nachträglich ändern können, oder?«

»Mr Lythgoe schien überzeugt, dass Monsieur Lacau zu allem fähig ist. Ägypten wurde die Unabhängigkeit zugesagt, Miss Mack, und die Nationalisten werden sicher Reformen durchführen. Also werden sich auch die Regeln des Antikendienstes aller Wahrscheinlichkeit nach ändern.«

»Unabhängigkeit?« Miss Mack schnaubte verächtlich. Ich hatte ganz vergessen, dass dieses Wort für sie einer Kriegserklärung gleichkam. Bevor ich noch etwas sagen konnte, ging schon das republikanische Schlachtross mit ihr durch. »Man kann Ägypten ja wohl kaum als unabhängig bezeichnen«, erklärte sie finster. »Jedenfalls nicht, solange es noch einen britischen Hochkommissar gibt, und nicht, solange die britische Residenz noch jede politische Entscheidung diktiert. Die Briten kontrollieren die Armee und den öffentlichen Dienst, und den Antikendienst kontrollieren sie auch. An seiner Spitze mag ein Franzose stehen, aber auch der hat den britischen Beamten im Bauministerium Rede und Antwort zu stehen – oder irgendwelchen anderen alten Funktionären. Ich kann jedenfalls keine Veränderungen erkennen, auch wenn sich jetzt alle für freie Wahlen starkmachen. Die Briten klammern sich an die Macht, selbst jetzt noch. Monsieur Lacau mag das System ändern wollen, aber ich habe das Gefühl, dass er damit scheitern wird.«

Sie seufzte und schaute Richtung Berge, die allmählich in der Dunkelheit verschwanden. »Ich denke, Mr Winlock sieht das Ganze viel zu schwarz, Lucy.« Dann riss sie sich zusammen. »Aber nun etwas ganz anderes, Lucy – du bist ja die reinste Goldgrube an Informationen. Das wird Dem Buch sicher zugutekommen. Was für ein schöner Abend! Schenk mir doch bitte einen Kaffee ein, mein Schatz. Und ich glaube, ich könnte jetzt wirklich meine Zigarette rauchen.« Sie zündete sie an und versank in Gedanken, während der Duft des starken ägyptischen Tabaks sich mit den Gerüchen des Nils vermischte.

Ich blätterte derweil in meinem Tagebuch und dachte an Poppy d'Erlanger und an das letzte Mal, als ich sie gesehen hatte. Dann wanderten meine Gedanken zu Peter und Rose. Das Schweigen wurde gebrochen, als Miss Mack einen leisen Schrei ausstieß, nach ihrem Notizbuch kramte und in großen Buchstaben eine Gedächtnisnotiz hineinkritzelte: *NB – die Aufteilung der Beute.* Kurz darauf wurde sie denn auch von der Inspiration überwältigt, zog sich in ihre Kabine zurück, und die Oliver No. 9 begann zu klappern. Das Buch gewann offenbar an Fahrt.

Ich ging in meine Kabine, um ebenfalls zu schreiben. Erst brachte ich mein Tagebuch auf den neuesten Stand, dann schrieb ich die Karten, die ich für Rose und Peter besorgt hatte, und teilte ihnen die große Neuigkeit mit: *Mr Carter hat sein Grab gefunden!* Und schließlich begann ich einen weiteren Brief an Miss Dunsire, von der ich noch nichts gehört hatte – aber die Post zwischen Athen und

Luxor war bestimmt auch unendlich langsam. Während ich die Zeilen zu Papier brachte, vermisste ich sie plötzlich und wurde unruhig. Kurzentschlossen kehrte ich an Deck zurück und legte mich auf eine Bank unter der Markise, ein Buch aus Nicolas Literaturliste in der Hand: Joseph Conrads *Herz der Finsternis*. Über die Seiten gebeugt entzifferte ich im Licht der Kerosinlampe die klein gedruckten Worte und kämpfte gegen die flatternden weißen Motten an, die von der Flamme angezogen wurden. Über den Fluten des Nils lag ich da und dachte an den Kongo in einem anderen Teil Afrikas. So verstrichen die Stunden, und eins nach dem anderen schlossen sich die Tore der Nacht. Die kauernde Gestalt des Amerikanischen Hauses in der Ferne blieb vollkommen finster, während Carters Burg in Licht erstrahlte.

Der nächste Tag, der Montag, verlief angenehm und, was Das Buch betraf, auch erfolgreich. Begleitet von Mohammed, der sich nicht nur zum Koch, sondern auch zum Führer ernannt hatte, begab sich Miss Mack zu dem Markt, der in der Nähe des Landestegs der Hotels von Luxor stattfand, und kehrte mit einer Masse an Waren zurück – vom Fliegenwedel bis zur Gurke war alles dabei. Sie erzählte mir, dass die Gerüchte, die sich um Carters Entdeckung rankten, von Minute zu Minute abenteuerlicher wurden. Mohammed habe ihr alles übersetzt. »Scheherazade hätte keine schöneren Geschichten erzählen können«, sagte sie. »Als ich den Markt wieder verließ, hatte Carter nicht nur einen, sondern gleich mehrere mumifizierte Pharaonen gefunden, mitsamt ihren Königinnen natürlich – eine ganze Armada war es plötzlich.« Sie zögerte. »Leider gab es auch andere Gerüchte um mögliche Diebstähle. Ausländischen Ausgräbern wird ein tiefes Misstrauen entgegengebracht, Lucy. Das ist wirklich erschreckend.«

Ich bereute es, dass ich es verpasst hatte, Miss Mack zu begleiten. Ich hatte den Morgen mit Miss Dunsires Hausaufgaben verbracht, hatte Algebra gemacht und ein paar Stellen aus Racines *Phèdre* übersetzt. Und mit einem Auge hatte ich immer Ausschau gehalten, um den stellvertretenden Inspektor Ibrahim Effendi nicht zu verpassen, der ja auf dem Weg ins Tal der Könige an unserem Schiff vorbeikommen sollte. Seine Ankunft, so hatte Miss Mack erklärt, sei von großer Bedeutung für Das Buch und dürfe um keinen Preis versäumt werden.

Nach dem Mittagessen wurden Miss Mack und ich endlich für unsere Geduld belohnt. Mit Mohammeds Beschreibung erkannten wir den Mann zweifelsfrei. Er war riesig, trug die rabenschwarze Kleidung der Beamten, dazu einen roten Fes und ritt auf einem Maultier. Gegen halb zwei passierte er unsere *dahabieh* und erwiderte Mohammeds Gruß mit einer herrschaftlichen Geste. Er musste fleißiger gewesen sein, als Mohammed vorhergesagt hatte, denn zwischen seinem Verschwinden im Tal und seinem Wiederauftauchen vergingen immerhin zwei Stunden.

Miss Mack war zu der Ansicht gelangt, dass Ibrahim Effendi ein wichtiger Zeuge war, und so lag Mohammed bei seiner Rückkehr auf der Lauer, um ihm in den Weg zu treten. Ibrahim Effendi zügelte sein Maultier, dann führten die beiden eine lange Unterhaltung auf Arabisch. Blumige Komplimente und Höflichkeiten schienen ausgetauscht zu werden, dann trennten sie sich in großer Freundlichkeit, und Mohammed kehrte zum Schiff zurück, sein Gesicht eine Maske des Zorns.

»Schnell, Mohammed!«, rief Miss Mack. »Was hat er gesagt? Was hat er gesehen?«

»Pah!« Mohammed spuckte aus. »Ibrahim Effendi ist ein noch größerer Dummkopf, als ich gedacht hatte, Miss. Er sagte, sie hätten nur zwei kleine Kammern gefunden, bis obenhin vollgestopft mit Gold, wie die ganze Welt bereits weiß, aber bisher keine Mumie. Er sagt, in der ersten Kammer sei eine versiegelte Wand, die Mumie des Königs könne sich dahinter befinden. Eine dritte Wand, Miss! Mir war sofort klar, dass diese dritte Wand eine Angelegenheit von größter Bedeutung ist. Doch El Lord und Mr Carter haben diese Wand noch nicht geöffnet, sie sind nicht einmal in ihre Nähe gekommen und haben sie auch nicht berührt – das zumindest haben sie Ibrahim weisgemacht. ›Aha! Dann sag doch mal, Ibrahim Effendi, hast du dir die Wand genau angeschaut?‹, frage ich ihn also. ›Bist du sofort hin und hast sie untersucht, wie ich es getan hätte? Hast du sichergestellt, dass keine britische Gaunerei, Mauschelei und Hinterlist im Spiel sind?‹ ›Nein‹, sagt Ibrahim daraufhin, ›ich werde mich verdammt noch mal hüten.‹ Er sei stellvertretender Inspektor des Antikendienstes, fährt er dann fort, und wisse schon, was er tue, anders als ein paar dumme Fellachen, deren Namen er gern laut aussprechen könne. Außerdem sei der Weg zu der Wand mit Schätzen versperrt gewesen, goldenen Thronen und anderen Kostbarkeiten, Miss, und er habe diese unschätzbar wertvollen Stücke ja nicht niedertrampeln können. Also hat er die entscheidende Wand mit einem scharfen Blick aus der Ferne beehrt und ist dann wieder verschwunden.«

Miss Mack schrieb eifrig mit, während Mohammed sich emporreckte, dem Rücken des entschwindenden Ibrahim Effendi einen bösen Blick hinterherwarf und prophetisch den Finger hob. »Es ist genauso, wie ich, Mohammed Sayed, es vorhergesehen hatte: Ibrahim ist ein sturer Mann und sofort beleidigt. Und er schluckt jeden dämlichen Unsinn, den man ihm vorsetzt, dieser Idiot. Glauben Sie mir: Die goldene Mumie des Königs befindet sich ohne jeden Zweifel hinter dieser Wand, und morgen früh werden El Lord und Mr Carter sie gestohlen haben. So ist es, und deshalb weine ich für mein Land und für die Tante des Halbbruders meines Cousins. Wären die Umstände andere gewesen, so hätte sie *mich* geheiratet, aber so hat sie jetzt diesen Volltrottel am Hals.«

»Oje«, sagte Miss Mack später, als Mohammed in die Küche zurückgekehrt war, von wo aus wütendes Pfannengeklapper zu hören war. »Ich fürchte, zwischen Ibrahim und Mohammed ist bereits so einiges vorgefallen. Möglicherweise ist er nicht ganz objektiv, was meinst du? Trotzdem hat er uns natürlich ein paar wichtige Dinge erzählt. Der Knackpunkt scheint mir die dreitägige Abwesenheit von Mr Engelbach zu sein. Mr Carter und Lord Carnarvon wussten, dass er fort sein würde. Für mein Gefühl hätten sie auf ihn warten müssen, bevor sie die Vorkammer betraten – aber stattdessen haben sie die Sache knallhart durchgezogen. Ich bin mir nicht sicher, ob die Lizenz ihnen das Recht dazu gibt. Jetzt können die Leute tatsächlich behaupten, sie hätten sich die Abwesenheit des Chefinspektors zunutze gemacht. Gütiger Gott, wie schwierig es doch ist, einen einfachen Bericht zu verfassen! Man weiß wirklich nicht, wem man glauben soll. Bin ich froh, wenn wir Mr Carter, Eve und ihren Vater treffen – dann erfahren wir endlich die Wahrheit aus erster Hand, meinst du nicht auch, Lucy?«

Ich antwortete nicht. Es schien mir alles andere als ausgemacht, dass die Begegnung mit diesen Leuten die Wahrheit ans Licht bringen würde. Howard Carter war nicht leicht zu fassen, wie ich erfahren hatte. Eve war offen, aber nicht objektiv, weil sie glaubte, ihren Vater verteidigen zu müssen, und Carnarvon war so unberechenbar wie ein typischer Aristokrat. Natürlich könnte er Miss Mack mit herrischer Herablassung über die wahren Abläufe informieren, aber genauso gut könnte er sie auch frisieren oder vertuschen. Doch da ich Miss Mack ihre Illusionen nicht rauben wollte, behielt ich meine Gedankengänge lieber für mich.

Am Abend rauchte Miss Mack, in schönem Einklang mit unseren neuen Ritualen, ihre ägyptische Zigarette und zog sich dann in ihre Kabine zurück, um mit Dem Buch zu kämpfen. Ich blieb an Deck und versenkte mich in das *Herz der Finsternis*. In dieser Nacht wurde meine Lektüre allerdings durch sonderbare und beunruhigende Ereignisse beeinträchtigt.

Als es auf Mitternacht zuging, vernahm ich von den Bergen her das Klappern von Eselhufen. Deutlich hallten Stimmen und das Klirren von Geschirr durch die Wüstenluft. Als ich von meinem Buch aufsah, erblickte ich die Lichter von Laternen und Fackeln, die sich zwischen Carters Burg und dem Weg dahinter hin und her bewegten. Dann schien jemand fortzureiten – es waren mehrere Leute, der Anzahl der Laternen nach zu urteilen. Da ich annahm, es seien Carters Besucher, ging ich davon aus, dass sie den Weg zu unserem Hausboot, zum Fluss und nach Luxor einschlagen würden.

Aber zu meiner Überraschung ritten sie in die entgegengesetzte Richtung und nahmen den Pfad, der zum Tal der Könige hinaufführte. Ich beobachtete sie, bis sie hinter den Felsen am Taleingang verschwanden. Kurz nachdem die Laternen fort waren, erloschen in Carters Burg sämtliche Lichter.

Ich konnte kaum fassen, was ich da gesehen hatte. Warum sollte irgendjemand das Risiko eingehen, nachts in das Tal zu reiten? Ich blieb an Deck und wartete auf die Rückkehr der Reiter. Die Stunden verstrichen, die Müdigkeit übermannte mich, und schließlich schlief ich über meinem Buch ein.

Als ich aufwachte, dämmerte es bereits. Meine Uhr zeigte halb fünf, und ich war kalt und steif. Als ich mich aufsetzte und mir die Augen rieb, merkte ich, dass ich nicht allein war. Miss Mack saß in meiner Nähe und hatte sich in einen geblümten Morgenmantel gewickelt. In ihrem Schoß lag das Fernglas, ihr Gesicht war blass, ihre Miene bestürzt. »Ich konnte nicht schlafen, Lucy«, sagte sie unruhig. »Ständig musste ich über Das Buch nachdenken und habe mich hin und her gewälzt. Als die Vögel zu singen begannen, war mir klar, dass es mit dem Schlaf nichts mehr werden würde. Also bin ich aufgestanden, um mir den Sonnenaufgang anzuschauen. Jetzt wäre es mir lieber, ich hätte es nicht getan. Schau, Lucy.«

Sie zeigte zu den Bergen hinüber und reichte mir das Fernglas. Ich stellte es scharf und sah, was ihre Aufmerksamkeit auf sich gezogen hatte: vier erschöpfte Personen, die auf Eseln ritten – Lord Carnarvon, Eve, Howard Carter und ein großer, stämmiger Mann, den ich nicht kannte. Sie kamen aus Richtung des Tals, ritten zwischen den Felsen am Taleingang hindurch und nahmen dann den kürzesten Weg zu Carters Burg. Dort angekommen, liefen ihnen ein paar Bedienstete entgegen, dann saßen alle vier ab. Begrüßungsrufe waren zu hören, und die Gruppe verschwand im Haus.

»Ich habe sie heute Nacht aufbrechen sehen«, sagte ich nach langem Schweigen. »Ich konnte nicht erkennen, wer es war, Miss Mack, aber ich habe die Esel gehört und die Laternen gesehen.«

»Wann war das, Lucy?«

»Gegen halb zwölf.«

»Bist du dir sicher?« Ich nickte, und sie schaute auf die Uhr. »Dann waren sie ungefähr fünf Stunden fort. Äußerst merkwürdig. Nachts ins Tal zu reiten, im Schutze der Dunkelheit, um dann mit dem ersten Tageslicht zurückzukehren. Das sieht wirklich so aus – ja, ich fürchte, es sieht wirklich so aus, als hätten sie etwas zu verbergen.« Sie stand auf und sah mich betrübt an. »Wir dürfen darüber nie ein Wort verlauten lassen, Lucy«, fuhr sie fort. »Das verstehst du doch, mein Schatz, nicht wahr? Ich bin mir sicher, dass es eine absolut nachvollziehbare Erklärung dafür gibt, und vielleicht werden wir sie ja auch zu gegebener Zeit von Eve oder Mr Carter erfahren – obwohl wir natürlich nicht im Traum daran denken dürfen, sie danach zu fragen. Aber im Moment, wo schon all diese Gerüchte über einen Diebstahl kursieren ... Dir dürfte doch klar sein, was das für einen Eindruck machen würde? Es könnte der Sache großen Schaden zufügen. Wir dürfen niemals, wirklich niemals darüber sprechen – mit niemandem.« Sie machte eine vielsagende Pause. »Ich möchte, dass du mir das hoch und heilig versprichst, Lucy.«

Ich versprach es ihr – und hielt mein Versprechen achtzig Jahre lang. Niemand erfuhr, was wir gesehen hatten, nicht einmal Frances. Erst an jenem Abend in meinem Garten in Highgate brach ich mein Wort, indem ich – da es niemandem mehr schaden konnte, weil alle Beteiligten schon lange tot und die Ereignisse der Nacht in den nachfolgenden Jahrzehnten sowieso durchgesickert waren, wenn auch vielleicht nicht zur Gänze – Dr. Benjamin Fong erzählte, was Miss Mack und ich vom Deck der *Queen Hatschepsut* aus gesehen hatten.

Als ich meinen Bericht von unseren Beobachtungen, die mir jetzt wie ein Traum vorkamen, beendet hatte, seufzte Dr. Fong. »Montagnacht«, sagte er. »Es war also tatsächlich so, wie ich vermutet hatte. Einer der beiden Tage musste es ja gewesen sein. Es hätte auch der Sonntag sein können, aber der Montag war mir immer wahrscheinlicher vorgekommen. Zu dem Zeitpunkt hatten sie schon elektrisches Licht im Grab. Sie mussten beschlossen haben, zwischen Ibrahim Effendis Inspektion am Montagnachmittag und Rex Engelbachs Inspektion am Dienstagmittag zuzuschlagen. Und da sie nicht das Risiko eingehen durften, gesehen zu werden, blieben ihnen nur die Nachtstunden. Damals haben sie es also getan. Damals hat der Betrug begonnen.« Er stand auf und schaute mich an. »Würden Sie mir noch eine letzte Sache verraten, Miss Payne, bevor ich gehe? Als Sie und Miss Mackenzie schließlich mit Carter, Carnarvon und Ihrer Freundin Eve zusammentrafen, hat einer von den dreien die Expedition erwähnt und erklärt, warum sie in jener Nacht heimlich ins Tal geritten sind? Haben sie erzählt, warum sie dort waren und was sie dort gefunden haben?«

»Nein. Wir haben sie ein paar Tage später in Carters Burg getroffen, aber die Expedition war kein Thema. Miss Mackenzie und ich haben unser Geheimnis für uns behalten – und sie das ihre.« Ich zögerte und machte Anstalten, mich von meinem Stuhl zu erheben. »Es ist spät geworden, und es wird langsam kalt. Außerdem bin ich sehr müde. Keine weiteren Fragen mehr, Dr. Fong. Gehen Sie jetzt bitte.«

Zu meiner Erleichterung sperrte er sich nicht. »Natürlich«, sagte er. »Nein, bitte, Sie müssen nicht aufstehen, Miss Payne. Ich finde selbst hinaus. Ich kenne den Weg ja mittlerweile.«

## 28

Unser Treffen mit Lord Carnarvon, Eve und Howard Carter fand später in der Woche statt, ein paar Tage nach der zeremoniellen Öffnung des Grabs. Eve hatte uns irgendwie »aufgestöbert«, wie sie es nannte, und kam strahlend vor Glück und aufgekratzt zu unserem Hausboot. Sie machte uns Vorwürfe, weil wir uns nicht gemeldet hatten, und lud uns zum Tee in Carters Burg ein. Ihr Vater und sie würden bald nach England reisen, sagte sie, um Weihnachten dort zu verbringen. Im Januar würden sie dann nach Ägypten zurückkehren – es gebe so viel zu regeln, was das Grab und die Ausgrabungsmodalitäten betreffe –, aber ihr Vater wolle uns unbedingt noch vor seiner Abreise sehen.

»Machen Sie sich auf eine Überraschung gefasst«, sagte sie mit glänzenden Augen. »Sie werden ihn kaum wiedererkennen, Miss Mack, und du auch nicht, Lucy! Pups ist ein neuer Mensch – viel kräftiger als noch im Sommer in Highclere. Die Entdeckung des Grabs hat ihm neuen Lebensmut verliehen – er behauptet, sie habe dieselbe Wirkung wie eine Magnumflasche Champagner. Jetzt sage ich aber kein Wort mehr. Er will es Ihnen alles selbst erzählen – und Howard natürlich auch.«

Die liebenswürdige Miss Mack war sicher ein willkommener Gast in Carters Burg. Was mich betraf, war ich mir da nicht so sicher. Carters Worte bei unserer letzten Begegnung in Nuthanger wirkten noch nach. Bei der Ankunft hielt ich mich daher ängstlich zurück. Ich hegte schon die Befürchtung, Carter würde mich des Hauses verweisen, aber er ließ sich nichts anmerken und schien sich nicht einmal mehr an den Vorfall zu erinnern. Stattdessen drängte er uns auf die Terrasse hinaus, wo man den Tisch zum Tee gedeckt hatte und Lord Carnarvon, Eve und ein weiterer Mann auf uns warteten. Im Trubel der allgemeinen Begrüßung nahm Carter mich sogar beiseite und sagte zu meiner großen Überraschung in seiner schroffen Art: »Sie sehen gut aus, Miss Payne. Im rechten Moment am rechten Ort, wie ich sehe. Sind Sie schon lange hier? Haben Sie etwas von Lady Rose gehört? Wie geht es ihrem kleinen Hund?«

Der Welpe war gesund und munter, das hatten mir Rose und Peter in ihrem letzten Brief zumindest geschrieben. Ich erzählte es Carter, nahm dann all meinen Mut zusammen und gratulierte ihm.

»Ich war von den Göttern gesegnet«, sagte er. »Drei Tage gegraben – und da war es plötzlich. Unglaublich, oder? Lord Carnarvon wird Ihnen alles darüber erzählen, jetzt serviere ich aber erst einmal den Tee. Und bevor Sie wieder gehen, müssen Sie unbedingt noch meinen Kanarienvogel bewundern. Es ist allerdings nicht der, der uns ein solches Glück beschert hat. Eve hat aus Kairo einen neuen mitgebracht – den goldenen Vogel, der sicherstellen wird, dass unsere Glückssträhne anhält.«

Er führte mich zum Stuhl neben Eve, die zu ihm auflächelte, und erzählte mir, dass der Kanarienvogel Fidelio hieße: ein niedliches Tierchen, das von morgens bis abends sang.

»Das hat der alte auch getan«, sagte der andere Mann, der große, stämmige Fremde, den man mir noch nicht vorgestellt hatte, den ich aber sofort als den vierten Teilnehmer der nächtlichen Geheimexpedition ins Tal der Könige erkannte. Er stand direkt hinter Eves Stuhl und rauchte mit unentschlossener Miene eine Zigarette. Offenbar wusste er nicht, ob er gehen oder bleiben sollte. »O ja«, fuhr er nachdenklich fort, »der erste Kanarienvogel hat die ganze Zeit geschmettert. Morgens, mittags, abends. Gnadenlos war er. Bis ihn die Kobra geholt hat.« Er streckte seine große Hand in meine Richtung aus. »Wir hatten noch nicht die Ehre. Ich bin Arthur Callender, aber sagen Sie einfach Pecky zu mir, das tun alle.«

»Mr Callender ist ein uralter Freund von Howard«, fügte Eve liebenswürdig hinzu. Ihre Grübchen traten hervor, als sie ihn mir vorstellte, während Mr Callender meine winzige Hand in seine Pranke nahm und sie kräftig schüttelte. »Er ist ein absolut brillanter Ingenieur und hat jahrelang für die ägyptische Eisenbahn gearbeitet. Das elektrische Licht im Grab verdanken wir ihm – und noch tausend andere Dinge.«

»Allerdings habe ich mich aus dem Berufsleben weitestgehend zurückgezogen«, fügte Callender hinzu. »Jetzt besitze ich eine Farm. In Armant, nicht weit von hier. Am Fluss. Zuckerrohr und so. Alter Ägyptenkenner. Ich bin schon länger hier unten, als gut für mich ist. Ursprünglich stamme ich aus Lancashire. Kennen Sie Lancashire? Nein? Ich auch nicht. Nicht mehr. Mit drei bin ich fort. Waren Sie zufällig mal in Australien, Miss Payne?« Nervös warf er mir einen Blick aus seinen blutunterlaufenen Augen zu. »Nein? Bedauerlich! Großartiges Land. Herrliches Land. Ja, doch, wirklich. Unbegrenzte Möglichkeiten. Ich war lange dort. Ist allerdings auch schon ein paar Jährchen her.« Er schnappte nach Luft, strich sich über sein Menjoubärtchen, dann über sein rötliches Haar und verfiel, nachdem er seine unstete Biografie losgeworden war, in nachdenkliches Schweigen.

Mir fiel auf, dass man ihm gar keinen Tee gereicht hatte – es schien nicht einmal eine Tasse für ihn zu geben. Eve, die das im selben Moment zu bemerken schien, beugte sich zu Carter hinüber und flüsterte ihm etwas zu.

»Oh, Callender wird keinen Tee wollen«, sagte Carter und unterbrach das Gespräch, das er mit Miss Mack führte und von dem gelegentlich hochinteressante Sätze zu mir herübergedrungen waren. »Er wollte einen Spaziergang machen, hat er gesagt. Du wolltest doch an den Fluss, Callender, oder?«

»Nun, gegen ein Tässchen Tee hätte ich in der Tat nichts einzuwenden, alter Junge. Wenn's denn noch eins für mich gibt?« Callender beäugte die Teekanne und den Kuchen, der herumgereicht wurde. Dann fing er Carters Blick auf und schien sich anders zu besinnen. »Obwohl – vielleicht auch nicht«, fuhr er resigniert fort. »Die Zeit rennt, der Fluss ruft, ich sollte mich besser in Bewegung setzen. Erfreut, Ihre Bekanntschaft gemacht zu haben, Miss Payne und Mrs – äh – Macpherson. Ganz schön aufregende Zeiten, was?« Er trollte sich davon und kam kurz noch einmal in Sicht, als er das Tor von Carters Burg passierte.

»Lancashire«, grübelte Eve, und wieder waren ihre Grübchen zu sehen, als sie lächelte. »Könnte das vielleicht die Erklärung sein? Ich war mir sicher, dass er nach Südafrika klingt. Allerdings bin ich auch ein hoffnungsloser Fall, was Akzente betrifft.«

»Aber ein Herz aus Gold«, sagte Carter entschieden.

»Herrgott, ja. Absolut«, bestätigte Carnarvon mit einem feinen ironischen Lächeln in Evelyns Richtung.

»Callender würde seine Hand für mich opfern«, sagte Carter noch entschiedener. »Er mag vielleicht etwas ungehobelt sein, aber er ist ein verdammt guter Ingenieur. Es gibt nichts, was er nicht kann. Wenn wir im Grab das Dach hätten abstützen müssen, Miss Mackenzie, dann wäre er der richtige Mann gewesen. Und wenn wir später die Dinge rausholen, die wir dort gefunden haben, dann brauchen wir ebenfalls sein Wissen. Das wird ganz schön kompliziert, der Eingang und die Treppen sind ziemlich schmal.«

Und damit war Callender als Thema erledigt. Carter, Eve und ihr Vater begannen nun, vom Grab zu erzählen, wie sie sich gefühlt, was sie entdeckt hatten. Alle drei redeten durcheinander und waren nicht mehr zu bremsen. Miss Mackenzie und ich lauschten konzentriert. Natürlich konnte sie nicht ihr Notizbuch zücken, aber sie war fest entschlossen, sich alles zu merken, um es später aufzuschreiben. Ich sah, wie sie sich bemühte, sich zu konzentrieren, aber bald waren wir von der Fülle an Schätzen vollkommen geblendet: verschiedene goldene Ritualbetten, eines davon mit Löwenköpfen, ein Thron von erlesener Handwerkskunst, das Schönste, was Lord Carnarvon in Ägypten je gesehen hatte – er zeigte Tutanchamun als jungen Mann, über den sich zärtlich seine Frau beugte –, dazu Schatullen, goldene Streitwagen, sonderbare weiße, eiförmige Schachteln, deren Inhalt man noch nicht untersucht hatte, und alles kreuz und quer übereinandergestapelt. Schätze, die man sich nicht hätte träumen lassen, alle unendlich kostbar und alle in prekärem Gleichgewicht.

»Als würde man den Fundus einer alten Opernkompanie betreten«, sagte Carter. »In diesem ersten Raum, den wir die Vorkammer nennen, befand sich nun eine Öffnung zu einem kleineren Raum, den wir Annex nennen …«

»Und in diesem Raum«, unterbrach ihn Carnarvon, »waren die Unordnung und das Chaos noch größer. Noch ein Lagerraum, der alles enthielt, was Tutanchamun im Jenseits brauchen könnte. Wir haben nur einen Blick hineingeworfen, Miss Mackenzie. Das Risiko, ihn zu betreten, konnten wir nicht eingehen. Tausende von Gegenständen sind dort übereinandergestapelt oder liegen einfach auf dem Boden. Ein einziger Schritt, und man könnte die erstaunlichsten, exquisitesten Dinge zerstören. Wir haben es mit einer wahrlich gewaltigen Aufgabe zu tun und werden die Unterstützung von Experten benötigen, wobei wir natürlich vor allem auf das Met hoffen.«

»Wir denken, dass in der Antike zwei Mal in das Grab eingebrochen wurde«, sagte Carter. »Das würde auch das Chaos erklären. Vielleicht werden wir diese Theorie revidieren müssen, aber zurzeit ist das unsere Vermutung. Die eine Diebesgruppe hatte es offenbar auf die Balsamöle und die kosmetischen Cremes und Salben abgesehen – zur damaligen Zeit waren sie unendlich kostbar. Wir haben die Gefäße gefunden, die sie zurückgelassen haben. Herrliche Objekte, fein geschnitzt, aus Kalzit und Alabaster, aber sie haben sie nicht mitgenommen – alles, was sie wollten, war deren Inhalt: die Gesichtscreme. Sogar ihre Fingerabdrücke waren noch in den Resten sichtbar.«

»Und die anderen Diebe wollten das Gold«, fügte Carnarvon hinzu. »Wir haben die Stellen gesehen, wo sie Statuen von den Sockeln gerissen haben und von den Streitwagen und dem Thron das Blattgold ablösen wollten.«

»Howard hat dieses uralte Stück Stoff gefunden, Lucy«, sagte Eve. »Das ist Leinen, wie es sich die lokale Bevölkerung damals um den Kopf gewickelt hat. Es lag einfach auf dem Boden – aber darin eingewickelt waren ein paar der allerschönsten goldenen Ringe des Königs.«

»Wir vermuten daher, dass die Diebe gestört wurden«, unterbrach Carter sie. »Auf frischer Tat ertappt. Als die Verantwortlichen der Nekropole dann zum Grab zurückkehrten, um den Anschein von Ordnung wiederherzustellen, ließen sie die Ringe, eingewickelt in den Turban des Diebs, einfach liegen.«

»Gütiger Gott!«, rief Miss Mack. »Sie denken wirklich, die Diebe wurden überrascht, Mr Carter? Stell dir das nur mal vor, Lucy.«

»Im Moment denke ich das, ja. Und wenn es so war, dann wissen wir auch, was für ein Schicksal ihnen blühte, Miss Mackenzie. Folter, Pfählung, ein langsamer und sehr qualvoller Tod.«

»Oh, bitte, reden wir nicht über die Diebe, Howard«, sagte Eve schnell. Sie war blass geworden. »Lasst uns gar nicht darüber nachdenken. Wir können uns schließlich nicht sicher sein, was genau passiert ist, vielleicht konnten sie ja auch entkommen.« Sie zögerte und warf ihrem Vater einen flehentlichen Blick zu. »Das Wichtigste ist doch, Myrtle, dass die Räuber nur sehr wenig mitgenommen haben, eigentlich fast gar nichts, und so viel dagelassen haben. So viele wunderschöne Dinge. Als wir zum ersten Mal hineingingen, ach, das war der schönste Tag meines Lebens, nicht wahr, Pups?«

»Der schönste Tag *meines* Lebens, mein Schatz«, sagte Carnarvon leise. Er streckte seinen Arm aus und ergriff Eves Hand. Einen Moment lang herrschte ergriffenes Schweigen. »Obwohl es natürlich noch einen schöneren geben könnte, Miss Mackenzie«, fuhr er gemessen fort, als würde er die Worte einstudieren. »Vielleicht haben wir mit der Vorkammer bislang nur einen Teil von Tutanchamuns Grab betreten. Hinter ihrer Nordwand, die ebenso versiegelt ist wie die anderen Wände, könnte sich noch eine Kammer befinden. Wir glauben, dass wir dort vielleicht auf die Begräbnisstätte des Königs stoßen könnten. Das Allerheiligste.«

»Eine dritte Wand? Der Sarkophag des Königs womöglich? Erbarmen!« Miss Mack wurde rot.

»Aber die Wand wird bewacht«, sagte Eve mit zittriger Stimme. »Auf den Seiten stehen zwei identische Statuen, der König und sein *ka*. Wie Wachtposten stehen sie da, lebensgroß, totenschwarz wie

Osiris und mit Augen aus Obsidian, die leuchten. Seit über dreitausend Jahren halten sie dort Wache. Es kam mir so vor, als würden sie uns beobachten. Am liebsten hätte ich ihnen erklärt, dass wir ... dass wir nicht gekommen sind, um zu plündern oder die Ruhe zu stören. Wir sind ... voller Ehrfurcht gekommen.« Ihre Stimme brach, Tränen schossen ihr in die Augen, und sofort griff Carter ein.

»Aber das ist alles Zukunftsmusik«, stellte er klar. »In den nächsten Wochen werden wir jedenfalls nicht erfahren, was sich hinter dieser Nordwand verbirgt. Es ist gar nicht daran zu denken, sie zu untersuchen, geschweige denn einzureißen, solange die Vorkammer nicht geräumt ist. Der Platz dort ist äußerst beengt, und wir können nicht das Risiko eingehen, die Objekte zu beschädigen. Alle müssen verzeichnet, konserviert und geborgen werden. Wochen heikler, mühevoller Arbeit stehen uns bevor. Erst wenn die abgeschlossen ist, werden wir erkunden, was sich hinter dieser Wand befindet, nicht einen Tag eher. Ihre Wunder – sollten sich denn welche dort verbergen – müssen warten. Bis dahin können wir nur hoffen.« Er schaute Lord Carnarvon an, der den Kopf senkte, als er seinem Blick begegnete. »Warum zeigst du Miss Payne nicht unseren kleinen Kanarienvogel, Eve?«, schlug Carter vor.

Eve warf ihm einen dankbaren Blick zu, nahm meine Hand und führte mich ins Haus. Der Gesang des Kanarienvogels war nicht zu überhören. Sein Käfig stand in der prallen Sonne auf dem Fensterbrett von Carters Wohnzimmer. Der kleine Vogel flatterte von Stange zu Stange, plusterte sein hellgelbes Gefieder auf und öffnete immer wieder seinen winzigen Schnabel, um zu einem erstaunlich musikalischen Gesang anzusetzen.

»Ach, Lucy«, Eve fuhr sich über die Augen, »ich bin ja so glücklich, aber ... Alles, wovon Pups und Howard je geträumt und wofür sie gebetet haben, ja mehr noch, ihre wildesten Hoffnungen haben sich jetzt erfüllt, aber irgendwie jagt mir das Angst ein. Ich möchte mich nicht lächerlich machen, aber es ist einfach so, dass ich manchmal ... Aber das muss wahrscheinlich am Schlafmangel liegen. Howard war so wunderbar, und ... Oh, singt er nicht schön, der arme kleine Gefangene? Am liebsten würde ich ihn freilassen, aber das traue ich mich natürlich nicht.«

Ich schwieg und wartete. Ich musste an die nächtliche Expedition denken, die bisher niemand erwähnt hatte. Nachdem ich dem Kanarienvogel eine Weile zugehört hatte, fragte ich Eve, wem er denn seinen Namen verdanke. Offenkundig litt sie unter irgendeinem heimlichen Kummer, und ich dachte, eine harmlose Frage würde sie vielleicht auf andere Gedanken bringen.

»Mir«, sagte sie zerstreut. »Mein Vater liebt Opern, Lucy – und *Fidelio* ist seine Lieblingsoper. Ich habe es für ihn getan. Pups ist manchmal abergläubisch, und er war außer sich, als er hörte, was mit Howards erstem Kanarienvogel passiert ist. Er sah darin ein böses Omen. Daher hatte ich gehofft … nun, und *Fidelio* ist eine fröhliche Oper, weißt du? Und dies ist ein fröhlicher Moment, das weiß ich natürlich auch. Und du bist auch von Freude erfüllt, nicht wahr, mein süßer Spatz?« Sie brach ab und strich über die Käfigstangen.

Wieder lauschten wir den Ergüssen des kleinen Vogels. Sein Gesang schien Eve zu helfen, ihre Seelenruhe wiederzufinden. Schließlich entschuldigte sie sich für ihre Tränen und führte mich zur Terrasse zurück. Ihr Vater und Carter berichteten gerade von der Öffnungszeremonie der Vorkammer. Lord Allenby, der von den Demonstrationen und der sich zuspitzenden Lage in Kairo festgehalten wurde, hatte offenbar nicht daran teilnehmen können, war aber von Lady Allenby vertreten worden. Carter und Carnarvon schilderten die Reaktionen des Maamor, des weisen Mannes von der Polizei – und von Monsieur Lacau.

»Der konnte sich nicht einmal dazu bequemen, der Zeremonie am selben Tag wie alle anderen beizuwohnen«, sagte Carter. »Er musste am nächsten Tag eine Privatführung bekommen. Typisch Lacau! Als wir die Vorkammer betraten, war aber selbst er sprachlos. Keinen Mucks hat er mehr gemacht. Sicher eine absolute Premiere.«

»Nun kommen Sie schon, Carter«, sagte Carnarvon milde, »wir werden mit diesem Mann zusammenarbeiten müssen, und das wissen Sie auch. Mir gegenüber hat sich Lacau absolut anständig verhalten. Ich glaube, er war wirklich gerührt und überwältigt von dem, was er da gesehen hat. Gehen Sie nicht so hart mit ihm ins Gericht.«

Carter antwortete nicht, sondern stand auf und drehte uns den Rücken zu. Schnell ergriff Eve, die Friedensstifterin, das Wort. »Und Howards Kairoer Freund, Mr Merton von der *Times*, hat ebenfalls an der Graböffnungszeremonie teilgenommen, Myrtle«, sagte sie. »Wir hatten entschieden, es könne keinen Besseren geben, um die Geschichte zu lancieren. Die *Times* hat sie gestern rausgebracht – unter der Schlagzeile: VOM LAUFBURSCHEN IM TAL DER KÖNIGE. Jetzt kennt die ganze Welt unser Geheimnis, wie aufregend! Wir haben die Zeitungen natürlich noch nicht gesehen, aber Mr Merton sagt, der Artikel sei eine Sensation gewesen. Reuters habe die Geschichte sofort aufgegriffen, und sämtliche Zeitungen hätten nach Kairo gekabelt, sie sollen sofort ihre Korrespondenten nach Luxor schicken. Mr Merton hat uns eine Kopie von seinem Artikel gegeben. Er ist überwältigend, Myrtle, fast beängstigend atmosphärisch und wirklich sehr gebildet.«

»Das sollte er verdammt noch mal auch sein. Im Wesentlichen habe schließlich ich ihn geschrieben«, fiel Carter ihr ins Wort.

»Und Sie haben sich wirklich selbst übertroffen, mein alter Freund«, sagte Carnarvon verbindlich. »Vielleicht haben Sie ja Ihre Berufung verfehlt. Aber Ihre Chance wird kommen, Carter, ganz bestimmt. Ich habe nämlich vor, ein Buch zu schreiben, Miss Mackenzie«, fuhr er fort und stand auf. »Natürlich wird zu gegebener Zeit eine umfassende wissenschaftliche Publikation erscheinen, aber das wird noch eine Weile dauern. In der Zwischenzeit wäre eine populäre Darstellung meiner Entdeckung denkbar, etwas, das nicht so intellektuell abgehoben ist. Warum sollte man das Feld kampflos den Journalisten überlassen? Carter könnte der Autor sein. Natürlich müssten wir es schnell rausbringen, um aus dem Neuigkeitswert Kapital zu schlagen, solange die Sache noch frisch ist. Genau, ein Buch. Ein detaillierter Tatsachenbericht – dafür gibt es doch sicher einen gewaltigen Markt, oder?«

»Ein detaillierter Tatsachenbericht«, wiederholte Miss Mack tonlos, schluckte und lief knallrot an. »Um Himmels willen, was für eine ausgezeichnete Idee, Lord Carnarvon. Ein Buch! In der Tat, ja. Gütiger, so spät ist es schon? Die Zeit ist ja wie im Fluge vergangen ... Alles so faszinierend, so aufwühlend ... Was für ein Privileg, das alles miterleben zu dürfen. Wirklich, unseren aufrichtigsten Dank, wir haben Sie schon viel zu lange aufgehalten, jetzt müssen Lucy und ich wirklich gehen.« Sie stand auf, nahm meine Hand und zog mich mit verräterischer Geschwindigkeit in Richtung Garten.

»Bevor Sie gehen, müssen Sie sich aber noch etwas anschauen«, sagte Carter. »Dann begreifen Sie vielleicht, was die Sache für mich bedeutet. Ich habe es mitgenommen, um es in Sicherheit zu bringen. Es lag auf dem Boden, auf der Schwelle zur Vorkammer. Als wir sie betraten, war es das Erste, was ich gesehen habe. Ich bin fast draufgetreten.«

Und dann zeigte er uns das Objekt, das bald berühmt werden sollte. Man würde es im Ägyptischen Museum bewundern können, und es würde über die Jahre hinweg unzählige Male nachgebildet und fotografiert werden. Carter hatte ihm den Namen gegeben, den es fortan tragen sollte: »Tutanchamuns Wunschbecher«. Er holte den Fund aus dem Haus, wickelte ihn vorsichtig aus den Leinentüchern und hielt ihn hoch, damit wir ihn anschauen konnten: ein durchscheinender Kelch in Form einer geöffneten Lotusblume, dem ägyptischen Symbol für Wiedergeburt, gearbeitet aus einem einzigen, sehr hellen Alabasterstück. Es war ein Objekt von heiterer, erhabener Schönheit. In die Oberfläche waren Hieroglyphen geritzt – und noch heute bestehen meine Erinnerungen an diesen Nachmittag nicht so sehr aus den Ausflüchten und Lügen, mit denen man uns abspeiste, sondern vielmehr aus Carters Stimme, als er uns – zunächst fest, dann aber plötzlich heiser vor Erregung – die Hieroglyphen in der Kartusche übersetzte: *Tutanchamun, König von Ober- und Unterägypten, Herr der Throne der zwei Länder, Herr des Himmels.*

»Er muss noch ein Kind gewesen sein, als er den Thron bestieg«, sagte Carter. »Bislang wussten wir praktisch nichts über ihn. Fast alle Spuren seines Reichs wurden von seinen Nachfolgern zerstört. Er ist einfach aus der Geschichte verschwunden. Aber alle Bilder, die wir bislang von ihm finden konnten, zeigen ihn als Kind oder als sehr jungen Mann. Er war ein Junge, als er sein Erbe antrat, und nur wenig mehr als ein Junge, als er starb.« Dann übersetzte er die Worte am Rand des Wunschbechers: *Möge dein ka leben; mögest du Millionen von Jahren verbringen; du, der du Theben liebst, du sitzt mit dem Gesicht im Nordwind, deine Augen erblicken Glückseligkeit.*

Eine Version dieses Wunsches würde später auf Carters Grabstein auf einem Londoner Friedhof stehen. An jenem Tag konnte ich sehen, wie tief er ihn bewegte. Doch da Carter es hasste, Gefühle zu zeigen, überspielte er sie sofort. Er brach ab, drehte sich weg und erklärte, das sei natürlich nur eine vorläufige Übersetzung. Inschriften seien nicht sein Gebiet, das überlasse er lieber einem Experten. »Ein Junge, der darum betet, die Augen auf seine Heimat richten zu dürfen. Für alle Ewigkeit eine kühle Brise im Gesicht. Das war seine Vorstellung vom Himmel. Ich ziehe sie der unseren vor«, sagte er barsch und hatte uns noch immer den Rücken zugekehrt, als er den Kelch wieder einwickelte. Dann verschwand er.

Auch Miss Mack und ich brachen endlich auf. Schweigend dachten wir über das nach, was wir gesehen und gehört hatten. Die Inschrift vom Kelch des Königs klang noch in uns nach. Ich dachte an die Liebe des toten Jungen zu Theben und fragte mich, wo eigentlich meine Heimat war. Miss Mack dachte vielleicht über Das Buch nach, vielleicht aber auch über die drohende Flut an Büchern. Ich wusste, dass ich besser daran tat, nicht nachzufragen, und sie sagte von sich aus ebenfalls nichts.

Als wir den Pfad von Carters Burg zu unserem Hausboot hinabstiegen, ließ uns der Anblick einer exotischen, im Tal bislang unbekannten Spezies innehalten. In den nächsten Wochen würde sie das Tal überschwemmen und schnell das Ausmaß einer wahren Plage annehmen. Dieses Exemplar war nur ein Vorbote – der erste Journalist.

Seine langen Beine baumelten zu beiden Seiten eines Esels hinab, sein weißer Tropenhelm passte ihm nicht. Der Mann war rot im Gesicht und schwitzte. Unermüdlich schlug er nach Fliegen, und die Schmerzen, die ihm das Reiten bereitete, waren ihm deutlich anzusehen. Er quälte sich regelrecht den Pfad zum Tal der Könige hinauf, hatte aber noch ein gutes Stück vor sich. Begleitet wurde er von einem älteren Dragoman und einer Schar dreister Eseljungen, die seine Kamera, sein Stativ und andere Gerätschaften trugen. Ihre Mienen kannte ich von den Ausflügen mit meiner weichherzigen Begleiterin Miss Mack. Aufgeregt, verächtlich, spöttisch, aber doch um Gefälligkeit bemüht. Sie sahen so aus, als wären sie auf eine sprudelnde Bakschischquelle gestoßen.

»Herrgott, ich komme schier um vor Hitze. Und dann auch noch meine Deadline. Der Artikel muss bis sechs gekabelt sein, aber um das zu tun, muss ich wieder nach Luxor zurück. Wie weit ist es denn noch bis zu diesem gottverdammten Tal?«, fragte der Mann just in dem Moment, als wir ihn passierten, und blitzte seinen Führer böse an.

»Zwei Sekunden noch, Exzellenz, sehr nah jetzt – direkt hinter verdammtem Felsen!«, rief sein Dragoman.

So bald schon dem nächsten Konkurrenten zu begegnen, das war einfach zu viel für Miss Mack. Unvermittelt stieß sie einen verzweifelten Schrei aus, aber innerhalb weniger Minuten nach unserer Rückkehr saß sie schon wieder an ihrer Oliver No. 9 und hieb noch Stunden später in die Tasten.

## 29

Kurz nach unserem Zusammentreffen kehrte Lord Carnarvon wie geplant mit Eve nach England zurück. Dort wurde er von der Presse belagert, nahm aber die Übergriffe der Journaille gar nicht gut auf, wie wir hörten. Irgendwie mussten sich die Aasgeier von der Fleet Street seine Telefonnummer beschafft haben, und so riefen sie Lady Carnarvon mitten in der Nacht an, um sich nach dem »neuesten Stand« zu erkundigen. Auch seine Tochter belästigten sie und bettelten um »Zitate«. Nachdem er zu einer Audienz in den Buckingham Palace geladen worden war – sowohl König als auch Königin wollten unbedingt die ganze Geschichte seiner historischen Entdeckung hören –, stand das Telefon wieder für einige Zeit nicht still: Was hatte Seine Majestät gesagt? Wie hatte Ihre Majestät reagiert? Reporter lungerten vor Lord Carnarvons Londoner Stadtvilla am Seamore Place, Mayfair, herum und hockten in den Büschen vor den Toren von Highclere. Weder in seinen Clubs noch in der Oper war er noch sicher – egal wohin er ging, immer tauchte ein unverschämter Schmierfink mit einem schmutzigen Notizbuch auf und wollte ihm ein Gespräch aufdrängen.

Der Gipfel wurde wenige Tage vor Weihnachten erreicht. Carnarvon wollte sich gerade in Seamore Place mit seinem guten Freund Dr. Alan Gardiner – einem der weltweit größten Experten für ägyptische Inschriften, auf dessen Expertise er sich in Zusammenhang mit dem neu entdeckten Grab stützen wollte – zum Mittagessen niederlassen, als sein Butler einen unerwarteten Gast ankündigte: Mr Geoffrey Dawson, der Herausgeber der *Times*, stehe vor der Tür und dränge beharrlich darauf, vorgelassen zu werden. Einen Termin habe er nicht.

»Dawson? Nie gesehen, den Mann. Wimmeln Sie ihn ab, verdammt.«

Dr. Gardiner gab zu bedenken, dass man den Herausgeber der *Times* genauso wenig stehen lassen könne wie den Erzbischof von Canterbury. Carnarvon aber erklärte, dass er auch den Erzbischof glatt abweisen würde, wenn er sich zwischen ihn, die Seezunge und den hervorragenden 1865er Montrachet, den er jetzt zu trinken beabsichtige, drängen würde. Dr. Gardiner wiederum redete Carnarvon so lange ins Gewissen, bis Dawson bleiben durfte. Eineinhalb Stunden stand er sich die Beine in den Bauch, dann gewährten ihm die Männer das Gespräch, das er so hartnäckig eingefordert hatte. Was er wolle, erklärte Dawson, sei das Informationsmonopol für alle Nachrichten, die irgendwie mit dem Grab des Tutanchamun zu tun hätten.

Howard Carter erzählte uns die Geschichte am ersten Weihnachtstag im Amerikanischen Haus, wo Truthahn und anschließend der traditionelle britische Plumpudding serviert wurden – Letzterer mit den besten Grüßen von Lord Carnarvon geschickt. Die Winlocks waren soeben in Ägypten eingetroffen, Frances und ich hatten uns unter großem Jubel wiedergesehen, und Miss Mack und ich waren zu dem festlichen Mittagessen eingeladen worden. Der Speisesaal im Amerikanischen Haus war mit Luftschlangen geschmückt, ein großer, mit Sternen gespickter Zitronenbaum musste als Weihnachtsbaum herhalten, und überall hingen Laternen.

Wir waren eine Gesellschaft von sechzehn Personen. Arthur Mace, der englische Konservator des Met-Teams, und Harry Burton waren auch da. Beide hatte man dazu abkommandiert, in Tutanchamuns Grab mitzuarbeiten. Und noch weitere Archäologen des Met hatten sich eingefunden, zudem war Howard Carter von seiner Burg herübergeritten, um sich zu uns zu gesellen. Albert Lythgoe und seine Frau waren nicht mit von der Partie. Sie waren in London und verhandelten noch immer mit Carnarvon über weitere Unterstützungsmöglichkeiten des Met – das hatte uns zumindest Herbert

Winlock mit einem leicht gereizten Unterton erzählt. Pecky Callender fehlte ebenfalls. Er hatte mitgeteilt, er verbringe die Feiertage mit seinen Söhnen auf seiner Farm in Armant. Dort wolle er »das Tanzbein schwingen« und ein kleines »Saufgelage« veranstalten.

Ein Saufgelage fand im Amerikanischen Haus nicht statt, und auch sonst blieb der Anstand gewahrt. Allerdings gab es zum Truthahn Rotwein und zum Plumpudding Likör. Dann vertrieben wir uns die Zeit mit Pantomime und Wortspielen. Minnie Burton hatte Knaller mitgebracht, und alle trugen Papphüte. Nur Miss Mack hatte etwas aufgesetzt, das an die rote Jakobinermütze erinnerte, und Howard Carter trug eine Krone aus Goldpapier, die er sich weit über die Ohren gezogen hatte. Er rauchte ununterbrochen und begann gleich nach dem Mittagessen, Whisky zu trinken. Sobald wir mit dem Spielen aufgehört hatten, nutzte er die Gelegenheit, um mit Herbert Winlock über die Arbeit zu sprechen.

Frances nahm meine Hand und zog mich hinter die Stühle, die um den Kamin herum standen. Dort knieten wir uns hin und stopften die Hüte und Federboas, die wir als Accessoires für unsere Pantomime benutzt hatten, in die große Truhe zurück. »KV, Lucy. Aus den Augen, aus dem Sinn«, flüsterte Frances und legte einen Finger an die Lippen. Im Schutze der Stuhllehnen spitzten wir die Ohren. Frances' Miene war konzentriert und gleichzeitig besorgt. Das Gespräch, das wir belauschten, begann zwar freundschaftlich, aber die Spannungen waren offenkundig.

»Das sind also die neuesten Neuigkeiten«, sagte Carter zu Winlock. »Dawson zufolge hat die *Times* für die jüngste Expedition zum Mount Everest ein ähnliches Abkommen getroffen. Tausend Pfund haben sie gezahlt, um die Weltrechte an der Geschichte zu erwerben. Für die Exklusivrechte zum Grab würden wir weit mehr bekommen, möglicherweise bis zu viertausend. Die *Daily Mail* würde das noch überbieten, wenn ich recht verstehe, aber die *Times* ist nun einmal, wie Carnarvon sagt, die wichtigste Zeitung der Welt. Er wird mich aber noch einmal kontaktieren, bevor er eine endgültige Entscheidung trifft. Was halten Sie davon, Winlock?«

»Die Expedition zum Mount Everest?«, meinte Winlock trocken. »Das kann man ja wohl kaum vergleichen, oder? Kein Reporter ist in den Himalaya gewandert, um darüber zu berichten – mal abgesehen davon, dass die Expedition den Gipfel nie erreicht hat. Das Grab hingegen ist jetzt schon eine Sensation, und sollten Sie tatsächlich eine unversehrte Grabkammer finden, wird die Entdeckung weltweit auf den Titelseiten landen. Die Journalisten sind bereits auf dem Weg nach Luxor. Auf unserem Schiff waren gleich drei dieser Schnüffler und im Zug hierher noch mal zwei. Der Geschäftsführer des Winter Palace hat Helen erzählt, dass er noch nie so viele Buchungen hatte. Unentwegt kommen neue Anfragen herein, sowohl von Touristen als auch von Zeitungsleuten. Letztere werden vielleicht nicht gerade begeistert sein, wenn sie den Weg nach Luxor auf sich nehmen, nur um dann festzustellen, dass ihnen die *Times* zuvorgekommen ist. Dann können sie nämlich nur dumm herumsitzen und warten, dass ein paar Brocken für sie abfallen. Was für eine Schnapsidee – da mag die *Times* noch so sehr die wichtigste Zeitung der Welt sein. Den Kommentar sollte man sich sowieso verkneifen, Carter, wenn man es mit jemandem von der *New York Times* zu tun hat oder mit jemandem von einem arabischen Blatt. Die Leute könnten daran Anstoß nehmen.«

»Quatsch«, erwiderte Carter und schenkte sich Whisky nach. »Die Wahrheit ist doch, Winlock, dass wir Ihnen mit unserer Entdeckung auf die Füße getreten sind. Sie werden immer etwas an unseren Arrangements zu bekritteln haben. Reine Missgunst. Sie können nicht damit umgehen, dass wir Ihnen die Schau stehlen.«

»Nun, faktisch stehlen Sie mir vor allem mein Team«, antwortete Winlock leichthin, aber doch etwas gereizt. »Burton und Mace haben Sie sich schon an Land gezogen und Hauser und Hall ebenfalls.« Er schaute zu seinen beiden Architekturzeichnern hinüber, die in der Vorkammer Objekte abzeichneten und dokumentierten. »Aber was sein muss, muss wohl sein. Ich werde es schon überleben.«

»Sie haben auch keine andere Wahl, alter Kumpel«, antwortete

Carter mit einem Grinsen. »Befehl von Lythgoe, Ihrem Chef. Finden Sie sich einfach damit ab. *Ich habe das Grab gefunden, also setze ich* auch die Prioritäten.«

»Und *ich* wünsche Ihnen dabei viel Vergnügen«, erwiderte Winlock in einem Tonfall, der selbst Carter zum Verstummen brachte.

Kurz darauf zerstreute sich die Gesellschaft. Frances war rot vor Empörung. Sie liebte ihren Vater über alles, und ihre Loyalität ihm gegenüber war grenzenlos. Die Verehrung für ihren großen Helden Carter hatte jedoch deutliche Kratzer erlitten.

»O Gott, o Gott«, jammerte Miss Mack, als wir auf unsere *dahabieh* zurückkehrten. »Mr Carter kann so schamlos sein, findest du nicht, Lucy?«

»Er ist ja nicht immer so. Aber meistens, wenn er trinkt«, antwortete ich. »Und heute hat er einen nach dem anderen gekippt.«

»Gekippt?« Miss Mack schaute mich empört an. »Lucy, also wirklich! Wo schnappst du nur solche Wörter auf? Obwohl ich leider fürchte, dass du recht hast. Nach seinem dritten Whisky – ich muss ja zugeben, ich habe mitgezählt – war er wirklich nicht mehr nüchtern. Er war unverzeihlich grob gegenüber Mr Winlock. Das hat die ganze Stimmung verdorben. Soll ich das eigentlich auch in meinem jüngsten Kapitel erwähnen, Lucy? Das Buch verlangt danach, aber ich bin mir nicht sicher. Es ist doch Weihnachten. Ich möchte nicht unnachsichtig sein.«

»Was heißt hier Nachsicht? Sie sollten die Wahrheit schreiben«, erklärte ich schnippisch und warf mich auf die Bank an Deck.

Miss Macks moralische Zweifel ließen mich oft ungeduldig werden, und ich konnte mir gut vorstellen, wie gnadenlos Nicola Dunsire darauf reagiert hätte. Zu Ehren des Weihnachtsfests trug ich das Kleid, das sie mir geschenkt hatte, und obwohl es noch passte, fühlte sich das Mieder zu eng an. Inzwischen hatte ich zwei lange Briefe von ihr bekommen und kannte sie mittlerweile auswendig. Außerdem hatte sie ein Weihnachtsgeschenk von meinem Vater und sich mitgeschickt: eine einreihige Kette aus kleinen Perlen. Es war klar, dass Nicola sie ausgesucht hatte. Ich ließ die milchig glänzenden Perlen durch die Finger gleiten.

Miss Mack bedachte mich mit einem langen, stummen Blick. »Nun, zweifellos hast du recht, mein Schatz«, sagte sie schließlich leise. »Ich sollte stärker auf dich hören. Tut mir leid, dass ich dich mit meinen Zweifeln behelligt habe.«

Es war unübersehbar, dass sie verletzt war. Sie zog sich in ihre Kabine zurück, aber die Inspiration blieb offenbar aus, denn die Oliver No. 9 schwieg. Während ich Miss Dunsires Kleid auszog, bereute ich schon meine Worte. Nachdem ich eine halbe Stunde darüber nachgedacht hatte, warum mich gelegentlich solch rebellische Anwandlungen überkamen, klopfte ich an Miss Macks Kabinentür. Als sie öffnete, sah man, dass sie geweint hatte. Ich warf ihr die Arme um den Hals und entschuldigte mich für meine Grobheit, ich wisse selbst nicht, was über mich gekommen sei.

»Lass uns nicht davon reden, Lucy, mein Schatz. Das ist längst vergessen«, sagte Miss Mack, wischte sich die Tränen fort und umarmte mich ihrerseits. Sie zögerte, dann fügte sie heftig errötend hinzu: »Ich mag dich sehr gern, Lucy. Sehr, sehr gern, das weißt du hoffentlich. Mittlerweile bist du wie eine Tochter für mich, und … und … Ich vermute, es muss anstrengend für dich sein, so viel Zeit mit einer pingeligen Alten wie mir zu verbringen. Du bist ein aufgewecktes Mädchen, das sich rasant entwickelt, während ich oft nur langsam vorankomme. Natürlich muss dich das ungeduldig machen. Ich bin zwar nicht mehr jung, aber ich habe nicht vergessen, was es heißt, jung zu sein. Du wirst immer erwachsener, Lucy, du veränderst dich vor meinen Augen. Der Fehler liegt also bei mir. Ich darf nicht vergessen, dass du kein Kind mehr bist.«

Ich war beschämt. Diesen Großmut verdiente ich nicht. Also gab ich Miss Mack einen Kuss, brachte ihr einen Tee und überredete sie zu einem abendlichen Spaziergang am Flussufer. Sie liebte diese kleinen Ausflüge, aber in letzter Zeit hatte ich mich in meiner mürrischen und launenhaften Art nur allzu oft geweigert, sie zu begleiten. Unterwegs dachte ich darüber nach, wie ich mein Verhalten wiedergutmachen könnte. Der beste Weg schien zu sein, ihr bei Dem Buch zu helfen, aber solange ich keine Informationen vorzuweisen hatte, wollte ich mit ihr noch nicht darüber sprechen. Eine unerwartete Begegnung kam mir da sehr gelegen.

»Ach, Sie sind es, Mr Callender«, sagte Miss Mack überrascht, als wir den hünenhaften Mann erreicht hatten, den wir bereits am Flussufer hatten herumlungern sehen. Er trug einen Tropenhelm, der sein einst attraktives und nun ziemlich verlebtes Gesicht verdeckte. Sie streckte ihm die Hand hin. »Frohe Weihnachten! Ich dachte, Sie wären mit Ihren Söhnen auf Ihrer Farm.«

»Großes Kuddelmuddel.« Callender blickte uns mit seinen kummervollen, blutunterlaufenen Augen kurz an, bevor er wieder ins Schilf starrte. »Sie hatten etwas anderes vor und haben gekabelt, um abzusagen. Hatten ein paar Daten verwechselt. So sind junge Männer halt. Also habe ich Weihnachten allein in der Burg verbracht, habe einen Knaller angezündet und auf den König angestoßen. Nach einer Weile fiel mir die Decke auf den Kopf, von Carter war auch nichts zu sehen, und da dachte ich, ein netter Spaziergang am Fluss ist doch genau das, was dir der Doktor verordnet hat.«

»Mir ging es ganz genauso.« Miss Mack gab sich Mühe, ihre Verwirrung zu verbergen. »Aber Sie hätten etwas sagen sollen, Mr Callender – im Amerikanischen Haus wären Sie doch herzlich willkommen gewesen, da bin ich mir sicher. Einer mehr oder weniger, das hätte doch auch keinen Unterschied gemacht.«

»Carter sagte, dann seien Sie dreizehn am Tisch und das könne er an Weihnachten nun wirklich nicht gebrauchen.«

Ich wollte ihn schon korrigieren, da wir sechzehn gewesen waren, wie Carter nur allzu gut gewusst hatte, aber Miss Mack warf mir einen warnenden Blick zu.

»Wie schade«, sagte sie freundlich. »Wir hätten uns sehr über Ihre Gesellschaft gefreut. Was für ein herrlicher Abend, Mr Callender. Es ist so schön und friedlich hier am Fluss. Sind Sie auf dem Rückweg zur Burg? Mr Carter müsste mittlerweile auch wieder da sein.«

»Das hat keine Eile. Und mal unter uns, Mrs Macpherson, die Situation ist nicht immer ganz einfach da oben. Ich wohne in Carters Burg, da ich, nun … ein wenig knapp bei Kasse bin. Große Alternativen habe ich da nicht. Ich weiß nicht, ob Sie es gemerkt haben, aber Carter ist ein eher nervöser Typ. Überempfindlich. Regt sich schnell auf. Hat immer allein gelebt und allein gearbeitet. Manchmal hat er gern Leute um sich, aber manchmal gehen sie ihm auch entsetzlich auf die Nerven. Und im Moment hat er eine Menge Stress, da mach ich lieber einen Bogen um ihn. Ich möchte ihn nicht unnötig provozieren.«

»Aber das tun Sie doch ganz bestimmt nicht, Mr Callender.«

»O doch. Viele Leute fühlen sich von mir provoziert. Den Grund habe ich nie begriffen. Ich neige eher zur Melancholie – das könnte es vielleicht sein. Ich gebe mir Mühe, das zu verbergen, wirklich, aber es gelingt mir nicht immer. Und das Grab zieht mich regelrecht runter. Ich bekomme Zustände, aber das kann ich natürlich nicht laut sagen. Nicht im Traum würde mir das einfallen. Ich bin ja froh, dass ich die Arbeit habe. Echt großzügig von Carter, mich ins Boot zu holen, Mrs Macpherson, das ist mir durchaus bewusst.«

»*Miss*. Miss *Mackenzie*.« Sie holte tief Luft, und ich wusste, was nun kommen würde. Sie konnte einfach nicht anders, als Unglückswürmern ihre helfende Hand hinzustrecken. Und so war es auch. Prompt wurde der scheue und unsichere Mr Callender gebeten, uns auf unsere *dahabieh* zu begleiten. Dort saß er dann in der Abenddämmerung mit uns an Deck, trank ein Bier, das Mohammed irgendwie beschafft hatte, knabberte Datteln und Pistazien und ließ seine sanften Augen auf dem Fluss ruhen. Er erzählte uns von Schaf-Farmen in Australien und der Suche nach Bodenschätzen in Südafrika. Eine weniger gute Frau als Miss Mack hätte die Gelegenheit genutzt, um den Mann zu löchern und sich Informationen über das Grab und die Geheimnisse, die sich hinter seiner nördlichen Wand verbergen mochten, zu beschaffen. Doch es hätte gegen ihre moralischen Prinzipien verstoßen, die Situation eines derart angeschlagenen Mannes auszunutzen. Aber da ich weniger Skrupel hatte als sie, wagte ich mich trotzdem vor.

»Wieso bekommen Sie eigentlich Zustände bei der Arbeit im Grab, Mr Callender?«, erkundigte ich mich, als er gehen wollte. Ich hielt das für einen sehr gerissenen Schachzug, da meine Frage möglicherweise Enthüllungen über die nächtliche Expedition, ihre Ziele und ihre Ergebnisse provozieren würde.

Doch Fehlanzeige. Callender schaute mich freundlich an, offenkundig verblüfft, und antwortete absolut aufrichtig: »Na ja, das hat doch alles mit dem Jenseits zu tun, nicht wahr? Deshalb gibt es das Grab doch, Miss Payne. Aber ich glaube nicht an das Jenseits. Tot ist tot. Das war's dann, aus und vorbei, adieu, ihr Lieben. Wenn ich aber dann all dieses Zeug sehe, das man diesem armen Jungen im Grab hinterlassen hat – die Boote, mit denen er segeln sollte, die Speisen, die er essen sollte, die Kleidung, die er anziehen sollte –, dann verspüre ich einen heftigen Schmerz im Herzen, genau hier.« Er legte seine große, fleckige Hand auf die Brust. »Denn er hat das alles nie benutzt, nicht wahr? Nicht ein einziges Mal in dreitausend Jahren. Er hat es nie benutzt und wird es nie benutzen. Er ist so tot wie die sprichwörtliche Maus.«

Miss Mack, deren Ansichten über das Jenseits entschieden anders waren, schnappte nach Luft und wollte etwas sagen.

»Andererseits hat ihn jemand sehr geliebt«, fuhr Callender fort, bevor sie ihn unterbrechen konnte. Er stand auf und schaute sich um. Vielleicht bewunderte er den rötlichen Himmel, die stille Luft, den ewigen Strom des Flusses. »Man hat seine Sachen aufbewahrt. Einen Handschuh zum Beispiel, ein winziges Ding. Er kann nicht älter als vier gewesen sein, als er ihn getragen hat. Dann noch Spielzeug aus seiner Kindheit. Ein Schilfrohr, aus dem er sich als kleiner Junge einen Spazierstock geschnitzt hat. Irgendjemand hat sich die Mühe gemacht, ihn aufzubewahren und sogar zu beschriften: wann und wo er ihn geschnitzt hat. Jemand hat das getan, was wir alle tun, wenn wir jemanden lieben, oder? Wir bewahren Erinnerungen auf. Auch ich habe noch den ganzen Krempel meiner Jungs. Tutanchamuns kleine Dinge reden also mit uns, über die Jahrtausende hinweg. So kommt es mir zumindest vor.«

Er dankte uns, wandte sich um und schritt gemächlich zur Laufplanke unseres Schiffs. Miss Mack, die unübersehbar Gefallen an ihm gefunden hatte, folgte ihm, um sich zu verabschieden, und ich schloss mich ihr an.

»Unglaublich, was für eine gute Sicht man von hier auf Carters Burg hat«, sagte Callender, als wir am Ufer standen. »Die Lichter brennen, wie ich sehe, Carter muss also zurück sein. Da kehre ich wohl auch besser heim. Ich kann es ja nicht ewig hinauszögern. Mitgefangen, mitgehangen. Tja, so ist das eben.«

»Sie müssen unbedingt bei uns hereinschauen, wann immer Sie hier vorbeikommen, Mr Callender«, sagte Miss Mack.

»Pecky, Miss Mackenzie. Pecky...«

»Myrtle«, antwortete sie zu meiner Überraschung. »Myrtle, ich bestehe darauf.« Sie schüttelten sich die Hand, und Miss Mack würde noch Tage später über seinen festen Händedruck klagen.

»Ein überaus anständiger Mann«, urteilte sie, als wir ihm hinterherschauten. »Ein ungeschliffener Diamant mit einem guten Herzen. So etwas merkt man sofort, Lucy, nicht wahr?« Sie sprach im Brustton der Überzeugung. Ich antwortete nicht.

*Wie wiegt man ein Herz?*, fragte ich Nicola Dunsire später am Abend, als ich ihr in der Stille meiner Kabine mit ihrem so gut in der Hand liegenden Füller schrieb. Wenn sie Mr Callender, den ich ihr zu beschreiben versuchte, persönlich begegnen würde, würde sie ihn vermutlich absurd finden. Diese Geschichten von einem guten Herzen ließen sie sowieso schnell ungeduldig werden. Worauf es wirklich ankomme, sagte sie immer, sei ein guter Verstand.

Nach Weihnachten tat sich so einiges im Tal der Könige, und Miss Mack schien gut mit Informationen versorgt zu werden. Die Neuigkeiten drangen sofort ins Amerikanische Haus vor, wo sie dann bis ins kleinste Detail diskutiert wurden. Am meisten konnte man zur Teestunde erfahren, wenn Frances' Vater von seiner Arbeit am Tempel der Hatschepsut und seine Kollegen von Carters Grab im Tal der Könige zurückkehrten. Bevor sie ein Bad nahmen und sich fürs Dinner umzogen, machten sie es sich immer noch im Gemeinschaftsraum bequem, entspannten sich und besprachen die Ereignisse des Tages. Eine Stunde später schickte man mich dann auf unser Hausboot zurück, aber beim Tee wurde die Anwesenheit von Kindern noch geduldet – und schnell wieder vergessen, sodass Frances und ich unsichtbar dasitzen und lauschen konnten.

Weder Frances noch sonst irgendjemandem durfte ich verraten, dass Miss Mack ein Buch schrieb – das hatte ich ihr hoch und heilig versprechen müssen. Aber Frances' Gedanken drehten sich sowieso nur um das Grab, sodass keine Erklärungen vonnöten waren. Sie brannte darauf zu erfahren, ob man Tutanchamuns Grabkammer entdecken und ob sie ausgeraubt oder unversehrt sein würde, und war manchmal über die vielen Begleiterscheinungen der Entdeckung irritiert. »Eines kann ich dir sagen, Lucy«, befand sie irgendwann. »Die Laune der Beteiligten wird nicht besser. Ständig streiten sie sich, morgens, mittags, abends. Dieses Grab hat wirklich eine verheerende Wirkung.«

Diese Bemerkung hatte sie im Tal der Könige gemacht, wohin wir nun häufig Ausflüge unternahmen. Miss Mack war fast täglich dort und überwachte das Geschehen, Notizbuch und Kamera stets griffbereit. Sie mischte sich unter die wachsende Zahl an Touristen und Journalisten und dokumentierte die Parade der unglaublichen Objekte, die zum Zwecke der Konservierung und des Verpackens aus der Vorkammer geholt wurden. Die Fluchttechniken, die ich im vergangenen Sommer in Cambridge perfektioniert hatte, kamen mir jetzt zugute. Miss Mack war von ihrer Aufgabe derart beansprucht, und ihre Aufmerksamkeit wurde von den Fundstücken in einer Weise absorbiert, dass es für Frances und mich ein Leichtes war, uns davonzustehlen. Erst nur für eine Viertelstunde, dann für eine volle Stunde und schließlich für einen ganzen wunderbaren Vormittag. Frances und ich liefen herum und redeten, wie es uns in den Sinn kam, so als wären wir nie getrennt gewesen. Alles war wie immer: Wir kannten die Gedanken der jeweils anderen, bevor sie sie auch nur aussprach.

»Wie Schwestern«, sagte ich eines Morgens.
»Nein, wie Zwillinge«, widersprach Frances.

Nur widerstrebend kehrten wir von unseren Ausflügen zurück, immer in Erwartung von Ermahnungen, die aber stets ausblieben. Miss Mack schien gar nicht mehr zu merken, wie die Zeit verging, und auch ihr Wachinstinkt war verkümmert. Außerdem hatte sie ja selbst gesagt, dass ich kein Kind mehr sei. Dieser neue Status verschaffte uns die Freiheit im Tal.

Das Interesse an Tutanchamuns Grab und den Geheimnissen, die es noch preisgeben könnte, war so groß, dass es um die anderen Gräber im Tal still geworden war. Kein einziger Journalist und nur wenige Touristen verließen die neue Grabungsstätte, die man mittlerweile KV62 getauft hatte. Sie war mit einem Stein mit Carters Monogramm markiert. Die zwei Initialen waren so seltsam ineinander verschlungen, dass sie an einen Schädel mit gekreuzten Knochen erinnerten. Wenn wir uns durch die Menge vor dem Grabeingang gedrängelt hatten, gelangten wir innerhalb nur weniger Minuten in ruhigere Gefilde und fanden uns in der Hitze und der Stille des Tals vollkommen allein wieder. Wir besuchten noch einmal die Stätten, an denen wir im Vorjahr gewesen waren, und eines Tages – es muss ganz früh im neuen Jahr gewesen sein – kehrten wir auch zu Siptahs Grab zurück, wo wir am Tag des Unwetters Carters damalige Grabungsstätte besichtigt hatten.

Frances hatte den Weg vorgeschlagen, und ich hegte den Verdacht, dass sie dabei einen Plan verfolgte. Ich sollte recht behalten. Sobald wir an der Stelle waren, von wo aus wir Carters Decauville-Bahn beobachtet hatten, nahm sie meine Hand und zog mich in eines der unzähligen Wadis, die vom Hauptweg abgingen. Was hatte sie nur für ein Gedächtnis! Ich bezweifelte, dass ich den Ort wiedergefunden hätte, aber Frances' Instinkte waren untrüglich. Sie ignorierte die Pfade, die sich links und rechts fortschlängelten, führte mich schnell zwischen den heißen, kahlen Felsen hindurch und blieb plötzlich stehen. Erst dann erkannte ich die Stelle, wo wir unsere Opfergaben für Isis und Nephtys vergraben hatten –

das *ankh*, das Hassan mir geschenkt hatte, und den scharlachroten Lippenstift, den Frances von Poppy d'Erlanger bekommen hatte. Da standen wir also am Fuße des großen Felsens und betrachteten sein blindes, emotionsloses Gesicht und die von Skorpionen wimmelnden Locken. Frances begann, mit der Spitze ihrer Sandale an unserer Begräbnisstätte zu scharren.

»Niemand redet mehr von Poppy d'Erlanger«, sagte sie stirnrunzelnd. »Dabei ist in ein paar Wochen der Jahrestag ihres Todes. Noch kein Jahr ist vergangen, doch alle haben sie vergessen, Lucy. Nur wir nicht.«

Frances betrachtete den Felsen. Die Hitze knallte auf meinen Kopf nieder. Es war Mittag, ich hatte meine Sonnenbrille vergessen, und der helle Sand blendete mich schmerzhaft. »Gehst du eigentlich manchmal zum Grab deiner Mutter, Lucy?«, fragte Frances und kratzte am Stein. »Geht dein Vater hin, jetzt, wo er wieder verheiratet ist?«

»Eine Zeitlang hat er es wohl getan«, antwortete ich. »Und ich war im Herbst da, bevor ich nach Ägypten gereist bin.«

Ich zögerte. Miss Dunsire hatte mich begleitet. Wir hatten einen Blumenstrauß aus unserem Garten mitgenommen: Hagebutten und die letzten Astern. Ich hatte dagestanden, auf einen Namen und ein Datum gestarrt und mir die Stimme meiner Mutter in Erinnerung zu rufen versucht. Ich hatte an Nicolas Worte gedacht: *Eine Weile war ich in tiefer Trauer versunken, jetzt trauere ich schon weniger, und irgendwann werde ich gar nicht mehr trauern. So ist das mit der Trauer, Lucy.* Sie selbst mochte ihre Worte vergessen haben, ich nicht. Als ich nun an dem Felsen stand, strich ich sanft über das gerillte Kalksteinhaar und versuchte, mir meine Mutter vorzustellen. Einen Moment lang stand sie mir klar vor Augen, dann verschwand sie wieder hinter dem Schleier der Zeit. Frances und ich setzten uns neben den Felsen, und ich erzählte ihr von meinen Gedanken. Sie hörte aufmerksam zu und runzelte dann die Stirn.

»Das hat sie also behauptet, deine Gouvernante? Und ich dachte, sie sei so schlau.«

»Sie *ist* schlau.«

»Nun, so intelligent kann sie nicht sein, wenn sie so etwas gesagt hat. Damit liegt sie nämlich vollkommen falsch. So ist das keineswegs mit der Trauer. Sie bleibt ewig und frisst sich immer tiefer in einen hinein. Wenn deine Miss Dunsire das anders sieht, hat sie nie wirklich getrauert. Das solltest du ihr unbedingt in einem deiner endlosen Briefe schreiben.«

Ich starrte in den Sand und dachte darüber nach. Das würde ich bestimmt nicht tun. Den bissigen Kommentar, den ich mir damit einhandeln würde, konnte ich mir nur zu gut vorstellen.

»Komm, Lucy, wir sollten jetzt besser gehen«, sagte Frances und zog mich hoch. Sie tätschelte den gerillten Kalkstein, nahm meinen Arm und führte mich den Weg zurück, den wir gekommen waren. »Ich gehe ein Mal im Jahr zum Grab meines kleinen Bruders«, erzählte sie mir auf dem Rückweg. »Meine Eltern nehmen mich immer mit. Im August, an dem Tag, an dem er gestorben ist. Er hat ein schönes, schlichtes Grab, Lucy, in einem schönen Teil eines schönen Friedhofs. Sein Name ist immer noch deutlich auf dem Stein zu lesen, aber es fühlt sich nicht so an, als wäre er dort. In Maine am Wasser spüre ich hingegen oft seine Anwesenheit. Meinem Vater geht es genauso und meiner Mutter auch. Ich spüre sie sogar hier, was irgendwie komisch ist, weil er nie in Ägypten war, geschweige denn im Tal der Könige.«

Sie blieb stehen. Mittlerweile war KV62 wieder in Sicht gekommen, obwohl man den Grabeingang wegen der vielen Leute nicht erkennen konnte. »Schau dir nur all die Menschen an, Lucy«, sagte sie. »Sie interessieren sich nicht im Mindesten für Tutanchamun oder dafür, wer er war. Sie interessieren sich nur für das Gold, das man mit ihm vergraben hat.«

Ich betrachtete Frances' kleine, konzentrierte, wütende Gestalt. Sie trug eines ihrer adretten Baumwollkleider und hatte den Panamahut tief ins zornige Gesicht gezogen. Als ich ihrem Blick folgte, sah ich, dass auf einem Tablett gerade eine bemalte Holzfigur aus dem Grab getragen wurde. Ein Raunen ging durch die Menge, die sich – wie das Rote Meer vor Moses – vor der Figur teilte und sich hinter ihr sofort wieder schloss. Die Auslöser der Kameras klickten unablässig. Als wir näher kamen, sahen wir Miss Mack am Rand der Menge stehen und sich Luft zufächeln. Auch Howard Carters herausgeputzte Gestalt war vage zu erkennen; im Tweedanzug und mit Homburger Hut auf dem Kopf begleitete er die Figur ins Labor der Konservatoren.

Sie stelle den König als kleines Kind dar, erzählte uns Miss Mack später. Es handele sich um ein Wunderwerk der Porträtkunst, weil sie den kleinen Jungen derart wirklichkeitsnah wiedergebe, dass sie selbst das Gefühl gehabt habe, sie könne sich neben ihn setzen und sich mit ihm unterhalten.

Miss Mack machte sich während der gesamten Prozession umfängliche Notizen. Die Leute hingegen, die Fotos gemacht hatten, als die Figur vorbeigekommen war, verloren schnell das Interesse. Ein Teil scharte sich um den Grabeingang und wartete begierig auf das nächste Objekt, andere suchten sich ein schattiges Fleckchen und packten ihre Butterbrote aus. Klagen über die Hitze, den Mangel an Sitzgelegenheiten und die Langeweile wurden laut. »Die Figur hatte ja etliche Macken«, sagte eine Frau zu ihrem Ehemann. »Außerdem finde ich wirklich, dass man die Sache etwas beschleunigen könnte. Warum dauert das alles nur so ewig?« Plötzlich ertönte aus dem Grab, das die Konservatoren als Labor benutzten, Carters wütende Stimme.

Frances verzog das Gesicht. »Hatte ich es dir nicht gesagt?«, fragte sie. »Das ist die größte Entdeckung, die im Tal der Könige je gemacht wurde, und die Menschen haben nichts Besseres zu tun, als zu jammern und zu schimpfen. Das Grab kehrt das Schlechteste in den Menschen hervor, und es gibt kein Entkommen«, fügte sie hinzu. »In Carters Burg ist es genauso und im Amerikanischen Haus sogar noch viel schlimmer. Es ist wie eine Krankheit, Lucy. Daddy redet nur noch von der Pest.«

Dass einzig und allein das Grab dafür verantwortlich war, das bezweifelte ich allerdings. Es gab auch noch andere Probleme, besonders im Amerikanischen Haus. Frances' Mutter hatte sich auf der Fahrt nach Luxor eine leichte Grippe zugezogen, wurde sie einfach nicht los und hütete bereits tagelang das Bett. Mrs Lythgoe, die älteste der Ehefrauen, die den Laden normalerweise schmiss, war noch immer in London, wo ihr Ehemann weiterhin mit Carnarvon verhandelte.

Ihre Abwesenheit nutzte Minnie Burton, um aufzutrumpfen, und Helen Winlock war einfach zu schwach, um sich zu widersetzen. Queen Min erklärte, sie wolle den Haushalt neu organisieren, dem Dienstpersonal Beine machen und das Essen verbessern. Es habe sie immer gestört, sagte sie, dass Mrs Lythgoe und Helen Winlock so wenig Ehrgeiz besäßen. Sie gäben sich einfach zu wenig Mühe und seien zu nachsichtig mit dem Personal. Natürlich, der Chefkoch – Michael-Peter Sa'ad – sei Nubier und seine Kenntnisse von westlichem Essen seien begrenzt, und natürlich, Sa'ad könne widerspenstig sein, aber hatte er nicht – unter Verwendung *ihres* Rezepts – den Weihnachtstruthahn zubereitet? Wenn er das schaffte, warum sollte er also an Shortbread scheitern? Oder an Scones? Oder an Früchtekuchen? Jetzt, da Carters Entdeckung eine Flut an berühmten, einflussreichen und wohlhabenden Leuten ins Tal der Könige spüle, habe sich die Rolle des Amerikanischen Hauses massiv verändert. »Sa'ad wird sich anstrengen müssen«, verkündete sie. »Wir sind nun Botschafter. Das Haus ist eine Botschaft. Dies ist amerikanisches Territorium.«

Da ich die meiste Zeit bei Frances im Amerikanischen Haus verbrachte, durfte ich Mrs Burtons Reformen hautnah miterleben. Am Montag verbrannte das Shortbread, am Dienstag geriet der Zuckerguss wie Beton, und am Mittwoch waren die Scones steinhart.

»Das ist Sa'ads Rache«, flüsterte Frances, als wir die Scones in unsere Taschentücher spuckten. »Er kann sie backen, wenn er möchte, aber er *möchte* eben nicht. Und er wird es auch nicht tun – jedenfalls nicht, solange ihn Queen Min in seiner eigenen Küche herumkommandiert.«

Sa'ad war tatsächlich nicht dumm und bewies starke Nerven und Durchhaltevermögen. Am nächsten Tag misslang ihm der Victoria Sponge Cake, dann ging es mit Plätzchen, Baisers und Brandy-Sahne-Röllchen weiter. Nach etwa zehn Tagen in diesem Stil hatte er das Gefühl, Mrs Burton lang genug gequält zu haben, und holte zum entscheidenden Schlag aus. Er ignorierte ihre Anweisungen komplett und ließ ein Tablett mit ägyptischem Backwerk heraustragen. An dem Tag waren keine Gäste da, aber die versammelten Archäologen, die nach einem Tag im Feld vollkommen erschöpft waren, bestaunten die Köstlichkeiten aus knusprigem Teig, Honig, Rosinen und Nüssen. Der verlockende Duft von Nelken und Zimt breitete sich aus, und bevor Mrs Burton etwas sagen konnte, machten sich schon alle darüber her.

»Gott sei Dank, endlich wieder etwas Genießbares«, sagte Herbert Winlock mit einem zufriedenen Seufzen. »Schenk mir doch bitte noch eine Tasse Tee ein, Frances.«

»Köstlich.« Arthur Mace streckte sich und lächelte. »Ich fühle mich fast wieder wie ein Mensch.«

»Ich auch.« Harry Burton leckte sich die Lippen. »Zucker. Genau das, was wir brauchen. Und zwar in großen Mengen, sobald wir nach Hause kommen. Meinen herzlichsten Dank an Sa'ad.« Dann wandte er sich an seine Frau, die noch immer keinen Ton gesagt hatte, aber vor Wut kochte. »Und natürlich an dich, Minnie. Können wir das morgen wiederholen?«

Arthur Mace steckte mitten in den Konservierungsarbeiten und wurde dabei von einem bedeutenden Chemiker unterstützt, Alfred Lucas, den Carter eingestellt hatte. Durch den Zucker gestärkt beschrieb er mir und Frances, was er an jenem Tag getan hatte. Sie hatten eine Kiste geöffnet und exquisite perlenbestickte Gewänder und Sandalen darin gefunden. Der Stoff war porös – bei der kleinsten Berührung fielen die Perlen zu Tausenden herab. Lucas hatte vorgeschlagen, flüssiges Paraffinwachs darüber zu schütten und zu warten, bis es fest geworden war. Schließlich hatte es zwei zermürbende Stunden gedauert, ein Paar Sandalen zu retten.

»Und wie viele Sandalen gibt es, Mr Mace?«, erkundigte sich Frances.

»Weiß Gott«, seufzte er, »wir haben erst ein paar Kisten geöffnet, Frances. Es könnten Hunderte sein. Jetzt wartet aber erst einmal ein Spazierstock auf uns, ein erlesenes Stück. Er ist übersät mit irisierenden blauen Käferflügeln. *Losen* Käferflügeln.«

Harry Burton beklagte sich über die Umstände, unter denen er im Grab fotografieren musste. Nie gab es genug Licht, und die Hitze war beinahe unerträglich. Er arbeitete mit einer Großbildkamera, langen Belichtungszeiten und großen, schweren Glasplatten. In einem wenig besuchten Grab, das ein paar hundert Meter von Tutanchamuns Grab entfernt lag, hatte er sich eine Dunkelkammer eingerichtet. Die Platten mussten also eingewickelt und dann im Eiltempo zum Entwicklungsbad gebracht werden – dafür hatte er höchstens eineinhalb Minuten. Anfangs war das kein Problem gewesen, da Burton schlank, fit und schnell war. Doch da die Menge der Touristen und Journalisten von Tag zu Tag anschwoll, wurde die Aufgabe immer schwieriger. Die Menschen drängten sich direkt am Grabeingang und gierten danach, einen Blick auf die Schätze zu erhaschen. Eigentlich sollten sie hinter der Absperrungsmauer bleiben, die Carter errichtet hatte, und von Wachen in Schach gehalten werden, und trotzdem musste sich Burton ständig einen Weg durch das Gewusel bahnen. »Gestern waren vier Platten ruiniert«, sagte er. »Heute waren es schon sechs. Alles musste noch einmal fotografiert werden – weshalb auch Mace nicht weitermachen konnte. Carter war fuchsteufelswild.«

»So schlimm das auch sein mag, Harry, aber es kommt noch schlimmer«, sagte Herbert Winlock. »Schau dir das hier an.« Er schob ihm das letzte Telegramm von Albert Lythgoe aus London hin. »Carnarvon hat bei der *Times* unterschrieben. Exklusivrechte, weltweit. Sie haben das Angebot auf fünftausend Pfund erhöht, plus fünfundsiebzig Prozent der Erlöse aus Zweitveröffentlichungen. Offenbar glauben sie wirklich, dass Carter eine Grabkammer findet. Carnarvon hat das Angebot gestern angenommen – ohne Carter zu fragen.«

»Oje, das wird ihm nicht gefallen.« Burton las das Telegramm mit düsterer Miene. »Aber worum geht es bei der Sache eigentlich? Was verbirgt sich hinter diesem ganzen Gerede von Exklusivität?«

»Es geht darum, dass nur die *Times* Zugang zum Grab und zu den Ausgräbern hat. Alle anderen Zeitungen müssen ihre Informationen und Bilder von der *Times* kaufen und bekommen sie erst einen Tag später. Man wird ihnen also täglich die Sensation vor der Nase wegschnappen – wenn sie denn das Monopol akzeptieren, was sie natürlich nicht tun werden. Wir werden noch miterleben, dass Carnarvon sein kleiner Deal ins Gesicht fliegt. Lythgoe sagt, die Sache sei bereits durchgesickert und an der Fleet Street herrsche Aufruhr. In New York ist man auch nicht gerade begeistert.«

»Wirklich alle anderen Zeitungen?«, fragte Harry Burton scharf. »Einschließlich der arabischen?«

»Die arabischen Zeitungen bekommen die Informationen gratis. Carnarvon war immerhin so schlau, das sicherzustellen. Allerdings sind sie in Bezug auf Informationen genauso abhängig von der *Times* wie alle anderen. Zugang zum Geschehen bekommen sie nicht.«

»Um Himmels willen. Ein ägyptisches Grab ... und sie schließen die ägyptische Presse aus? Was für ein diplomatisches Genie hat sich das nur ausgedacht? Minnie, gib mir noch einen Tee. Zwei Zuckerstücke, nein, drei, bitte. Im Tal der Könige ist jetzt schon der Teufel los. Können Sie sich vorstellen, was dort passiert, wenn das rauskommt?«

Minnie schenkte ihm Tee ein. Sie schmollte noch immer wegen der Niederlage, die Sa'ad ihr beigebracht hatte, und es war offensichtlich, dass sie die Sorgen ihres Ehemanns nicht teilte. Für Mrs Burton war nichts so erfolgreich wie der Erfolg, daher war jede Antipathie, die sie jemals gegen Carter und Carnarvon empfunden haben sollte, wie weggeblasen. Sie waren die Männer der Stunde. Lord Carnarvon wurde erst Ende Januar in Ägypten zurückerwartet, und in seiner Abwesenheit kontrollierte Carter den Zugang zum Grab. Wenn Minnie ihren schicken Freunden die Besichtigung ermöglichen wollte, würde es sich auszahlen, auf der richtigen Seite zu stehen.

Also habe Minnie für Howard Carter Vorhänge gesäumt, wie Frances mir vor ein paar Tagen verächtlich erzählt hatte. »Und sie hat ihre Belohnung bekommen: Am nächsten Tag wurde ihre Freundin, die Komtess, zu einer Privatführung ins Grab gebeten. Glückwunsch, Minnie! Sie sollte sich aber vorsehen. Daddy sagt, Carter vergisst es nicht, wenn jemand in seiner Schuld steht, da ist er gnadenlos. Wahrscheinlich wird sie demnächst für ihn einkaufen dürfen.«

»Fünftausend Pfund?«, fragte Minnie nun. »Was für ein Coup! Ich verstehe gar nicht, warum Sie so pessimistisch sind, Herbert – oder du, Harry. Warum sollte Carnarvon nicht so viel herausschlagen wie möglich? Er muss doch seine Ausgaben decken. Der neue Wagen, die Sicherheitstüren, all das Verpackungs- und Konservierungsmaterial, die einheimischen Arbeiter, die anderen Leute, die er noch einstellen musste. Er muss Mr Lucas bezahlen und auch diesen Kleiderschrank, diesen Pecky Callender. Immerhin ...« Sie hielt inne und warf Winlock einen Seitenblick zu. Sie schien ihn nicht zu mögen, wie mir allmählich klar wurde. Vielleicht war ihr zu Ohren gekommen, dass er sie Queen Min nannte. »Immerhin hat Lord Carnarvon wirklich extrem hohe Ausgaben, Herbert, und das wird sich auch nicht so schnell ändern. Wir wissen immer noch nicht, was für Wunder uns erwarten, wenn sie eine Grabkammer finden. Monatelange Arbeit könnte ihm bevorstehen, und die Kosten werden dadurch nicht geringer.«

»Schon richtig. Trotzdem gibt es einen Unterschied zwischen der Deckung von Unkosten und schnödem Profit«, erwiderte Winlock. »Das Wort ist mittlerweile in aller Munde, Minnie, und man kann davon ausgehen, dass es noch schlimmer wird. Geld, Geld, Geld.

Geld für Zeitungsrechte, Geld für Fotorechte – und dann noch dieses Buch, das Carter in Rekordzeit zusammenschustern soll, falls Sie sich erinnern. Inzwischen haben sich auch Hollywood und die Dokumentarsparte gemeldet. Lythgoe zufolge denkt Carnarvon, dass er allein von Pathé News mindestens zehntausend Pfund für eine kurze Kinodokumentation bekommen könnte, und rennt in ganz London herum, um die Freudenbotschaft zu verkünden. Er wäre gut beraten, hier in Ägypten solche Summen nicht öffentlich zu machen. Er ist bereits vielfacher Millionär, Minnie, und Ägypten ist, falls das Ihrem Adlerauge entgangen sein sollte, ein armes Land.«

»Unsinn! Es ist sein Grab, also kann Lord Carnarvon damit tun und lassen, was er will. Und auf Ihre Erlaubnis oder Billigung ist er ganz bestimmt nicht angewiesen, Herbert.«

»Nein, Minnie, es ist *nicht* sein Grab. Das Grab gehört der ägyptischen Regierung, und je eher Carnarvon das begreift, desto besser. Im Moment scheint er selig in seinem Unwissen zu verharren.«

»Sie haben gut reden.« Minnie funkelte ihren Ehemann an, der sie mit besänftigenden Grimassen zu beruhigen suchte. »Die Kosten Ihrer Grabungen übernimmt schließlich das Met. Carnarvon dagegen steht als Privatmann allein da, und seine Ausgaben schießen täglich in die Höhe.«

»Tun sie das?«, fragte Winlock kalt. »Wie gut, dass er für Hauser und Hall nicht zahlen muss, Minnie. Und wie gut, dass er auch für das Gehalt Ihres Ehemanns und das von Mace nicht aufzukommen hat. Gott sei Dank werden ihm die Dienste des Met gratis zur Verfügung gestellt. Wir wollen ja den guten Lordy nicht in den Ruin treiben, nicht wahr?«

»Nein, das wollen wir nicht«, ereiferte sich Minnie. »Und dieser Kommentar ist wirklich unter Ihrer Würde, Herbert. Die Großzügigkeit des Met wird sich schon noch auszahlen. Es wird ein *quid pro quo* geben, das hat Carnarvon unmissverständlich zum Ausdruck gebracht. Wenn die Funde am Ende geteilt werden, wird auch das Met seinen gerechten Anteil bekommen. Carnarvon will sicherstellen, dass wir großzügig bedacht werden, das ist hinlänglich bekannt.«

»Nur mir offenbar nicht«, erwiderte Winlock bissig. »Wenn Monsieur Lacau und seine nationalistischen Kumpels ihren Willen bekommen, dann wird der Inhalt des Grabs direkt nach Kairo wandern – und zwar bis hin zur letzten elfenbeinernen Haarnadel. Alles wird in Ägypten bleiben, und Carnarvon bekommt gar nichts. Was können wir uns dann von Ihrem *quid pro quo* kaufen, Minnie?«

Winlocks Vorhersagen bewahrheiteten sich zum Teil kurz nach diesem angespannten Gespräch. »Verstehst du jetzt, was ich meine?«, fragte Frances mich hinterher. »Das ist das reinste Wespennest!« Ende Januar wimmelte das Tal der Könige von Journalisten, die die *Times* auszustechen versuchten, da ihre Herausgeber keineswegs die Absicht hatten, das Informationsmonopol zu akzeptieren.

Ihr Hauptquartier war das Winter Palace Hotel. Sie warfen mit Geld nur so um sich, berichtete Mohammed begeistert, und streuten beachtliche Mengen an Bakschisch unter das Volk. Jeder Journalist hatte seinen eigenen Dragoman und seinen eigenen Trupp Eseljungen, die sich gleichzeitig als Spione und Informanten betätigten. Nach einer Woche hatte sich der Mietpreis für einen Esel verdrei-, nach zwei Wochen vervierfacht. Viele Reporter hatten im Krieg gekämpft oder waren als Korrespondenten an der Westfront gewesen, und so gingen sie die Berichterstattung über das neu entdeckte Grab mit militärischem Eifer an. Nachts tanzten, tranken, feierten und spionierten sie – das Winter Palace erlebte angeblich die glanzvollste Saison aller Zeiten –, um am nächsten Morgen ihren Kater heldenhaft abzuschütteln. Carters Leute begannen früh und die Journalisten ebenfalls. Miss Mack und ich sahen sie morgens um acht auf ihren Maultieren vorbeitrotten, wenn sie mit den abstrusesten Kopfbedeckungen auf dem Kopf vom Fähranleger kamen. In einer Traube von Begleitern und Spionen ritten sie an unserem Boot vorbei in Richtung Tal. »Früher Vogel fängt den Wurm!«, riefen sie. Und: »Die Kavallerie bläst zum Sturm!«

Am Grab, wo sich schnell eine Hackordnung etabliert hatte, bezogen sie dann Stellung. Die Männer vom *Daily Telegraph*, der *Daily Mail*, dem *Daily Express* und der *Morning Post* lagerten an vorderster Front, die Operngläser im Anschlag. Sie saßen auf oder hinter Carters Absperrungsmauer und schmorten in der gnadenlosen Hitze der immer höher steigenden Sonne. Da sie das Grab nicht betreten und auch mit den Leuten aus dem Arbeitsumfeld nicht reden durften, erschöpfte sich ihre Berichterstattung darin, die Parade der geborgenen Objekte zu dokumentieren.

Im Laufe des Vormittags gesellten sich dann nach und nach die Touristen hinzu. Köche ließen Dampfboote aus Kairo holen, um mit der unvorhergesehenen Nachfrage fertig zu werden, denn noch immer stieg die Besuchermenge explosionsartig an. Den Journalisten gefiel das natürlich gar nicht. Für ihr Empfinden war es nicht mit ihrer professionellen Würde vereinbar, wenn sie von Massen von Schaulustigen belagert wurden, die kein Verständnis dafür aufbrachten, dass den Herren von der Presse der Vorrang gebührte. Es kam zu Raufereien, da in der Hitze die Nerven bei allen blank lagen.

»Vielleicht will das nicht in Ihren Kopf«, erklärte Bradstreet von der *Morning Post* und der *New York Times* ein paar Touristen aus Huddersfield, »aber das sind Nachrichten von Weltformat, und ich berichte darüber. Meine Artikel erscheinen in vierzig Zeitungen in England, zehn in Australien, neun in Kanada, zwölf in Indien und einhundertundvier in den Vereinigten Staaten von Amerika. In den fernsten Winkeln des British Empire also – vom Meer zum strahlenden Meer, wie es in dem Lied über Amerika so schön heißt. Wenn Sie also so freundlich wären, Sir, mir nicht Ihren Ellbogen in die Rippen zu rammen, und wenn Sie, Madam, mir bitte nicht mit Ihrem Ungetüm von einem Hut die Sicht versperren würden.«

»So reden Sie nicht mit mir«, fuhr der Mann auf. »Treten Sie mir noch ein Mal auf die Füße, Sie Wicht, dann werde ich Ihnen Ihre fette Schnauze polieren. Und hüten Sie Ihre Zunge, wenn Sie mit meiner Gattin reden, oder ich mache Sie platt.«

Von Bradstreets Journalistenkollegen wurde dieser Wortwechsel begeistert aufgegriffen und mit etlichen Ausschmückungen in Luxor verbreitet – Frances und ich bekamen wenigstens drei verschiedene Versionen zu hören. Der Vorfall hatte sich allerdings in den ersten Tagen ereignet, als man noch in Konkurrenz zueinander stand. Als dann aber die Menge der Neuigkeiten, die man erhaschen konnte, erbärmlich schrumpfte, die Herausgeber der Zeitungen sarkastische Telegramme mit Beschwerden über die Belanglosigkeit der Artikel schickten und dann allmählich die Nachricht durchsickerte, man wäre von Merton von der *Times* ausgebootet worden, schlug die Stimmung um. Vier der führenden Journalisten beschlossen, ihre Kräfte zu bündeln. Sie wurden zu eingeschworenen Blutsbrüdern und würden alles daransetzen, die Wahrheit zu erfahren. »Die vier Musketiere«, so nannten sie sich anfangs, wie wir zu Ohren bekamen. Bald darauf hießen sie aber nur noch »das Kartell«.

»Dem Kartell ist es bitterernst«, erzählte Herbert Winlock eines heißen Nachmittags, als er auf unserem Hausboot zu Gast war. Seine Frau hatte sich fast von ihren Fieberattacken erholt, und er hatte sie und Frances zum Tee mitgebracht. Es steigerte seine Laune erheblich, dass es Helen besser ging. Die Presseschlacht schien ihn köstlich zu amüsieren.

Ihm zufolge stellte sich die Presse auf eine Zuspitzung der Situation ein, sollte Carnarvon im Tal der Könige eintreffen – und er wurde nun jeden Tag aus Kairo erwartet. Die tägliche Pilgerschaft zum Grab hatte den Journalisten einen einzigen, aber nützlichen Startvorteil gesichert: Sie wussten, dass sich die Räumung der Vorkammer dem Ende näherte. Und sobald diese leer war, würden sich die Ausgräber der mysteriösen dritten Wand widmen. Sie würde geöffnet werden, und dann würde die Welt erfahren, ob man die erste unversehrte Grabkammer eines ägyptischen Königs gefunden hatte. Diese Geschichte war der Hauptgewinn, und das Kartell hatte die Absicht, ihn sich zu sichern.

»Wird es eine weitere Öffnungszeremonie geben, wenn die Wand aufgebrochen wird, Daddy?«, fragte Frances, während sie mit mir Teetassen anreichte.

»Natürlich. Das wird ein schönes Spektakel.«

Miss Mack beugte sich vor. Das Buch stellte seine Forderungen, selbst wenn sie sich im Moment keine Notizen machen konnte. »Eine offizielle Öffnung der inneren Kammer? Wissen Sie schon, wann es so weit sein wird, Herbert? An welchem genauen Datum, meine ich?«

»Sicher, Myrtle, aber meine Lippen sind versiegelt. Man hat mich auf Geheimhaltung eingeschworen, tut mir leid. Die *Times* wird über den großen Tag berichten – aber abgesehen davon herrscht Nachrichtensperre. Carter hat panische Angst davor, dass das Datum herauskommt, denn das Kartell hat seine Augen und Ohren überall.«

Der Anführer des Kartells, fuhr er fort, sei ein Sonderkorrespondent von Reuters, ein gewisser Valentine Williams. Der attraktive, schneidige Mr Williams schrieb Bücher – Spionage- und Schauerromane –, aber er war auch ein gewiefter Journalist mit einem untrüglichen Gespür für spektakuläre Nachrichten. Als er vor ein paar Wochen herausgefunden hatte, dass Lord Carnarvon und Eve nach Ägypten zurückreisen würden, hatte er für sich und seine Frau eine Passage auf demselben Schiff gebucht. Gemeinsam hatten sie sich in der Bar der *Adriatic* an Carnarvon und Eve herangemacht und sich dann während der restlichen Reise an ihre Fersen geheftet. Die Taktik hatte Carnarvon amüsiert, Williams aber nichts gebracht. Auch in Luxor habe er bislang nichts erreicht, aber das beflügele ihn nur noch, erklärte Winlock mit einem Grinsen. »Williams ist fest entschlossen, als Erster mit der Geschichte von der inneren Kammer herauszukommen. Er will die *Times* übertrumpfen, und sollte es ihm das Genick brechen.«

Williams wurde von drei gestandenen Journalisten unterstützt, wie wir erfuhren. H. V. Morton vom *Daily Express* war ein Star an der Fleet Street und einer von Lord Beaverbooks besten Männern und hatte zudem mehrere Reise-Bestseller verfasst. Dann gab es noch Mr Bradstreet, einen findigen Menschen und Unruhestifter der *New York Times*. Ergänzt wurde die Gruppe von Lord Rothermeres Geheimwaffe, dem Sonderkorrespondenten der *Daily Mail*, einem gewissen Arthur Weigall. Wie die Artikel seiner Genossen vom Kartell erschienen auch die seinen weltweit.

»Vor Weigall sollten Carter und Carnarvon sich besonders hüten«, fuhr Winlock fort. »Mittlerweile schreibt er Liebesromane und populärwissenschaftliche Werke über Ägyptologie. Er hat schon einmal in Ägypten gearbeitet, war Inspektor des Antikendiensts – das war vor dem Krieg, in glücklicheren Zeiten. Weigall hat damals Carnarvons erste Grabung überwacht und dafür gesorgt, dass ihm eine lausige, nicht sehr vielversprechende Grabungsstätte zugeteilt wurde. Weigall hat nichts übrig für adelige Ausgräber, und auch an Carter hat er keinen Gefallen gefunden. Sie hassen sich schon seit vielen Jahren, und das lässt nichts Gutes erahnen.«

»Dann werden die Fetzen fliegen, Lucy«, flüsterte Frances. »Kannst du dich erinnern, Mr Weigall im Tal schon mal gesehen zu haben? Dieser kleine, fette, rotgesichtige Typ? Jovial, aber immer irgendwie auch schmierig.«

Stille trat ein. Miss Mack starrte gedankenverloren Richtung Berge. »Wie viele Bücher diese Reporter alle bereits geschrieben haben«, stellte sie irgendwann missmutig fest. »Wollen die wohl noch mehr davon schreiben, Herbert, was denken Sie? Über das Grab des Tutanchamun zum Beispiel?«

»Schubkarrenweise vermutlich. Stellen Sie sich doch nur das Verkaufspotential vor – gestern waren fünftausend Besucher im Tal, können Sie sich das vorstellen? Man spricht schon von einer *Tutmanie*, Myrtle. Und das, bevor wir überhaupt wissen, ob Tutanchamun wirklich dort begraben liegt. Sollte Carter eine unversehrte Grabkammer finden ... Nun, Sie können es sich ja bestimmt vorstellen.«

»Glaubst du denn, dass Mr Carter ein unversehrtes Grab finden wird, Daddy?«, erkundigte sich Frances verträumt. Sie hatte auf den Nil gestarrt, rutschte nun aber unruhig hin und her.

»Du meinst, ob die den König selbst finden werden, in all seinem Beerdigungsputz?« Über Herbert Winlocks Gesicht flog ein Schatten. »Nun, Frances, eine gewisse Ahnung sagt mir, dass es so sein könnte – und ich hoffe sehr, dass es so ist. So etwas würde ich wirklich gern miterleben. Das ist faustischer Stoff, für den ich glatt meine Seele verkaufen würde.«

»Du solltest dich mit deinen Ahnungen besser zurückhalten, Schatz«, sagte Helen leise.

»Das stimmt. Keine Spekulationen also. Noch ein paar Wochen, und dann werden wir es ja wissen.« Winlock wechselte scheinbar unbekümmert das Thema. »Um aber auf Arthur Weigall zurückzukommen, er ist klug und skrupellos – aber was noch schlimmer ist, er ist auch ein enger Freund von Rex Engelbach. Und Engelbach ist stinksauer darüber, wie die Dinge mit dem Grab laufen: diese Geheimnistuerei und die Schwierigkeiten, die er hat, wenn er einfach nur seine Routinekontrollen machen will. Und er wird mit seinen Bedenken nicht hinterm Berg halten. Ich würde gutes Geld darauf wetten, dass es ihm und Weigall zu verdanken ist, wenn das Kartell nun einen neuen Ansatz verfolgt.«

»Nämlich welchen?«, erkundigte sich Miss Mack.

»Für möglichst viel politischen Wirbel zu sorgen«, erwiderte Winlock, der nun plötzlich gereizt wirkte. »Sich bei den Nationalisten in Kairo einzuschmeicheln und die arabischen Zeitungen aufzuwiegeln. Das Abkommen mit der *Times* ist ein Desaster, Myrtle. Es sorgt für eine feindselige Berichterstattung der gesamten übrigen Presse. Carter und Carnarvon sollten sich schleunigst bemühen, Brücken zu bauen. Ich habe bereits versucht, Carter zur Einsicht zu bewegen, aber er kann wohl nicht viel machen. Lordy fällt die Entscheidungen allein und leider unweigerlich die falschen. In seinem Dünkel sieht er nicht, wie schädlich sie für ihn werden können. Er verachtet Bürokraten, und den ägyptischen Verwaltungsapparat nimmt er schlichtweg nicht ernst. Wenn er mit dem Finger schnippt, springen die Leute, das war sein ganzes Leben lang schon so. Warum sollte er also jetzt einlenken?«

»Vielleicht wird ihn ja die negative Berichterstattung eines Besseren belehren«, gab Helen zu bedenken. »Was im Moment so geschrieben wird, das muss die Menschen ja gegen ihn aufbringen.«

»Das bezweifle ich. Carnarvon scheint das eher amüsant zu finden. Sein Verhalten soll ein Denkzettel für all die schmuddeligen Journalisten sein, die er so verachtet. Jene, die arbeiten müssen, um zu leben. Jene, die nicht so vornehm sind wie er.«

»Ich kann mir das überhaupt nicht vorstellen, Mr Winlock«, sagte ich zögerlich. Es war das erste Mal an diesem Tag, dass ich überhaupt etwas laut sagte, daher waren alle überrascht, ich eingeschlossen. »Ich meine, warum sollte Lord Carnarvon Journalisten nicht mögen? Ich glaube nicht, dass es ihn kümmert, wie vornehm jemand ist. Einer seiner engsten Freunde ist Jockey, das hat Eve mir erzählt. Klassenunterschiede interessieren ihn nicht im Geringsten.«

»Tatsächlich? Da wäre ich mir nicht so sicher«, sagte Winlock.

*Wer hat wohl recht, Nicola – Mr Winlock oder ich?*, schrieb ich später am selben Abend, Miss Dunsires Füllfederhalter fest in der Hand. Ich betrachtete die Absätze, die ich bereits zu Papier gebracht hatte. Meine Schreibschrift war schon fast perfekt, wie Nicola in ihrem letzten Brief bemerkt hatte. Soll sie doch die Frage entscheiden, dachte ich und stellte mir vor, wie meine Seiten zu ihr flogen. Sie und mein Vater hatten in Athen eine Wohnung mit Blick auf die Akropolis gemietet, wie sie mir in ihrem letzten Brief, der vor sechs Tagen eingetroffen war, mitgeteilt hatte: *Nie habe ich einen Ort mehr geliebt. Wenn dein Vater in die Bibliothek aufgebrochen ist, sitze ich auf dem Balkon und warte auf das Hausmädchen, das Iphigenie heißt und – besser noch – mit einem Mann namens Achilles verheiratet ist. Sie kocht mir einen starken Kaffee und bringt kleine Brötchen und die Post mit – und an besonderen Tagen ist einer von dir dabei. Den Inhalt lerne ich auswendig und habe ihn so immer bei mir, und das macht mich unbesiegbar.*

*Das brauche ich, weil ich nämlich zwei kleinere Probleme habe: Meine Mutter war krank, diesmal vermutlich ernsthaft. Sie drängt mich, in die Provence zu kommen. Und Clair –* »Clair, die Fahrraddiebin«, *wie du sie immer nennst – schreibt auch, dass ... Ach, was weiß denn ich! Es scheint, als hätte ich eine lange Pechsträhne. Aber ich bin ein böser Mensch, verdränge die Klagen von anderen und widme mich lieber wieder deinen Briefen. Wie lange sie brauchen, um mich zu erreichen! In der nächsten Woche reisen wir nach Paris weiter, da wird die Post dann wesentlich schneller gehen – und sobald ich dort bin, dauert es auch nicht mehr lange, bis du und ich wieder beisammen sind. Ende Februar! Ich zähle schon die Tage, Lucy – und du?*

*Schreib mir sofort und berichte von den neuesten Ereignissen und Aufregungen um das Grab. Und was gibt es Neues von Miss Mack? Die arme Frau! Ich fürchte, sie ist einfach nicht zur Schriftstellerin geboren. Schriftsteller müssen ein Herz aus Stein haben. Und, nur am Rande, auch ein gewisses Denkvermögen ist gelegentlich hilfreich. Schreib mir, ob sie dieses absurde Projekt immer noch verfolgt oder mittlerweile eingesehen hat, dass es zum Scheitern verurteilt ist.*

Miss Mack hatte jedoch nichts dergleichen eingesehen, im Gegenteil, und ich fühlte mich in meinen Loyalitäten hin- und hergerissen. Ich wünschte, Nicolas Urteil über Das Buch wäre weniger vernichtend – obwohl ihre jüngsten Kommentare vergleichsweise noch harmlos waren. Gleichzeitig wünschte ich mir, ich hätte Miss Macks Schreibbemühungen etwas zurückhaltender dargestellt. Ich wollte mich nicht über sie lustig machen oder boshaft sein. In Zukunft würde ich einfach besser aufpassen müssen, was ich von mir gab. Selbst wenn ich mich oft über Miss Mack aufregte, so wünschte ich ihr doch nur das Beste und hoffte, dass sie mit ihrem Projekt erfolgreich war. »Vielleicht haben wir der Presse nicht genug Beachtung geschenkt, Miss Mack?«, sagte ich nach dem Besuch der Winlocks. »Wenn wir heute nach Luxor gehen, um unsere Post zu holen, sollten wir uns die aktuellen Zeitungen besorgen.«

Miss Mack war sofort einverstanden. Die Presseberichte habe sie tatsächlich vernachlässigt, gestand sie. Also brachen wir nach dem Frühstück zu unserem Ausflug nach Luxor auf. Bei der Post lagerten keine Briefe für uns, aber Miss Mack stürmte unverzüglich zu dem neuen Kiosk im Winter Palace, wo der Ausflug von einer unvorhergesehenen Begegnung gekrönt wurde: Wir sichteten das Kartell.

Ausnahmsweise hatten die Männer darauf verzichtet, das Tal der Könige aufzusuchen, hockten stattdessen auf der Hotelterrasse und warteten auf Carnarvon und Eve, die angeblich später am Tag aus Kairo eintreffen sollten. Miss Mack verspürte sofort das Bedürfnis nach einer Erfrischung, und so saßen wir bald am Tisch neben den Verschwörern, in Hörweite und mit der Möglichkeit, die vier aus der Nähe zu beobachten. Miss Mack ließ sich die Gelegenheit natürlich nicht entgehen, auch wenn ich dafür nur mühsam Interesse aufbringen konnte. Das Ausbleiben von Post hatte mir nachhaltig die Laune verdorben. Nichts von Nicola, nichts von Peter und Rose. Und die Journalisten waren ebenfalls eine Enttäuschung: vier mittelalte Männer im Anzug, mit Hut und Krawatte. Es schien ihnen durchaus zu behagen, dass die meisten Hotelgäste alles taten, um ihnen aus dem Weg zu gehen.

»Aussätzige«, sagte der, den ich als Valentine Williams identifizierte, zu dem kleinen Dicken neben ihm. »Aussätzige der Gesellschaft, so weit ist es mit uns gekommen, Weigall. Carnarvon hat seine Freunde und Unterstützer in diesem Hotel untergebracht, deshalb zeigen uns alle die kalte Schulter. Selbst Sassoon ist mir beim Frühstück aus dem Weg gegangen, dabei kenne ich ihn noch aus der Schule. Wer ist eigentlich die alte Schachtel dahinten in der Ecke? Sie schaut ständig zu uns herüber.«

»Lady Pemberley, eine Cousine von Carnarvon. Sie ist eine enge Freundin von Mütterchen und weiß bestimmt etwas – vielleicht ist sie mir ja wohlgesonnen, alter Knabe.« Weigall hob die Hand zum Gruß. Die Witwe legte ihre Lorgnette an die Augen, starrte ihn an, drehte ihm dann aber den Rücken zu. Weigall kicherte. »Aus der werde ich wohl nicht viel herausbekommen, wie es ausschaut.«

»Du wirst aus *niemandem* viel herausbekommen«, erwiderte Valentine Williams gereizt. »Jetzt weiß ich, wie es sich anfühlt, ausgestoßen zu sein. Das erinnert mich daran, dass ich meine Medizin nehmen sollte.«

Das Kartell einigte sich darauf, dass Medizin ihnen allen nicht schaden könnte. Als Miss Mack und ich, schwer beladen mit Printerzeugnissen, das Weite suchten, wurden am Nebentisch vier große Brandys serviert. Es war elf Uhr morgens, und die Maßlosigkeit schien Miss Mack aufzuheitern. »Ehrlich, Lucy«, sagte sie, »das Kartell beeindruckt mich nicht im Mindesten. Keinen von diesen Leuten sehe ich Bücher schreiben. Es überrascht mich eher, dass sie überhaupt Zweihundert-Wort-Artikel zuwege bringen.«

Doch sie revidierte ihre Meinung schnell, als sie nach unserer Rückkehr die erworbenen Zeitungen las. Ich kämpfte derweil gegen die Gereiztheit und die Übellaunigkeit an, die mich wieder ergriffen hatten. Miss Mack überflog die Artikel, dann reichte sie mir seufzend den *Daily Express*, die *Daily Mail*, die *Morning Post* und die *New York Times*. »Oje, Lucy, sie stoßen alle ins selbe Horn. Und ich muss schon zugeben, dass sie ihre Fakten ziemlich eindrucksvoll formulieren. Außerdem scheinen sie wirklich eine Menge Informationen ausgegraben zu haben.«

Und das hatten sie in der Tat. Mochte das Kartell von den betuchten Gästen im Winter Palace auch geschnitten werden, so hatten andere offenbar nur darauf gewartet, mit den Journalisten zu reden. Diese Menschen blieben anonym, aber las man zwischen den Zeilen, so vermeinte man, Rex Engelbach herauszuhören, sekundiert von Ibrahim Effendi.

Die Anschuldigungen lauteten überall gleich:

1. Lord Carnarvon und Mr Carter hatten sich nicht an die Gepflogenheiten gehalten, als sie die Vorkammer zum ersten Mal betraten. Ein Inspektor der Regierung hätte bei ihnen sein müssen, was verabsäumt worden war. Also hatten sie gegen die Bedingungen von Carnarvons Grabungslizenz verstoßen. Wie ein Sprecher des Antikendiensts bestätigt hatte, würden weitere Verstöße zum Entzug der Lizenz führen. Sämtliche Rechte in Zusammenhang mit dem Grab würden dann an die Regierung fallen.

2. Lord Carnarvons Abkommen mit der *Times* setzte ihn dem Vorwurf aus, Profit aus der Sache ziehen zu wollen. Es zeugte von mangelnder Sensibilität, ägyptische Journalisten auszuschließen. Sämtliche Journalisten auszuschließen, das erweckte zudem aber noch den – zweifellos falschen – Eindruck, dass die Ausgräber etwas zu verbergen hatten.
3. Unter der ortsansässigen Bevölkerung herrschte weithin die Überzeugung, dass die Ausgräber unschätzbar wertvolle Objekte aus dem Grab bereits entwendet hatten. Solchen Gerüchten würde man wesentlich besser entgegentreten können, wenn die Regierungsinspektoren freien Zugang zu dem Grab hätten. Die Diebstahlvorwürfe entbehren zwar jeder Grundlage, schadeten aber den britischen Interessen in Ägypten. Wie ein Sprecher bestätigte, betrachtete man sie sowohl in Regierungskreisen als auch in der Britischen Residenz mit großer Sorge.
4. All diese Probleme sollten vor der offiziellen Öffnung der inneren Kammer dringend diskutiert werden. Jede Entdeckung, die dort gemacht werden würde, müsse mit der Sensibilität gehandhabt werden, an der es bislang gemangelt hatte. Geschehe dies nicht, so wäre dies der Funke, der das Pulverfass Ägypten zum Explodieren bringen könnte. Lord Carnarvon täte also gut daran, die Warnung, die ihm die Zeitungen in aller Bescheidenheit mit auf den Weg gäben, nicht in den Wind zu schlagen.

»Glaubst du, Zeitungen lassen auch Anwälte schreiben, Lucy?«, fragte Miss Mack. »Gelegentlich klingt das schwer nach diesem spitzfindigen Juristenjargon, findest du nicht auch? Hast du irgendeinen positiven Kommentar entdecken können?«

»Gelegentlich wird über die Arbeit der Konservatoren berichtet – sie wird als absolut vorbildlich hingestellt«, sagte ich. »Ein Journalist behauptet, Mr Carter hätte kein besseres Team als das des Met bekommen können. Die *New York Times* fragt allerdings, was für eine Entschädigung das Museum als Gegenleistung erwartet – und wer darüber befindet. Vielleicht ist das ja eine Fährte, die Das Buch verfolgen möchte, was meinen Sie, Miss Mack?«

Die meisten Anregungen verhallten allerdings ungehört, wie ich allmählich merkte. Auch jetzt griff Miss Mack lieber zu den vier arabischen Zeitungen, die sie erstanden hatte. Anders als die westlichen Medien, die schon viele Tage alt waren, wenn sie Luxor erreichten, kamen diese frisch aus der Druckerei. Mohammed wurde herbeigerufen und gebeten, freundlicherweise zu übersetzen. *Al-Balagh*, *Al-Mahroussa*, *Al-Akhbar* und *Al-Siyasa* – alle hatten denselben Tenor: Großbritannien habe sich bereits ägyptisches Territorium einverleibt, einschließlich des Suezkanals und des Sudan, und nun fiele den imperialistischen britischen Interessen auch noch das Grab eines ägyptischen Königs zum Opfer. Mit welchem Recht verweigere ein britischer Earl den Ägyptern den Zutritt zum Grab und die Untersuchung der skandalösen Vorgänge? Und mit welchem Recht erhebe er Anspruch auf die Hälfte der Funde?

*Was, wenn ein unversehrter Sarkophag gefunden würde?*, fragte *Al-Mahroussa*. Würde König Tutanchamuns Grab dann von Ausländern geplündert werden? Oder hatte die gegenwärtige Regierung, dieses willenlose Instrument in den Händen der britischen Kolonialisten, doch den Mut zu verfügen, dass der Inhalt des Grabs bis zur letzten Haarnadel nach Ägypten gehöre als rechtmäßiges Erbe seines Volkes?

Als sie Mohammeds wütende Reaktion sah, wollte Miss Mack ihn damit besänftigen, dass Carnarvon sich durchaus um Lösungen bemühe. »Wie ich gehört habe, Mohammed, war er in Kairo und hat dort mit den Behörden verhandelt«, sagte sie. »Sonderregelungen sollen gewährleisten, dass ägyptische Journalisten wenigstens ein Mal in der Woche durch das Grab geführt werden. Selbst die Britische Residenz drängt mittlerweile darauf.« Sie verstummte. Vermutlich war ihr selbst klar, dass diese Reaktion viel zu spät kam und auch erbärmlich unzureichend war. Mohammed betrachtete sie denn auch mit versteinerter Miene.

»Und was ist mit der Mumie des Königs, Miss?«, fragte er. »Wird wenigstens sie in ihrer Heimat bleiben? Wenn El Lord den halben Schatz mitnimmt, verlangt er dann auch den gerechten Anteil an der Leiche? Will er sie vielleicht in zwei Teile sägen?«

Dazu fiel Miss Mack nichts mehr ein. Mohammed ließ uns allein, und wir saßen lange da, ohne ein Wort zu sagen. Ich schaute missmutig auf den Nil und zählte die vielen Hausboote, die seit der Öffnung des Grabs aufgekreuzt waren und hier ankerten. Auch ihre Flaggen dokumentierte ich. Heute ergab die Strichliste neunzehn Stars and Stripes, siebzehn Union Jacks und eine Trikolore.

Miss Mack wirkte bedrückt. Die Vorwürfe des Grabraubs in den arabischen Zeitungen ließen sie nicht kalt. Letztlich hatte sie schon immer das Gefühl gehabt, dass sich die Archäologie bei der Erforschung von Gräbern hart an der Grenze zur Blasphemie bewegte. Als sie sich schließlich erhob, bekannte sie, dass Mohammeds Bild von der durchgesägten Mumie sie bis ins Mark erschüttert habe. »Ich fürchte, es ist wie beim Salomonischen Urteil«, sagte sie traurig. »Und es wird Salomons Weisheit brauchen, um das Problem zu lösen, denkst du nicht auch, mein Schatz?«

»Weisheit ist ein rares Gut, daher hege ich nicht viel Hoffnung«, erwiderte ich schnippisch. Ihre ständigen Bibelverweise gingen mir allmählich auf den Geist. *Die Bibel steht nicht auf meiner Lektüreliste*, hätte ich am liebsten gesagt.

Miss Mack erwiderte nichts, zog sich kurze Zeit später in ihre Kabine zurück und begann, auf ihrer Oliver No. 9 herumzuhacken. Ich bekam von dem Geräusch Kopfschmerzen. Zum ersten Mal seit meiner Ankunft in Ägypten wünschte ich mir, woanders zu sein: auf einem Balkon mit Blick auf die Akropolis, in Paris, sogar in Cambridge – egal wo, nur nicht hier. Da ich mich auf unserem Schiff lebendig begraben fühlte, raffte ich mich zu einem Spaziergang in die Berge auf. Doch gegen mein sonderbares Unwohlsein vermochte auch das nichts auszurichten, also floh ich zum Amerikanischen Haus, um Frances zu sehen.

## 30

Es war Februar, als Miss Mack und ich das Grab zum ersten Mal betraten. Zweifellos hätten wir es eher besichtigen können, hätten wir auf eine Einladung gedrängt, wie Leute wie Minnie Burton es taten. Für Miss Mack war so ein Verhalten allerdings inakzeptabel, da es von schlechten Manieren zeugte, seine Beziehungen in dieser Weise auszunutzen. Also wurden wir übersehen und vergessen. Wer uns die verspätete »Einladung zur Besichtigung« schließlich verschaffte, würde ich nie herausfinden. Vielleicht der melancholische Mr Callender, der nun bei seinen Spaziergängen am Fluss stets auf unserem Hausboot vorbeischaute. Oder vielleicht Eve, die uns ebenfalls oft besuchte. Meine Vermutung war allerdings Frances, die Howard Carter wahrscheinlich einfach und direkt um eine Einladung gebeten hatte – was sie natürlich energisch bestritt.

Wie auch immer, jedenfalls brachte uns Pecky Callender eines heißen Nachmittags ein Briefchen vorbei. Darin stand:

*Meine liebe Miss Mackenzie,*
*ich wäre hocherfreut wenn Sie und Lucy uns die Ehre zuteilwerden ließen morgen unser Grab zu besichtigen. Ich schlage vor Sie kommen um vier ins Tal der Könige wenn mit ein wenig Glück die Plage der Touristen und Presseleute fort sein wird aber Eve wird in jedem Fall da sein. Messrs Mace und Lucas werden Ihnen gerne ihr »Laboratorium« zeigen und wenn ich selbst keine Zeit habe wird Ihnen Callender alles so gut wie möglich erklären.*
  *Herzlichst Ihr,*
  *Howard Carter*
  *PS: Vielleicht hat Frances Lust Lucie zu begleiten?*

Und Frances hatte. Sie hatte die Vorkammer bereits an Weihnachten zusammen mit ihren Eltern besichtigt. Damals war der gesamte Inhalt noch an Ort und Stelle gewesen. Vermutlich war sie auch sonst des Öfteren im Grab gewesen, schwieg aber taktvoll darüber. Jedenfalls war sie von der Idee begeistert, nun die geräumte Vorkammer zu sehen. »Das ist unsere Chance, Lucy«, erklärte sie, als wir auf Eseln zum Tal hochritten. »Ich muss herausfinden, wann diese berühmte Öffnungszeremonie stattfindet, und wenn wir die Vorkammer sehen, werden wir es wissen. Sie ist schon ziemlich leer, sagt Mr Mace, also werden sie die innere Kammer in wenigen Tagen öffnen. Vermutlich warten sie nur noch, bis Carnarvon aus Kairo zurückkommt.«

»Er ist schon wieder nach Kairo gefahren?«, fragte ich überrascht.

»Nur für ein, zwei Tage. Allein. Eine Stippvisite. Machenschaften und Verhandlungen. Außerdem will er seinen Zahnarzt aufsuchen.« Sie senkte die Stimme. »Lordy geht es offenbar hundsmiserabel – seine Zähne fallen heraus, und Eve sagt, er fühle sich absolut elend. Daddy sagt, er wolle dafür sorgen, dass Rex Engelbach gefeuert wird. Vermutlich verhandelt er auch über die Fundteilung und die Gestaltung der Öffnungszeremonie. König Fuad soll dabei sein und alle möglichen hohen Tiere auch, aber das ist nicht ganz einfach, zumal das Kartell auf der Lauer liegt.«

»Begleitet Eve ihren Vater denn nicht?«, fragte ich, als wir um die Felsen herum- und ins Tal hineinritten. Eve wich ihrem Vater nur selten von der Seite, daher war ich überrascht.

»Nein. Eve sagt, ihr Vater denke, sie sei nicht sicher dort. Letzte Woche hat es in Kairo zwei weitere Morde gegeben. Alle britischen Funktionäre sind mittlerweile bewaffnet, und auf den Basar in der Mousky Street traut sich niemand mehr. Eve ist hiergeblieben, weil Luxor sicher ist – behauptet sie zumindest.« Frances warf mir einen Seitenblick zu. »Erinnerst du dich noch daran, wie wir sie und Carter letztes Jahr ertappt haben, als wir zum Tee dort waren?«

»Natürlich.«

»Nun, was hältst du also davon? Sie sind sehr dicke im Moment, alle reden schon darüber. Wie Pech und Schwefel, sagt Daddy. Das ist allerdings nur einer seiner Scherze.«

Mit Herbert Winlocks Scherzen war ich mittlerweile vertraut – genauso wie mit ihrer Doppeldeutigkeit. Ich sagte nichts, weil ich Eves Beziehung zu Carter mittlerweile besser zu verstehen meinte. Ich hatte Nicola Dunsire beobachtet und auch meinen Vater und meine Schlüsse daraus gezogen. Mittlerweile war ich zwölf und hatte Erfahrung.

Als wir das Grab schließlich erreichten, war weder von Eve noch von Carter etwas zu sehen. Es war sehr heiß an dem Tag, um die vierzig Grad im Schatten, und wie von Carter vorhergesehen, hatte die Hitze die meisten Touristen und Presseleute aus dem Tal vertrieben. Nachmittags schrumpfte die Menge ohnehin, da die Ausgräber nur noch vormittags im Grab arbeiteten und sich nachmittags auf die Konservierungsarbeiten konzentrierten. Nur eine kleine Gruppe harrte noch vor dem Grab aus: drei ältere Frauen, die im Schatten eines Regenschirms saßen und strickten, zwei junge Männer mit Box-Kameras und ein übergewichtiger, rotgesichtiger Mann, den ich als den Journalisten Weigall erkannte. Er hockte auf der Abgrenzungsmauer und kritzelte etwas in sein Notizbuch. Als wir absaßen, tauchte Arthur Mace aus seinem Labor auf und kam uns entgegen.

»Die Strickerinnen«, sagte er lächelnd und zeigte auf die drei Frauen. »Sie kommen jeden Tag und bleiben bis zum Abend. Genau wie dieser Oberprolet von Weigall. Wenn er Sie mit Fragen belästigt, ignorieren Sie ihn einfach.« Mace bekam einen Hustenanfall. »Entschuldigung, das ist der viele Sand«, sagte er. »Und all die Chemikalien, mit denen Lucas und ich herumhantieren – die Dämpfe sammeln sich an. Und dass ich in den vergangenen fünfzehn Jahren Mumienstaub eingeatmet habe, das war wohl auch nicht gerade hilfreich. Meine arme Lunge ist schon vollkommen durchlöchert. Wenn Sie in dem Grab fertig sind, müssen Sie sich unbedingt noch das Labor anschauen«, fügte er hinzu. »Wo ist denn Callender abgeblieben? Ah, da ist er ja – er wird Sie herumführen.«

Pecky Callender war aus dem Untergrund aufgetaucht und zerquetschte Miss Mack schier die Hand zur Begrüßung. »Gibt nicht viel zu sehen«, verkündete er und führte uns zur Treppe, »aber Sie werden einen Eindruck gewinnen. Es ist heiß da unten, sehr heiß. Wenn Sie umzukippen drohen, Myrtle – oder Sie, meine jungen Damen, dann sagen Sie einfach Bescheid. Ich werde Sie in null Komma nichts rausholen. Erste Hilfe. Versprochen.«

Frances, die gewiefte Grabbesucherin, warf ihm einen abfälligen Blick zu und führte mich die sechzehn Stufen hinunter. Miss Mack und Callender folgten uns. Die Stahltür, die Carter hatte einbauen lassen, stand offen, und aus der Vorkammer schlug uns eine höllische Hitze entgegen. Sie hauchte uns ins Gesicht und sog uns dann mit dem nächsten Atemzug durch den Zugangskorridor in das Grab hinein. Die hohe Luftfeuchtigkeit ließ mich auf der Schwelle innehalten, und selbst Frances stockte. Der Raum, der mir schon so oft beschrieben worden war und den ich mir schon so oft vorgestellt hatte, war viel kleiner und beengter als erwartet. Der blasse Putz an den Wänden wurde von Flecken in einem seltsamen Rosa überwuchert. Auch die kahle Wand mir gegenüber bedeckten sie. Einst hatten sich dort, wie ich wusste, die Schätze gestapelt. Jetzt waren sie fort, und die gesprenkelten Flecken erzeugten den Eindruck, als versteckten sich Gesichter in der Wand und beobachteten uns.

»Sporen«, sagte Callender hinter mir. »Pilz- oder Schimmelbefall. Keine Ahnung, woher der kommt. Keine Ahnung, was das überhaupt ist. Lucas hat ein paar Untersuchungen angestellt und meint, es habe etwas mit den Veränderungen des Feuchtigkeitsgrads zu tun.«

»Die Flecken sind gewachsen, seit ich das letzte Mal hier war«, sagte Frances unsicher. »Sie sind sogar erheblich gewachsen.«

»Tja, in der Tat, sie wuchern täglich. Vielleicht sind auch einfach zu viele Leute hier. Oder es liegt an meinem Licht.« Er zeigte nach rechts, wo zwei große Lampen angebracht waren.

Als Frances und ich einen Schritt darauf zutraten, verstärkte sich die Hitze noch einmal. Hinter der blendenden Helligkeit vermochte ich zwei schwarz-goldene Figuren auszumachen und identifizierte sie als die Wachen, die Eve beschrieben hatte. Selbst im leeren Grab verharrten sie noch auf ihren Posten. Ihre Augen aus Obsidian blitzten uns an. Während wir sie noch betrachteten, schloss sich plötzlich eines der Augen und öffnete sich wieder. Entsetzt schrie ich auf.

»Hat sie Ihnen zugezwinkert? Das tun sie manchmal«, sagte Callender. »Das kommt von der Vergoldung. Winzige Teilchen lösen sich ab. Sie bleiben an den Augenbrauen oder Augen hängen und lösen sich dann wieder. Im ersten Moment denkt man dann ...« Er räusperte sich. »Nun ja, eine optische Täuschung eben. Kein Grund, Angst zu haben. Schauen Sie sich die Wachen ruhig an, sie tun Ihnen nichts.«

Frances und ich traten zögerlich näher, und meine Panik klang allmählich ab. Die Statuen waren nur wenig größer als ich und hüllten sich in ewiges Schweigen. Ihre Gesichter waren wunderschön und ihr Gesichtsausdruck überaus freundlich. Hätten sie mich angesprochen – und ich hatte das Gefühl, dass sie genau das tun würden, wenn wir allein wären –, hätte ich ihnen unbekümmert antworten können.

»Das ist die Wand zur inneren Kammer, Lucy«, sagte Frances leise. Die entscheidende Wand also, die Wand, hinter welcher sich die letzte Ruhestätte des kindlichen Königs befinden könnte. Frances zeigte auf die Siegel: Hunderteinundfünfzig seien es, sie habe nachgezählt. »Sie haben das Schilf und den Korb, die sich unten an der Wand befanden, woanders hingeschafft«, sagte sie scharf und schaute Mr Callender an. »Sie haben alles verpackt. Wann haben Sie das getan?«

»Gestern, schon für die Öffnung.« Er zeigte auf die Kisten, die an der Wand standen. »Morgen werde ich auch die Wächterstatuen verpacken. Lord Carnarvon möchte, dass sie noch bis zur großen Öffnung an Ort und Stelle verbleiben. Sie sollen zu sehen sein, während Carter darauf besteht, dass sie geschützt werden. Also bleiben sie, werden aber in Kisten verpackt. Das nennt man dann wohl

Kompromiss. Und von Kompromissen gibt es viele im Moment.«
Er verdrehte die Augen. »Sie wollten die Statuen doch sicher gern sehen, Myrtle, oder? Eigentlich hätte ich sie heute schon einpacken sollen, aber ich bin davon ausgegangen, dass Sie sie gern einmal anschauen würden.«

Miss Mack war gerührt. Sie warf Callender einen dankbaren Blick zu und trat an die Statuen heran. Schweigend begegnete sie ihrem steten Obsidianblick. Und bevor irgendjemand eingreifen konnte, hob sie die rechte Hand, legte sie an die Wand, die von den beiden bewacht wurde, schloss die Augen, neigte den Kopf und lauschte.

Als wir es ihr nachtaten, bemerkten wir plötzlich, dass es im Grab keineswegs so still war, wie wir gedacht hatten. Es war eine Echokammer, in der auch noch der winzigste Laut widerhallte. Die Luft wirbelte und seufzte, das Holz knarrte, die Wände verzogen sich, das heiße Metall der Lampen knisterte und knackte, Kiesel schienen zu knirschen. Miss Mack verharrte vollkommen konzentriert, dann richtete sie sich plötzlich auf, nahm ihre Hand von der Wand und drehte sich um. Ihr Gesicht war blutleer.

»Ich sollte besser rausgehen«, sagte sie. »Es ist ... Ich fühle mich ... Pecky, wenn Sie mir vielleicht behilflich sein könnten?«

Einen Moment lang dachte ich, sie würde in Ohnmacht fallen, aber als Callender ihren Arm nahm und sie Richtung Ausgang führte, schien sie die Fassung wiederzugewinnen. Frances und ich blieben allein im Grab zurück und klammerten uns aneinander. Beide hatten wir das Gefühl, nicht die Einzigen hier zu sein. Irgendetwas schien im Grab zu lauern. Wir warteten, aber offenbar duldete das Etwas unsere Anwesenheit. Nach einem langen, atemberaubenden Augenblick nahm Frances meinen Arm. »Schau mal hier, Lucy«, flüsterte sie. »Als ich zum letzten Mal hier war, musste ich unter eine der Liegen kriechen, um dranzukommen. Daddy sagte ständig, ich solle da weggehen, und am Ende hat er mich an den Füßen herausgezogen. Jetzt ist es viel besser zu sehen. Schau, da ist der kleine Lagerraum, den Mr Carter den Annex nennt.«

Ich drehte mich um und sah eine kleine Öffnung ganz unten in der Westwand der Kammer. Da das Licht nicht in diese Richtung fiel, lag sie im Schatten. Frances zog mich hin, und wir knieten davor nieder. Die Öffnung war uneben. Sie stammte von den Dieben, die das Grab vor Jahrtausenden geplündert hatten, und war von den Aufsehern der Nekropole nicht versiegelt worden. Ich beugte mich vor und spähte in den staubigen Raum dahinter, Frances kniete neben mir. Der Bereich war noch nicht geräumt worden. Als sich meine Augen an die Dunkelheit gewöhnt hatten, nahm ich das Chaos der Umrisse wahr, diesen gewaltigen Stapel an heikel ausbalancierten Objekten: Vasen, Stühle, Kisten, die von den Dieben zusammengerafft und dann wieder verworfen worden waren. Manche Schatten konnte ich identifizieren, andere nicht. Ich erblickte ein Ruder, einen geschnitzten Gehstock, ein aufwändig gearbeitetes Boot, dann Goldschimmer und den leicht phosphoreszierenden Widerschein von Alabaster. Ein penetranter Geruch drang aus der Dunkelheit, der unerwartete, unerträgliche Geruch von Reife.

»Es riecht nach Früchten«, flüsterte ich. »Aber das können doch keine Früchte sein, Frances, oder?«

»Wäre durchaus möglich«, flüsterte sie zurück. »Auch in der Vorkammer hat man Obst gefunden, Lucy. In Körben und in diesen sonderbaren eiförmigen weißen Schachteln. Früchte, Fleisch, Getreide und Obst. Nach dreitausend Jahren war nichts davon verrottet, nur irgendwie ausgetrocknet.« Sie steckte ihre Hand in den dunklen Raum und tastete herum. Staub wirbelte auf. »All diese Vorkehrungen für das Leben im Jenseits. Glaubst du, Tote haben Hunger, Lucy?«

Ich dachte an meine Mutter und an Poppy d'Erlanger. Hatten sie Hunger? Für mich waren sie traurige, schattenhafte, unwiederbringlich verlorene Wesen. »Das kann ich mir kaum vorstellen«, flüsterte ich.

»Niemand kann das. Andererseits kann ich mir auch nicht vorstellen, dass sie tot sind. Selbst wenn ich mir das vorzustellen versuche, wenn ich mich wirklich bemühe, sehe ich nichts. Nichts als das Nichts.« Sie wandte mir ihr Gesicht zu und fixierte mich mit ihrem dunkel funkelnden Blick. »Denkst du, Menschen wissen es, wenn sie sterben, Lucy?«, fragte sie dann. »Denkst du, sie können es voraussehen?«

»Nein, auf keinen Fall«, flüsterte ich. »Ich bin mir sicher, dass sie das nicht können. Und sprich nicht von so etwas, Frances. Nicht hier drinnen.«

»Entschuldigung.« Sie nahm meine Hand und drückte sie, dann begann sie plötzlich zu husten. »Ah, dieser Staub – alles hier verschwindet unter einer Staubschicht«, sagte sie. »Und dann auch noch der Sand, der in jede Ritze dringt. Ich bekomme schon keine Luft mehr. Vielleicht liegt es auch am Schimmel. Lass uns besser gehen, ja?«

»Ja, lass uns gehen.«

Wir standen auf und schauten uns ein letztes Mal in dem leeren Raum um. Ein schelmischer Blick schlich sich in Frances' Gesicht. Sie ließ meine Hand los, lief zur versiegelten Nordwand hinüber und klopfte, bevor ich sie daran hindern konnte, sanft dagegen. »Bis zum nächsten Mal«, sagte sie. »Leb wohl, König!« Dann lachte sie leise und begann wieder zu husten. Ich zog sie fort. Wir verließen den Ort auf dem schnellsten Wege, gleichzeitig verängstigt und beglückt – raus an die gesegnete Luft, ins heiße Licht des Tals.

Die drei Frauen hatten ihr Strickzeug verstaut, klappten ihre Campinghocker zusammen und wollten offenbar aufbrechen. Die beiden jungen Männer mit den Kameras waren bereits fort. Auch Arthur Weigall, der Journalist, packte gerade sein Notizbuch ein. Er nickte uns zu, als wir in seine Nähe kamen. »Was für ein wunderschöner Abend. Ich denke, ich werde durch die Berge zurückwandern«, verkündete er freundlich. »Das ist mein Lieblingsweg, und die Lauferei hält mich fit. Ich brauche weniger als zwei Stunden bis zur Fähre – nicht schlecht, was?«

Er musterte Frances, und plötzlich dämmerte es ihm. Ich sah, wie er blitzschnell zwei und zwei zusammenzählte. »Miss Winlock, nehme ich an?« Er grinste breit, trat näher und tippte sich an den

Hut. »Habe ich Sie nicht letzte Woche mit Ihrem Vater hier gesehen? Wie geht es mit den Räumungsarbeiten voran? Sind Sie unten im Grab auf irgendetwas Interessantes gestoßen, meine Damen?«

Wir erwiderten nichts, sondern eilten zum Grab von Sethos II., das zum Konservierungslabor umfunktioniert worden war. Es war gen Norden ausgerichtet, lag sehr tief in den Felsen und war angenehm kühl. Tageslicht gab es nur am Eingang, während die hinteren Bereiche ziemlich finster waren – so finster, dass Miss Mack und Callender, die dort gerade dabei waren, Altertümer zu betrachten, Taschenlampen benutzten. Überall standen Werkbänke, Werkzeuge, Flaschen, Bunsenbrenner, winzige Blasebälge und Porzellantiegel herum, der Chemikaliengeruch raubte einem fast den Atem.

»Azeton. Äther. Reiner Alkohol.« Mace ließ die Hand über die Flaschen gleiten. »Formalin. Kollodium – und dann arbeiten wir noch mit Zelluloiden und Formaldehyd. Nichts davon riecht angenehm. Der Gestank ist grauenhaft. Auch ich muss gelegentlich raus und Luft schnappen. Lucas scheint allerdings immun dagegen zu sein, was, alter Kumpel?«

Lucas, der ihn bei den Konservierungsmaßnahmen unterstützte, gesellte sich zu uns. Er war ein großer, dünner Mann, der etwa zehn Jahre älter sein mochte als Mace. Er war Chemiker, kam ebenfalls aus England und hatte jahrelang für die ägyptische Regierung gearbeitet. Beide Männer wirkten auf mich wie typische Gelehrte. Lucas trug einen dreiteiligen Anzug und Brogues, während Mace wie immer seine schäbige, zerknitterte Arbeitskleidung anhatte. Minnie Burton pflegte zu sagen, er kleide sich wie ein Gärtnergehilfe.

Lucas schüttelte uns die Hand und musterte uns. Dann zwinkerte er Mace zu. »Und wie war's im Grab?«, erkundigte er sich. »Haben Sie Callenders Tischlerkünste bewundert?«

»Ich führe nur Anordnungen aus«, mischte Callender sich aus dem Hintergrund ein. »Carter möchte ein Podest, wenn die Wand eingerissen wird.«

»Darauf würde ich wetten«, sagte Lucas. »Wollen wir das nicht alle?« Nach diesem rätselhaften Kommentar begannen die Konservatoren, ihre Arbeit zu erklären, ihre Triumphe vorzuführen und ihre bittersten Fehlschläge aufzuzählen.

Die absolut schwierigste Aufgabe, mit der sie es zu tun bekommen hatten, waren die Streitwagen. In Ägypten hatte man bislang überhaupt erst zwei Exemplare entdeckt, während man in der Vorkammer gleich auf vier gestoßen war. Sie waren zu groß gewesen, um sie als Ganzes dem Grab beizugeben, daher hatte man bei der Ausstattung des Grabs die Achsen durchgesägt und die Wagen zerlegt. Die Teile hatte man in einer Ecke aufeinandergestapelt, wo sich ihre ledernen Bestandteile über die Jahrtausende hinweg zersetzt hatten. Sie hatten sich in eine schwarze, klebrige Masse verwandelt, sodass alle vier Streitwagen zusammengeklebt waren, als man sie fand. Die Konservatoren hatten die empfindlichen Einzelteile mühsam voneinander trennen müssen. Wochenlang hatte man im Grab arbeiten müssen, bevor man die Wagen unbeschadet herausholen konnte. Die Holzräder mit den sechs Speichen waren mit Rohlederreifen bezogen, die zum Teil noch erhalten waren. Mace und Lucas hatten mit sieben verschiedenen chemischen Lösungen herumexperimentiert, bevor sie etwas gefunden hatten, das diese Reste schützte.

Frances und ich beugten uns über einen der Wagen, um die goldenen Verzierungen zu bewundern – und da war er plötzlich, der kindliche König. Er stand im Korb seines Streitwagens und hielt den Bogen gespannt. Gleich würde der Pfeil lossausen, die federgeschmückten Pferde gaben alles, ein Hund lief nebenher, und so galoppierte man eines herrlichen Morgens vor dreitausendzweihundert Jahren zur Jagd.

Mace und Lucas zeigten uns auch ihre Arbeitsverzeichnisse – und in dem Moment begriff ich, was für eine Heidenarbeit sie verrichteten und wie detailliert Carter die Räumung des Grabs organisiert hatte. Jedes Objekt wurde nummeriert und von den Architekturzeichnern des Met – Hauser und Hall – auf Papier gebannt. Auch seine Fundposition in der Vorkammer wurde festgehalten.

Jedes Objekt, ob klein oder groß, wurde zusätzlich an Ort und Stelle von Harry Burton fotografiert. Carter selbst zeichnete jedes Fundstück noch ein weiteres Mal und hielt Maße, Material und sämtliche Details fest. Sobald sich die Artefakte in einem Zustand befanden, in dem sie sicher abtransportiert werden konnten, wurden sie noch ein letztes Mal registriert, mit stoßdämpfendem Material umhüllt, in Leinenbinden und Leinentücher gewickelt und dann schließlich in speziell ihren Konturen angepassten Kisten verpackt.

»Die größten Kostbarkeiten, die von Archäologen je gefunden wurden, und wir sollen sie retten«, sagte Lucas. »Und das tun wir auch, Himmel hilf, unter den Augen dieser Pest von Journalisten und Touristen.«

»Noch dazu bei vierzig Grad im Schatten«, warf Mace ein.

»Umnebelt von Chemikalien!«

»Und ständig unterbrochen von irgendwelchen Besuchern mit Sondergenehmigungen. Carnarvons Freunde, ägyptische Offizielle, gestern kamen sogar zwei US-Senatoren und vier Paschas.«

»Am Tag davor waren es ein Viscount, zwei andere Ehrenmänner, drei Damen und ein Bischof.«

»Aber wir bleiben immer ruhig und ausgeglichen, egal wie man uns provoziert.«

»Und egal wie dumm die Fragen sind, mit denen man uns traktiert, und ob Carter brüllt oder tobt.«

»Was gelegentlich geschieht. Sehr selten natürlich.«

»Heute nur fünf Mal.«

Die beiden lachten, zogen dann Frances und mich tiefer ins Grab hinein und zeigten uns restaurierte Objekte, die noch nicht für den Transport verpackt waren: einen goldenen Stab mit einer winzigen Statue des Königs als Kind und einen exquisiten Fächer aus Straußenfedern, die dreitausend Jahre überdauert hatten. Zwischen unzähligen Kisten standen wir in dem engen Raum. »Wohin kommen all diese Schätze eigentlich?«, fragte Frances. Sie hatte die Behälter gezählt und bei zweihundert aufgegeben.

»Tja, das ist eine schwierige Frage, Frances«, antwortete Mace und wechselte einen Blick mit Lucas. »Ein paar kommen ins Ägyptische Museum in Kairo, aber dann gibt es da noch die Frage nach Carnarvons Anteil. Dieses Problem ... nun, das ist noch nicht ganz geklärt. Die Verhandlungen dauern noch an.«

»Aha«, sagte Miss Mack, die ihre Chance gekommen sah. »Ich hatte es so verstanden, dass Lord Carnarvon nach den Bedingungen seiner Grabungslizenz die Hälfte der Funde erhält. Natürlich abgesehen von außerordentlichen Fundstücken wie der Mumie. Stimmt das?«

»In gewisser Weise schon, Miss Mackenzie«, antwortete Lucas. »Aber die Objekte sind alle ganz außerordentlich. Man könnte behaupten, dass sie alle in die Kategorie einzigartiger Fundstücke fallen. Man könnte außerdem behaupten, dass ein so unvergleichlicher Fund von einer solchen Schönheit und historischen Bedeutung unter gar kein Umständen geteilt werden sollte. Ich möchte das nicht kommentieren.«

»Und die Sache ist sogar noch komplizierter«, fuhr Mace fort. »Wenn das Grab vollständig unversehrt gewesen wäre und es in der Antike keine Einbrüche gegeben hätte, dann würde der gesamte Inhalt unweigerlich ins Ägyptische Museum wandern. Das steht so in der Lizenz. Nun hat es aber Einbrüche gegeben ...«

»Kleinere allerdings«, warf Lucas ein.

»Und deshalb ist im Moment noch alles offen«, murmelte Callender.

»Und das wird auch noch eine Weile so bleiben«, fügte Lucas hinzu.

Miss Mack versuchte, sich einen Reim auf die Informationen zu machen. Und auch auf die Art und Weise, wie sie übermittelt worden waren. Sie warf den drei Männern einen scharfen Blick zu. »Lord Carnarvon könnte doch auch auf seine Ansprüche verzichten, oder? Das wäre doch unter den gegebenen Umständen eine kluge Lösung, nicht wahr?«

Doch keiner der Männer schien darauf erpicht, seine Meinung zu diesem Vorschlag zu äußern. Aber Miss Mack blieb beharrlich.

»Was sagt denn Mr Carter dazu? Denkt er nicht, dass diese wunderbaren Stücke beisammenbleiben sollten, und zwar hier in Ägypten? Ich für meinen Teil habe da eine ganz klare Vorstellung. Wenn man sie auseinanderreißt, wenn man sie wie Kriegsbeute teilt, dann grenzt das doch fast schon an …«

Miss Mack sollte ihren kämpferischen Satz nie beenden können, da wir in diesem Moment unterbrochen wurden. Wir standen tief im Grab zwischen all den Kisten, als wir eine weibliche Stimme rufen hörten: »Howard, wo bist du? Wo bist du nur abgeblieben, mein Lieber?« Ich erkannte die Stimme, kurz bevor Eve das Labor betrat.

Sie blieb am Eingang stehen und starrte ins Dunkel. Wohl nahm sie den Schein unserer Taschenlampen wahr, konnte uns aber nicht erkennen. Als wir zu ihr gingen, um sie zu begrüßen, sah ich, dass sie ein neues, wunderschönes rosafarbenes Kleid trug. Den Hut hielt sie in der Hand, ihre Haare waren frisch gewaschen und in Wellen gelegt. Offenbar war sie direkt aus dem Winter Palace gekommen, wo sie sich den geschickten Fingern ihres Kammermädchens Marcelle anvertraut hatte – aber das war ein Irrtum.

»Wo ist Howard nur?«, fragte sie mit einem schrillen, ängstlichen Unterton in der Stimme, als wir ins Tageslicht traten und sie bemerkte, dass Carter nicht bei uns war. »Ich habe ihn überall gesucht, in der Burg, im Amerikanischen Haus, überall. Zwei Mal schon bin ich durch das Tal gefahren, aber er ist nirgendwo zu finden.«

Die drei Männer schauten sie unbehaglich an, wechselten dann einen Blick und berieten sich. In der Tat, wo war Carter? Beim Mittagessen war er noch bei ihnen gewesen. Callender hatte gegen zwei mit ihm gesprochen. Mace meinte, ihn hinterher noch einmal gesehen zu haben, war sich aber nicht sicher. Lucas sagte, er sei ihm um drei noch einmal begegnet. Sie hätten ein paar Worte gewechselt, und Carter habe sich über Weigalls dauernde Anwesenheit beschwert. Seither hatte ihn niemand mehr gesehen. Schweigen breitete sich aus.

»Wann kommt denn Ihr Vater aus Kairo zurück, Lady Evelyn?«, erkundigte sich Mace schließlich in einem neutralen Tonfall.

»Könnte sich Carter vielleicht nach Luxor begeben haben, um sich mit ihm zu treffen?«

»Pups kommt erst in ein paar Stunden. Sein Zug trifft sehr spät ein. Aber ich muss Howard vor seiner Ankunft unbedingt noch sehen. Warum verschwindet er so einfach? Er hat mir doch versprochen, dass ...«

»Ich denke tatsächlich, dass er in Luxor ist«, sagte Lucas. »Wahrscheinlich irgendwelche Verwaltungsgeschichten. Probleme in letzter Minute wegen der Öffnungszeremonie, Lady Evelyn. Das wäre nicht das erste Mal.«

»Das stimmt.« Eves Miene hellte sich auf, um sich sofort wieder zu verdunkeln. »Aber warum hat er mir dann nicht Bescheid gesagt? Ich hätte doch im Hotel bleiben und mich dort mit ihm treffen können. Nein, er ist bestimmt nicht in Luxor. Das hätte er mir doch gesagt.«

Ihr Gesicht wurde abwechselnd rot und blass, und einen Moment lang dachte ich, sie würde zu weinen anfangen. Sie schien vollkommen aufgewühlt zu sein, von ihren guten Manieren war nichts mehr zu spüren. Miss Mack, Frances und mich hatte sie nicht einmal begrüßt, wahrscheinlich hatte sie uns gar nicht wahrgenommen. Frances, die neben mir stand, stupste mich an, aber sie hätte mich an ihre Bemerkung von zuvor nicht erinnern müssen. Eves Pein und die Verlegenheit, die sie den drei Männern bereitete, war nur allzu deutlich zu spüren.

Die Stille zog sich in die Länge. Miss Mack betrachtete Eve konsterniert, die Männer traten von einem Fuß auf den anderen und mieden den Blick ihrer Kollegen. Eve knetete ihren Hut mit beiden Händen und sagte irgendwann leise: »Und Sie sind sich ganz sicher, dass er keine Nachricht für mich hinterlassen hat? Wenn ich nur wüsste, wo er ist, dann könnte ich ... Howard geht es nicht gut«, sagte sie ins Leere. »Er steht unter einem solchen Druck. Ich weiß, dass das töricht ist, aber ich mache mir Sorgen um ihn.«

Pecky Callender schaute langsam auf, warf Eve einen mitleidigen Blick zu und räusperte sich. »Verdammt, jetzt fällt es mir wieder ein«, sagte er. »Tut mir leid, Lady E., aber mein Gedächtnis ist das reinste Sieb. Carter ist tatsächlich fort, gegen vier Uhr hat er sich auf den Weg gemacht. Kurz bevor Sie gekommen sind, Myrtle. Er sagte, er müsse ein wenig spazieren gehen. Vermutlich wollte er ein wenig allein sein. Wahrscheinlich macht er sich Gedanken wegen der Öffnung. Er brauchte Zeit, um … um sich über gewisse Dinge klar zu werden. Er ist in Richtung Westen gegangen. Zumindest ist er dahin aufgebrochen.«

»Richtung Westen?« Eve schaute auf ihre hellen Seidenstrümpfe und die schönen Schuhe. Es war ihr deutlich anzumerken, dass sie den Gedanken erwog, Carter nachzugehen. Dann aber begriff selbst sie, dass sie mit diesem Schuhwerk und zu dieser Tageszeit keinen Ausflug in den abgelegenen, wilden Talabschnitt unternehmen konnte. Ihre Wangen verfärbten sich. In dem bemitleidenswerten Versuch, ihr Gesicht zu wahren, sagte sie: »Aha, danke. In dem Fall werde ich meine Suche wohl aufgeben müssen. Wenn Sie Howard sagen würden, dass ich ihn sehen wollte, Mr Callender, wäre ich Ihnen sehr dankbar. Ich werde jetzt ins Hotel zurückkehren.«

Sie drehte sich um und verließ das Grab. Die drei Männer schauten sich schuldbewusst an. »Um Himmels willen, Callender«, murmelte Mace. »Hätten Sie sich nicht etwas Besseres ausdenken können?«

»Irgendjemand musste doch etwas sagen«, erwiderte er verletzt. »Sie waren ja keine große Hilfe, Sie und Lucas. Sie haben doch gesehen, wie es ihr ging. Außerdem ist er tatsächlich zu einem Spaziergang aufgebrochen … glaub ich jedenfalls. Gegen vier ist er los. Alles andere? Fragen Sie mich nicht, denn ich habe verdammt noch mal keine Ahnung.«

»Irgendjemand muss ihr hinterhergehen«, unterbrach Lucas die beiden und trat zögernd einen Schritt vor. »Wir können sie doch nicht allein zurückfahren lassen. Sie ist vollkommen durch den Wind.«

»Tee. Sollten wir ihr vielleicht einen Tee anbieten?«, fragte Mace, und die Männer wechselten einen hilflosen Blick.

»Unglaublich«, sagte Miss Mack empört und drängte sich zwischen ihnen hindurch. »Mädels, kommt. *Ich* werde mit Eve sprechen. *Ich* werde mich darum kümmern.«

Eve war mit dem Wagen ihres Vaters gekommen. Sie hatte ihn ziemlich abenteuerlich am Taleingang geparkt, mitten in der prallen Sonne. Wir holten sie ein, als sie ihn erreichte – und hörten sie laut schluchzen. Frances und ich überließen die Sache Miss Mack. Wir sahen, wie sie an Eve herantrat, ihren Arm berührte und sie dann, als sie bitterlich zu weinen begann, fest umarmte. Irgendwann klopfte sie ihr auf die Schulter und sagte ohne jede Umschweife ein paar Worte, die mich überraschten: »Meine Liebe ... Meine Liebe, Sie sind noch sehr, sehr jung. Glauben Sie mir, das geht vorbei. Eines Tages – vielleicht sogar früher, als Sie meinen – werden Sie darüber hinweg sein. Dann werden Sie denken, Sie hätten sich das alles nur eingebildet. Das verspreche ich Ihnen. Ich weiß, dass es so ist. Und in der Zwischenzeit weinen Sie sich ruhig aus, Eve, das wird Ihnen helfen.«

»Ich bin eine solche Idiotin«, sagte Eve mit erstickter Stimme. »Ich habe doch gesehen, dass alle über mich lachen. Wie kann man nur so verrückt sein – hier aufzukreuzen und im Tal herumzurennen. Keine Ahnung, was in mich gefahren ist. Oh, ich schäme mich so, Myrtle. Ich komme mir so unglaublich dumm vor.«

»Das sollten Sie nicht. Starke Gefühle sind nie dumm. Sie sollten sich dafür nicht schämen. Jetzt kommen Sie erst einmal mit auf unser Hausboot. Dort trinken wir einen Tee, das wird Sie schon wieder zu Kräften bringen. Und wenn es Ihnen besser geht, können Sie sich ja entscheiden. Mr Carter wird irgendwann von seinem Spaziergang zurückkehren. Wenn Sie mögen, können Sie sich dann mit ihm treffen, und wenn nicht, dann eben nicht. Das entscheiden ganz allein Sie. Und jetzt ab ins Auto. Sind Sie denn in der Lage zu fahren? Ja? Gut. Beeilung, Mädels. Eve kommt mit auf die *Queen Hatschepsut* zum Tee.«

Nachdem wir in das siedend heiße Auto gestiegen waren, fuhr uns Eve in einem abenteuerlichen Fahrstil zu unserem Hausboot, wo sie den Wagen halb auf dem Weg parkte. Ein paar Ziegen kamen herbei, inspizierten ihn, knabberten an den Kotflügeln herum, verloren dann aber wieder das Interesse. Eve ging wie eine Schlafwandlerin an Deck und setzte sich in den Schatten der Markise. Frances und ich versorgten sie mit Tee, den sie trank, ohne wahrzunehmen, dass sie eine Tasse in der Hand hielt. Und mit einem Mal, als sie so dasaß und auf den Fluss starrte, den kühlen Nordwind im Gesicht, begann sie zu sprechen. Ohne jede Vorwarnung und ohne dazu gedrängt worden zu sein.

Zuvor hatten wir versucht, das Gespräch in Gang zu halten, damit keine peinliche Stille entstand, und hatten die Anzeichen ihrer Seelenqualen tunlichst ignoriert: dass sie nervös an ihrem Kleid herumzupfte, dass unser Gespräch vollkommen an ihr vorbeizugehen schien, dass sie blind in die Gegend starrte, als spielten sich vor ihrem inneren Auge Szenen ab, die wir nicht sehen konnten. Wir redeten über alles und nichts und schließlich auch über unseren Besuch im Tal der Könige. Frances spekulierte, was die innere Kammer wohl enthalten mochte. Was für Herrlichkeiten mochten sich hinter der Wand verbergen, und gab es wohl Schreine dort, womöglich gar einen Sarkophag?

»Schreine gibt es«, sagte Eve plötzlich, starrte aber immer noch auf den Fluss. »Ich habe sie selbst gesehen. Der äußerste ist golden und blau. Er ist das Schönste, was mir je in meinem Leben ... Bei seinem Anblick ist mir schier das Herz stehen geblieben. Ich habe sogar meine Taschenlampe fallen lassen. Der Schrein hat zwei Türen, die verriegelt sind, aber das Siegel ist gebrochen. Als wir davorstanden, war Howard vollkommen fassungslos und nahm meine Hand. Auch meinem Vater hatte es die Sprache verschlagen, er konnte sich nicht einmal mehr auf den Beinen halten. Er kniete nieder – wir alle knieten nieder. War es ein Fehler, dort zu sein? Damals hat es sich nicht falsch angefühlt.«

»Sie müssen uns das nicht erzählen, meine Liebe«, sagte Miss Mack, streckte den Arm aus und tätschelte ihre Hand. »Still jetzt. Sagen Sie nichts, was Sie später bereuen könnten.«

»Nein, nein«, erwiderte Eve. »Sie haben unrecht, Myrtle. Ich hasse diese Lügen und Täuschungen. Beides ist eine schier unerträgliche Last, die ich nun schon seit Monaten mit mir herumschleppe. Die Leute so hinters Licht zu führen, ich finde das absolut verwerflich. Deshalb möchte ich Ihnen auch davon erzählen. Und die Diebe sind nicht nur in die Vorkammer, sondern auch in die innere Kammer eingebrochen. Man konnte genau erkennen, wo sie eingedrungen waren und die Nordwand wieder versiegelt hatten. Wir hatten einfach keine Ruhe, bevor wir nicht wussten, ob Tutanchamun dort war oder ob man alles geplündert hatte. ›Ich muss es wissen‹, sagte mein Vater ständig, ›ich muss es wissen.‹ Also sind wir eines Nachts – ich weiß nicht einmal mehr, wann genau – ins Tal geritten und haben das Loch der Diebe wieder aufgemacht. Nur eine winzige Öffnung.« Sie schaute uns flehentlich an. »Ich bin als Erste rein, weil ich die Kleinste bin, aber ich bin vor Angst fast … fast erstarrt. Also hat Howard das Loch ein wenig vergrößert und ist auch hinein. Sofort ging es mir wieder gut. Wenn er da ist, fühle ich mich immer so sicher. Dann kam mein Vater. Nur … Mr Callender hat uns in dieser Nacht begleitet, blieb aber in der Vorkammer. Er war zu groß, um sich durch das Loch zu quetschen, aber das schien ihm nicht viel auszumachen. Sein Verhalten war absolut anständig. Er sagte, es sei unser Moment, und so war es ja auch. Alles, was wir gesehen haben, und die Gefühle in diesem Moment, alles ist hier in meinen Geist eingebrannt.«

Sie zögerte, dann beschrieb sie, indem sie abwechselnd uns, die Berge, den Sonnenuntergang, den Fluss und den aufgehenden Mond anstarrte, was sie bei ihrer nächtlichen Exkursion ins Tal der Könige gesehen hatte. Es war schon Abend, als sie mit ihrer Beichte begann, und vom Winter Palace wehten bereits die Klänge des Tanzorchesters herüber. Schweigend vernahmen wir die Geschichte, die von Musik untermalt wurde, erst von einem Blues, dann einem langsamen Walzer und schließlich einem weiteren Blues.

Es war geplant, dass Frances an diesem Abend auf dem Hausboot bleiben würde. Da wir nicht über eine Gästekabine verfügten, hatte Mohammed Hängematten aufgetrieben und sie zwischen den Masten an Deck aufgehängt. Spät in der Nacht, als Eve längst aufgebrochen und nach Luxor zurückgekehrt war, lagen Frances und ich in den Hängematten, schaukelten im Mondlicht und lauschten auf die Musik vom Winter Palace und auf die Stimmen, die von den anderen Hausbooten herüberdrangen. Es war Vollmond und die Nacht kühl. Keine von uns sagte ein Wort. Auch die Oliver No. 9 in der Kabine unter uns schwieg. Doch ich wusste, dass Frances nicht schlief. Ich konnte deutlich spüren, dass sie hellwach war. Genau wie ich dachte sie an Eve und an das, was sie uns erzählt hatte.

Ich stellte mir den Raum vor, in dem Eve, Carter und ihr Vater auf wahre Wunderwerke gestoßen waren. Ein gewaltiger Zedernschrein, der vollständig mit blauen Fayencen und Gold bedeckt war, füllte fast die gesamte Grabkammer aus und lag im flackernden Schein der Taschenlampen vor ihnen. Als ich an Eves Worte zurückdachte, sah ich förmlich vor mir, wie sie den schweren Riegel an der Flügeltür des Schreins berührte und ihr Vater den Kopf in die Hände sinken ließ, als ihm klar wurde, dass das Siegel am Schloss aufgebrochen war. Ich sah, wie Carter allen Mut zusammennahm und den Riegel erst sanft, dann aber mit aller Kraft zurückschob. Ich hörte Eves leisen Schrei und den Seufzer der Männer, als die beiden Türflügel aufschwangen. Ein zweiter Schrein mit einer zweiten vergoldeten Flügeltür befand sich dahinter. Sie hatte einen Seilverschluss, und das Tonsiegel daran war unversehrt. Schweigend starrten sie es an, dann sagte Carter: *Es ist unversehrt. Die inneren Schreine sind unversehrt. Er muss hier sein.* Carnarvon fiel auf die Knie und sagte: *Herrgott im Himmel – ich hab ihn.*

Der Wind wehte über den Nil ein Lied herbei, dann Gelächter, dann das Geräusch einer zuknallenden Tür, dann nichts mehr. Ich drehte mich in meiner Hängematte herum und betrachtete den Mond. Die versiegelte goldene Tür des zweiten Schreins stellte Tutanchamun dar, der Osiris, den Gott der Unterwelt, grüßte. Im

Hohlraum zwischen den äußeren Sarkophagen befanden sich zahlreiche Opfergaben: Alabasterlampen, um dem König auf dem Weg ins Jenseits zu leuchten, ein Bündel Ruder, damit er die gefährlichen Flüsse der Unterwelt bereisen konnte, und, und, und. Die drei waren sehr lange in dem Raum geblieben und hatten in unbekannte Gefilde geschaut. Erst als sie sich wieder umgedreht hatten, war ihnen aufgefallen, dass sich an die Grabkammer noch ein zweiter düsterer Raum anschloss, den sie die »Schatzkammer« tauften. Eine Statue von Anubis versperrte den Eingang. Der Schakalgott lag auf einer Bahre ausgestreckt, schwarz wie die Nacht, die Ohren gespitzt, stets wachsam. Es war der Gott, der die Herzwägungszeremonie beaufsichtigte – Anubis, der Wächter der Nekropolen.

»Schläfst du, Frances?«, flüsterte ich.

»Nein. Ich denke an Anubis. Und an diese goldenen Türen. Wie sie wohl im Licht der Taschenlampe aussehen, wenn deine Hand zittert? Ich habe Angst einzuschlafen, weil ich dann davon träumen könnte.«

»Hätten sie das Grab wirklich betreten dürfen?« Ich setzte mich auf und beugte mich zu ihr hinüber. »Oh, Frances, durften sie das?«

»Nein. Sie hätten auf einen Inspektor warten sollen. Wenn das herauskommt, könnte Carnarvon seine Grabungslizenz verlieren, und das würde zu ziemlich unwürdigen Auseinandersetzungen führen.« Sie richtete sich ebenfalls auf und wandte mir ihr blasses Gesicht zu. »Deshalb haben sie ja auch ihre Spuren verwischt. Sie haben das Loch wieder verschlossen und es dann hinter all dem Schilf und diesem Korb verschwinden lassen. Das Zeug ist mir schon aufgefallen, als ich zum ersten Mal in der Vorkammer war. Und jetzt hat Callender auch noch diese Holzkisten angefertigt, sodass dieser Teil der Wand bei der offiziellen Öffnung verborgen sein wird. Carter hat an alles gedacht.« Sie fröstelte. »Sie haben gelogen – und sie werden weiterlügen müssen. Stell dir das nur vor, Lucy: eine gigantische Öffnungszeremonie unter den Augen von Monsieur Lacau und all den anderen Funktionären, Gelehrten und Archäologen, die jeden einzelnen ihrer Schritte beobachten. Und dann reißen sie die Wand ein und müssen so tun, als hätten sie nicht die geringste Ahnung, was sich dahinter verbirgt.«

»Die Journalisten nicht zu vergessen«, sagte ich. »Was meinst du, was das Kartell aus dieser Geschichte machen würde.«

»Das kümmert sie wohl eher nicht. Sie hassen das Kartell, also bereitet es ihnen vielmehr ein diebisches Vergnügen, die Journaille hinters Licht zu führen. Aber ihre Freunde zu belügen, das fällt ihnen bestimmt nicht leicht. Eve jedenfalls nicht. Sie hat sich dafür geschämt, dass sie Miss Mack belogen hat, deshalb hat sie uns alles erzählt.« Frances schlug die Decke zurück und kletterte aus ihrer Hängematte. »Ich kann nicht schlafen«, sagte sie, ging über das Deck zur Reling und schaute auf das Wasser. In ihrem weißen Nachthemd sah sie aus wie ein Gespenst.

Ich stieg ebenfalls aus meiner Hängematte, zog mir einen Pullover über den Schlafanzug und gesellte mich zu ihr. Gemeinsam schauten wir auf die Lichter vom Winter Palace, lauschten der Musik, die von dort herüberdrang, und betrachteten den leuchtenden Mond. Die *zwei* leuchtenden Monde – den einen am Himmel und seinen Zwilling im Wasser des Nils.

»Was denkst du, wo Mr Carter heute war?«, fragte ich irgendwann und brach das Schweigen. »Als Eve ihn gesucht hat, meine ich.«

»Irgendwo, wo er allein sein konnte. Vermutlich brauchte er ein wenig Zeit für sich. Daddy sagt, der Druck setzt ihm zu – nicht ausgeschlossen, dass er irgendwann darunter zusammenbricht. Daddy meint, das liegt an all diesen Zeitungsartikeln, den politischen Querelen, den Scharen von Touristen, der Hitze im Tal und der Arbeit im Grab – und an Mr Carters Dämonen. Ich hingegen denke, es ist die Lügerei. Die Aussicht, dass er bei der Öffnungszeremonie schauspielern und weiterlügen muss. Nie mit der Wahrheit herausrücken zu können, das ist es, was ihm wirklich zusetzt.«

»Und Eve?« Ich zögerte und stellte dann die Frage, die mich schon die ganze Zeit beschäftigte. »Denkst du, sie ist in ihn verliebt, Frances? Ist es das, was *ihr* zusetzt?«

»Keine Ahnung«, sagte Frances bekümmert. »Ich weiß nicht, wie es ist, sich zu verlieben. Aber du musst es doch wissen, Lucy. Dein Vater hat gerade erst geheiratet, und du hast ihn erlebt. Hat er sich verhalten wie Eve heute? Hat deine Gouvernante es getan?«

Ihre Frage schockierte mich. Ich schaute weg. »Das ist etwas anderes«, erwiderte ich steif. »Das ist ... eine Art Arrangement. Eine Zweckehe. Und das habe ich dir auch gesagt. Er brauchte jemanden, der sich um mich kümmert und ihm gleichzeitig bei seiner Arbeit hilft. Eine Sekretärin eben.«

Frances dachte darüber nach und ließ meine Antwort gelten. »Nun, ich möchte mich jedenfalls nie verlieben, wenn es so etwas mit einem anstellt«, sagte sie finster. »Im Übrigen glaube ich auch nicht, dass Eve ... nicht wirklich jedenfalls. Sich nachts in ein Grab zu schleichen – stell dir doch nur vor, was das für ein Erlebnis ist! Natürlich hat sie das mitgenommen.« Sie hielt inne, bevor sie hinzufügte: »Und was würde das überhaupt für einen Sinn machen, sich in Mr Carter zu verlieben? Das wäre doch dumm. Für ihn ist sie vermutlich eine gute Freundin, aber das war's dann auch schon. Sie ist schließlich die Tochter eines Earls. Carter steht gesellschaftlich weit unter ihr und ist alt genug, um ihr Vater sein zu können. Sie kann ihn gar nicht heiraten.«

Ich schwieg. »So etwas hält die Menschen nicht davon ab, sich zu verlieben, Frances«, sagte ich dann. »Es geschieht einfach«, fuhr ich zögernd fort. »Miss Dunsire sagt, dass die Liebe vor nichts Halt macht.«

»Ach, du und deine Miss Dunsire.« Frances stupste mich mit ihrem Ellenbogen an. »Ständig zitierst du sie, ist dir das eigentlich bewusst? Was sie sagt, ist heilig, was?«

Der Kommentar verletzte mich. »Sie weiß jedenfalls mehr über diese Dinge als du«, erwiderte ich.

»Das stimmt«, sagte Frances ernst. »Oder du, Lucy«, fügte sie nach einer Weile hinzu. »Tatsache ist doch, dass wir beide erschütternd naiv sind.« Plötzlich verzog sich ihr Gesicht zu einem Lächeln, und ihr Blick bekam etwas Verschmitztes. »Und ich hoffe, das wird auch so bleiben – bei mir jedenfalls. Ich möchte mich nie verlieben und verrückt und töricht werden. Da bin ich lieber frei wie ein Vogel. Ich möchte später großartige Bilder malen, um die Welt segeln – und scharlachroten Lippenstift tragen wie Poppy d'Erlanger.« Sie lachte und nahm mich bei der Hand. »Hörst du, Lucy, im Winter Palace spielen sie einen Walzer. Ist es nicht schön hier am Fluss? Ich liebe Schiffe! Ich wünschte, du wärst nach Maine gekommen, dann hätte ich dir das Segeln beigebracht. Kannst du Walzer tanzen? Sollen wir Walzer tanzen? Dabei wird uns vielleicht warm.« Sie zitterte vor Kälte. »Jetzt komm schon, Lucy.«

Ich konnte tatsächlich Walzer tanzen. Mittlerweile besuchte ich ja auch in Cambridge die Ballettschule, und bevor ich nach Ägypten aufgebrochen war, hatte ich mit Miss Dunsire die Schritte geübt. Also hob ich die Arme, Frances nahm Haltung an, und ich wirbelte sie im Mondlicht über Deck – eins, zwei, drei, eins, zwei, drei –, umschiffte Bänke und Stühle und riskierte einen Drehwurm, als wir über die freie Fläche kreisten. Frances tanzte sehr anmutig. Ich war mittlerweile viel größer als sie, und sie fühlte sich in meinen Armen federleicht an, zumal sie sich perfekt führen ließ. Ihre Hand lag warm in der meinen, ihr Körper war biegsam und reagierte auf meine Signale, ihr Gesicht war blass und konzentriert, doch ihre Augen und ihr schwarzes Haar glänzten. Immer weiter drehten wir uns, lauschten auf den Rhythmus der Musik, glitten durch den Schatten der Markise über uns und wirbelten dann weiter unter dem überwältigenden Sternenhimmel. Als der Walzer seinem Ende zuging, holten wir zu einer letzten, gewaltigen Drehung über das gesamte Deck aus und kamen dann atemlos an der Reling zum Stillstand. Frances löste sich von mir und warf sich auf einen Stuhl. »Waren wir nicht wunderbar, Lucy? Du kannst mittlerweile so gut tanzen. Madame wäre stolz auf dich.«

Ich erwiderte nichts, da ich immer noch nach Luft rang und mir schwindelig von den Drehungen war. Mich hatte der Walzer traurig gestimmt, aber Frances konnte ich das ebenso wenig erklären wie mir selbst. Ich lehnte an der Reling und schaute aufs Wasser, bis sich mein Herzschlag beruhigt hatte. Es war spät, schon nach ein Uhr nachts, und das Orchester des Winter Palace war verstummt. Ein letzter Walzer also – und dann nur noch Schweigen.

Irgendwann gähnte Frances, reckte sich und rieb sich die Augen. Sie erklärte, dass sie jetzt vielleicht doch schlafen könne, und so krochen wir in unsere Hängematten zurück. Eine Weile wälzten wir uns noch hin und her, dann kamen wir zur Ruhe. Ich lauschte auf das Schwappen des Nilwassers, während Frances bereits schlief. Aber falsch gedacht.

»Sag mal, Lucy«, flüsterte sie plötzlich, »hättest du es auch getan? Wärst du auch in die innere Kammer eingedrungen?«

»Vielleicht.« Ich griff nach ihrer Hand. »Kann schon sein. Nein, ganz bestimmt nicht. Keine Ahnung.«

»Ich hätte es getan. Sonst wäre ich vor Neugierde geplatzt. Und was macht es außerdem für einen Unterschied? Sie haben ja nichts mitgenommen, Lucy. Ist es denn ein Vergehen, sich etwas anzuschauen?«

Ich sagte nichts. Ich wusste auf die Frage keine Antwort – und weiß sie bis heute, so viele Jahrzehnte später, nicht.

## 31

Die lang erwartete, heiß diskutierte Öffnung der inneren Kammer des Grabs von Tutanchamun fand drei Tage später statt, am Freitag, den 16. Februar 1923. Miss Mack war darüber unheimlich erleichtert, da sich unsere Zeit in Ägypten allmählich dem Ende zuneigte und sie schon befürchtet hatte, sie könnte das für Das Buch so entscheidende Spektakel verpassen. Doch in gewisser Weise verpassten wir es trotzdem, da es vollkommen unspektakulär daherkam und bis zur letzten Minute geheim gehalten wurde, um die Journalisten zu täuschen. Selbst wenn Miss Mack, bewaffnet mit Kamera und Notizbuch, an jenem Tag im Tal der Könige gewesen wäre, hätte sie wenig gesehen, da sich alles innerhalb des Grabs abspielte und außer Eve keine Frauen zugelassen waren. Doch wir waren nicht im Tal, da wir den Tag mit Helen und Frances an Herbert Winlocks Grabungsstätte in Deir el-Bahri verbrachten.

»Man hat uns in die Verbannung geschickt«, sagte Helen, als sie an jenem Morgen an unserem Hausboot auftauchte, und warf Miss Mack einen beredten Blick zu. »Strikte Anweisung von Herbert: Wir dürfen uns heute nicht in der Nähe des Grabs blicken lassen – nicht einmal in der Nähe des Tals! Also haben wir ein Picknick eingepackt und flüchten jetzt zum Tempel der Hatschepsut. Wir hegen die Hoffnung, Myrtle, dass Sie und Lucy uns Gesellschaft leisten werden.«

Miss Mack warf ihr einen ebenso beredten Blick zu. »Meine Liebe, ich verstehe absolut, was Sie meinen. Und wir nehmen die Einladung mit Freuden an.«

»Tja, Lucy, genau in diesem Moment findet offenbar die berühmte Öffnungszeremonie statt«, sagte Miss Mack nach dem Mittagessen, als sie mit mir die Ruinen des Tempels erkundete. »Und ehrlich gesagt, es macht mir nichts aus, dass ich nichts davon mitbekomme. Das Buch will zwar, dass ich dort bin, und du weißt, wie befehlshaberisch es sein kann, aber gegenwärtig bin ich sowieso nicht in Schreiblaune, mein Schatz. Was Eve uns kürzlich erzählt hat, das alles geht mir wirklich an die Nieren. Und es würde mir nicht im Traum in den Sinn kommen, ihr Vertrauen zu missbrauchen und darüber zu schreiben. Aber es lastet schwer auf meiner Seele.«

Das hatte ich schon fast vermutet. Seit Eves Beichte schwieg die Oliver No. 9 beharrlich. Miss Mack setzte sich auf eine der Tempelmauern, die Winlock ausgegraben hatte, und bestaunte die Szenerie um uns herum. Der Totentempel der Hatschepsut, hinter dem eine fast hundert Meter hohe Felswand aufragte, lag herrlich und majestätisch in der Nachmittagssonne. Er war groß – fast unermesslich groß für die Begriffe eines Archäologen. Zum Zeitpunkt unseres Besuchs hatte Herbert Winlock bereits zwölf Jahre daran gearbeitet und würde noch weitere acht Jahre vor Ort bleiben. An jenem Tag waren keine Touristen da. Die Hitze war unerträglich, und Schatten gab es auch nicht. Ich schob mir meine Sonnenbrille auf die Nase. Miss Mack spannte ihren Schirm auf, wischte sich übers Gesicht und schaute zu den gewaltigen Säulenreihen hinüber, wo Helen und Frances zeichneten.

»Mich würde deine Meinung interessieren, Lucy«, sagte sie. »Wie viele Leute wissen wohl noch, was Eve uns neulich erzählt hat, was meinst du? Hat man Mr Carters Archäologenkollegen die Wahrheit gesagt? Denkst du, Herbert Winlock weiß es – und was ist mit Mr Burton, Mr Mace, Mr Lucas? Sind sie in diesen Betrug verwickelt? Denn um Betrug handelt es sich doch, da wollen wir uns nichts vormachen.«

»Herbert Winlock hat es sicher erraten, falls man es ihm nicht erzählt hat«, antwortete ich. »Was Mr Burton und Mr Mace angeht, so bin ich mir nicht sicher. Allerdings ist die Vorkammer sehr klein, und da sie schon seit Wochen dort arbeiten, werden sie doch wohl irgendetwas bemerkt haben. Mr Lucas weiß es bestimmt, denn die Witze über Callenders Tischlerkünste waren sicher kein Zufall. Und Pecky Callender, der weiß es sowieso, da er in jener Nacht mit von der Partie war. Vermutlich wissen es also alle, Miss Mack«, fuhr ich fort und schaute zu Frances hinüber. Sie hatte ihren Zeichenblock weggelegt und schlug ein Rad nach dem anderen. »Frances sagt, die Archäologen würde das nicht besonders schockieren, da keiner von ihnen anders gehandelt hätte. Niemand würde es sich zumuten, bei einer offiziellen Zeremonie vor all diesen wichtigen Leuten eine Wand einzureißen, nur um dann festzustellen, dass sich hinter dieser Wand nichts verbirgt. Frances sagt, das sei schon oft genug passiert, im Tal der Könige und auch anderswo. Selbst Carter hat so etwas bereits erlebt. Eine schreckliche Schmach sei das gewesen! Herbert Winlock sagt, dass Archäologen eine Wand niemals unter den Augen der Öffentlichkeit einreißen sollten, wenn sie sich nicht verdammt ... ich meine, wenn sie sich nicht absolut sicher sind, was sie dahinter erwartet.«

»Aha.« Miss Mack seufzte. »Nun, wenn Herbert das sagt, dann beuge ich mich natürlich seinem Urteil. Vermutlich bin ich einfach nur zu altmodisch und engstirnig. Trotzdem würde ich im Moment ungern in Mr Carters und Lord Carnarvons Haut stecken. Vor all diesen Leuten zu stehen, besonders vor Monsieur Lacau, der ja auf jeden Fall anwesend sein wird, und dann diese Wand einreißen und Überraschung simulieren zu müssen, und das an einem derart heiligen Ort. Nein, das bräuchte ich wirklich nicht ... Aber wie soll ich in meinem Buch mit Eves Bekenntnissen umgehen?«, erkundigte sie sich schließlich.

»Warum machen Sie nicht einfach eine kleine Anspielung?«, schlug ich vor. Wie ich bei dem Verfassen meiner Briefe gelernt hatte, gab es Dinge, die man am besten ungesagt ließ, Dinge, die man klugerweise herauskürzte. Das erwies sich als einfacher, als ich gedacht hatte. »Man kann die Dinge in einer Weise begraben, dass nur die Leute, die wissen, wo sie schürfen sollen, darauf stoßen. Oder Sie lassen es einfach ganz weg. Vergessen Sie es einfach. Sie könnten über unseren Besuch im Grab berichten und dann direkt zur Öffnungszeremonie übergehen. Niemand wird eine Lücke bemerken.«

»Aber ich *kann* nicht vergessen, was Eve gesagt hat, ganz gewiss nicht. Ich verstehe allerdings, was du meinst. Es unterschlagen und woanders im Vorübergehen andeuten – nun, das wäre vielleicht die Lösung.« Sie betrachtete mich nachdenklich. »Wie klug du doch bist, mein Schatz. Ich werde es Dem Buch vorschlagen und mal schauen, was es davon hält. Allerdings wäre ich nicht im Mindesten überrascht, wenn es damit einverstanden wäre. Mal unter uns: Das Buch hat manchmal eine ziemlich laxe Moral. Ehrlichkeit ist nun wirklich nicht seine große Stärke. Vermutlich ist es hocherfreut, bestimmte Dinge verschleiern zu können. In der Tat hat es sogar eine gewisse Neigung dazu. Sogar mir will es manchmal Dinge vorenthalten, Lucy. Ich muss zugeben, dass es mich ständig von einem ernsthaften Tatsachenbericht wegzulocken versucht. Es drängt in eine Richtung, die ich nur als … romanhaft bezeichnen kann.«

»Romanhaft?« Ich schaute sie entgeistert an. Ihr Bekenntnis hatte sie einige Überwindung gekostet, sodass sie rot geworden war. »Ich verstehe nicht ganz. Meinen Sie Eve und Mr Carter?«

»Du liebe Güte, nein! Es würde mir im Traum nicht einfallen, dieses Thema auch nur zu erwähnen. Nein, nein, ich wollte sagen, dass sich Das Buch für bestimmte Charaktere zu erwärmen beginnt. Für *einen* bestimmten Charakter, um genau zu sein.« Sie wurde noch röter. »Es verlangt nach einem Helden.«

»Einem Helden? Aber warum? Ich dachte, es soll ein detaillierter Tatsachenbericht werden, Miss Mack?«

»Ich weiß. Auch mir kommt das sehr merkwürdig vor, aber Das Buch beharrt einfach darauf. Es will einen Helden und tut alles, um seinen Helden zu bekommen. Ich bin nicht geneigt nachzugeben, Lucy, und bislang halte ich auch energisch dagegen, aber das wird immer schwieriger. Das Buch denkt nämlich, es habe seinen Helden bereits gefunden, und jetzt möchte es ihn ins Rampenlicht zerren.«

Das war natürlich eine verblüffende Wendung. Ich dachte über die möglichen Kandidaten nach: Lord Carnarvon? Howard Carter? Herbert Winlock? Keiner von ihnen schien mir der geborene Held zu sein, aber vielleicht war meine Vorstellung von dieser Spezies auch von Miss Dunsire und ihrer Lektüreliste geprägt. Plötzlich hegte ich einen leisen Verdacht, und ich erkundigte mich, wann sich das Heldenproblem erstmals bemerkbar gemacht habe.

»Im achten Kapitel, das ich *Der Wunschbecher* genannt habe«, antwortete sie. »In Kapitel neun musste ich schon sehr, sehr streng sein. Es heißt *Wortspiele* und beschreibt das Weihnachtsessen im Amerikanischen Haus und ein paar andere Ereignisse in diesem Zusammenhang … Du weißt schon, was ich meine, mein Schatz, dies und das.«

Die Chronologie engte das Bewerberfeld ein, und ich hatte das Gefühl, meine Antwort zu kennen. Die Identität des künftigen Helden wurde noch klarer, als ich, während ich mit Frances die Ruinen erkundete, weiter über seine Identität nachdachte. Vollends klar wurde es am Abend, als wir zur *dahabieh* zurückkehrten. Auf dem Esstisch standen Kerzen, und es war nicht für zwei, sondern für drei Personen gedeckt. Miss Mack nahm ein Bad und zog ihr bestes Kleid an. Als sie in einem Zustand größter nervöser Anspannung an Deck zurückkehrte, roch sie nach Lavendel und Mottenkugeln.

Sie schritt auf und ab, holte dann ihr Fernglas und suchte damit Flussufer und Berge ab. Innerhalb von zehn Minuten hatte sie genauso viele Mal auf die Uhr geschaut. Ich war so nett, nicht nachzufragen und auch keinen Kommentar abzugeben. Um sieben stieß Miss Mack plötzlich einen Schrei aus und beugte sich über die Reling. »Ach, Sie sind es, Pecky, gütiger Gott!«, rief sie. »Was für eine nette Überraschung. Sie kommen gerade recht zum Abendessen. Sicher werden Sie noch nicht gegessen haben. Ich bestehe darauf, dass Sie uns Gesellschaft leisten.«

Als sich das Essen dem Ende zuneigte – Mohammed hatte alle Register gezogen und ein Festmahl gezaubert –, schenkte Miss Mack Kaffee ein, bot Callender einen Brandy an, den er ablehnte, und nötigte ihn dazu, beim türkischen Honig zuzugreifen. »Und nun, Pecky«, sagte sie ernst, »müssen Sie sich revanchieren. Lucy und ich möchten alles über die berühmte Öffnungszeremonie erfahren, und niemand wäre geeigneter als Sie, um uns davon zu berichten.«

Callender wirkte überrascht – vermutlich waren nicht viele Menschen daran interessiert, was er zu sagen hatte. Er zierte sich, aß drei weitere Stückchen türkischen Honig und ließ sich schließlich breitschlagen. Carter und Carnarvon hätten einen Plan für die Öffnungszeremonie gehabt, erzählte er, und der sei ziemlich clever gewesen. Er verlangte ein präzises Timing und sollte die Presseleute in die Irre führen. Morgens um halb neun hatten alle vier Kartellmitglieder ihren Stammplatz auf der Absperrungsmauer am Grabeingang bezogen. Sie ahnten, dass die Öffnungszeremonie sehr bald stattfinden würde, sodass sich in den letzten drei Tagen keiner von ihnen von dieser verdammten Mauer fortbewegt hatte. Von morgens bis abends hatten sie dort ausgeharrt wie die Hühner auf der Stange.

Um zwölf brach das gesamte Grabungsteam wie immer zum Mittagessen auf. Carter schloss die Stahltür hinter sich ab und wanderte mit Mace, Lucas und Burton zum KV4, einem kühlen Grab, das sie zu ihrer Kantine umfunktioniert hatten. Das Kartell, das der Hitze im Tal nicht entfliehen konnte, zog sich in den Schatten eines Felsens zurück, trank warmes Bier, verzehrte pappige Butterbrote und verlor allmählich den Mut und die Geduld. Um halb eins hatte die Temperatur bereits dreiundvierzig Grad im Schatten erreicht, was die Spreu vom Weizen trennte. Die meisten Touristen ergriffen die Flucht, und die weniger entschlossenen Journalisten taten es ihnen gleich. Das Kartell harrte zwar aus, verzweifelte aber allmählich. Sollte sich an diesem Nachmittag noch etwas Berichtenswertes ereignen, so müsste es bald geschehen. Die Deadline, um ihre Artikel zu kabeln, war spätestens drei Uhr nachmittags, und um die Kabel losschicken zu können, mussten sie die sechseinhalb Meilen zur Fähre zurückreiten, mussten den Nil überqueren und hatten dann bis zum Telegraphenamt immer noch eine Meile vor sich. Die Zeit wurde knapp.

Gegen Viertel nach eins kamen die Ausgräber mit Carnarvon und Eve aus dem Kantinengrab, wo sich plangemäß und hinter dem Rücken der Journalisten die geladenen Gäste zu ihnen gesellt hatten. Die auserwählte Schar umfasste Monsieur Lacau, Rex Engelbach, Ibrahim Effendi, Albert Lythgoe, Herbert Winlock, verschiedene wichtige Paschas und zwei herausragende Ägyptologen: Carnarvons Freund Dr. Alan Gardiner aus Oxford und Dr. James Breasted aus Chicago. Sobald die Gruppe das Grab erreicht hatte, schlossen Carters Arbeiter die Stahltür auf und schleppten erst Stühle und dann Werkzeuge wie Hacken und Schaufeln herein. Als das Kartell das sah, die weißbärtige, alttestamentarische Figur von Lacau entdeckte und vom Anblick der Doktoren Breasted und Gardiner wachgerüttelt wurde – zwei eindrucksvolle, erhabene Gestalten, die Arm in Arm und mit identischen Tropenhelmen auf dem Kopf durch den Sand marschierten –, begriffen die Journalisten, dass der große Moment gekommen war. Umgehend eilten sie zur Absperrungsmauer zurück und kramten nach ihren Kameras und Notizbüchern.

Carnarvon, der die Gäste ins Grab begleitete, schaute über die Schulter und lächelte dem Kartell zu. »Wir werden nur ein kleines Konzert veranstalten«, teilte er ihnen mit. »Carter wird für uns singen.« Er summte eine Melodie, lüftete den Hut und schlenderte die Treppe hinunter.

Arthur Weigall drehte sich zu seinen Kartellgenossen um. »Wenn Carnarvon in dieser Stimmung das Grab betritt, gebe ich ihm noch sechs Wochen.«

An dieser dramatischen Stelle von Callenders Erzählung ging Miss Mack dazwischen. »Sechs Wochen? Wie kommt er nur dazu, so etwas zu sagen? Das ist ja ungeheuerlich. Falls das ein Scherz sein sollte, war es ein ziemlich geschmackloser. Sind Sie sich sicher, dass Mr Weigall das auch wirklich gesagt hat? Und hätten Sie etwas dagegen, wenn ich mir das notiere?«

»Machen Sie nur.« Callender versuchte, sich zu konzentrieren. »Ich glaube jedenfalls, dass er sechs Wochen gesagt hat. Es war definitiv irgendetwas mit sechs. Meine Güte, vielleicht auch sechs *Monate* … oder sechs *Jahre*? Tut das denn etwas zur Sache?«

»Natürlich tut das etwas zur Sache! Sechs *Jahre*, das klingt vollkommen anders als sechs *Wochen*, Pecky, das müssten Sie doch selbst merken!«, rief Miss Mack verärgert. »Was war es also? Denken Sie scharf nach.«

»Ich weiß es nicht. Aber nein, doch, jetzt kann ich mich wieder erinnern, *Wochen*, da bin ich mir ziemlich sicher. Dieser Wicht hat es gemurmelt, als Mace und ich an ihm vorbeigegangen sind. Er wollte uns Angst einjagen, aber so leicht lassen wir uns nicht beeindrucken.«

Widerstrebend verzichtete Miss Mack darauf, dieses Detail zu klären. Später am Abend würde sie mir mitteilen, dass sie in Dem Buch keinen Gebrauch davon machen würde. Sechs Wochen später, als Carnarvon todkrank im Continental Hotel in Kairo lag, sollte sie ihre Meinung allerdings revidieren. Nun sagte sie jedoch nur: »Erzählen Sie weiter, Pecky.«

»Tja, und dann haben sie die Wand eingerissen«, sagte er. »Carnarvon hat die erste Rede gehalten – furchtbar langatmig, er fand einfach kein Ende. Im Anschluss hat Carter noch ein paar Worte gesagt, und dann ging's ans Eingemachte. Burton stellte seine Kamera auf und richtete seine Lampen und Reflektoren aus, all sein Zeug. Carter stand auf dem Podest, das ich gebaut habe – Sie haben es ja gesehen –, und nahm die Steine der Wand heraus, von oben nach unten. Er gab sie Mace, der sie an mich weiterreichte, und dann wurden sie von den Jungen in Körben hinausgetragen. Das war's. Klappe zu, Affe tot.«

Miss Mack protestierte lautstark. »Pecky, bitte! Sie geben sich keine Mühe. Seien Sie nicht so prosaisch. Was haben Sie sonst noch gesehen? Haben die Zuschauer die Luft angehalten? Die Spannung muss doch unerträglich gewesen sein.«

»Nun, es war verda…, ich meine, es war ziemlich heiß«, sagte er. »Siedend heiß sogar. Carter hat sich bis aufs Unterhemd ausgezogen. Wir alle haben geschwitzt.« Er richtete seinen weichen Blick auf den Fluss. Miss Mack kritzelte hektisch mit. »Nach einer Weile war das Loch so groß, dass man plötzlich etwas Blaues und Goldenes aufblitzen sah. Ich glaube, in diesem Moment hat Lady Evelyn aufgeschrien, und die Leute haben die Luft angehalten. Richtig, da bin ich mir ziemlich sicher, dass sie das getan haben. Die Spannung stieg tatsächlich ins Unermessliche, jetzt, wo ich so darüber nachdenke. Ich bin nämlich rausgerannt, um Luft zu holen, und Carnarvon hinter mir her. Wie ein Pfeil kam er angeschossen und sah wirklich nicht gut aus. Er war totenbleich und schweißnass, seine Hände zitterten. Er zündete sich eine Zigarette an, zog dreimal daran, warf sie dann weg und flitzte wieder ins Grab zurück.«

Nachdenklich hielt er inne. Miss Mack nickte ihm aufmunternd zu und schenkte ihm Kaffee nach. »Lassen Sie mich überlegen«, fuhr er fort. »Ja, jetzt weiß ich es wieder. Als ich zurückkam, war die Öffnung groß genug, um hindurchzuschlüpfen, und um ungefähr Viertel nach zwei ist Carter dann rein. Nachdem er eine Weile verschwunden war, nicht allzu lange allerdings, ist Carnarvon hinterher. Eine ganze Weile blieben beide verschwunden. Die Leute wurden allmählich nervös. Sie fächelten sich Luft zu, und ja, Myrtle, die Spannung stieg definitiv ... Lady Evelyn sagte: ›Was haben sie nur gefunden, was ist nur passiert?‹ Und Lacau murmelte ständig ›*Sacré bleu, mon Dieu, zut alors*‹ und lauter so Zeug. Sie wissen ja, wie Franzosen so sind. Leicht erregbar. Schließlich tauchten Carter und Carnarvon wieder auf, und dann ... dann ... dann hab ich vergessen, was passiert ist. Das reinste Chaos brach aus, allgemeine Verwirrung. Alle bedrängten sie und stellten Fragen.«

»Aber was haben Lord Carnarvon und Carter denn gesagt? Sie müssen doch irgendetwas gesagt haben, irgendeine Erklärung abgegeben haben, oder? Denken Sie doch nach, Pecky, strengen Sie Ihr Hirn an.«

»Ich kann mich nicht erinnern. Die Eindrücke verschwimmen. Carter sah krank aus, total weggetreten. Ich dachte, er kippt um, das weiß ich noch. Carnarvon hat besser ausgesehen. Nerven hat er, das muss man ihm lassen. *Noblesse oblige*. Bestürzt wirkte er jedenfalls nicht. Eher voller Würde. Er lud alle ein hineinzugehen. Immer zu zweit. Erst Lacau und Carnarvon, dann die anderen Gäste, alle kamen dran. Ein bisschen wie die Tiere, die auf die Arche marschiert sind. Und wenn sie dann wieder herauskamen ...«

»Ja? Ja? Ja?« Miss Mack beugte sich vor, ihr Bleistift zitterte.

»Dann haben sie geweint. Sie haben alle geweint. Winlock bekam kein Wort mehr heraus, genauso wenig wie Lythgoe.«

Schweigen machte sich breit. Callender scharrte nervös mit den Füßen und schaute in die Sterne. »Der Eindruck war vermutlich überwältigend«, fuhr er nachdenklich fort. »Ich meine, das muss man sich mal vorstellen. Sie haben ihn gefunden, Myrtle. Die Schreine sind noch dort, und sie sind versiegelt. Sie haben König Tutanchamun gefunden, unversehrt. Und Dinge gibt es da – unvorstellbare Wunder, die einem den Atem rauben. Mit allem Klimbim. In der Tat.«

Das Wort »Klimbim« notierte sich Miss Mack in gestochen scharfer Handschrift, strich es aber dann wieder durch, klappte das Notizbuch zu und musterte Callender eindringlich. »Sie sind nicht hineingegangen, Pecky, oder?« Sie stellte die Frage mit einem vorwurfsvollen Unterton.

»Zu eng.« Der Held wich ihrem Blick aus. »Die Lücke zwischen der Wand und dem äußeren Schrein ist ziemlich schmal. Man muss sich durchquetschen. Wie ein Wurm muss man am Schrein vorbeikriechen, bis man davorsteht und die Flügeltüren sehen kann. Ich bin fast zwei Meter groß und wollte nicht wie ein verdammter Korken in einer Flasche stecken bleiben. Dr. Gardiner ist ein Hänfling gegen mich und klemmte trotzdem fast fest. Und Mr Breasted ebenfalls.«

»Unsinn. Verraten Sie mir den wahren Grund.«

»Zu viele Leute.« Callender seufzte schwer. »Und es kommt noch schlimmer, Myrtle. Am Sonntag reist die Königin von Belgien an, zusammen mit Lord Allenby – das wird noch einmal ein schönes Spektakel.« Ich sah, dass ihn sein alter Schmerz übermannte, obwohl er tapfer dagegen ankämpfte. »Sollte ich die Grabkammer betreten«, fuhr er fort, »wäre ich lieber allein. Ich hätte gern ein wenig Ruhe zum Nachdenken. Um Tutanchamun meinen Respekt zu erweisen. Ihm zu erklären, was wir mit ihm vorhaben. Um sicherzustellen, dass er es versteht und sich keine Sorgen macht, weil ich mich gut um ihn kümmern werde.« Er zögerte. »Zu gegebener Zeit werde ich schon noch da drinnen zu tun bekommen, Myrtle. Mir fällt es zu, das Problem zu lösen, wie wir Tutanchamuns Schreine zerlegen, seinen Sarkophag öffnen und die Särge bergen sollen. In dieser Saison wird da garantiert nichts mehr draus, da wir viel nachzuholen haben und in Arbeit ersticken. Aber ich werde mir schon ein paar Gedanken machen, wie zum Teufel wir das alles rausholen sollen. Der Schrein ist nämlich riesig, und in der Grabkammer kann man sich nicht einmal um die eigene Achse drehen.«

Sein Gesicht, das trotz aller Bemühungen eine Maske des Leidens geblieben war, hellte sich plötzlich auf. »Ach so, und dann war da noch die Sache mit der Katze. Die Zeit hat für uns gearbeitet, und die Journalisten haben ihre Deadline allesamt verpasst, was Sie sicher freuen wird. Carter hatte aber noch ein kleines Bonbon für sie. Ihm war klar, dass sich die Männer vom Kartell wie die Wilden auf Informationen stürzen würden, und so war es auch. Außerdem war ihm klar, dass sie seine Arbeiter aushorchen würden, und das taten sie auch. Er hat also ein paar Gerüchte gestreut und seine Leute dazu verleitet, überall herumzuerzählen, dass eine riesige Katze über die Grabkammer wacht – die größte verdammte Katze, die man in Ägypten je gesehen hat. Vermutlich haben sie die Lüge geschluckt. Ein absoluter Volltreffer!« Er setzte ein breites Grinsen auf. »Wir dürfen uns also darauf freuen, bald von einer drei Meter großen Katze in der Zeitung zu lesen.«

Mir kam Callenders Bericht von der Öffnungszeremonie irgendwie unvollständig vor – von der ganzen Heuchelei war jedenfalls nichts darin zu spüren. Außerdem fand ich ihn jämmerlich platt und fantasielos. Miss Mack teilte meine Meinung natürlich keineswegs und wischte meine Einwände beiseite.

»Warte ab, bis ich alles aufgeschrieben habe«, sagte sie. »Dir mag der Bericht vielleicht dünn erscheinen, Lucy, aber das liegt daran, dass du keine Ahnung von Journalismus hast. Pecky hat mir den Rohstoff geliefert – nichts anderes hatte ich von diesem guten Mann erwartet –, und ich werde nun den stilistischen Zauberstab schwingen.«

Callender war kaum verschwunden, da zog sie sich auch schon in ihre Kabine zurück, wo die Oliver No. 9 bis drei Uhr morgens nicht zur Ruhe kam. Dieser ersten Marathonsitzung sollten noch etliche andere folgen, alle gleichermaßen fordernd, denn in der nächsten Woche überstürzten sich im Tal der Könige die Ereignisse. Es waren, wie Miss Mack mir ständig ins Bewusstsein rief, historische Tage.

Die *Times* brachte den ersten ausführlichen Bericht über die Öffnungszeremonie, und die Geschichte, die sie erzählte, war die Geschichte, die Carter und Carnarvon sich ausgedacht hatten. Den Großteil davon hatten sie dem unterwürfigen Merton gleich in die Feder diktiert – behauptete zumindest das Kartell. Im Laufe der Woche verbreitete sich die Nachricht in der gesamten Welt – und in der allgemeinen Euphorie über die Entdeckung ahnte niemand etwas von den wahren Umständen dahinter. Frances war hocherfreut darüber, da ihre Sympathie den Ausgräbern galt. »Das war's dann wohl für das Kartell«, trumpfte sie eines Tages im Amerikanischen Haus auf. »Eve sagt, alle hätten darüber berichtet – aber nicht ein einziger Journalist hätte auch nur annähernd die Wahrheit geschrieben. Ich wusste doch, dass es Mr Carter und Lord Carnarvon gelingen würde, die Leute hinters Licht zu führen. Geschieht den Reportern ganz recht, nach all der Spionage und Schwindelei im Winter Palace.«

Doch zum großen Verdruss der *Times* war sie nicht die erste Zeitung, die die Nachricht verkündete. Der Fuchs Valentine Williams war mit zwei verschiedenen, bereits geschriebenen und extrem teuren Blitztelegrammen ins Tal der Könige gekommen. Eines lautete: GRAB LEER, das andere: SARKOPHAG DES KÖNIGS ENTDECKT. Dank seiner Gerissenheit, Voraussicht und finanziellen Großzügigkeit gelang es ihm, das zweite dieser Telegramme innerhalb der Deadline an Reuters zu schicken, wodurch die große Neuigkeit noch am selben Abend in London publik wurde – und bei den Verantwortlichen der *Times* einen Tobsuchtsanfall auslöste. Seine Mitverschwörer waren gezwungen, das Beste aus ihrer desaströsen Lage zu machen. Als die englischen Zeitungen endlich in Luxor eintrafen, stürzten Miss Mack, Frances und ich uns auf sie. Weigall war, wie wir feststellen mussten, nicht auf die von Carter gestreuten Gerüchte von einer riesigen Katze hereingefallen, zwei andere der Kartellmitglieder schon. Unsere Lieblingsschlagzeile lautete: GIGANTISCHE SCHWARZE KATZE IN DER GRABKAMMER DES KÖNIGS GEFUNDEN. WAS HAT DAS ZU BEDEUTEN?, FRAGEN SICH DIE ARCHÄOLOGEN.

Sobald die Gerüchte von einer unversehrten Grabkammer Luxor erreichten, verdoppelte sich die Zahl der Besucher. Und nachdem die Königin von Belgien in Begleitung von Lord Allenby das Grab besichtigt hatte – ein Besuch, der mit großem Pomp und maximaler öffentlicher Aufmerksamkeit in Szene gesetzt worden war –, verdoppelte sich die Zahl erneut.

»Lächerlich«, befand Miss Mack mit republikanischer Verachtung, als wir die Prozession beobachteten, in der die Königin mit ihrem Gefolge an jenem Sonntag ins Tal der Könige einzog. »Was haben diese Königlichen Hoheiten dort schon zu suchen? Was um alles in der Welt hat die Königin von Belgien mit einem Grab in Ägypten zu schaffen? Obwohl sie gewiss eine ganz reizende Person ist, daran habe ich keinerlei Zweifel.«

Frances und ich zählten die erstaunliche Menge von sieben Autos, einem Motorrad – das von Mr Engelbach –, fünfzehn Pferdefuhrwerken und zwölf Eselskarren. Mohammed, der sich das Ganze vom Hausboot aus mit anschaute, zeigte uns den Mudir der hiesigen Provinz, Pascha Suleman, der neben der Königin einherritt und eine so prächtige Uniform trug, dass er ihre graue Fuchsstola und den großen verschleierten Florentinerhut glatt zu überstrahlen drohte. »Schauen Sie sich nur unsere glorreiche Polizei an«, sagte Mohammed – und wir widmeten ihr die gebührende Aufmerksamkeit.

Aber es war auch praktisch unmöglich, die Wachen zu übersehen. Auf Befehl des Mudirs hatte man sie alle fünfzehn Meter auf der gesamten sechseinhalb Meilen langen Strecke zwischen Fähre und Grab postiert. Alle trugen die rot-grün-pinkfarbene Paradeuniform mit dem glänzenden Messingharnisch vor der Brust. Passierte die Königin, gingen die Männer in Habtachtstellung und grüßten mit ihrem *nabut*, einem Offiziersstöckchen. Ein zweites Mal grüßten sie, wenn Lord Allenby mit seiner Frau vorbeikam, und ein drittes Mal, als der Wagen vorbeirollte, in dem Monsieur Lacau, Lord Carnarvon und Eve saßen. Danach verließ sie offenbar die Lust am Grüßen, doch es herrschten auch fast fünfundvierzig Grad im Schatten, man konnte es also verstehen.

Die Königin von Belgien sei zufällig in Kairo gewesen, berichtete Helen Winlock später, und sei mutig in die Lücke gesprungen, die König Fuad hinterlassen habe. Da die politische Situation nun einmal prekär sei, habe man auf seinen ersehnten Besuch verzichten müssen. Die Königin sei aber ganz zauberhaft und schier unersättlich gewesen, was Informationen betraf. Sie habe ihren Fuchspelz abgelegt, sei in die Grabkammer hinabgestiegen und habe sie mit großem Interesse erstaunliche vierzig Minuten lang inspiziert, bis ihr dann doch flau geworden sei.

»Armer Carnarvon«, sagte Helen. »Er hätte sich so über ein Mitglied der britischen Königsfamilie gefreut, und es hätte gar nicht mal der König oder die Königin sein müssen. Immerhin haben zwei Engländer das Grab entdeckt, da hätte er gern irgendeinen Sprössling der Königlichen Familie gesehen – irgendeine Royal Highness, einen Prinzen, eine Prinzessin, einen königlichen Herzog, es gibt ja wahrlich genug davon, nichts für ungut.«

»Diese gekrönten Häupter tun sich doch alle nichts«, erwiderte Miss Mack schroff. »Lassen Sie sich das gesagt sein, Helen.«

Schwer zu entscheiden, was den Ausschlag gab – der königliche

Glanz, das Geheimnis des Grabs, die Macht der internationalen Presseschlagzeilen oder alles zusammen – jedenfalls war das Ergebnis verblüffend: Am nächsten Freitag, eine Woche nach der Öffnung, kamen bereits zwölftausend Menschen ins Tal, doch von den vielen Gräbern dort stieß nur eines auf Interesse. Die Dinge spitzten sich derart zu, berichtete Frances, dass Carnarvon beschlossen habe, das Grab zu schließen und sich für den Rest der Saison auf die Konservierungsarbeiten zu konzentrieren. Alle Mitarbeiter würden eine Pause machen, damit sie bei Verstand blieben.

An jenem Freitag gingen wir ins Amerikanische Haus, um uns zu verabschieden. Wir würden tags darauf nach Kairo aufbrechen. Miss Mack würde über England in die Vereinigten Staaten zurückreisen, und ich würde über Paris, wo mein Vater und Nicola Dunsire eine kleine Wohnung gemietet hatten, nach Cambridge zurückkehren. Unsere Abfahrt hatte ein paar Tage vorgezogen werden müssen, da Miss Macks Bekannte aus Neuengland, die Besitzer des Hausboots, beschlossen hatten, nun doch nach Ägypten zu kommen. Offenbar wollten sie sich einen Logenplatz beim archäologischen Ereignis des Jahrhunderts nicht entgehen lassen, erklärte Miss Mack und betrachtete stirnrunzelnd das Telegramm. »Ich für meinen Teil habe nichts dagegen, früher aufzubrechen«, fügte sie hinzu. »Dieser Rummel ist nichts für mich. Außerdem, mein Schatz, habe ich sämtliches Material beisammen. Nur noch ein, zwei Absätze, dann ist Das Buch fertig.«

Sie erläuterte mir ihre Fortschritte in aller Ausführlichkeit, als wir an jenem Tag zum Amerikanischen Haus hinaufstiegen. Alles, was sie jetzt noch bräuchte, erklärte sie mir, seien ein, zwei abschließende Sätze, ein paar kluge, zusammenfassende Worte. Ich nickte aufmunternd, hörte aber nur mit halbem Ohr hin. Ich dachte an meinen Abschied von Frances – und an Paris, wo ich noch nie gewesen war und dessen Schönheiten Miss Dunsire mir zu zeigen versprochen hatte. Würde es sich wie eine Heimat anfühlen, eine Art Wahlheimat vielleicht? Würde Cambridge – oder würde das Tal der Könige – mich weiterhin beherrschen?

Als wir ankamen, waren die Winlocks und Minnie Burton bereits im Gemeinschaftsraum. Mrs Lythgoe, die mit ihrem Mann zur Öffnungszeremonie nach Ägypten zurückgekehrt war, hatte zu Minnies Ärger wieder das Heft im Amerikanischen Haus in die Hand genommen. Carter, Carnarvon und Eve saßen auf der Veranda. Mr Callender war nicht geladen – vermutlich hatte man, wie meistens, einfach nicht an ihn gedacht. Mace und Burton trafen kurz nach uns ein und wirkten erschöpft.

»Vor der Tutmania ist kein Entkommen mehr«, sagte Mace und ließ sich auf einen Stuhl sinken. »Heute waren angeblich zwölftausend Besucher im Tal. Mir kamen sie vor wie doppelt so viele. Man kann sich nicht mehr rühren und keinen klaren Gedanken fassen. So geht das nicht weiter, das ist doch unerträglich.«

»Und daran sind die Journalisten schuld«, sagte Minnie Burton gereizt. Kritisch musterte sie das Essen, das Michael-Peter Sa'ad für Mrs Lythgoe zubereitet hatte. Das Angebot umfasste Gurkensandwiches, Scones von einer unglaublichen Luftigkeit, einen perfekten Victoria Sponge Cake, einen exquisiten Früchtekuchen und Shortbread, das keine Schottin besser hinbekommen hätte. »Diese Reporter gehören ausgepeitscht«, fuhr sie fort. »Vor allem dieser Valentine Williams, er hatte sich offenbar ein Auto beschafft und hinter einem Felsen versteckt. Einen ganzen Trupp Einheimischer hatte er an der Hand, die ihm dieses verfluchte Kabel direkt zur Fähre gefahren haben, sodass er der *Times* zuvorgekommen ist. Können Sie sich vorstellen, was Reuters für diese kleine Extravaganz lockergemacht hat? Sie mussten den Wagen kaufen, der mindestens dreihundert Pfund gekostet haben wird, und ihn nach Kairo einschiffen – nur für ein einziges lächerliches Telegramm. Die schiere Boshaftigkeit! Williams hat die ganze Woche über damit geprahlt.«

»Die Welt ist wirklich verrückt geworden. Haben Sie gehört, dass man die Entdeckung des Grabs bereits vertont hat?«, fragte Herbert Winlock. »Zum *Tutanchamun-Rag*. Es heißt, er sei der meistgefragte Titel im Tanzsaal des Winter Palace. Stimmt das, Eve?«

»Nicht dass ich wüsste«, antwortete Eve. Sie hatte den Raum gerade erst betreten und sich zu Mrs Lythgoe an den Teetisch gesellt. Ihr Vater und Howard Carter waren auf der Veranda geblieben. »Ich meide den Ballsaal, Herbert. Mit den Journalisten, die jedes meiner Worte belauschen und all diese gemeinen Lügen über meinen Vater und Howard verbreiten, möchte ich nicht denselben Raum teilen.«

»Jetzt beruhigen Sie sich doch«, sagte Mace versöhnlich. »Aber *Tutanchamun-Rag*? Das ist ja absolut erbärmlich. Obwohl mich in diesen Tagen überhaupt nichts mehr schockiert.«

Ich kannte das fragliche Musikstück, da ich es jede Nacht hörte. Zunächst hatte ich es aus dem Winter Palace herüberklingen hören, aber schon am nächsten Abend hatte man es auf einem der Hausboote, die in unserer Nähe vertäut lagen, aufgegriffen. Die jungen Amerikaner tanzten allabendlich dazu und hämmerten oder schrammelten auf Klavier oder Banjo den Rhythmus mit. Die zackigen Synkopen waren derart eingängig, dass ich den Song selbst jetzt, da die Leute redeten und schimpften, hören konnte.

> *Tut, Tut, Tutsie, da bist du ja endlich!*
> *Über dreitausend Jahre sind schon vorbei.*
> *Sterben war sicher nicht schön für dich,*
> *Aber die Auferstehung, die macht dich frei.*
> *Schnell raus aus dem Grab und weg mit dem Schrein,*
> *Ein Hoch der Mumifizierung, Verwesung ist passé.*
> *Auf geht's, los, los, Brust raus, Bauch rein,*
> *Schaut, wie der kindliche König die Beine bewegt.*
> *Das ist der Tut-tut-tut-HANK-HANK-HANK,*
> *Das ist der Tut-HANK-Amun RA-AG ...*

»Eine Schande ist das«, sagte Miss Mack, als ich mich wieder aufs Hier und Jetzt konzentrierte. »Aber was für ein köstlicher Kuchen. Und was ich mich schon die ganze Zeit frage: Kommt Mr Callender eigentlich nicht?«

»Der ist vermutlich spazieren«, sagte Mace, der neben ihr saß, und senkte die Stimme. »Die Situation in der Burg ist im Moment etwas schwierig, Miss Mackenzie. Carters Launen, Sie wissen schon. Der Rest der Mannschaft kann abends fliehen, aber der arme Pecky muss bleiben. Es wird immer schlimmer mit Carter. Alle bekommen seine scharfen Bemerkungen ab, nicht einmal Lord Carnarvon bleibt davon verschont. Manchmal putzt Carter ihn runter wie einen frechen Zweijährigen.« Er brach mit einem beredten Blick ab, als Carter den Raum betrat.

Eve stürzte sofort auf ihn zu, um ihm einen Platz anzubieten, Mrs Lythgoe und Mrs Burton drängten ihn, bei Kuchen und Sandwiches zuzugreifen.

»Lord Carnarvon kommt auch jede Minute«, sagte Carter und ließ sich in einem Sessel nieder. »Er raucht nur noch eine Zigarette auf der Veranda. Nein, nein, ich esse nichts, danke. Nur Tee. Mein Magen ist etwas nervös, es geht mir nicht allzu gut heute.«

»Du Ärmster«, sagte Eve und hockte sich auf die Sessellehne. »Du musst unglaublich erschöpft sein. Wie viele Leute musstest du heute durchs Grab führen?«

»Weiß der Himmel! Vierzig? Sechzig? Der ganze Tag ist dafür draufgegangen. So wie schon die ganze Woche. Ich bin jetzt Fremdenführer, wusstest du das noch nicht?«

Es mochte ein Scherz gewesen sein, aber sein Tonfall verhieß nichts Gutes. Carter sah krank aus. Es war bestimmt zwei Wochen her, dass ich ihn aus der Nähe gesehen hatte, und die Veränderungen in seinem Äußeren waren augenfällig. Er war dünner geworden, und sein Gesicht mit den verquollenen Augen und dem verkniffenen Mund hatte eine ungesunde Blässe angenommen.

Ich sah, dass Herbert und Helen Winlock einen besorgten Blick wechselten. Helen beugte sich vor. »Sie müssen sich mal ausruhen, Howard«, sagte sie leise. »Jeder muss das. Und alles wird besser, wenn Sie das Grab für die Saison schließen – dann wird sich auch der Rummel legen.«

»Wenn Sie meinen. Ich erlaube es mir allerdings, anderer Ansicht zu sein. Alles wird besser, wenn Carnarvon begreift, dass ich keinen verdammten Salon betreibe, sondern eine wissenschaftliche

Ausgrabung leite. Sollte er irgendwann einsehen, dass ich Wichtigeres zu tun habe, als Lord Soundso und Lady Soundso in der Grabkammer herumzuführen, und dass ich nicht den ganzen Tag damit vertun kann, schwachsinnige Fragen zu beantworten, dann könnte es unter Umständen besser werden. Vorher nicht.« Er hielt inne und funkelte Eve an. »Wenn du deinem Vater das bitte ausrichten würdest. Vielleicht hört er ja auf dich. Mir steht es bis zum Hals, ihm das ständig erklären zu müssen.«

Eve wurde rot und sagte keinen Ton mehr, während alle anderen plötzlich drauflosredeten. Frances stieß mich in die Rippen und flüsterte: »KV.« Ihr war klar, dass wir im nächsten Moment aus der Gefahrenzone von Carters Jähzorn verbannt werden würden, und so geschah es auch. Mrs Lythgoe und Helen wechselten ein paar Worte, und im nächsten Augenblick schickte man uns schon mit einem Auftrag auf die Veranda. Frances hielt ein Tablett mit Kuchen und Sandwiches in der Hand, ich eine Tasse Tee mit Zitrone. Lord Carnarvon hatte sich auf einem der Kolonialsessel ausgestreckt, die Füße hochgelegt und die Augen geschlossen. Er trug seinen Tennyson-Hut, einen dreiteiligen Tweedanzug und eine altmodische braune Strickjacke, die Extrawärme spenden sollte. Die Temperaturen lagen bei Mitte, Ende dreißig Grad. Er schien zu schlafen.

»Wir bringen Verpflegung, Lord Carnarvon«, sagte Frances, als er ein blassgraues Auge aufschlug. »Ich habe noch ein zweites Stück Früchtekuchen dazugelegt, weil ich weiß, dass Sie den besonders gern mögen.«

»Oh, das ist aber furchtbar nett von dir«, sagte er galant und richtete sich auf. »Das ist ja schon fast unheimlich. Soeben lag ich noch da und dachte, wie friedlich es hier doch ist und wie schön es wäre, wie ungemein stärkend, ein Stück Früchtekuchen zu essen – und schwupp, da ist es auch schon, gebracht von zwei reizenden Engeln.« Er musterte den Teller, den Frances vollgepackt hatte. »Um Himmels willen – denkt ja nicht, dass ich das allein schaffe. Da müsst ihr mir aber helfen. Holt euch einen Stuhl. Was für ein Glück, denn ich hatte gehofft, kurz unter sechs Augen mit euch sprechen zu können – und schwupp, da seid ihr auch schon. Einfach wunderbar.«

Wir kamen seiner Einladung nach und setzten uns. Carnarvon trank seinen Tee und aß ein Gurkensandwich. Während wir uns vom Früchtekuchen bedienten, plauderte er munter vor sich hin. Anders als Carter schienen ihn die Ereignisse des Tages nicht mitzunehmen – er schien sie nicht einmal zu bemerken. Stattdessen verlor er sich in der Vergangenheit, den Blick auf den Fluss gerichtet. »Meine Ärzte haben mich nach Ägypten geschickt«, erzählte er, »nachdem ich in Deutschland vor vielen Jahren diesen Autounfall hatte. Ich war ziemlich lädiert, wie ihr vermutlich wisst. Und als die Knochen zusammengewachsen und die Wunden verheilt waren, bekam ich eine Infektion nach der anderen. Mit dem englischen Winter kam ich überhaupt nicht mehr klar. Viel zu feucht. Also haben sie mich in die Wärme und in die gute Luft hier geschickt. Die Luft ist so herrlich, findet ihr nicht auch? So rein. Und trocken. Das hat mich immer wieder auf die Beine gebracht.«

Doch Frances konnte für die Qualität der ägyptischen Luft kein Interesse aufbringen. »Wie es heißt, waren heute zwölftausend Leute im Tal«, sagte sie. »Das muss ja schrecklich voll gewesen sein.«

»Ach, ich weiß nicht, Frances«, sagte er freundlich. »Die Menschen interessieren sich halt für die Ereignisse – und warum auch nicht? Schließlich handelt es sich um die Entdeckung des Jahrhunderts. Für Carter macht es die Sache natürlich nicht einfacher, zumal er nicht gern Leute durchs Grab führt, und das kann ich ihm nicht einmal verübeln. Aber es ist nun einmal so, dass lauter Freunde vorbeischauen. Was soll man da machen? Natürlich wollen sie gern sehen, was wir gefunden haben, und man kann sie ja schlecht wegschicken. Das wäre äußerst unhöflich. Aber früher oder später werden sich die Dinge sowieso beruhigen. Nächste Woche schließen wir das Grab, und dann machen Eve und ich ein wenig Urlaub. Wir fahren für ein paar Tage nach Assuan, um den Zeitungen und den Journalisten zu entfliehen.«

»Aber stören diese Leute Sie denn überhaupt nicht?«, fragte

Frances. »Mrs Burton meint, man müsse sie hängen, ausweiden und vierteilen.« Sie ließ ihrer Fantasie freien Lauf.

»Herrje, meint sie das tatsächlich?« Er lächelte. »Nein, Frances, so weit würde ich nun doch nicht gehen. Ein paar dieser Schreiberlinge sind sogar ganz amüsant – und findig. Wenn sie nur davon absehen würden, mich als Erzschurken hinzustellen.« Sein Blick wirkte nun leicht irritiert. »Das ist schon seltsam, wenn man in der Zeitung diese Dinge über sich liest. Ich könnte nicht behaupten, dass ich das unbedingt mag. Man liest dieses Zeug und denkt: Das bin ich nicht, sie müssen mich mit jemandem verwechseln. Kennt ihr schon den neuesten Vorwurf? Sie behaupten, ich wolle den armen alten Tutanchamun rausholen und ins British Museum bringen – oder ihn gleich ans Metropolitan weiterschicken. Da können sie sich offenbar nicht ganz entscheiden.« Verwundert schüttelte er den Kopf. »Warum behaupten sie das, was denkt ihr? Ich verstehe es einfach nicht. Offenbar begreife ich nicht, wie diese Leute ticken. Ihre Behauptungen stimmen nicht, und das wissen sie auch, und trotzdem wiederholen sie sie ohne Unterlass. Zu gegebener Zeit werden wir Tutanchamuns Sarkophag öffnen und ihn untersuchen müssen, aber das wird noch mindestens ein Jahr dauern. Und wenn die ganzen grauenhaften Prozeduren vorbei sind, möchte ich, dass Tutanchamun in sein Grab zurückkehrt. Dort gehört er hin. Ich möchte ihn nicht in einem Museum sehen, nicht einmal in Kairo. Es ist nicht meine Absicht, ihn zu einem öffentlichen Schaustück zu machen. Das habe ich Lacau, Allenby und allen anderen auch deutlich gesagt. Und ich werde sicherstellen, dass man sich daran hält.« Er schwieg und ließ den Blick über das Tal der Könige gleiten. Nach einer Weile bat er Frances, ihm noch eine Tasse Tee zu bringen, und sie verschwand im Haus. Minutenlang schaute er auf den Fluss, bis er sich plötzlich daran zu erinnern schien, dass ich auch noch da war. »Eve hat mir erzählt, dass Sie und Miss Mackenzie uns verlassen – es tut mir leid, das zu hören. Wohin fahren Sie denn, Miss Payne? Zurück nach England? Cambridge war es doch, oder?«

Ich erklärte, dass ich erst nach Paris fahre, weil mein Vater und meine Stiefmutter dort seien. »Ich war noch nie in Paris«, sagte ich, um das Schweigen, das darauf folgte, zu füllen. »Mein Vater schreibt ein Buch. Über Euripides und seinen Einfluss auf die französischen Dramatiker. Im Moment arbeitet er in der Bibliothèque Nationale.«

»Exzellent. Ein Schriftsteller, was? Das war mir gar nicht bewusst. Aber schön für ihn. Wunderbare Stadt, Paris. Sie werden sie lieben. Wir fahren jedes Jahr hin. Meine Frau ist in Frankreich aufgewachsen, und oft denke ich, sie mag das Land lieber als England. Wir steigen immer im Ritz ab, wo man sich sehr anständig um uns kümmert, wie wir finden. Ich kann es nur empfehlen, Miss Payne. Zauberhafte Zimmer, wunderbares Essen. Und das Guavengelee zum Frühstück, ich sage es Ihnen, ich liebe es! Eine komische Marotte, keine Ahnung, wo ich die herhabe – aber sie lassen es extra für mich kommen. Wohnen Sie vielleicht auch im Ritz?«

»Das glaube ich nicht. Nein.«

»Schade. Aber nun ja, ein bisschen verstaubt ist es natürlich schon. Es gibt sicher Orte mit mehr Leben. Gütiger Himmel, ganz bestimmt. Die Orte, wo die Maler und Schriftsteller zu Hause sind, Left Bank, Montmartre, so was in der Art. Das ist wahrscheinlich auch eher nach dem Geschmack Ihres Vaters. Ich wäre immer gern ein Künstler gewesen, Miss Payne. Eine Zeitlang habe ich sogar ein bisschen auf dem Gebiet dilettiert. Ich habe ein gutes Auge – so glaube ich zumindest –, und man braucht ein gutes Auge, um Dinge zu *sammeln*. Das ist mein Steckenpferd. Ich mache auch Fotos, müssen Sie wissen, und bilde mir durchaus etwas darauf ein. Keine gewöhnlichen Schnappschüsse. In Harry Burtons Liga spiele ich natürlich nicht, aber ich habe schon künstlerische Ansprüche.« Er machte eine Pause. »Hollywood interessiert sich für unser Grab, haben Sie schon gehört? Ich habe mich schon mal an der Planung einer filmischen Umsetzung der Ereignisse versucht, weil ich dachte, ein Versuch kann nicht schaden. Vor meinem geistigen Auge war alles ganz klar, aber es war keineswegs einfach, etwas davon zu Papier zu bringen. Keine Ahnung, warum, aber an der Schreibfront fühle ich mich eher unsicher. Ihr Vater könnte mir bestimmt einiges beibringen. Andererseits möchte ich Carter bei unserem Buchprojekt unbedingt helfen. Ich dachte daran, vielleicht die Einleitung zu schreiben. Nichts Wortreiches, nur ein bescheidener Beitrag. Was halten Sie davon, Miss Payne?«

»Ich bin mir sicher, dass Sie ihm eine große Hilfe sein werden, Lord Carnarvon.«

»Nun, das wollen wir hoffen. Ich bin mir nicht einmal sicher, wie Carter die Buchidee überhaupt findet. Das lässt sich im Moment schwer sagen. Er steht unter erheblichem Druck. Eve sagt, dass er nicht gut damit klarkommt ...« Er ließ den Satz verklingen und richtete seinen Blick wieder auf den Fluss.

Ich suchte nach einem neuen Gesprächsthema, um die plötzliche Stille zu durchbrechen, scheiterte aber. Carnarvon ging es offenbar ähnlich. Nach einer unbehaglichen Pause wandte er sich mit leuchtenden Augen wieder mir zu. Ihm schien plötzlich etwas in den Sinn gekommen zu sein.

»Rose«, sagte er, »Rose und der kleine Peter. Haben Sie von ihnen mal wieder etwas gehört, Miss Payne?«

»Ja, ich habe letzte Woche einen Brief bekommen. Es geht ihnen ... sehr gut.« Der Brief hatte zwar auch die Nachricht enthalten, dass Roses Geburtstagswelpe krank geworden und dann gestorben war, aber ich war mir nicht sicher, ob ich die Nachricht erwähnen sollte.

»Reizende Kinder ... Ich mag sie sehr gern. Sie hingen so an ihrer armen Mutter. Was für eine traurige Geschichte. Ich vermisse Mrs d'Erlanger immer noch. Eine wunderschöne Frau mit einem guten Herzen, dem besten, das ich kannte. Schwer vorzustellen, dass sich diese Tür für immer geschlossen haben soll. Ein Jahr ist das jetzt schon her. Wie schrecklich für Rose und Peter. Ich habe gehört, ihr Vater wird wieder heiraten. Eine Amerikanerin.«

»Das wusste ich nicht.« Ich schaute ihn unsicher an. Poppy d'Erlangers Geist stieg vor meinem inneren Auge empor, ich konnte sogar ihr Parfüm riechen. *Zum Teufel aber auch*, sagte der Geist. Es war, als würde auch Carnarvon seine Gegenwart spüren.

»Nun, das habe ich zumindest gehört, Miss Payne.« Er wandte mir seine kühlen grauen Augen zu. »Ich weiß, dass ich mich auf Ihre Diskretion verlassen kann. Sagen Sie Rose und Peter bitte nichts davon, vielleicht war es ja auch eine Fehlinformation. Es gibt so viele Gerüchte und Vermutungen – und möglicherweise ist so wenig an der Sache dran wie an all dem Zeug, das in der Zeitung über mich geschrieben wird. Ah, Frances, da bist du ja. Danke.«

Er trank den Tee, den Frances ihm gebracht hatte, und war vermutlich genauso erleichtert über ihre Rückkehr wie ich. Poppys Geist seufzte noch einmal auf, bevor er wieder verschwand. Carnarvon kramte in den tiefen Taschen seines eleganten, aber schäbigen Jacketts. »Wo hab ich sie nur hingesteckt?«, fragte er sich und klopfte erst auf die eine, dann auf die andere Tasche. »Ah, da sind sie ja!«

Er zog zwei Päckchen heraus, der Inhalt war in Zeitungspapier eingewickelt und mit einer Schnur zugebunden worden, und betrachtete sie stirnrunzelnd. »Die Sache ist die«, begann er zögerlich. »Ihr zwei Mädchen wart in letzter Zeit ausgesprochen nett zu Eve, und dafür bin ich euch sehr dankbar. Für sie ist das alles viel schlimmer als für mich, all dieser Unsinn, der in den Zeitungen steht. Ich kann das ignorieren, es perlt einfach an mir ab, aber sie frisst alles in sich hinein. Eve ist sensibel und hat eine blühende Fantasie, und zu allem Überfluss hat sie auch noch mich am Hals. Mit meiner Gesundheit steht es nicht zum Besten, also sorgt sie sich auch noch darum, und … Egal, vergesst es einfach. Man kann sich jedenfalls keine bessere und liebevollere Tochter als sie wünschen und auch keinen loyaleren Freund und Verbündeten, das ist der Punkt. Sie ist mein Ein und Alles. Eve hat mir erzählt, wie ihr sie letzte Woche im Tal unterstützt habt, wie nett ihr wart – und wie diskret.« Er hielt inne. »Diese Kleinigkeit ist unsere Art und Weise, euch dafür zu danken.« Er reichte uns die beiden Päckchen. »Aber erst öffnen, wenn Sie wieder in England sind, Miss Payne, und du, Frances, wenn du zurück in Amerika bist. Nicht vorher, habt ihr gehört? Im Übrigen werden wir kein weiteres Wort darüber verlieren. Nur eine kleine Erinnerung, unser kleines Geheimnis, ja?«

Nach diesen Worten schüttelte er uns beiden die Hand und trat ins Amerikanische Haus. Bald darauf brach er mit Carter in Richtung Burg auf. Eve küsste Miss Mack und mich zum Abschied und machte sich dann in die entgegengesetzte Richtung nach Luxor auf. Frances und ich flüchteten in ihr Zimmer und verabschiedeten uns dort voneinander, vor dem Andachtswinkel mit den Fotos. Ihr kleiner Bruder, den sie an die Gewässer der Penobscot Bay verloren hatte, beobachtete uns.

»Unsere Geschenke sind vermutlich identisch«, sagte Frances und musterte die Päckchen begehrlich. »Dieselbe Größe, dieselbe Form, dasselbe Gewicht. Was das nur sein mag? Sollen wir sie schnell aufmachen, Lucy?«

»Nein, nein, auf gar keinen Fall«, sagte ich, obwohl ich am verschmitzten Leuchten ihrer Augen erkannte, dass sie ihr Geschenk noch im selben Moment öffnen würde, in dem ich zur Tür hinaus war.

»Okay, gut«, sagte sie, hob dann die Hand und drückte sie gegen die meine. »Die reine Wahrheit, für immer und ewig, denk dran«, sagte sie streng, und nachdem wir unseren Schwur feierlich erneuert hatten, umarmten und küssten wir uns, und ich verschwand. Miss Mack stieg den Weg zum Hausboot langsam hinab, ich hingegen rannte den ganzen Weg zum Nil.

Ich brauchte nicht lange zum Packen. Meine Ansprüche hätten der Perfektionistin Nicola Dunsire bei Weitem nicht genügt, aber da ich unter einer verwirrenden Mischung aus Trennungsschmerz und Reisefieber litt, verzichtete ich auf Seidenpapier und stopfte meine Sachen, wie sie kamen, in den Koffer. Nur meine Kostbarkeiten packte ich sorgfältiger ein: meine kleine Ägyptenbibliothek, meine Briefe und Tagebücher, Peters Regenbogenbild, die Bücher von meiner Lektüreliste. Bis auf einen konnte ich alle Titel abhaken. Flauberts *Education sentimentale* sollte ich mir, so hatte Nicola gesagt, für die Reise aufbewahren. Alles war in einer halben Stunde erledigt – während dieser die Tasten der Oliver No. 9 unentwegt geklappert hatten. Sie verstummten schließlich, als ich meine Kabine verließ und an Deck ging. Kurze Zeit später trat Miss Mack zu mir, das Gesicht bleich, die Augenbrauen konzentriert zusammengezogen. Sie ließ sich auf einen Stuhl sinken, schenkte mir ein träumerisches, engelhaftes Lächeln, zündete sich dann, eigentlich zwei Stunden zu früh, ihre tägliche Zigarette an und inhalierte heftig.

»Lucy, mein Schatz«, sagte sie. »Es ist geschafft.«

Die Feierlichkeit, mit der sie sprach, konnte nur eines bedeuten. »Das Buch?«, fragte ich.

Miss Mack nickte. »Es hat mich urplötzlich überkommen, mein Schatz, auf dem Rückweg vom Amerikanischen Haus. Mit einem Mal war mir klar, wie ich es beenden muss. Es war, als würde es mir jemand diktieren, als wäre ich ein Medium. Eine unglaubliche Erfahrung. Ich saß einfach da, und meine Finger flogen über die Tasten. Zwei Absätze – na ja, vier vielleicht oder höchstens fünf oder sechs –, und es war geschafft. Ich hoffe, ich bin ihm gerecht geworden. Jedenfalls habe ich mir äußerste Mühe gegeben. Vierhundert dicht beschriebene Seiten, Lucy, stell dir das nur vor! Ich habe es in mein bestes Seidentuch eingewickelt, das Tuch, das mir meine Mutter vor all den Jahren in Florenz gekauft hat. Sobald ich in Princeton ankomme, gebe ich es einem Verleger, einem Bekannten meines Vaters. Er ist auch nicht mehr der Jüngste und natürlich längst pensioniert, aber er wird wissen, wo man es am besten unterbringt.«

Tränen standen in ihren Augen. Ich umarmte, küsste und beglückwünschte sie. Das war eine wunderbare Nachricht, ein würdiger Höhepunkt unserer Reise – vielleicht sollten wir, schlug ich schüchtern vor, darauf anstoßen? Miss Mack hielt das für eine ausgezeichnete Idee, und so wurde Mohammed losgeschickt, um Wein zu holen, mit dem anschließend zwei Gläser gefüllt wurden. Das Buch, das im Verlauf der letzten beiden Monate verschiedentlich umgetauft worden war, hatte nun seinen endgültigen Titel: *Auf der Suche nach einem verlorenen Grab.*

Wir tranken auf seinen Erfolg, und als das Abendlicht über den Thebanischen Bergen zu glühen begann, schenkte uns Miss Mack tollkühn ein zweites Glas ein, um meines dann großzügig mit Evian zu verdünnen. Wir nippten daran, als wir plötzlich ein atemloses Schnaufen und Rufen vernahmen. Sekunden später erschien ein blasser, schwitzender und zutiefst erregter Pecky Callender auf der Bildfläche.

Miss Mack, die sich überrascht erhob, um ihn zu begrüßen, schickte mich sofort in meine Kabine, als sie ihn sah. Dort lag ich dann, las das erste Kapitel Flaubert und fragte mich, was wohl an Deck passierte. Ich hörte zwar Callenders Stimme, verstand aber kein einziges Wort. Nur gelegentlich von Miss Mack unterbrochen redete er eine halbe Stunde lang. Dann hörte ich, wie er über die Planken unser Boot verließ und sich über den Uferweg entfernte.

Konnte es sein …? War es möglich …? Ich eilte wieder an Deck: Ein Blick in Miss Macks fassungsloses Gesicht, und ich wusste, dass ich falschlag.

Callender hatte sich von uns verabschieden wollen, aber sein Hauptanliegen war nicht das, was ich vermutet hatte. Er sei aus Carters Burg geflüchtet, erklärte Miss Mack – und vor einer erbitterten Auseinandersetzung zwischen Carnarvon und Carter. Der Streit war nur wenige Minuten nach der Ankunft der beiden Männer ausgebrochen. Callender hatte sich schnell in sein Zimmer zurückgezogen, aber trotzdem waren die Stimmen noch zu hören gewesen, besonders die von Carter. Eine gute Stunde war das so weitergegangen, bis Carter dann schließlich erklärt hatte, Carnarvon möge sofort sein Haus verlassen und nie wiederkommen.

»Carter hat Carnarvon des Hauses verwiesen?« Ich starrte Miss Mack an. »Das kann ich mir kaum vorstellen. Hat Callender denn gesagt, worüber sie gestritten haben? Als Frances und ich mit Carnarvon geredet haben, war er die Ruhe selbst.«

»Das weiß ich nicht, Lucy, und ich glaube auch nicht, dass Pecky es weiß. Er sagte, Carter habe ständig irgendetwas von Fundteilung geschrien, darüber, was ins Ägyptische Museum gehen soll und was nicht. Offenbar sind er und Carnarvon in dieser Sache verschiedener Ansicht, obwohl ich mir da nicht sicher bin. Irgendwann«, Miss

Mack senkte den Blick, »muss Carter sich einen Drink eingegossen haben. Pecky denkt, Carnarvon habe dann vielleicht gesagt, er solle nicht so viel trinken, das sei nicht gut für ihn. Da braucht es nicht viel Fantasie, mein Schatz, um sich auszumalen, was dann passiert ist. Das ist, als würde man mit einem roten Tuch vor einem Stier herumwedeln. Außerdem ...«

»Was ist mit Eve?«, unterbrach ich sie.

»Ich weiß es nicht, mein Schatz. Aber mein Eindruck ist, dass Eve langsam Vernunft annimmt. Sie mag Mr Carter sehr gern, daran habe ich keinen Zweifel, aber sie ist auch eine junge, intelligente Frau, und sein herrischer Tonfall geht ihr entschieden gegen den Strich. Heute Nachmittag war das nur zu deutlich zu sehen. Carter hat vor allen Leuten sehr schlecht über ihren Vater gesprochen, und sie hat es ihm durchgehen lassen. Als du draußen warst, wollte er wieder damit anfangen, doch diesmal hat sie ihn ermahnt, sanft, aber entschieden. Und als er zum dritten Mal loslegen wollte, hat sie ihn ziemlich grob in seine Schranken gewiesen – und das hat gesessen. Manchmal glaube ich, dass Mr Carter aus Gründen, die sich mir entziehen, einen Keil zwischen Vater und Tochter treiben will. Vielleicht liegt es einfach an seinem Naturell, Lucy – er ist halt streitsüchtig. Oder er will über die Tochter Einfluss auf den Vater nehmen. Ich fürchte allerdings, dass Mr Carter eines nicht verstanden hat: Dränge dich nie zwischen zwei Menschen, die sich lieben. Da kann man nur den Kürzeren ziehen.«

Miss Mack schien zu wissen, wovon sie sprach. Ich merkte mir ihre Worte gut – und würde später noch oft an sie zurückdenken.

Wir nahmen unsere letzte Mahlzeit auf der *Queen Hatschepsut* ein, und der Streit wurde nicht wieder erwähnt. Erst als wir Callender zur Burg zurückkehren sahen, kamen wir noch einmal darauf zu sprechen.

»Müssen Sie Das Buch jetzt eigentlich umschreiben, Miss Mack?«, fragte ich. »In Anbetracht der heutigen Ereignisse, meine ich?«

»Ganz gewiss nicht, Lucy«, antwortete sie brüsk. »Ich habe keinerlei Zweifel, dass der Streit beigelegt werden wird, außerdem ist das Privatsache. Das Buch ist jetzt fertig mit mir. Ich habe seinen Zwecken gedient, und die Dinge sind in Stein gemeißelt.«

Wie sich jedoch herausstellen sollte, war eher das Gegenteil der Fall – aber das konnte ich zum damaligen Zeitpunkt noch nicht wissen. Ich ging zum letzten Mal auf unserer *dahabieh* ins Bett und träumte von Dem Buch. Die ganze Nacht verfolgte es mich und wechselte ständig die Gestalt. Mal waren es empfindliche Blätter, die ich einzufangen versuchte, als sie gen Himmel flatterten, dann alttestamentarische Gesetzestafeln, die mich wie eine einstürzende Mauer unter sich zu begraben drohten. Als ich in aller Herrgottsfrühe aufwachte, war ich froh, das erste Tageslicht zu sehen und von der *Suche nach einem verlorenen Grab* erlöst zu sein.

Ich ging an Deck, um die Schönheit des Nils bei Sonnenaufgang noch einmal zu bewundern. Der rosige Himmel spiegelte sich im Wasser, die Sterne erloschen einer nach dem anderen, die Insekten begannen zu summen, und die Vögel stimmten ihren Gesang an. Allmählich erreichte das Sonnenlicht das Schilf und ließ seine bis dahin schwarzen Schatten smaragdgrün erstrahlen. Als das Licht eine Stunde später intensiver wurde, war ich immer noch da, und plötzlich sah ich eine kleine Gestalt den Pfad vom Amerikanischen Haus herablaufen. Es war Frances, und sie kam direkt auf unser Hausboot zu.

»Ich habe mich fortgestohlen«, sagte sie, nach Luft ringend. »Ich muss zurück sein, bevor es jemand merkt, daher müssen wir uns beeilen. Hol Carnarvons Päckchen, Lucy. Sofort.«

Irgendetwas an ihrem Gesichtsausdruck sagte mir, dass ich mich nicht widersetzen sollte, also gab ich ihrem Drängen nach. Ich öffnete die Schnur und wickelte das Zeitungspapier ab. Im Innern befand sich, verpackt in Baumwolle, eine kleine blaue Fayencefigur: eine Uschebti. Wortlos griff Frances in die Tasche und holte den Zwilling meiner Figur heraus. Wir hielten sie nebeneinander: Sie waren fast gleich groß, hatten dieselbe Farbe und die gleiche Lasur. Hätten unsere »Antwortenden« nicht einen leicht unterschiedlichen Gesichtsausdruck gehabt, so wäre es schwierig gewesen, sie auseinanderzuhalten.

»Schau mal.« Frances deutete auf ein Hieroglyphenband, das sich an der Vorderseite der Statuette hinabwand. Ein paar der Hieroglyphen kamen mir bekannt vor, weil ich sie schon auf den Siegeln der Nordwand gesehen hatte, und ich erkannte auch die ovale Kartusche mit Tutanchamuns Krönungsnamen. Fassungslos starrte ich auf die beiden Figuren.

»Oh, Frances, sind die aus dem Grab?«

»Natürlich sind die aus dem Grab. Dort gibt es Hunderte davon. Das hier sind nicht einmal besonders gute Exemplare. Es gibt welche, die sind viel, viel feiner. Aber sie sind schön, nicht wahr?« Sie strich über das Hieroglyphenband. »Schau, dies ist ein Spruch aus dem *Ägyptischen Totenbuch*. Oh, Lucy, was machst du denn nur für ein Gesicht? Sei doch nicht so schockiert. Jeder weiß, dass Lord Carnarvon ein paar Sachen aus dem Grab mitgenommen hat. Nichts übermäßig Wertvolles, vorwiegend Kleinigkeiten, ein paar hübsche Dinge, die ihm ins Auge gefallen sind – ein kleiner Vorschuss sozusagen. Selbst wenn ihm die Hälfte des Grabinhalts verweigert werden sollte, wird man ihm früher oder später *massenweise* Dinge zusprechen. Und bis dahin hat er sich schon ein paar wenige Stücke herausgepickt. Daddy spricht immer von Carnarvons ›Taschenkollektion‹. Und seine Jacketts haben tiefe Taschen, ist dir das noch nicht aufgefallen?«

Frances lächelte. Als Tochter eines Archäologen war sie über die Neuigkeiten weder schockiert noch beunruhigt. Solche Gesetzesübertretungen waren gang und gäbe in dem Metier. In meinem Fall sah das etwas anders aus. Unsicher betrachtete ich meine Uschebti und dachte an Mohammeds Vorwurf, die Ausgräber würden klauen und plündern. Würde Miss Mack die Figur sehen, so wäre sie entsetzt, das wusste ich. Für sie wäre das Diebstahl. Grabraub. Sie würde darauf bestehen, die Figur sofort zurückzubringen, und hätte damit zweifellos recht. Aber die kleine Figur sprach zu mir, und ich hatte das Gefühl, als würde sie sich in meiner Obhut wohlfühlen.

»Aus welchem Teil des Grabs stammen sie wohl, Frances?«, fragte ich.

»Keine Ahnung. Ich sagte ja, dass es Hunderte davon gibt. Sie können aus der Vorkammer oder aus der Grabkammer sein. Vielleicht hat Carnarvon sie ja in der Nacht mitgenommen, als sie in die innere Kammer eingedrungen sind. Ich hoffe, dass sie von dort sind. Dann würden sie über eine unglaubliche Macht verfügen.«

Sie beugte sich vor, drückte mir einen Kuss auf die Wange und wandte sich zum Gehen. »Es sind Zwillinge. War das nicht nett von Carnarvon? Vermutlich weiß er, wie nah wir uns sind, und jetzt sind wir uns noch näher. Sie werden uns verbinden, Lucy. Wann immer ich meine Uschebti anschaue, werde ich an dich denken – und dir wird es von nun an genauso gehen. Vergiss nicht: *Wohin du gehst, dahin gehe auch ich.*«

Sie schaute mich noch einmal mit ihren leuchtenden Augen an, steckte dann ihre Uschebti in die Tasche und lief zum Ufer. Auf halbem Weg zum Amerikanischen Haus drehte sie sich ein letztes Mal um und winkte. Dann sah ich ihre Gestalt immer kleiner werden und schließlich verschwinden. Ich kehrte in meine Kabine zurück und unterzog meine Antwortende einer eingehenden Prüfung. Das Gesicht war streng, der Körper kompakt. Sie war durchdrungen von einer mehr als dreitausend Jahre alten Kraft. Als ich darüber nachdachte, wurde mein Begehren übermächtig. Mochte es noch so falsch sein, ich würde mich nie wieder von ihr trennen können. Dies hier war keine Fälschung für Touristen wie jene, die ich meinem Vater geschenkt hatte und die unter ungeklärten Umständen zerbrochen war. Nicola hatte die Scherben zusammengefügt und weggeschmissen. *Woran erkennt man eigentlich eine Fälschung? Rede weiter, Lucy. Es interessiert mich wirklich.*

Jetzt kann ich es ihr zeigen, dachte ich. Würde ein König im Jenseits nach einer seiner Antwortenden rufen, stünde sie sofort parat, um seine Wünsche zu erfüllen. *Hier bin ich*, würde sie sagen. Ich dachte darüber nach, ob diese kleine Figur wohl auch mir gehorchen würde. Nachdem ich sie mit Baumwolle und Seidenpapier umwickelt hatte, versteckte ich sie in einem Petticoat und legte diesen zwischen die Falten meines Geburtstagskleids.

Dort blieb die Uschebti für die Dauer meiner Rückreise nach Europa und führte eine Existenz im Verborgenen. Ihre Macht, so kam es mir vor, wurde dadurch nur umso größer.

Als ich in Paris eintraf, schenkte ich sie Nicola Dunsire. Zuvor hängte ich der Uschebti noch einen Zettel um, auf den ich mit meiner mittlerweile perfekten Handschrift geschrieben hatte: *Für Nicola von Lucy in Liebe. Die echte! Ägypten – Paris 1923.*

# Teil 6

# Das Ägyptische Totenbuch

… das Wachstum des Guten auf der Welt hängt zum Teil von unhistorischen Taten ab; und dass es nicht so schlimm um dich und mich bestellt ist, wie es hätte sein können, verdanken wir nicht zuletzt den Einzelnen, die treulich ihr verborgenes Leben gelebt haben und in Gräbern ruhen, die keiner mehr besucht.

George Eliot, *Middlemarch*

## 32

»Mary Cassatt«, sagte Dr. Fong. »Berthe Morisot …«

Er schritt langsam an der Nordwand meines Wohnzimmers in Highgate entlang, wo die meisten meiner Bilder hängen. Woanders ist kein Platz für sie, weil alles mit Büchern vollgestellt ist. Ein verregneter Julitag, das Morgenlicht silbrig und dünn, eine heterogene Sammlung von Gemälden. Dr. Fong schaute sich alle genau an. Er beugte sich hinab, um die kleine Tänzerin von Degas zu betrachten, hielt sich bei Sargents Porträt meiner Mutter Marianne auf und versuchte vergeblich, die Signatur auf einem Stillleben von Helen Winlock zu entziffern. Auf die unsignierte Bleistiftzeichnung von einem Welpen, der auf dem Rücken in der Sonne lag, warf er nur einen flüchtigen Blick, um dann zu Mary Cassatt zurückzukehren, die ihm am besten zu gefallen schien. Ein hübsches Bild, das eine Mutter mit Kind darstellte.

Er hatte mir den Rücken zugewandt. Da ich merkte, dass die Bilder seine volle Aufmerksamkeit beanspruchten, schlich ich zu meinem Schreibtisch hinüber, nahm die kleine blaue Uschebti und ließ sie schnell in einer Schublade verschwinden. Wenn Mr Fong schon meine Besitztümer inspizieren zu müssen glaubte, sollte er wenigstens sie nicht zu sehen bekommen. Aus der Distanz schon, aber nicht aus der Nähe. Sein Expertenblick sollte nicht auf die Kartusche mit dem Namen des Königs fallen, denn ich hatte keinerlei Absicht, die dann unweigerlich aufkommenden Fragen zu beantworten. Diebesgut. Ich schob die Schublade zu, die prompt quietschte.

Rose, die am anderen Ende des Raums saß, weil wir eigentlich mit einem Mittagessen meinen Geburtstag feiern wollten, registrierte meine Aktion mit hochgezogenen Augenbrauen und lächelte, als sie meine Absichten durchschaute. Treue Freundin, die sie war, verlegte sie sich sofort auf ein Ablenkungsmanöver, worauf sie sich bekannterweise trefflich verstand.

»Lucys Schätze«, stellte sie fest. »All das – und noch nicht einmal eine Alarmanlage! Ist das nicht schamlos, Dr. Fang?« Sie deutete auf meine Bilder, stand dann auf und trat zu Dr. Fong, der ihre Version seines Namens höflich überging. Seit seinem Eintreffen vor einer Stunde – das er nicht einmal durch einen Anruf ankündigen zu müssen glaubte – hatte er sie zweimal zu korrigieren versucht, war dann aber offenbar zu der Erkenntnis gelangt, dass sie fast schon taub sein müsse. Jetzt standen sie nebeneinander und betrachteten meine Wand.

Was für ein ungleiches Paar, dachte ich, als ich mich in meinen Chintz-Sessel am Fenster setzte und stapelweise Ägyptenbücher beiseiteschob. Rose, eine winzige weißhaarige Person in einem leichten hellroten Wollanzug, den ihr vor ungefähr dreißig Jahren Norman Hartnell geschneidert hatte, reichte Fong kaum an die Schulter. Ein Meter achtzig groß, schlaksig und lässig, trug Fong wieder seine üblichen lächerlichen Turnschuhe, diesmal aber Jeans und ein T-Shirt mit der Botschaft: *Fond Greetings from Silicon Valley*. An seinem dünnen Handgelenk hing eine große Uhr, in der Micky Maus die Stunden anzeigte. Mittlerweile trug er auch seinen Ehering wieder – er war wieder aufgetaucht, nachdem Fong im Juni zu einer Stippvisite nach Berkeley gereist war. Ich fragte mich, ob das etwas zu bedeuten hatte und falls ja, was. Während ich über das Wesen von Indizien nachdachte, die so flüchtig sein konnten, dass sie wie Fledermäuse an einem Sommerabend vorbeisausten, schaute ich aus dem Fenster. Auf dem Platz gegenüber von meinem Haus hatte sich eine junge Frau im Trainingsanzug auf eine Bank fallen lassen und starrte ins Leere. Sie schob einen Buggy hin und her, das Kind hörte man schreien. Die Mutter sah erschöpft aus, vielleicht auch verzweifelt.

»Die meisten von Lucys Gemälden stammen von ihrer Mutter,

die Amerikanerin war«, sagte Rose soeben. »Eine Emerson – Sie wissen schon, Stahl, Dr. Fang. Andere sind aus der Hinterlassenschaft der Stocktons, mit denen Lucy ebenfalls verwandt ist. Fragen Sie mich aber nicht, über welche Kanäle, die Verbindung ist hochkompliziert. Jedenfalls haben sie ihr einen Teil ihrer Besitztümer hinterlassen. Ich glaube, die Morisot und die Balletttänzerin von Degas stammen von ihnen – unglaublich niedlich, das Mädchen. Lucy und ich haben mal zusammen Ballettstunden genommen, müssen Sie wissen. In Kairo. Vor bestimmt hundert Jahren. Das Bild erinnert mich immer daran. Die Tänzerin sieht aus wie Frances, findest du nicht auch, Lucy? Kannst du dich erinnern, wie wunderbar sie getanzt hat?«

»Emerson?«, fragte Dr. Fong, bevor ich antworten konnte. Er musterte mich abschätzend. »Von dieser Verbindung wusste ich ja gar nichts. Und dann auch noch Stockton? Das sind doch die von der Eisenbahn?« In sein Gesicht trat ein Ausdruck von Überraschung und leichtem Widerwillen.

Rose, die es nicht mochte, wenn sie bei ihren Ausführungen – dem belanglosen Geplauder, wie sie es nannte – unterbrochen wurde, erwiderte an meiner statt. »Eisenbahn, richtig – und später dann auch Flugzeuge und Waffen und Bomben und Gewehre und was weiß ich noch alles. Hat Lucy Ihnen das nicht erzählt? Nun, das wundert mich nicht.«

»Mich auch nicht«, sagte Dr. Fong.

»Welches Bild gefällt Ihnen denn am besten?«, fuhr Rose fort, hakte sich bei ihm unter und schenkte ihm das Lächeln einer zierlichen alten Dame. »Mein Lieblingsbild ist diese kleine Zeichnung von einem Welpen – aber es war ja auch mein Hund. Das arme Tierchen ist dann gestorben. Natürlich ist das Bild wertlos, eine flüchtige Skizze, die ein Freund an einem Sommertag hingeworfen hat – aber sie ist zauberhaft, finden Sie nicht?«

»Durchaus talentiert«, urteilte Fong.

Da er die Identität des Künstlers nicht kannte, hielt er sich nicht lang mit Howard Carters Skizze auf, und Rose lockte ihn wieder zu Berthe Morisot zurück: ein immerwährender Sommertag, zwei junge Mädchen in einem Segelboot. Dann verweilte sie bei Sargents Porträt meiner Mutter, geriet vor Helens Stillleben ins Schwärmen – Wildblumen und Beerenzweige in einem blauen Krug –, bombardierte Dr. Fong mit Informationen, führte ihn in die Irre und zog ihn schließlich zum letzten Bild, einem Porträt von Nicola Dunsire. Ihre Freundin, die Fahrraddiebin Clair, hatte es gemalt, und zwar in jenem Sommer, als sie in unser Haus in Cambridge eingezogen war. Sie wollte einen Monat bleiben, blieb dann aber sieben Jahre. Mein Vater, der ohnehin selten zu Hause war, schien sich an ihrer Gegenwart nicht zu stören. Ich schon. Fortan nannte ich sie den »Kuckuck im Nest«, meist hinter ihrem Rücken, aber einmal auch in ihrem Beisein. Die Abneigung, die ich für sie hegte, vermochte sie aber nicht zu vertreiben.

Das Bild hieß *Newnham Garden, Summer 1928* – der Sommer, in dem ich achtzehn wurde und einen Studienplatz an Nicolas ehemaligem College bekam, dem Girton College in Cambridge. Der Sommer, in dem ich aus- und Clair einzog. Die meisten Titel von Clairs Gemälden waren nichtssagend – wenngleich zweifellos sachlich angemessen. Das Porträt war ein großes Gemälde: Nicola Dunsire trug ein weißes Novizinnengewand, stand neben unserem Rosenbogen und schien jemanden anzuschauen oder jemandem zu antworten, der sich hinter der Künstlerin befand, außerhalb des Rahmens.

»Das ist eine Lennox«, sagte Rose. »Clair Lennox ist im Moment unglaublich gefragt, wussten Sie das? Meine Enkelin arbeitet in einer Galerie in der Cork Street, und sie ist verrückt nach Lennox. Ich kann das nicht ganz nachvollziehen, Sie etwa? Die Farben sind natürlich umwerfend – sie scheinen zu *singen*, aber ich kann diese brutale Pinselführung nicht leiden. Die Frau auf dem Bild ist übrigens Lucys Stiefmutter, Nicola Foxe-Payne. Lennox hat sie wirklich gut getroffen. Die beiden waren Busenfreundinnen und sind zusammen bei einem Luftangriff der Deutschen gestorben. Nicola war überwältigend schön, denken Sie nicht?«

»Unbedingt«, antwortete Fong. »Und doch strahlt sie auch etwas

Beunruhigendes, etwas Irritierendes aus – obwohl ich das nicht näher benennen kann.«

»So sind alle Bilder von Clair Lennox«, ging ich dazwischen, bevor Rose etwas sagen konnte. »Sie weisen in eine Richtung, um den Betrachter im nächsten Moment in eine ganz andere zu reißen. Je genauer man hinschaut, desto stärker wird der Effekt.« Da mir Fong allmählich leidtat, schenkte ich ihm ein Glas Wein ein und bedachte Rose, als ich ihr ihren Martini-Cocktail reichte, mit einer Grimasse: Jetzt reicht's, Rose, keine Biografien mehr! »Das Essen ist noch fünfzehn Minuten im Ofen«, verkündete ich. »Dann werde ich Sie rausschmeißen müssen, Dr. Fong.«

»Auf Ihr Wohl, Dr. Fang. Prost!« Rose hob ihr Glas. »Geht es uns nicht blendend? Und jetzt müssen Sie mir unbedingt alles über Ihr Buch und diesen Dokumentarfilm erzählen. Aber Sie müssen schön laut sprechen, weil ich nämlich ein wenig schwerhörig bin. Behauptet zumindest Lucy. Leider kann ich Ihnen nicht versprechen, dass ich Ihr Buch lesen werde, da ich keine große Leserin bin. Aber die Fernsehserie kann ich kaum erwarten. Ich werde sie sogar aufnehmen«, fügte sie strahlend hinzu. »Ich habe mir nämlich gerade erst so ein DV-Dings gekauft.«

Ich überließ die beiden sich selbst und verzog mich in die Küche im Untergeschoss, um mich mit dem Geburtstagsessen herumzuquälen, einem Rezept von Elizabeth David, die es einfach und unkompliziert fand. Im Gegensatz zu mir. Während ich mich an die alte Spüle lehnte, wusch ich den Kopfsalat. Als ich dann die Kräuter aus meinem Garten hackte, verrutschte das Messer in meiner alten Hand, und ich schnitt mich.

Wie stark Finger doch bluten, selbst bei einem winzigen Schnitt, dachte ich. Ich ließ kaltes Wasser über die Wunde laufen, bis sich meine Hand ganz taub anfühlte. Dann trocknete ich sie ab und klebte ein Pflaster auf den Schnitt. Ein ruhiger Tag in London. Ich spürte, wie die Geister sich in der Küche versammelten, am Kühlschrank murmelten, aus Richtung der Speisekammer protestierten.

Das Gespräch über meine Bilder musste sie gestört haben, und heute waren sie, wie es manchmal vorkam, nicht besonders gutmütig. Lasst mich in Ruhe, haut ab, schimpfte ich stumm – was ich besser nicht getan hätte. Geister mögen es nicht, wenn man so mit ihnen spricht. Vertrauen Sie mir, es ist so. Und falls Sie mir nicht glauben, weil Sie mich vielleicht für schrullig halten, warten Sie ab, bis Sie mein Alter erreicht haben – *falls* Sie es denn erreichen. Warten Sie einfach ab.

Ich drückte auf den Hühnerteilen in der Pfanne herum und ließ sie dann unter einer Schicht Crème fraîche verschwinden. Danach kehrte ich zur Treppe zurück und stieg die Stufen, da sich meine Arthritis in einem sommerlichen Schwebezustand befand, zwar langsam, doch ohne große Schmerzen hinauf. Als ich in den Vorraum kam, registrierte ich sofort, dass Rose und Fong sich mittlerweile prächtig verstanden. Sie waren in ein Gespräch über Carnarvons Tod und seine Nachwehen vertieft.

»Um zwei Uhr nachts, im Continental Hotel in Kairo«, erklärte Fong. Offenbar hatte er noch nicht mitbekommen, dass diese kleine, fast taube, unscheinbare Frau Carnarvon persönlich gekannt hatte und mit den Ereignissen bestens vertraut war. »Eine Mücke hatte ihn in die Wange gestochen, als er in jenem Februar mit seiner Tochter, Lady Evelyn, in Assuan war. Er schnitt sich mit dem Rasiermesser in den Mückenstich, und kurz nach der Ankunft in Kairo bekam er dann eine Blutvergiftung. Die Lungenentzündung im Anschluss bedeutete sein Ende. Er war ja sowieso schon ein kranker Mann. Sein Immunsystem war geschwächt, und Penicillin gab es damals noch nicht. Am 5. April 1923 war das – knapp sechs Wochen nach der Öffnung der Grabkammer des Tutanchamun, genau wie es ein Schmierfink von der *Daily Mail* vorhergesagt haben soll. Ich habe es überprüft: Vor Carnarvons Tod ist nirgendwo von dieser Prognose die Rede. Was mich ein klein wenig stutzig macht.«

»Und als Carnarvon dann starb – genau in dem Moment«, fiel Rose ein, »gingen in ganz Kairo die Lichter aus. Zumindest behaupteten das alle, wenn ich mich recht erinnere.«

»Erstaunlicherweise könnte das sogar stimmen. Für die Nacht ist ein großer Stromausfall dokumentiert.«

»Und in England, in Highclere Castle, ist plötzlich sein kleiner Hund aufgewacht.«

»Na klar. Exakt um zwei Uhr nachts nach Kairoer Zeit. Er hat ein Mal kläglich aufgeheult ...«

»Und ist dann tot umgefallen.« Rose hielt inne und seufzte. »Ich muss zugeben, dass ich diesbezüglich doch so meine Zweifel hege. Das ist einfach alles zu viel. Den Spekulationen über einen Fluch hat das natürlich rasanten Auftrieb verliehen, aber ansonsten scheint es mir, pardon, kompletter Blödsinn zu sein. Bei Carnarvons Beerdigung hat niemand das prompte Verscheiden seines Hündchens erwähnt, das kann ich Ihnen versichern.«

Plötzliches Schweigen trat ein. »Wollen Sie behaupten, dass Sie bei seiner Beerdigung waren?«, fragte Fong schließlich verwirrt.

»Natürlich war ich da«, antwortete Rose. »Eve war doch meine Patentante. Ich kannte Carnarvon seit meiner Geburt – er war sehr gut zu mir und meinem Bruder, nachdem unsere Mutter gestorben war. Seine Beerdigung war äußerst bewegend. Es war ein sonderbares Gefühl dort oben in den Downs, mit Blick auf sein Haus und seine Ländereien. Der Frühling hatte grad Einzug gehalten, es war ein typisch englischer Frühlingstag. Hunderte von Lerchen sangen sich die Seele aus dem Leib.«

Ich stieß die Tür auf. »Ein Jubelchor von Lerchen«, sagte ich entschieden, während der höfliche Dr. Fong sofort aufsprang. »Und jetzt müssen Sie leider gehen«, sagte ich gnadenlos.

Fong warf mir einen kläglichen Blick zu. Es war deutlich zu erkennen, dass er sich am liebsten selbst in den Hintern getreten hätte, weil er sich offenbar eine Informationsquelle hatte entgehen lassen. Er wandte sich an Rose und kramte nach einer Visitenkarte. »Es tut mir leid«, sagte er. »Da hab ich nun lauter Reden geschwungen, und dabei war mir gar nicht klar, dass Sie Carnarvon kannten. Ich würde Sie gern noch etwas fragen ... Wie war noch einmal Ihr Name, Lady ...?«

»Wie überaus reizend!«, rief Rose, nahm die Karte entgegen und steckte sie in ihre altmodische Hermès-Tasche. »Ich will aber hoffen, dass Sie freundlich über den guten Lord Carnarvon urteilen, Dr. Fang. Er war ein so zauberhafter Mann, müssen Sie wissen, mit perfekten Manieren. Es war mir wirklich eine große Freude, Sie endlich einmal kennenzulernen.« Sie schüttelte ihm die Hand. »Und jetzt wünsche ich Ihnen jeden erdenklichen Erfolg für Ihr Projekt.«

Rose hatte die Kunst, jemanden höflich abblitzen zu lassen, in vielen Jahrzehnten perfektioniert, und Fong musste die Niederlage wohl oder übel hinnehmen. Er trank seinen Wein aus und schaute sich noch einmal im Raum um. »Wie ich sehe, haben Sie Ihre Uschebti weggeräumt, Miss Payne? Schade, sie gefiel mir.«

Ich begleitete ihn in den Vorraum, ohne seine Bemerkung zu kommentieren. »Ich mag deine Uschebti auch«, sagte Rose, als ich zurückkam. Sie hatte die Figur aus der Schublade geholt, hielt sie ins Licht und drehte sie hin und her. »Sie wirkt wachsam – ihren Augen scheint nichts zu entgehen. Und dieses rätselhafte ägyptische Lächeln, das man bei so vielen Statuen sieht. Nur eine leichte Krümmung der Lippen, der Ausdruck weisen Wohlwollens. Antwortet sie, wenn du rufst, Lucy? Hast du es je ausprobiert?«

»Nein. Sie wurde gemacht, um einem König zu dienen. Es wäre doch nur enttäuschend, wenn sie auf meine Rufe nicht reagieren würde – und beängstigend, wenn sie es doch täte.«

»Ist das die Uschebti, die Carnarvon dir geschenkt hat? Hast du sie deswegen versteckt?«

»Nein, die habe ich Nicola Dunsire geschenkt. Sie stand in all den Jahren bei ihr herum, doch nach dem Luftangriff der Deutschen war sie verschwunden, so wie alles andere auch. Von dem Haus war nichts mehr übrig, Rose. Ein echter Volltreffer.« Ich zögerte. »Dies hier ist ihr Zwilling – fast jedenfalls. Es ist die Figur, die Lord Carnarvon Frances geschenkt hat.«

»Und Frances hat sie dir gegeben?« Rose schaute mich überrascht an. »Das wusste ich nicht.«

»In Saranac Lake. Als ich sie zum letzten Mal gesehen habe.«

»Oh. Aha.« Schweigen trat ein, dann warf Rose einen letzten prüfenden Blick auf die kleine Antwortende und stellte sie vorsichtig wieder auf den Schreibtisch. Rose und ich verstehen uns blind. »Wie schwer es doch ist, alt zu sein. All diese Erinnerungen«, sagte sie leise, als sie meine Miene sah, und hakte sich bei mir unter. »Was bin ich froh, dass es dich noch gibt, Lucy. Was sollte ich nur ohne dich anfangen? Und tut mir leid, es war mein Fehler. Die ganze Zeit habe ich über deine Bilder schwadroniert, und jetzt bin ich schon wieder ins Fettnäpfchen getreten. Wie töricht. Ich wollte dir wirklich nicht zu nahe treten. Nein, Lucy, mein Schatz, nein, bitte nicht weinen – heute dürfen wir nicht traurig sein. Nicht heute. Es ist doch dein Geburtstag, erinnerst du dich?« Sie kramte in ihrer Tasche und holte dann eines ihrer Taschentücher heraus: gestärkt und mit Monogramm und Spitzenborte versehen – ein Relikt längst vergangener Zeiten. Während ich mir die verräterisch feuchten Augen betupfte, sagte sie: »Haltung bewahren, Rückgrat zeigen und all dieser Mist. Meine liebste Lucy, tief durchatmen. So ist es schon besser. Bravo. Und jetzt sag doch bitte: Was hast du für uns gekocht?«

»Irgend so ein Hühnerzeug.«

»Ich liebe dein Hühnerzeug. Lass uns also zu Tisch gehen.«

Beim Essen war deutlich zu spüren, dass Rose nach Themen suchte, die möglichst neutral waren und keine Tränenfluten provozieren würden. Wir aßen in meiner Küche, die groß, bequem und etwas heruntergekommen ist. Der alte, unbehandelte Kieferntisch stammt aus irgendeiner Spülküche und ist eine Trophäe aus einer meiner Ehen, welcher, hab ich vergessen. Aus der ersten, behauptet Rose immer. Rose, die sich seit ihrer Kindheit auf sinnentleerte Konversation versteht und jahrzehntelang auf Dinner- und Cocktailpartys daran gefeilt hat, kann mit jedem Menschen in jeder beliebigen Länge über Banalitäten reden. Wir waren schon beim Pudding, als sie endlich ein brisanteres Thema anschnitt als meine zauberhafte Küchenanrichte, den zauberhaften Blick auf meinen Garten aus dem rückwärtigen Fenster und – um die Stimmung etwas aufzuheitern – auf die jüngsten Eskapaden ihrer Söhne zu sprechen kam. Einer ließ sich gerade von seiner flatterhaften Frau scheiden, die ihm nach drei Jahren Ehe davongelaufen war.

»Das wurde aber auch Zeit«, sagte Rose. »Ich habe mich natürlich nicht eingemischt – stumm wie ein Fisch war ich –, aber mir war schon beim ersten Kennenlernen klar, dass diese Frau nur Ärger machen würde. Grundsätzlich billige ich zwar keine Scheidungen, aber in diesem Fall … Ah, gedünstete Pfirsiche – und wie köstlich die sind! Du bist eine so exzellente Köchin, Lucy. Kannst du dich noch an Wheelers Kochstunden in Nuthanger erinnern? Wie ich dieses Haus geliebt habe! Deine Küche erinnert mich immer daran. An unsere Backversuche. Petey und ich waren so ungeschickt, aber dir ist immer alles mühelos gelungen, schon damals. Was ich mich nur frage, Lucy, mein Schatz«, sie hielt inne, und ich machte mich aufs Schlimmste gefasst, »ist es wirklich gut für dich, wenn du dich immer mit diesem Ägyptenkram beschäftigst? Ich verstehe ja, dass du darüber sprichst, wenn Dr. Fang aufkreuzt, aber verlierst du dich nicht zu sehr darin? Wenn ich diese ganzen Briefbündel sehe, die Bücherberge … Und du wirkst so erschöpft. Das kann doch nicht gesund sein. Warum lässt du die Vergangenheit nicht ruhen?«

Ich gab einen vagen Kommentar ab, der seinen Zweck zu erfüllen schien. Allerdings konnte man bei der hinterlistigen Rose nie wissen. Jetzt wechselte sie zum Glück erst einmal das Thema.

»Übrigens, ich mochte diesen Fang«, verkündete sie. »Er weiß, wovon er spricht, und er vertritt ein paar originelle Theorien. Seiner Meinung nach gab es einen Grund dafür, dass Carnarvon das Ägyptenabenteuer in jenem Sommer aufgeben wollte – bevor Carter ihn dann bekehrt hat. Ihm war klar geworden, dass die ungezogene Almina fremdging. Das hatte sie sicher schon häufiger getan, aber dieses Mal war es etwas anderes. *Monatelang* war sie mit diesem Dennistoun in Paris gewesen. Dein Dr. Fang denkt, Carnarvon hatte einen Deal mit ihr: ›Ich verzichte auf Ägypten, und du verzichtest auf diesen Idioten.‹«

»Schon möglich«, sagte ich. Almina Carnarvon, die schon vor dem Fund von Tutanchamuns Grab einen gewissen Ruf genossen und sich durch ihre Abwesenheit nach der Entdeckung erst recht verdächtig gemacht hatte, war erst, als ihr Ehemann im Sterben lag, von Eve herbeizitiert worden und nach Kairo geflogen. Sie kam gerade noch pünktlich, und ihre Untröstlichkeit und tiefe Trauer hatten jeden Anwesenden beeindruckt. Im darauffolgenden November, kaum acht Monate später, heiratete sie ihren Liebhaber.

*»Bevor die Schuh' verbraucht, womit sie meines Vaters Leiche folgte«*, so hatte Miss Dunsire bissig kommentiert, als sie die Berichte von der schlecht besuchten standesamtlichen Trauung gelesen hatte. Lady Carnarvons Verhalten erregte ebenso Anstoß wie ihre Wahl des Bräutigams: »Tiger« Dennistoun, der halbseidene Exmann ihrer Freundin Dorothy, der Frau mit dem Kobra-Haarknoten, der ich an jenem Tag in Highclere Castle begegnet war. Der Skandal ließ nicht lange auf sich warten, und es kam zu einem berüchtigten Rechtsstreit. Ich fragte mich, warum sich Rose plötzlich derart auf Scheidungen und eheliche Treue kaprizierte, und wechselte das Thema.

»Hat Dr. Fong nach Eve gefragt?«, erkundigte ich mich, als ich den Kaffee aufsetzte.

»Nicht viel – und ich war sehr vorsichtig mit meinen Auskünften. Ich habe ihn daran erinnert, dass Eve sechs Monate nach dem Tod ihres Vaters den wunderbaren Brograve Beauchamp geheiratet hat. Erinnerst du dich noch an ihn, Lucy? Er und Petey haben an jenem Tag in Highclere meinen kleinen Hund gefüttert. Eve war irrsinnig glücklich mit ihm, das habe ich auch Dr. Fang gegenüber betont. Ich dachte, das könnte irgendwelchen Gerüchten über sie und Howard Carter den Wind aus den Segeln nehmen. Und er *hatte* Gerüchte gehört, das habe ich ihm angesehen. Wie lächerlich! Carter war so streitsüchtig, schlecht erzogen und alt genug, um ihr Vater zu sein. Als hätte Eve je einen zweiten Gedanken an ihn verschwendet.«

»Natürlich hat sie einen zweiten Gedanken an ihn verschwendet. Sogar einen dritten. Das habe ich doch selbst mitbekommen.«

»Eine vorübergehende Schwärmerei, wenn überhaupt. Wir wollen mal nicht übertreiben, Lucy.«

»Du warst nicht dabei, Rose«, erklärte ich patzig. Roses Fähigkeit, sich in andere Menschen hineinzuversetzen, war noch nie sehr zuverlässig gewesen. Manchmal war sie die Empathie in Person, aber manchmal war sie einfach nur blind. »Nachdem sie das Grab gefunden hatten, war da jedenfalls irgendetwas zwischen ihnen. Das konnte man spüren. Frances dachte«, ich zögerte, »Frances war der Meinung, es hätte etwas damit zu tun, dass sie zusammen das Grab entdeckt hatten. Das hätte etwas in ihr ausgelöst. Sie ... verhext.«

Ich erwartete, dass die pragmatische Rose das Wort und die Theorie zurückweisen würde, aber zu meiner Überraschung blieb der Protest aus. »Verhext?«, wiederholte sie trocken und musterte mich. »Wie klug von Frances. Sie hat oft den Nagel auf den Kopf getroffen, nicht wahr? Okay, das kann ich mir wiederum vorstellen. Ich habe schon Frauen erlebt, die verhext waren, und ich habe auch die Folgen beobachten dürfen.«

Sie führte ihren bissigen Kommentar nicht näher aus, und ich bat sie auch nicht darum. Es folgten unbehagliche Momente, *un mauvais quart d'heure*. Doch die Beklommenheit, die sich zwischen uns ausgebreitet hatte, verging auch wieder, wie das bei Leuten, die sich schon so lange kennen, halt ist. Zum Kaffee zauberte Rose eine Schachtel hervor, in der sich eine Mini-Geburtstagstorte befand. Aus pragmatischen Gründen steckte eine einzige Kerze darin. Wir zündeten sie an, ich blies sie feierlich aus, und Rose wünschte mir alles Gute und noch viele glückliche Jahre – was, wie wir beide wussten, der Triumph der Hoffnung über den Realismus war.

Um drei Uhr machte sie sich fertig zum Aufbruch. Wheeler holte sie mit ihrem neuen ökoeffizienten Mercedes ab, um sie zu ihrem in Scheidung lebenden Sohn ins tiefste Kensington zu kutschieren. Offenbar machte sie sich wirklich Sorgen um mich, denn sie ließ mich nicht gern allein und wollte mich dazu überreden mitzukommen. Ich war gerührt, lehnte aber ab. Ich wollte bei meinen aufgeregten Geistern bleiben. Ich hatte das Gefühl, dass es Zeit war, sie zu besänftigen.

Hinten in meinem Garten befindet sich ein kleines Tor zu einer kleinen Straße, die hinter den Häusern zu einem Park hinabführt und von dort zum berühmten Highgate Cemetery. Als Rose aufbrach, hatte der dünne Regen vom Vormittag aufgehört und einer blassen Sonne Platz gemacht. Ich beschloss, spazieren zu gehen – beziehungsweise meine Geister spazieren zu führen. Die Arthritis machte sich wieder bemerkbar und war von der Idee nicht überzeugt, doch es wäre fatal gewesen, sich ihren Argumenten zu beugen. Gibt man ihr ein Mal nach, so entwickelt sie dieselben napoleonischen Tendenzen wie seinerzeit Miss Macks Buch. Dann reißt die Krankheit die Macht an sich und demütigt dich. Ich gehe jetzt spazieren, erklärte ich ihr in Gedanken. Finde dich einfach damit ab.

Ich umklammerte meinen Stock, brach auf und nahm die Strecke durch den Park. Von den Tennisplätzen her hörte man die Sportenthusiasten stöhnen, wenn sie die Bälle hart an die Grundlinie schlugen – Bemühungen, die man in den beiden Wimbledon-Wochen ständig beobachten konnte. Ich passierte den nunmehr funktionslosen Musikpavillon, der jede Woche mit neuen Graffitis verziert wurde, und betrachtete den Ententeich. Ein einsamer weißer Schwan glitt über den schwarzen Wasserspiegel, und mein Geist driftete ab zu einer Puderquaste aus Schwanenfedern, hinter der sich auf Poppy d'Erlangers Ankleidekommode ein Ehering versteckt hatte. Im nächsten Moment tauchte ein Schwanenmädchen in einer Kairoer Ballettklasse auf, und eine Stimme sagte: »*On essaie le ballon, s'il vous plaît.*« Da wusste ich, dass meine Geister wieder bei mir waren.

Als ich den südlichen Teil des Parks erreichte, sah ich durch die Friedhofshecke den Hinterkopf des großen Granitschädels auf dem Grab von Karl Marx. Da ich nun schon so weit gekommen war, wäre es feige gewesen, hier aufzugeben, also ging ich durch das unterste Parktor, wandte mich sofort nach links und gelangte in den östlichen Friedhofsbereich – ein riesiges, wildes und wunderschönes Areal. Dort befinden sich die alten Gräber, aber er wird immer noch genutzt. Auch ich habe eine Grabstelle dort erworben – man muss ja vorausschauend und praktisch denken.

Im Park hatte es von Kindern, Sonnenanbetern und Hundebesitzern gewimmelt. Erst jetzt jedoch, da sie verschwunden waren, wurde mir ihre Existenz bewusst. Eine Traube von deutschen und japanischen Touristen erwies Marx die Ehre, aber sobald ich den kolossalen Ramessidenkopf hinter mir hatte, waren nur noch vereinzelte Besucher zu sehen. Ich schritt über die gewundenen grünen Friedhofswege, ließ mich treiben, ging an Engeln und Kreuzen vorbei und blieb dann – manche Gräber sind wirklich eklektizistisch – an einer Pyramide in einem stärker zugewucherten Teil des Friedhofs stehen. Die Bäume warfen bläuliche Schatten, und die Grabstätten waren mit Efeu überwuchert. Ich überlegte, ob ich ein paar Berühmtheiten besuchen sollte – George Eliot zum Beispiel, die unter einem ägyptischen Obelisken begraben liegt. Prompt hörte ich die Stimme von Miss Dunsire, die mir in einer ihrer düsteren Stunden mein jämmerliches Scheitern an Eliots *Middlemarch* vorhielt: *Lerne zu lesen. Du liest wie eine Blinde. Kannst du nicht in die Sätze hineinschauen? Unter sie? Dahinter? Über sie hinaus?*

Hatte ich diese schwierige Fertigkeit je erworben? Ich fürchte nicht – obwohl ich mich wirklich bemüht habe. Ich entschied mich gegen Eliot. Ihr Grab war zu weit entfernt, ich könnte mich verlaufen. Stattdessen setzte ich mich auf eine Gedenkbank und sog den Duft der Hagebutten ein. Plötzlich fühlte sich mein Herz beengt an, und ich verspürte eine gewisse Atemlosigkeit. Es war unvernünftig gewesen, so weit zu gehen. Und als ich die Augen schloss, waren sie sofort da, die geduldigen Geister, die nur auf den rechten Augenblick gewartet hatten.

Die ägyptischen Geister sind die gerissensten und kamen wie immer als Erste. Vielleicht setze ich ihnen aber auch einfach nur weniger Widerstand entgegen, da sie weniger gefährlich sind als manche ihrer Artgenossen. Sie nahmen mich bei der Hand und schoben und zerrten, bis sie mich hatten, wo sie mich haben wollten – tief im Tal der Könige. Zurück in der Hitze und der Stille, die nur vom Gurren der Felsentauben und den Schreien der im Aufwind kreisenden Schwarzmilane durchbrochen wurde.

Ich schaute zu, wie Frances und ich eine dunkelrosa Ledertasche unter einem Fels vergruben, eine Tasche mit den Schnipseln einer Genealogie. Ich beobachtete, wie Miss Mack mit ihrem Fernglas das Tal absuchte, wie Lord Carnarvon sich ironisch an den Hut tippte, um eine Gruppe von Journalisten zu begrüßen und dann im Grab zu verschwinden, wie Howard Carter in einem vermeintlich unbeobachteten Moment eine Handvoll Steine aufsammelte und gegen eine Felswand schleuderte. Die Toten warten auf uns, sagte Herbert Winlock und nahm Frances' Hand. Ich folgte dem Strahl der Taschenlampe und trat aus der sengenden Sonne in die finstere Welt, die man in die Felsen gegraben hatte.

»Glauben Sie an den berühmten Fluch des Tutanchamun, Miss Payne?«, hatte Dr. Fong mich neulich bei einem seiner Besuche gefragt. »Haben Sie je daran geglaubt?«

Ich hatte es verneint, was ich immer tue, wenn mir jemand diese Frage stellt – und das ist in den vergangenen Jahrzehnten oft geschehen. Die Fantasie vom Fluch des Tutanchamun übt aus irgendeinem Grund noch immer Faszination auf die Menschen aus.

»Nun, ich glaube auch nicht daran«, erwidern die Leute dann für gewöhnlich. »Natürlich ist das alles Unsinn.« Ich warte dann auf das große Aber, das fast unweigerlich kommt. »Aber irgendwie muss man doch zugeben – ein bisschen komisch und auch unheimlich ist das Ganze schon. All diese Todesfälle, von denen manche wirklich unschön waren. Sicher war das Zufall, aber ...«

Früher habe ich widersprochen, wenn meine Gesprächspartner ihre Beweise anführten. Sie erwähnten dann Lord Carnarvon und seine beiden wesentlich jüngeren Halbbrüder, die alle innerhalb weniger Jahre gestorben waren, und den freundlichen Arthur Mace, der nach einer Saison im Tal der Könige krank nach England zurückgekehrt, nie wieder arbeitsfähig gewesen und sechs Jahre später gestorben war. Man sprach vom plötzlichen Tod von Albert Lythgoe und dem unschönen vorzeitigen Ableben des Journalisten Weigall – Ereignisse, zwischen denen nur wenige Monate gelegen hatten. Auch andere Leute kamen ins Spiel: ein Sekretär, der kurz für Carnarvon im Tal der Könige gearbeitet hatte und später unter mysteriösen Umständen ums Leben gekommen war, dann dessen eigentlich bettlägeriger Vater, der aus einem Fenster im vierten Stock in den Tod gesprungen war, und ein kleiner Junge, der bei der Beerdigung dieses Vaters vom Leichenwagen überfahren worden war. Die Liste wurde immer länger und die Personen immer marginaler – bis hin zu jenen, von denen man sagte, sie seien im Grab gewesen und seien, obwohl sie sich bester Gesundheit erfreuten, innerhalb weniger Wochen gestorben.

In kampflustigeren Zeiten hatte ich stets darauf hingewiesen, dass Howard Carter, der ja das Grab des Tutanchamun entdeckt und seinen Sarkophag geöffnet hatte, noch zehn lange Jahre im Tal der Könige gearbeitet habe und erst 1939 in seinem eigenen Bett in London gestorben sei – siebzehn Jahre nachdem er das Grab erstmals betreten hatte. Ich erinnerte daran, dass Eve, die bei der Öffnung des Grabs dabei gewesen war – und auch bei dem nächtlichen Einbruch in die Grabkammer, was aber niemand von mir erfuhr –, das würdige Alter von neunundsiebzig erreicht habe, bevor sie verstarb, was nicht darauf hindeute, dass die Mächte im Grab allzu rachsüchtig gewesen seien. Jetzt sage ich nichts mehr. Die Menschen haben dieses unstillbare Verlangen nach übernatürlichen Kräften, sie möchten an Schattenmächte und an alte Tabus glauben – und wer bin ich, ihnen das ausreden zu wollen?

Jetzt bin ich still und kümmere mich nicht um die Wahrheit, obwohl ich sie mir doch wenigstens selbst eingestehen könnte, hier inmitten der Friedhofsruhe. Ich glaube an die Macht des Zufalls und habe gute Gründe dafür. Darüber hinaus glaube ich durchaus an Flüche, aber ich denke, dass sie von innen kommen. Sie sind Frucht unseres Wesens und unserer Erziehung. Warum sollten wir an ein übernatürliches Böses glauben, an Übel, die uns von außen treffen, wo wir doch alle mehr als fähig sind, niederträchtige Dinge zu tun und sie uns ohne Einmischung von außen wechselseitig zuzufügen? *Der Fluch, er ward in mir geboren / so rief die Lady von Shalott.*

Das erste Buch, das ich schrieb, trug den Titel *Wüsten*. Ich begann mit der Arbeit daran 1931, unmittelbar nach meinem College-Abschluss. Da ich eine Frau war, konnte man nur mit Einschränkungen von einem Abschluss reden, und es sollten noch siebzehn Jahre ins Land gehen, bevor Cambridge die weiblichen Absolventen endlich als vollwertig anerkennen würde. Ich war einundzwanzig, als ich das Buch begann, und dreiundzwanzig, als es veröffentlicht wurde. Da ich vor allem aus England herauswollte, wählte ich die beiden Wüsten, um die es in dem Buch gehen sollte, eher willkürlich und mit jugendlicher Unbekümmertheit aus. Die erste Wüste war ein Teil der Sahara und hatte sich selbst ins Spiel gebracht, da ich die Reise im Tal der Könige beginnen und mich dann mithilfe arabischer Führer weiter vorwagen konnte – um dann einfach abzuwarten, was passierte. Die zweite war die Mojave-Wüste. Für diese Wahl hatte ich schon bessere Gründe: Sie lag nämlich auf dem richtigen Kontinent, sodass ich meine Reise mit einem Besuch bei Frances verbinden konnte. Viele meiner späteren Bücher, die unweigerlich in die Kategorie »Reise« fielen, schlossen die Erkundung entlegener und ungastlicher Gegenden ein, und so fanden sich die Menschen in meinem Umfeld irgendwann mit meinen regelmäßigen Abwesenheiten ab. »Ach, Lucy ist mal wieder weg«, sagten sie dann und vergaßen mich, bis ich wieder auftauchte. Aber das erste Buch beziehungsweise die Reisen, die dafür nötig waren, provozierten noch Kommentare, Widerspruch und energischen Protest.

Die Menschen in meiner Nähe stellten sich schlicht gegen das Projekt und machten sich über den Titel lustig. »Die ganze Idee ist tollkühn und lächerlich. Und das ausgerechnet in dem Moment, in dem ich dachte, du kommst nach Hause zurück. Drei Jahre Girton, nie daheim, dann ein ganzer Sommer in Princeton bei deiner geliebten Miss Mack – und jetzt willst du mich in die Wüste schicken, Lucy?«, schimpfte Nicola Dunsire.

Der Kommentar erzürnte mich, wie sie es beabsichtigt hatte. Der Sommer, den ich in Princeton verbracht hatte, war Miss Macks letzter gewesen. Ein paar Jahre zuvor war ihre alte Mutter gestorben, und Miss Mack lebte allein, als sie krank wurde. Sie brauchte mich, und so verbrachte ich die letzten Monate an ihrer Seite. Dass ich sie »in die Wüste« schickte, traf Nicola vermutlich nicht allzu hart, da sich ja die Fahrraddiebin Clair Lennox häuslich bei uns eingerichtet hatte. Während meiner drei Jahre am Girton hatte sie dort Wurzeln geschlagen und machte keinerlei Anstalten, sie zu kappen.

»Der Kuckuck wird dir schon Gesellschaft leisten«, erwiderte ich bissig, was Nicola mit einem ungehaltenen Stöhnen und besagter Kuckuck mit schamlosem Gelächter quittierte. Clair hatte es sich auf dem »Erdbeerdieb«-Stuhl meiner Mutter bequem gemacht. Es war ein Sommerabend, sie und Nicola tranken ein Glas Rotwein nach dem anderen, Clair rauchte. Wie immer trug sie eine schmutzige alte Hose und einen Kittel, beides mit Farbe verkrustet.

»Herrgott, du kannst wirklich eine Pest sein, Lucy«, sagte sie. »Verpiss dich doch in deine Wüsten, da gehörst du auch hin.« Clair war nicht allzu wählerisch in ihrer Wortwahl.

Nicola widersetzte sich meinem Wüstenprojekt mit allen Mitteln. Sie schien wirklich Angst zu haben – ob um mich oder um sich selbst, war schwer zu sagen. Als ihre Proteste und Drohungen nicht fruchteten, verlegte sie sich schließlich auf eine andere Taktik: Sie spitzte meinen Vater an, appellierte an seine Autorität und bat ihn einzugreifen – was seltsam genug war. Bei passender Gelegenheit wurde das Thema also noch einmal auf den Tisch gebracht. Mein Vater kam damals regelmäßig in unser Haus in Newnham, immer sonntags zum Mittagessen. Er blieb genau zwei Stunden, dann kehrte er wieder ins College zurück.

Die Diskussion beherrschte eines dieser sonntäglichen Mittagessen. Ich sagte wenig. Wie so oft hörte ich einfach nicht hin, was gesprochen wurde, und ließ meinen Geist schweifen. Ich dachte an die letzten Wochen mit Miss Mack. Manchmal heiter, manchmal bis zum Anschlag mit Morphin vollgestopft, hatte sie sich gewünscht, dass ich ihr morgens aus der Bibel und abends aus Shakespeare vorlas. »Ich bin die Auferstehung«, wiederholte sie dann. »Hoff' unbedingt auf Tod.«

Ihre Beerdigung war bereits bis ins letzte Detail geplant. Sie hatte beschlossen, dass eine blaue Lotusblume – das ägyptische Symbol für Wiedergeburt – ihren Grabstein zieren sollte. Ich hatte geholfen, den widerstrebenden Steinmetz dahingehend zu bearbeiten, und hatte mitbekommen, wie sie den Pastor ihrer Presbyterianergemeinde, der sich entsetzt gegen diese Häresie verwehrt hatte, so lange einschüchterte, bis seine Argumentation schließlich in sich zusammenfiel.

Oben in meiner Dachkammer, wo die für die umstrittene Reise längst gepackten Koffer bereitstanden, lag auch eine Abschrift von Dem Buch. Es war nie veröffentlicht worden, und Miss Mack hatte den Großteil ihrer letzten neun Lebensjahre damit zugebracht, es immer wieder umzuschreiben. In der Woche vor ihrem Tod hatte sie es mir überreicht. Das Manuskript steckte immer noch in dem braunen Umschlag mit der geheimnisvollen Aufschrift: *Für die Lucy, die ich einst kannte.* Ich hatte es bisher nicht übers Herz gebracht, es zu lesen.

Irgendwann riss ich mich zusammen und kehrte in unser Esszimmer zurück, wo Nicola mit immer neuen Appellen und Argumenten gegen das Projekt aufwartete. Soeben hatte sie ihre Darlegungen beendet. Sie hatte die Stimme erhoben, und ihre Hände zitterten, als sie sich nun direkt an meinen Vater wandte. »Robert, du kannst Lucy sicher zur Vernunft bringen. Wüsten? Ich meine, das ist doch nur ein Vorwand, um ihr Zuhause zu verlassen. Spätestens nach einer Woche wird sie nach England zurückflüchten. Oder nach Amerika ausbüxen. Sie wird bei ihren großartigen Freunden Rose und Peter Zuflucht suchen oder zu diesem kleinen Wunderkind Frances rennen. Ein *Buch* schreiben? Wie kommt sie nur darauf? Lucy hat gar nicht die nötige Willensstärke dazu. Das schafft sie nie.«

»Oh, sie wird es schon schaffen, daran zweifle ich nicht eine Sekunde«, sagte mein Vater gelassen. Zuvor hatte er bereits erklärt, dass es sinnlos sei, sich mit mir anzulegen. Über den Esstisch hinweg musterte er erst Nicola, dann die schweigsame Clair, dann mich. Er war immer noch attraktiv und sein Haar immer noch füllig, auch wenn es allmählich grau wurde. Seine hellbraunen Augen ruhten leicht spöttisch auf meinem Gesicht, dann tupfte er sich umständlich den Mund mit der weißen Leinenserviette ab und legte sie beiseite. Mir war klar, dass er die Diskussion lästig und die angespannte Atmosphäre irritierend fand. Die Bibliothek rief wie immer. In Gedanken war er bei dem Buch, das er im Sommer begonnen hatte, über Aischylos und die Unerbittlichkeit seiner Tragödien.

Jetzt schaute er auf die Uhr. »*Wüsten*. Ein törichtes, irregeleitetes Projekt mit einem absurden Titel«, befand er mit einem leisen Lächeln. »Aber dagegen ließe sich bestimmt etwas machen. Hast du schon mal über *Nur Wüsten* nachgedacht, mein Schatz?«

Das war sein letztes Wort zu dem Thema. Erst Jahre später wurde mir der tiefere Sinn seiner Worte bewusst. Aber so blind mein Vater sein konnte, wenn er wollte, so unglaublich und fast unerträglich spitzfindig konnte er auch sein. Als ich nun auf dem Friedhof saß, allein auf meiner Bank und umzingelt von Grabsteinen, vernahm ich plötzlich Gelächter. Der spöttische Unterton war unüberhörbar. Zweifellos irgendwelche Besucher, dachte ich, aber es war das Lachen meines Vaters, der schon viele Jahrzehnte tot war und amüsiert zur Kenntnis genommen hatte, wie richtig seine Einschätzung gewesen war.

»Verschwinde«, sagte ich laut und erschrak beim Klang meiner eigenen Stimme. Der Geist meines Vaters verbeugte sich beflissen in den grünen Sträuchern und zog sich zurück. Meine Gedanken schweiften zu der Wüstenreise, die ich unternommen hatte: die Überfahrt nach Ägypten, der Aufenthalt in Kairo, die Fahrt mit dem weißen Expresszug nach Luxor und ins Tal der Könige. *Er ist an mir vorbei in die Dunkelheit entschlüpft*, sagte eine vertraute Stimme. Schwer auszumachen, woher sie kam, vielleicht aus der Hagebuttenhecke hinter mir.

## 33

Auf meiner Reise für das Wüstenbuch traf ich Howard Carter wieder. Es war nicht unsere letzte Begegnung, aber doch die vorletzte, seine Beerdigung nicht mitgezählt. Es war im Januar 1932, genau zehn Jahre nach meiner ersten Ägyptenreise mit Miss Mack, und ich hatte es absichtlich so geplant. Auf meiner Durchreise in Kairo besuchte ich das Ägyptische Museum und verbrachte viele Stunden vor den »wunderbaren Dingen«, die Carter im Laufe des vergangenen Jahrzehnts aus Tutanchamuns Grab geborgen hatte. In zahllosen Artikeln und Büchern hatte ich schon von ihnen gelesen, auch in den Berichten von Carter selbst – der erste, den er mit Arthur Mace verfasst hatte, war in vielerlei Hinsicht unwahr und trotzdem beeindruckend und erstaunlich offen. Ich hatte auch schon Fotos von den Objekten gesehen, doch hatten sie mich nicht auf die überwältigende Schönheit der Dinge selbst vorbereitet, auf die machtvolle Aura, die sie ausstrahlten, als ich sie aus der Nähe, in aller Stille und allein betrachtete.

Ich betrachtete die atemberaubenden Funde, die heutzutage fast jeder kennt – den blau-goldenen äußeren Schrein, den goldenen Sarg, die goldene Gesichtsmaske, den goldenen Kanopenschrein mit den Wachgöttinnen, die über die Schulter schauen, als würden sie jemanden beschützen oder warnen – eines der größten Kunstwerke, die ich je in meinem Leben gesehen habe, sei es in Ägypten oder sonst wo. Ich erblickte den goldenen Thron, auf dem Tutanchamun mit seiner jungen schwesterlichen Ehefrau Anchesenamun abgebildet ist: Zärtlich reibt sie ihren brüderlichen Ehemann mit Öl oder Salbe ein. Dann wandte ich mich den weniger berühmten Dingen zu, die zwar nicht glänzen, aber dennoch sprechen und von manchen Besuchern einfach links liegen gelassen werden: eine Haarsträhne, die von der Großmutter des kindlichen Königs stammt und vermutlich auf seinen Wunsch dem Grab beigegeben wurde. Grabkränze aus einem komplizierten Flechtwerk aus Papyrus, Olivenzweigen, Perlen, Beeren und Kornblumen, dann der Kinderhandschuh, von dem Pecky Callender einst gesprochen und den irgendjemand liebevoll aufbewahrt hatte. Ich fragte mich, was diese Objekte über den toten König erzählen. War er von der Großmutter aufgezogen worden? War er ihr besonders nahe gewesen? Und wer hatte die Kränze ausgesucht? In den Fundstücken hallten ihre Geschichten nach, und trotzdem fanden die Fragen keine Antwort – konnten keine Antwort finden.

Ich wusste, dass sich hinter der zeitenthobenen Heiterkeit hässliche Realitäten verbargen. Zusammen mit Lucas und einem Pathologen hatte Carter den König nur mit äußerster Mühe aus der schützenden Hülle seines wundervollen innersten Sargs herausholen können. Die harzigen Öle, die man in einer rituellen Handlung über dem mumifizierten Körper im Sarg ausgegossen hatte, waren im Verlauf der dreitausend Jahre zu einer pechartigen Masse erstarrt. In der Folge war die berühmte Goldmaske auf fatale Weise mit dem einbalsamierten Gesicht verklebt, sodass die sterblichen Überreste des Königs in der harten Goldschale hängen geblieben waren.

Die Archäologen brachten den Sarg nach draußen in die sengende Sonne des Tals, um die harte schwarze Substanz aufzuweichen. Als das nichts half, nahm man zunächst heiße Messer und Bunsenbrenner zu Hilfe, konnte den König aber schließlich erst durch eine Kombination aus Gasbrennern und roher Gewalt aus seinem schützenden Goldbehälter befreien. Als man die Leinenbinden mit Skalpellen auftrennte, kam schließlich ein jämmerlich verschrumpelter und schlecht konservierter Körper zum Vorschein. In die Binden mit eingewickelt waren die erstaunlichsten Artefakte. Tutanchamuns Mumie ist, wie von Carnarvon gewünscht, in ihrem Grab geblieben – wo sie sich noch heute befindet und damit der einzige im Tal verbliebene König ist –, aber die Schätze, die man an seinem Körper gefunden hat, sind im Ägyptischen Museum zu sehen.

Ich betrachtete den goldenen Dolch und den Dolch mit der Eisenklinge, dann die Amulette und die überwältigenden Pektoralien, die Ketten, Ringe und Armreifen – allesamt Meisterwerke der Goldschmiedekunst. In die Gegenstände eingelegt wurden blaue Fayencen, orangefarbener Karneol, grüner Feldspat und das gelbe libysche Wüstenglas, dessen Ursprünge bis heute rätselhaft geblieben sind. Den geweihten Schmuck – über hundert Teile, von denen viele mit Sprüchen aus dem *Ägyptischen Totenbuch* verziert waren – hatte man so auf dem Körper verteilt, dass er Kehle, Leiste, Herz und Handgelenke schützte. Solche Beutestücke waren es, für die die Diebe der Antike die Mumien ihrer Könige auseinandergenommen hatten. Einzig im Fall von Tutanchamun war der Schmuck erhalten geblieben. Schaden war trotzdem angerichtet worden. »Sie haben ihm das Genick gebrochen«, hatte Frances mir geschrieben. »Sie haben ihm das Genick gebrochen, als sie die goldene Maske abgenommen haben.«

Ich drehte mich um und betrachtete die Maske noch einmal. Blind für derart unwürdige Ereignisse blickte sie mit der ewigen Heiterkeit der Kunst in die Zukunft. Ich verharrte vor dieser jugendlichen Schönheit, diesem traurigen Gleichmut, und wandte mich dann zum Gehen. Eine letzte Vitrine stand noch aus. Sie enthielt die beiden mumifizierten Körper von Tutanchamuns und Anchesenamuns tot geborenen Kindern, die man in dem Raum gefunden hatte, den Carter später als die »Schatzkammer« bezeichnet hatte. Wie alle Menschen, die hier standen, fragte auch ich mich, ob sie gestorben waren, weil ihre Eltern Geschwister waren und sie an einem genetischen Defekt gelitten hatten. Wie alle fragte ich mich nach dem zeitlichen Abstand zwischen ihrem Tod und dem ihres Vaters, mit dem zusammen sie beerdigt worden waren. Groß war er vermutlich nicht, bedachte man das mit achtzehn Jahren sehr junge Todesalter Tutanchamuns. Und wie alle anderen Besucher fragte ich mich auch nach dem Schicksal der Mutter, die nach dem Tod ihres brüderlichen Ehemanns in die Echokammer des Vergessens geraten war, verschluckt vom Schlund der Geschichte.

An jenem Tag im Museum war ich einundzwanzig Jahre alt. Ich hatte noch kein Kind ausgetragen und war noch Jungfrau. Trotz meiner Unerfahren- und Unversehrtheit trauerte ich in der Hitze des Museums um diese winzigen mumifizierten Babys. Auf dem Friedhof trauerte ich erneut um sie, aber auch um meine eigenen verlorenen Kinder – und ich bin froh, sagen zu können, dass damals keine Passanten in Sicht waren. Was für ein Anblick: eine verrückte, sentimentale Alte, die weinend auf einer Bank auf einem Friedhof im Norden von London sitzt, inmitten eines Meeres aus Rosenblütenblättern.

Vielleicht wäre es klug, nach Hause zu gehen. Ich stand auf und nahm den Weg zurück, den ich gekommen war. Noch immer dachte ich an Howard Carter und an die letzten beiden Male, die ich ihm begegnet war.

Zu der ersten Begegnung im Tal der Könige kam es ein paar Tage nach meinem Besuch im Ägyptischen Museum. Das lange Jahrzehnt von Carters Arbeit dort neigte sich dem Ende zu. Nur noch ein paar wenige Objekte aus der kleinen Seitenkammer, dem Annex, in den Frances und ich hineingespäht hatten, mussten verpackt und nach Kairo geschickt werden, dann wäre die zehnjährige Plackerei vorbei. Ich hatte meinen Ausflug für den späten Nachmittag geplant. Die Journalisten waren längst fort, und der Touristenstrom war erheblich abgeflaut, aber ich wollte das Tal so erleben, wie ich es aus meiner Kindheit in Erinnerung hatte: als das stille Territorium der Kobragöttin, deren Namen lautet: *Die, die Schweigen liebt.*

Ich nahm den Weg über die Berge. Als ich endlich ins Tal der Könige hinabschauen konnte, waren nur noch wenige vereinzelte Touristen zu sehen. Ich richtete das Fernglas auf den Grabeingang und erkannte den Fotografen Harry Burton und den etwas steifen Chemiker Alfred Lucas. Sie packten soeben ihre Ausrüstung zusammen. Die beiden waren die Einzigen vom ursprünglichen Team, die noch für Carter arbeiteten. Arthur Mace, das angebliche Fluchopfer, war bereits vier Jahre tot, und Pecky Callender, der sich mit Carter überworfen und gekündigt hatte, war verschwunden – vom Erdboden verschluckt, wie Miss Mack es formuliert hatte. Ihre Briefe an ihn waren schon lange vor ihrem Tod nicht mehr beantwortet worden. Ich hörte das ferne Murmeln der Männerstimmen im Tal unter mir. Carter hielt die Schlüssel zur Stahltür in der Hand und saß auf der Absperrungsmauer, wo sich einst die Journalisten gedrängt hatten. Die Schatten im Tal wurden bereits länger, als ich den Abstieg antrat und an die Mühen dachte, die Carter seit unserer letzten Begegnung im Augenblick des Triumphs, als Lord Carnarvon noch lebendig gewesen war, auf sich genommen hatte. Seither hatte es etliche erbitterte Auseinandersetzungen gegeben.

»Ich bin selbst kein großer Diplomat«, hatte Carter mir einmal gestanden. Sobald Carnarvons Einfluss ihn nicht mehr schützte, hatte er die Wahrheit dieser Behauptung schnell unter Beweis gestellt, und seine vielen Feinde, darunter Monsieur Lacau, hatten ebenso schnell zurückgeschlagen. Wenige Monate nach Carnarvons Tod hatten sie einen bösartigen Streit vom Zaun gebrochen, angeheizt von der Presse und bestärkt durch die Macht des ägyptischen Nationalismus. Kurz nachdem eine neue Verfassung beschlossen worden war und in Ägypten endlich demokratische Wahlen stattgefunden hatten, hatte das von der Wafd-Partei dominierte Parlament die Aufsicht über das Grab übernommen. Lacau hatte Schützenhilfe geleistet, und Carters Starrsinn und Streitsucht hatten dabei nicht gerade geholfen.

Ein ganzes Jahr lang waren er und sein Team aus dem Grab ausgesperrt worden. Der Antikendienst hatte es übernommen, überließ es aber sich selbst, weil es keine erfahrenen ägyptischen Archäologen gab, die Carters Arbeit hätten fortführen können, und kein Ausländer sich auf die riskanten politischen Verwicklungen in Zusammenhang mit dem Grab einlassen wollte. Als die Unruhen allerdings anhielten und sich eine Serie politischer Morde ereignete, griffen die Briten hart durch, und die Situation änderte sich wieder. Man entließ den nationalistischen Premierminister und sein Kabinett, verhängte das Kriegsrecht und installierte eine pro-britische Regierung. Innerhalb weniger Wochen hatte Carter sein Grab wieder.

Seit jenen Ereignissen im Jahr 1924 hatte Carter unermüdlich im Tal der Könige gearbeitet, Wintersaison um Wintersaison. Acht lange Jahre, dachte ich, als ich den felsigen Talgrund erreichte und den Weg einschlug, der zum Grab und zu der reglos dasitzenden Gestalt Howard Carters führte. Die Schreine waren abgebaut, die inneren Särge herausgeholt, der Sarkophag geöffnet, die Obduktion vollzogen worden. Tausende von erlesenen Objekten, großen und kleinen, hatte man herausgeholt, verzeichnet, konserviert, fotografiert und verpackt, und zwar absolut vorbildlich, das mussten selbst Carters größte Kritiker zugeben. Die Artefakte waren zur Gänze ins Ägyptische Museum in Kairo gewandert, wie Herbert Winlock vorausgesehen hatte. Lacau und die Nationalisten hatten die Schlacht in dieser Hinsicht für sich entschieden – und das Ethos der Archäologie unumkehrbar verändert, in Ägypten und auch anderswo.

Almina Carnarvon, die sämtliche Ansprüche ihres Mannes in Zusammenhang mit dem Grab geerbt hatte, erhielt nichts von dem Schatz, geschweige denn die Hälfte des Grabinhalts, auf die ihr Ehemann noch spekuliert hatte. Das war allerdings, wie Frances erklärt hatte, nicht allzu schwer für sie zu verkraften, da sie sich sowieso nicht für diese Dinge interessierte. Offiziell wanderte jedenfalls nichts von den Grabfunden nach Highclere Castle oder in ein ausländisches Museum, sondern alles blieb bis zur letzten elfenbeinernen Haarnadel für alle Ewigkeit in Ägypten. Allerdings gab es da noch die »Kleinigkeiten«, die man hatte verschwinden lassen, die »hübschen Dinge«, auf die Carnarvon »ein Auge geworfen« hatte, um es in Frances' Worten auszudrücken. Oder die er, um es in Worten von anderen zu sagen, unterschlagen, hinausgeschmuggelt, geklaut oder sich unter den Nagel gerissen hatte. Es kursierten Gerüchte, dass Carter ähnlich lange Finger gehabt habe.

»Mr Carter?« Ich nahm all meinen Mut zusammen, trat auf ihn

zu und streckte ihm die Hand hin. Er zuckte zusammen, da er mich weder gehört noch gesehen hatte, drehte sich dann um und musterte mich mit den leeren Augen eines Schlafwandlers. Er hatte zugenommen, wirkte durchaus korpulent. Sein Haar war dünner, sein Teint grau und sein Gesicht aufgedunsen. Der Blick, mit dem er mich anschaute, war finster und misstrauisch. Als er mich zuletzt gesehen hatte, war ich ein Kind gewesen, jetzt war ich eine erwachsene Frau. Ich wusste, dass er mich nicht wiedererkennen konnte. Er ignorierte meine ausgestreckte Hand und blieb sitzen.

Ich stellte mich vor. Da ihm mein Name erwartungsgemäß nichts sagte, erinnerte ich ihn an Frances und meine Verbindung zu ihr. Sofort hellte sich sein Gesicht auf, die latente Feindseligkeit löste sich in Luft auf, und er schien durchaus erpicht auf Neuigkeiten, die ich zu berichten hätte. Die Große Depression hatte dem Ausgrabungsprogramm des Met in Ägypten ein Ende bereitet, sodass Herbert Winlock nun in New York war, wo er bald zum Direktor des Metropolitan Museum ernannt werden würde. Frances hatte ihre regelmäßigen Besuche im Amerikanischen Haus und im Tal der Könige vor fünf Jahren eingestellt, da sie nun auf ein Internat in der Nähe von Boston ging. Ich wusste, dass sie Carter seither nicht mehr gesehen und auch nichts mehr von ihm gehört hatte – genauso wie ihr Vater.

»Wie geht es Frances? Und wie geht es meinem alten Kumpel Winlock?«, fragte Carter, dessen Verhalten sich nun komplett geändert hatte – blitzschnell wie immer.

Ich erzählte, dass Frances im Sommer die Schule beenden würde und dann Kunst studieren wolle, und brachte ihn auf den neuesten Stand, was die Winlocks betraf. Herberts Ernennung zum Met-Direktor schien ihn nicht besonders zu interessieren, dafür besann er sich aber plötzlich auf seine Gastfreundschaft. Er lud mich in sein Haus ein, wo ich eine Stunde blieb und mir Carters Diener Abd-el-Aal und sein kleiner Bruder Hosein – der Junge, der jetzt ein Mann war und den ich von unserem Mittagessen im Grab her kannte – Getränke, Nüsse und Datteln servierten.

Es war ein wunderschöner ruhiger Abend. Ich saß auf Carters Terrasse und schaute auf die Stelle des Nils, wo Miss Mack und ich auf der *dahabieh* gewohnt hatten. Zahlreiche Hausboote lagen auch jetzt dort vertäut, aber die *Queen Hatschepsut* befand sich nicht darunter. Ich fragte mich, was wohl aus ihr und Mohammed geworden war. Und ich wunderte mich auch, was aus Pecky Callender geworden war. Carter wischte sämtliche meiner Nachfragen beiseite. »Callender? Keine verdammte Ahnung. Ist abgehauen – könnte tot sein, soviel ich weiß«, sagte er und wechselte das Thema. Er wolle mir von seiner Arbeit erzählen.

»Uns kommt es wirklich merkwürdig vor, dass es keine Papyri gab«, sagte er. »Alan Gardiner stand schon in den Startlöchern, um eventuelle Textfunde zu entziffern. Mace hatte eine Kiste entdeckt, die mit etwas gefüllt war, das an Papyrusrollen erinnerte – aber leider stellte es sich als Leinenbündel heraus. Ich hatte auf Worte gehofft – Worte, die uns etwas über Tutanchamun und sein Umfeld verraten würden: wie er König wurde, was für ein Leben er geführt hat, wer seine Frau war, wer seine Kinder, woran er glaubte. Ich hätte einfach gern gewusst, wie er war.« Carter richtete die Augen auf den Fluss. »Aber Fehlanzeige.« Nachdem er eine Weile geschwiegen hatte, sagte er: »Ich dachte, ich hole ihn ans Licht. Aber während ich Jahre in seinem Grab verbracht und seine Besitztümer geborgen habe, während ich versucht habe, alles zu erhalten und zu verstehen, ist er einfach an mir vorbei in die Dunkelheit entschlüpft. Je länger ich ihn suchte, desto weniger sah ich von ihm.« Er hielt inne. »Und als ich ihm dann schließlich ins Gesicht blickte ... All meinem Wissen und all meiner Erfahrung zum Trotz hatte ich erwartet, dass er wie seine Totenmaske aussah. Aber so war es nicht.«

Er trank einen Schluck Whisky. »Aber es kommt noch verrückter.« Er stieß ein bellendes Lachen aus, um schließlich ganz normal weiterzusprechen. Wie ein Mann, der sich zum abendlichen Plausch in seinem Club niederlässt, holte er weit aus und begann Geschichten zu erzählen – wie er zum Beispiel neulich abends einen schwarzen Schakal in den Bergen über dem Tal gesehen habe.

»Ein wahrer Anubis. Nicht einer dieser gewöhnlichen Schakale. Er war schwarz wie die Nacht und doppelt so groß wie normal. Ich habe ihn mit eigenen Augen gesehen.« Mit derselben Genüsslichkeit grub er alte Geschichten aus. Vermutlich waren sie längst Teil eines festen Repertoires, das ihn vor unerwünschten Erinnerungen schützte. Auch die spiritistische Sitzung in Highclere schilderte er noch einmal – *Koptisch. Ich hatte die Sprache sofort erkannt. Aus meinem Mund werdet ihr kein Wort hören, das könnte gefährlich werden.* Dann wirkte er plötzlich verunsichert, fasste sich aber wieder und sprach von Carnarvons Tod. »Ich war da, als es mit ihm zu Ende ging. An Carnarvons Bett. Am nächsten Tag wurden sämtliche Kairoer Zeitungen, selbst die arabischen, mit Trauerrand gedruckt. Ihm zu Ehren. Was sagen Sie dazu?«

Offenbar hatte das große Bedeutung für ihn. Ich murmelte eine Antwort, obwohl dies, wie ich merkte, gar nicht erforderlich war.

»Das hatte es vorher noch nie gegeben, und das wird es auch nie wieder geben«, sagte er. »Carnarvon war der Letzte seiner Art. Seither habe ich mich für seine Interessen eingesetzt, das ist mir ein großes Anliegen, auch in Zukunft. Meine verdammte Pflicht ist das.«

Der Satz, den er so heftig ausgestoßen hatte, schien mir ein gutes Stichwort zu sein. Als ich mich erhob, um zu gehen, fragte ich Carter also, ob er noch jedes Jahr in Highclere Castle zu Gast sei und ob er im kommenden Sommer hinfahre. Sicher würde man nicht einfach darüber hinweggehen, dass die Arbeit in Tutanchamuns Grab nach so langer Zeit nun beendet sei. Eve war nie wieder nach Ägypten zurückgekehrt, das wusste ich, aber ich dachte, dass sie und die Carnarvons dieses Ereignis doch bestimmt feiern würden.

Sein Gesicht wurde zu einer Maske. »Ich fahre nicht oft hin, nein … Im Moment jedenfalls nicht«, erwiderte er schroff und ein wenig abfällig. »Ich habe einfach nicht die Zeit dazu. Höllisch viel zu tun, vollkommen eingespannt, ständige Bitten um Vorträge und Artikel. Nicht einen Moment habe ich für mich, und kein Ende ist in Sicht. Sobald ich hier fertig bin, werde ich mit dem definitiven

Bericht über das Grab und seinen Inhalt beginnen und habe außerdem noch andere Pläne.« Er schaute mich von der Seite her an. »Aber darüber kann ich noch nicht reden. Ich lege meine Karten lieber nicht auf den Tisch. Doch wenn Sie aufmerksam die Zeitung lesen, werde ich einige Überraschungen für Sie parat haben. Unsere Journalistenfreunde würden ihre Seele verkaufen, um mehr darüber in Erfahrung zu bringen. Ich wusste, wo Tutanchamun beerdigt war, und ich weiß auch, wo ein paar andere Menschen beerdigt sind. Berühmte Menschen. Solche, die diese Entdeckung hier weit in den Schatten stellen. Nur ein kleiner Tipp … Alexander der Große.« Er bleckte die Zähne zu einem Lächeln. »Glauben Sie mir, der alte Köter hat noch immer ein paar Tricks auf Lager.«

Ich hörte seine Stimme, als ich an diesem Tag durch das Friedhofstor schritt, in den Park zurückkehrte und dann langsam den langen und zunehmend schmerzhaften Aufstieg zum Heiligtum meines Hauses antrat. Die Arthritis meldete sich mit aller Macht zurück. Ich war zu lange fortgeblieben und zu weit gegangen, und die Geister trieben nun ungehindert ihr Unwesen – sie merken es sofort, wenn die Kräfte nachlassen. Die Umrisse meines Hauses tauchten zwischen dem dicken dichten Juligrün der Bäume in der Ferne auf. Wie ich bei meinem Wüstenprojekt gelernt und auf den folgenden Reisen immer wieder erfahren habe, lautet das Geheimnis für die Bewältigung längerer Strecken auf schwierigem Terrain und unter nicht gerade idealen Bedingungen: keine Pause. Du darfst es dir niemals gestatten anzuhalten.

Also schleppte ich mich weiter und wurde dabei von dem Howard Carter begleitet, der er bei unserem letzten Zusammentreffen gewesen war. Es hatte im Winter 1937 stattgefunden, etwa fünf Jahre nach jener Begegnung im Tal der Könige und zwei Jahre vor seinem Tod. Mein Leben hatte sich in der Zwischenzeit verändert: Ich hatte geheiratet. Als wir uns begegneten, war ich soeben vor meinem ersten Ehemann davongelaufen und suchte in Ägypten Zuflucht. Ich traf Carter im Winter Palace, wo ich für ein paar Tage abgestiegen war. Eines Morgens saß ich auf der Hotelterrasse, schaute auf den Nil und dachte an die Zeit, die ich mit Frances, Rose und Peter hier verbracht hatte. Wenn ich nur fest genug an sie dachte, konnte ich andere Erinnerungen an Ägypten und dieses Hotel verdrängen. Beispielsweise an meine Hochzeitsreise.

Ich hatte Miss Macks Buchmanuskript mitgenommen, das sie mir in der Woche vor ihrem Tod anvertraut hatte, und war wild entschlossen, es während meines Aufenthalts hier zu lesen. *Für die Lucy, die ich einst kannte* – die Widmung, geschrieben mit zittriger Hand, bereitete mir noch immer Unbehagen. Ich nippte an meinem Kaffee und blätterte die dünnen Seiten um. Schnell erkannte ich, dass Miss Macks jahrelange Umarbeitungen eher eine Art Zensur gewesen waren. Ganze Episoden und lange Gespräche, von denen ich wusste, dass sie sie aufgeschrieben hatte, fehlten in der Version. Pecky Callender, ihr Held, war praktisch ausgelöscht. Ich selbst war in Dem Buch einst als Zeugin aufgetreten – jetzt musste ich feststellen, dass ich ebenfalls herausgekürzt worden war, und zwar komplett. Nichts war von mir geblieben.

In die Lücke war eine andere Figur getreten, wie ich feststellte: Ihr Name war Tragödie. Wann immer diese neue Protagonistin auftauchte, hatte Miss Mack in einem solchen Gefühlsüberschwang in die Tasten der Oliver No. 9 gehauen, dass das Papier fast durchlöchert war. Ich verschloss meine Ohren vor den Geräuschen auf der Terrasse und las: *Die Entdeckung des verborgenen Grabs wurde von einer Tragödie begleitet, wie die Welt heute weiß. Sie lauerte in den Schatten, diese Tragödie, eine heimliche, verschleierte Beobachterin der Vorgänge im Tal. Ich werde mich nicht dazu herablassen, von einem Fluch zu sprechen, aber ...*

Meine Sicht verschwamm. Die grelle Sonne schmerzte in meinen Augen. Ich klappte Das Buch wieder zu, steckte es in den Umschlag und blickte auf den Fluss unter mir. Ich dachte an vergangene Aufenthalte in dem Hotel, ein Sammelsurium von Schnappschüssen: wie ich den winzigen Figuren von Rose und Peter von der Fähre aus zuwinke, wie Frances und ich von dem Polizisten El-Deeb vernommen werden, wie eindringlich Miss Mack das Kartell auf der Terrasse beobachtet ... und plötzlich hörte ich eine laute, vertraute Stimme. Als ich mich umdrehte, registrierte ich schockiert, dass sie tatsächlich Howard Carter gehörte, dem älteren Invaliden in Hut und Anzug, den ich schon ein paarmal aus der Ferne erblickt hatte. Er war Stammgast im Hotel, kam jeden Tag und wurde stets an einen Tisch an der Balustrade gesetzt. Die meisten Hotelgäste machten einen großen Bogen um ihn, da er ein ziemlicher Langweiler zu sein schien. Wann immer ich ihn gesehen hatte, war er allein gewesen, was ihn allerdings nicht weiter zu stören schien.

Jetzt trat eine Gruppe Touristen an ihn heran, die von einem Hoteldiener auf ihn aufmerksam gemacht worden war. Nachdem er sie vorgestellt hatte, eilte der Bedienstete schnell davon. Mir hatte noch niemand Carters Anwesenheit gesteckt, aber ich sprach auch kaum mit dem Personal. Eigentlich sprach ich mit niemandem. Als ich mich zu Carter umwandte, signierte er gerade ein Buch – seinen eigenen populärwissenschaftlichen Bericht über die Entdeckung des Grabs, wie ich feststellte, als ich aufstand und mich seinem Tisch näherte. Von seiner lang erwarteten wissenschaftlichen Studie hatte man in den letzten fünf Jahren nichts mehr gehört.

Carter redete nun schon länger auf die Touristen ein. »Ja, ich komme noch immer jeden Winter hierher«, hörte ich ihn sagen, während sich die Leute verstohlene Blicke zuwarfen und allmählich den Rückzug antraten. »Ich habe so meine Pläne, müssen Sie wissen. Die Menschen sind nur allzu voreilig, wenn es darum geht, mich abzuschreiben, aber der alte Köter hat noch ein paar Tricks auf Lager. Die Begräbnisstätte von Alexander dem Großen, eines der ewigen Rätsel der Archäologie ... Die Arbeit kann nun jeden Tag beginnen. Alexander der Große, hätten Sie das gedacht? Eine ganz große Sache. Mehr kann ich dazu leider nicht sagen ... Und zu niemandem ein Wort, bitte.«

Als die Touristen sich zurückzogen, wog ich meine Möglichkeiten ab: ansprechen oder nicht ansprechen? Carter hatte sich wieder gegen die Lehne sinken lassen, und selbst aus der Entfernung konnte ich sehen, dass er ein kranker Mann war, praktisch nicht wiederzuerkennen. Seine Kleidung war die eines City-Bankers aus alten Zeiten, kein Besucher in Luxor trug so etwas noch. Sein Körper war aufgeschwemmt von irgendeiner Krankheit und vielleicht auch von Medikamenten – er wirkte, als litte er unter Schmerzen. Seine Augen fixierten die Thebanischen Berge, und seine zitternden Hände spielten ständig an irgendwelchen Gegenständen herum, so wie es die Hände von alten Menschen halt tun. Jetzt griff er nach dem Kaffeelöffel. Wenn ich an seine einstige Geschicklichkeit und Energie dachte, hatte ich Mitleid mit ihm. Ich trat an seinen Tisch und nannte leise meinen Namen, obwohl mir klar war, dass er mich genauso wenig wiedererkennen würde wie die vielen Male zuvor. Als er mich verständnislos anstarrte, erklärte ich ihm wie bei fast jeder unserer Begegnungen, wer ich war.

»Was? Wer?« Er starrte zu mir hoch. »Ich möchte Sie darauf hinweisen, Madam, dass ich zehntausend Menschen durchs Grab geführt habe – ach was, zwanzigtausend! Und ich erinnere mich an keinen Einzigen von ihnen, weder an den Namen noch ans Gesicht.« Er hielt inne und bleckte seine Zähne zu dem Lächeln, das ich noch gut im Gedächtnis hatte. »Nichts für ungut, meine Liebe«, fügte er aggressiv hinzu.

Im Nachhinein hätte ich es wahrscheinlich dabei bewenden lassen sollen. »Lucy Payne, die Freundin von Frances Winlock«, sagte ich. Der Hinweis hatte stets funktioniert, und er entfuhr mir automatisch.

»Frances?« Irgendwo in seinen Augen glomm die Erinnerung auf, und seine Miene wurde freundlicher. »Oh, an Frances kann ich mich noch erinnern. Cleveres Mädchen. Hab sie immer gemocht.« Sein Blick wurde misstrauisch, als könnte ich ihn anlügen. Als könnte ich eine Hochstaplerin sein. Ich wollte mich schon zurückziehen und eine Entschuldigung murmeln, als er plötzlich mit kräftiger Stimme sagte: »Es ist Jahre her, dass ich sie gesehen habe. Sie wird wohl jetzt erwachsen sein. Sie muss in den – warten Sie – Zwanzigern sein? Wie geht es ihr?«

»Frances ist tot, Mr Carter.«

Ich sprach leise und zaghaft, und für einen Moment hatte ich den Eindruck, als hätte er die Worte nicht gehört. Als sich aber plötzlich ein Ausdruck von Verwirrung und Zorn in sein Gesicht stahl, wusste ich, dass er mich sehr wohl verstanden hatte. Er begann, wieder mit dem Kaffeelöffel herumzuspielen, und schüttelte den Kopf.

»Das wusste ich nicht«, sagte er und blickte an mir vorbei in die Ferne. »Winlock hat mir nichts davon erzählt. Wir haben uns in letzter Zeit ein wenig aus den Augen verloren. Hab mich nicht so darum bemüht, wie ich es hätte tun sollen ...« Mit einem Mal starrte er mich an. »Aber warum, frage ich mich, soll ich Ihnen das glauben? Wer zum Teufel sind Sie überhaupt?«

Ich schwieg, und das Misstrauen verschwand so schnell wieder aus seinen Augen, wie es erschienen war. Er griff nach seinem Homburger Hut, setzte ihn energisch auf, nahm seinen Stock und schob seinen Stuhl zurück. »Ich muss Winlock schreiben«, sagte er voller Ungeduld. »Unverzüglich. Das tut man so. Das sind die Gepflogenheiten, und die muss man respektieren – hat mein lieber Freund Lord Carnarvon immer gesagt. Ein Kondolenzbrief. Ich werde sofort einen schicken. Ich werde heimgehen und ihn schreiben. Ich werde Winlock auch von meinen Plänen berichten ... Alexander der Große, ich weiß, dass ihn das interessiert. Neidisch wird er sein ... Ach, Frances. Hübsches Kind. Und clever. Ist ja nicht besonders alt geworden.«

Er warf ein paar Münzen auf den Tisch und schritt an mir vorbei, als wäre ich unsichtbar – was ich für ihn vermutlich schon immer gewesen war. In erstaunlichem Tempo begab er sich in Richtung Fähre. Ich beobachtete noch, wie er an Bord eilte und die Bettler sofort vor ihm Reißaus nahmen.

Das war das letzte Mal, dass ich ihn gesehen habe. Eine Pfeife ertönte, auf dem Nil bildeten sich Wirbel, die Fähre legte ab, entfernte sich vom Ufer – und ich erreichte endlich das nördliche Tor, das aus dem grünen Park herausführte, in das grüne Sträßchen, das mich schließlich ins grüne Heiligtum meines Gartens bringen würde.

Der Schmerz in meiner Hüfte war zu diesem Zeitpunkt schon unerträglich. Sämtliche Knochen taten weh. Mein Atem ging stoßweise, mein Herz raste, und meine Sicht verschwamm. Ich schleppte mich erst ins Haus und dann ins Wohnzimmer und ließ mich auf den nächstbesten Stuhl sinken. Es war noch früh am Abend, das Licht war spätsommerlich silbern. Raum, Möbel, Gemälde, Bücher, alles wirkte plötzlich materielos, so durchsichtig wie Luft. Es war mir so vertraut wie meine eigene Haut und gleichzeitig so zerbrechlich wie ein Traum. Ich bilde mir das alles nur ein, dachte ich, schloss die Augen und wartete darauf, dass die Außenwelt verschwand. Doch nach einer Weile schlug ich die Augen wieder auf und musste feststellen, dass die Dinge noch da waren. Sie beharrten auf ihrer Existenz und verfestigten sich wieder.

Ich nahm die Uschebti fest in meine Hand. *Wohin du gehst, dahin gehe auch ich*, sagte Frances aus den luftigen Tiefen des Raums – und ich begriff, dass der zuverlässigste meiner Geister treu auf mich gewartet hatte.

## 34

Der Saranac Lake und das gleichnamige Städtchen an seinem Ufer liegen in den bewaldeten Hügeln im Norden des Bundesstaats New York, nicht weit von der kanadischen Grenze entfernt. Frances lebte dort seit Juni 1933.

Im März desselben Jahres war ich bei ihr und ihren Eltern in New York gewesen. Während dieses Besuchs ging sie mit mir ins Metropolitan Museum. »Ich möchte dir etwas zeigen, Lucy«, sagte sie und blieb vor einer Gruppe von Vitrinen stehen, in denen erlesener ägyptischer Schmuck ausgestellt wurde. »Erinnerst du dich noch?«

Ich schüttelte den Kopf, da ich in dem Museum noch nie gewesen war, und fragte mich, warum sie mich unbedingt hierherführen wollte.

»Lies, was auf dem Schild steht«, sagte Frances und drehte sich weg. Ich tat es und identifizierte den Schmuck als den Schatz der drei Prinzessinnen. »Die Prinzessinnen hießen Menhet, Menwi und Merti«, sagte Frances. »Sie sind aus der Geschichte verschwunden. Der Schmuck ist alles, was von ihnen geblieben ist, und ich wollte ihn dir unbedingt zeigen. Das muss man sich mal vorstellen: Carter hat sechs Jahre gebraucht, um diese Stücke zu erwerben, und als er sich dann endlich die letzten Teile gesichert hat, komme ich daher und quatsche dummes Zeug. Kannst du dich an den Tag erinnern, als Rose, Peter, du und ich auf der Terrasse des Shepheard's mit Carter Tee getrunken haben? »Seit damals gebe ich mir Mühe, meine Zunge im Zaum zu halten«, bekannte Frances. »Dir ist das nie schwergefallen, aber jetzt kann ich es auch.«

Nach dem Märzbesuch war ich ständig auf Reisen, und wir schienen uns immer knapp zu verfehlen. Wir schrieben uns wie üblich und verabredeten uns auch, aber Frances machte stets einen Rückzieher. Ich schrieb an ihre New Yorker Adresse oder an das Haus ihrer Familie in Boston, doch Frances war in Wirklichkeit an keinem dieser Orte, sondern in Saranac Lake. Die Tatsache, dass sie sich dort aufhielt, und der Grund dafür waren ein großes Geheimnis. Frances verschwieg es mir – wie vermutlich vielen anderen Freunden –, und auch ihre Eltern sagten nichts. Vielleicht hegten sie die Hoffnung, dass sich der Grund für ihre Geheimniskrämerei irgendwann in Luft auflösen würde, vielleicht war es auch einfach zu schmerzlich für sie, darüber zu reden. Ich habe keine Antwort auf diese Fragen.

Es war Frances selbst, die irgendwann offenbarte, wo sie war und warum, und mich darum bat, sie zu besuchen. Das tat sie allerdings erst im Oktober 1935. Ich war damals noch nicht verheiratet und war gerade auf ausgedehnten Reisen für mein zweites Buch – *Inseln* – gewesen. Auf dem Rückweg nach England strandete ich in Manhattan. Als ich am späten Nachmittag in das Hotel kam, dessen Adresse ich Frances mitgeteilt hatte, reichte man mir ihren Brief. Der Schock verlangsamte die Geschwindigkeit meiner Gedanken. Ich versuchte zu verdauen, was Frances mir so lang verschwiegen hatte. Die Adresse auf dem Brief lautete 153 Park Avenue, und ich brauchte eine Weile, um zu begreifen, dass nicht die opulente Park Avenue in New York City gemeint war, wo ihre Eltern ein Apartment besaßen, sondern die Park Avenue in einer entlegenen Stadt, von der ich zuvor noch nie etwas gehört hatte. Das Postskriptum bestand aus einem einzigen Wort: *Komm*. Es war ein strahlender Herbsttag. Am Abend stand ich in der Grand Central Station.

Am Fahrkartenschalter, an dem sich eine lange Schlange gebildet hatte, bat ich um eine Hin- und Rückfahrkarte nach Saranac Lake. Der Mann hinter mir begann zu lachen. Er war mager, ungepflegt und trug zerlumpte Kleidung. In den Ebenen der Grand Central Station hatte ich viele solcher Menschen gesehen. Wir befanden uns mitten in der Großen Depression, und Männer wie dieser geisterten überall in der Stadt herum. Die Bourbon-Flasche in seiner braunen Papiertüte war halb leer, und er hatte mich schon vorher belästigt.

»Eine für die Hinfahrt reicht«, sagte er. »Wussten Sie das nicht, Schätzchen? He, Kollege.« Er schob mich beiseite, hüllte mich in seine Alkoholfahne ein, beugte sich zum Gitter vor und sagte zu dem Fahrkartenverkäufer: »Tu dem englischen Fräulein einen Gefallen und mach 'ne einfache Fahrt draus. Nach Saranac Lake fahren viele, aber zurückkommen tut keiner. Es sei denn, in einem Sarg.«

Ich stieß den Mann beiseite. Nach meinen Reisen und manchen einschlägigen Erlebnissen hatte ich nicht die Absicht, mit einem angetrunkenen Penner zu diskutieren, und kaufte schließlich meine Karte. Es war eine lange, langsame Reise mit vielen Halts. Ich verließ New York an einem herrlichen, warmen Abend, und als die Dunkelheit hereinbrach, ratterten wir noch immer in Richtung Norden. Lichter oder andere Anzeichen für Zivilisation waren nirgendwo zu sehen. Meine Uhr blieb stehen und weigerte sich, wieder zu funktionieren, daher wusste ich nicht, wie spät es war, als der Zug schließlich irgendwo auf der Strecke an einem winzigen Bahnhof hielt.

Ich musste in Lake Clear umsteigen, um den Zug nach Saranac Lake zu nehmen, aber das konnten wir ja wohl noch nicht erreicht haben. »Wissen Sie, wo wir sind?«, fragte ich die Frau in meinem Abteil. Sie hatte grell gefärbte Haare, ein verlebtes, mit Rouge zugekleistertes Gesicht, trug orangefarbenen Lippenstift und wirkte wie ein leichtes Mädchen. Sie war nett, aber geschwätzig. Sie zündete sich eine Zigarette an, inhalierte, stieß einen Rauchkringel aus und schenkte mir ein anzügliches Lächeln. »Da fragst du was, Kindchen«, sagte sie freundlich. »Wir sind irgendwo am Arsch vom Arsch der Welt. Aber Lake Clear ist es nicht, Schätzchen, ganz bestimmt nicht. Bis dahin dauert es noch eine Ewigkeit.«

Ich trat in den Gang hinaus und presste mein Gesicht an die Scheibe. Irgendwo weiter hinten wurde Fracht verladen, ich konnte die Schreie der Lastenträger hören. Dann knallten Türen, der Zug ruckte an, die Stimmen wurden immer leiser und waren schließlich gar nicht mehr zu hören. Den Namen des winzigen Bahnhofs hatte ich nicht gesehen, aber er hätte mir auch nichts gesagt – ich war überstürzt aufgebrochen, kannte die Strecke nicht und hatte auch keine Karte dabei.

*Welch Land ist dies, ihr Freunde?* Ich starrte in die Finsternis jenseits der Scheibe: endloser Hänsel-und-Gretel-Wald, in ihm ein kleines hölzernes Bahnhofsgebäude, ein Bahnsteig und eine vereinzelte Lampe, darüber ein gewaltiger Himmel mit schlierigen Sternen und eine Mondsichel, die schräg über den Baumwipfeln hing. Irgendwo aus dem Zug drang das Schluchzen eines verängstigten Kindes. Irgendetwas stimmt nicht mit diesem Himmel, dachte ich, dann wurde mir klar, dass es schneite.

Der Schnee fiel noch immer, als der Zug früh am Morgen Saranac Lake erreichte. Ich hatte Frances ein Telegramm geschickt, um meine Ankunft anzukündigen, aber vielleicht hatte sie es noch nicht bekommen, oder es war verloren gegangen. Jedenfalls war niemand da, um mich abzuholen. Ich nahm meinen kleinen Koffer und ging fröstelnd über den Bahnsteig. Die Luft war eiskalt. Die Stadt lag in einer Talmulde und war von Bergen mit weißen Gipfeln umgeben. Holzhäuser mit Giebeln, Türmchen und anderen dekorativen Elementen drängten sich aneinander, manche erstaunlich groß für ein derart abgelegenes Städtchen. Dahinter sah man nichts als Wald – Kiefernwald – und stählern glänzendes Wasser unter einem blinden weißen Himmel. Am Bahnhofsgebäude blieb ich stehen. Nebenan war der Güterbahnhof, auf dem sich unter einer Leichendecke aus Schnee etliche Kisten stapelten. Ich hatte sie schon ein paar Minuten angestarrt, als ich begriff, dass es Särge waren.

Ein Blick auf die Uhr am Bahnhof sagte mir, dass es sechs Uhr war – zu früh, um in der Park Avenue aufzukreuzen, besonders dann, wenn mein Telegramm nicht angekommen war und niemand mich erwartete. Ich musste also Zeit totschlagen. Der Fahrkartenverkäufer schlug vor, dass ich meinen Koffer am Bahnhof ließ und zu einem Hotel hinüberging, da man dort sicher auch um diese Uhrzeit schon Frühstück bekam. Auch gäbe es dort einen Stadtplan – und einen Reiseführer, fügte er hinzu. »Nicht zur Behandlung hier? Zu Besuch? Der Opa – oder vielleicht die Frau Mama? Haben Sie schon eine Unterkunft, Ma'am? Wo wohnen Sie?«

Als ich ihm die Adresse an der Park Avenue nannte, pfiff er durch die Zähne, musterte mich von oben bis unten und sagte: »Highland Park also – noble Gegend – nur wichtige Leute.« Er ratterte ein paar Namen herunter und wurde konkreter, als er mein verständnisloses Gesicht sah: Einer der Bewohner war ein Baseballstar, ein anderer ein berühmter Zeitschriftenherausgeber. Und dann gab es noch einen Komponisten, einen Zeitungsmagnaten, einen Wall-Street-Banker und etliche Millionäre. In meiner Verwirrung hatte ich schon die Befürchtung, er würde auch noch ein paar Emersons oder Stocktons aufzählen – was er aber nicht tat.

Ich wandte mich zum Gehen, drehte mich aber noch einmal um und fragte, was es mit den Särgen auf sich habe. Da solle ich mir mal keine Sorgen machen, kam die Antwort, die seien leer und warteten auf die nächste Fuhre. Die beladenen Särge würden die Stadt diskret verlassen, klärte er mich auf, mit dem Zug um fünf vor zehn abends, wenn es schon dunkel war.

Ich machte mich auf in die Stadt. Das Berkeley Hotel, das der Mann mir empfohlen hatte, fand ich an der Kreuzung Broadway, Main Street. Es war eines von vielen auf dem Weg. Als ich dort ankam, hörte es auf zu schneien. Die Straßen waren noch still, aber die Stadt wachte allmählich auf. Die Ladenbesitzer öffneten die Fensterläden, etliche Pferdefuhrwerke, ein Holztransporter und ein Bus waren an mir vorbeigefahren. Soeben schnurrte auch ein Cadillac vorbei, mit weißen Felgen, verchromten Scheinwerfern und einem uniformierten schwarzen Chauffeur am Steuer. Auf der Rückbank saß eine pelzverbrämte Frau mit einem herrischen Gesicht, und ich konnte noch einen Blick auf eine behandschuhte Hand und das unerwartete Glitzern eines Diamantarmbands erhaschen.

Das Berkeley Hotel war ein schindelbedecktes Gebäude mit zahlreichen Giebeln, Veranden und Türmchen. Seine verschachtelten Räume im Innern erinnerten an ein Blockhaus. An den Wänden hingen Elchköpfe, in jedem Zimmer loderten Kaminfeuer. An der Rezeption war man übernächtigte, desorientierte Reisende, die mit dem Nachtzug eingetroffen waren, offenbar gewöhnt, und ich wurde wie versprochen mit einem Stadtplan, einem Reiseführer und Informationen versorgt. Nachdem er die Karte auf dem Tresen ausgebreitet hatte, tippte der junge Hotelangestellte auf ein paar Straßen. Er war gut gekleidet mit seinem braunen Anzug samt Weste, dem steifen Kragen und den glänzenden Lackschuhen. Sein Haar war in der Mitte gescheitelt und mit viel Pomade an den Schädel geklebt. Mir war eiskalt an diesem Tag, aber auch jedes andere Detail von damals ist mir noch so gut im Gedächtnis, als wäre es gestern gewesen. Ich kann mich noch genau an den silbernen Ring erinnern, den der Mann am kleinen Finger trug.

Es war ihm wichtig zu betonen, dass Saranac Lake nicht irgendein hinterwäldlerisches Kaff war. Es bot alles, wonach die Leute verlangten. Bald würde die Skisaison anfangen, aber auch schon vorher würde ich merken, dass in Saranac Lake einiges los war. Für Kanutouren war es zu spät im Jahr, aber ich könnte eislaufen oder in den Adirondacks wandern. Vom Mount Pisgah, der in der Nähe meiner Unterkunft lag, genoss man eine fantastische Aussicht. Dann würde bald der Winterkarneval beginnen, und es würde auch ein Trabrennen auf der Eisbahn stattfinden.

»Eispaläste«, sagte er – ein Wort, bei dem ich aufschreckte – und griff nach einem Album. »Dafür sind wir berühmt. Schauen Sie sich das nur an, Ma'am.«

Ich starrte auf die durchscheinenden Gebilde und konnte nur an eines denken: das Winter Palace in Luxor. Die Winterpaläste von Saranac Lake waren riesig, manche hatten sogar Eiszinnen. Der Ort habe einen eigenen Radiosender, fuhr der Mann fort, drei Filmtheater, etliche Gesangsvereine, ein Barbershop-Quartett und verschiedene Negerbands. Dazu irre Kostümpartys inklusive Tanzvergnügungen – jede Woche, so verlässlich wie das Amen in der Kirche. Die Stadt könne sich zudem rühmen, eine Bibliothek, zwei Zeitungen, vier Flüsterkneipen, fünf Drogerien, acht Geschäfte, fünfzehn Hotels und zwanzig Apotheken zu haben – und natürlich vierhundertsechsundfünfzig Cottages für Genesungssuchende. Es gab das Trudeau Sanatorium, das Franklin Falls Cottage und das Robert Louis Stevenson Cottage.

»Sie sehen blass aus, Ma'am«, sagte er plötzlich und faltete die Karte zusammen. »Vermutlich haben Sie im Zug nicht geschlafen, oder? Suchen Sie sich ein Plätzchen am Feuer, und ich werde zusehen, dass wir ein kleines Frühstück für Sie auftreiben. Sie sind nicht zur Behandlung hier, oder? Nein, das hatte ich mir schon gedacht. Diese Leute erkenne ich auf drei Meilen Entfernung. Engländerin? Dann fühlen Sie sich bei uns mal ganz wie zu Hause.«

Ich setzte mich an einen Kamin. Über mir hing ein Elchkopf, der mit einer Mischung aus trübsinnigen und verschlagenen Glasaugen auf mich herabschaute. Kurze Zeit später servierte man mir einen Kaffee und eine riesige Portion Pfannkuchen mit Bacon und Sirup. Ich brachte nicht viel hinunter, starrte ins Leere. Irgendwann schlug ich den Reiseführer auf. *Am See*. Ich musste mich erst einmal orientieren. Robert Louis Stevenson war einer meiner literarischen Helden, daher wandte ich mich zunächst ihm zu – man hatte ihm in dem Reiseführer ein paar Seiten gewidmet.

Er war 1887 hergekommen, las ich, und schnell ein enger Freund von Edward Livingston Trudeau geworden, dem Arzt, der das berühmte Sanatorium von Saranac Lake gegründet hatte. Sechs Monate lebte er in einem der Behandlungshäuschen und befolgte das strenge Programm, das Trudeau ihm auferlegt hatte. Wie die vielen anderen Patienten, die von den heilenden Kräften der reinen, trockenen Luft in Saranac Lake und den erwiesenen Erfolgen von Trudeaus Heilmethoden angezogen worden waren, verbrachte auch Stevenson einen Großteil des Tages in Zwangsruhe. Häufig schlief er sogar an der frischen Luft, auf der speziell für diesen Zweck entwickelten Veranda, die zu jedem der Cottages gehörte.

Er aß die kleinen, häufigen, nahrhaften Mahlzeiten, die vorgeschrieben waren, und trank die geforderte Menge an frischer Milch. Man untersagte ihm jegliche Form von Stimulation – was auch das Schreiben mit einschloss – und riet ihm, Konflikten aus dem Weg zu gehen. Trudeau war der Meinung, psychische Ausgeglichenheit sei für das Wohlbefinden der Patienten unerlässlich. Als es Stevenson besser ging, wurde er dazu ermuntert, an den Seen und in den Kiefernwäldern flotte Märsche zu unternehmen. Er befolgte die Anweisungen, allerdings nur bis zu einem gewissen Punkt. Kürzlich war sein Roman *Dr. Jekyll und Mr Hyde* erschienen, also machte er einfach weiter – mit dem Schreiben und dem Kettenrauchen. Als er Saranac Lake im Frühjahr 1888 wieder verließ, war seine Gesundheit wiederhergestellt und seine Tuberkulose praktisch abgeklungen. Er lebte noch sechs Jahre, und als er dann schließlich starb, war der Grund nicht die Tuberkulose, sondern eine Gehirnblutung. Das hob der Reiseführer ausdrücklich hervor – verschwieg dabei allerdings, dass Stevenson damals in Samoa lebte, einem Landstrich, der Schwindsüchtigen keineswegs zuträglich war.

Kurz darauf saß ich im Taxi nach Highland Park und dachte über Sucht und Schwindsucht nach. Ich begriff, was der Fahrkartenverkäufer gemeint hatte, als er die Gegend als nobel bezeichnet hatte. Sie lag außerhalb der Stadt und bestand aus ein paar wenigen lang gezogenen Straßen. Die Park Avenue war die breiteste und prächtigste von ihnen, das war sofort zu erkennen, als wir einbogen. Sie wand sich am Fuße des Mount Pisgah entlang, und auf ihrer anderen Seite sah man auf die Talmulde und den eisigen Strom des Saranac River hinab. Ich kurbelte das Fenster herunter. Die aseptische Luft roch nach Kiefern und nach etwas anderem, Unverwechselbarem, kühl wie frisch gedruckte Dollarnoten: Es war der Geruch von Geld.

Die Häuser standen in gebührendem Abstand zu ihren Nachbarn und waren von kurz geschnittenen, schneebestäubten Rasenflächen, gepflegten Gärten und hübschen Baumgruppen umgeben. Die Blätter der Zuckerahorne und Espen waren schon abgefallen, da der Herbst in diesen nördlichen Gefilden früh einsetzte. Die Anwesen waren allesamt imposant und reich an architektonischen Überraschungen: Ein gotisches Landhaus, ein französisches Château und ein schottisches Herrenhaus zogen nacheinander an uns vorbei.

»Hier oben sind Behandlungshütten nicht erlaubt«, sagte der Taxifahrer und zeigte mit dem Daumen über die Schulter, als wir an einem Schloss und dann an einem typischen Cotswolder Landhaus vorbeikamen. »Exklusive Gegend. Die Behandlungshütten unten in der Stadt vermieten ihre Zimmer wochenweise. Wer nebenan wohnt, weiß man nie. Das können Polen, Juden, Italiener, Griechen oder Spanier sein. Wir haben viele Spanier aus New York City hier, Ma'am, die Fabriken der Lower Eastside schicken sie zu uns, weil die Krankheit dort grassiert. Aber in dieser Gegend hier wohnt immer nur einer in einem Anwesen. Irgendjemand in der Familie erkrankt, dann sofort ab nach Saranac Lake, direkt in die Park Avenue. Ein Haus wird gebaut, der Kranke dort untergebracht. Aber alles natürlich mit strengen Auflagen. Es ist nur eine bestimmte Anzahl an Häusern pro Hektar erlaubt.«

Er verlangsamte die Fahrt und fuhr vor einem gewaltigen schindelbedeckten Haus im Kolonialstil vor. »Dieses Haus hieß früher Talbot-Aldritch-Cottage. Es war nach der Familie benannt, die es errichtet hat«, sagte er, und sofort drang aus der Vergangenheit eine unerwünschte Stimme an mein Ohr. Es war die Stimme eines Gelehrten aus Cambridge, dünn und hoch, mürrisch und gereizt: *Ein Cottage mit zwanzig Schlafzimmern, scheint's. Warum müssen unsere transatlantischen Cousins eigentlich immer über- oder untertreiben?* Ich stieg aus dem Wagen und dachte: Zum Teufel mit dir, Daddy.

Das Haus war schön, elegant proportioniert und fügte sich harmonisch in die Landschaft ein. An zwei Seiten zog sich eine überdachte Terrasse entlang, an einem Fahnenmast flatterte die amerikanische Flagge. Die Veranda im ersten Stock war offenbar für die Behandlungen gedacht. Die großen Schiebefenster standen offen, aber man sah nur wehende weiße Vorhänge. Ich betrat den Zugangsweg zum Haus, auf dem der Schnee bereits schmolz. Kurz bevor ich die Haustür erreichte, wurde sie aufgerissen, Helen Winlock streckte mir die Arme entgegen, und ich sank hinein. Eine Weile sagte keine von uns beiden ein Wort. Als Helen sich gefasst hatte, trat sie zurück und hielt mich von sich fort.

»Wir haben dein Telegramm heute Morgen erhalten. Du hättest nicht kommen dürfen, Lucy. Frances hätte dich nicht darum bitten dürfen. Du kannst sie nicht sehen. Sie ist … Es ist ansteckend.«

Ich sagte, das sei mir egal – was auch stimmte –, und sie begann zu weinen. »Wie dickköpfig du bist. Aber das warst du schon immer, Lucy. Und Frances auch – zwei kleine dickköpfige Mädchen. Frances ruht im Moment, wir dürfen sie nicht stören. Die Anweisungen sind äußerst streng. Regeln über Regeln, aber sie helfen. Sie ist schon viel kräftiger. Ihr Appetit ist gut, meistens jedenfalls. Und wenn die Sonne scheint, kann sie sogar spazieren gehen. Erinnerst du dich noch an eure Ausflüge ins Tal der Könige?« Tränen liefen ihr über das Gesicht. »Komm herein, du musst müde von der langen Reise sein. Wir müssen miteinander reden, bevor du zu ihr gehst.«

Sie zog mich in den großen Vorraum, wo ein reines, stilles Licht herrschte, das mich an Vermeer denken ließ – es war, als würde man in den Perlenstaub eines seiner Bilder treten. Das Haus hallte wider von vollkommener Lautlosigkeit. Schweigend schauten wir einander an. Der Reiseführer hatte nicht nur Gebäude und Vergnügungen beschrieben, er hatte mir auch eine Vorstellung von der Krankheit vermittelt, der Saranac Lake seine Daseinsberechtigung und sein Auskommen verdankte. Ich hatte die Abschnitte aufmerksam gelesen.

»Welches Stadium, Helen?«, fragte ich.

»Fortgeschritten.« Sie senkte den Blick. »Das war schon so, als Frances hergekommen ist.«

Später am Tag durfte ich Frances sehen, nachdem sie in ihrem Zimmer allein zu Mittag gegessen und dann, wie verordnet, eine Stunde geschlafen hatte. Helen hatte kapituliert: Ich durfte bleiben, sollte aber vorsichtig sein.

»Du darfst sie nicht aufregen«, sagte sie. »Jede Aufregung muss unter allen Umständen vermieden werden, da sie einen Anfall auslösen kann. Du musst ruhig und leise sein, und, bitte, lass dir deine Gefühle nicht anmerken. Rede einfach ruhig mit ihr – und wenn sie selbst etwas erzählen will, lass sie. Aber nicht zu viel. Wenn sie sich aufregt – und das tut sie manchmal –, musst du sofort das Zimmer verlassen, dann werde ich mich um sie kümmern. Wenn sie hustet, vergewissere dich, dass ihre Gazetücher in Reichweite sind. Auf dem Nachttisch liegt ein ganzer Stapel, sie müssen immer so gefaltet sein, dass sie vier Lagen dick sind. Wenn Frances sie benutzt hat, darfst du sie nicht mehr berühren. Du darfst Frances auch nicht umarmen. Gib ihr keinen Kuss. Du kannst eine halbe Stunde bleiben, dann kommt die Krankenschwester zur täglichen Massage – das befreit die Atemwege. Eine sehr wirksame Maßnahme.« Sie machte eine Pause. »Du wirst lügen müssen, Lucy. Kannst du lügen?«

»Nicht schlechter als jeder andere auch.«

»Ah, du hast dich verändert. Nun, das haben wir alle.«

Ich ging die Treppe hoch in Frances' Zimmer mit der geräumigen Veranda davor, die ich von unten schon gesehen hatte. Die Schiebefenster waren noch immer weit geöffnet. Frances lag in einem der Tagesbetten, die Dr. Trudeau entwickelt hatte, um dem Körper eine bequeme Lagerung zu ermöglichen und gleichzeitig die Atmung zu erleichtern. Die Luft war bitterkalt, aber frisch und trocken. Keine Heizung. Frances trug ein Bettjäckchen aus dunklem Pelz. Ihre schmalen Hände lagen auf der weißen Decke. Auch ihr Gesicht war schmal geworden, aber ihr Teint war rein und strahlend. Zwei scharlachrote Flecken hatten sich auf ihren Wangen gebildet, ihr dunkles Haar glänzte, ihr Blick war klar. Als ihre leuchtenden Augen mich sahen und ihr Gesicht sich zur Begrüßung aufhellte, lächelte sie ihr altes Lächeln. Es sprach mit derselben Unmittelbarkeit zu mir wie immer, seit ich ihr in Madames Ballettklasse zum ersten Mal begegnet war.

»Du bist gekommen.« Sie hielt mir die Hand hin. »Ich träume doch nicht, oder? Du bist gekommen, Lucy.«

»Ich wäre schon früher gekommen, wenn ich davon gewusst hätte. Ich wäre sofort gekommen, Frances.«

»Das weiß ich«, sagte sie, und sofort waren wir, was wir immer gewesen waren: zwei Teile, die perfekt zueinanderpassten. An unserem vollkommenen Einklang hatte sich nichts geändert. Worte und Erklärungen waren überflüssig.

»Ich habe dir ein Geschenk mitgebracht«, sagte ich später, als ich die Krankenschwester kommen hörte und wusste, dass meine halbe Stunde gleich vorbei sein würde.

Ich war ganz ruhig gewesen, und auch Frances hatte nur ein Mal eine gewisse Erregung gezeigt. »Mir geht es so viel besser«, hatte sie heiter verkündet und mich mit ihrem funkelnden Blick angesehen. »Daddy war letztes Wochenende hier. Er kommt fast jedes Wochenende, wenn das Museum ihn lässt. Ich habe ihm erzählt, wie viel stärker ich mich schon fühle und wie viel ich esse – aber er ist zwei Mal aus dem Raum gegangen, weil er weinen musste. Ist das nicht töricht? Er sagt, er geht, damit ich nicht so viel rede, weil das nicht gut für mich ist, aber ich habe doch immer schon viel geredet, das weißt du ja, Lucy. Daddy ist so streng und hat ein so ernstes Gesicht gemacht, dass ich ihn einfach ausgelacht habe.«

Als sie wieder lachte, löste das einen Hustenreiz aus. Schnell presste sie sich eines der dicken Gazetücher vor den Mund. Als der Husten nachließ, wandte sie ihr Gesicht ab, blickte das Kissen an und erklärte, dass wir, sobald die Sonne herauskomme, einen schönen Spaziergang machen könnten. »Wir können durchs Tal wandern, am Fluss entlang. Das ist mein Lieblingsweg. In meinem ersten Sommer in Saranac Lake bin ich ihn jeden Tag gegangen, aber ich war nicht mehr oft da ... in letzter Zeit.« Sie zögerte. »Bei meinem ersten Aufenthalt hier habe ich auch nicht in diesem Haus hier gewohnt. Das Haus hat Daddy erst gemietet, als ihm klar wurde, dass ich ein bisschen länger bleiben muss als zunächst gedacht. Beim ersten Mal war ich in einem der Cottages drüben an der Kiwassa Road, auf der anderen Flussseite.«

Sie deutete mit ihrer schmalen Hand in Richtung Fenster. »Ein Mr Erkander und seine Frau führten das Cottage – sie war mal Krankenschwester und kam aus Michigan. Besonders glücklich war ich dort nicht, obwohl die Leute wahnsinnig nett waren. Mrs Erkander war so etepetete! Alles war blitzblank, und wenn man von draußen kam, musste man sofort die Schuhe ausziehen. Jeden Morgen wurden die Räume desinfiziert. Sie bleichte die Laken und die Vorhänge und die Stuhlbezüge – das ganze Haus stank nach Karbol. Die anderen Gäste dort, die Patienten, waren nie lange da. Man hatte sie gerade erst kennengelernt und ein paarmal auf der Veranda mit ihnen gesprochen, da waren sie auch schon wieder fort. Mrs Erkander behauptete immer, sie seien in andere Cottages gezogen oder hätten sich wieder erholt und seien heimgefahren, aber ich denke, dass einige von ihnen mit einem Beerdigungsunternehmen nach Hause gefahren sind. Mrs Erkander war ziemlich sauer, als ich das gesagt habe.«

»Pst, Frances. Du sollst nicht so viel reden, das habe ich deiner Mutter versprochen.«

»Ach, sie wiederholt nur, was der Arzt sagt! So ein Theater wegen nichts. Ich sehne mich danach zu reden. Ich habe mich danach gesehnt, mit *dir* zu reden. Nun, ich habe natürlich immer mit dir geredet, und was haben wir nicht alles für Gespräche geführt! Aber das alles war nur in meiner Fantasie, und das ist nicht dasselbe, oder? Still hier herumzuliegen, Tag für Tag, das ist ganz schön hart, Lucy. Alle möglichen törichten und finsteren Gedanken schleichen sich da ein, ich werde sie gar nicht mehr los. Aber jetzt im Moment sind sie fort – geflüchtet! Ich bin so glücklich, dass ich tanzen könnte.« Sie wandte das Gesicht ab und schwieg, als sie kurz keine Luft bekam.

Ich neigte den Kopf und strich ihr über das Handgelenk. Ihre Haut fühlte sich heiß und trocken an. Unter meinen Fingern spürte ich den schnellen Puls. Helen hatte mir bereits von der Zeit im Hause Erkander erzählt – und auch von den Umständen, die zu Frances' Aufnahme in Saranac Lake geführt hatten. Es war alles sehr schnell gegangen: Frances war neunzehn gewesen und kerngesund. Sie hatte die Schule abgeschlossen und war in die Gesellschaft eingetreten. Sie flog von einer Debütantinnenparty zur nächsten, lernte Jungen kennen und wollte in New York Kunst studieren … oder auch in Europa, vielleicht an der Beaux-Arts in Paris oder an der Slade in London. In jenem Winter bekam sie eine Erkältung, die sie nicht mehr loswurde, und litt unter hartnäckigem Husten. Nur wenige Wochen nach unserem Treffen in New York, bei dem wir das Metropolitan Museum besucht hatten, verlor sie dann sichtbar an Gewicht. Helen hegte den Verdacht, dass sie heimlich fastete. Als sie zum Arzt ging, verschrieb er ihr Hustensaft und erklärte, es gebe keinen Anlass zur Sorge. Als aber im Mai Fieber und nächtliche Schweißausbrüche hinzukamen, riet er schließlich doch dazu, einen Spezialisten aufzusuchen, der die Diagnose stellte und eine Behandlung in Saranac Lake empfahl. In Amerika hatte keine Einrichtung einen besseren Ruf.

»Januar bis Juni«, sagte Helen. »Sechs Monate seit der ersten Erkältung bis zu dem Tag, an dem sie hier aufgenommen wurde. Das ist jetzt fast zweieinhalb Jahre her. Die Ärzte sagen, es hätte keinen Unterschied gemacht, wenn man es eher entdeckt hätte. Tuberkulose funktioniert nach ganz eigenen Regeln. Manchmal bricht sie schnell aus, manchmal spät, und manchmal ist sie einfach latent.«

An jenem Tag im Museum war sie also schon krank gewesen, dachte ich und fragte: »Aber weiß man, wie Frances sich infiziert hat? Oder wo?«

»Nein.« Helen schaute weg. »Man nennt Tuberkulose auch die weiße Pest. Sie ist überall. Die Ärzte sagen, man muss ihr lange ausgesetzt sein, um sich zu infizieren – aber was heißt das schon? Einen Tag? Eine Woche? Zehn Minuten? Fragt man die Ärzte, wissen sie darauf keine Antwort. Vielleicht hat sie sich den Bazillus in einem Restaurant eingefangen. Oder in einem Filmtheater. In der Oper. Im Bus. Oder in der U-Bahn.«

Ich betrachtete Frances' gerötetes Gesicht. Ihre Augen waren geschlossen, ihr Atem hatte sich wieder beruhigt. Ich dachte, sie würde schlafen und ich könnte mich vielleicht hinausschleichen, aber sobald ich mich bewegte, griff sie nach meiner Hand.
»Nicht gehen ... noch nicht«, sagte sie. »Wenn du jetzt gehst, werde ich denken, ich habe dich nur geträumt. Wo war ich gerade? Ich habe den Faden verloren ... Ach ja. Unser Spaziergang am Fluss. Machst du das, Lucy? Bleibst du hier, damit wir gemeinsam spazieren gehen können? Versprich mir, dass du nicht abreist, bevor wir das getan haben.«
»Ich verspreche es dir. Ich bleibe so lange, wie du möchtest. Und ich werde auch nicht allein zum Fluss gehen, sondern warten, bis wir gemeinsam hingehen.«
Sofort wurde Frances ruhiger. Ich überreichte ihr das Mitbringsel, das ich auf dem Weg zum Bahnhof an der Fifth Avenue gekauft hatte. Die Verkäuferin hatte es als Geschenk eingepackt. Ich hörte, wie Helen unten im Vorraum mit der Krankenschwester sprach, als ich Frances dabei half, die hübschen Bänder und das weiße Glanzpapier zu entfernen. In dem Päckchen befand sich ein vergoldetes Kästchen mit einem Lippenstift. Das Scharlachrot glich ziemlich genau dem von Poppy d'Erlangers Lippenstift, den Frances damals in Ägypten ausgewählt und dann geopfert hatte.
Frances stieß einen kleinen Schrei aus und schaute mich mit leuchtenden Augen an. »Daran erinnerst du dich noch?« Sie drehte den Lippenstift in ihren schmalen Händen hin und her. »Dass du dich daran erinnerst!«
»Daran und auch an sonst alles.« Das stimmte sogar, der Fluch eines guten Gedächtnisses. »Wenn du groß bist, wolltest du den ganzen Tag roten Lippenstift tragen, sogar zum Frühstück.«
»Genau. Und Rose hat gesagt, dass ich mich das nie trauen wür-

de.« Sie lachte und musste wieder husten. »Nun, jetzt bin ich groß, und das Tragen von Lippenstift ist nicht mehr ganz so verrucht wie früher, aber trotzdem ... Ich werde es Rose zeigen. Gib mir mal den Spiegel da, Lucy.«

Ich reichte ihr den Handspiegel, und Frances bemalte sich konzentriert die Lippen, presste sie sanft aufeinander und betrachtete sich dann im Spiegel. Dann streckte sie ihre rosafarbene Zunge heraus und leckte sich über die Lippen, damit sie stärker glänzten. »Wunderbar. Ich fühle mich so eitel wie ein Pfau, aber die Farbe steht mir. Ich wusste genau, dass sie mir steht. Die Farbe von Rubinen, Lucy. Die Farbe von Blut. Des Herzschlags.«

Das Geschenk rief die unterschiedlichsten Reaktionen hervor. Herbert Winlock, der zu Besuch kam, fand den Lippenstift amüsant, aber Frances' Ärzte runzelten die Stirn, ihre Mutter schimpfte, und die Krankenschwestern waren entsetzt – die Aufregung, die Frances vorhergesehen hatte, freute sie diebisch. Sie hatte sich so lange an die strengen Verordnungen gehalten, dass die rebellische Geste ihr Kraft zu verleihen schien. Es war, als würde sie ihre Flagge trotzig vor dem Feind schwenken. Und den Feind kannten wir alle. Man spürte, wie er auf das Haus zuschlich, im Garten herumstrich und zum Fenster hereinspähte. Ich selbst kannte ihn schon lange und erinnerte mich noch gut daran, wie er bei meiner ersten Ägyptenreise in meinem Zimmer im Shepheard herumgelungert und sich in dem furchteinflößenden Katafalk von einem Kleiderschrank versteckt hatte. *Hau ab*, hatte ich damals gedacht, *such dir ein anderes Opfer*. Und das dachte ich auch jetzt, wenn ich bei Anbruch der Dunkelheit die Vorhänge schloss. Den roten Lippenstift trug Frances von nun an an jedem einzelnen der Tage, die ich mit ihr in Saranac Lake verbrachte.

Dreißig waren es. Meistens waren wir im Haus, da es draußen bewölkt und unfreundlich war. Morgens rieben die Krankenschwestern Frances mit dem vorgeschriebenen kalten Wasser ab, machten ihr Bett und überwachten ihre Atemübungen. Nachmittags, nach dem Mittagessen und der Zwangsruhe, saß ich bei ihr, wir unterhielten uns, oder ich las ihr vor, wenn sie es wünschte. Sie gab mir eine Liste von Titeln, die ich in der Leihbücherei an der Main Street besorgte. Da Frances schnell ermüdete und sehr sprunghaft war, las ich meist nur kurze Passagen: hier ein Fragment, da eine Lieblingsstelle. Auf unserer Lektüreliste standen *Betty und ihre Schwestern*, *Der geheime Garten* und *Huckleberry Finn*. »Ah, das gefällt mir«, sagte sie gelegentlich. »Lies das noch einmal, Lucy.« Dann wiederholte ich den Absatz, bis sie ruhiger wurde und ihr die Augen zufielen.

Außerdem liebte sie Nachrichten und hörte, wenn es ihr erlaubt wurde, Radio. »Ich muss doch auf dem Laufenden bleiben, Lucy«, sagte sie. »Wenn ich in die große, schlechte Welt zurückkehre, muss ich doch wissen, was passiert ist, sonst halten mich die Leute noch für dumm.«

Also brachte ich ihr die Lokalzeitungen mit, dazu die *New York Times* und den *New Yorker*, die Helen abonniert hatte, und las ihr daraus ausgewählte Passagen vor – den Gesellschaftsteil, die wichtigsten Nachrichten, die Rezensionen. In einem möglichst unaufgeregten Tonfall las ich von Mussolinis Einmarsch in Abessinien, vom andauernden Leiden der Farmpächter in Oklahoma, von den aktuellen Holzpreisen und vom Dinner mit anschließendem Tanz, das Mrs Edgar P. van der Luyden für ihre Tochter Lavinia im Pierre Hotel gegeben hatte. Als ich einmal auf die Todesanzeige für die legendäre Primaballerina stieß, die wir unter dem Namen Madame Mascha kennengelernt hatten, blätterte ich schnell weiter. Ich las die Berichte über den Nürnberger Reichsparteitag und die Auslassungen darüber, wer zur glanzvollen Eröffnung der Metropolitan Opera erschienen war. Frances ließ sich dabei in ihre Kissen sinken und schaute mit leuchtenden Augen zu den geöffneten Verandatüren hinaus, die Lippen leicht geöffnet, die Miene verzückt – so als würde sie einen atemberaubenden Film sehen. Sämtliche Ereignisse, wie bedeutend oder unbedeutend sie auch sein mochten, schienen sie gleichermaßen zu faszinieren.

Manchmal erkundigte sie sich auch nach Leuten, die sie schon jahrelang nicht mehr gesehen hatte, etwa nach Rose und Peter. Also las ich ihr die Briefe vor, die ich von den beiden bekommen und die mir Nicola Dunsire aus Cambridge nachgeschickt hatte. Rose wohnte jetzt in London, wo sie sich eine Wohnung gekauft hatte, nachdem ihr bei ihrem einundzwanzigsten Geburtstag das Erbe ihrer Mutter zugefallen war. Wheeler lebte noch immer bei ihr, und so war es fast so gekommen, wie sie sich ihr Leben an jenem Tag auf der Fähre nach Dover ausgemalt hatte. Ihr Bruder Peter war kürzlich ebenfalls eingezogen, da er es geschafft hatte, in Eton rausgeschmissen zu werden, und den Kontakt zu seinem Vater abgebrochen hatte. »Rausgeschmissen?« Frances warf mir einen skeptischen Blick zu. »Peter? Aber er war doch ein so reizender, artiger Junge. Und so schüchtern. Er hätte doch keiner Fliege etwas zuleide tun können.«

»Früher vielleicht. Aber jetzt ist er schon fast siebzehn und ziemlich groß und stark. Ein wahrer Unruhestifter. Seit Jahren hat er es auf diesen Rausschmiss abgesehen gehabt, und mir war immer klar, dass er es letztendlich auch schafft. Er weiß, was er will.«

»Hat er immer noch Poppys Augen? Sieht er immer noch aus wie sie?«

»Ja. Dieselben Augen – nur wilder.« Ich betrachtete die beiden Briefe. Der von Rose war lang und mitteilsam, der von Peter kurz, geistreich, aber gänzlich uninformativ. *Liebe Lulu, ich bin entkommen. Ich bin ein freier Mann! Wenn wir uns das nächste Mal begegnen, wirst du mich nicht wiedererkennen* ... Ich steckte beide Briefe in die Umschläge zurück.

»Seltsam, manchmal denke ich, ich kenne sie – und manchmal, dass ich sie nur geträumt habe.«

Frances blickte mich an. »Ich denke, ich habe *alles* nur geträumt«, sagte sie traurig und zupfte an ihrer Bettdecke. »Madames Ballettklasse, deine Miss Mack, Eve, Mr Carter, Daddys Ausgrabungen, selbst das Tal der Könige und die Gräber – waren wir wirklich dort, Lucy?«

»Du weißt doch, dass wir da waren. Aber jetzt musst du dich ausruhen.«

Mittlerweile kannte ich die Gefahrensignale, dann sagte ich: »Aber jetzt musst du dich ausruhen.« Oder: »Aber jetzt kommt der Arzt oder die Krankenschwester.« Oder: »Jetzt ist aber Zeit für deine Massage/deine Milch.« Oft war mir dabei mulmig zumute, denn die Rückschläge erfolgten ohne jede Vorwarnung. In der einen Sekunde war Frances vollkommen ruhig, in der anderen wurde sie von fiebriger Erregung oder unvermittelten Angstzuständen gepackt. Dann schnappte sie nach Luft und krümmte sich, während eine Hustenattacke sie schüttelte. Einmal brauchte sie Sauerstoff, einmal hustete sie helles Blut und wollte ihr Gazetuch vor mir verstecken, und einmal wurde ihre Haut vollkommen weiß, während sich ihre Lippen blau verfärbten, woraufhin die Ärzte sofort herbeigeeilt kamen.

Sie hatten schier unglaubliche Dinge dabei: große Flaschen, Messgeräte, Gummischläuche, einer davon besonders lang und mit einer Nadel am Ende. Helen und ich wurden ins Treppenhaus geschickt, daher bekam ich die Prozedur, die man »künstlichen Pneumothorax« nennt, nicht mit. Aber als ich vor Frances' Tür stand und die Hand ihrer Mutter umklammerte, hörte ich einen langen hohen Schrei, dann ein anhaltendes Zischen und Blubbern und dann eine Männerstimme, die sagte: »Halten Sie durch, Frances.«

»O Gott, was tun die nur mit ihr?«, stieß ich hervor.

Helen starrte an die Wand. Die Ärzte legten Frances' linken Lungenflügel still, indem sie Sauerstoff durch die Brustdecke in die Pleurahöhle injizierten, erklärte sie mir. Zwar seien beide Lungenflügel angegriffen, aber der linke stärker. Die Nadel müsse mit absoluter Präzision gesetzt werden. Die Methode sei uralt und erstmals bei Hippokrates erwähnt worden. Die Ärzte in Saranac Lake hätten viel Erfahrung damit, schließlich würden sie sie täglich bei vielen Patienten anwenden. Wäre der Lungenflügel erst einmal stillgelegt, könnte er sich erholen, was den Heilungsprozess fördern würde.

»Und wie oft haben die das schon mit Frances gemacht?«

»Das ist das siebte Mal dieses Jahr.«

»Und was passiert danach?«

»Dann beginnt alles wieder von vorn. Längere Ruhezeiten. Längere Zeiten an der frischen Luft. Weniger Aufregungen. Regelmäßigere Mahlzeiten. Mehr Milch. Optimierung der Nahrungszufuhr. Nach und nach sollten dann die Risse in der Lunge ein wenig abheilen und die Verklebung zurückgehen.« Sie hob die Hand, um ein Bild an der Wand zurechtzurücken, eines ihrer Aquarelle: der Blick von der Veranda des Amerikanischen Hauses. Sand, rötliche Felsen, Wüste. Sie ließ die Hand wieder sinken und das Bild schief hängen. »Wir müssen Geduld haben, Lucy.«

Der Vorfall ereignete sich ziemlich zu Beginn meines Aufenthalts in Saranac Lake, gleich am Ende meiner ersten Woche. Danach herrschte, wie von Helen angekündigt, ein noch strengeres Regime, und die Phasen erzwungener Ruhe wurden ausgedehnt. Die schnauzbärtigen Ärzte, die in ihren Tweedanzügen hereinrauschten und professionelle Zuversicht verbreiteten, erschienen jetzt häufiger als zuvor, und ihre Besprechungen mit Helen dauerten länger.

Am Anfang hatte ich sie hinterher mit Fragen bestürmt: Was sagten die Ärzte? Was empfahlen sie für neue Behandlungsmethoden? Und sie hatte hoffnungslos geantwortet, dass es keine neuen Behandlungsmethoden gebe. Da ich merkte, dass ich Helen mit meinen Fragen nur quälte, hielt ich mich fortan zurück. Stattdessen verlegten wir uns auf einen eingeschworenen Optimismus, von dem wir unter keinen Umständen ablassen würden. Am Ende des Tages, und oft auch zwischendurch, machten wir uns wechselseitig auf Frances' Fortschritte aufmerksam, auf diese winzigen, aber merklichen Verbesserungen: die Stunde, in der sie ruhig geschlafen hatte, ihre Munterkeit, ihre Zuversicht. Sie hatte dies essen können, sie hatte jenen Wunsch geäußert, ihre Temperatur war drei Tage konstant geblieben, ihr Puls hatte sich verlangsamt. Wir klammerten uns an diese Dinge wie an die Perlen eines Rosenkranzes.

Helen glaubte an die heilende Kraft der Zeit, der Ruhe, der kalten, trockenen Luft und der richtigen Ernährung – sagte sie zumindest. Ich sah es genauso, denn schließlich musste man ja an irgendetwas glauben. Gemeinsam stürzten wir uns auf das Kochen und auf die Planung der Einkäufe. Helen schickte mich mit langen Listen in die Stadt. »Geh zu Gibney's Market«, erklärte sie. »Sag William und Mellie, dass ich dich schicke. Vielleicht haben sie ja mittlerweile junge Täubchen. Oh, und dann gehst du zu Barr's, Lucy, und fragst, ob sie Austern aus dem Providence River haben. Dr. Brown sagt, er kann Austern nur empfehlen, sie seien sehr nahrhaft und bekömmlich. Vielleicht haben sie ja auch Fisch? Und sag ihnen, die Eier müssen ganz frisch gelegt sein. Und vergiss nicht zu schauen, ob sie Malaga-Trauben haben, die mag Frances am liebsten.«

Frances' Nahrung sollte reich an Eiweiß und Vitaminen und außerdem kalorienhaltig sein, da sie nur winzige Portionen aß. Also beriet ich mich mit den überaus bemühten Verkäufern und kehrte mit einem vollen Korb zurück. Ja, sie hatten Malaga-Trauben, und die Eier waren am Morgen erst gelegt worden, und schauen Sie doch, wie dick und zart die Täubchen waren ... Helen und ich zogen uns in die Küche zurück, während die Krankenschwestern im Obergeschoss ihre Arbeit verrichteten. Wir hackten und schnitten und brieten und dünsteten. Wir kochten eine leichte Gemüsesuppe und eine Rindsbrühe und zauberten köstliche Eintöpfe und nahrhafte Puddings. Helen hatte in ihrem Leben nie wirklich gekocht, und auch meine Erfahrungen hielten sich in Grenzen. Aber ich hatte ein Kochbuch gekauft, und da wir uns strikt an die Rezepte hielten, wurden wir allmählich besser.

»Ah, das war köstlich«, sagte Frances dann immer und sank wieder in ihre Kissen zurück. Meist hatte sie nur ein winziges Stückchen Huhn, einen Karottenschnitz, eine halbe Kartoffel oder drei Weintrauben gegessen. Wenn ich schnell genug war, konnte ich nach unten laufen und die Reste in den Mülleimer werfen, bevor Helen sie erblickte – bis mir irgendwann klar wurde, dass sie dieses Theater auch für mich veranstaltete. Danach wurden wir ehrlicher miteinander.

»Nur ein Viertel von der Hühnerbrust«, sagte Helen, wenn wir gemeinsam inspizierten, was Frances übrig gelassen hatte. Und trotzdem versicherten wir uns immer gegenseitig, dass sie mehr gegessen habe als beim letzten Mal.

»Sie hat die ganze Milch getrunken«, erinnerte ich sie.

»Milch ist so nahrhaft.« Helen seufzte. »Man könnte sogar einzig und allein davon leben, Lucy. Ich bin mir ganz sicher, dass ich das mal irgendwo gelesen habe. Und erinnerst du dich noch an Harold Jones, diesen Archäologen, der früher mal im Tal der Könige gearbeitet hat, Herberts Freund? Er hatte auch Tuberkulose, aber weil er ständig Milch getrunken hat, konnte er die Krankheit *jahrelang* in Schach halten.«

Ich schaute schnell weg. An einer Mittagstafel in einem Grab hörte ich – Lichtjahre zuvor – Frances' helle kindliche Stimme erklingen: *Was ist denn mit Mr Jones passiert, Daddy?*

Als die Ärzte zehn Tage später befanden, dass der künstliche Pneumothorax angeschlagen habe und Anzeichen für eine Besserung zu erkennen seien, schöpften wir neue Hoffnung. Es war Anfang November. Helen schmiedete bereits Pläne für Frances' zweiundzwanzigsten Geburtstag am 9. Dezember. Das sei zwar noch eine Weile hin, aber so ein Ereignis komme immer schneller, als man denke, sagte sie. Frances' kleine Schwester Barbara, der ich bisher nie begegnet war, würde zu dem Anlass mit ihrem Vater aus New York anreisen. Sie durfte nur selten kommen, da die Besuche sowohl sie als auch Frances verstörten. »Sie darf nicht zu Frances hoch, Lucy, das ist nicht erlaubt. Wir können das Risiko unmöglich eingehen. Also bleibt sie draußen, und wir bringen Frances zum Fenster, dann können sie sich zuwinken und miteinander reden.« Sie nahm ein Album und zeigte mir Fotos der beiden Schwestern. Die Ähnlichkeit war verblüffend. Ein Foto war in New York aufgenommen worden, ein anderes in Boston, wieder ein anderes in ihrem Ferienhaus in Maine, auf der Insel North Haven. »Ich wünschte, du hättest uns dort besucht, Lucy«, sagte Helen. »Frances liebt die Gegend so sehr, sie hätte sie dir so gern gezeigt.«

Ich betrachtete das Foto, auf das sie tippte. Es zeigte einen Ort, den ich von Frances' Andachtswinkel für ihren toten Bruder her kannte. Ein gefährlicher Bootsanleger, die turbulenten Gewässer der Penobscot Bay. Helen hatte bereits ein Kind verloren. Ich starrte auf das Bild: ein immerwährender Sommertag am Meer, zwei junge Mädchen in einem Segelboot.

Helen schlug das Album zu. »Lass uns nicht daran denken«, sagte sie und wirkte plötzlich unruhig. »Lass uns lieber Frances' Geburtstag planen. Was meinst du, soll ich einen Kuchen bestellen?«

»Ich kann einen machen, Helen, darin bin ich gar nicht mal so schlecht. Das Backen hat mir meine Gouvernante beigebracht.«

»Gott segne dich, mein Schatz.« Helen drückte meine Hand. »Gott segne dich für alles. Machst du einen Schokoladenkuchen? Den mag Frances am liebsten. Mit zweiundzwanzig Kerzen.«

Am nächsten Tag näherte sich ein Hochdruckgebiet, und das Wetter schlug um. Tagelang war es mild, neblig und regnerisch gewesen und hatte auf Frances' Stimmung gedrückt. »Alles, was ich sehe, sind Wolken«, sagte sie, wenn sie sich auf einen Ellbogen stützte und versuchte, aus dem Fenster zu schauen. »Die Berge sind verschwunden. Man kann nicht einmal mehr das Tal sehen.«

»Aber die Wettervorhersage ist gut, mein Schatz«, sagte Helen, die auf einer Bettseite saß.

»Tagelang nur Sonne«, sagte ich auf der anderen.

Und die Sonne kam tatsächlich. Sie verzauberte Saranac Lake und ließ die Umgebung in ihrer ganzen Schönheit erstrahlen. Die schneebedeckten Gipfel der Adirondacks glitzerten, der schwarze Spiegel des Saranac Lake verwandelte sich in schimmerndes Quecksilber. Am blauen Himmel war keine Wolke zu sehen, es wehte kaum ein Lüftchen, und als ich in die Stadt ging, um den nächsten Stapel Bücher abzuholen, hielt die Luft alles, was der Reiseführer versprach: Sie war kalt, trocken, heilsam und berauschend.

Zum ersten Mal seit Wochen durfte Frances das Bett verlassen. Von ihrer Liege ging sie in ihr Zimmer, dann weiter ins Treppenhaus und schließlich wieder zurück. Zwei Tage später erklärte der leitende Arzt, Dr. Lawrason Brown, dass er überrascht sei, was für Fortschritte sie mache. »Das hätte ich nicht für möglich gehalten«, sagte er. »Eine wirkliche Verbesserung. Aber sie hat auch einen starken Willen.« Sie könne sogar die Treppe hinabsteigen, befand er, wenn sie nicht zu schnell gehe. Durchdrungen von einem Gefühl der Begeisterung und des Triumphs folgte Frances seinem Rat. Sie ging ins Wohnzimmer und sogar auf die Veranda. Dort wollte sie, in mehrere Decken eingewickelt, sitzen bleiben und ihrer Mutter beim Malen zuschauen. Ich hatte auf dem Rückweg aus der Stadt Beeren, Gräser und die letzten Wildblumen gepflückt. Helen mit ihrem unbestechlichen Auge für Schönheit stellte sie in einen dunkelblauen Krug, der das Siegellackrot der Hagebutten besonders hervortreten ließ, und Frances, deren Lippen und Wangen genauso rot waren, half ihr, den Strauß zu arrangieren. Anschließend malte Helen das Aquarell, das jetzt in meinem Wohnzimmer in Highgate hängt. Sie hat es mir geschenkt, hinterher.

Zwei Tage später, das strahlende Wetter hielt noch immer an, packten wir Frances in Decken, setzten sie in ein Taxi und machten eine Ausfahrt mit ihr – nicht weit, nur durch die Stadt, am Fluss entlang und an den Schlittschuhläufern auf dem Moody Pond vorbei. Das Eis knirschte und kratzte unter ihren Kufen, wenn sie an uns vorbeischossen. Vor dem Ufer machten sie kehrt oder vollführten schwindelerregende Walzerdrehungen. »Oh, wie schön das ist, nicht eingesperrt zu sein. Ich wünschte, wir könnten auch Schlittschuh laufen!«, rief Frances, und Helen erlaubte ihr widerstrebend, nach unserer Heimkehr eine Runde durch den Garten zu gehen, von ihrer Mutter auf der einen und von mir auf der anderen Seite gestützt. Das Gesicht in den blauen Himmel gerichtet, sog sie den Geruch von vertrocknetem Gras und Herbstlaub ein. »Ich rieche die Sonne«, sagte sie. Nach einem kurzen Schweigen griff sie fest nach Helens Hand. »Wann kommt Daddy?«

»Am Wochenende, mein Schatz, das weißt du doch. Und zu deinem Geburtstag wird er auch wieder da sein.«

»Ich wünschte, er wäre jetzt hier. Schau, wie herrlich alles ist. Wenn er kommt, werde ich mit ihm einen Spaziergang machen. Aber bis dahin muss ich noch ein bisschen üben. Ich bin vollkommen steif und wackelig auf den Beinen, ich fühle mich wie eine uralte Frau.« Sie warf ihrer Mutter einen verstohlenen Blick zu. »Ich habe Lucy versprochen, mit ihr an den Fluss zu gehen. Vielleicht morgen?«

Helen sperrte sich dagegen, also wurden die Ärzte konsultiert. Frances argumentierte beharrlich, und schließlich gab Helen nach, da sie nicht wollte, dass der Konflikt Frances zu sehr aufregte. Wir fuhren mit dem Taxi zu der Stelle, wo der Uferweg begann und der Fahrer auf uns warten würde. Genau fünfzehn Minuten durften wir am Fluss spazieren gehen.

»Fünf Minuten in jede Richtung, wir müssen uns beeilen, Lucy«, sagte Frances und klammerte sich an meinen Arm, als wir uns vom Auto entfernten. »Ich muss dir etwas zeigen.«

»Wir dürfen uns nicht beeilen, und du darfst dich nicht aufregen«, erwiderte ich in dem beharrlich stumpfsinnigen Tonfall, den ich von Helen gelernt hatte. *Kannst du lügen, Lucy?* Nicht schlechter als jeder andere auch. *Kannst du dein gebrochenes Herz verstecken?* Sicher, wenn wir dazu gezwungen sind, schaffen wir das alle.

»Ich rege mich nicht auf, ich bin die Ruhe in Person. In meinem ganzen Leben war ich noch nie so ruhig wie jetzt. Und schau, wie langsam ich gehe – jede Schnecke würde mich überholen!« Sie warf mir einen ihrer berühmten funkelnden Blicke zu und richtete die Augen dann wieder auf den Weg. Zur einen Seite standen Kiefern, zur anderen rauschte der wilde Fluss.

Langsam schritten wir den Weg entlang. Kristallklare Luft, ein überirdisch blauer Himmel, die kleinen weißen Wölkchen unseres Atems. Frances' abgemagerte Gestalt verschwand unter den vielen Schichten Wolle und dem dunklen Pelzmantel, auf den Helen bestanden hatte. Ihr Haar bedeckte ein geblümter Schal, den sie selbst ausgesucht haben musste. Seine Farben leuchteten, und er war mit roten Rosen bestickt. Frances hatte ihre Liebe zu auffälligen Dingen auch während ihrer Krankheit nicht abgelegt und schien sich förmlich nach Farbe zu sehnen. Die Rosen auf dem Schal passten zu dem rosigen Ton ihrer Wangen, hatte Helen gesagt und Frances geküsst. Doch ich wusste mittlerweile, dass die roten Wangen den Betrachter in die Irre führten. Sie waren ein Symptom der Krankheit, erzeugten aber den Anschein bester Gesundheit. Frances' leuchtende Augen, die mich kurz anschauten, um dann wieder den Weg zu fixieren, waren voller Entschlossenheit, ihre Miene war hochkonzentriert.

»Tut mir leid, Lucy, dass ich dich in meinen Briefen angelogen habe«, sagte sie plötzlich. »Ich wollte dir die Wahrheit erzählen – ich hatte schließlich geschworen, dir immer die Wahrheit zu erzählen.«

»Das macht doch nichts. Du hast mir so viel von der Wahrheit erzählt, wie es dir möglich war. Es gab Gründe, warum du mir nicht alles erzählen konntest. Aber egal, jetzt bin ich ja hier.«

»Bevor ich krank wurde, meine ich. Auch da habe ich dir nicht immer die ganze Wahrheit erzählt.« Sie zögerte. »Wenn ich dir aus der Schule geschrieben habe, war ich nicht immer so glücklich, wie ich es dargestellt habe.«

»Nein?« Ich schaute sie an und dachte an die überschwänglichen Briefe, die ich aus ihrem berühmten Internat bekommen hatte, der Milton Academy bei Boston. Ich erinnerte mich an ihre Schilderungen, wie schön der Campus sei und wie viel Spaß sie in den Mädchenschlafsälen hätten. Spiele, Rivalitäten, später dann der Abschlussball, das Kleid, das sie getragen, und der attraktive junge Mann, der sie dorthin begleitet habe. Ich war durchaus eifersüchtig gewesen und hatte sie um diese Schule und diese Normalität beneidet. Da ich seit meinem elften Lebensjahr von Nicola Dunsire unterrichtet wurde, hatte ich so etwas nie erlebt. »Sicher habe ich dir auch nicht immer die ganze Wahrheit erzählt«, sagte ich sanft.

»Irgendwann hatte ich mich daran gewöhnt.« Frances hielt den Blick auf den Weg vor uns gerichtet. »Es war auch niemandes

Schuld. Die Schule war wunderbar, die Lehrer waren ausgezeichnet, alles war in Ordnung, und letztlich habe ich auch Freunde dort gefunden. Trotzdem passte ich dort irgendwie nicht hin, Lucy. Die Leute fanden mich seltsam. So ein ernstes kleines Mädchen, irgendwie ein Sonderling, der von Ägypten und Gräbern und Pyramiden besessen war. Einmal habe ich ein Referat über Hatschepsut und Daddys Ausgrabungen gehalten. Damals war ich noch nicht lange auf der Schule, ich war vielleicht dreizehn. Das Referat war ein absoluter Reinfall. Zunächst hatte das Thema den Reiz des Neuen, es war ungewöhnlich. Aber das legte sich schnell, und ein paar der Mädchen wurden irgendwann ungeduldig, wenn ich auch in der Freizeit davon erzählte. Sie wollten lieber über Lacrosse und Basketball reden – und über Jungen. Ich musste Ägypten in meinem Herzen und in meinen Gedanken verschließen, aber ich habe es schrecklich vermisst. Ständig habe ich davon geträumt, dorthin zurückzukehren. Nachts lag ich im Bett und plante heimliche Reisen.«

»Und du *wirst* dorthin zurückkehren. Wenn es dir besser geht, fahren wir zusammen hin, Frances.«

»Nein, das werde ich nicht. Ich werde nie wieder nach Ägypten zurückkehren, und das weißt du genauso gut wie ich. Bitte belüge mich nicht, Lucy.«

Sie sprach leise, aber ihre Stimme war so bestimmt, dass ich schwieg. Wir gingen noch ein Stück weiter. Frances schaute ständig auf die Uhr und blieb schließlich an einem großen grauen Felsen stehen. Zu unserer Rechten verengte sich das Flusstal, und das Wasser rauschte über etliche Stufen in die Tiefe. Wirbelnd ergoss es sich in ein Becken, um im nächsten Moment ins nächste hinabzuschießen. Wenn die Gischt aufspritzte, sah es aus, als würde es Diamanten regnen. Das Tosen des Wassers übertönte fast die Worte, die Frances als Nächstes sagte. Ich musste mich näher an sie heranbeugen, um sie zu verstehen.

»Fünf Minuten haben wir bis hier gebraucht«, sagte sie. »Jetzt haben wir genau fünf Minuten, bis wir zurückgehen müssen. Wir müssen sie nutzen, Lucy, jede einzelne Sekunde. Ich werde so gut behütet, dass wir keine andere Chance mehr bekommen werden. Erkennst du den Felsen?«

Ich betrachtete den Felsen, der größer war als ich und feucht von der Gischt. In seinen Spalten wuchsen winzige Farne und smaragdgrünes Moos. Zunächst begriff ich nicht, worauf Frances hinauswollte, aber plötzlich sah ich es: die Andeutung weiblicher Brüste, die schmale Taille, eine seitliche Rundung, die dem Wind ausgesetzt war und flüchtig an ein blindes, leidenschaftsloses Gesicht erinnerte. Das Haar bestand aus Efeu und nicht aus Kalksteinrillen, aber dennoch ... Ich kannte Frances, und ja, ich erkannte den Felsen wieder.

»Dies ist ein Ort der Wahrheit. Davon gibt es einige – und dieser hier ist einer davon. Das wusste ich sofort, als ich ihn entdeckt habe. Du darfst mich also nicht anlügen, Lucy, du darfst es nicht einmal versuchen. Nicht hier. Mein Vater sagt mir die Wahrheit genauso wenig wie meine Mutter und die Ärzte. Aber du wirst mich nicht anlügen, das weiß ich. Wie viel Zeit bleibt mir noch? Sechs Monate? Ein Jahr?«

Ich senkte den Blick. Ich hätte ihr nicht in die Augen schauen können, nicht in diesem Moment. Helen hatte nie mit mir darüber geredet, und ich hätte es von mir aus nie angesprochen. Es war Herbert Winlock, der mich bei seinem letzten Besuch beiseitegenommen hatte, das Gesicht gezeichnet von Erschöpfung und Pein. »Du solltest es besser wissen, Lucy«, hatte er gesagt. »Wir können von Glück sagen, wenn sie es noch bis zum Frühjahr schafft. Dafür beten wir: vier, fünf Monate noch.« Und diese Schätzung war vermutlich seit dem letzten Pneumothorax noch einmal nach unten revidiert worden.

»Werde ich den Frühling noch erleben? Ich würde so gern den Frühling noch einmal sehen. Wie die Pflanzen aus der Erde schießen und die Wolken vorüberrasen.« Frances schaute konzentriert auf den Fluss, dann in die blaue Wölbung des wolkenlosen Himmels.

Meine Sicht verschwamm, ich brachte kein Wort heraus. Ich

spürte, wie Frances' Blick auf meinem Gesicht brannte, aber ich konnte ihr nicht in die Augen schauen.

Sie seufzte tief, streifte ihren Handschuh ab und nahm meine kalte Hand in ihre heiße. »Ah, du kannst nicht lügen, nicht mir gegenüber. Das hatte ich mir schon gedacht. Drei Monate also? Zwei? Ist das alles? Viel ist das wirklich nicht. Und ich dachte immer, ich hätte alle Zeit der Welt. Wirst du zu meiner Beerdigung kommen, Lucy? Wirst du mich vermissen? Wirst du um mich trauern?«

»Die Antwort kennst du doch.« Die Tränen quollen mir aus den Augen und rannen mein Gesicht hinab. Frances beugte sich vor, küsste sie fort und nahm mich dann fest in die Arme. Ihre Kraft überraschte mich.

»Nun, ich hoffe, ich bestehe die Herzwägungszeremonie«, sagte sie leichthin. »Aber vermutlich habe ich gute Chancen, da mein Herz immer unbeschwert war, oder? Und alt genug, um furchtbar schreckliche Sünden begangen zu haben, bin ich auch nicht. Würde ich alt genug werden, sähe das sicher anders aus, daran habe ich keinerlei Zweifel, aber so? Was für eine Reise. Manchmal hab ich tatsächlich Angst. Aber nicht immer. Trockne dir die Augen, Lucy. Wenn sie sehen, dass du geweint hast, werden sie etwas ahnen. Und ich möchte nicht, dass sie dich schelten, weil du mir die Wahrheit gesagt hast. Ich wusste es sowieso, schon eine ganze Weile. Das ist vermutlich auch der Grund, warum ich dir geschrieben habe. Ich wollte einfach nur sicher sein. Hier.« Sie reichte mir ein Gazetuch. »Wisch dir dein Gesicht ab. Und jetzt lächle ... Ah, du kannst es also noch. Wie unendlich gern ich dich hab. Ich habe hier etwas für dich.«

Sie griff in die Tasche ihres Pelzmantels und holte einen kleinen kompakten Gegenstand heraus. Ich konnte ihn nicht erkennen, sah ihn aber eisblau aufblitzen und wusste, worum es sich handelte, noch bevor sich Frances' Finger öffneten, sie mir eine kleine Uschebti in die Hand drückte und meine Finger darum schloss.

»Bewahre sie für mich auf, Lucy. Sie wird auf dich aufpassen. Sie wird all die Dinge sehen, die ich nicht mehr sehen werde – was aus dir wird, wen du heiratest, deine Kinder ... Ich hoffe, du bekommst einen Jungen und ein Mädchen oder, besser noch, ganz viele Kinder. Meine Uschebti wird sie, deine Arbeit, deine Reisen und dein Leben sehen, all den Spaß, den du haben wirst. Ich wünsche dir alles Gute und ein erfülltes Leben, Lucy. Und die Wünsche von Sterbenden sind mächtig.«

Sie hat das alles so geplant, dachte ich. Aber seit wann? Ich ließ den Kopf sinken. Als sie sah, dass ich nichts sagen konnte, umarmte sie mich wieder, klammerte sich dann an mich und barg ihren Kopf an meiner Schulter. Ich hielt sie fest an mein Herz gedrückt, und dann sprudelten in blinder Panik die Worte aus uns heraus. Wir sagten alles, was wir nie gesagt hatten. Ich bedeckte ihr Gesicht mit Küssen, und sie küsste in wilder Hast meine Augen. »Du schmeckst nach Salz«, sagte sie, »so schmeckt die Trauer, Lucy.« Als unsere Zeit sich dem Ende näherte, kehrten wir langsam zum Taxi zurück. Wir erreichten es, genau fünfzehn Minuten nachdem wir aufgebrochen waren.

Zwei Tage später, am Samstagmorgen, traf ihr Vater aus New York ein. Eigentlich hatte er am nächsten Abend wieder abreisen wollen, aber Frances' Temperatur war plötzlich gestiegen, ihr Puls war flach und raste, und das Atmen fiel ihr schwer. Als er ihr fiebriges Gesicht sah und ihre wirren Worte hörte, änderte er seine Pläne. Am Sonntagmorgen, als ich Frances zum letzten Mal sah, wusste ich, dass sie mich nicht mehr erkannte. Ihre Augen ruhten auf meinem Gesicht, schauten aber durch mich hindurch. Am Montagmorgen, am 18. November, als ihre Eltern bei ihr waren, trat eine plötzliche Veränderung ein. Aus der Lunge, die von der Krankheit schon zu angegriffen war, als dass sie sich hätte erholen können, entwich Luft. Der Vorgang erzeugte einen verhängnisvollen Druck aufs Herz, einen letzten Riss, dann Blutungen.

Frances starb um zwei Uhr noch am selben Nachmittag. Wie versprochen ging ich zu ihrer Beerdigung. Es war ein strahlender Wintertag, die Luft war rein, die Sonne schien, an den schattigen Stellen schimmerte noch der Frost auf dem Gras. Sie wurde auf dem Mount Auburn Cemetery in der Nähe von Boston beerdigt, im Familiengrab, neben ihrem Bruder William, dem kleinen Jungen, dessen Foto sie Steine, Ostraka und kleine Schätze aus dem Tal der Könige geschenkt hatte. Dem verlorenen Jungen, der 1918 in den Gewässern der Penobscot Bay ertrunken war, in derselben Bucht, in der sie so gern gesegelt war. Ich habe diesen Ort nie gesehen, und doch kehre ich in meinen Gedanken oft dorthin zurück. Wenn ich an Frances denke, dann so, wie ich es in Ägypten gelernt habe: vereint mit ihrem Bruder im ägyptischen Jenseits, das jeden Schmerz ausschließt, eine kühle Brise im Gesicht und den Blick auf geliebte Orte gerichtet. Dort ist sie jetzt, und ich weigere mich, Alternativen in Betracht zu ziehen.

Auf dem Mount Auburn Cemetery befinden sich, wie bei mir in Highgate, viele berühmte und viele überwucherte Gräber. Seite an Seite liegen sie dort, im Tode gleich, die Gefeierten und die Vergessenen. Das Tor, durch welches man den Friedhof betritt, ist einem ägyptischen Tempel nachempfunden. Die grünen Wege, die Pavillons, Gärten und Wäldchen, alles ist tadellos gepflegt. Kein alter, verfallener Friedhof, wie Frances früher einmal gesagt hat, und bei meinem letzten Besuch war die Inschrift auf ihrem schlichten Grabstein auch noch deutlich zu erkennen. Das wäre ihr wichtig gewesen, und so ist es auch mir wichtig.

Als die Zeremonie vorüber war, wünschte ich meiner Freundin eine sichere Reise durch die Unterwelt. Dann nahm ich die kleine blaue Figur, die sie mir geschenkt hatte, buchte auf dem nächstbesten Schiff eine Passage und segelte nach England zurück.

Es war eine kalte Überfahrt. Tagelang war alles nur grau. Ich verbrachte die Zeit damit, in die Wellen zu starren und auf die Stimme zu lauschen, die zum Schweigen gebracht worden war. Auf dem Oberdeck des Passagierschiffs, irgendwo mitten auf dem Atlantik, lernte ich dann den Mann kennen, der mein erster Ehemann werden sollte. Noch ohne jede Urteilskraft und von Trauer überwältigt – ein Zustand, der dem Denkvermögen eines Menschen nie zuträglich ist –, fehlte mir der gesunde Instinkt, mich sofort abzuwenden, als er mich ansprach.

»Wir müssen uns schon einmal begegnet sein.« Er musterte mich von oben bis unten und studierte mein Gesicht. »Ja, ich bin mir fast sicher. Lassen Sie mich nachdenken. Vor vielen Jahren. In einem Garten in Newnham, eine wahrhaft schreckliche Lunch-Party. Lachs in Aspik? Sie haben die Tabletts getragen und sich die Hacken abgerannt. Jetzt hab ich's! *Ein Wandrer kam aus einem alten Land*, und Sie waren der Wanderer. Groß sind Sie geworden. Hallo, schön, Sie wiederzusehen.«

Ich registrierte seine extravagante Kleidung und betrachtete stirnrunzelnd sein attraktives Gesicht. Eine Möwe schrie und stürzte sich ins Meer. Der graue Atlantik hob und senkte sich. Ich bekam es noch nicht richtig zu fassen, aber irgendeine Erinnerung regte sich in mir. Schließlich rastete der gnadenlose Mechanismus meines Gedächtnisses ein. Nicolas Dichterfreund. Der gefeierte Cambridge-Apostel. Einmal zu Gast bei uns und dann Gegenstand in Nicolas lügnerischen Briefen, die ich in meinem Zimmer in Roses und Peters Anwesen gelesen hatte, dem Zimmer mit den beiden Treppen, der offiziellen und der verborgenen. Gelesen in der Nacht bei flackerndem Kerzenschein. Der Dichter, der meinem Vater die Laune verdorben hatte. Eddie – und dann irgendetwas mit Bindestrichen.

## 35

Es wird Krieg geben. Noch einen blutigen Krieg. Tut mir leid, dass ich dich aus deiner Trauer herausreiße, aber schau dir das hier mal an«, sagte Clair Lennox, die in unserem Wohnzimmer in Newnham herumlungerte. Sie warf die Zeitungen, die sie gelesen hatte, auf den Tisch. »Kundgebungen. Wiederbewaffnung. Man sollte doch denken, dass die Menschen aus der Geschichte gelernt haben, oder?«

»Offenbar nicht. Würde es dir etwas ausmachen, leise zu sein? Ich arbeite.«

Zwei Tage waren seit meiner Rückkehr nach England vergangen. Es war ein typischer Dezember in Cambridge – elender Regen und, wie meine Mutter immer gesagt hatte, Wind direkt aus Sibirien. Da mein Schreibtisch zu klein war, hatte ich die Notizen und Fotos für mein nächstes Buch auf dem Esstisch ausgebreitet und betrachtete gerade die Insel-Fotos. Im kleinen Kamin züngelten die letzten Flämmchen eines Feuers, über dem Kamin hing Nicolas Porträt, das Clair Lennox in dem Sommer gemalt hatte, als sie zu Besuch gekommen war: *Newnham Garden, Summer 1928*. Sieben Jahre später war sie noch immer da und machte keinerlei Anstalten auszuziehen.

Es war Clair, die mir die Tür geöffnet hatte, als ich aus Amerika zurückgekommen war. Sie hatte berichtet, dass man Nicola, während ich mich dummerweise mitten auf dem Atlantik befunden hätte, nach Frankreich gerufen habe. Bei ihrer Mutter, die schon seit Jahren vor sich hin litt, sei es zu einer dramatischen gesundheitlichen Verschlechterung gekommen.

»Vermutlich ein weiterer Fehlalarm«, sagte Clair. »Sie hält Nicola gern auf Trab, unsere Madame Maladie. Wenn es ihr gut geht, wird Nicola sofort zurückkommen. Stirbt sie, wird es wohl noch etwas dauern. Ich drück ihr jedenfalls die Daumen. Soweit ich weiß, ist da noch was zu holen.«

Ich starrte auf meine Unterlagen und hoffte sehnlichst, dass Nicolas Mutter sich erholte, und zwar schnell. Müsste ich Clair noch länger allein ertragen, würde ich sie irgendwann erwürgen.

»Wo ist das denn?«, erkundigte sie sich unvermittelt, nachdem sie an den Tisch getreten und meine Fotos durcheinandergebracht hatte. Mit ihrem farbverschmierten Finger tippte sie auf ein Bild mit Felsen, Sand und einer Kiefer.

»Kennst du sowieso nicht, Clair.«

»Dann eben nicht.« Sie verließ den Raum, knallte die Tür hinter sich zu, und ich bekam wieder Luft. Versuchsweise atmete ich ein und aus. Kein Schmerz im Innern, alles normal.

Ich wartete auf einen leichten, trockenen Husten. Schon wochenlang wartete ich darauf, praktisch seit meinen ersten Tagen in Saranac Lake. Aber bislang war noch nichts zu spüren. Heute Abend oder vielleicht morgen früh würde ich mit der Arbeit beginnen. Wenn ich wie eine Wilde arbeitete und einfach losschrieb, würde ich alles vielleicht überstehen. Eine Uhr tickte. Draußen, hinter den geschlossenen Vorhängen, begannen die Glocken von Cambridge zu läuten. Sechs Uhr. Drei Mal sortierte ich die Notizen und die Fotos um. Als sie immer noch keinen Sinn ergaben, packte mich die Panik, und ich ließ sie liegen.

Am nächsten Tag hörte der Regen auf. Nachdem ich den ganzen Morgen mit den *Inseln* gekämpft hatte, brach ich zu einem Spaziergang auf. Clair Lennox hatte sich in einem Gartengebäude ein Atelier eingerichtet, durch das Eis an den Fensterscheiben konnte ich ihre kleine, konzentrierte Gestalt erkennen. Wenn sie Farbe auftrug, schien sie auf die Leinwand schier einzustechen. Chromgelb, Himmelblau, Kadmiumorange – sie war brillant im Umgang mit Farben, das musste man ihr lassen. Allerdings verstärkte meine Bewunderung, die ich mir tunlichst nicht anmerken ließ, meine Antipathie für sie nur noch. Wie konnte jemand, der so egozentrisch und unverfroren war, über eine derart überirdische Sensibilität verfügen? Was für eine Verwandlung fand statt, wenn Clair zum Pinsel griff, Farben auswählte und aus dem Nichts auf der leeren Leinwand ein Kunstwerk zauberte?

Ich schlich durch den Garten, da ich nicht mit ihr sprechen wollte. Doch obwohl sie so konzentriert wirkte – wenn Clair malt, kann eine Bombe hochgehen, sie würde nicht einmal zusammenzucken, pflegte Nicola zu sagen –, musste sie mich bemerkt haben, denn sie riss die Ateliertür auf und starrte mich an.

»Gute Nachrichten. Nicolas Mutter ist tatsächlich abgekratzt«, verkündete sie wie immer ohne Umschweife. »Heute Nacht. Nicola hat vorhin angerufen. Ich wollte dich nicht stören, weil ich wusste, dass du arbeitest. Sie sagt, sie braucht zwei Wochen, um alles zu regeln, vielleicht sogar länger. Bis auf Weiteres musst du dich also mit mir begnügen.« Sie zündete sich hinter der gewölbten Hand eine Zigarette an, stieß Rauchwölkchen aus und betrachtete stirnrunzelnd die überfrorenen Rosenbüsche. »Es kommt aber noch besser: Es gibt tatsächlich etwas zu erben. Madame Maladie muss ihre Besitztümer gehortet haben – na ja, sie war eben eine unverbesserliche *bourgeoise*. Gott sei Dank, kann man da nur sagen. Ein hübsches kleines Sümmchen, wenn ich recht verstanden habe, selbst wenn die Klapse bezahlt ist. Das bedeutet Freiheit!«

»Das war keine Klapse, sondern ein Frauenkloster, das Leute mit Nervenleiden aufnimmt. Und Nicolas Mutter war freiwillig dort. *De mortuis nil nisi bene*, schon mal gehört? Wohl kaum.«

»Klapse, Irrenanstalt, Frauenkloster, was macht das für einen Unterschied? Ach so, da war noch ein anderer Anruf. Für dich, Lucy. Eddie-keine-Chance, dieser Idiot. Ich hab ihm gesagt, dass du arbeitest. Tatsächlich hab ich ihm sogar gesagt, dass er sich zum Teufel scheren soll.«

»Danke, Clair. Hat er eine Nachricht hinterlassen?«

»Ja. Ich soll dir sagen, dass die Furien hinter ihm her seien, aber er würde sich wieder melden, wenn sie ihn aus ihren Klauen lassen. Er hat von einer Party in Chelsea angerufen – da ging's noch hoch her, morgens um neun, ein ziemlicher Krawall. Die Furien fallen wahrscheinlich in die Kategorie der dichterischen Freiheit, aber bei ihm weiß man ja nie.« Sie warf mir ihren Zigarettenstummel vor die Füße, wo er noch eine Weile vor sich hin glomm und dann erlosch. Dann sah sie mich mit einem scharfen, eindringlichen Blick an. »Ich wusste gar nicht, dass du unseren schönen Eddie kennst.«

»Es gibt vieles, was du nicht weißt, Clair, und ich habe nicht die Absicht, dem so bald entgegenzuwirken.«

»Schon gut«, erwiderte sie, verschwand in ihrem Gartenatelier und knallte die Tür hinter sich zu. In dem Raum stand ein Grammophon mit Kurbel, und als ich weiterging, hörte ich, dass sie eine Platte aufgelegt hatte: *La Traviata*, die Sterbearie der schwindsüchtigen Violetta. Liebesgrüße an mich zweifellos, in voller Lautstärke.

Ich ging durch die Backs nach Cambridge, begab mich zum Trinity College und hinterließ beim Pförtner eine Nachricht für meinen Vater, in der ich darum bat, auf der Rückkehr von meinem Spaziergang hereinschauen und mit ihm sprechen zu dürfen. Es war sein Supervisionstag, aber bevor er in die Bibliothek eilen oder mit einem anderen Fellow vor dem Dinner einen Sherry trinken würde, gab es vielleicht eine kleine Lücke. Ich war klug genug, ihn nicht anzurufen. Indirekte Nachrichten waren in Cambridge immer die bevorzugte Kommunikationsmethode gewesen, und mein Vater sah keinen Grund dafür, die altbewährte Praxis zu ändern. Meine Nachricht würde seinen Ansprüchen sicher genügen: *Lieber Vater ...* Saubere Schreibschrift, zwei Sätze, keine Ausrufezeichen.

»Ich werde sicherstellen, dass Dr. Foxe-Payne sie unverzüglich erhält, Miss«, sagte Mr Grimshaw, der mittlerweile zum Oberpförtner aufgestiegen war. Ich war mir nicht sicher, ob er mich erkannte, vermutete es aber eher nicht. Ich ließ mich nur selten vor den Collegetoren blicken, da mein Vater nicht besonders auf Familienbesuch erpicht war. Sollte ich mich Mr Grimshaw zu erkennen geben? Aber ich sah keinen Grund dafür. Vielleicht würde ich sowieso nicht zu der Verabredung erscheinen. Also schwieg ich.

Zielstrebig marschierte ich am Ufer des Cam zur Stadt hinaus. Die Flussauen standen unter Wasser, der Weg war wie ausgestorben. Ich kam an Ophelias Weiden vorbei – *es neigt ein Weidenbaum sich übern Bach* – und an einem Meer silbriger Wiesen, auf denen handbreit das Wasser stand, das im scharfen Wind aus dem Ural kleine Fältchen wie Seide warf. *Nehmen Sie ein Stück Stahl und ein Stück Seide von derselben Dicke, Lucy, und die Seide ist härter.* Ich dachte an die Menschen, mit denen ich mich verbunden fühlte: Frances, die für immer fort war, Rose und Peter, die weit entfernt in London lebten, Nicola, die sich in Frankreich um die Hinterlassenschaften ihrer Mutter kümmerte. Ich versuchte, mich auf Nicolas Probleme zu konzentrieren. Die Natur der Krankheit ihrer Mutter war immer vage geblieben, man konnte sich aus den widersprüchlichen Behauptungen etwas aussuchen. Nie war ganz klar geworden, ob sie tatsächlich geisteskrank war oder nur an einer weniger gravierenden Gemütskrankheit litt. Und ob sie eingesperrt war oder das Heim verlassen konnte, wann sie wollte.

Über die Jahre hinweg waren ein paar Details ans Licht gekommen, aber Nicola hatte alle Fragen danach abgewimmelt. Vielleicht hatte sie Angst, dass sie die Krankheit, was auch immer es sein mochte, geerbt haben könnte. Ein solches Erbe könnte auch erklären, warum sie in Zeiten ihrer Menstruation stets in diese tiefen depressiven Löcher fiel – denn ihre Mutter hatte, wie sie mir gegenüber einmal bekannt hatte, ähnliche Phasen gehabt. Das könnte auch den Selbstmordversuch erklären, von dem sie mir damals erzählt hatte. Sie konnte noch immer nicht über ihre Mutter sprechen, ohne dass ihre Hände heftig zu zittern anfingen, wie ich es als Kind oft miterlebt hatte. Wie eng war Nicola mit ihrer Mutter verbunden? Aber da bohrte man besser nicht nach. Vererbung kann alles und nichts erklären. Und die Dinge, die die Menschen aneinanderketten, behandelt man besser mit Diskretion.

Ich blieb am Flussufer stehen. Die Regengüsse der letzten Tage hatten den Cam anschwellen lassen und vollkommen verwandelt. Floss er im Sommer träge dahin, wirkte er plötzlich über die Maßen tief, abgrundtief. An seinen Rändern hatten sich Massen von Gras und abgebrochenen Weidenästen verfangen, aber in der Mitte war die wirbelnde Strömung übermächtig. Ich starrte hinein und fragte mich, ob es stimmte, dass Ertrinkende dreimal wieder auftauchten, bevor sie untergingen. Und ob ihr gesamtes Leben vor ihren Augen ablief, bevor sie endgültig kapitulierten. Versuchsweise setzte ich einen Fuß auf den glitschigen Uferrand. Sofort zog der Schlamm meinen Schuh in die Tiefe. Ich steckte die Hand in die Tasche und legte sie um die Uschebti, die kleine Antwortende, die Frances mir gegeben hatte. Ich tat noch einen Schritt. Und noch einen. Doch irgendetwas hielt mich zurück – oder irgendjemand. Ich drehte mich um, stieg wieder zum Ufer hoch und ging, den Wind im Gesicht, nach Cambridge zurück.

Mein Vater empfing mich zum Tee in seinen Räumen im Nevile's Court. Ein Collegediener kam mit einem Tablett: Earl Grey mit Zitrone, Kekse aus der Collegeküche. Er kümmerte sich um das Kaminfeuer, legte ein paar Kohlen nach und vergewisserte sich, dass es hell auflodere.

»Wünschen Sie sonst noch etwas, Dr. Foxe-Payne?«, fragte er und verschwand dann so diskret, wie er gekommen war.

Mein Vater, der Dienstpersonal normalerweise aus Prinzip ablehnte, wurde nicht müde, das vom Trinity College zu loben. Viele der Bediensteten arbeiteten schon in der dritten Generation dort, und man konnte sich keine besseren wünschen. Auch Küche und Weinkeller waren ungeschlagen. Gewisse Leute in der Universität waren zwar der Meinung, dem King's College oder sogar dem St. John's gebühre in dieser Hinsicht Vorrang, doch für solche Verrücktheiten hatte mein Vater nur Verachtung übrig. Sobald also der Diener gegangen war, nahm er hinter seinem Schreibtisch Platz und schaute mich an, als würde er sich fragen, wer ich sei. Aufgrund meiner Reisen für das Inselprojekt und durch den Aufenthalt in Saranac Lake hatten wir uns achtzehn Monate lang nicht gesehen.

»Und welchem Umstand verdanke ich das Vergnügen?«, erkundigte er sich erwartungsgemäß voller Ironie. Dann kam ihm offenbar etwas in den Sinn, und er riss sich innerlich vom nächsten Absatz seines Buchs und den vertrackten Fragen zu Aischylos los. »Tut mir leid, was ich über deine kleine Freundin gehört habe. Hieß sie nicht Frances? Mein Beileid.«

Nach einer Viertelstunde sah ich, wie er auf die Uhr schaute. Er hat sich überhaupt nicht verändert, dachte ich. Seine Ehe – diese Form der Ehe – kam ihm sehr entgegen. Inzwischen wirkte er fast schneidig wie ein Mann, dessen Stern unaufhörlich emporsteigt. Sein Euripides-Buch war gut aufgenommen worden, und Nicolas Bemühungen in seiner Sache und ihre regelmäßigen Essenseinladungen und Partys – ihr Networking, wie man es heute bezeichnen würde – hatten Früchte getragen. Mein Vater hatte jetzt weniger Feinde und mehr Verbündete in Cambridge, zudem ging das Gerücht um, dass man ihn zum Schatzkanzler des Trinity College machen wolle – sollte sich der derzeitige Inhaber dieses ehrwürdigen Postens doch noch irgendwann entschließen zu sterben, statt sich trotz seiner Hinfälligkeit ans Leben zu klammern.

Ich starrte auf den Schreibtisch meines Vaters – unser Gespräch hatte sich darüber hinweg abgespielt. Er hatte wohl vorher Essays seiner Studenten gelesen. Am Rand des vollgekritzelten Blatts, das in meiner Nähe lag, konnte ich die präzisen, nüchternen Kommentare meines Vaters sehen, geschrieben in grüner Tinte. *Definieren Sie Ihre Begriffe*, lautete der erste. Das hatten sie einem in Cambridge damals unermüdlich vorgebetet, was zu tage- oder jahrhundertlangen Schreib- und Denkblockaden führen konnte.

Wieder schaute mein Vater auf die Uhr und räusperte sich. Das klang nach einem baldigen Ende der Unterredung, daher sagte ich schnell: »Die Sache ist die, Daddy – da ist jemand, der mich heiraten möchte. Er hat mich gebeten, ihn zu heiraten. Er heißt Eddie. Eddie Vyne-Chance.«

Glücklicherweise klingelte es bei meinem Vater nicht bei diesem Namen, diesem pompösen Namen. Mein Vater verachtete die moderne Lyrik, las kein Gedicht, das nach 1880 geschrieben worden war, und die Lunch-Party war wiederum zu lange her. Er legte seine Finger zu einem Dreieck zusammen. »Aha. Und was hast du geantwortet?«

»Ich denke darüber nach, das hab ich geantwortet.«

Aber das war nicht die Wahrheit. Tatsächlich hatte ich gesagt: »Okay, warum nicht?« Der Heiratsantrag war dreißig Minuten nach unserer Begegnung an Deck erfolgt. Wir saßen in der Bar, ich bei meinem ersten, er bei seinem dritten Brandy. Hätte er vorgeschlagen, über die Reling zu springen, hätte ich vermutlich dasselbe geantwortet.

»Sehr vernünftig. Da kann ich dir nur zuraten. Kenn ich seine Familie? Hat er Geld?«

Ich wusste, dass es nicht hilfreich sein würde, ihm etwas über den großen Vyne-Chance-Clan zu erzählen oder die Poesie ins Spiel zu bringen. Seine verächtliche Reaktion konnte ich mir schon vorstellen, daher sagte ich nur: »*Ich* habe Geld, Daddy.«

»In der Tat. Aber das ist hoffentlich kein Anreiz für ihn. Bittest du mich jetzt und hier um Erlaubnis? Zu meiner Zeit fiel diese Aufgabe dem Mann zu, aber die Sitten haben sich offenbar geändert. Oder bist du gekommen, um mich um Rat zu fragen? Das wäre natürlich eine erfreuliche Neuerung.«

Ich stand auf und wollte mich zurückziehen. »Kennst du ihn schon lange?«, erkundigte er sich.

»Wir haben uns auf dem Schiff aus Amerika kennengelernt. Aber in gewisser Weise kannte ich ihn schon vorher.«

Ich richtete den Blick auf die Wunderwerke der Architektur vor dem Fenster: Nevile's Court, die Wren Library – großartige Bauten, an denen in zweieinhalb Jahrhunderten nichts verändert worden war. Ein altes Land, wie mein Bräutigam einst gesagt hatte, obwohl er dabei natürlich nicht nüchtern gewesen war. Byron hatte seine Räume früher einmal in diesem Haus gehabt. Auf dem Dach von Wrens Bibliothek standen Statuen, die die Theologie, das Recht, die Mathematik und die Künste verkörperten. Vier weise Männer. Als ich noch sehr klein war – es muss gewesen sein, bevor mein Vater in den Krieg zog –, hatte er meine Mutter und mich in die Bibliothek mitgenommen und uns ein paar ihrer größten Schätze gezeigt: die erste Shakespeare-Folio-Ausgabe, die Bücher, die Isaac Newton dem College hinterlassen hat, ein wertvolles mittelalterliches Messbuch. An die blau-goldenen Engel erinnere ich mich heute noch. Einer hielt einen Stift in der Hand – ein protokollierender Engel.

»Eine Schiffsromanze. Gütiger Gott. Du bist wirklich immer für Überraschungen gut, Lucy. Ich hätte gedacht, dass du wenigstens ein Quäntchen Verstand besitzt. Wenn du mich fragst, solltest du die Sache besser mit Nicola besprechen, wenn sie zurückkommt. In solchen Dingen ist sie ziemlich klarsichtig, wie du feststellen wirst. Was soll ich sonst noch sagen, meine Liebe? Du bist vierundzwanzig ...«

»Fünfundzwanzig.«

»Nun gut, du bist fünfundzwanzig, finanziell unabhängig, gesund und klar bei Verstand, soviel ich weiß. Als Kind warst du eigensinnig, und das bist du heute immer noch. Du wirst sowieso tun, was du willst. Ich würde nur meine wertvolle Zeit verschwenden, wenn ich mich mit dir anlegen oder dir die Sache auszureden versuchen würde. Auf Wiedersehen, meine Liebe.« Er küsste mich auf die Wange. »Und schließ die Türen, wenn du rausgehst. Ich muss arbeiten und möchte nicht noch einmal gestört werden.«

Ich schloss beide Türen, die innere und die äußere. Das war mein Vater: hermetisch abgeschirmt und perfekt vor Zudringlichkeiten geschützt.

Es war schon dunkel, als ich nach Hause kam. Clair Lennox hatte anscheinend ihre Schallplatten ins Haus geholt. Sie lümmelte in ihren Malsachen auf dem Sofa herum und hatte ihre Füße mit den Fellstiefeln auf ein Kissen gelegt. Neben ihr auf dem Tisch standen zwei Gläser Rotwein, auf dem Plattenteller drehte sich schon wieder *La Traviata*.

»Musst du das hören?«, fragte ich und blieb auf der Schwelle stehen.

»Unbedingt. Ich denke über Schwindsucht nach. Tschechow, die Brontës, Keats, Chopin, Modigliani, der arme blasse Thomas Chatterton – und deine arme kleine Freundin. Und über Sterbelager im Allgemeinen. Bei der Musik kommen mir die besten Ideen – Inspirationen.«

»Frances war weder arm noch klein, und sie ist auch kein Material für deine Bilder. Was bist du nur für ein Monster, Clair?« Ich ging zum Grammophon, nahm die Nadel hoch und brach die Platte in der Mitte durch. Anschließend setzte ich mich auf den Stuhl meiner Mutter und starrte ins Kaminfeuer. Clair wirkte ungerührt, musterte mich aber eindringlich. Offenbar fand sie mein Verhalten äußerst interessant. Noch mehr Material.

Nach einer Weile sagte sie: »Du siehst grauenhaft aus, weißt du das eigentlich? Und du bist vollkommen durchnässt. Warst du schwimmen? Hör mal, das tut mir leid mit deiner Freundin, okay? Und im Nachhinein ist mir auch klar, dass *Traviata* nicht besonders taktvoll war. Du wirst es nicht glauben, aber ich lege es nicht darauf an, dich zu ärgern. Trink ein Glas Wein. Vielleicht hilft es, vielleicht auch nicht, aber auf jeden Fall ist es einen Versuch wert.«

Sie brachte mir ein Glas, kehrte dann zum Sofa zurück und fläzte sich wieder hin. Nachdem sie sich eine Zigarette angezündet und einen tiefen Zug genommen hatte, betrachtete sie mich mit ihren scharfen dunklen Augen. Sie sah noch genauso aus wie damals, als ich ihr auf Nicolas unglückseliger Lunch-Party das erste Mal begegnet war: kaum gealtert, ein bisschen wie ein Harlekin, flinke Affenhände, das schwarze Haar zu einem strengen Bob mit schnurgeradem Pony geschnitten. Sie trug eine farbverkrustete Hose und mehrere Pullover übereinander. Es war ihr vollkommen egal, wie sie aussah, und sie machte sich nur selten die Mühe, ihre Arbeitssachen auszuziehen. Sie wollte weder gefallen noch gemocht werden. Ihr abschätziger Blick war im besten Fall kritisch, im schlimmsten feindselig. *Du verstehst Clair nicht*, pflegte Nicola zu sagen. *Du verstehst nicht, warum ich sie brauche.* Ich trank einen Schluck Wein.

»Warum haben sie dir nicht gesagt, dass deine Freundin krank ist?«, fragte sie nach einer Weile. »Dachte ihre Familie etwa, dass der berühmte Fluch ein weiteres Opfer gefordert hat? Oder haben sie sich einfach geschämt? Bei Tuberkulose ist das manchmal so, das habe ich selbst erlebt. Einer meiner Freunde von der Slade School hatte Tuberkulose. In seinem Fall ist es rasend schnell gegangen. Seine Eltern haben ihn in die Schweiz geschickt, aber zwei Tage nach seiner Ankunft war er schon tot. Man hat versucht, das zu vertuschen. Angeblich wollten sie nicht darüber sprechen. Vielleicht ahnten sie aber auch, dass man ihnen sonst aus dem Weg gehen würde.« Sie kniff die Augen zusammen. »Es ist ansteckend.«

»Übertragbar.«

»Ist das ein Unterschied?« Sie stand auf, tigerte im Raum herum und kehrte dann zum Sofa zurück. »Lass uns einen Versuch unternehmen. Nein, lass *mich* einen Versuch unternehmen. Lass uns reden. Erzähl mir, was du vorhast. Ich dachte – vielleicht gehst du jetzt nach London? Vielleicht ziehst du ja zu deinen Freunden dort?«

»Zu Rose und Peter?« Ich dachte darüber nach, verwarf die Möglichkeit aber dann. Ich wollte mich den beiden nicht zumuten, nicht in meiner gegenwärtigen Verfassung. »Nein, ich werde an den *Inseln* schreiben. Arbeiten.«

»Hier?«

»Ja, hier. Tut mir leid, dass ich dich enttäuschen muss. Wo sonst soll ich hingehen? Ich lebe doch hier.«

»Aber das musst du nicht. Du hast doch Geld. Im Gegensatz zu uns anderen.«

Das stimmte – wie vieles von dem, was Clair sagte, was einer der Gründe für mein ständiges Unbehagen ihr gegenüber war. Ich hatte tatsächlich Geld, da ich mehrfach unerwartet geerbt hatte. Zunächst war mir mit einundzwanzig das Erbe meiner Mutter zugefallen. Dann erhielt ich etwas von meiner Großmutter Emerson, die mir völlig unerwartet Kapitalanlagen und Bilder hinterlassen hatte. Und schließlich beerbte ich auch noch die in Ungnade gefallene Schwester meines Vaters, Tante Foxe, die mich und einen Tierschutzverein zu gleichen Teilen bedacht hatte. Die Kapitalanlagen waren in der Folge des Börsencrashs in den Keller gesunken, und die Bilder waren eingelagert, aber ich verfügte über einen Notgroschen und ein kleines Monatseinkommen. Mein erstes Buch hatte ein bisschen Geld eingebracht, ziemlich wenig allerdings, und mit dem zweiten würde ich vielleicht auch etwas verdienen. Ich hatte genug zum Leben und für meine Reisen. Genug auch, um mit dem erstbesten Zug nach Saranac Lake fahren zu können … *Mit Geld kann man sich Freiheit erkaufen.* Nach Clairs Ansicht, die sie oft und gern zum Besten gab, konnte man sich davon auch andere Dinge kaufen: eine Wohnung in London zum Beispiel oder ein Haus in Land's End, egal wo. Sie konnte es anscheinend gar nicht erwarten, mich loszuwerden.

Sie stand auf, tigerte wieder durch den Raum und schenkte sich noch ein Glas Wein ein. »Du auch?« Sie hielt die Flasche über mein Glas, und bevor ich ablehnen konnte, hatte sie schon nachgeschenkt. »Trink – manchmal ist es das Beste, sich einfach zu betrinken. Betrachte es als Medizin«, fügte sie hinzu und klang dabei so versöhnlich, wie es ihr nur möglich war. »Ich hatte mal eine Abtreibung«, fuhr sie im selben Tonfall fort und legte sich wieder auf das Sofa. »Der Himmel weiß, wie es dazu kommen konnte. Das war, als ich auf die Slade School ging. Ich kam einfach mit meinen Bildern nicht weiter, und das machte mich wahnsinnig. Eines Nachts habe ich mich dann so richtig betrunken. Das war das einzige Mal, dass ich diesen Fehler gemacht habe. Ein einziges Mal, und gleich schwanger – das kann nur mir passieren. Der Typ hat gezahlt, was ich sehr großzügig fand. Ich musste also nicht in irgendeine Hinterstube zu einer plappernden Alten mit einem Drahthaken gehen. O nein, ich ging in die Harley Street zu einem Herrn im Anzug. Die Klinik war ziemlich nobel. Hinterher habe ich einen Monat lang jeden Tag eine Flasche Gin getrunken, aber danach war ich geheilt. Ich habe mich einfach nicht mehr damit beschäftigt. Meine Bilder wurden sofort besser. Bei Ärger empfehle ich daher immer ein gepflegtes Besäufnis.« Sie runzelte die Stirn. »Andererseits hat mich der Alkohol überhaupt erst in die Zwangslage gebracht. Vielleicht sollte ich das noch einmal überdenken. Verzwickt, was?«

Ich schaute sie neugierig an. Was war das nur für eine sonderbare Frau – vollkommen blind für die Gefühle anderer Menschen, dazu scham- und gewissenlos. Ich wusste, was Abtreibung war. So etwas war illegal. Noch nie hatte ich jemanden darüber reden hören, geschweige denn zugeben, so etwas gemacht zu haben. »Hast du ihn wiedergesehen?«, fragte ich nach einer Weile.

»Wen? Den Urheber der Geschichte? Nein, ein unerträglicher Typ, warum sollte ich?«

Wir schwiegen. Clair starrte an die Decke, und ich starrte ins Kaminfeuer und beobachtete die Schatten der flackernden Flammen.

»Das kann man nicht vergleichen«, sagte ich nach langem Schweigen. »Deine Situation damals und meine jetzt. Das ist etwas ganz anderes, Clair, das begreifst du doch sicher.«

»Wenn du es sagst.« Sie zuckte mit den Achseln. »Allerdings hast du kein Leidensmonopol.« Sie gähnte und sprang auf. »Verdammt, ich sterbe vor Hunger. Aber es ist nichts zu essen im Haus, das überlasse ich normalerweise vollkommen Nicola. Ich denke, ich radele mal schnell zum Imbiss. Ich nehme Fish and Chips – und du?«

»Nichts, danke.«

»Wie du willst, aber ich bin pleite. Gibst du mir neun Pence? Oder einen Shilling, falls du flüssig bist? Dann kann ich mir noch eine Scheibe Brot und ein paar eingelegte Zwiebeln gönnen.«

Ich hatte im Moment fast ausschließlich Dollar. Da ich es nicht kleiner hatte, gab ich ihr eine Fünfpfundnote. Ich wusste, dass sie mir das Wechselgeld nicht zurückgeben würde. Das tat sie nie.

»Wahnsinn, danke«, sagte sie. »Sehr großzügig, Mylady.« Sie machte einen ungelenken Knicks wie ein Dienstmädchen.

»Ach so, und wenn das Telefon klingelt«, fügte sie hinzu, als sie zur Tür ging, »dann ist es vermutlich dieser Eddie-keine-Chance. Er hat noch zweimal angerufen, als du weg warst. Einmal, um zu sagen, dass er morgen den Zug nach Cambridge nimmt, und dann, um zu sagen, dass er doch nicht kommt, weil sich seine Pläne geändert hätten.« Sie hielt inne. »Er war schon wieder auf einer Party. Bei Baba, sagte er. Ziemlich laute Musik, fröhliches Gläserklirren, irgendetwas ging auch in die Brüche. Einer hat immer gebrüllt, Eddie habe den Korkenzieher geklaut. Nicola hat auch angerufen. Ich habe ihr erzählt, dass keine-Chance dich belästigt. Begeistert war sie nicht gerade.«

»Was hat sie gesagt?«

»Dasselbe, was ich auch sagen würde. Nimm die Beine in die Hand. Die kleinen Mädchen fressen ihm aus der Hand, wenn er es drauf anlegt, und er ist zweifellos ein Beau. Aber er hat seinen Spitznamen nicht umsonst. Denk drüber nach.«

Nicola blieb länger als erwartet in Frankreich und kam erst ein paar Tage vor Weihnachten nach Cambridge zurück. Sie war vollkommen euphorisch im Bewusstsein des Triumphes, die Beerdigung ihrer Mutter und die Kämpfe mit den Notaren hinter sich gebracht zu haben. Sämtliche Angelegenheiten seien perfekt geregelt, erklärte sie, trotz der umständlichen französischen Bürokratie. Was ihre Mutter betreffe, sei alles erledigt. Die Rechnung vom Frauenkloster sei nicht der Rede wert gewesen, und auch das Haus sei bereits verkauft. Für die *acte de vente* sei das Siegel des Bürgermeisters vonnöten gewesen, für die *acte authentique* habe es gleich vierer Zeugen bedurft, aber ihre perfekte Organisation – sie sei ja schon immer ein perfekt organisierter Mensch gewesen – habe der Sache zum Erfolg verholfen. Ich habe vergessen, wie viele tausend Francs sie den begehrlichen Fingern der französischen Steuerbeamten entreißen konnte – vielleicht waren es sogar Hunderttausende in diesen Tagen instabiler Währungen –, aber es reichte.

»Es reicht für was?«, fragte ich, als ich die Worte erstmals vernahm. Man ließ mich nicht lange zappeln.

»Ich werde uns in London eine Wohnung kaufen. Vielleicht sogar ein Haus, das hängt von der Gegend ab«, erklärte Nicola träumerisch, als sich das Weihnachtsessen dem Ende zuneigte. »Ich dachte allerdings an Bloomsbury. Dort sind die Häuser so absurd groß, dass eine Wohnung genau das Richtige für uns wäre. An einem dieser schönen Plätze mit Blick auf die Londoner Platanen. In der Nähe der Theater und der Oper. In Laufweite vom British Museum und dem Lesesaal. Im Herzen des Geschehens.«

Ich schaute auf den Tisch, der mit Stechpalmen und Kerzen geschmückt war. Draußen war es dunkel. Insgeheim fragte ich mich, wer zu diesem »uns« wohl gehörte und ob es mich einschloss. Ich fragte mich, ob sie über das Vorhaben schon einmal geredet hatte. Aber wann? Als ich am Girton studiert hatte? Oder als ich auf Reisen war? So muss es wohl gewesen sein. Mir war die Sache jedenfalls neu, ganz im Gegenteil zu meinem Vater und Clair Lennox. Beide waren hellauf begeistert.

»Dem Himmel sei Dank. Endlich entkommen wir diesem elenden Nest«, sagte Clair. »Ein Prosit auf Madame Maladie.« Sie hob das Glas.

»Nun, nun, wir sollten doch den Anstand wahren«, tadelte mein Vater gespielt. »Die Vorteile liegen allerdings klar auf der Hand, daher sind wir Yvette Dunsire, der armen Frau, zu großem Dank verpflichtet. Mir wird ein Stein vom Herzen fallen, wenn wir dieses Haus hier endlich verkaufen können. Schwer dürfte es zum Glück nicht sein – Einfamilienhäuser in Cambridge sind ziemlich gefragt. Es ist sowieso viel zu groß für uns, nicht erst jetzt, und die Kosten steigen von Jahr zu Jahr. Mit dem Umzug werde ich zukünftig eine Menge Geld sparen. Bloomsbury wäre übrigens auch für mich sehr günstig, Nicola, falls du dich dafür entscheiden solltest. Der Bahnhof ist nicht weit. In einer guten Stunde könnte ich im College sein. Und was für eine Aussicht, nah am Lesesaal des British Museum zu wohnen! Ich werde allerdings ein Arbeitszimmer brauchen, mein Schatz. Und Platz für meine Bücher.«

»Und ich brauche ein Atelier«, unterbrach ihn Clair. »Vergiss das nicht, Nicola. Es muss auch nicht groß sein, nur große Fenster muss es haben. Und Nordlicht.«

Über den Tisch und das Flackern der Kerzen hinweg suchte Nicola meinen Blick und hielt ihn fest. Wir hatten unsere Streits ausgefochten, aber keines der bitteren Worte, die im Laufe der Jahre gefallen waren, hatte unserer engen Bindung etwas anhaben können. Sie konnte noch immer meine Gedanken lesen. Während mein Vater und Clair ihre diversen Wünsche anmeldeten, stand sie auf, kam zu mir und nahm meine Hand. Sie zog mich in die Stille des Wohnzimmers, schloss die Tür und lehnte sich dagegen. Ich sah, dass ein Zittern sie erfasste – sie hatte es nie in den Griff bekommen und konnte es auch nicht verbergen. Sie war sehr bleich, und ich hatte sie immer noch sehr gern.

»Und du?«, fragte sie und deutete ein Lächeln an. »Hast du auch eine ganze Liste von Wünschen, Lucy? Dachtest du etwa, ich hätte dich vergessen? Nun, keineswegs. Die beiden«, sie machte eine abfällige Geste in Richtung Esszimmer, »wissen es noch nicht, aber ich habe unsere neue Wohnung bereits gefunden. Nachdem ich mit dem Zug aus Dover gekommen war, bin ich sofort zu einem Makler gegangen. Es war erst die dritte Wohnung, die ich mir angeschaut habe, aber ich wusste sofort, dass es unsere ist. Sie liegt in Bloomsbury, ist ziemlich groß und hat das perfekte Zimmer für dich. Direkt neben meinem, Lucy. Es schaut auf einen Platz hinaus. Ich kam rein und wusste, dass du begeistert sein wirst. Im ersten Stock, Lucy.« Ihre Wangen hatten Farbe angenommen, und das Zittern ihrer Hände hatte sich verstärkt. »Vier Schlafzimmer, drei wundervolle Empfangsräume. Hohe Decken, viel Licht – stilles Licht wie bei Vermeer. Und in deinem Zimmer, dem Zimmer, das deines sein wird, genug Platz für deine Bücher ... und für die Bilder deiner Mutter. Du kannst ein paar ihrer Dinge dort wieder auspacken und ausstellen oder aufhängen, wenn du möchtest. Ich weiß, dass es dir dort gefallen wird. Du wirst in Ruhe arbeiten können, und wenn es sein muss, kannst du auch reisen, obwohl ich natürlich hoffe, dass dieses sonderbare Bedürfnis vergeht, wenn wir uns erst einmal eingerichtet haben. Clair wird uns nicht stören, sie bekommt ein Atelier in den Stallungen hinten im Garten. Du weißt ja, wie besessen sie arbeitet. Wir werden sie kaum zu Gesicht bekommen. Du und ich, wir wären wieder beisammen, Lucy. Wir könnten gemeinsam

London erkunden, so wie wir es damals in Paris getan haben – erinnerst du dich noch? Ich weiß, dass du dich erinnerst.« Sie wankte. Vermutlich war es mein Gesichtsausdruck, der sie die Balance verlieren ließ. »Die Wohnung liegt in der Nähe vom Museum, Lucy – nur einen Steinwurf entfernt. Wir könnten es zusammen besuchen und uns über Ägypten und Griechenland unterhalten, so wie früher …«

Sie ließ den Satz unbeendet. Vermutlich glaubte sie an diese Zukunft, die sie für mich heraufbeschwor – aber es war eine Zukunft, die sie sich vorgestellt, gewünscht und minutiös ausgedacht hatte. Ich spürte ihre alte Willenskraft, geschmeidig und stark wie eine Python, geduldig und unnachgiebig. Es wäre ein Leichtes gewesen, sich diesem Willen zu unterwerfen und sich wie früher von ihm dominieren zu lassen. Ja, ich erinnerte mich an Paris. Ich erinnerte mich daran, dass ich Nicolas Zauber dort erlegen war und für den Rest der Kindheit in ihrem Bann gestanden hatte. Doch dann war ich ihr entkommen. Wenn ich aber jetzt mit Nicola nach Bloomsbury zog, würde ich ihr nie wieder entfliehen.

»Ist es wegen Clair?«, fragte Nicola mit plötzlicher Schärfe und trat einen Schritt auf mich zu. »Wenn es das ist, sag es nur. Ich werde sie auffordern zu gehen – sie kann sich eine andere Unterkunft suchen. Ich weiß, dass du sie nicht magst, mein Schatz. Sag, wenn sie es ist.« Sie legte mir ihre langfingrige Hand auf den Arm, aber ich schob sie sanft beiseite.

»Nein, das ist es nicht«, sagte ich und wandte mich ab. Ich wusste, dass es sinnlos wäre, Gründe anzuführen oder Ausflüchte zu suchen. Mit ihrem zugleich listigen und liebevollen Beharren würde sie meinen Widerstand früher oder später brechen. Die einzige mir bekannte Möglichkeit, ihrem starken Bedürfnis nach meiner Nähe etwas entgegenzusetzen, bestand darin, Distanz zu wahren. Ich zögerte und verlegte mich dann auf den einzigen Grund, der sie tatsächlich zum Schweigen bringen würde. »Nicola, es geht nicht. Es ist unmöglich. Ich heirate.«

Ich dachte, ich hätte keine Fotos von meinem ersten Ehemann aufbewahrt. Die Hochzeit und die sich daran anschließende Auflösung der Ehe waren nicht ganz so schmerzlos verlaufen, wie die Leute dachten. An einem bestimmten Punkt – vermutlich um die Zeit des vorläufigen Scheidungsurteils herum – durchforstete ich all meine Alben und vernichtete sämtliche Bilder. Eines war mir offenbar entgangen, ich habe es mir neulich morgens angeschaut, als ich auf meinem Stuhl mit Blick auf den Highgate Square saß. Ein Hoteldiener des Winter Palace hatte es gemacht, wo wir die bereits erwähnten Flitterwochen verbracht hatten. Ägypten war mein Vorschlag gewesen, der schnell angenommen worden war.

»Ich möchte dir die Orte zeigen, die ich liebe«, sagte ich. »Wenn du aber woandershin willst, Eddie, sag es ruhig. Wohin auch immer, wirklich. Die Entscheidung liegt bei dir.«

Eddie war etwas knapp bei Kasse. Ich zahlte, daher hatte ich meinen Vorschlag nur zögerlich vorgebracht. Ich wollte nicht, dass er sich überrumpelt oder – schlimmer noch – verpflichtet fühlte. Seine miese Finanzlage war, wie er sagte, eine Lappalie, eine vorübergehende Verlegenheit.

»Mein geliebtes Mädchen, Ägypten soll es sein. Ich hatte zwar an Capri gedacht, aber da war ich schon so oft, und außerdem ist es vielleicht ein wenig zu … Nein, der Orient soll es sein. Vielleicht sollten wir uns aber nicht allzu lange bei den Pyramiden aufhalten, die kommen mir doch ein wenig verstaubt vor. Luxor hingegen reizt mich. Flaubert hat dort eine wahrhaft wilde Zeit verbracht, Prostituierte bis zum Abwinken. Könnten wir das wohl einrichten, Schätzchen? Können wir uns nicht das Winter Palace leisten?«

Konnten wir nicht, nicht wirklich, aber Eddie liebte Luxus, und ich wollte ihn nicht enttäuschen. Also verkaufte ich ein Schmuckstück meiner Mutter – die Bestände schrumpften allmählich –, und dann brachen wir auf.

Das Foto, das ich betrachtete, war am Ende unserer ersten Woche im Winter Palace aufgenommen worden. Im Februar 1936, drei Monate nach Frances' Tod: Wir stehen auf der Terrasse über dem Nil. Ich bin fünfundzwanzig, trage eine Sonnenbrille und einen breitkrempigen Hut, der mich vor der Sonne schützt und mein Gesicht verdeckt. Diese dünne Fremde konnte ich sein, hätte aber auch eine beliebige andere Person sein können. Auf dem Bild hat sie den Blick von der Kamera abgewandt und schaut über den Fluss hinweg. Die dunkle Sonnenbrille ist auf die Thebanischen Berge gerichtet. *Und wie lautet das Wort für Horizont? Akhet.*

Eddie – fünfunddreißig, barhäuptig und in Hemdsärmeln, das dichte Haar zurückgeworfen, den einen Arm lässig um meine Schulter gelegt, den anderen um die Schulter des arabischen Jungen, den er als Führer angeheuert hat – lächelt herausfordernd in die Kamera, so als sollte sie es nur wagen, ein schlechtes Foto von ihm zu machen. Doch keine Kamera tat das. Eddie war aus jeder Perspektive attraktiv und umwerfend. Er verkörperte das Männlichkeitsideal der Epoche: groß, athletisch, blond, blauäugig, offen. Griechische Nase, geistreicher Mund. Der Kleidung nach war er ein Bohemien, und doch konnte kein Zweifel daran bestehen, dass er ein englischer Gentleman *sui generis* war.

Ich betrachtete das Foto. *Lies, Lucy. Lerne zu lesen* – eine Aufforderung, die für Bilder ebenso zutraf wie für Worte. Als dieses Foto aufgenommen worden war, nur einen Monat nach der Hochzeit, hatte sogar ich begriffen, dass es in dieser Ehe Probleme gab. Warum, verstand ich damals noch nicht, dabei fanden sich die Beweise auf diesem Schnappschuss vor meinen Augen.

Wie begriffsstutzig hatte ich nur sein können? Ich zerriss das Foto in winzige Stückchen und verwandelte es in Konfetti.

## 36

Nach unserer Rückkehr von der Hochzeitsreise mussten Eddie und ich eine Bleibe finden. Er hatte die Notwendigkeit bislang ignoriert und zeigte die Neigung, sie auch weiterhin zu ignorieren. Vor unserer Ehe habe er ja auch keinen festen Wohnsitz gehabt, pflegte er zu sagen – was konkret bedeutete, dass er bei stets wechselnden reichen Freunden untergekommen war, bis sie ihn irgendwann rausgeschmissen hatten. Er gedachte, diesen Lebensstil fortzusetzen. Warum sollte die Ehe auch etwas daran ändern?

Den März verbrachten wir im kalten, monströsen Haus seiner Eltern in Shropshire. Im April wohnten wir im Herrenhaus eines Freundes in Kensington und im Mai in einer feudalen Villa, die sein Cousin in Frankreich besaß. Erst im Juni verließ ihn das Glück. Ein Schriftsteller, den er von irgendwoher kannte, lieh ihm widerwillig die Schlüssel zu einer ungastlichen Hütte im Bodmin Moor. Erst bei der Ankunft bemerkten wir, dass sie nicht über fließendes Wasser verfügte. »Das Moor«, sinnierte Eddie am ersten Abend. Mit einem Glas in der Hand schaute er in die schwärzliche Wildnis, die uns umgab. »Moore. Da hast du doch schon dein nächstes Buchprojekt, Schätzchen. Du musst sofort damit beginnen, wenn die *Inseln* fertig sind.«

Eine Woche später nahm ich den Zug nach London und begann mit der Suche nach einem Haus.

Das Cottage, das ich schließlich kaufte, lag in der King's Road, einer damals ziemlich armen Gegend von Chelsea. Während der Suche wohnte ich bei Rose und Peter, und es war Peter, der von dem Haus hörte und es mir zum ersten Mal zeigte. Es gehörte einem seiner Genossen – Peter war damals für die Linke aktiv und ging ständig auf antifaschistische Demonstrationen. Ob der Besitzer Kommunist oder Anarchist war, habe ich nie herausgefunden, ich habe ihn überhaupt nie kennengelernt, weil er England irgendwann überstürzt verlassen musste.

»Es kostet nicht viel«, sagte Peter.

»Es hat durchaus Potential, Lucy«, sagte Rose zögerlich, als wir sie baten, sich das Haus ebenfalls anzuschauen.

Rose hatte sich dem Heiratsmarkt in ihren ersten Jahren in der Gesellschaft erfolgreich entziehen können und arbeitete nun als oberste Sekretärin im Verteidigungsministerium, sehr zur Freude der Generäle, die dort ein und aus gingen und mit großer Zuneigung an ihre Mutter Poppy zurückdachten. Wie Rose so viele Jahre zuvor angekündigt hatte, war sie ein wahres Organisationsgenie. Da sie normalerweise den Alltag von Feldmarschällen organisierte, war ein solcher Umzug für sie eine Lappalie. »Potential, definitiv«, fuhr sie fort, als sie durch die Räume wanderte und gewissenhaft die verfaulten Holzbalken inspizierte. »Allerdings steckt noch ein bisschen Arbeit drin.«

»Es passt zu dir, Lulu«, verkündete Peter, nachdem er mit einiger Mühe die Türen und Fenster geöffnet und die Wasserhähne zum Laufen gebracht hatte. Jetzt lehnte er an der getünchten Wand und schaute mich mit zusammengekniffenen Augen an.

»Aber passt es auch zu Eddie?«, fragte Rose. Zu diesem Zeitpunkt hatten weder sie noch Peter meinen Ehemann kennengelernt.

»Das kann nur Lucy beurteilen«, sagte Peter. »Es scheint, als würde sie ihren Ehemann vor uns verstecken. *Fünf Faden liegt ihr Gatte tief.* Sie tut alles, um ihn von uns fernzuhalten.«

Ich überging den Kommentar und sah mich im Cottage um. Leisten konnte ich es mir – was als Entscheidungshilfe nicht ganz unwesentlich war, da die Ehe meine Finanzmittel bereits erheblich geschmälert hatte. Es war schlicht, aber hübsch. Die Ziegelfassade war gekalkt, und um die Haustür herum wucherte ein Rosenstrauch. Hinter dem Haus lag neben einer feuchten Spülküche ein kleiner Hof, den offensichtlich ein Kater bewohnte. Der Hof ließ sich bestimmt begrünen, ich sah ihn schon von Geißblatt überwachsen wie Nuthanger. Und da ich den Zustand der Unentschiedenheit nicht mochte, schlug ich zu.

Das Urteil über den Kauf fiel unterschiedlich aus. Nicola, die aus Bloomsbury kam, wo sie und Clair sich in ihrer prächtigen Wohnung eingerichtet hatten, nannte es eine elende Bruchbude. Aber mit dieser Reaktion hatte ich gerechnet, da ich wusste, dass sie sowieso etwas daran auszusetzen haben würde. Meine Hochzeit und meine Weigerung, mit nach Bloomsbury zu ziehen, hatte sie mir noch nicht vergeben. Als sie mir die Wohnung gezeigt hatte, hatte sie die Verbindungstür zwischen ihrem und Clairs Zimmer aufgerissen und gesagt: »Das hätte deins sein können, Lucy.«

Mein Cottage inspizierte sie mit Argusaugen. Dass sie in einer ihrer finsteren Stimmungen war, wusste ich, noch bevor sie einen Fuß durch die Tür gesetzt hatte. Sobald sie alles gesehen hatte, fingen ihre Hände an zu zittern, und sie nannte es ein erbärmliches Künstlernest in einer trostlosen Gegend. Meine Nachbarn würden Maurer und Klempner sein, prophezeite sie, und alles sei so klein, so beengt, fast wie in einem Grab. Man könne sich ja nicht einmal um die eigene Achse drehen.

Clair stieß sie an. Hätte ich die Frau nicht gekannt, hätte ich gedacht, ich täte ihr leid. »Jetzt sei doch nicht so ein verdammter Snob, Nicola«, sagte sie. »Was ist denn heute los mit dir?« Sie zog hinter Nicolas Rücken eine Grimasse und erklärte, das Cottage habe Atmosphäre – und die Gegend sei durchaus spannend. Etliche ihrer Freunde von der Slade School lebten in der Nähe.

Im September ließ endlich auch Eddie sich dazu herab, das Haus in Augenschein zu nehmen – am Tag vor unserem Einzug. Zu dem Zeitpunkt hatte ich schon viel Arbeit hineingesteckt, hatte wochenlang geputzt, gestrichen und eingerichtet. Ich hatte Vorhänge genäht und Stühle und Bücherregale aufgetrieben. Auch ein paar Bilder meiner Mutter hatte ich aus den Kisten geholt und aufgehängt und

Frances' Uschebti auf dem Kaminsims einen Ehrenplatz verschafft. Peter hatte mir in einem wunderbaren Ramschladen einen rustikalen Kieferntisch besorgt, den ich anlässlich unseres ersten Abendessens mit Tellern, Weingläsern, Servietten und Blumen deckte.

»Mein geliebtes Mädchen, da hast du dir aber eine Menge Arbeit gemacht«, sagte Eddie, nachdem er durch die Räume geschritten und am Küchentisch stehen geblieben war. Er hatte meine Anspannung bemerkt und wollte mich aufziehen. Dann aber bekannte er doch, dass er ein wenig enttäuscht sei. Er habe auf etwas ... Bürgerlicheres gehofft, befand er mit einem Seufzer. »Eine rote Backsteinvilla. Eine nette Bleibe mit einem Buntglasfenster über der Haustür – mit den Worten ›Mon Repos‹ darin. Etwas in der Art hatte ich von einem ehelichen Heim erwartet, Lucy.«

Eddie liebte solche Formulierungen, und so wurde »eheliches Heim« unser Name für das Cottage. Wenn es ihn überkam, änderte er ihn sogar um in »eheliches Nest«.

Ein paar Wochen später erklärte Eddie, der ruhelos und unausgeglichen war, dass sich das Cottage nicht richtig anfühle. Er müsse ihm seinen Stempel aufdrücken, er müsse es taufen. Zum Glück seien die Taufmodalitäten simpel: Wir müssten nur eine Party geben. Ich erhob Einspruch. Damals kannte ich Eddies Partys bereits und wollte das Haus nicht so schnell in einen Trümmerhaufen verwandeln. Ich schlug vor, stattdessen ein Dinner zu geben – ein kleines Dinner, bei dem sich die Leute auch unterhalten könnten. Meine Freunde Rose und Peter hätten meinen Ehemann immer noch nicht kennengelernt, erklärte ich, dabei seien sie es gewesen, die mich bei der Suche nach dem Haus unterstützt hätten.

»Ohne sie«, sagte ich, »wären wir nicht hier.«

»Wohl wahr«, sagte Eddie.

Das Dinner wurde für die erste Oktoberwoche angesetzt. Rose kam, Peter nicht. Er war am Vortag bei einer Anti-Nazi-Demonstration in der Cable Street festgenommen worden, wo er sich mit den Schwarzhemden von Oswald Mosley eine erbitterte Schlacht geliefert hatte. Jetzt saß er im Gefängnis.

Rose und ich kauften ihn gegen ein Lösegeld frei und arrangierten ein zweites Dinner. Doch Peter fehlte wieder. Es war bereits Dezember, und das erste Weihnachtsfest in unserem Cottage stand vor der Tür. »Wo ist Peter?«, fragte ich Rose, als ich ihr die Tür öffnete.

Er sei am gestrigen Tag nach Spanien gegangen, teilte sie mir mit. Sie zitterte und schoss an mir vorbei zum Kamin. »Du weißt ja, wie er ist, Lucy. Wenn er sich etwas in den Kopf gesetzt hat, ist er nicht zu bremsen. Er hat sich den Internationalen Brigaden angeschlossen.« Sie zog ihren Pelzmantel enger um sich. »Lass uns nicht darüber reden, sonst fang ich noch an zu heulen. Wo ist Eddie?«

Eddie war im Pub an der Ecke, dem Jolly Hangman, um einen Krug Guinness zu organisieren. Als er zurückkam, mischte er das Bier mit Champagner – den er auf Pump besorgt hatte – und verschwand dann in der Küche, um noch eine geheime Zutat hinzuzufügen, vielleicht Brandy, vielleicht Curaçao, vielleicht auch beides. Eddie liebte Cocktails – ebenso wie Rose.

»Ist das ein Black Velvet?«, fragte sie, als uns Eddie eine schäumende pechschwarze Flüssigkeit kredenzte.

»Um Gottes willen«, sagte er empört. »Sein Name ist eine Hommage an Lucy. Du weißt doch, was Ägypten ihr bedeutet. Dies, Rose, ist ein Anubis.«

»Nun, stark genug ist er jedenfalls«, sagte Rose, nachdem sie daran genippt hatte. »Köstlich.«

Die beiden setzten sich ans Kaminfeuer und begannen, über Gott und die Welt zu reden. Rose war Eddies Charme sofort verfallen, als sie ihn beim ersten Dinner kennengelernt hatte, und wurde nicht müde, von ihm zu schwärmen – mir gegenüber, ihrem Bruder gegenüber und auch sonst jedem.

Anubis, der Hüter der Grabstätten, war ungenießbar. Zudem ein unpassender Name. Unklug. Blasphemisch. Ich überließ die beiden sich selbst, zog mich in die Küche zurück und kippte meinen Drink in die Spüle.

»Was macht eigentlich dein Inselbuch, Lucy?«, fragte mich Clair. »Du schreibst doch nun schon ein ganzes Jahr daran, da müsste es doch bald fertig sein, oder?«

Clairs Talent, Leuten zu nahe zu treten, war schwer zu übertreffen. Sie stellte mir die Frage jedes Mal, wenn ich sie sah. Gelegentlich schlug sie auch einen besorgten Tonfall an und fragte: »Könnte es sein, dass du unter einer Schreibblockade leidest?«, oder: »Waren Inseln vielleicht das falsche Thema? Warum steigst du nicht auf Berge um? Oder auf Täler?« Bei dieser Gelegenheit – ich war drei Tage vor Weihnachten nach Bloomsbury gegangen, um ihr und Nicola meine Geschenke zu bringen – hatte sie allerdings noch einen weiteren Kommentar parat: »Wenn ich dir einen Tipp geben darf, Schätzchen: Die Ehe bekommt dir nicht. Aber das war ja abzusehen. Wenn du dein verdammtes Buch beenden willst, verschaff dir ein paar Freiräume.«

Irgendetwas an ihrem Tonfall ließ mich aufhorchen. Ich spürte, dass sie mich diesmal nicht ärgern wollte, stattdessen war sie selbst nervös. Wir befanden uns im eleganten Salon von Nicolas Wohnung. Clair lief herum und suchte einen Korkenzieher, Nicola war in die Stadt gegangen und würde erst später von ihrem Einkaufsbummel zurückkehren. Wir waren also allein, was ungewöhnlich war. Nicola hatte gern die Kontrolle über den Umgang ihrer Freundin und war lieber dabei, wenn sie sich mit jemandem unterhielt.

Ich wanderte im Raum auf und ab, als Clair den Rotwein öffnete. Nicola hatte ein wunderschönes Ambiente geschaffen. Die meisten Möbel hatte sie aus Frankreich mitgebracht, angeblich von ihrer Mutter. Nicola hatte ihre Eleganz und Geschmack eingebracht, von Clair stammte die Farbe: ein kadmiumoranger Überwurf über einem blassgrauen Stuhl, ein zitronengelbes Kissen auf einem dunkelblauen Seidenbezug. Über einem Beistelltisch hing ihr Porträt von Nicola im Garten in Newnham, auf der polierten Tischplatte stand die aus dem Grab gestohlene blaue Uschebti, die ich Nicola vor so vielen Jahren in Paris geschenkt hatte. *Für Nicola von Lucy in Liebe. Die echte!* Von den Wänden schauten provozierend Clairs jüngste Werke herab.

Dieser Raum war Nicolas Schöpfung und hatte keinerlei Ähnlichkeit mit unserem Haus in Newnham, das sie umgestaltet hatte. Doch ansonsten hatte sich am Zusammenleben nichts geändert. Innerhalb weniger Wochen nach dem Umzug nach London hatten sich die alten Gewohnheiten schon wieder etabliert. Mein Vater kam regelmäßig am Sonntagmorgen und blieb bis zum Mittagessen, um kurz darauf wieder ins College zurückzufahren. Gelegentlich tauchte er auch mitten in der Woche auf, um im Lesesaal des British Museum zu arbeiten. Clair malte den ganzen Tag, und Nicola ... Im Prinzip hatte ich keine Vorstellung davon, wie Nicola ihre Tage, Wochen und Monate verbrachte. Sie betonte immer, dass sie in London keine Minute für sich habe, aber ich fragte mich schon, ob sie Cambridge, ihre Kontakte und ihr universitäres Netzwerk nicht vermisste.

Clair war soeben von ihrer Arbeit im Gartenatelier hereingekommen. Farbverschmiert wie immer und in einer schmutzigen Latzhose goss sie Wein ein, zündete sich eine Zigarette nach der anderen an und tigerte durch Nicolas Salon, als wäre er ein Käfig. Clairs Gewohnheiten änderten sich nie. Sie arbeitete von morgens um neun bis abends um sechs, und zwar an jedem Tag, einschließlich des Wochenendes. Kürzlich hatte sie in einem Schaffensschub die Arbeitszeiten ausgedehnt – worüber sich Nicola bei meinem letzten Besuch lang und breit beklagt hatte, erst amüsiert, dann aber zunehmend missmutig. *Verschaff dir ein paar Freiräume.*

»Alles in Ordnung, Clair?«, erkundigte ich mich nun ohne Umschweife.

»Alles in allerbester Ordnung.« Ihre Loyalität gegenüber Nicola war unerschütterlich, daran hatte ich nicht gezweifelt. »Bombig. Spitze. Such dir was aus.«

»Ist Nicola eigentlich glücklich hier? Hat sie den Umzug nie bereut?«

»Sie sagt Nein. Aber sie ist unruhig. Sie ist nicht gern allein.«

»Das war sie nie.«

»Das wird sich schon wieder geben.« Clair reichte mir eins der beiden Weingläser, warf sich aufs Sofa und zündete sich noch eine Zigarette an. »Aber ich musste ein paar Regeln einführen. Nicola sollte das begreifen – sie hat in ihrem Leben selbst schon so viele Regeln aufgestellt, weiß Gott.« Sie lachte. »Ich habe also erklärt: Keine Unterbrechungen, wenn ich male, sonst werde ich aus der Konzentration herausgerissen. Wenn sie eine Krise hat, echt oder eingebildet, muss sie damit allein klarkommen. An meine Ateliertür wird jedenfalls nicht geklopft. Und es wurde ziemlich viel geklopft in letzter Zeit, das kann ich dir sagen.«

»Vermutlich fühlt sie sich wirklich einsam. Manchmal braucht sie eben Gesellschaft.«

»Aber sie hat doch Gesellschaft. Mich. Jeden Abend nach sechs. Dann gehört meine Zeit ihr. So lautet die Abmachung, und so war es schon immer.« Clairs schmales Gesicht zuckte amüsiert. »Inzwischen habe ich innen an der Ateliertür zwei Riegel angebracht. Zwei schöne solide Riegel. Gestern habe ich sie Nicola gezeigt.«

»Und das fand sie gut?«

»Ja. Sie hat gelacht und gesagt, da hätte ich mir ja ein schönes Versteck eingerichtet, einen schönen, stillen Ort.«

*»Das Grab ist ein schöner, stiller Ort, doch scheint's mir, fehlt die Liebe dort.«*

»Wie bitte?«

»Das ist ein Zitat, Clair. Von einem ihrer Lieblingsdichter.«

»Ist es das? Ach, Nicola und ihre bescheuerten Zitate.« Sie zuckte mit den Achseln, erstarrte dann aber plötzlich und setzte sich auf. Sie hatte etwas für mich nicht Wahrnehmbares gehört. »Ihr Schlüssel ... unten in der Haustür. *Schweigen ist Gold.* Ist das nicht auch ein Zitat? Also halt den Mund. Und sprich ja nicht von Riegeln. Themenwechsel.«

Sie räkelte sich wieder auf dem Sofa und legte ihre Füße in den Fellstiefeln auf ein Kissen. Als Nicola lautlos ins Zimmer schwebte, rot im Gesicht von der kalten Luft, in der Hand die Päckchen, die sie bei ihren Weihnachtseinkäufen ergattert hatte, verkündete Clair lautstark: »... daher wollen wir anlässlich meines Geburtstags eine

Party feiern, und du musst natürlich auch kommen. Bring Eddie mit, wenn du es nicht lassen kannst, oder komm ohne ihn, ganz wie du willst. Wie schnell die Zeit vergangen ist! Am 12. Februar 1937 werde ich dreihundert Jahre alt, dabei fühle ich mich kaum älter als zwanzig.«

Wir gingen gemeinsam zu Clairs dreihundertstem Geburtstag, mein Ehemann und ich. Und wir gingen auch zu ihrem dreihundertundersten Geburtstag im nächsten Jahr. Zu beiden Anlässen nahmen wir ein Taxi und fuhren quer durch London von unserem Cottage in Chelsea zu der Wohnung in Bloomsbury.

Auf dem Weg zu der ersten dieser Geburtstagspartys, als wir gerade ein Jahr verheiratet waren, saßen Eddie und ich nebeneinander. Ich nahm seine Hand und sagte: »Gib dir bitte ein bisschen Mühe, Eddie. Nicola bedeutet dieser Besuch sehr viel. Wir müssen auch nicht lange bleiben, mein Schatz.«

Auf dem Weg zur zweiten, ein Jahr später, aber in demselben Taxi, das hätte ich schwören können, saß ich auf der Rückbank, während Eddie missmutig auf dem Notsitz hockte. Im Dezember war ich von meiner Ägyptenreise zurückgekehrt, auf der es zu jener letzten Begegnung mit Howard Carter gekommen war. Wieder in London, hatte mein Ehemann gesagt, dass er ohne mich nicht leben könne, dass er mich brauche und dass ich verrückt sei, einfach so zu fliehen. Wovor ich denn davonlaufe? An Neujahr waren wir wieder vereint, zurück im ehelichen Heim, zurück im ehelichen Nest.

In der Gegend des Marble Arch sagte ich: »Wir müssen auch nicht lange bleiben. Und halt dich von dem harten Zeug fern, Eddie. Keinen Brandy.«

»Keinen Brandy. Keine Cocktails. Ich schwöre beim Grab meiner lieben alten Mutter.«

»Deine Mutter lebt, es geht ihr ausgezeichnet, und sie sprüht förmlich vor Energie.«

»Was bist du doch für ein Korinthenkacker. Dann eben beim Grab meiner Großmutter.«

»Und fang bitte nichts an, Eddie. Das ist einfach nur demütigend.«

»Manchmal bist du ein ganz kleines bisschen *bourgeoise*, mein Schatz. Darüber solltest du mal nachdenken.«

Partys waren Eddies natürliches Element. Er stürzte sich kopfüber hinein wie ein ausgehungerter Raubfisch, der in einen Heringsschwarm eintaucht, um dann geschmeidig wie ein Seelöwe hindurchzuschwimmen. Er war kaum durch die Tür, da wurde er auch schon von den weiblichen Gästen belagert. Wie Sirenen, die einen Seemann umgarnten, schlangen sie ihm die Arme um den Hals und flüsterten ihm Nettigkeiten zu. Damit hatte ich nie Probleme gehabt: Mochten sie auch bis zum Jüngsten Tag singen, mein Ehemann war gegen ihren Zauber immun, was einige der Frauen auch wussten. Ich war seine Maske, wie mir mittlerweile aufgegangen war, obwohl sich Eddie im nüchternen Zustand selbst zu tarnen verstand. Die meisten Frauen verfielen seinem Charme so mühelos wie Rose, und mein Ehemann erinnerte sich stets an ihre Namen und Geschichten. Er machte ihnen Komplimente zu ihren Kleidern, schickte ihnen Blumen, schrieb ihnen Sonette und verriet ihnen, was ihm der alte Eliot letzte Woche erzählt hatte und was der junge Wystan in der Woche zuvor. Er hörte den Frauen zu, ertrug ihre Marotten, zog sie liebevoll auf – und ließ den Blick derweil durch den Raum schweifen, um etwas zu erspähen, das er ein »Talent« nannte oder auch ein »Abenteuer« oder gelegentlich sogar, aber dann musste er sehr betrunken sein, »sein Verderben«.

Einer der Gründe, warum er nicht gern zu Nicolas und Clairs Partys ging, bestand darin, dass »Talente« dort rar gesät waren. Da die beiden seine Vorliebe für bestimmte Typen kannten, wurden sie bei der Erstellung der Gästeliste gleich aussortiert. Partys waren aber immer eine unberechenbare Angelegenheit. Manchmal brachten Gäste einfach Freunde mit, und so konnte ich nie sicher sein. Damals konnte ich allerdings nirgendwo sicher sein mit Eddie, also war auch das nichts Ungewöhnliches.

Am dreihundertundersten Geburtstag platzten die Räume in

Bloomsbury aus allen Nähten. Ich ließ mich hierhin und dorthin treiben. Der Vikar der Kirche, die auf der anderen Seite des Platzes lag, einer konservativen High Church, sprach mich an und erläuterte mir, umweht von einem Hauch von Weihrauch, sein Verständnis von der Eucharistie. Ein freundlicher Marxist, den Clair aus der Slade School kannte, klärte mich über Stalins Reformen auf und betonte, wie segensreich sie für Mütterchen Russland seien. Als Nächstes tauchte eine Frau neben mir auf, mit der ich am Girton studiert hatte. »Du hast *Schneewittchen* noch nicht gesehen?«, sagte sie. »Aber das musst du unbedingt nachholen, Lucy! Meine Kinder sind ganz verrückt nach dem Film.« Sie sang ein paar Takte von »Mein Prinz wird kommen« und wurde dann von den mysteriösen Strömungen der Party fortgezogen. Mich trieben sie in den Nebenraum und dann gleich wieder zurück.

Ich hielt Ausschau nach Rose und Peter, die auf meine Bitte hin eingeladen worden waren. Rose war mittlerweile verlobt, und Peter war letzte Woche aus dem Spanischen Bürgerkrieg zurückgekehrt. Er sei verwundet, aber nicht schlimm, hatte Rose gesagt. Ich konnte die beiden nirgendwo entdecken. Als mich die Strömung an Nicola vorbeitrug, sagte sie: »Doch, sie kommen ganz bestimmt. Rose hat sogar noch einmal angerufen und es bestätigt. Sie kann allerdings nicht lange bleiben, weil sie noch zu einem Dinner bei Lady Evelyn muss. Howard Carter soll auch eingeladen sein. Lucy, mein Schatz, wo ist nur dein Glas, trinkst du denn gar nichts? Ich möchte dir jemanden vorstellen ...«

Wir wurden durch irgendwelche Neuankömmlinge getrennt, bevor ich erfuhr, wer es war. Ich wurde wieder abgetrieben und landete neben einem jungen Offizier, der mir erklärte, warum der Krieg gegen Herrn Hitler nun unvermeidlich geworden sei. »Bislang ist es nur Österreich, aber da wird er nicht haltmachen – Wiederbewaffnung, Mrs Vyne-Chance! Die Zeit läuft uns davon. Wenn wir die Wiederbewaffnung nicht beschleunigen, ist das unser Ende.«

Anschließend fand ich mich bei einem amerikanischen Diplomaten wieder, der mir erklärte, wie aufregend Mrs Foxe-Paynes

Partys doch immer seien. Es stellte sich heraus, dass er die Winlocks kannte, und so erfuhr ich, dass Herbert Winlock kürzlich einen Schlaganfall erlitten hatte. »Im Museum, als er gerade die Treppe hinabstieg. Der Arme. Doch, ja ... vollständige Genesung. Ist allerdings nicht klar, wie lange er noch Direktor sein wird. Ziemlich anspruchsvoll, der Job im Met. Ein großer Tanker, schwer zu steuern ... Ist das Ihr Glas, Mrs Chance? Lassen Sie mich Ihnen nachschenken.«

Ich wurde an den Rand der Gästeschar getrieben und stand mit einem Mal neben dem Tisch mit der Uschebti, die ich Nicola geschenkt hatte. Der Zwilling der Figur, die ich von Frances bekommen hatte, die kleine Antwortende. Ich hatte sie grade in die Hand genommen, hielt sie gegen das Licht, betrachtete sie eingehend und strich mit dem Finger über den Spruch aus dem *Totenbuch*, als Clair zu mir stieß. Sie legte mir eine ungewöhnlich saubere Hand auf den Arm und sagte mit einer Grimasse: »Da drüben, Nordnordwest. Nicola hat diese Leute noch nie gesehen, keine Ahnung, wer sie sind. Wir können Eddie nicht fortlocken, der ist ziemlich hinüber, aber wir könnten die beiden anderen aus der Gefahrenzone in Sicherheit bringen. Wenn du dir einen schnappst, kümmere ich mich um den anderen.«

Ich schaute durch den verrauchten vollen Raum in die angedeutete Richtung. Für einen Moment teilten sich dicht gedrängte Rücken und ließen eine Art Sichtachse entstehen, und da war er auch schon, mein Ehemann, voll in seinem Element. Er zerpflückte Eliots *Ödes Land* – zu einer Seite einen jungen Mann in Samtjacke und mit Shelley-Locken, zur anderen einen untersetzten, Pfeife rauchenden, älteren Herrn mit kämpferischem Blick. Beide entsprachen Eddies Vorstellung von »Talent«, die Kategorie war nicht besonders eng gefasst. Eddies Bezeichnung von »Abenteuer« beschränkte sich auf Gardisten, während »Verderben« einen verheirateten Mann involvierte, der vor der Begegnung mit Eddie der Meinung gewesen war – tatsächlich oder nur nach außen hin –, heterosexuell zu sein.

Wie oft hatte ich das nicht schon getan? Hingehen, freundlich intervenieren, das Gesicht wahren.

Zu oft. Die Gesetze waren, wie sie waren. Ich konnte Eddie keinen Vorwurf machen, aber ich hatte dieses Tarnen und Täuschen satt. Behutsam stellte ich die Uschebti auf den Tisch zurück und ging zu Eddie, den ich trotz allem sehr gern mochte – woran sich bis zum Tag seines Todes auch nichts ändern sollte. Er wurde sehr alt und blieb zeit seines Lebens unbelehrbar, wie ich mit großer Genugtuung sagen kann. Ich küsste ihn auf die Wange.

»Du gehst, mein geliebtes Mädchen?«

»Ja, das tue ich. Ja.«

Ich verließ die Party und kehrte nach Chelsea zurück. Und nachdem ich alles Wichtige zusammengepackt hatte – die Schreibmaschine, die Notizbücher, Frances' Uschebti –, verließ ich auch das eheliche Heim.

»Wo warst du, Lucy?«, fragte Rose, als sie irgendwann später anrief. »Wir sind nur wegen dir zu dieser verdammten Party gegangen. Peter behauptet, er habe dich bei unserer Ankunft in ein Taxi steigen sehen, nur noch von hinten allerdings – du hättest wirklich auf uns warten können.«

»Das hätte ich«, sagte ich. »Habe ich aber nicht.«

Mein Auszug aus dem ehelichen Heim verlieh Nicola neue Hoffnung. Das Blitzen in ihren Augen war unübersehbar, als ich es ihr nach monatelangem Zögern irgendwann gestand.

»Endlich«, sagte sie. »Ich wusste, dass es nur eine Frage der Zeit sein würde. Du kannst hier einziehen, Lucy.« Sie hatte sich schon halb erhoben. Ihr Gesicht war rot angelaufen, ihre Hände zitterten. »Ich kann dir sofort ein Zimmer herrichten lassen. Das nach hinten rausgeht, mit Blick auf den Garten. Und wenn wir einen Schreibtisch und ein paar Bücherregale hineinstellen, dann …«

Ich wusste, dass ich sie stoppen musste, und zwar schnell. Also unterbrach ich sie, um ihr zu sagen, dass ich bereits eine Bleibe hatte, was ja auch stimmte. Der Freund eines Freundes hatte mir ein Zimmer in World's End untervermietet, am anderen Ende der King's Road. Der Name der Gegend hatte einen guten Klang, und das Zimmer war nicht übel. Ich konnte dort schreiben, konnte die *Inseln* dort fertigstellen, und es kostete auch nicht viel – was ein Pluspunkt war. Wie ich mittlerweile erfahren hatte, war es ein Leichtes, das eheliche Heim zu verlassen, aber in verschiedenen Hinsichten schwer, eine Ehe aufzulösen.

»Etwas ist in mir gestorben, als du abgelehnt hast«, sollte mir Nicola später gelegentlich vorhalten. »Bis zu diesem Zeitpunkt hatte ich noch … Als mir klar wurde, dass du lieber in einem schäbigen Loch am Ende der Welt wohnst, als zu mir zu kommen, wo du alles hättest, und noch dazu umsonst … Ich hätte dir helfen können! Ich hätte deine Manuskripte abtippen können, ich hätte darauf achten können, dass du vernünftig isst. Bis zu diesem Zeitpunkt hatte ich immer noch Hoffnung. Aber ich hatte dich ja gewarnt«, sagte sie. »Immer wieder habe ich dich gewarnt. Bis ans Ende meines Lebens werde ich nicht begreifen, warum du diesen Mann geheiratet hast. Du hast ihn nie geliebt. Du wusstest, was ihn umtreibt. Du wusstest, dass er trinkt.«

An einem bestimmten Punkt mischte sich auch Clair ein und gab ihren Kommentar zu meiner unbegreiflichen Entscheidung ab. Wochenlang wurde das Thema bei jedem meiner Besuche diskutiert, stets mit großem Eifer, zu dem sich vermutlich auch eine große Portion Gehässigkeit gesellte, wenn man das Thema in meiner Abwesenheit weiterhin durchkaute. Irgendwann wartete Clair dann mit des Rätsels Lösung auf. »Manche Frauen können Schwuchteln einfach nicht widerstehen«, verkündete sie an einem schönen Frühlingsabend drei Monate vor der Scheidung. Ein unvermeidlicher Krieg rückte immer näher, und auf dem Platz vor der Wohnung blühte der Flieder. Man hörte die Kinder in den Gärten spielen, fröhliches Geschrei und Gelächter drangen zu den offenen Fenstern herein. »Manche Frauen fühlen sich zu Schwulen hingezogen. Vielleicht dachte Lucy, sie könne ihn bekehren. Hast du das geglaubt, Lucy? War dir nicht klar, dass ein Schwuler immer ein

Schwuler bleibt? Und glaub mir, ich weiß, wovon ich spreche. Das steckt tief in den Leuten drin. Das ist nicht irgendeine Anwandlung, die einen überkommt und dann wieder vergeht, Schätzchen.«

Nicola, die am anderen Ende des Raums stand, fuhr herum, bleich im Gesicht. »Clair. Hör auf.«

»Ihr liegt in jeder Hinsicht daneben«, sagte ich und ging zur Tür. »Alle beide. Ich verschwinde jetzt.«

Trotzdem kehrte ich immer wieder zurück. Ich besuchte Nicola, da sie sich weigerte, mich zu besuchen. Die Bedürfnisse und Ängste, die mich an sie banden, hatten ihre Macht nicht verloren. Ein Teil von mir sehnte sich noch immer nach der Nähe und dem tiefen Verständnis, das zwischen uns geherrscht hatte, als ich ein Kind gewesen war – und formbar. Da ich ihre Stimmungen kannte, spürte ich, dass ihre Unruhe und Rastlosigkeit wuchsen. War Clair mal nicht da, was selten der Fall war, versuchte ich, an Nicola heranzukommen. Ich wollte herausfinden, wer sie war, was sie fühlte, was sie dachte. Doch die Versuche waren von vornherein zum Scheitern verurteilt und wurden nur mit kalten Blicken und Themenwechseln belohnt. Da ich meine eigene Verschlossenheit für ihre Stimmung verantwortlich machte, erzählte ich ihr gelegentlich, wo ich gewesen war, was ich gemacht hatte – wer ich war. Aber auch davon vermochte nichts ihr Interesse lange zu fesseln. Und wenn sie mittendrin plötzlich die Stirn runzelte, war überdeutlich, dass sie gar nicht zuhörte, sondern irgendetwas ihr zu schaffen machte, das sie nicht preisgeben würde, irgendein unausgesprochenes Leiden.

Clair registrierte diese Phasen ebenfalls und gab sich alle Mühe, die geistesabwesende Träumerei zu durchbrechen. Manchmal versuchte sie auch, Nicola abzulenken, indem sie die Wirklichkeit der Außenwelt in den stillen Salon holte. Dann sprach sie vom bevorstehenden Krieg und ließ sich über die Blindheit der Politiker aus – womit sie damals durchaus recht hatte. Und wenn solche Bemerkungen keine Reaktion hervorriefen, änderte sie die Taktik und verlegte sich darauf, in den höchsten Tönen von London zu schwärmen. »Heiliger Himmel, wie haben wir es nur all die Jahre in Cambridge ausgehalten, Nicola?«, sagte sie. »Da hätte man sich auch lebendig begraben lassen können. Ich konnte nicht atmen, ich konnte nicht denken, und überall diese kleinkarierten Fellows. Und diese ewige Kälte und Feuchtigkeit. Wenn wir nur einen Monat länger geblieben wären, hätte ich mich umgebracht, das schwöre ich dir. Der Umzug nach London war die reinste Wiedergeburt.«

Für Clair traf das sicher zu, dachte ich an einem jener zahlreichen Abende, an denen sie diesen oder ähnliche Kommentare zum Besten gab. Die Gespräche wiederholten sich, wie ich allmählich merkte. Sie drehten sich im Kreis und kehrten immer wieder zum selben Punkt zurück. Manchmal hörte ich gar nicht mehr hin. Als Clair an jenem Abend von ihrer Wiedergeburt sprach, zwang ich meinen Geist in den Raum zurück und betrachtete die beiden Frauen: die eine still und geistesabwesend, die andere überdreht. Clair hatte zurzeit eine »goldene Phase«, wie sie es nannte. Sie arbeitete intensiver denn je, und ihre Bilder bewegten sich in eine neue, fröhlichere Richtung.

Nicola widersprach Clairs Bild von einer wundersamen städtischen Wiedergeburt nicht, aber als ich im schwindenden Abendlicht ihrem Blick begegnete, war nur allzu deutlich, was sie davon hielt. Es war bereits Herbst, Herbst 1938. Im Laufe des Frühjahrs und des Sommers hatte sich ihre Ruhelosigkeit verstärkt. Sie hatte eine Reihe von Projekten begonnen und sie eins nach dem anderen wieder fallen lassen: Klavierstunden, Gesangsstunden und sogar – eine kurze, schmerzhafte Erfahrung – Malunterricht. Sie hatte sich am Journalismus versucht und Nachhilfe und Französischunterricht gegeben. Ihr Französisch sei schließlich sehr rein, wie sie uns in Erinnerung gerufen hatte. Aber auch das Unterrichten hatte sie wieder aufgegeben, weil all ihre Schüler ihrer Meinung nach Dummköpfe gewesen waren.

»Oh, Cambridge«, sagte sie. »Erinnere mich nicht daran, Clair.« Dann erzählte sie mir die neueste Neuigkeit. Mein Vater habe am Morgen angerufen, um ihr mitzuteilen, dass er eine neue Sekretärin habe – eine Rolle, an die sich Nicola geklammert hatte, um sie nach dem Umzug nach London allmählich loszulassen. Das Aischylos-Buch, an dem mein Vater sechs Jahre lang gearbeitet hatte, war nun endlich fertig und musste getippt werden.

»Irgendeine unscheinbare Absolventin«, sagte Nicola. »Er sagt, er brauche jemanden, der immer zur Verfügung steht. Lächerlich! Er hätte das Manuskript genauso gut mir schicken können. Ich habe zu ihm gesagt: ›Dieses Kind mag tippen und Diktate aufnehmen können, Robert, aber das kann jeder Idiot.‹ Was *ich* hingegen geleistet habe ... Die Hälfte der Ideen in seinem Euripides-Buch stammt von mir, Lucy.«

All diese Kraft und Energie, dachte ich, während ich ruhig dasaß und ihr zuhörte, all diese Intelligenz und nervöse, unberechenbare Sensibilität waren noch vorhanden und ballten sich in ihrem Innern zusammen, und doch konnte sie keinen Gebrauch davon machen. Mitten im Satz begegnete ich ihrem Blick, und dieses Mal war ich zu schnell für sie. Bevor sie die Maske überlegener Gelassenheit aufsetzen konnte, sah ich die Wut in ihren Augen.

Sie versuchte sofort, sie zu überspielen. »Wie dunkel es plötzlich ist«, erklärte sie, stand auf und schaltete eine der Tischlampen an. Ihr fröstelte. »Und kalt wird es auch. Mach die Fenster zu, Clair. Ehe wir's uns versehen, ist auch schon Winter. Dieses Zimmer ist die Pest, Lucy. Warum habe ich nur eine Wohnung mit derart großen Fenstern gekauft? Ständig ist es entweder zu warm oder zu kalt. Und der Verkehrslärm ist auch unerträglich. Ich bekomme davon Kopfschmerzen.«

Ich stand auf. Es war Zeit, die Flucht anzutreten. Clair schloss die Fenster und ließ sich dann auf ihren Stuhl fallen. Beide erkannten wir die Symptome, beide hatten wir den unterdrückten Ärger wahrgenommen und den wütenden Unterton der vertrauten Klagen. Noch eine Viertelstunde, und Clair würde das Thema aufbringen, das immer einen willkommenen Ausweg bot, das Thema, das Nicola unweigerlich aus ihrer Misere aufrütteln würde: meine Ehe und meine Unfähigkeit, nach neun Monaten endlich die Scheidung durchzubringen. Wahrscheinlich würden sich die beiden noch am Ende aller Zeiten damit beschäftigen.

»Was sagen denn die Anwälte?«, erkundigte sich Nicola, wann immer das Thema aufkam. »Ich habe doch gesagt, dass es ein kapitaler Fehler war, das eheliche Heim zu verlassen. Und zur Krönung dieser Idiotie darf Eddie jetzt auch noch dort wohnen bleiben. Der Besitz macht neun Zehntel der Rechtsansprüche aus. Aber die Anwälte werden doch sicher etwas für dich rausschlagen, oder? Warum zieht sich das nur so ewig? Du musst den gordischen Knoten zerschlagen, Lucy.«

Ich reagierte ausweichend. Der Scheidungsprozess stagnierte, obwohl es im Sommer eine Zeitlang gut ausgesehen hatte. Eddie hatte sich bereit erklärt, beim damals üblichen Prozedere mitzumachen und sich wie ein Gentleman zu verhalten. Er würde eine Frau anheuern, mit ihr in einen Badeort fahren und sich von Privatdetektiven in einer kompromittierenden Szene ertappen lassen. Etliche Unternehmen hatten uns ihre Dienste angeboten. »Das wird uns die handelsüblichen Gründe liefern, Mrs Vyne-Chance«, erklärte mein Anwalt. »Wir werden die Sache in null Komma nichts geregelt haben.«

Eddie begeisterte sich für den Plot. Sofort war er Feuer und Flamme. »Ich werde ein Flittchen engagieren«, sagte er, als wir am Telefon die Details besprachen. »Eine, bei der alle Stielaugen bekommen. Wir können genauso gut ein wenig Spaß miteinander haben. Soll es gleich nächstes Wochenende passieren? Brighton, würde ich sagen. Vielleicht eine Suite im Grand Hotel und eine Flasche Bollinger? Ich sehe mich schon in Seidenpyjama, Krawatte und Morgenmantel von Charvet.« Seine Stimme verriet Vorfreude.

»Keine Suite, kein Bollinger, kein Charvet«, sagte ich, denn schließlich war ich es, die das Hotel, das Flittchen und die entgegenkommenden Privatdetektive bezahlen würde, und ich würde den Teufel tun und Eddie einen neuen Morgenmantel finanzieren. Seine Stimmung kippte sofort ins Rührselige um.

»Ich liebe es, wenn du so streng bist«, sagte er zärtlich, während die Telefonleitung knackte und rauschte. Er war vollkommen dicht. »Wenn du weinst, macht das die Sache nur noch schlimmer, Lucy. Das zieht mich total runter. Deshalb habe ich dich ja auch geheiratet. Da standest du an der Reling dieses Schiffes, schautest aufs Meer und sahst so ... Ich wusste sofort, was ich zu tun habe. Du hast so tragische Augen. Augen wie Elektra. Oder Iphigenie. Hab ich dir das je gesagt?«

»Ja. Des Öfteren. Für gewöhnlich nach drei Brandys.«

»Diese Präzision! Ich brauche dich. Nur ein flüchtiger Gedanke, aber bist du sicher, dass du das wirklich willst?«

»Nächstes Wochenende, ja?« Ich legte schnell auf.

Das war im Juli. Doch der Ausflug nach Brighton wurde immer wieder verschoben. Erst verlegte Eddie ihn in den August, dann in den September, und im November war endgültig klar, dass er sich querstellte. Ein Honorar seines Verlegers war nicht fällig geworden, weil er die versprochene Gedichtsammlung nicht abgegeben hatte. Aber er konnte nun einmal keine Gedichte schreiben, wenn er sich elend, einsam und gehetzt fühlte. »Pures Gold kann man nicht aus Luft spinnen«, sagte er verdrießlich, als ich ihn im Dezember zum fünften Mal anrief. »Ich muss tief schürfen, direkt im felsigen Untergrund.«

Mein Anwalt übersetzte: Er will mehr Geld. »Er hat das Gefühl, dass ihm eine großzügigere Abfindung zusteht, Mrs Vyne-Chance«, sagte er. »Leider scheint er außerordentlich widerspenstig zu sein. Dabei hätten Sie gute Gründe – Gründe, die jedes Gericht anerkennen würde, wie wir beide wissen. Natürlich wären die Prozeduren unappetitlich. Niemand von uns wünscht sich einen solchen Skandal, glauben Sie mir. Aber wenn es nicht anders geht ...« Er warf mir einen fragenden Blick zu.

»Nein. Finden Sie heraus, wie viel er will. Wenn ich es mir leisten kann, soll er das Geld haben.«

»Und wenn Sie es sich nicht leisten können, Mrs Vyne-Chance, was dann?« Die Nachfrage kam zaghaft. Ich hatte keine Antwort darauf.

März 1939: Pattsituation. Ich war zu Besuch in Bloomsbury und wurde von Nicola und Clair prompt daran erinnert.

»Dreizehn Monate, so lange läuft das jetzt schon«, sagte Clair. »Also, Lucy, was gibt's Neues?«

»Nichts. Wir warten darauf, dass sein Anwalt sich meldet.«

»Du siehst grauenhaft aus«, sagte sie unumwunden und schenkte mir Rotwein ein. »Du bist dünn und blass und wirkst ziemlich sonderbar. Man könnte den Eindruck bekommen, als hättest du wochenlang nicht geschlafen. Hast du Husten? Warst du mal beim Arzt? Tuberkulose hat eine Inkubationszeit von vielen Jahren. Diese fiesen kleinen Tuberkelbazillen, stets bereit, loszuziehen und sich zu vermehren. Du denkst nicht, dass es …?«

»Nein, das denke ich nicht. Ich habe gearbeitet. Ich habe endlich das Inselbuch fertiggeschrieben. Mir geht es gut.«

»Tatsächlich? So siehst du aber nicht aus.«

»Sie sollte zu uns ziehen«, mischte Nicola sich ein. »Dann könnten wir uns um sie kümmern.«

Und so fuhren sie fort mit ihrem Gezeter wie so oft, wenn ich zu Besuch kam. Erst diskutierten sie meine Situation, dann die Politik, dann den bevorstehenden Krieg, den Kohlepreis, die neuesten Bücher, das neueste Theaterstück, das man gesehen haben musste, die Nazis, die Stromausfälle, Evelyn Waugh, die neuen Vorhänge, die sie brauchten. Als wäre ich unsichtbar, dachte ich manchmal – allerdings war das der Alternative, im Zentrum ihrer Aufmerksamkeit zu stehen, bei Weitem vorzuziehen.

Mit gerunzelter Stirn musterte ich das Kostüm, das ich trug. Ich hatte es von Rose bekommen, die demnächst heiraten würde. Ihr Vater war ausgeladen worden, und Peter würde sie in die Kirche geleiten – wenn er denn freibekam. Er war im vergangenen Sommer zur Royal Air Force gegangen und absolvierte zurzeit in Schottland das Pilotentraining. Das Kostüm war grau. Es war erheblich abgeändert, der Saum war ausgelassen worden, und trotzdem passte es nicht. Es passte nicht in diese Gesellschaft – so wie ich. So fühlt es sich also an, dachte ich: drei Jahre Trauer, zwei Jahre Ehe, ein Jahr allein, monatelange Anwaltstermine. Ich bin ein Wrack, das an unbekannte Ufer gespült wurde. Das gibt's Neues.

»Ach, da fällt mir etwas ein!«, rief Nicola plötzlich und wandte sich wieder mir zu. »Howard Carter ist gestorben. Die Anzeige war gestern in der *Times*. Hast du sie gesehen?«

»Ja, hab ich.«

»Ich habe die Nachrufe gelesen – nun, zumindest das, was es an Nachrufen gab. In der *Times* war bislang keiner, aber das wird zweifellos noch kommen. Im *Telegraph* war einer … Da stand, dass er seinen sogenannten wissenschaftlichen Bericht über seine Arbeit nie geschrieben hat. Das ist aber auch keine große Überraschung. Carter war kein Wissenschaftler, er war ein Abenteurer.«

»Er war mehr als das, Nicola. Viel mehr. Du musst ihn nicht schlechtmachen.«

»Oh, okay. Aber woher soll ich das auch wissen? Ich bin dem Mann schließlich nie begegnet.«

Sie hielt inne und kämpfte spürbar gegen die Gereiztheit an, die sie jetzt oft befiel – und gegen die Schärfe ihrer Zunge. Ihre einundvierzig Lebensjahre hatten ihrer Schönheit bislang nichts anhaben können. Um den Mund herum hatten sich ein paar Fältchen gebildet, aber sie hatte sich ihre feingliedrige Anmut bewahrt. In ihrem dichten bronzefarbenen Haar zeigte sich noch keine graue Strähne, und auch das blasse klassische Profil war unverändert. Zeit und Alter meinten es gut mit ihrem Äußeren, aber ihr wankelmütiges Wesen hatten sie nicht zu besänftigen vermocht.

»Nun, auf mich hat Mr Carter immer wie ein Scharlatan gewirkt. Aber die Menschen, auf die es ankommt, werden sich zweifellos für ihn in die Bresche werfen. Wirst du zur Beerdigung gehen, Lucy?«

»Ich habe noch keine Entscheidung getroffen.«

Eine ausweichende, nichtssagende Antwort. Nicola wusste, dass ich diese Kunst beherrschte. Sie hatte mich aufwachsen und sie perfektionieren sehen. Nun warf sie mir einen ihrer abschätzenden Blicke zu. Vielleicht spürte sie, dass etwas nicht stimmte, aber der Moment ging vorüber. Auch Clair ließ eine Bemerkung über Beerdigungen fallen: »So etwas möchte ich später nicht, ehrlich. Ich will einfach in Rauch aufgehen«, und schon hatte Nicola die Sache vergessen. So etwas wäre ihr früher nicht passiert.

Oder doch? Vielleicht war ich es ja, die blind war. Als ich kurze Zeit später aufstand, um zu gehen, merkte ich, dass es Nicola nicht besser ging als mir. Irgendetwas machte ihr zu schaffen. »O Gott, was für eine elende Unterhaltung!«, rief sie. »Keinen Wein mehr, Clair. Wie grell es in diesem Raum ist. Das Licht tut mir in den Augen weh. Mein Kopf platzt.« Ihre Hände zitterten heftig. Auch Clair musste es gesehen haben, denn als ich zur Tür ging, durchquerte sie sofort den Raum, kniete vor Nicola nieder und legte ihr mit einer selbstverständlichen, überraschenden Zärtlichkeit die Arme um den Hals.

»Warum hast du nur von Beerdigungen angefangen? Den ganzen Abend nichts als Würmer und Gräber und Grabsprüche«, sagte Nicola aufgebracht.

»Ich habe nicht damit angefangen, mein Schatz. *Du* hast das Thema aufgebracht«, erwiderte Clair sanft. Sie schaute über die Schulter und bedeutete mir zu verschwinden. Die Geste war ungeduldig und abfällig, und ich zog mich zurück.

Nicola stieß einen Laut aus und murmelte ein paar Worte.

»Mein Schatz. Mein lieber Schatz … Nein, tu das nicht. Bitte nicht«, hörte ich Clair noch sagen, als ich die Tür schloss.

## 37

Howard Carters Beerdigung fand in Putney statt, im Süden von London, vier Tage nach seinem Tod. Bis zum letzten Moment war ich unsicher, ob ich hingehen sollte oder nicht. Eine der zahlreichen Nebenwirkungen meiner Ehe und ihres komplizierten Endes war eine ungewohnte Entscheidungsschwäche. Ich hatte das Gefühl, mich aufzulösen: Die Maschen rutschten von der Nadel, und ich schaffte es nicht, sie wieder aufzunehmen. In einem schwachen Moment rief ich Rose an und bat sie, mich zu begleiten, aber sie weigerte sich. Sie hatte Carter weder gemocht noch bewundert, und auch ich hatte im Moment keine guten Karten bei ihr, da sie meine Scheidungspläne missbilligte. An einer Ehe müsse man festhalten, sagte sie immer, ich solle zu Eddie zurückgehen. Und nein, sie könne mich nicht zur Beerdigung begleiten, erklärte sie jetzt knapp, da sie und ihr Verlobter schon eine Verabredung hätten.

»Eve wird natürlich dort sein«, sagte sie und taute ein wenig auf. »Sie ist schrecklich niedergeschlagen. Carter hatte Morbus Hodgkin, musst du wissen. Die letzten Jahre waren nicht einfach. Eve möchte, dass er einen würdigen Abschied bekommt, aber das kann sie wohl vergessen, auch wenn sie überall herumtelefoniert, um Leute zusammenzutrommeln. Die meisten werden nur einen Kranz schicken – was für ein feiger Kompromiss. Sie denken, damit können sie sich freikaufen. Aber du solltest hingehen, das bist du ihm schuldig.«

Der feige Kompromiss sprach mich sofort an. Vielleicht würde ein Kranz ja tatsächlich reichen? Da ich wusste, dass er nicht reichen würde, und da ich mich an Leib und Seele schäbig fühlte, ging ich zu dem besten Floristen, den ich kannte. Eddie kaufte immer bei ihm, wenn er die Damen, die er beleidigt hatte, besänftigen musste – Damen, die ihm stets vergaben und ihn immer wieder einluden. Bei starkem Regen lief ich die gesamte King's Road hinunter, von World's End bis zur Gegend von Chelsea mit den aristokratischen Häusern der Cadogan Estate. Das eheliche Nest in einer Nebenstraße mied ich und widmete mich gleich dem Angebot des Floristen – einer Ansammlung von Geschmacklosigkeiten wie Kreuzen und schweren Lorbeerkränzen. Der jungen Frau, die mich bediente, erklärte ich, dass ich so etwas nicht wolle. Dass ich nach Papyrus gar nicht erst fragen musste, war mir auch klar – ein Rest an Verstand war mir schließlich geblieben –, aber gab es vielleicht Olivenzweige? Möglicherweise mit ein paar Beerenzweigen verflochten und dann noch irgendetwas Frischem – Kornblumen zum Beispiel?

»Olivenzweige, Mrs Vyne-Chance?«, fragte die Verkäuferin ziemlich dreist. Sie hob die gezupften Augenbrauen und spitzte die Lippen. »Kornblumen? Wir haben März. Auch wenn man die Jahreszeit mal außer Acht lässt, besteht unserer Erfahrung nach keinerlei Bedarf daran.«

Sie musterte mich von oben bis unten. Ein schöner Anblick war ich nicht gerade, ich wirkte eher ein wenig – nun, man konnte mich wahrscheinlich als heruntergekommen bezeichnen. Und auch als verstört. Mit einem verkniffenen Lächeln schien die Verkäuferin all die Zeichen, die ich aussandte, sofort richtig zu deuten: *Man hörte ja nicht viel Gutes, und jetzt lässt sie sich auch noch gehen.* War es möglich, dass sie den Tratsch über meine Ehe und die Trennung kannte? Vermutlich. Eddie kam mindestens ein Mal die Woche hierher und war eine Berühmtheit in Chelsea. Alle interessierten sich für seine Heldentaten, sogar die Ladenbesitzer – eigentlich besonders die Ladenbesitzer, da er den meisten von ihnen Geld schuldete.

Leider vergaß ich mich ein bisschen – das sehe ich im Rückblick auch so. Ich fragte das Mädchen, woran denn Bedarf und Nachfrage bestünde, da die angebotenen Kränze ja hässlich, fantasielos und hoffnungslos *vieux jeu* seien. Letzteres war Eddies Lieblingsverdikt, sei es für das Werk eines anderen Dichters oder für die Einrichtung eines Salons. Es war ein Todesurteil.

»Via was, Madam?«

»*Vieux jeu.* Altmodisch. Überholt. Zum Davonlaufen. Das würde ich nicht einmal einer Katze aufs Grab legen. Oder einem Hund. So etwas ist eine Beleidigung für jeden Toten. Jetzt kapiert?«

Die Ansprache war ein weiteres Symptom dafür, dass ich mich in Auflösung befand, ein Symptom für meine Krankheit. Allmählich verwandle ich mich in eine Madame Maladie, dachte ich. Irgendwann wurde ich von dem Ladenbesitzer errettet, der die anhaltende Kontroverse mitbekommen hatte, aus dem Hinterzimmer trat, die Verkäuferin fortjagte und mir ernsthaft zuhörte, als ich ihm erklärte, was ich brauchte. Er war schwul, tuntig und clever. Ihm waren Eddies Heldentaten sicher bekannt, dachte ich, als ich mich entschuldigte.

»Nein, das ist vielmehr ganz außerordentlich entzückend, Mrs Vyne-Chance«, sagte er und warf die Hände in die Luft. »Endlich einmal etwas anderes. Ägyptisch … Perlen haben die genommen, sagten Sie? Höchst originell! Wir werden einen neuen Stil kreieren. Wie wär's, wenn wir *diese* hier nehmen – verflochten mit *denen* da? Irgendwo hab ich ein Buch über Tutanchamun, da werde ich bei Gelegenheit mal reinschauen und mich inspirieren lassen. Vertrauen Sie sich vollkommen meinen kleinen sicheren Händchen an, meine liebe Mrs Vyne-Chance. Oh, und falls Sie Ihrem unartigen Gatten über den Weg laufen sollten, erinnern Sie ihn doch bitte daran, dass er mir noch fünf Pfund für die letzte Lieferung Lilien schuldet. Reue kommt teuer zu stehen.« Er zwinkerte.

Der Mann hielt tatsächlich Wort und stellte eine große Kreativität unter Beweis. Sein Werk war zwar nicht authentisch, wie sollte es auch, aber dem Geiste nach kam es der Sache schon sehr nahe.

Mein Kranz wirkte sonderbar unter all den konventionellen Beerdigungsblumen. Ich war endlich an der Kapelle des Putney Vale Cemetery angekommen und hatte mich für diesen Gang gestählt, da ich nicht fehlen durfte und auch Frances meine Anwesenheit unbedingt gewünscht hätte. Ich bin für Frances und mich hier, sagte ich mir.

Es war ein kalter, grauer Tag, es konnte jederzeit zu regnen beginnen. Der Friedhof war riesig und erinnerte mit seinen ordentlichen Grabreihen und den Eiben dazwischen an eine städtische Grünanlage. Als ich eintraf – ziemlich spät, da ich mich in Putney verirrt hatte –, betraten die anderen Trauergäste soeben die Kapelle. Ich gesellte mich zu den Nachzüglern, blieb noch hinter ihnen zurück und setzte mich auf einer der letzten Bänke hinter eine Säule. Ein glänzender Mahagonisarg mit kunstvollen Silbergriffen wurde hereingetragen. Sobald die Träger ihre Last abgesetzt und sich zurückgezogen hatten, zählte ich die Anwesenden der kleinen Trauergemeinde. Leicht war das nicht, da sich die Gestalten zusammenkauerten und die großen Hüte der Frauen sie verdeckten. Neunzehn? Weniger? Zwei Lieder wurden gesungen, ich bewegte die Lippen dazu. Das erste war »Fight the good fight« – kämpfe den gerechten Kampf –, was Carter sicher gefallen hätte.

Die Traueransprache war ungelenk und fantasielos. Der Priester war Carter mit Sicherheit nie begegnet, aber ihm waren Informationen zugesteckt worden, und so tat er sein Bestes. Während er ausführlich über Carters Arbeit sprach, schaute er immer wieder in seine Notizen. »Großer Ägyptologe«, vernahm ich, dann »eine der aufregendsten Episoden in den Annalen der Archäologie« und »Jahrhundertentdeckung«. Irgendwann schaute ich nur noch auf die bunten Kirchenfenster und versuchte, mir das Tal der Könige vorzustellen, wie ich es als Kind erlebt hatte. Ich gab mir Mühe, den undurchschaubaren Howard Carter heraufzubeschwören, der mir damals begegnet war.

Die Erinnerungen flackerten auf, wollten Gestalt annehmen, verfestigten sich aber nicht, sondern verschwanden im wirbelnden weißen Staub von Carters Ausgrabungen. Ich kam erst wieder zu mir, als ich merkte, dass sein Sarg hinausgetragen wurde – und dass viele Trauergäste auf die Uhr schauten und irgendetwas vor sich hin murmelten. Mit gesenktem Kopf schritten sie hinter dem Toten her, um die Veranstaltung draußen sofort zu verlassen und sich heimlich zu ihren Autos zu begeben, als wollten sie eine unziemliche Eile vertuschen. Ich hängte mich an das schwarze Häuflein derer, die den Sarg treu und brav zur Grabstelle begleiteten. Irgendwann suchte ich Schutz unter einer Eibe. Es hatte zu regnen begonnen, und Regenschirme wurden aufgespannt. Ich hatte keinen.

Warum Putney? Warum gerade hier? Von Rose, die es von Eve wusste, hatte ich gehört, dass Carter im Zentrum von London nacheinander ein paar Wohnungen besessen hatte. Die letzte war in Kensington gewesen, in der Nähe der Royal Albert Hall. Putney lag weit davon entfernt, auf der anderen Themseseite. Er schien hier nicht hinzugehören – andererseits, für welche letzte Ruhestätte in England hätte man das bei einem Mann wie ihm schon behaupten können?

Vielleicht hatte ja Carters Familie die Entscheidung getroffen. Ich sah mich um. Ein paar der Trauergäste mussten zur Familie gehören. Ein älterer Mann, der gebeugt ging und offensichtlich litt, ähnelte ihm entfernt und hätte einer seiner Brüder sein können. Bei einer jungen Frau schien es sich ebenfalls um eine Verwandte zu handeln. Sie war ordentlich gekleidet, hatte sich für den Tag offenbar einen neuen Hut gekauft und weinte leise in ihr Taschentuch hinein – ebenso wie Eve, stellte ich fest, als ich sie nach all den Jahren wiedersah. Sie stand mit gesenktem Kopf am Grab.

Ich lauschte auf die wunderschönen leisen Worte, die gesprochen wurden, als der Tote der Erde übergeben wurde, und blieb bis zum Schluss. Der Regen nahm zu. Staub und Asche, Zuversicht und Hoffnung, schaufelweise Erde auf dem Sarg. Die Leute wandten sich zum Gehen. Ich zögerte, trat dann zu Eve und sprach sie an. Sie nahm meine Hände. »Gütiger Gott, du bist es, Lucy? Aber natürlich erinnere ich mich an dich. Howard wäre so froh, dass du gekommen bist. Ist das nicht schrecklich? Er war ein so bedeutender Mann, du erinnerst dich natürlich. Die Welt hat ihm zu Füßen gelegen, und jetzt ... Oh, meine Liebe, nicht ... Wir sollten nicht weinen. Das alles ruft die Erinnerungen ans Tal der Könige wach, nicht wahr? Denkst du noch an die Zeiten, als du und Frances ...« Sie unterbrach sich, schenkte mir einen traurigen Abklatsch ihres alten Lächelns mit den hübschen Grübchen, klappte dann den Pelzkragen hoch und seufzte. »Gewisse Leute glänzen durch Abwesenheit. Ist das nicht erbärmlich?«

Irgendjemand verlangte nach ihrer Aufmerksamkeit, und so küsste sie mich mit einem »Gott segne dich« auf die Wange, reichte mir ihre schwarz behandschuhte Hand und streifte mich beim Gehen noch einmal mit ihrem Pelzmantel. Vor der weinenden jungen Frau hatte sich eine Schlange gebildet, und als ich mich anstellte, um zu kondolieren, hörte ich sie mit schlichter Würde zu einer kleinen, gebeugten Alten sagen: »Der arme Onkel Howard, er war so tapfer. Ja, Hodgkins, jahrelang hatte er unerträgliche Schmerzen und hat sich nie beklagt. Keine der Behandlungen hat wirklich angeschlagen, aber er hat wacker weitergekämpft. Nur im letzten Jahr wurde er dann ... Nun, nein, schnell ging es nicht. Schnell kann man wirklich nicht sagen, aber es war ein sanftes Ende. Barmherzig sanft. Die Krankenschwester und ich waren bei ihm. Er ist einfach aus dem Leben geglitten, zwischen zwei Atemzügen ... Danke. Das ist sehr freundlich von Ihnen. Ja, wir hatten auf mehr Leute gehofft, aber seine Freunde ... Viele leben nicht in London, vermutlich war die Reise zu weit für sie. Ja, sind die Blumen nicht wunderschön?«

Als ich an der Reihe war, schüttelte ich der jungen Frau die Hand und gab die üblichen Phrasen von mir. Ich war aufgewühlt und merkte selbst, dass die Worte nicht herauswollten, wie sie sollten. »Danke, dass Sie gekommen sind«, sagte sie. »Sehr freundlich von Ihnen, das zu sagen.« Ich drehte mich um und bahnte mir einen Weg zwischen den Grabsteinen hindurch. Das Gras war nass, und es schüttete mittlerweile wie aus Kübeln. Als ich den Hauptweg erreichte, hielt ich nach dem Friedhofstor Ausschau und marschierte darauf zu. Ich beschloss, zu Fuß nach World's End zurückzugehen. Mir fehlten die Wanderungen, die ich während der Recherchen für meine Bücher unternommen hatte, aber jeder Marsch, selbst einer durch belebte Straßen, klärte den Geist und führte in unerwartete Gefilde – beispielsweise zu einer Gelassenheit, die nicht notwendigerweise Trug war.

Ich hatte vielleicht die Hälfte des Hauptwegs hinter mir, als ich merkte, dass jemand hinter mir war und mich einzuholen versuchte. Männerschritte eilten über den Kies. Ich sah mich nicht um und erhöhte mein Tempo. Ich wollte mit niemandem sprechen, zumal ich, von Eve abgesehen, niemanden hier kannte. Aber der Mann ging ebenfalls schneller und hatte mich im Nu eingeholt. Er packte mich an meinem nassen Ärmel: »Lulu?«

Ich fuhr herum. Ein großer Mann in einem dunklen Übermantel, den Kragen hatte er zum Schutz gegen den Regen aufgestellt. Breite Schultern, das Haar nass vom Regen und dunkler als in der Kindheit. Keine Spur von der Verletzung, die er sich im Spanischen Bürgerkrieg zugezogen hatte. Als ich ihm zum letzten Mal begegnet war, hatte sein Arm, durchschlagen von einer Kugel, noch in einer Schlinge gesteckt. Ich konnte mich kaum noch daran erinnern, wann die kurze Begegnung stattgefunden hatte. Vor einem Jahr? Jetzt war er bei der Royal Air Force und im Zuge der Ausbildung versetzt worden, wohin, daran konnte ich mich ebenfalls nicht erinnern. Ich musste meinen Hut zurückschieben und aufblicken, um ihm in die Augen zu schauen – Augen, die ich immer und überall wiedererkannt hätte: tintenblau wie die seiner Mutter, von der er sie geerbt hatte, aber mit einem gänzlich anderen Ausdruck. Schweigend starrten wir uns an. Ich merkte, dass er mich musterte. Vielleicht war er schockiert.

»Lucy? Bist du krank? Was ist mit dir los?«

Im selben Moment sagte ich: »Peter? Wo kommst du denn her? Was um alles in der Welt tust du hier?«

»Dich suchen. Rose hat gesagt, du seist hier. Ich habe in der Kapelle nach dir Ausschau gehalten, aber du hattest dich wohl irgendwo versteckt. Ich dachte schon, du hättest es dir anders überlegt. Dann sah ich dich mit Eve sprechen, aber ich dachte: Nein, das kann sie nicht sein.« Er blieb bei einem Grab stehen und suchte nach Worten. »Ich habe dich wirklich nicht erkannt, Lucy. Vermutlich hat mich dein Hut verwirrt.«

»Ein scheußlicher Hut, ich weiß.«

»Scheußlich, in der Tat. Und der Regen hat ihn nicht schöner gemacht.«

»Ich weiß, dass es nicht nur der Hut ist. Ich weiß, wie ich aussehe. Hat Rose dich geschickt?«

»Nein, Rose hat mich nicht geschickt. Ich bin aus eigenem Antrieb gekommen. So schnell wie möglich.«

»Das glaube ich dir nicht. Rose hat da ihre Finger drin. Du kannst ihr ausrichten, dass ich deine Hilfe nicht brauche. Mir geht es fantastisch. Ich habe mich nie besser gefühlt, ich bin topfit, such dir etwas aus, was du ihr erzählst. Ich war auf der Beerdigung, habe meine Pflicht erfüllt und ihm die letzte Ehre erwiesen, und jetzt werde ich nach Hause laufen.«

»Der perfekte Tag für einen schönen Spaziergang. Da schließe ich mich doch einfach an.« Er schaute in den Himmel. Es regnete in Strömen. Er nahm meinen Arm und schob ihn unter seinen. Ich sperrte mich, gab den Widerstand aber schließlich auf. Er schaute auf meine Hand hinab, meine nackte, eiskalte Hand. Madame Maladie hatte nicht nur ihren Schirm vergessen, sondern auch ihre Handschuhe. »Du hast deinen Ehering abgenommen, wie ich sehe.« Er zog mich in schnellem Tempo den Weg entlang und blieb erst wieder stehen, als wir das Friedhofstor passiert hatten und uns auf der Straße, im Lärm, im plötzlichen Radau wiederfanden. »Wo entlang? Wohin gehen wir, Lucy?«

Ich erinnere mich nicht, was ich geantwortet habe. Über den Fluss? Nach World's End? Was auch immer ich gesagt habe, es war bedeutungslos. Wir wussten beide, wohin es ging. Das Wissen war in dem Moment aufgeblitzt, als wir einander ins Gesicht geschaut hatten. So schnell geht es immer, es ist sinnlos, etwas anderes zu behaupten.

Wir gingen in Richtung Norden, blieben nach etlichen Umwegen auf einer Brücke stehen und schauten auf die Themse hinab – eine träge, finstere Flutwelle, die sich durch eine verwandelte Stadt wälzte. Peter beugte sich über das Geländer, um ins Wasser zu schauen, und ich tat dasselbe. Der Regen ließ allmählich nach, aber natürlich waren wir bis auf die Haut durchnässt. Doch mein Geist war plötzlich vollkommen klar und auf wundersame Weise von sämtlichen Lasten befreit.

»Ich bin froh, dass du mir das alles erzählt hast«, sagte Peter nach einer Weile.

»Viel war es ja nicht.«

»Dann scheint wohl dein Schweigen für dich zu sprechen, Lucy.«

Das war es auch schon. Er nahm meine Hand, und wir gingen weiter. Die Strecke, die wir an diesem Tag zurücklegten, war zweifellos eine willkürlich gewählte. Ein langer, verschlungener Weg durch die Stadt, den niemand hätte rekonstruieren können. »Ich glaube, hier waren wir schon einmal«, sagte Peter. »Aber warum?«

Ich hatte keine Antwort darauf – vermutlich hatte unser Weg kein anderes Ziel als die überraschende Freude, ihn zu gehen.

»Wann war es dir klar?«, fragte mich Peter unterwegs.

»Am Friedhofstor«, antwortete ich, aber ich denke nicht, dass er mir glaubte.

»Mir war es schon immer klar«, sagte er. »Und schließlich habe ich beschlossen, nicht länger zu warten.«

Wir gingen weiter. Ich erinnere mich an Stellen, wo wir anhielten, wo wir verweilten, und ich weiß auch noch, wo er mich zum ersten Mal in die Arme nahm. Vor einem Museum, einem der vielen in Kensington. Vor einer Feste der Gelehrsamkeit, in einem Hof, wo der Verkehr unhörbar und die Passanten unsichtbar waren, wo plötzlich Frühling herrschte und die Wolken über den Himmel rasten.

»Du darfst es Rose nicht erzählen«, sagte ich. »Wir dürfen es niemandem erzählen.«

Peter war einverstanden. Keiner von uns wollte, dass über die

Sache gesprochen, getratscht und spekuliert wurde. Niemand sollte Schmutz darüber verbreiten.

»Ich bin noch immer nicht geschieden.«

»Unwichtig.«

»Ich bin älter als du.«

»In mancher Hinsicht. In anderer nicht. Aber du machst Fortschritte. Komm her ... Siehst du? Keine Alterskluft. Und auch sonst keine Kluft. Es wird nie eine geben.«

Wir trafen uns heimlich, wann immer Peter Ausgang hatte. Manchmal in London, im Sommer aber auch einige Male in Hampshire, in Nuthanger. Es war der letzte Sommer vor dem Krieg. Das Haus stand leer und sollte von Roses Treuhändern verkauft werden. Viele Interessenten gab es 1939 nicht.

»Im Krieg wird es sicher beschlagnahmt«, sagte Peter, »aber bis dahin nehmen wir es in Beschlag.«

Wir gaben uns Mühe, keine Spuren zu hinterlassen. Ich habe nie mit jemandem über diese Zeit gesprochen und werde es auch jetzt nicht tun. Aber mir war klar, dass sie nicht ewig währen konnte. Wenn erst einmal der Krieg kam, würden wir uns seltener und immer nur in Hast sehen. Tatsächlich wurde Peter im November im Zuge seiner Ausbildung nach Yorkshire versetzt. Dann wurde seine Schwadron verlegt, kam kurz nach Ostengland, wurde dann neu formiert und im Frühjahr 1940 nach Sussex verlegt. Im Mai fuhren wir ein letztes Mal nach Nuthanger, einen Monat vor Beginn der Schlacht um England. Zwei Tage Urlaub, der bittere Schmerz der gestohlenen Zeit, Eulenrufe aus den Buchen, Lerchengezwitscher hoch oben über den Heuwiesen, nachts das Dröhnen der Flugzeuge. Es war unser Tal – und unser Haus, an das ich immer so dachte, wie Peter es als Kind gemalt hatte, in alle Ewigkeit beschützt von einem zackigen Regenbogen, einer roten Sonne, einem blauen Mond und zwei Sternen aus Goldfolie: *willKomm lUcY*.

Barfuß auf alten Ulmendielen, ein Raum, vom Mondlicht gestreift. Ich wusste, was kommen musste, und es kam. Wie sehr man sich doch ins Innere zurückzieht, wenn man die Bestätigung erhält, wie zerbrechlich man sich fühlt und gleichzeitig heiter. Ich wartete, bis ich Sicherheit hatte, und erzählte es ihm dann. Sonst erzählte ich es – alte Gewohnheit – niemandem.

Ich behielt mein Wissen für mich und nahm es mit nach London. Das Zimmer in World's End hatte ich aufgegeben, stattdessen hatten wir eine billige Wohnung in Marylebone gemietet: fünfter Stock mit Blick über das Ärzteparadies der Harley Street und die Dächer, Schornsteine und Kirchtürme der Umgebung – und ab August, als die nächtlichen Bombenangriffe der Deutschen begonnen hatten, auch noch auf den Feuersturm über den Docks und dem East End. Das Feuer, das angeblich zehn Meilen weit zu sehen war, tauchte die gesamte Skyline in rotes Licht. London schien zu brennen. Wenn er Urlaub bekam, besuchte mich Peter dort. Wenn er keinen Urlaub bekam, schrieben wir uns. Sein befehlshabender Offizier hatte meine Telefonnummer, für den Fall eines Notfalls.

Von Marylebone zu Nicola und Clair war es nicht weit. Ich besuchte sie oft, versteckte meine Ängste und verbarg auch die Freude vor ihnen, die von mir Besitz ergriffen hatte. Stets versuchte ich, vor der abendlichen Verdunklung wieder zu Hause zu sein. Auf dem Rückweg betrachtete ich die silbernen Sperrballons, die hoch über dem Regent Park schwebten. Ich passierte die U-Bahn-Station Warren Street, aus der am Morgen die mit Koffern, Gasmasken und Kindern bepackten Mütter auftauchen würden, blass nach einer weiteren schlaflosen Nacht im Untergrund. Wenn ich nachmittags dort vorbeikam, standen sie schon wieder Schlange für eine Nacht im Schutzraum. Da ich abergläubisch war – so wie jeder in diesen Zeiten –, mied ich Risse im Straßenpflaster und berührte jedes Mal meine Uschebti, wenn ich die Wohnung verließ oder wiederkam. Auch die Sperrballons zählte ich: Waren es mehr geworden, war das ein böses Omen. War die Anzahl gleich geblieben, ein gutes.

Es war nicht einfach, den richtigen Zeitpunkt für die Besuche in Bloomsbury zu wählen. Manchmal, wenn ich bei Nicola war, kam die erste Welle der deutschen Bomber früher als erwartet. Dann begannen die Sirenen zu heulen, und ich war gezwungen, dort zu bleiben. Manchmal gelang es Clair, Nicola dazu zu bewegen, mit in den Keller zu kommen, aber manchmal stellte sich Nicola, die nicht gern unter der Erde war, auch einfach quer, schritt lieber im Salon auf und ab und lauschte auf die Bombeneinschläge in der Ferne. Als die Luftangriffe schlimmer wurden, rückten allerdings auch die Bombeneinschläge immer näher, und es war nicht gerade von Vorteil, in der Nähe großer Bahnhöfe zu wohnen – King's Cross, Euston oder St. Pancras –, da sie ein bevorzugtes Angriffsziel waren.

Wurde Entwarnung gegeben, so beendete Nicola ihr rastloses Auf und Ab, ließ sich auf einen Stuhl sinken, und nach einer Weile nahmen sie und Clair ihr Geschnatter aus Vorkriegszeiten wieder auf – eine alte Gewohnheit, auf die sie nicht verzichten mochten. Sobald die Misere des Kriegs und die Nahrungsmittelrationierung durchgehechelt waren, verfielen sie auf das bewährte Thema, das seine Wirkung nie verfehlte: meine Scheidung – und mein jämmerliches Versagen in dieser Angelegenheit. Ich beteiligte mich an diesen Gesprächen nicht mehr. Eddie war eine Woche vor der Kriegserklärung nach Amerika abgehauen, Briefe beantwortete er nicht, ganz besonders nicht solche von Anwälten – und mir war es mittlerweile auch egal. In meinem Bewusstsein und meinem Herzen war ich sowieso nicht mit ihm verheiratet, nie gewesen. Die Formalitäten konnten warten. Ich hatte andere, drängendere Probleme.

Im Oktober stattete ich Nicola den Besuch ab, der mein letzter sein würde. Ich weiß, dass die Luftangriffe von August 1940 bis zum darauffolgenden Mai andauerten und dass an siebenundfünfzig aufeinanderfolgenden Nächten schwere Bombardements erfolgten. Damals kam es mir vor wie Hunderte Nächte, ein unentwegtes Feuer, aus dem man tagsüber benebelt und taub wieder auftauchte, um sich in einst vertrauten Gegenden zu verirren, weil sie über Nacht in Steinwüsten verwandelt worden waren. Wo waren die alltäglichen Orientierungspunkte geblieben? Es muss ungefähr am fünfundvierzigsten Tag der Luftangriffe gewesen sein, als ich Nicola in ihrer Wohnung besuchte. Da saß ich dann, klammerte mich an meine Geheimnisse und zitterte vor einem mickrigen Feuer – die Kohlevorräte neigten sich allmählich dem Ende zu. Es war erst vier, als ich kam, aber die Verdunklungsrollos waren bereits geschlossen. Nur eine Tischlampe brannte. Geld war knapp, und Nicola und Clair mussten sparen.

Ich saß an einem Tisch, auf dem sich Nicolas aktuelle Lektüre stapelte – anspruchslose Romane, die sie aus der Bücherei ausgeliehen hatte. Die Wohnung sah verwahrlost aus. Hinter den Büchern, in eine staubige Ecke verbannt, stand die Uschebti, die ich Nicola in Paris geschenkt hatte. *Für Nicola von Lucy in Liebe. Die echte!* Ich fragte mich, wann sie die kleine Figur wohl zum letzten Mal in die Hand genommen und betrachtet hatte.

Ich hatte auf Tee gehofft, aber Clair holte essigsauren Rotwein wie gehabt. Etwas anderes habe sie nicht auftreiben können, erklärte sie. Nicola war panisch. Neulich sei der Mecklenburgh Square von Bomben getroffen worden, und das sei nun doch etwas zu nah für ihren Geschmack. Clair wischte ihre Bedenken beiseite. Der Schaden sei nicht so dramatisch, außerdem liege der Mecklenburgh Square sehr viel näher an der Bahnstrecke als ihr Haus und sei daher auch stärker gefährdet. Ihre Gegend sei noch sicher, und wenn nicht, was für ein Jammer. Doch Nicola erklärte, sie habe Angst vor den Bomben und wolle aufs Land ziehen.

»Das geht nicht, hör auf damit, Nicola«, sagte Clair. »Das können wir uns nicht leisten. Du hast sämtliche Brücken hinter dir abgebrochen. Wir hocken fest in diesem Mausoleum, das du unbedingt kaufen musstest. Wer sollte es denn jetzt übernehmen? Wer würde es auch nur mieten?«

Sie zeterten weiter, als wäre ich gar nicht da, wie sie es immer taten. Ich war damals im fünften Monat schwanger. Im vierten hatte sich das Baby erstmals bewegt, wie es die Ratgeber, die ich sorgsam studierte, vorausgesagt hatten. Ich spürte, wie es sich rührte und regte, eine unentwegte Selbstbehauptung. Neues Leben in mir. Mittlerweile verpasste mir mein Baby, dieser Er oder diese Sie, sogar kräftige Tritte oder machte gymnastische Übungen, drehte sich sanft, streckte sich, purzelte herum.

Die Veränderungen meines Körpers, die ohnehin nicht sehr ausgeprägt waren, hatte niemand bemerkt. Weder Nicola noch Clair fiel auf, dass ich die Hände über dem Bauch faltete, und nicht einmal meine Verträumtheit und Geistesabwesenheit, die eigentlich unübersehbar hätten sein müssen, registrierten sie. Vom Wein, den ich gar nicht anrühren hätte sollen, wurde mir so übel, dass ich das Glas beiseiteschob. Mir war sowieso die meiste Zeit übel, vor allem nachmittags und abends. Manchmal befielen mich allerdings ohne Vorwarnung seltsame Gelüste – in diesem Moment zum Beispiel, als ich vor dem kleinen Feuer saß, gierte ich nach Salzigem und Süßem. Sardinen. Pfirsichen.

Ich bekam nun andere Lebensmittelmarken, die grünen für Schwangere. Damit hatte ich Anrecht auf einen halben Liter Milch pro Tag und auf ausgewählte Ware beim Gemüsehändler. Ich träumte von Pfirsichen und dem Duft von Orangen, Zitronen und Ananas, doch auch das Anrecht auf ausgewählte Ware machte keinen großen Unterschied, wenn nur Äpfel im Angebot waren. Ich schloss die Augen. Als mein Baby sich drehte, sich träge streckte und mich dann sanft boxte, verlor ich mich in einem Traum von Salzmandeln, Ahornsirup, Bacon, ägyptischem Honigkuchen und salzigem Popcorn, wie Frances und ich es vor ewigen Zeiten in einem Filmtheater gegessen hatten. Sardinen. Pfirsiche. Nein, Sardinen *und* Pfirsiche. Beides zusammen.

Clair stand auf und legte eine Platte auf: Mozart, *Die Hochzeit des Figaro*, letzter Akt. Sie hatte den Ton leise gestellt, und während in bittersüßer Melancholie Intrigen und verborgene Identitäten ausgesponnen wurden, schaute ich mich versonnen im Raum um. Er war heruntergekommen, der feine Stuckfries vergilbt. Dies war die Bleibe zweier Frauen, die den größten Teil ihres Lebens daheim verbrachten, eine davon eine starke Raucherin. An der Wand sah man die blassen Rechtecke, wo Clairs Bilder gehangen hatten. Sie befanden sich zurzeit im Atelier, wo sie für eine Ausstellung in einer kleinen Galerie präpariert wurden. Die Galerie gehörte einer Freundin, die ihr damit einen Gefallen erweisen wollte.

»Totale Zeitverschwendung«, erklärte Nicola schnippisch. »Wer soll im Krieg schon Bilder kaufen? Zudem versteht deine Bilder doch sowieso niemand.«

»Hör endlich auf damit«, erwiderte Clair. »Für ein Bild bekommen wir zwei Kisten von dem schlechten Wein, den wir gerade trinken. Das ist besser als nichts. Und trotzdem bricht es mir mein verdammtes Herz, dass ich sie praktisch verschenke. Fünf Guineen das Stück, das grenzt schon an Diebstahl.«

Während sie redeten und die Musik zarte Melodien verbreitete, langte ich über Nicolas Leihbücher hinweg nach der kleinen Uschebti und wischte ihr den Staub vom Kopf. Dann stellte ich sie so hin, dass man sie auch sehen konnte, mitten ins Licht der einzigen Lampe.

»Wie schön sie ist, was für ein geheimnisvolles Lächeln!«, hatte Nicola ausgerufen, als ich sie ihr bei meiner Ankunft in Paris geschenkt hatte. Mein Bekenntnis hinsichtlich ihrer fragwürdigen Herkunft hatte sie mit einem entzückten Lachen quittiert. *Raubgut also? Wen kümmert's, wer soll das schon herausbekommen? Sie wird unser Geheimnis sein.* Sie hatte sich meine Hand geschnappt und war mit mir hinausgerauscht. Der Moment war gekommen, um mir zum allerersten Mal das wunderbare Paris zu zeigen.

Eines schönen Tages vor einer Million Jahre. Ganze Wochen voller schöner Tage: Louvre, Notre-Dame, Rive Droite, Rive Gauche, die glitzernde Seine. Die Comédie Française, wo ich die ganze Kraft von Racines Alexandrinern spürte und zum ersten Mal begriff, wie kalt und erbarmungslos Corneilles Tragödien voranschritten. Nicola nahm mich mit in die Tuilerien, nach Versailles, in den Stadtwald Bois de Vincennes, dann wieder in den Jardin du Luxembourg. Hier machten wir eine Pause für einen *café noir*, dort für einen *vin rouge*. Wenn sie sich reich fühlte, kauften wir in der Rue Saint-Honoré ein Stück Seide, wenn sie sich arm fühlte, erwarben wir in der Rue Mouffetard rustikales Kochgeschirr. Bis zum damaligen Tag konnte ich diese Orte nicht anders sehen, als wie Nicola sie mir damals gezeigt hatte.

Erst später fragte ich mich, ob diese Erkundungstouren ein Versuch gewesen waren, Ägypten auszulöschen und meine Faszination für dieses Land durch eine andere zu ersetzen. Waren sie ein gezielter Angriff auf alte Bindungen gewesen? Möglich. Nicola konnte durchaus eifersüchtig sein, wenn sie bestimmte Interessen nicht teilte. Sie betrachtete sie als Gefahr für ihre Vormachtstellung. Durchaus möglich, dass der Parisaufenthalt ein regelrechter Feldzug gewesen war, eine groß angelegte Verführung, die unsere Verbundenheit zementieren sollte. Französisch sei ihre Muttersprache, hatte sie mich lachend erinnert, als sie mich in eine weitere Facette der französischen Zivilisation einweihte: die Feinheiten des Hedonismus.

»Verstehst du jetzt?«, sagte sie eines Tages, als wir nach entsprechenden Irrungen und Wirrungen in die Wohnung an der Seine zurückkehrten, die zu mieten sie meinen Vater überredet hatte. Er selbst war nicht da. »Siehst du jetzt, Lucy?«, fragte sie im schimmernden, von der Seine reflektierten Licht, als ihre Augen meinen Blick suchten und die vielen Spiegel im Salon uns auf uns selbst zurückwarfen und der Verkehr draußen plötzlich verstummte. Ein langer, ruhiger, abschätzender Blick. Sie wartete auf meine Antwort, bevor sie näher kam. Und ich sah tatsächlich, begriff Nicola das nicht? Die Finessen der Sprache standen mir ebenfalls zu Gebote. Mein Widerstand war schon am ersten Tag in Paris gebrochen worden, die Windungen der Seine hatten mich verführt.

Mein Baby regte sich. Ich schlug die Augen auf und befand mich wieder in einem Raum in Bloomsbury, einem Raum, der sich unter der Last der Vergangenheit zu verändern schien und wie ein Schiff im Sturm schwankte. *Figaro* war vorbei, die Grammophonnadel war in den schwarzen Rillen am Ende der Platte gefangen und kratzte. »Was ist los, Lucy?«, fragte Clair gerade. »Du hast deinen Wein gar nicht angerührt und bist bleich wie ein Gespenst.«

»Fällt sie in Ohnmacht? Was ist los? Clair, schnell, hol Wasser.«
»Nein, nein, mir geht es gut.« Ich stand auf. »Aber ich denke, ich sollte jetzt gehen.«

»Nein, geh nicht.« Nicola erhob sich und kam zu mir herüber. »Setz dich wieder. Du siehst nicht gut aus, wirklich. Du hast mindestens noch eine halbe Stunde. Bleib noch ein bisschen, mein Schatz. Hast du Hunger? Lass mich etwas zu essen suchen. Eier vielleicht? Clair, sind noch Eier da? Es ist erst fünf, Lucy, bitte geh nicht. Die Flugzeuge kommen nie vor sechs.«

»Trotzdem.« Ich schaffte es, mich loszureißen.

An der Wohnungstür nahm mich Nicola zum Abschied liebevoll in die Arme. Clair brachte mich die Treppen hinunter, dann tauchte ich in die wachsende Finsternis ein, überquerte den Platz und schritt an abgedunkelten Gebäuden vorbei. Als ich meine Straße erreicht hatte, begannen die Sirenen zu heulen. Kurz darauf kamen die Flugzeuge, Welle um Welle, einer der schlimmsten Luftangriffe des gesamten Kriegs, acht Stunden unentwegter Bombenhagel. Nicola und Clair sollte ich nie wiedersehen. Ihr Haus in Bloomsbury wurde gegen drei Uhr morgens direkt getroffen.

Ich ging zurück, sobald ich im Radio die Nachrichten gehört hatte. Teile der Terrasse waren noch fast vollständig erhalten, aber das Haus, in dem sie gewohnt hatten, war verschwunden. Ich stand hinter der Absperrung, die die Luftschutzhelfer errichtet hatten, und schaute ins Nichts: keine Spuren von gelebtem Leben, nur noch versengte Luft, dicker Qualm, ersterbendes Feuer, schwelende Trümmer. Auf Höhe des Dachbodens hing noch ein Kamin an einer Brandmauer, auf Höhe der Etage, wo die beiden gewohnt hatten, klebten ein paar widerspenstige Tapetenfetzen. An der Stelle von Untergeschoss und Keller gähnte ein schwarzes Loch, das mit dem Wasser aus einer geplatzten Leitung vollgelaufen war. Ich selbst stand in einem Meer aus gesplittertem Glas und Pfützen vom Löschwasser der Feuerwehrleute.

Nur Clair Lennox' Atelier in den Stallungen hinten im Garten hatte die Explosion überlebt. Nach einer langen, hitzigen Debatte erklärte sich ein Luftschutzhelfer bereit, mich zu begleiten. Vermutlich hegte ich die irrationale Hoffnung, dass Clair und Nicola nach meinem Abschied ins Atelier gegangen sein könnten und nun dort überlebt hätten.

Dem war nicht so. Das Atelier war unverschlossen. Die Fenster waren zugeklebt, aber zersplittert. Innen an der Tür waren zwei glänzende, gut geölte Riegel befestigt. Ich betrachtete die Spüle, die Gasplatte, das Grammophon mit der Kurbel, die ordentlich aufgereihten Pinsel und die vielen Tuben mit Ölfarbe. Die Luft roch nach Terpentin und Zigarettenqualm. Überall lag zersplittertes Glas, doch ansonsten war das Gebäude unversehrt. Ebenso wie Clairs Bilder. Einige waren schon verpackt, andere noch nicht, alle warteten sie auf die Ausstellung. Ich starrte auf das Bild von Nicola im weißen Kleid, wie sie neben einem Rosenbogen in einem Garten in Newnham stand. Ihr gemalter Blick begegnete dem meinen und hielt ihn fest.

»Nein, warten Sie, nur noch eine Minute«, sagte ich, als der Luftschutzhelfer mich zum Gehen bewegen wollte. Ich starrte weiter in die Vergangenheit, auf Nicola, wie Clair sie gesehen hatte – Clair Lennox, die etwas anderes gesehen hatte als ich, deren Künstlerblick aber zweifellos präziser gewesen war als meine Wahrnehmung. Ich konnte diesen gemalten Blick nicht durchschauen, war mir nie sicher, ob Clair einen suchenden oder einen verlorenen Gesichtsausdruck gemalt hatte, einen herausfordernden oder einen besiegten.

Schließlich nahm mich der Mann am Arm und führte mich hinaus. »Sie haben einen Schock, Miss«, sagte er und schloss die Ateliertür fest hinter uns zu. »So etwas erlebe ich täglich.« Er seufzte resigniert. Jung war er nicht mehr, man sah ihm seine Erschöpfung an. Er war am Ende seiner Kräfte. »Haben Sie es weit, meine Liebe?«, fragte er. »Verzeihen Sie, dass ich so direkt bin, aber Sie sind guter Hoffnung, nicht wahr? Ich habe auch Familie. Drei Knirpse, und der vierte ist unterwegs. Sie sollten kein Risiko eingehen, nicht in Ihrem Zustand. Hier können Sie nichts mehr tun. Gehen Sie besser heim.«

Ein paar Monate später lud mich Clairs Galeristenfreundin zu der Ausstellung ein, die noch vor ihrem Tod geplant worden war. Clair hatte ihre Gemälde Nicola vermacht und im Falle eines Falles eben jener Galerie. Sie war klein und lag hinter dem British Museum. Die Lennox-Ausstellung lief schon ein paar Wochen, als ich hinging. Keines der Bilder war verkauft worden, an keinem klebte der ersehnte rote Punkt.

»Hoffnungslos«, sagte ihre Freundin und zündete sich eine Zigarette an. »Schauen Sie sich die Bilder an – unfassbare Kunstwerke, aber niemand ist interessiert. Das ist natürlich der verdammte Krieg, aber nicht nur. Die Leute sehen es einfach nicht. Arme Clair. Ich bin froh, dass sie das nicht miterleben muss. Haben Sie sie gut gekannt?«

»Nicht wirklich«, erwiderte ich, und das war nicht einmal gelogen, wie mir klar wurde, als ich ihre Bilder betrachtete. Ich kaufte das Porträt von Nicola. In meinem Testament, das ich später aufsetzte, vermachte ich es der Tate Modern. Die Kuratoren waren ganz entzückt. Sie würden es neben die drei anderen Lennox hängen, die sie mittlerweile besäßen, sagten sie, und dass sie eine große Lennox-Retrospektive planten. Die Zeiten ändern sich allerdings, und was wir schätzen – und *wie* wir es schätzen – ändert sich auch. Wie kann man sagen: Dies ist wertlos, und das da ist von unschätzbarem Wert? Es sei denn natürlich, das fragliche Objekt besteht aus Gold, dessen Wert nie vergeht und dessen Reiz niemand widerstehen kann.

Clairs Bild ist all die Jahre und Jahrzehnte mit mir mitgereist, von Haus zu Haus, von der Jugend bis zum Alter, bis es schließlich an der Nordwand meines Wohnzimmers in Highgate seinen Platz gefunden hat. Ich schaue es mir oft an, vermutlich habe ich es schon Millionen von Male angeschaut. Auch diesen Winter habe ich es jeden Tag betrachtet und kann mich noch immer nicht entscheiden, ob Nicolas gemalter Blick nun resigniert oder rebellisch ist. Was denkst du?, frage ich sie manchmal, wenn ich mir eine solche Schwäche zugestehe oder nicht verkneifen kann. Was sagst du, Nicola?

Irgendwann wende ich mich ab. Dann betrachte ich Sargents Version meiner Mutter Marianne oder Degas' Balletttänzerin, die aus manchen Perspektiven und je nach Lichtverhältnis an Frances erinnert. Schließlich denke ich an jene, die nie porträtiert wurden. Ich denke an Peter, dessen Flugzeug in jenem Winter über dem Ärmelkanal abgeschossen und dessen Leiche nie gefunden wurde. Ich denke an unsere Tochter, die einen Monat später geboren wurde. Die Entbindung verlief gut, und meine beiden Hebammen staunten über das erfreuliche Tempo, in dem ich, eine Erstgebärende, das Kind zur Welt brachte. Dass irgendetwas nicht stimmte, wusste ich fast sofort: Ich hörte den ersten Schrei meiner Tochter – aber von den Hebammen nur Schweigen.

Ein Problem mit den Herzklappen, sagten sie. Man operierte, während ich sie hielt. Ich stillte sie, eine Woche vielleicht, ich gab ihr einen Namen. Dann stieß mein Kind eines Abends einen leisen Seufzer aus und verzog sein Gesichtchen. Die Augen öffneten sich und schauten mit dem unbestimmten Blick von Babys in die Welt hinaus. Sie machte ein schnaufendes Geräusch und wackelte mit ihrer kleinen Hand, die an einen Seestern erinnerte, und in der nächsten Sekunde, zwischen zwei Atemzügen, entglitt sie mir. Ich denke immer noch an sie. Ich denke immer noch an ihren Vater. Obwohl sie schon so viele Jahre fort sind, hat die Empfindung ihrer Anwesenheit – und ihrer grausamen Abwesenheit – nichts an Schärfe verloren.

Aus irgendeinem Grund – und inzwischen meine ich, den Grund zu kennen – hat mir dieses ständige Wechselbad von Anwesenheit und Abwesenheit in diesem letzten Winter in Highgate gewaltig zugesetzt. Es hat Tage und Nächte gegeben, in denen ich fast daran zerbrochen wäre. Nie hätte ich das für möglich gehalten. Ich hätte gedacht, die Jahre, das Alter und die Resignation hätten eine Schranke zwischen mir und der Trauer errichtet. Wie falsch ich damit lag. Die Klauen der Trauer lassen sich nicht stutzen, ihre Fähigkeit zu verwunden währt ewig. Aber es war auch ein langer, harter Winter und demzufolge auch ein einsamer.

# 38

Im Januar, nach der Jahreswende, wurde das Wetter aus einer Laune heraus plötzlich freundlicher. Ich sagte mir, dass ich den winterlichen Belagerungsbedingungen nun lange genug standgehalten hätte, und rief Rose an. Sie kam gestern Abend. Ich betrachtete gerade die kleine blaue Antwortende, die Frances mir in Saranac Lake geschenkt hatte, als ich draußen auf dem Platz ihren Mercedes vorfahren hörte. Behutsam stellte ich die Uschebti auf den Schreibtisch zurück und warf ihr noch einen Blick zu. *Wohin du gehst, dahin gehe auch ich.* Ihr Lächeln hatte nie auch nur annähernd rätselhaft auf mich gewirkt. Für mich spiegelte es eher den Dreitausend-Jahr-Effekt wider – es war ein Lächeln von absoluter, unerschütterlicher Heiterkeit.

Ich öffnete Rose die Tür. »Ich habe etwas für dich!«, rief sie.

Einen Augenblick lang dachte ich, sie bringe Briefe mit – meine Briefe an Peter, die sie angeblich ihrem Entrümplungsfeuer übereignet hatte. Der Irrtum klärte sich auf, als Rose eine Packung DVDs schwenkte: Dr. Fongs Dokumentarfilm. Ein Foto von Tutanchamuns berühmter goldener Maske auf dem Cover und darunter in gewaltigen Buchstaben der Titel: *Tutanchamun – die nie erzählte Geschichte.*

»Jetzt fahre ich wohl besser wieder nach Hause«, sagte Rose am Vormittag, als sie sich vom durchgesessenen Sofa in meinem Wohnzimmer in Highgate erhob. »Wheelie wird bald hier sein, um mich abzuholen. War das nicht wundervoll? Ich bin ja so froh, dass wir uns das zusammen angesehen haben. Dein Dr. Fang hat wirklich großartige Arbeit geleistet. Ein wahrhaft exzellenter Dokumentarfilm mit Substanz. Sehr überzeugend, was Carter angeht, finde ich. Und auch Carnarvon. Tutanchamuns Schätze waren im Übrigen noch herrlicher, als ich sie in Erinnerung hatte – allein seine goldene Totenmaske! Die politischen Verwicklungen waren ein wenig verwirrend, aber das hat vermutlich mit mir zu tun. Ich finde Politik immer eher langweilig. Herrje, was für Fehler all diese Leute gemacht haben. Wieso haben sie nicht vorhergesehen, was passieren wird? Aber wie großartig, dass man jedes einzelne Wort von Dr. Fang verstehen konnte – ich hasse diese Reporter, die immer so in den Bart hineinnuscheln. Er hat alles so unglaublich klar dargestellt, findest du nicht, Lucy?«

»Unbedingt. Wirklich bewundernswert.«

Ich schaltete den Fernseher aus. Ich hatte die Dokumentation schon gesehen, als sie vor ein paar Wochen zum ersten Mal ausgestrahlt worden war. Zwei DVDs gestern Abend, zwei heute Morgen – Rose und ich hatten eine ägyptologische Orgie gefeiert. KV62 – die Geschichte. Überwältigende Hubschrauberaufnahmen vom Tal der Könige und vom Nil, ein atemberaubendes Panorama, alle Schikanen der neuesten Technik, Computersimulationen, 3-D-Modelle, raffinierte Schnitte, geschickte Montagen. Die dozierenden Wissenschaftler, vor denen die Produzenten Angst gehabt hatten, erklärten ihre Standpunkte kurz und bündig und kannten ihr Metier. Besonders die Ausleuchtung der Szenen im Ägyptischen Museum in Kairo war bewundernswert, da die Räumlichkeiten damals doch so überaus düster gewesen waren. Die Vergangenheit hatte gesprochen. Ein Jahr ist es her, dass Ben Fong zum ersten Mal hier war, dachte ich. Der Kreis schließt sich.

Ich stand am Fenster, als Rose ihre Sachen zusammensuchte. Es war ein schöner Tag, trügerisch frühlingshaft: blauer Himmel, hoch stehende Sonne, die Rosen noch überzogen mit nächtlichem Frost, aber Zeichen von Leben überall, sprießende Zwiebeln und, und, und …

Ich begleitete Rose zur Tür, half ihr in den Mantel, suchte mit ihr nach ihren Handschuhen, ihrer Handtasche und ihrem Köfferchen.

Es war kühl, und im silbrig schimmernden Licht des Flurs spürte ich meine vertrauten Geister. Sie liebten es, sich hier zusammenzurotten und miteinander zu flüstern, wenn jemand ging oder kam. Offenbar fühlten sie sich zu Treppen und ihren Schlupfwinkeln hingezogen. Ich fragte mich, ob Rose meine Begleiter je bemerkt hatte. Ich glaube nicht, und falls sie es tat, ignorierte sie sie.

»Andererseits«, befand sie, als sie sich die Handschuhe anzog, »konnten wir beide doch zwischen den Zeilen lesen, oder? Wir kannten all diese Leute schließlich, Lucy. Wenn wir Dr. Fangs Version sehen, erinnern wir uns also daran, wie es wirklich war. Er musste sich auf die Hauptpersonen beschränken, aber wir kennen auch die Randfiguren, nicht wahr? Für ihn sind sie uninteressant, sicher, aber für uns sind sie es nicht und werden es nie sein.« Sie schlang sich einen roten Schal um den Hals und seufzte. »Und alles war so professionell gefilmt, oder, Lucy? Das hat mir wieder in Erinnerung gerufen, wie unendlich schön es dort war. Der Nil, das Wasser, die Palmen, diese erstaunliche Fruchtbarkeit, dieses Grün – und dahinter dann die nackte Wüste. Peter und ich standen jeden Abend auf unserem Balkon im Winter Palace und haben den Segelbooten zugeschaut. Er liebte die Feluken. Und er konnte stundenlang die Fähre beobachten. Er fragte immer, ob du auf der nächsten sein würdest oder ob sie uns vielleicht unsere Mutter wiederbringen würde. Ich habe dann immer gesagt: ›Die nächste vielleicht nicht, aber vielleicht die übernächste ...‹ Ach, Lucy, was erzählt man in seinem Leben nicht alles für Lügen.«

»Hör auf, Rose.«

»Du hast ja recht. Ich rege mich nur auf.« Sie hielt inne und zupfte sich den Schal zurecht. Dann schaute sie weg und sagte: »Herrje, das hätte ich fast vergessen. Ich wollte dich doch noch etwas fragen. Warst du bei dem Arzt? Dem Spezialisten, den ich dir empfohlen habe?«

»Ja, war ich.«

»Und was hat er gesagt? Hat er ein paar Untersuchungen gemacht?«

»Unzählige Untersuchungen. Die Diagnose lautet: Alter. Das hätte ich ihm auch schon vorher sagen können.«

»Und sonst nichts? Der Mechanismus läuft also noch, wenn auch auf Sparflamme? Ach, da bin ich aber froh!« Sie streckte sich und küsste mich auf die Wange. »Ich habe mir schreckliche Sorgen um dich gemacht, Lucy, den ganzen Winter über. Das ist eine große Erleichterung. Jetzt musst du mir aber etwas versprechen. Wenn der Frühling kommt ...«

»Ja, Rose?«

»Wenn der Frühling kommt, musst du mich unbedingt besuchen und ein paar Tage bei mir bleiben? So wie jedes Jahr, ja?«

»Natürlich, Rose.«

Ich öffnete die Tür, und da stand er auch schon, der Mercedes, wie immer pünktlich auf die Minute. Wheeler stieg aus und kam auf uns zu, um Rose in den Wagen zu helfen. Ich beobachtete, wie er sie vorsichtig den Weg entlangführte. Sie war gebrechlicher denn je, genau wie ich. Als der Wagen losfuhr, hob sie die Hand. Ich hob meine ebenfalls zu einem Lebwohl, zog dann die Tür zu und lehnte mich dagegen. Ich schloss die Augen und wartete, dass sich mein Puls beruhigte.

Zu viel Vergangenheit. So viele verlorene Personen. Ich kehrte ins Wohnzimmer zurück, wo mich Nicola aus ihrer Ecke anschaute, wo die Wildblumen und Beerenzweige, die ich einst in Saranac Lake gepflückt hatte, immer noch in ihrem blauen Krug standen, so wie Frances und ihre Mutter sie arrangiert hatten, wo ein kleiner Hund sich immer noch mit schläfriger Hingabe in der Sonne räkelte, eingefangen von Bleistift und Kohle.

Nicht mehr lange jetzt, dachte ich, und ehe man sichs versieht, ist Frühling. Ich zog meinen Mantel an, verließ das Haus und schlurfte langsam in meinen Garten. Drei Häuser weiter, wo eine neue Familie eingezogen ist, erklangen die hellen, aufgeregten Stimmen von spielenden Kindern. Ich blieb stehen und lauschte auf ihr Geschrei und Gelächter. Dann ging ich zu den Beeten und inspizierte die Triebe der Blumenzwiebeln: stumpfe grüne Nasen, die entschlossen aus der harten schwarzen Erde hervorschauten. Hier Krokusse, da Narzissen, dort Schneeglöckchen. Letztere blühten schon fast, winzige weiße Spitzen, die noch von ihrem grünen Kelch umschlossen waren.

Um die Wahrheit zu sagen – was ich hier im Großen und Ganzen zu tun versucht habe –, bin ich mir nicht allzu sicher, ob ich die Krokusse noch blühen sehen werde, geschweige denn die Narzissen, aber das muss man hier nicht vertiefen. Viel interessanter ist, was ich nach meiner Knospeninspektion tat. Nun, ich verweilte in meinem kalten Garten. In der Ferne zeichneten sich vor dem wolkenlosen Blau des Januarhimmels die Türme des neuen London ab, und vor meinen Augen lagen das winterliche Highgate und die nicht vom Laub verdeckte Aussicht auf die Gräber. Direkt hinter der rückwärtigen Gartenmauer, an der ich stand, fällt das Terrain zum wunderschönen wilden Westteil des Highgate Cemetery ab. Als ich meinen Lieblingsengel bewunderte, den Engel mit den ausgebreiteten Flügeln, dem blinden, reglosen Gesicht und der im Zeigegestus erhobenen Hand, fiel mir auf, dass an dem eben noch unbelebten Ort jemand erschienen war. Zwischen dem Engel und einer Pyramide stand eine Frau, die nachdenklich den Kopf geneigt hielt.

Sie war von einer solchen Transparenz, dass ich fast durch sie hindurchschauen konnte, und so dachte ich zunächst, ich hätte sie mir nur eingebildet. Dann aber wurde mir klar, dass meine Sehkraft daran schuld war, dass die Gestalt verschwommen und unbestimmt wirkte. Sobald ich mich stärker auf sie konzentrierte, erkannte ich, dass sie tatsächlich existierte. Jetzt schlängelte sie sich zwischen den Grabsteinen hindurch und kam auf mich zu. In ihrem Gesicht lag der wache, erwartungsvolle Blick, den ich noch gut in Erinnerung hatte. Wie jung sie doch war, dachte ich – ein Mädchen an der Schwelle zum Erwachsensein, die leuchtenden Augen der Zukunft zugewandt, wenn die unendlichen Möglichkeiten des Lebens zum Greifen nah liegen. Mein Herz hüpfte. Ich trat einen Schritt vor, um sie zu grüßen. Als sie nah genug war, erkannte ich sie.

Sie blieb unterhalb der Gartenmauer stehen, schaute mit lachenden Augen zu mir hoch und hob die Hand. Ich wusste, dass die Mauer ein unüberwindliches Hindernis darstellte, und befürchtete, wir könnten nicht zueinanderkommen. Sie aber stellte sich auf die Zehenspitzen und nahm mit einem Lächeln meine kalte Hand in ihre warme. Dann begann sie zu sprechen, impulsiv, wortreich und vollkommen offen, und ich antwortete mit derselben Ehrlichkeit. Als wir unser schnelles, von Herzen kommendes Gespräch beendet hatten, schaute sie mich mit ihrem leuchtenden Blick an, drückte mir die Hand, drehte sich um und eilte den Weg zurück, den sie gekommen war. Zwischen den Kreuzen, Obelisken und Engeln verlor ich sie irgendwann aus den Augen.

Es war drei Uhr nachmittags, und es dämmerte bereits. Ich ging ins Haus, schloss die Fensterläden, öffnete die Tür zum Flur, um den Geistern ihren Zutritt zu erleichtern, fachte das Feuer an und setzte mich auf meinen üblichen Stuhl. Ich dachte an Dr. Fongs Ägypten und an meines und an die Orte, an die es mich geführt hatte. Ich dachte an meine Reisen und an das Tal der Könige meiner Kindheit, das versteckt hinter den Bergen am Horizont gelegen hatte.

Ich schloss die Augen. Nur eine Stunde, dann würde ich mich wieder den üblichen Aufgaben widmen, den alltäglichen Ritualen, die helfen, das Verstreichen der Stunden in unserem Leben zu strukturieren. Ich würde Tee kochen, die Lampen anschalten und gegen die drohende Dunkelheit des Abends ankämpfen. Aber bis dahin würde ich in der stillen Dämmerung eines langen Nachmittags ausharren. Ich wusste, dass es kommen würde, kommen musste, und endlich erkannte ich es auch. Es war schwer zu identifizieren, schwer zu benennen, aber aus den Schatten, den Schatten der Bücherregale vermutlich, drang ein kaum wahrnehmbares Geräusch an mein Ohr, ein sanftes Ausatmen, eine wehmütige Regung, ein Seufzen und dann ein Ruf.

# Menschen, Schauplätze, Hintergründe

## Howard Carter

Carters Bericht über die Entdeckungsgeschichte des Grabs von Tutanchamun wurde in drei Teilen veröffentlicht. Der erste, den er zusammen mit Arthur Mace verfasste, erschien 1923, der letzte 1933. Mit seinem geplanten endgültigen, sechsbändigen Bericht über seine Arbeit am Grab kam er nie über eine Ansammlung von Notizen hinaus. Auch das Grab Alexanders des Großen fand Carter nicht, obwohl er in seinen letzten Lebensjahren vielen Leuten davon erzählte. Als die Ausgrabungen im Tal der Könige abgeschlossen waren, schrieb er eine Reihe autobiografischer Skizzen über sein Leben in Ägypten, die aber nie veröffentlicht wurden.

Nach seinem Tod 1939 ging der Großteil seiner Immobilien an seine Nichte Phyllis Walker. Mit ihnen erbte sie auch die Einrichtung seiner Londoner Wohnung, wo man Kunstschätze fand, die zweifellos aus dem Grab Tutanchamuns stammten, darunter eine Kopfstütze aus Lapislazuli mit der Kartusche des Königs und eine Uschebti, die stets auf Carters Schreibtisch stand. Seine Nichte wollte dem ägyptischen Staat die Objekte zurückgeben, doch der Kriegsausbruch verhinderte die schnelle Übergabe. 1940 wurden sie in der ägyptischen Botschaft in London eingelagert und gelangten erst 1946 unter König Faruq I. nach Ägypten, wo dieser sie in Kairo dem Ägyptischen Museum übergab. »Niemand wird es wagen, unangemessene Unterstellungen vorzubringen in einer ... Angelegenheit, an der Seine Majestät höchstselbst Interesse hat«, schrieb der Direktor des Antikendiensts dazu.

Manche Kommentatoren waren der Meinung, dass Carter die

Artefakte aus seiner Wohnung selbst aus dem Grab entwendet hatte, andere wiederum hielten sie für Objekte aus Lord Carnarvons ägyptischer Sammlung, die Carter bei der Vorbereitung für den Verkauf beiseitegeschafft hatte, weil man sie sofort identifiziert hätte. Für beide Theorien gibt es keine definitiven Beweise. Andere Kunstschätze, die man nach seinem Tod in seinem Haus in Ägypten fand und dem Metropolitan Museum of Art in New York überließ, stammten zweifellos aus dem Grab. Die traurige Tatsache, dass Carter Kunstwerke entwendet und für sich behalten hat, scheint also unbestreitbar zu sein.

### Lord Carnarvon

Carnarvon, seine Tochter Lady Evelyn Herbert und Howard Carter stiegen am Sonntag, den 26., oder am Montag, den 27. November 1922 mit der Hilfe von »Pecky« Callender in die Grabkammer des Tutanchamun ein. Jahrzehntelang blieb die Tatsache ein Geheimnis – das wohl bestgehütete Geheimnis in der Geschichte der Archäologie. Ende der Vierzigerjahre kursierten unter Archäologen plötzlich Gerüchte über die wahren Vorgänge, die später durch einen Tagebucheintrag von Lord Carnarvons Halbbruder, einem gewissen Honourable Mervyn Herbert, dem Lady Evelyn und ihr Vater sich anvertraut hatten, bestätigt wurden. Seit 1966 lagerten seine Tagebücher im Nahost-Zentrum des St. Antony's College in Oxford. Das Geheimnis kam schließlich ans Licht, als sie in den Siebzigerjahren gelesen wurden.

Die Enthüllung erreichte 1978 ein größeres Publikum, als Thomas Hoving sein Buch *Tutankhamun: The untold story* veröffentlichte (deutsch: *Der Goldene Pharao. Tut-ench-Amun*). Hoving war von 1967 bis 1977 Direktor des Metropolitan Museum of Art in New York und hatte in verstaubten Archiven, in denen auch Papiere aus Carters Haus in Ägypten lagerten, weitere Beweise für das heimliche Eindringen in die Grabkammer, die anschließenden Vertuschungsmaßnahmen und die unrechtmäßige Entfernung von

Artefakten gefunden. Hovings Bericht liest sich glänzend und wirkt in weiten Teilen sehr überzeugend, leidet aber unter einer Unmenge von Sachfehlern.

Lord Carnarvons ägyptische Sammlung, die seine Witwe später an das Met verkaufte, enthielt eine Menge erlesener Objekte, die zwar keinen Stempel trugen, aber mit ziemlicher Sicherheit aus dem Grab Tutanchamuns stammten. Vermutlich waren sie Teil dessen, was Herbert Winlock in seinem trockenen Humor Carnarvons »Taschensammlung« getauft hatte.

Highclere Castle ist nun im Besitz des achten Earl of Carnarvon, dem Urenkel des Lord Carnarvon aus diesem Roman. Im Keller ist gegenwärtig eine Ausstellung zu sehen, die die Ausgrabungen von Carter und dem fünften Earl of Carnarvon dokumentiert. Der letzte Raum namens »Wunderbare Dinge« zeigt ein paar der größten Schätze aus Tutanchamuns Grab – als Replikate.

### Almina, Lady Carnarvon

1926 überging Lady Carnarvon das British Museum und verkaufte mit Carters Hilfe die ägyptische Sammlung ihres verstorbenen Ehemanns ans Metropolitan Museum of Art, und zwar für die Summe von 145.000 Dollar (das entspricht heute etwa 1,5 Millionen Dollar). 1930, nach jahrelangem erbittertem Streit, gestand die ägyptische Regierung ihr und Carnarvons Treuhändern schließlich die Summe von 35.867 Pfund zu (heute etwa 1,1 Millionen Pfund), teils als Ausgleich für nicht erhaltene Objekte, teils als Entschädigung für die Ausgaben, die in Zusammenhang mit der Ausgrabung und Räumung des Grabs entstanden waren. Almina Carnarvon gab ihr Geld weiterhin mit vollen Händen aus, wie sie es schon als Herrin von Highclere getan hatte, und musste 1951 Bankrott anmelden. Ihr letztes Zuhause war ein kleines Reihenhaus in Bristol. Dort starb sie im Jahr 1969 im Alter von zweiundneunzig Jahren.

## Lady Evelyn Herbert

Die Beweise für eine Verbindung zwischen Lady Evelyn und Howard Carter bestehen im Wesentlichen aus zwei Briefen und einer Nachricht, die sie ihm hat zukommen lassen, sowie aus einem Brief ihres Vaters an Carter. In Carters Tagebüchern findet sich nichts über Lady Evelyn als die Daten ihrer Ankünfte und Abreisen, wobei er sich allerdings daran erinnert, dass sie ihm den zweiten, den Ersatz-Kanarienvogel aus Kairo mitbrachte. Im ersten der erwähnten Briefe, den Lady Evelyn Weihnachten 1922 in Highclere verfasste und Carter nach Luxor schickte, schrieb sie, dass man das »Allerheiligste« betreten habe, und bezeichnete das als den schönsten Moment ihres Lebens. Sie schrieb weiterhin, dass sie darauf brenne, zu ihm zurückzukehren. Allerdings war sie zu diesem Zeitpunkt erst einundzwanzig und drückte sich – wie Arthur Mace schrieb – ziemlich umgangssprachlich aus. Er bemerkte auch, dass Lady Evelyn und Carter »sehr dicke seien«, und stand mit dieser Beobachtung nicht allein da.

Es ist möglich, aber nicht zu beweisen, dass Lady Evelyns Gefühle für Carter zu dem Streit zwischen ihm und ihrem Vater 1923 beitrugen. Sollte sie aber in ihn verliebt gewesen sein, kam sie offenbar schnell darüber hinweg. Im Oktober 1923, etwa sieben Monate nach dem Tod ihres Vaters, heiratete sie Brograve Beauchamp (später Sir Brograve Beauchamp, MP). Sie kehrte nie wieder nach Ägypten zurück. 1972, als die Schätze des Tutanchamun im British Museum zu sehen waren, besuchte Lady Evelyn die gefeierte Wanderausstellung und ließ sich mit den Exponaten fotografieren. Beim Verlassen des Museums erlitt sie auf der Treppe einen Schlaganfall. Sie starb 1980.

## Herbert Winlock

Winlock schrieb etliche Bücher, die noch immer zum Besten gehören, was über die Ausgrabungen in Ägypten in der Zeit von 1910–1930 veröffentlicht wurde. Trotz des wissenschaftlichen Anspruchs sind sie wunderbar zu lesen. Seine kluge, geistreiche Korrespondenz liefert einen Einblick in die Ereignisse rund um die Entdeckung von Tutanchamuns Grab und ihre Nachwehen. Sofern Howard Carter überhaupt Freunde hatte, war Winlock sicher einer der engsten und loyalsten. Sein Bericht über Tutanchamuns Grab, der 1941 veröffentlicht wurde – neunzehn Jahre nachdem Winlock die Entdeckung gemacht hatte, die nahelegte, dass Tutanchamun tatsächlich im Tal der Könige bestattet war –, lohnt die Lektüre noch immer, nicht zuletzt wegen des Tonfalls besinnlicher Melancholie. Zudem führte Winlock Buch über die Personen, die in irgendeiner Weise mit dem Grab zu tun hatten, über jene, die starben, und jene, die überlebten. Zäh kämpfte er gegen das von Journalisten verbreitete Gerücht an, es gäbe einen Fluch.

Als nach dem Tod von Arthur Weigall und Albert Lythgoe im Januar 1934 Spekulationen um einen möglichen Fluch erneut laut wurden, protestierte Winlock in der *New York Times* entschieden dagegen. Wird heute über einen möglichen Fluch diskutiert, was noch immer häufig geschieht, wird sein Leserbrief mit der Personenliste praktisch stets zitiert. Als er ihn schrieb, war seine Tochter Frances bereits sieben Monate in Saranac Lake, was vielleicht erklärt, warum ihm die Thematik so am Herzen lag. Winlock blieb bis 1939 Direktor des Met. Er starb 1950 im Alter von fünfundsechzig Jahren bei einem Urlaub in Florida an einem Herzinfarkt. Als Veteran des Zweiten Weltkriegs liegt er auf dem Arlington National Cemetery in Washington, D.C., begraben.

## Helen Winlock

Helen Winlock überlebte ihren Ehemann um viele Jahre und durfte noch miterleben, dass ihre jüngere Tochter heiratete und sie zur Großmutter machte. Sie ließ sich auf der Insel North Haven in Maine nieder, wo ihre Familie noch immer das im Roman erwähnte Haus besaß. 1974 starb sie auf der Insel im Alter von siebenundachtzig Jahren und wurde neben ihrem Ehemann in Arlington beerdigt.

## Frances Winlock

Da über Frances' Tod kaum berichtet wurde, blieben der Familie Spekulationen erspart, ob man auch sie auf die Liste der »Fluchopfer« setzen müsse. Die Spuren ihres Lebens lassen sich eher indirekt nachverfolgen. Gelegentlich wird in den Briefen, die ihre Mutter und auch Arthur Mace und seine Frau aus Ägypten schrieben, über sie berichtet. Auch sind Fotos erhalten, die sie in den Zwanzigerjahren als Kind im Amerikanischen Haus zeigen. Frances wird flüchtig im einzigen noch existierenden Band von Minnie Burtons Tagebüchern erwähnt, und auch die Tagebücher ihrer Großmutter mütterlicherseits enthalten Informationen über sie und den Tod ihres kleinen Bruders. Die Tagebücher und ein Brief, den Frances 1923 aus Ägypten geschrieben hat, wurden zusammen mit anderen Familienbriefen in Archiven in Boston gefunden. Zudem konnte folgendes Material aufgetrieben werden: Dokumente über ihre Schulzeit, Arztberichte aus Saranac Lake, Informationen darüber, wo sie dort gelebt hat und welche Ärzte sie behandelten, und schließlich Details über ihre Beerdigung in Mount Auburn.

## Albert Lythgoe

Als angesehener Wissenschaftler und ehemaliger Harvard-Professor wurde Lythgoe 1906 erster Kurator für ägyptische Kunst am Metropolitan Museum, also zu einer Zeit, als die Abteilung noch nicht viel vorzuweisen hatte. In den dreiundzwanzig Jahren bis zu seiner Pensionierung im Jahr 1929 legte er die Basis für die großartige ägyptische Sammlung, die heute dort zu bewundern ist. Durch eigene Ausgrabungen in Ägypten und eine aggressive Ankaufspolitik mit beachtlichen finanziellen Ressourcen konnte er die Bestände des Museums erheblich aufstocken. Als Howard Carter das Grab des Tutanchamun entdeckte, war er schon lange mit Lythgoe bekannt: Während der Notverkäufe im Ersten Weltkrieg hatte Carter dem Met dabei behilflich sein können, sich einige der schönsten englischen Privatsammlungen zu sichern, und die Beziehung war noch enger geworden, als Carter und Carnarvon beim Erwerb des »Schatzes der drei Prinzessinnen« geholfen hatten.

In einem Telegrammwechsel mit Carter von Anfang Dezember 1922 befürwortete Lythgoe die Unterstützung Carters durch die Met-Mitarbeiter Burton, Mace, Hauser und Hall. Teils hatte er dafür wissenschaftliche Gründe, teils hoffte er aber auch – wie die Korrespondenz erkennen lässt – auf eine Gegenleistung. Und seine Hoffnungen wurden nicht enttäuscht. Innerhalb weniger Wochen versicherte ihm ein dankbarer Lord Carnarvon in einem vertraulichen Privatgespräch in London, dass man dem Museum einen Teil der Objekte aus dem Grab überlasse und sicherstelle, dass das Met »seinen gerechten Anteil« bekomme.

Zu diesem Zeitpunkt waren beide davon überzeugt, dass Carnarvon die Hälfte des Grabinhalts bekomme. Sie wussten zwar, dass der Direktor des Antikendiensts das System der Fundteilung infrage stellte und sämtliche Funde aus ausländischen Grabungen im Land behalten wollte, waren sich aber sicher, ihn erfolgreich ausbremsen zu können. Schon jahrelang kämpfte Lythgoe gegen die Reform an und führte dabei unter anderem die Unterstützung des amerikanischen Außenministeriums und der Britischen Residenz in Kairo sowie die Meinungen von Anwälten, Zeitungen und führenden Ägyptologen ins Feld. Er gewann die Schlacht, verlor aber den Krieg: Die Reform des Systems der Fundteilung wurde lediglich verschoben – um dann mit der Entdeckung des Grabs von Tutanchamun unvermeidlich zu werden. Lythgoe starb 1934 im Alter von sechsundsechzig Jahren in Boston.

## Arthur Mace

Mace war ein Cousin von Flinders Petrie, studierte in Oxford und wurde dann Chefkonservator des Met. Zwei Winter lang arbeitete er im Grab des Tutanchamun – 1922/23 und 1923/24. In der zweiten Saison wurde er von seiner Frau und seiner älteren Tochter Margaret begleitet. Margaret war damals zehn und erholte sich von einer Typhuserkrankung. Gegen Ende der zweiten Saison erlitt Mace einen gesundheitlichen Zusammenbruch und kehrte nach England zurück. Er konnte nie wieder arbeiten oder schreiben und starb 1928 im Alter von vierundfünfzig Jahren. Lange Zeit war er praktisch vergessen.

1989 wurde in dem kleinen Städtchen Lochwinnoch bei Paisley in Schottland eine Schulausstellung über das Leben der alten Ägypter organisiert. Mace'Tochter Margaret (Mrs Orr), die in der Gegend lebte, erklärte, dass sie vielleicht noch interessante Unterlagen zu diesem Thema habe. Die Unterlagen erwiesen sich als Arthur Mace'Tagebücher und Briefe aus den Jahren 1922 bis 1924, und auch die Briefe seiner Frau, die sie aus dem Amerikanischen Haus geschickt hatte, befanden sich darunter. Diese unschätzbare Quelle, die neue Einblicke in die Arbeit am Grab, die beteiligten Persönlichkeiten und das politische Umfeld verschaffte, hatte mindestens sechzig Jahre lang unbeachtet auf dem Dachboden gelegen.

## Alfred Lucas

Lucas war ein herausragender Chemiker und Forensiker, der in Kairo für die Regierung arbeitete, als Howard Carter ihn für die Konservierungsaufgaben im Grab engagierte. Vor allem ihm und Mace und ihrer Arbeit unter Carters Anleitung ist es zu verdanken, dass die Schätze des Tutanchamun konserviert, gerettet und sicher ins

Ägyptische Museum gebracht werden konnten. Lucas war – wie Alan Gardiner es ausdrückte – die »Plaudertasche«, die Carters und Carnarvons heimlichen Besuch in Tutanchamuns Grabkammer auffliegen ließ. Allerdings konnte er kein Verbrechen in ihrem Verhalten und in der anschließenden Vertuschungsaktion erkennen, sondern hielt das alles vielmehr für »höchst nachvollziehbar«. Die Enthüllung erfolgte durch drei unzweideutige Anmerkungen zu zweien seiner Artikel in der Zeitschrift des ägyptischen Antikendiensts – den *Annales du Service des Antiquités de l'Egypte* –, von denen der zweite 1947, also bereits nach seinem Tod, erschien. Die Fachzeitschrift hatte eine begrenzte Leserschaft, sodass seine Enthüllungen zwar von Ägyptologen registriert, aber vom Rest der Welt ignoriert wurden. Lucas starb 1945 im Alter von achtundsiebzig Jahren.

### Arthur »Pecky« Callender

Howard Carter hat in seinem Tagebuch festgehalten, dass er seinen Freund Callender am 28. Oktober 1922 auf seiner Farm in Armant besuchte, unmittelbar vor der Entdeckung von Tutanchamuns Grab. Am 9. November, fünf Tage nach der Entdeckung der berühmten ersten Stufe, kabelte er Callender, er möge ins Tal der Könige kommen. Callender arbeitete drei Jahre lang für ihn und wohnte auch in Carters Burg. Arthur Mace, selbst mit Oxford-Hintergrund, bezeichnete Callender als netten, aber etwas derben Typen. Im April 1925 überwarfen sich Carter und Callender. Streitthema war die Bezahlung, und die Auseinandersetzung war bitter und endgültig. Die beiden Männer – von Carter einst als »engste Freunde« bezeichnet – sahen sich nie wieder.

Außer dem Wenigen, was Carter über ihn berichtet hat, weiß man kaum etwas über Callender, selbst sein Geburtsdatum ist unbekannt. Er hatte zwei Söhne und war Ingenieur, arbeitete unter anderem bei der ägyptischen Eisenbahn, und es war seine Erfahrung als Ingenieur, die sich als unverzichtbar herausstellen sollte.

Callender spielte eine entscheidende Rolle bei der Aufgabe, große Objekte aus dem Grab mit dem allzu kleinen Eingang hinauszuschaffen. Er war es, dem es gelang, die vier riesigen Schreine zu zerlegen und mit einem System aus Flaschenzügen den massiven Granitdeckel des Sarkophags in ihrem Innern abzuheben. Trotz der beengten Verhältnisse in der Grabkammer nahm keiner der Gegenstände Schaden.

Nachdem er das Tal der Könige verlassen hatte, verloren sich Callenders Spuren. Ort, Umstände und selbst das Datum seines Todes sind bis heute ungewiss. Normalerweise ist von 1936 die Rede, manchmal auch von 1931. Vermutlich ist Callender in Ägypten gestorben; es ist nicht bekannt, wo er begraben liegt.

## Harry Burton

Burton wurde in Lincolnshire geboren, als fünftes von elf Kindern. Sein Vater war Möbeltischler – er hatte also einen ähnlichen Hintergrund wie Carter. Burton war eine der wenigen Personen, die es aushielten, über längere Zeiträume hinweg mit Carter zusammenzuarbeiten. Zuvor war er als Archäologe tätig gewesen, hatte unter Theodore Davis im Tal der Könige gegraben und sich dabei bis auf wenige Meter Tutanchamuns Grab genähert, wie ihm später bewusst wurde. Seine spätere Bekanntheit verdankt Burton allerdings vor allem seiner Arbeit als Fotograf, der Brillanz und dem künstlerischen Anspruch seiner Bilder und seiner außerordentlichen Dokumentation der Arbeit im Grab.

Burton arbeitete zehn Jahre lang jede Saison im Grab. Dabei machte er fast zweitausend Fotos und filmte mit einer frühen Filmkamera die Ausgräber bei der Arbeit. Er war zudem einer von Howard Carters zwei Testamentsvollstreckern und starb ein Jahr nach ihm, 1940, in Ägypten, im Alter von einundsechzig Jahren. Er liegt auf dem amerikanischen Friedhof von Asyut begraben. Seine Frau Minnie Burton, die Tochter eines Offiziers der British Army, überlebte ihn.

### Abd-el-Aal Ahmad Sayed und Hosein Ibraheem Sayed

*Ich habe dient Dr. H. Carter 42 Jahr*, schrieb Abd-el-Aal Sayed im März 1939 in seinem Kondolenzschreiben an Howard Carters Nichte. In dem ergreifenden Brief berichtet er von der Trauer und der Verzweiflung, die ihn und Hosein Sayed bei der Nachricht von Carters Krankheit und Tod erfasst hätten. Die Sayeds hatten Carter sowohl in der Burg als auch in seiner vorigen Unterkunft nahe dem Tal der Könige den Haushalt geführt. Carter bedachte Abd-el-Aal Sayed in seinem Testament mit hundertfünfzig ägyptischen Pfund. Es ist nicht bekannt, was aus ihm und Hosein Sayed wurde.

### Ahmed Girigar

Girigar, Carters Vorarbeiter oder auch *reis*, war der verantwortliche Aufseher, als man am 4. November 1922 auf jene erste Stufe stieß, die sich als Anfang der Treppe zum Grab Tutanchamuns erweisen sollte. Als Carter später am Morgen ins Tal kam, machte Girigar ihn darauf aufmerksam. Er wurde in der Gegend geboren und arbeitete fast sein ganzes Leben im Tal der Könige, unter anderem für Victor Loret und Theodore Davis, die zu den bedeutendsten Ausgräbern des Tals gehören. Während der Arbeit für Loret war Girigar an der Entdeckung von acht Gräbern beteiligt, darunter auch an der des Grabs von Amenophis II., das 1898 ausgegraben wurde und ein makabres Versteck königlicher Mumien zum Vorschein brachte. Als das Grab des Tutanchamun gefunden wurde, kann er nicht mehr der Jüngste gewesen sein, aber sein Name findet sich weiterhin auf Carters Ausgabenliste, sodass anzunehmen ist, dass Girigar von 1922 bis 1932 im Grab mitgearbeitet haben muss. Mehr ist nicht über ihn bekannt.

## Das Amerikanische Haus

In der Folge des Börsencrashs von 1929 wurde das Ausgrabungsprogramm des Metropolitan Museum zusammengekürzt. Während des Kriegs ruhte es vollständig. Von 1948 an gehörte das Amerikanische Haus dem ägyptischen Antikendienst und wurde nicht mehr genutzt. Erst 1961 war es wieder Hauptquartier einer polnisch-ägyptischen Archäologengruppe, die am Tempel der Hatschepsut in Deir el-Bahri grub, der einstigen Ausgrabungsstätte Herbert Winlocks und des Met.

Nachdem es 1961 in heruntergekommenem Zustand übernommen worden war, wurde das Gebäude nach und nach restauriert. Ein Prozess, der noch immer andauert. Es sind noch Originalpläne und Fotos erhalten, die den Betrachter nachvollziehen lassen, wie es im Innern und Äußeren aussah, als die Winlocks, die Burtons, Arthur Mace und die anderen Mitglieder von Winlocks Team in den Zwanzigerjahren dort lebten. Auch in Briefen und Tagebüchern aus der Zeit der Entdeckung von Tutanchamuns Grab finden sich viele Beschreibungen des Hauses, der Partys und der Essen, die dort stattfanden.

## Carters Burg

Howard Carter hinterließ das Haus nach seinem Tod dem Metropolitan Museum of Art – einschließlich der Einrichtung, zu welcher auch Kunstschätze aus dem Grab und seine Korrespondenz zählten, darunter der bereits erwähnte Brief von Lady Evelyn. Während des Kriegs stand Carters Burg leer, später wurde sie vom ägyptischen Antikendienst zur Unterbringung der Inspektoren genutzt. Nach und nach verfiel das Gebäude und sollte schon abgerissen werden, wurde dann aber restauriert, sodass es 2009 als kleines Museum mit Restaurant wiedereröffnet wurde. Ein Hologramm erweckt Howard Carter zum Leben, und so kann ihn der Besucher über Tutanchamun sprechen hören.

## Das Metropolitan Museum of Art

Der »Schatz der drei Prinzessinnen«, dessen Erwerb in dem Roman erwähnt wird, ist nach wie vor eines der Glanzstücke der ägyptischen Sammlung des Met. Mittlerweile trägt er allerdings einen anderen Namen: »Der Schatz der drei fremden Ehefrauen Thutmosis' III.«, wobei »fremd« in diesem Fall als »Nebenfrauen« oder »Konkubinen« zu verstehen ist. Frühere wissenschaftliche Erkenntnisse über die Funde, einschließlich jener Herbert Winlocks aus dem Jahr 1948, erwiesen sich nach Anwendung moderner Technologien als überholt.

Die jüngsten Ergebnisse wurden 2003 von Dr. Christine Lilyquist vom Met veröffentlicht. Von einigen Schmuckstücken weiß man mittlerweile, dass es sich um Fälschungen handelt, wenngleich um ganz ausgezeichnete. Über die Frauen, denen sie gehörten, ist allerdings auch heute nicht mehr bekannt als 1922.

Lord Carnarvons Sammlung ägyptischer Kunst ist ebenfalls weiter im Museum zu sehen. Die Kontroverse um bestimmte, von Howard Carter hinterlassene Objekte aus dieser und anderen Sammlungen wurde 2011 beigelegt, nachdem das Met neunzehn Exponate an das Ägyptische Museum in Kairo zurückgegeben hatte. Dazu gehörte auch ein kleiner Bronzehund mit Goldhalsband, der über die Schulter zurückschaut, als würde er auf den Ruf seines Herrchens reagieren. Er ist keine drei Zentimeter groß, aber ein unbestrittenes Meisterwerk, eines der wunderbarsten Dinge, die in Tutanchamuns Grab gefunden wurden.

## Das Ägyptische Museum in Kairo

Das Museum besitzt 3500 Objekte aus dem Grab des Tutanchamun, angefangen von der berühmten goldenen Totenmaske über Spazierstöcke und Grabkränze bis hin zu silbernen Nägeln, mit denen die Schreine des Königs verschlossen waren. Etwa 1700 dieser Gegenstände sind in der öffentlichen Ausstellung zu betrachten, der Rest ist eingelagert. Als während der Revolution im Januar 2011 in das Museum eingebrochen wurde, wurden einige der Artefakte aus Tutanchamuns Grab beschädigt und andere gestohlen, darunter zwei herausragende vergoldete Statuen des jungen Königs, die Carter in der Schatzkammer gefunden hatte. Beide tauchten beschädigt wieder auf, sodass sie nun restauriert werden. Darüber, ob noch andere, kleinere Artefakte oder Teile von Kunstwerken fehlen, kursieren widersprüchliche Berichte.

## Das Tal der Könige

Neunzig Jahre nach Carters Entdeckung ist KV62 noch immer das letzte Königsgrab – und auch das einzige fast intakt erhaltene –, das man im Tal der Könige gefunden hat. In den letzten Jahren wurden nur noch zwei unbedeutende Gräber entdeckt, KV63 und KV64. KV63, dessen Fund 2005 unter Archäologen zuerst große Begeisterung auslöste, erwies sich als schlichte Grube, als Depot für Mumifizierungsmaterial. KV64 wurde am 25. Januar 2011 entdeckt, also am Tag des Beginns der ägyptischen Revolution. Es wurde im darauffolgenden Jahr ausgegraben und enthielt das Grab einer Sängerin aus dem Karnak-Tempel aus der 22. Dynastie. Allerdings war das Grab eine Zweitnutzung, da die kleine Grabkammer, in der die Sängerin ruhte, bereits aus der 18. Dynastie stammte. Von den eigentlichen Grabinhabern, falls es sie denn gegeben hat, ist nichts erhalten.

Die Archäologen sind sich nicht einig, ob das Tal der Könige mittlerweile vollständig ausgegraben ist, was Belzoni bereits 1820 erklärt und Theodore Davis 1914 noch einmal bekräftigt hatte. Auch über die Existenz möglicher weiterer Königsgräber gibt es verschiedene Meinungen. Beispielsweise besteht Dissens in der Frage, ob Tutanchamuns Familie einschließlich seiner unbekannten Mutter und seines häretischen Vaters Echnaton ebenfalls im Tal der Könige begraben liegt und ob der Sarkophag seines Vaters bereits gefunden wurde. Auch wird darüber spekuliert, ob Nofretete – Tutanchamuns

Stiefmutter und die große königliche Gemahlin seines Vaters – dort begraben sein könnte. Die größte Grabungskampagne im Tal leitet derzeit Dr. Kent Weeks von der American University of Kairo. Seit 1995 untersucht sein Team das Grab der Söhne Ramses' II. Der Pharao zeugte mehr als einhundert Söhne, und ihre Begräbnisstätte gleicht einem Labyrinth. Bis heute hat Dr. Weeks hundertdreißig Korridore und Grabkammern gefunden, von denen aber keine eine intakte Mumie enthielt.

Das Tal der Könige wurde 1979 zum UNESCO-Weltkulturerbe ernannt, doch auch dieser Status hat es nicht davor bewahren können, dem modernen Tourismus zum Opfer zu fallen. Die Erträge aus dem Tourismus in der Region, der für die Wirtschaft des Landes unverzichtbar ist, belaufen sich auf 11 Milliarden Dollar pro Jahr, davon tragen die Stätten in und um Luxor ein Gutteil bei. Einer letztmalig 2004 durchgeführten umfassenden Erhebung zufolge besuchten im Laufe des Jahres 1,8 Millionen Menschen das Tal der Könige, das sind durchschnittlich 5.000 Menschen am Tag. Der Plan des ägyptischen Tourismusministeriums sah damals vor, diese Zahl noch einmal kräftig zu steigern und bis 2014 jährlich 5,4 Millionen Besucher ins Tal zu locken, also durchschnittlich 15.000 Besucher am Tag. Es wäre ihm gelungen, wären nach der Revolution von 2011 die Besucherzahlen nicht rapide zurückgegangen.

Doch auch auf diesem eher niedrigen Niveau sind die Auswirkungen des Massentourismus auf die fragile Ökologie des Tals und der Gräber verheerend. Wie Archäologen feststellen mussten, wurde in den letzten neunzig Jahren mehr Schaden angerichtet als in den gesamten dreitausend Jahren zuvor. Die Optimisten unter ihnen glauben, man könne den Schaden beheben, die Pessimisten halten ihn längst für irreparabel.

## Das Grab des Tutanchamun

Das kleine Grab des Tutanchamun, das meistbesuchte im ganzen Tal, befindet sich mittlerweile in einem kritischen Zustand. Die Wände weisen Risse auf, durch die Wasser sickert. Der Putz in der Grabkammer, der vom Kondenswasser und der ständig wechselnden Menge an Feuchtigkeit, Staub und Salzen angegriffen ist, löst sich ab und mit ihm die empfindlichen Wandgemälde. Seit 2009 wird das Grab einer fünfjährigen Konservierungsmaßnahme unterzogen, geleitet vom Supreme Council of Antiquities (SCA), der ägyptischen Altertümerverwaltung, und dem amerikanischen Getty Conservation Institute. Im Zuge dieses Programms hätte das Grab 2010 oder spätestens 2011 geschlossen werden sollen, doch da die Besucherzahlen zurückgehen, das Grab eines der größten Zugpferde des Tals ist und durch separates Eintrittsgeld zusätzliche Einnahmen in die Kasse spült, blieb es geöffnet.

Im Bemühen, die Probleme zu lösen, wurde 2009 ein komplettes Replikat des Grabs in Auftrag gegeben. Es wurde von dem weltweit führenden Kunstreproduktionsunternehmen ausgeführt – Factum Arte aus Madrid, das 2001 vom britischen Künstler Adam Lowe gegründet wurde –, das einen Hightech Lucida-3-D-Laserscanner, die neueste Software und hochauflösende Drucktechniken zum Einsatz brachte. Finanziert mit Mitteln, die die Universität Basel und andere einwarben, konnte das Replikat drei Jahre später fertiggestellt und dem ägyptischen Staat von Europa als Geschenk überreicht werden.

Die Neuschöpfung von KV62 durch Factum Arte weist eine erstaunliche Wirklichkeitsnähe auf und ist zudem mobil. Am 4. November 2012, dem neunzigsten Jahrestag der Entdeckung der ersten Stufe zu Tutanchamuns Grab durch Howard Carter, erreichte sie Kairo in Kisten, wurde zusammengesetzt und am 13. November bei einem gemeinsamen Empfang von ägyptischen und EU-Vertretern im Kairoer Conrad Hotel enthüllt. Zwei Tage konnte man sie dort bewundern. In Pressemitteilungen wurde verbreitet, dass das Grabreplikat in Kürze im Tal der Könige oder in der näheren Umgebung aufgestellt würde, an einem Ort, den die ägyptische SCA noch bestimmen müsse. Bevorzugter Standort sei die Gegend von Carters Burg. Sobald es sich erst einmal an Ort und Stelle befinde, würde das Originalgrab endlich für Besucher geschlossen.

Im Januar 2011 berichtete die BBC über das Vorhaben und zitierte auch Stimmen von Besuchern des Tals. Der Vorschlag, mit einem Replikat abgespeist zu werden, stieß auf allgemeine Skepsis. Man verstehe die Notwendigkeit der Maßnahme, sei aber nicht den ganzen Weg nach Ägypten gekommen, um sich eine Kopie anzuschauen. Was man sehen wolle, sei das echte Grab. Zum Zeitpunkt der Niederschrift dieser Sätze (Juni 2013) war es den Touristen noch möglich. Tutanchamuns Grab ist noch geöffnet, das Replikat in der EU-Botschaft in Kairo eingelagert.

# Dank

Dieses Buch ist ein Roman. Gerüst und Kern sind fiktional, aber die Kapitel, die sich mit den archäologischen Entwicklungen in Ägypten in den Jahren 1922 bis 1932 und den Ereignissen in Saranac Lake in den Dreißigerjahren befassen, basieren auf Fakten und dem verbürgten Leben wahrer Personen. Sie sind so historisch korrekt geschildert, wie es mir eben möglich war. Bei den Recherchen für diesen Teil des Buchs erhielt ich von vielen Seiten Hilfe, und allen Beteiligten bin ich zu großem Dank verpflichtet. Einige dieser Personen haben darum gebeten, anonym zu bleiben. Sie wissen selbst, dass sie damit gemeint sind, und ich danke ihnen.

Mein Dank gilt dem Griffith Institute der University of Oxford. Es gibt keine bessere Quelle für Material, das mit der Ausgrabung von Tutanchamuns Grab zu tun hat und auch mit den Ereignissen, die ihr vorhergingen und folgten. In seinen Archiven liegen Howard Carters Tagebücher, Briefwechsel, Karten, autobiografische Skizzen und Zeitschriften sowie die Fotos von Harry Burton. Auch Material anderer Ägyptologen, die an der Arbeit in Tutanchamuns Grab beteiligt waren oder sie miterlebt haben, ist dort in Fülle zu finden. Ich bin Dr. Jaromir Malek, dem Archivleiter, und der Archivarin Elizabeth Fleming zutiefst dankbar, dass sie mir mit den Papieren von Howard Carter, Percy Newberry und Sir Alan Gardiner so großzügig geholfen haben.

Für die Unterstützung meiner Recherchen zu Herbert Winlock und seiner Familie danke ich der Massachusetts Historical Society, Boston, Massachusetts, in deren Archiven sich Winlocks Briefe und Tagebücher befinden. Niemand hatte sie zuvor zur Kenntnis genommen. Ich danke der Bibliothekarin Andrea Cronin für die unglaublichen Mühen, die sie unternommen hat, um sie aufzuspüren.

Ich danke Diane Pierce-Williams und Pam Rodman, Archivarinnen der Cox Library, Milton Academy, Massachusetts, die viel Zeit geopfert haben, um mir wichtige Informationen über Frances Winlocks spätere Jahre zu beschaffen.

Ohne den Zugriff auf die umfassenden und faszinierenden Archive der Historic Saranac Lake Organisation hätten die Teile des Romans, die in Saranac Lake spielen, nicht geschrieben werden können. Akribisch dokumentieren sie die Geschichte der Stadt, der Cottages, der Patienten, der Arztberichte und der Behandlungsmethoden. Ich danke Amy Catania, der Geschäftsführerin von Historic Saranac Lake, Kareen Tyler von der Stadtverwaltung von Saranac Lake und Michelle Tucker, der Kuratorin des Adirondack Research Room, Saranac Lake, für Orientierungshilfe zu Stadt und Akten.

In einem Buch, in dem es in diesem Ausmaß um Gräber geht, danke ich für Hilfe bei einem speziellen Grab: Ich danke Meg Winslow, der Kuratorin des historischen Archivs des Mount Auburn Cemetery, Cambridge, Massachusetts, und Caroline Loughlin, der Archivarin, für die Informationen, die sie geholfen haben auszugraben.

Mein Dank gilt auch der Egyptian Exploration Society, London, den Mitarbeitern der London Library und Rosalind Berwald, der Besitzerin und Hüterin des letzten existierenden Tagebuchs von Minnie Burton.

Mein Dank an: Joe Alexander, Tom Allardyce, Beata Allen, Clarissa Ballantyne, Julian Barnes, Freddy Bywater, Carmen Callil, Caroline Dawnay, Yasin El Haddad, Dan Ellis, Angus Gough, Louise Gravellier, Mimi Howard, Stephen Kidd, Ben und Natasha Marlow, Hugh Paige, Anthony Quinn, Frank Raccano, Gabrielle Rourke, Ronald Stern, Anna Webber, Nicholas Weir, Emily Wyatt und Ahmed Zaky. Ob sie nun mit Details, Vorschlägen oder Kritik geholfen haben, allen von ihnen bin ich sehr dankbar.

Dank an meine Lektorin bei Abacus, Clare Smith, an Ursula

Mackenzie von Little Brown und an meine Agentin Sarah Ballard von United Agents für Anregungen und Ermutigung. Zu guter Letzt mein Dank an Alan Howard. Über zwei Jahre lang hat er mit mir *ad infinitum* die kleinsten Details diskutiert – eine lange Zeit, um sie mit längst Verstorbenen zu verbringen. Ich danke ihm für Einblick und Fantasie und für seine unerschütterliche Geduld.

# Bibliografie

Baines, John und Jaromir Malek. *Weltatlas der alten Kulturen. Ägypten*. Aus dem Englischen übertragen von Eva Eggebrecht. München: Christian Verlag, 1980.

Belzoni, Giovanni Battista. *Entdeckungsreisen in Ägypten 1815–1819: In den Pyramiden, Tempeln und Gräbern am Nil*. Aus dem Englischen übersetzt von Ingrid Nowel. Köln: DuMont, 1982.

Breasted, Charles. *Vom Tal der Könige zu den Toren Babylons: Der Lebensbericht des Ägyptenforschers James Henry Breasted*. Aus dem Amerikanischen übertragen von Gertrud Arntz-Winter. Stuttgart: Hatje, 1950.

Carnarvon, the [5th] Earl of, and Howard Carter. *Five Years' Exploration at Thebes. A Record of Work Done 1907–1911*. Oxford: Oxford University Press, 1912.

Carnarvon, the [6th] Earl of. *No regrets*. London: Weidenfels & Nicolson, 1976.

Carnarvon, Fiona of. *Lady Almina und das wahre Downton Abbey: Das Vermächtnis von Highclere Castle*. Übersetzt von Anke Kreutzer. München: mvg Verlag, 2013.

Carter, Howard und Arthur C. Mace. *Tut-ench-Amun. Ein ägyptisches Königsgrab. Entdeckt von Earl of Carnarvon und Howard Carter*. Leipzig: F. A. Brockhaus, 1924.

David, R. und Rick Archbold. *Wenn Mumien erzählen: Neueste naturwissenschaftliche Methoden enträtseln das Alltagsleben im Ägypten der Pharaonen*. Ins Deutsche übertragen von Christian Quatmann. München: Collection Rolf Heyne, 2000.

Davis, Theodore M. *The Tomb of Queen Tiyi*. London: Constable & Co. Ltd, 1907.

Davis, Theodore M. *The Tombs of Harmhabi and Toutankhamanou*. London: Constable & Co. Ltd, 1912.

Edwards, Amelia. *Tausend Meilen auf dem Nil. Die Ägyptenreise der Amelia Edwards 1873/74*. Übersetzt von Gerald Höfer. Wien: Phoibos-Verlag, 2009.

Hankey, Julie. *A Passion for Egypt. Arthur Weigall, Tutankhamun and the ›Curse of the Pharaos‹*. London: I. B. Taurus & Co. Ltd, 2001.

Hoving, Thomas. *Der Goldene Pharao: Tut-ench-Amun. Die erste authentische Darstellung der größten archäologischen Entdeckung aller Zeiten*. Übersetzung aus dem Amerikanischen von Karl Pembauer. Bern, München: Scherz, 1978.

James, T. G. H. *Howard Carter. The Path to Tutankhamun*. London: Kegan Paul International Ltd, 1992.

Lee, Christopher. *… the Grand Piano Came by Camel. The Story of Arthur C. Mace, Egyptologist, and His Familiy c. 1890–1928*. Edinburgh: Mainstream Publishing Company (Edinburgh) Ltd, 1990.

Lilyquist, Christine. *The Tomb of Three Foreign Wives of Tuthmosis III*. New York: The Metropolitan Museum of Art, 2003.

Petrie, William M. F. *Seventy Years in Archaeology*. London: Sampson Low, Marston & Co., 1931.

Reeves, Nicholas. *The Complete Tutankhamun*. London: Thames & Hudson, 1990.

Reeves, Nicholas. *The Valley of the Kings. The Decline of a Royal Necropolis*. London: Kegan Paul International Ltd, 1990.

Reeves, Nicholas and John H. Taylor. *Howard Carter before Tutankhamun*. London: British Museum Press, 1992.

Reeves, Nicholas und Richard H. Wilkinson. *Das Tal der Könige. Geheimnisvolles Totenreich der Pharaonen*. Übersetzt von Hermann Kusterer und Peter Klumbach. Düsseldorf: ECON, 1997.

Reeves, Nicholas. *Echnaton: Ägyptens falscher Prophet*. Aus dem Englischen übersetzt von Brigitte Jaroš-Deckert. Mainz: von Zabern, 2002.

Romer, John. *The Valley of the Kings*. London: Michael Joseph, 1981.

Weigall, Arthur E. P. *Tutankhamen and Other Essays*. London: Thornton Butterworth Ltd, 1923.

Williams, Valentine. *The World of Action*. London: Hamish Hamilton, 1938.

Winlock, Herbert E. *Excavations at Deir el Bahri 1911–1931*. New York: The Macmillan Company, 1942.

Winlock, Herbert E. *The Treasure of Three Egyptian Princesses*. New York: The Metropolitan Museum of Art, 1948.

Winlock, Herbert E. *Materials Used at the Embalming of King Tut-Ankh-Amun*. New York: The Metropolitan Museum of Art, 1941.

Winlock, Herbert E. (ders. Artikel, Wiederabdruck mit einer Einleitung und einem Anhang von Dorothea Arnold) *Tutankhamun's Funeral*. New York: The Metropolitan Museum of Art, 2010.

Winstone, H. V. F. *Howard Carter und die Entdeckung des Grabmals von Tut-ench-Amun*. Aus dem Englischen von Elisabeth Bläsius. Köln: vgs, 1993.

## Online

www.griffith.ox.ac.uk – Website des Griffith Institute, Oxford; enthält etliche der Aufzeichnungen von Howard Carter und Fotos von Harry Burton von der Arbeit in Tutanchamuns Grab

www.metmuseum.org – Website des Metropolitan Museum of Art, New York

www.thebanmappingproject.com – Daten zum Tal der Könige und zur thebanischen Nekropole

www.ees.ac.uk – Website der Egypt Exploration Society

www.nicholasreeves.com – Website des englischen Archäologen Nicholas Reeves zum Tal der Könige und zum Grab des Tutanchamun

www.britishmuseum.org – Website des British Museum

www.oi.uchicago.edu – Website des Oriental Institute der Universität Chicago

www.tawy.nl – zur Geschichte der Grabungshäuser in Ägypten

www.hsl.wikispot.org – Online-Archiv von Saranac Lake
www.getty.edu – Website des Getty Conservation Institute
www.factum-arte.com – Website von Factum Arte, den Schöpfern des Replikats von Tutanchamuns Grab
www.sca.egypt.org – Website des Supreme Council of Antiquities, Ägypten, der ägyptischen Altertümerverwaltung; Informationen über den gegenwärtigen Zustand des Tals der Könige und seiner Gräber, einschließlich Besucherinformationen

# Zitatnachweise

Seiten 155; 420; 614
Aus William Shakespeares »Hamlet«, in »Dramatische Werke«, übersetzt von August Wilhelm von Schlegel. Berlin: Johann Friedrich Unger, 1798. S. 156; S. 158; S. 191; S. 318.

Seite 237
Percy Bysshe Shelley, »Ozymandias«. Aus »Percy Bysshe Shelley's ausgewählte Dichtungen«, aus dem Englischen übersetzt von Adolf Strodtmann. Hildburghausen: Verlag des Bibiographischen Instituts, 1866. S. 143.

Seite 15 und Seiten 341/2; 344
Die Zeilen von Gustave Flaubert aus einem Brief vom 15. Januar 1850 an Dr. Jules Cloquet sowie die Zeilen aus Alfred Lord Tennysons Ballade »The Lady of Shalott« wurden für diese Ausgabe von Claudia Franz übersetzt.

Seite 385
Die Zitate aus »Villette« von Charlotte Brontë entstammen der Übersetzung von Ilse Leisi, Copyright © 1984 by Manesse Verlag, Zürich. S. 409.

Seite 541
George Eliot, »Middlemarch. Eine Studie des Provinzlebens«, aus dem Englischen übersetzt von Ilse Leisi. Zürich: Manesse Verlag, 1998. Copyright © 1962 by Manesse Verlag, Zürich. S. 1134.

Seite 560
Nach William Shakespeare, »Maß für Maß«, in »Shakespeare's Dramatische Werke«, übersetzt von August Wilhelm von Schlegel, ergänzt und erläutert von Ludwig Tieck. Berlin: Reimer, 1831. S. 326.

Seite 630
Nach William Shakespeare, »Der Sturm«, in »Dramatische Werke«, übersetzt von August Wilhelm von Schlegel. Berlin: Johann Friedrich Unger, 1798. S. 34.

# Sally Beauman,

geboren 1944 im englischen Devon, studierte in Cambridge Englische Literaturwissenschaft. Nach ihrem Studium lebte sie drei Jahre in den USA und begann ihre Laufbahn als Journalistin. Sie arbeitete u. a. für die *New York Times*, den *Daily Telegraph*, den *Observer* und für *Vogue*. 1987 wurde die Autorin über Nacht mit ihrem ersten Roman *Diamanten der Nacht* berühmt. Auch *Engel aus Stein*, ihr zweiter Roman, begeisterte die Leser und wurde von den Kritikern gefeiert. Ihre Bücher sind international äußerst erfolgreich und in über zwanzig Sprachen übersetzt. Sie lebt mit ihrem Ehemann Alan Howard, einem bekannten Schauspieler der »Royal Shakespeare Company«, in London und auf den Hebriden.

Mehr von Sally Beauman:

Engel aus Stein. Roman (📖 nur als E-Book erhältlich)

# Lucinda Riley
# Die Mitternachtsrose

576 Seiten
ISBN 978-3-442-31360-0
auch als E-Book und
Hörbuch erhältlich

Innerlich aufgelöst kommt die junge amerikanische Schauspielerin Rebecca Bradley im englischen Dartmoor an, wo ein altes Herrenhaus als Kulisse für einen Film dient, der in den 1920er Jahren spielt. Nach der von ihrer angeblichen Verlobung ausgelösten Hetzjagd der Medien, kommt die junge Frau in der Abgeschiedenheit von Astbury Hall allmählich zur Ruhe. Als sie jedoch erkennt, dass sie Lady Violet, der Großmutter des Hausherrn Lord Astbury, frappierend ähnlich sieht, ist ihre Neugier geweckt. Dann taucht Ari Malik auf: ein junger Inder, den das Vermächtnis seiner Urgroßmutter Anahita nach Astbury Hall geführt hat. Je mehr Rebecca aber in die Vergangenheit und in ihre Rolle eintaucht, beginnen Realität und Fiktion zu verwischen – und schließlich kommt sie nicht nur Anahitas Geschichte auf die Spur, sondern auch dem dunklen Geheimnis, das wie ein Fluch über der Dynastie der Astburys zu liegen scheint…

www.goldmann-verlag.de
www.facebook.com/goldmannverlag